a prisioneira

marcel proust

em busca do tempo perdido

volume 5

a prisioneira

tradução manuel bandeira e lourdes sousa de alencar

revisão técnica olgária chain féres matos e
guilherme ignácio da silva

prefácio, notas e resumo guilherme ignácio da silva

posfácio olgária chain féres matos

BIBLIOTECA AZUL

Texto fixado conforme as regras do Acordo Ortográfico da Língua Portuguesa (Decreto Legislativo nº 54, de 1995).

CAPA E PROJETO GRÁFICO
warrakloureiro

TRADUÇÃO DOS TRECHOS AUSENTES NA EDIÇÃO ANTERIOR
Guilherme Ignácio da Silva

REVISÃO
Ana Maria Barbosa
Beatriz de Freitas Moreira
Fabiana Medina
Otacílio Nunes

IMAGENS DE CAPAS E GUARDAS
Hulton Archives / Getty Images

Dados Internacionais de Catalogação na Publicação [CIP]
Câmara Brasileira do Livro, SP, Brasil

Proust, Marcel, 1871-1922
A prisioneira / Marcel Proust; tradução Manuel Bandeira e Lourdes Sousa de Alencar. — 13. ed. rev. por Olgária Chain Féres Matos e Guilherme Ignácio da Silva; prefácio, notas e resumo Guilherme Ignácio da Silva; posfácio Olgária Chain Féres. — São Paulo: Globo, 2011. — (Em busca do tempo perdido; v. 5)

Título original: La prisonnière
ISBN 978-85-250-4230-9

1. Romance francês I. Bandeira, Manuel, 1886-1968. II. Matos, Olgária Chain Féres. III. Silva, Guilherme Ignácio da. IV. Título. V. Série.

10-04791 CDD-843

Índice para catálogo sistemático:
1. Romances: Literatura francesa 843

2ª edição, 2011 – 1ª reimpressão, 2019

Direitos de edição em língua portuguesa
adquiridos por Editora Globo S/A
Rua Marquês de Pombal, 25
20230-240 – Rio de Janeiro – RJ
www.globolivros.com.br

sumário

prefácio

O quinto volume de *Em busca do tempo perdido* é anunciado milhares de páginas antes, já em "Combray", primeiro capítulo do primeiro volume da obra. A ideia de transformar a "rapariga em flor" Albertine em uma "prisioneira" tem raízes na lembrança de uma cena de sadismo e lesbianismo presenciada pelo jovem herói em um passeio pelos arredores da cidadezinha em que passava as férias com a família.

Em um dia de muito calor, seus pais lhe permitem sair para passear podendo voltar para casa quando quisesse. Ele vai até o "pântano de Montjouvain, onde gostava de rever os reflexos das telhas", e adormece na sombra, "entre as moitas do talude que domina a casa" do falecido músico Vinteuil. Quando desperta, presencia, através da janela entreaberta, uma cena em que a órfã, de luto pela morte recente do pai, esforça-se para encenar a personagem da "menina viciosa", tentando obter um pouco de prazer com o sadismo — a srta. Vinteuil e a amiga trocam carícias e essa última ameaça cuspir sobre a foto do "macaco velho", da "velha carcaça", como se refere ao pai falecido da outra. O narrador apresenta a cena assinalando a importância futura dessa lembrança: "Ver-se-á mais tarde como a lembrança dessa impressão, por motivos muito diversos, devia desempenhar importante papel em minha vida".

Um desses "motivos muito diversos" está ligado a Albertine e à revelação que esta lhe faz sobre sua intimidade com a srta. Vinteuil e a amiga. Trata-se de uma revelação feita no final do quarto volume da obra, *Sodoma e Gomorra*, e que determina todo o enredo de *A prisioneira*.

Essa outra cena acontece no trem que traz Albertine e o herói de volta de uma recepção oferecida pelos Verdurin. Na noite anterior, o herói já anunciara à mãe que estava "irrevogavelmente decidido a não desposar Albertine e que em breve ia deixar de vê-la". Segundo seus planos, o anúncio dessa ruptura aconteceria naquele trem, voltando da recepção dos Verdurin.

Como Albertine vai descer logo, o herói decide adiar o rompimento definitivo com ela para o dia seguinte e, enfastiado, passa a combinar com ela mais uma visita aos Verdurin, quando pretende, pelo menos, "(se) dar o prazer" de ouvir "coisas de um músico que (a sra. Verdurin) conhece bem": Vinteuil.

Albertine lhe diz, então, que pode lhe fornecer mais informações sobre o músico do que a própria sra. Verdurin, justamente porque tem uma "amiga mais velha" que lhe "serviu de mãe, de irmã, com quem pass(ou) em Trieste os (s)eus melhores anos, e com quem, aliás, dentro de algumas semanas, dev(e) encontrar-(s)e em Cherbourg, de onde viajar(ão) juntas". Essa amiga é "justamente a melhor amiga da filha desse Vinteuil".

Dias antes, ele "esperava uma oportunidade para a ruptura definitiva" e o casamento com Albertine lhe "parecia uma loucura". De volta ao Grande Hotel de Balbec, já decidido a retornar acompanhado a Paris, Marcel notifica a mãe de que "é preciso absolutamente que (se) case com Albertine". *A prisioneira* narra como essa tentativa de isolamento não poupa o herói do sofrimento com novas revelações.

*

Em *A prisioneira*, tecem-se novos paralelos com outras cenas-chave de volumes anteriores, como a cena inaugural da série de romances proustianos — a do garoto que aguarda o beijo de boa-noite da mãe.

Para ele, é "quase um sacrilégio aparente" constatar "a identidade da graça concedida" outrora pela mãe e a que lhe concede sua amada: o beijo de boa-noite inclui agora a língua que, "como um pão cotidiano", "como um alimento nutritivo", Albertine lhe "metia na boca". Já há em "Combray", elementos que assinalam um mal-estar que não pode ser aplacado pelo beijo. Sobretudo na cena ainda incompreensível para o herói da avó vagando pelos canteiros devastados pela chuva, na ânsia de "respirar".

Por isso, mesmo quando consegue o inesperado — que a mãe não apenas volte para lhe dar o beijo de boa-noite, mas passe a noite toda a seu lado —, o menino é tomado por choro convulsivo que não corresponde à "graça concedida" e que ele mesmo não sabe explicar. O paralelo entre as cenas envolve sugestões ligadas a essa inquietação e ao mal-estar que precedem o beijo e podem sempre aflorar depois dele.

O pequeno e já bastante complexo mundo de Combray passa então a incluir toda a Paris e seus arredores e demanda uma vigilância da vida cotidiana de Albertine. A calma, ainda que parcial, só pode ser experimentada caso consiga sanar todas as suas dúvidas sobre o que já fez ou anda fazendo Albertine. O que significa a sucessão de um "intervalo de calma" daquele que desperta e permanece na cama, desfrutando a atmosfera da rua, e a agitação do amante que precisa ouvir todos os dias o relato exaustivo do emprego do tempo daquela que talvez até já deixou de amar — o herói se sabe vítima de uma "doença crônica" que o "menor pretexto" faz renascer e que seu sofrimento só pode ter fim com o fim dele próprio ou daquela que adentrou sua casa com malas que lhe "pareceram ter o feitio de esquifes", e que ele ainda ignorava "se iam trazer para casa a vida ou a morte".

*

O que desencadeou a revelação de Albertine sobre seu passado junto da srta. Vinteuil e sua amiga foi o desejo do herói de saber mais sobre a obra do músico. Como no caso anterior da atriz Berma e da visita ao ateliê de Elstir, o encontro decisivo com essa obra depende do acaso: buscando não mais se inteirar das obras inéditas do músico, mas talvez poder conhecer melhor o salão outrora frequentado por Swann e Odette e procurar se informar sobre um possível encontro de Albertine com a srta. Vinteuil e sua amiga, o herói decide interromper os devaneios em seu quarto e ir a uma festa musical no salão dos Verdurin; como Swann, é durante uma recepção nesse salão que ele tem acesso à "obra-

-prima triunfal e completa", ao recém descoberto septeto de Vinteuil. O herói se dá conta de que, comparadas ao septeto, a sonata e as outras obras de Vinteuil não passam de "tímidos ensaios". Assim também seus amores passados quando comparados a seu amor atual pela "prisioneira" Albertine: como já o fizera Swann ao ouvir a sonata do mesmo Vinteuil e associá-la a seu amor por Odette, o herói também associa o que ouve a seu amor por Albertine. À diferença de Swann, que se satisfez com a "pequena frase" da sonata, espécie de "hino nacional" de seu amor por Odette, o herói sente que "algo mais misterioso do que o amor de Albertine parecia prometido no começo desta obra, naqueles primeiros gritos de aurora". No "apelo inefável mas superagudo, da eterna manhã" que inaugura e fecha a obra, o herói ouve "uma felicidade que realmente valeria a pena obter".

A morte daquele "parisiense cujo espírito era por todos apreciado", o "sr. Charles Swann", é publicada no jornal. Vinteuil, "reencarnado", sugere ao herói a natureza da arte — a de sintetizar impressões. Impressões como a que o herói experimentou "diante dos campanários de Martinville, de certas árvores de uma estrada de Balbec ou, mais simplesmente, no começo desta obra, ao beber certa xícara de chá". A obra daquele "triste pequeno-burguês bem-sucedido" que, na companhia de Swann, costumavam encontrar na saída da missa em Combray revela-se "a mais ousada aproximação das alegrias do além".

*

Daqueles "motivos muito diversos" que justificam a importância da cena das lésbicas em Montjouvain também fazem parte as alegrias só entrevistas na arte do grande músico. Pois aquela que é "causa hoje de todas as inquietações" do herói é a mesma amiga da srta. Vinteuil que, em companhia da órfã, decifrou as notas praticamente ilegíveis deixadas pelo músico em cadernos de esboços, trazendo à vida o septeto.

Em busca do tempo perdido compõe-se de uma imensa teia de episódios distantes e aparentemente isolados que se espelham continuamente. De seus leitores espera-se a mesma disposição de espírito do herói quando ouve música e procura "unir umas às outras [...] as linhas fragmentárias e interrompidas da construção, a princípio quase oculta na bruma".

vida em comum com albertine

Logo de manhã, com a cabeça ainda voltada para a parede, e antes de ver, acima das grandes cortinas da janela, que matiz tinha a raia de luz, já eu sabia como estava o tempo. Os primeiros rumores da rua me haviam informado disso, segundo me chegavam amortecidos e desviados pela umidade ou vibrantes como flechas na área ressonante e vazia de uma manhã espaçosa, glacial e pura; desde o rodar do primeiro bonde, percebera se o tempo estava enregelado na chuva ou de partida para o azul. E talvez esses ruídos também tivessem sido precedidos por alguma emanação mais rápida e mais penetrante, que, insinuada através do meu sono, difundisse nele uma tristeza anunciadora da neve, ou fizesse entoar a certa personagenzinha intermitente tão numerosos cânticos à glória do sol que estes acabavam por trazer para mim, que ainda adormecido começava a sorrir, e cujas pálpebras cerradas se preparavam para a sensação de deslumbramento, um atordoante despertar em plena música. Aliás, foi sobretudo do meu quarto que percebi a vida exterior durante essa época. Sei ter Bloch contado que, quando vinha ver-me à noite, ouvia algo como um rumor de conversa; uma vez que minha mãe estava em Combray e ele não encontrasse nunca ninguém no meu quarto, concluiu que eu falava sozinho. Quando, muito tempo depois, ele soube que Albertine morava então comigo, compreendendo que eu a escondera de toda gente, declarou que via afinal o motivo por que, naquela época da minha vida, eu não queria nunca sair de casa. Enganou-se. Era aliás perfeitamente desculpável, pois a própria realidade, não obstante necessária, não é completamente previsível. Os que vêm a conhecer algum detalhe exato da vida alheia tiram logo consequências que não o são, e veem no fato recém-descoberto a explicação de coisas que precisamente não têm nenhuma relação com ele.

Quando penso agora que, ao voltarmos de Balbec, minha amiga viera morar sob o mesmo teto que eu, que ela renunciara à ideia de fazer uma grande viagem, que tinha seu quarto a vinte passos do meu, no fim do corredor, no gabinete das tapeçarias de meu pai, e que todas as noites, a altas horas, antes de eu me deitar, metia-me na boca a sua língua como um pão cotidiano, como um alimento nutritivo, e com o caráter quase sagrado de toda carne à qual as dores que sofremos por ela acabaram imprimindo uma espécie de doçura moral, o que evoco logo por comparação não é a noite que o capitão de Borodino consentiu que eu passasse no quartel por um favor que só curava em suma um incômodo passageiro, mas aquela em que meu pai mandou mamãe dormir na caminha ao meu lado.[1] Assim a vida, se nos vem mais uma vez a livrar de um sofrimento que parecia inevitável, o faz em condições diversas, opostas às vezes a tal ponto que é quase um sacrilégio aparente constatar a identidade da graça concedida!

Quando Albertine sabia por Françoise que, na escuridão do meu quarto de cortinas ainda fechadas, eu não estava dormindo, não se importava de fazer um pouco de barulho ao se lavar no seu banheiro. Então, frequentemente, em vez de esperar hora mais tardia, eu ia para um banheiro contíguo ao dela e que era agradável. Antigamente um diretor de teatro gastava centenas de mil francos para constelar de verdadeiras esmeraldas o trono onde a diva representava o papel de imperatriz. Os bailados russos nos ensinaram que uns simples jogos de luz convenientemente dirigidos prodigam joias tão suntuosas e mais variadas. Essa decoração

1 A passagem sobre essa "noite que o capitão de Borodino consentiu que eu passasse no quartel" encontra-se em *O caminho de Guermantes*: o herói, em visita ao regimento do amigo Robert de Saint-Loup, em Doncières, sente-se constrangido de ter de passar a noite só em um hotel; o capitão Borodino, apesar de ser frio com Saint-Loup, autoriza-o a abrigar o herói na primeira noite da viagem (cf. a presente edição de *O caminho de Guermantes*). Já a cena em que o pai manda a mãe dormir com o herói se encontra logo no início do primeiro volume, antes da revelação da madalena. Devemos indicações de leitura bibliográfica ao livro pioneiro de Jacques Nathan: *Citations, références et allusions de Marcel Proust dans À la recherche du temps perdu* (Paris: Nizet, 1969); também à excelente edição italiana da Arnoldo Mondadori Editore e à edição da Bibliothèque de la Pléiade, cuja paragrafação foi aqui adotada. Quanto aos nomes próprios, consultamos a edição em dez volumes do *Grand Larousse Encyclopédique*. (N. do R. T.)

já mais imaterial não é no entanto tão graciosa como a que às oito horas da manhã o sol substitui à que tínhamos o hábito de ver quando só nos levantávamos ao meio-dia. As janelas dos nossos dois banheiros, para que não pudéssemos ser vistos de fora, não eram lisas, mas inteiramente enrugadas por uma geada artificial e fora de moda. O sol de repente amarelava aquela musselina de vidro, dourava-a e, descobrindo pouco a pouco em mim um rapaz mais antigo que o hábito escondera por muito tempo, inebriava-me com reminiscências, como se eu estivesse em plena natureza diante de folhagens douradas onde não faltava nem mesmo a presença de um pássaro. Pois ouvia Albertine assobiar sem parar:

Les douleurs sont des folles,
Et qui les écoute est encore plus fou.[2]

Eu amava-a demais para não sorrir do seu mau gosto musical. Aquela canção aliás tinha encantado, no verão passado, a sra. Bontemps, a qual, ao ouvir dizer que era uma inépcia, em vez de pedir a Albertine para cantá-la, quando havia visitas, substituiu-a por:

Une chanson d'adieu sort des sources troublées[3]

que por sua vez se tornou "uma cacetada de Massenet com que a pequena nos martela os ouvidos".[4]

2 "As dores são umas tontas./E quem lhes dá atenção ainda é mais tonto." (N. dos T.)
3 "Uma canção de adeus sai das fontes turbadas." (N. dos T.)
4 Importante destacar a observação anterior do narrador: "Eu amava-a demais para não sorrir do seu mau gosto musical". Por um lado, ela surpreende pela confissão tão clara de um amor que será tantas vezes negado por ele ao longo do livro; por outro, a condescendência para com os versos das canções "Binou", de Guérin e Durand, e "Pensée d'Automne", de Massenet, vinculam o início da relação de Marcel e Albertine ao início da relação de Swann e Odette: lembre-se de que o refinado Swann também sorria com condescendência diante das provas de mau gosto da amada. Albertine, entretanto, se desenvolverá enormemente no contato com Mar-

Uma nuvem passava, eclipsava o sol, e eu via apagar-se e cobrir-se de grisalha a pudica e folhuda cortina de vidro.

Os tabiques que separavam os dois banheiros (o de Albertine, inteiramente igual, era um banheiro que mamãe, por haver outro na extremidade oposta do apartamento, nunca utilizara, evitando assim os ruídos para mim), eram tão finos que podíamos conversar enquanto nos lavávamos cada um no seu, e, interrompidos somente pelo ruído da água, podíamos conversar naquela intimidade que permite muitas vezes no hotel a exiguidade do espaço e proximidade das peças, mas que é tão rara em Paris.

Outras vezes ficava eu deitado, devaneando à vontade tempo afora, pois havia ordem de nunca entrarem no meu quarto sem que eu tocasse a campainha, o que, devido à situação incômoda da pera elétrica acima da minha cama, exigia tanto tempo, que, muitas vezes, cansado de procurar alcançá-la e contente de estar só, eu ficava alguns instantes quase readormecido. Não que eu fosse de todo indiferente à estada de Albertine em nossa casa. O seu afastamento das amigas conseguia poupar novos sofrimentos ao meu coração. Mantinha-o num repouso, numa quase imobilidade que contribuiriam para curá-lo. Mas, enfim, aquela calma que me dava minha amiga era alívio do sofrimento mais do que alegria. Não digo que não me proporcionasse muitos prazeres aos quais a dor demasiado intensa me tornara insensível, mas estes, longe de eu os dever a Albertine, que aliás eu já não achava bonita e com quem me aborrecia, que eu tinha a sensação nítida de não amar, experimentava-os justamente quando Albertine não estava junto de mim. Por isso, para começar o dia, não a mandava chamar logo, sobretudo se a manhã estava bonita. Durante alguns momentos, e certo de que ele, mais do que Albertine, fazia-me feliz, deixava-me ficar a sós com a personagenzinha interior, de que já falei, sauda-

---

cel, fazendo supor que seriam evitados os tormentos por que passou Swann. Outros paralelos entre os casais aparecem na audição da obra de Vinteuil e nos infindáveis interrogatórios da parte daquele que tem ciúme. (N. do R. T.)

dora canora do sol. De todas as que compõem o nosso indivíduo, não são as mais aparentes que nos são as mais essenciais. Em mim, quando a doença as tiver jogado por terra uma por uma, sobrarão duas ou três que terão vida mais dura que as outras, especialmente certo filósofo que só se sente feliz quando descobre entre duas obras, duas sensações, uma parte comum. Mas a última de todas, perguntei algumas vezes a mim mesmo se não seria o homenzinho parecidíssimo com outro que o dono da casa de óptica de Combray colocara na vitrina para indicar o tempo que fazia, o qual, tirando o capuz assim que havia sol, tornava a pô-lo se ameaçava chuva... Conheço o egoísmo desse homenzinho; posso ter uma crise de sufocação que a chuva por si só acalmaria, mas a ele pouco se lhe dá e às primeiras gotas tão impacientemente esperadas, perdendo a alegria, baixa o capuz com mau humor. Em compensação, acredito que na minha agonia, quando todos os meus outros "eus" estiverem mortos, se vier a brilhar um raio de sol quando eu estiver a dar os meus últimos suspiros, a personagenzinha barométrica sentir-se-á bem contente e tirará o capuz para cantar: "Ah!, até que enfim, um dia bonito".

Eu chamava Françoise. Abria o *Le Figaro*. Procurava e verificava que lá não vinha um artigo, ou coisa com pretensão a tal, que eu enviara àquele jornal e que nada mais era do que, um pouco retocada, a página recentemente encontrada, escrita havia tempo, no carro do dr. Percepied, à vista dos campanários de Martinville.[5] Depois lia a carta de mamãe. Achava ela estranho, chocante, que uma moça morasse só comigo. No primeiro dia, à hora da partida de Balbec, quando me viu tão infeliz e se afligiu de me deixar só, talvez minha mãe se sentisse feliz sabendo que Albertine partia conosco e vendo que com as nossas malas (junto

5 Nova alusão a um episódio do primeiro volume: ao texto que o herói escreve motivado pelo movimento dos campanários de Martinville (cf. na presente edição *No caminho de Swann*). Ainda entusiasmado com esse texto, ele o mostra ao sr. de Norpois, no início do segundo volume (cf. na presente edição *À sombra das raparigas em flor*). (N. do R. T.)

das quais eu passara a noite chorando no Grande Hotel de Balbec), tinham colocado também as de Albertine, estreitas e negras, que me pareceram ter o feitio de esquifes, sem que eu soubesse se iam trazer para casa a vida ou a morte. Mas nem pensara nisso, tão contente estava naquela manhã radiosa, de levar comigo Albertine, depois do medo de ficar em Balbec. Mas, a esse projeto, se mamãe a princípio não fora hostil (falando carinhosamente à minha amiga como uma mãe cujo filho acaba de ser ferido gravemente, grata à amante moça que o trata com desvelo), fora-o depois que ele se realizara completamente e que a estada da moça se prolongava em nossa casa e na ausência de meus pais. Não posso no entanto dizer que minha mãe me tenha manifestado jamais essa hostilidade. Como antigamente, quando deixara de ousar censurar-me o nervosismo, a minha preguiça, agora tinha escrúpulos — que eu talvez não tenha inteiramente adivinhado ou querido adivinhar no momento de arriscar, fazendo algumas restrições sobre a moça de quem eu lhe tinha dito que ia ficar noivo, de ensombrecer a minha vida, de me tornar mais tarde menos dedicado à minha mulher, de talvez semear, para quando ela mesma desaparecesse, o remorso de a ter desgostado casando com Albertine. Mamãe preferia parecer aprovar uma escolha da qual sentia que não podia demover-me. Mas quantos a viram naquela época disseram-me que à dor de perder a mãe juntara-se um ar de perpétua preocupação. Essa contenção do espírito, essa discussão interior, dava a mamãe um grande calor nas têmporas e ela abria constantemente as janelas para se refrescar. Não chegava, porém, a tomar nenhuma decisão, com receio de "me influenciar" num mau sentido e de estragar o que julgava ser a minha felicidade. Não podia sequer resolver-se a me impedir de ter provisoriamente Albertine em casa. Não queria mostrar-se mais severa do que a sra. Bontemps, que era a maior interessada no caso e não via mal nisso, o que muito surpreendia a minha mãe. De qualquer modo, sentia muito ter sido obrigada a deixar-nos os dois sós, ao partir justamente naquele momento para Combray, onde podia ter de ficar (e de fato ficou) muitos meses, durante os quais minha tia-avó precisou dela dia e noite sem cessar. Tudo lá lhe foi facilitado, graças à bondade, à dedicação de Legrandin que, não recuando diante de nenhum sacrifício, adiou de semana em semana a sua volta a Paris, sem conhecer muito minha tia, simplesmente primeiro porque ela fora amiga da mãe dele, depois porque sentiu que a doente, condenada, gostava dos cuidados dele e não podia passar sem ele. O esnobismo é uma doença grave da alma, mas localizada, e não a estraga por completo. Eu, no entanto, ao contrário de mamãe, estava bem contente com a ida para Combray, sem a qual teria receado (não podendo dizer a Albertine que a escondesse) descobrisse ela a amizade desta pela sra. Vinteuil. Isso seria para minha mãe um obstáculo absoluto, não somente a um casamento de que aliás me pedira que não falasse ainda definitivamente a Albertine e cuja ideia me era cada vez mais intolerável, senão também a que minha amiga passasse algum tempo em nossa casa. Salvo motivo tão grave e que ela ignorava, mamãe, pelo duplo efeito da imitação edificante e libertadora de minha avó, admiradora de George Sand, e para quem a virtude consistia em nobreza de coração, e, por outro lado, da minha própria influência corruptora, era agora indulgente com mulheres para cujo comportamento se teria mostrado severa em outros tempos, ou mesmo hoje, se fossem suas amigas burguesas de Paris ou de Combray, mas de quem eu lhe gabava a grandeza da alma e às quais ela muito perdoava por elas gostarem de mim. Apesar de tudo e mesmo fora da questão conveniência, creio que Albertine seria insuportável a mamãe, que conservava de Combray, de minha tia Léonie, de todas as suas parentas, hábitos de ordem de que minha amiga não tinha nenhuma noção. Ela não fechava uma porta e, em compensação, como um cão ou um gato, não fazia cerimônia para entrar quando encontrava uma porta aberta. O seu encanto um pouco incômodo era assim estar em casa menos como uma moça, do que como um animal doméstico que entra numa peça, e torna a sair, e está em toda parte onde menos se espera e vinha — era para mim um repouso profundo — atirar-se à minha cama, a meu lado, arranjando um lugarzinho onde não se mexia mais, sem incomodar como faria uma pessoa. No entanto, acabou respeitando as minhas horas de sono, procurando não só não entrar em meu quarto, mas ainda não fazer bulha antes que eu tocasse a campainha. Foi Françoise que lhe impôs essas regras. Era daquelas criadas de Combray que sabem o valor do patrão e julgam do seu dever fazer que se tenham para com ele todas as atenções devidas. Quando um visitante estranho dava a Françoise uma gorjeta a dividir-se com a cozinheira, mal o doador a dava, já Françoise, com uma rapidez, uma discrição e uma energia iguais, passara a lição à cozinheira, que vinha agradecer não por meias palavras, mas francamente, em voz alta, como Françoise lhe dissera que devia fazer. O cura de Combray não era nenhum gênio, mas ele também sabia o que cumpria fazer-se. Sob sua direção, a filha de primos protestantes da sra. Sazerat se convertera ao catolicismo e a família procedera muito bem com ele: tratava-se de um casamento com um nobre de Méséglise. Os pais do rapaz escreveram para tomar informações uma carta bastante desdenhosa e na qual se depreciava a origem protestante. O cura de Combray respondeu em tom tão enérgico que o nobre de Méséglise, curvado e prosternado, escreveu segunda carta bem diferente, em que solicitava unir-se à moça como o mais precioso favor.

Françoise não teve mérito em fazer o meu sono respeitado por Albertine. Estava imbuída da tradição. Por um silêncio que manteve, ou pela resposta peremptória que deu a uma ordem de entrar no meu quarto ou mandar pedir-me qualquer coisa, inocentemente formulada por Albertine, compreendeu esta com estupor achar-se num mundo estranho, de costumes desconhecidos, regido por leis de vida que não se podia pensar em infringir, do que já tivera um primeiro pressentimento em Balbec, mas em Paris não tentou resistir sequer e esperou pacientemente todas as manhãs que eu tocasse a campainha para ousar fazer rumor.

A educação que lhe deu Françoise foi salutar aliás à nossa velha criada também, acalmando pouco a pouco os gemidos que não cessava de soltar desde nossa volta de Balbec. Pois no momento de tomar o bonde acudiu-lhe que se esquecera de dizer adeus à "governanta" do hotel, criatura bigoduda que vigiava os andares, mal conhecia Françoise, mas fora relativamente polida com ela. Queria Françoise por força voltar, descer do bonde, ir ao hotel despedir-se da governanta e só partir no dia seguinte. O bom senso, e sobretudo meu repentino horror de Balbec, impediram-me de lhe aquiescer ao desejo, mas ela tornou-se de um mau humor doentio e febril, que, resistindo à mudança de clima, continuava em Paris. Pois, segundo o código de Françoise, tal como está ilustrado nos baixos-relevos de Saint-André-des-Champs, desejar a morte de um inimigo, matá-lo mesmo não é proibido, mas é horrível não cumprir pequenos deveres, não retribuir uma gentileza, partir como uma grosseirona sem dizer adeus a uma governanta de hotel. Durante toda a viagem, a lembrança a cada momento de não se ter despedido daquela mulher fizera subir às faces de Françoise um vermelhão de assustar. E se ela se recusou a beber e a comer até Paris, foi talvez porque aquela lembrança lhe punha um "peso real" "no estômago" (cada classe social tem a sua patologia), mais ainda do que para nos punir.

Entre os motivos que faziam com que mamãe me escrevesse uma carta todos os dias, e uma carta em que não faltava nunca uma citação qualquer de Madame de Sévigné, havia a lembrança de minha avó. Mamãe me escrevia: "A senhora Sazerat nos deu um desses almoços de que ela possui o segredo e que, como diria tua pobre avó, citando Madame de Sévigné, nos tiram da solidão sem nos impor a sociedade". Em minhas primeiras respostas cometi a tolice de escrever a mamãe: "Por estas citações, tua mãe te haveria de reconhecer imediatamente". O que me valeu, três dias depois, esta resposta: "Meu filho, se era para falar-me de 'minha mãe', foste muito infeliz invocando o nome de Madame de Sévigné. Ela te teria respondido como a Madame Grignan: 'De você não era nada? Eu pensava que vocês fossem parentes'".[6]

Entretanto chegava aos meus ouvidos o rumor dos passos de minha amiga, que entrava ou saía de seu quarto. Então eu tocava a campainha, pois era a hora em que Andrée vinha com o chofer, amigo de Morel e arranjado pelos Verdurin, buscar Albertine. Falara eu a esta da possibilidade longínqua de nos casarmos; nunca o fizera, porém, de um modo formal; ela mesma, por discrição, quando eu dissera: "Não sei, mas talvez fosse possível", balançara a cabeça com um sorriso melancólico, dizendo: "Qual, não seria não", o que significava: "Sou pobre demais". E não obstante dizer-lhe "nada menos certo", quando se tratava de projetos para o futuro, presentemente eu tudo fazia para distraí-la, tornar-lhe a vida agradável, procurando talvez também, inconscientemente, levá-la a desejar casar comigo. Ela mesma ria de todo aquele luxo. "Imagino a cara da mãe de Andrée vendo-me na pele de uma senhora rica como ela, o que ela chama uma senhora que tem 'cavalos, carruagens, quadros'. Eu nunca lhe contei que ela dizia isso. Oh, é um número! O que me admira é ela elevar os quadros à dignidade dos cavalos e das carruagens."

Veremos depois que, apesar de certos hábitos estúpidos de se exprimir que ainda conservava, Albertine se desenvolvera enormemente, o que me era de todo indiferente, pois as superioridades de espírito de uma companheira sempre me interessaram tão pouco que, se as assinalei a uma ou outra, o fiz por mera gentileza. Só, ter-me-ia talvez agradado o curioso gênio de Françoise. Eu não podia deixar de sorrir durante alguns instantes, quando, por exemplo, sabendo que Albertine estava ausente, ela me abordava com estas palavras: "Divindade do céu posta num leito!". Eu dizia: "Ora, Françoise, por que 'divindade do céu?'". "Se o senhor pensa que se

6 Citação modificada da carta do dia 5 de janeiro de 1676 de Madame de Sévigné para a filha, a sra. de Grignan. Nela, Madame de Sévigné repreende a filha de aludir ao avô como "senhor seu pai". (N. do R. T.)

parece com os que andam neste mundo de pecado, está muito enganado!" "Mas por que 'posta' num leito, bem vê que estou deitado." "O senhor nunca está deitado. Já se viu alguém deitado assim? O senhor veio pousar aí. Neste momento o seu pijama, todo branco, e os seus movimentos de pescoço dão-lhe o ar de uma pomba."

Albertine, mesmo na ordem das coisas bobas, exprimia-se de modo totalmente diferente do da menina que era poucos anos atrás em Balbec. Chegava a declarar a propósito de um acontecimento político por ela condenado: "Acho isto formidável". E não sei se não foi por esse tempo que aprendeu a dizer, para dar a entender que achava um livro mal escrito: "É interessante, mas parece escrito *por um porco*".

Divertia-a muito a proibição de entrar no meu quarto antes que eu chamasse. Como tomara o nosso hábito familiar das citações e utilizava para isso as das peças que representara no convento e que eu lhe dissera apreciar, comparava-me sempre a Assuero:

Et la mort est le prix de tout audacieux
Qui sans être appelé se présente à ses yeux.

Rien ne met à l'abri de cet ordre fatal
Ni le rang, ni le sexe, et le crime est égal.

Moi-même...
Je suis à cette loi comme une autre soumise:
Et sans le prévenir il faut pour lui parler
Qu'il me cherche ou du moints qu'il me fasse appeler.[7]

7 "E do infeliz que ousar vir à sua presença./ Sem um chamado seu é a morte a recompensa./ Nada pode eximir dessa regra fatal,/ Nada, nem posição, nem sexo; o crime é igual./ Eu mesma. Como todas me vejo a essa lei submetida:/ E sem o prevenir, se lhe quero falar,/ Aguardo que ele venha ou me mande chamar." (N. dos T.) Citação de versos da peça *Esther*, de Jean Racine (versos 199-200 e 201-204). Como Albertine, a "cativa" Esther mantém um segredo que pode desencadear sua perdição: ela ainda não revelou ao rei, seu marido, que é judia ("O rei, até o momento, ignora quem sou", verso 90); ora, As-

Fisicamente, mudara também. Seus longos olhos azuis — mais alongados — não tinham guardado a mesma forma; continuavam sim da mesma cor, mas pareciam ter passado ao estado líquido. A tal ponto que, quando os fechava, era como quando com cortinas se impede de ver o mar. Era sem dúvida dessa parte dela que eu sobretudo me lembrava, todas as noites ao deixá-la. Pois, por exemplo, bem ao contrário pelas manhãs, a crespidão de seus cabelos me causou durante muito tempo a mesma surpresa, como uma coisa nova que eu nunca tivesse visto. E no entanto, acima do olhar sorridente de uma moça, que haverá mais bonito do que esta coroa anelada de violetas pretas. O sorriso propõe mais amizade; mas os aneizinhos envernizados dos cabelos em flor, mais parentes da carne, de que parecem a transposição em pequeninas ondas, captam melhor o desejo.

Mal entrava no meu quarto, pulava para a cama e às vezes definia o meu gênero de inteligência, jurando num transporte sincero que preferia morrer a deixar-me; era nos dias em que eu me barbeava antes de chamá-la. Era dessas mulheres que não sabem deslindar a razão do que sentem. O prazer que lhes causa uma tez fresca, explicam-no pelas qualidades morais daquele que lhes parece apresentar uma possibilidade de felicidade para o futuro, suscetível aliás de decrescer e tornar-se menos necessária à medida que deixamos repontar a barba.

Perguntava-lhe eu onde pretendia ir. "Creio que Andrée quer me levar às Buttes-Chaumont que não conheço." Claro que me era impossível adivinhar entre tantas frases se debaixo daquela se escondia uma mentira. Aliás, confiava que Andrée me dissesse todos os lugares aonde ia com Albertine. Em Balbec, ao me sentir

suero, incitado por Aman, decide eliminar os judeus e Mardoqueu, velho rabino que criou Esther, vem pedir a ajuda dela para dissuadir o rei. No trecho citado por Albertine, Esther explica a Mardoqueu a dificuldade, mesmo para ela que é rainha, de se aproximar do rei Assuero. Françoise, por sua vez, incorpora a personagem de Aman: "[...] ela gostaria que Albertine-Esther fosse banida. Esse era o desejo de Françoise" (cf. infra). (N. do R. T.)

por demais cansado de Albertine, tencionara dizer mentirosamente a Andrée: "Andréezinha querida, se eu tivesse tornado a vê-la mais cedo! Era a você que teria amado. Mas agora meu coração está comprometido. Mesmo assim, podemos ver-nos com frequência, pois meu amor por outra me causa grandes desgostos e você me ajudará a consolar-me". Ora, essas mesmas palavras de mentira tinham se tornado verdade três semanas depois. Talvez Andrée tivesse acreditado em Paris que era de fato uma mentira e que eu a amava, como teria sem dúvida acreditado em Balbec. Pois a verdade muda tanto para nós que os outros custam a reconhecer-se nela. E como eu sabia que ela contaria tudo o que as duas fizessem, tinha lhe pedido e ela aceitara vir buscar Albertine quase todos os dias. Assim, eu poderia, sem preocupações, ficar em casa. E esse prestígio de ser Andrée uma das pequenas do grupinho me fazia esperar que ela obtivesse de Albertine tudo quanto eu quisesse. Realmente, poderia dizer-lhe agora com toda a sinceridade que ela seria capaz de me tranquilizar.

Por outro lado, minha escolha de Andrée (que acontecia estar em Paris, tendo renunciado ao seu projeto de voltar a Balbec) como guia de minha amiga resultara de me haver Albertine falado da afeição que sua amiga tivera por mim em Balbec, num momento em que, ao contrário, pensei que a enfastiava, e se eu o tivesse sabido então, a Andrée é que teria talvez amado. "Então você não sabia?", disse-me Albertine. "Pois nós pilheríavamos sobre isso entre nós. De resto você não notou que ela tinha dado para imitar os seus modos de falar, de raciocinar? Sobretudo quando acabava de estar com você era impressionante. Não era preciso que nos contasse. Quando chegava, se vinha de sua companhia, notava-se à primeira vista. Nós nos entreolhávamos e ríamos. Ela parecia um carvoeiro que não quer passar por carvoeiro. Por preto que esteja. Um moleiro não precisa dizer que é moleiro, vê-se muito bem que está coberto de farinha; ainda traz a marca dos sacos que carregou. Andrée era a mesma coisa, mexia as sobrancelhas como você, e o pescoço, enfim não sei explicar. Quando tiro um livro de seu quarto e vou lê-lo fora, todo mundo sabe de onde o tirei, porque ele cheira sempre um pouco às suas horríveis fumigações. É um nada, mas um nada no fundo muito agradável. Toda vez que alguém falava de você com simpatia ou parecia mostrar consideração por você, Andrée ficava encantada."

Apesar de tudo, para evitar que houvesse alguma coisa preparada sem conhecimento meu, aconselhei que desistissem das Buttes-Chaumont naquele dia e fossem de preferência a Saint-Cloud, ou qualquer outro lugar.

Eu sabia que isso não queria dizer, de certo, que eu amasse Albertine nem um pouco. O amor não é talvez mais do que a propagação daqueles redemoinhos que, depois de uma emoção, perturbam a alma. Alguns deles me tinham revolvido a alma inteira quando Albertine me falara em Balbec da srta. Vinteuil, mas agora haviam cessado. Eu já não amava Albertine, pois nada mais me restava, nem sombra de sofrimento, agora curado do que sentira no bonde em Balbec, ao saber qual havia sido a adolescência de Albertine, com visitas talvez a Montjouvain. Tinha pensado demais em tudo isso, estava curado. Mas, por momentos, certas maneiras de falar de Albertine me faziam supor — não sei por quê — que ela devia ter recebido em sua vida ainda tão curta muitos galanteios, declarações, e recebido com prazer, tanto vale dizer com sensualidade. Assim, dizia ela a propósito de qualquer coisa: "É verdade? É verdade mesmo?". Certo, se dissesse como uma Odette: "É verdade mesmo essa grande mentira?", eu não me teria preocupado, pois o ridículo da fórmula se explicaria por uma estúpida banalidade de espírito de mulher. Mas o seu ar interrogador: "É verdade?", dava-lhe por um lado a estranha impressão de uma criatura que não pode verificar as coisas por si mesma, que apela para o nosso testemunho, como se não possuísse as mesmas faculdades que nós (diziam-lhe: "Faz uma hora que partimos", ou: "Está chovendo", e ela perguntava: "É verdade?"). Infelizmente, por outro lado, a falta de facilidade de perceber por si mesma os fenômenos exteriores não devia ser a verdadeira origem dos "É verdade? É verdade mesmo?". Parecia mais que aquelas palavras tivessem sido, desde a sua nubilidade precoce, respostas aos "Sabe que nunca vi uma criatura tão bonita quanto você?", "Sabe que tenho um grande amor por você, que estou num estado de excitação terrível?". Afirmações a que respondiam, com modéstia faceiramente aquiescente aqueles "É verdade? É verdade mesmo?", os quais só serviam nas relações de Albertine comigo para responder por uma pergunta a uma afirmação como: "Você cochilou mais de uma hora". "É verdade?"

Sem me sentir de modo algum apaixonado por Albertine, sem contar como prazeres os momentos que passávamos juntos, eu continuava preocupado com o emprego de seu tempo; na verdade, deixara Balbec para ter a certeza de que ela não poderia mais ver esta ou aquela pessoa, na companhia de quem receava tanto que ela procedesse mal rindo-se, talvez rindo-se à minha custa, que eu tentara habilmente romper de um só golpe, com a minha partida, todas as suas más relações. E Albertine tinha tal força de passividade, tamanha faculdade de esquecer e de se submeter, que aquelas relações haviam sido cortadas com efeito e curada a fobia que me atormentava. Mas esta pode revestir tantas formas quantas o mal incerto que é a sua causa. Enquanto o meu ciúme não se reencarnava em novos seres, tivera eu depois dos meus sofrimentos passados um intervalo de calma. Mas o menor pretexto serve para que renasça uma doença crônica, como aliás a menor ocasião pode servir para que (após uma trégua de castidade) se exerça de novo, com seres diferentes, o vício da criatura que é causa deste ciúme. Eu tinha podido separar Albertine de suas cúmplices e, com isso, exorcizar as minhas alucinações; se se podia fazê-la esquecer as pessoas, tornar-lhe breves os apegos, por outro lado o seu gosto do prazer era crônico e só esperava talvez uma ocasião para se satisfazer. Ora, Paris oferecia as mesmas oportunidades que Balbec.

Em qualquer cidade que fosse, não precisava ela procurar, pois o mal não estava em Albertine só, mas em outras para quem toda ocasião de prazer é boa. Um olhar de uma logo compreendido pela outra aproxima as duas esfaimadas. E é fácil para uma mulher esperta fingir não ver, e cinco minutos depois dirigir-se à pessoa que compreendeu e a esperou numa rua transversal, e, em duas palavras, marcar um encontro. Quem saberá jamais? E era tão simples para Albertine dizer, a fim de continuar aquilo, que desejava rever tal arredor de Paris que lhe agradara. Por isso bastava que ela voltasse para casa demasiado tarde, que seu passeio durasse um tempo inexplicável, ainda que talvez facílimo de explicar sem fazer intervir nenhum motivo sensual, para que meu mal renascesse, ligado desta vez a representações que não eram de Balbec, e que eu me esforçaria, como fizera em ocasiões anteriores, por destruir, como se a destruição de uma causa efêmera pudesse acarretar a de um mal congênito. Não me acudia que naquelas destruições, onde tinha por cúmplice em Albertine a sua faculdade de mudar, o seu poder de esquecer, quase de odiar, o objeto recente de seu amor, causava eu às vezes uma dor profunda a este e àquele ser desconhecido com os quais ela desfrutava sucessivamente o prazer, e que essa dor, eu a causava em vão, pois eles seriam abandonados, substituídos, e paralelamente ao caminho balizado por tantos abandonos que ela cometeria levianamente, prosseguiria para mim outro implacável, apenas interrompido por pequeníssimas tréguas; de modo que, refletindo bem, meu sofrimento não podia ter um fim senão com Albertine ou comigo. Mesmo nos primeiros tempos de nossa chegada a Paris, não satisfeito com as informações dadas por Andrée e pelo chofer sobre os passeios que ambos faziam com minha amiga, sentira eu que os arredores de Paris me eram tão cruéis quanto os de Balbec e partira em viagem de alguns dias com Albertine. Mas em toda parte a incerteza do que ela fazia era a mesma; as possibilidades de ser o mal, igualmente numerosas, a vigilância ainda mais difícil, tanto assim que voltei com ela para Paris. Na realidade, saindo de Balbec, pensei sair de Gomorra e arrancar de lá Albertine; ai de mim! Gomorra andava dispersa pelos quatro cantos do mundo. E em parte por causa do meu ciúme, em parte por ignorância dessas alegrias (caso que é raríssimo), regulara eu, sem saber que o fazia, esse jogo de esconder em que Albertine me escaparia sempre.

Interrogava-a à queima-roupa: "Ah!, a propósito, Albertine, será que sonhei, ou você disse que conhecia Gilberte Swann?". "Conheci, quer dizer, ela falou comigo no curso, porque tinha os cadernos de história de França, foi mesmo muito amável, emprestou-me os cadernos e eu os restituí quando tornei a vê-la." "Ela é do gênero de mulheres de que eu não gosto?" "Oh, não, de todo, pelo contrário."

Mas em vez de me entregar a esse gênero de conversas investigadoras, eu consagrava muitas vezes a imaginar o passeio de Albertine, as forças que não empregava em fazê-lo, e falava a minha amiga com aquele ardor que guardam intato os projetos não executados. Exprimia tamanho desejo de rever certo vitral de Sainte Chapelle, tal pesar de não poder fazê-lo só com ela, que ela dizia com ternura: "Mas, meu bem, já que isto parece agradar-lhe tanto, faça um esforçozinho, venha conosco. Esperaremos o tempo que você quiser até que fique pronto. Aliás, se você prefere ficar só comigo, não custa despachar Andrée, ela virá de outra vez". Mas essas mesmas instâncias fortaleciam a calma que me permitia ceder ao meu desejo de ficar em casa.

Não imaginava que a apatia que havia em descarregar assim sobre Andrée ou sobre o chofer o cuidado de acalmar a minha agitação deixando-os vigiar Albertine, anquilosava em mim, tornava inertes todos esses movimentos imaginativos da inteligência, todas essas inspirações da vontade que ajudam a adivinhar, a impedir o que uma pessoa vai fazer; certo, por natureza, o mundo dos possíveis sempre me foi mais aberto que o da contingência real. Isto ajuda a conhecer a alma, mas a gente se deixa enganar pelos indivíduos. Meu ciúme nascia por imagens, em virtude de um sofrimento, não segundo uma probabilidade. Ora, pode haver na vida dos homens e na dos povos (e haveria um dia na minha) um momento em que necessitamos ter em nós um chefe de polícia, um diplomata de visão clara, um delegado de segurança, que, em vez de pensar nos possíveis ocultos no espaço até os quatro pontos cardeais, raciocina certo e diz consigo: "Se a Alemanha declara isto, é que pretende fazer outra coisa, não vagamente outra coisa, mas muito precisamente esta ou aquela que já está mesmo talvez começada". "Se tal pessoa fugiu, não foi para o ponto a, b, d, mas para o ponto c, e o lugar onde devemos efetuar as nossas buscas é e". Ai de mim, essa faculdade que não era muito desenvolvida em mim, deixava-a eu embotar-se, perder as forças, desaparecer, habituando-me a permanecer calmo já que outros tratavam de vigiar por mim. Quanto à razão desse desejo de não sair, ser-me-ia desagradável dizê-la a Albertine. Dizia-lhe que o médico me prescrevera ficar deitado. Não era verdade. Mesmo que o fosse, as prescrições dele não me teriam impedido de acompanhar minha amiga. A esta eu pedia me dispensasse de ir com ela e Andrée. Direi somente uma das razões, que era uma razão de prudência. Quando saía com Albertine, por um instante que ela ficasse sem mim, eu me tornava inquieto, imaginava que talvez ela tivesse falado com alguém ou pelo menos olhado para alguém. Se ela não se mostrava de excelente humor, eu pensava logo que lhe fazia perder ou adiar um projeto. A realidade nunca é mais do que uma isca lançada a um desconhecido em cujo caminho não podemos ir muito longe. É melhor não saber, pensar o menos possível, não fornecer ao ciúme o mínimo detalhe concreto. Infelizmente, na falta da vida exterior, incidentes há que são causados também pela vida interior; na falta dos passeios de Albertine, as casualidades deparadas nas reflexões que eu fazia quando ficava só me forneciam às vezes pequeninos fragmentos de real que atraem a si, como um ímã, um pouco de desconhecido, o qual, desde então, se torna doloroso. Por mais que se viva sob o equivalente de uma campânula pneumática, as associações de ideias, as lembranças continuam a funcionar.

Mas esses choques internos não se produziam logo; mal Albertine saía para o seu passeio, eu me sentia vivificado, ainda que não fosse senão por alguns instantes, pelas exaltantes virtudes da solidão. Participava dos prazeres do dia que começava; o desejo arbitrário — a veleidade caprichosa e puramente minha — de gozá-los não teria bastado para pô-los ao meu alcance, se o tempo especial que fazia não lhes tivesse não somente evocado as imagens passadas, mas afirmado a realidade atual, imediatamente acessível a todos os homens que uma circunstância contingente e por conseguinte desprezível não forçasse a ficar em casa. Em certos dias bonitos, fazia tanto frio, estávamos em tão ampla comunicação com a rua, que parecia tivessem desunido as paredes da casa, e cada vez que passava o bonde, o seu timbre ressoava como faria uma faca de prata batendo numa casa de vidro. Mas era sobretudo em mim que eu ouvia, inebriado, um som novo emitido pelo violino interior. Suas cordas são retesadas ou relaxadas por simples diferenças da temperatura, da luz exteriores. Em nosso ser, instrumento que a uniformidade do hábito tornou silencioso, o canto nasce desses desvios, dessas variações, fonte de toda música: o tempo que faz em certos dias nos leva logo a passar de uma nota a outra. Volta-nos à memória a ária cuja necessidade matemática poderíamos ter adivinhado, e que durante os primeiros instantes cantamos sem a reconhecer. Só essas modificações internas, embora vindas de fora, renovavam para mim o mundo exterior. Portas de comunicação, há muito condenadas, reabriam-se em meu cérebro. A vida de certas cidades, a alegria de certos passeios retomavam em mim os seus lugares. Estremecendo dos pés à cabeça em torno da corda vibrante, eu teria sacrificado minha vida sem brilho de outrora e minha vida vindoura, apagada pela borracha do hábito, por esse estado tão particular.

Se eu não ia acompanhar Albertine em seu longo passeio, meu espírito vagabundeava muito mais ainda e, por haver recusado saborear com os meus sentidos aquela manhã, gozava eu pela imaginação todas as manhãs semelhantes, passadas ou possíveis, mais exatamente certo tipo de manhãs de que todas as do mesmo gênero não eram senão a intermitente aparição e que eu bem depressa reconhecia; pois o ar vivo se encarregava de virar as páginas que era preciso, e eu deparava bem indicado diante de mim, para que pudesse segui-lo de minha cama, o evangelho do dia. Essa manhã ideal enchia meu espírito de realidade permanente, idêntica a todas as manhãs semelhantes, e me comunicava uma alegria que meu estado de debilidade não minorava: resultando para nós o bem-estar muito menos de nossa saúde que do excedente não utilizado de nossas forças, podemos atingi-lo tanto aumentando estas, quanto restringindo a nossa atividade. A que transbordava em mim e que eu mantinha em potencial no meu leito, fazia-me estremecer, interiormente saltar, como uma máquina que, impedida de mudar de lugar, gira sobre si mesma.

Françoise vinha acender o fogo e para fazê-lo pegar jogava sobre ele uns raminhos cujo odor, esquecido durante todo o verão, descrevia em torno da lareira um círculo mágico, dentro do qual, vendo-me a mim mesmo a ler ora em Combray, ora em Doncières, eu me sentia tão contente, ficando em meu quarto em Paris, como se estivesse prestes a sair a passeio para o lado de Méséglise, ou a encontrar-me com Saint-Loup e seus amigos que faziam serviço militar no campo. Acontece muitas vezes que o prazo experimentado por todos os homens em rever as lembranças que sua memória colecionou é o mais vivo, por exemplo, naqueles que a tirania do mal físico e a esperança cotidiana da cura privam, por um lado, de ir buscar na natureza quadros que se pareçam com essas lembranças e, por outro lado, deixam bastante confiantes de o poderem fazer muito breve, para ficarem em face deles em estado de desejo, de apetite e não os considerar tão somente como lembranças, como quadros. Mas ainda que nunca mais devessem ser para mim senão isso, e pudesse eu, ao recordá-los, revê-los apenas, eis que súbito refaziam em mim, de mim inteirinho, pela virtude de uma sensação idêntica, o menino, o adolescente que os tinha visto. Não houvera somente mudança de tempo lá fora, ou no quarto modificação de odores, mas em mim diferença de idade, substituição de pessoa. O odor, no ar gelado, dos raminhos de árvores era como um pedaço do passado, uma branquisa invisível desprendida de inverno antigo e avançando quarto adentro, estriada, muitas vezes, aliás, por um tal perfume, um tal clarão, como em outros anos, nos quais eu me encontrava remergulhado, invadido, antes mesmo de as ter identificado, pela alegria de esperanças há muito abandonadas. O sol vinha até minha cama, atravessava a parede transparente do meu corpo afilado, aquecia-me, dava-me o queimor do cristal. Então, convalescente esfaimado que se repasta já de todas as iguanas que lhe recusam ainda, eu considerava se casar com Albertine não me estragaria a vida, quer fazendo-me assumir o encargo, por demais pesado para mim, de me consagrar a outra pessoa, quer forçando-me a viver ausente de mim mesmo por causa de sua presença contínua e privando-me, para sempre, das alegrias da solidão. E não somente destas. Mesmo não pedindo ao dia senão desejos, alguns há — os que são provocados não mais pelas coisas mas pelas criaturas — cujo caráter está em serem individuais. Se, saindo da cama, ia descerrar um instante a cortina da minha janela, não era apenas como um músico abre um instante o piano, e para verificar se, no balção e na rua, a luz do sol estava exatamente no mesmo diapasão que na minha lembrança, era também para avistar alguma lavadeira carregando o seu cesto de roupa, uma padeira de avental azul, uma leiteira com babador e mangas de linho branco, segurando o gancho em que vão suspensas as garrafas de leite, alguma altaneira adolescente loira acompanhada de sua governanta, uma imagem enfim que as diferenças de linhas, talvez quantitativamente insignificantes, bastavam para fazer tão diferente de qualquer outra como numa frase musical a diferença de duas notas, e sem cuja visão eu haveria empobrecido o dia das finalidades que ele podia propor aos meus desejos de felicidade. Mas, se o acréscimo de alegria, trazido pela visão das mulheres impossíveis de imaginar *a priori*, tornava-me mais desejáveis, mais dignos de ser explorados, a rua, a cidade, o mundo, dava-me por isso mesmo a sede de curar-me, de sair e, sem Albertine, de ser livre. Quantas vezes, quando a mulher desconhecida em quem eu ia cismar passava diante de minha casa, ora a pé, ora a toda a velocidade do seu automóvel, sofri de meu corpo não poder seguir o meu olhar que a alcançava e, caindo sobre ela como atirado do vão da minha janela por um arcabuz, deter a fuga do rosto em que esperava a oferta de uma aventura que eu, assim enclausurado, não provaria jamais!

De Albertine, em compensação, nada me restava por descobrir. Cada dia me parecia menos bonita. Só o desejo que ela excitava nos outros, quando, sabendo-o, eu recomeçava a sofrer e queria disputar-lha, elevava-a aos meus olhos num alto pavês. Ela era capaz de me causar sofrimento, mas de nenhum modo alegria. Só pelo sofrimento subsistia o meu aborrecido apego. Desde que ela desaparecia, e com ela a necessidade de acalmá-lo, requerendo toda a minha atenção como uma distração atroz, eu sentia o nada que ela era para mim, e que eu devia ser para ela. Sentia-me infeliz com a duração desse estado e, por momentos, desejava saber de alguma coisa horrorosa que ela tivesse praticado e que fosse capaz, até que eu me curasse, de nos malquistar, o que nos permitiria reconciliar-nos, refazer diferente e mais flexível a corrente que nos ligava. Enquanto isso, incumbia mil circunstâncias, mil prazeres, de lhe proporcionar junto a mim a ilusão daquela felicidade que eu não me sentia capaz de dar-lhe. Gostaria de partir para Veneza, logo que ficasse bom, mas como fazê-lo, se casasse com Albertine, eu tão ciumento dela que, mesmo em Paris, quando me decidia a mover-me era para sair com ela? Mesmo quando eu ficava em casa toda a tarde, meu pensamento seguia-a em seu passeio, descrevia um horizonte longínquo, azulado, engendrava em torno do centro que eu era uma zona móvel de incerteza e de vago. Pensava comigo: "Como Albertine me pouparia as angústias da separação se, no curso de um desses passeios, vendo que não lhe falo mais de casamento, se decidisse a não voltar, e partisse para a casa da tia, sem que eu tivesse de lhe dizer adeus!". Meu coração, desde que a sua ferida cicatrizava, começava a não mais aderir ao de minha amiga; eu podia pela imaginação removê-la, afastá-la de mim sem sofrer. Sem dúvida, em vez de mim, outro qualquer seria seu marido, e livre ela teria talvez daquelas aventuras que me inspiravam horror. Mas fazia um tempo tão bonito, eu estava tão certo de que ela voltaria à noitinha, que mesmo se aquela ideia de possíveis culpas me vinha à cabeça, eu podia, por um ato livre, encerrá-la numa parte do meu cérebro onde ela não tinha mais importância do que teriam para minha vida real os vícios de uma pessoa imaginária; fazendo girar os gonzos macios do meu pensamento, eu tinha, com uma energia que sentia, em minha cabeça, ao mesmo tempo física e mental como um movimento muscular e uma iniciativa espiritual, ultrapassado o estado de preocupação costumeira em que estivera confinado até então e começava a me mover ao ar livre, de onde tudo sacrificar para impedir o casamento de Albertine com outro e opor obstáculo ao seu gosto pelas mulheres parecia tão desarrazoado aos meus próprios olhos como aos de alguém que não a conhecesse. Aliás, o ciúme é dessas doenças intermitentes, cuja causa é caprichosa, imperativa, sempre idêntica no mesmo doente, às vezes inteiramente diversa em outro. Asmáticos há que só acalmam a sua crise abrindo as janelas, respirando o vento forte, um ar puro nas alturas, outros refugiando-se no centro da cidade, num quarto enfumaçado. Poucos ciumentos há cujo ciúme não admita certas derrogações. Este consente em ser enganado contanto que lhe digam, aquele contanto que lhe escondam, no que um não é menos absurdo que o outro, pois se o segundo é mais verdadeiramente enganado, visto que lhe dissimulam a verdade, o primeiro reclama, nessa verdade, o alimento, a extensão, o renovamento de suas penas.

Mais ainda, essas duas manias inversas do ciúme vão muitas vezes além das palavras, implorem ou recusem as confidências. Sei de ciumentos que só o são das mulheres com quem a amante tem relações longe deles, mas permitem que ela se entregue a outro homem que não eles, se for com autorização deles, junto deles e, se não à vista, pelo menos sob o mesmo teto. Este caso é frequente nos homens idosos apaixonados por mulher moça. Sentem a dificuldade de lhe agradar, às vezes a impotência de contentá-la e, para não serem enganados, preferem admitir em casa, num quarto vizinho, alguém que julgam incapaz de dar a ela maus conselhos, mas não o prazer. Com outros, é justamente o contrário; não deixando a amante sair desacompanhada, um minuto que seja, numa cidade que conhecem, permitem-lhe partir por um mês para um país que não conhecem, onde não podem imaginar o que fará. Eu tinha para com Albertine estas duas espécies de manias tranquilizadoras. Não teria ciúme se ela desfrutasse prazeres junto de mim, incentivados por mim, mantidos inteiramente sob minha vigilância, poupando-me assim o receio da mentira; tampouco também o teria talvez se ela partisse para um país bastante desconhecido de mim e afastado para que eu não pudesse imaginar, nem ter a possibilidade e a tentação de saber o gênero de vida que ela levaria lá. Nos dois casos, a dúvida teria sido suprimida por um conhecimento ou uma ignorância igualmente completos.

O declínio do dia remergulhando-me pela lembrança numa atmosfera antiga e fresca, eu respirava-a com as mesmas delícias que Orfeu o ar sutil, desconhecido nesta terra, dos Campos Elísios. Mas, já a tarde acabava e eu era invadido pela consternação da noite. Calculando maquinalmente no relógio quantas horas se passariam antes que Albertine voltasse, via que ainda tinha tempo de me vestir e descer para pedir à minha proprietária, a sra. de Guermantes, umas indicações sobre certas coisas bonitas de *toilette* que eu queria dar à minha amiga. Às vezes encontrava a duquesa no pátio, saindo para excursões a pé, mesmo se fazia mau tempo, com um chapéu baixo e um agasalho de peles. Eu sabia muito bem que para muita gente inteligente ela era apenas uma senhora qualquer, nada significando o nome de duquesa de Guermantes, agora que não há mais ducados nem principados, mas eu adotara outro ponto de vista na maneira de gozar das criaturas e dos lugares. Todos os castelos das terras de que era duquesa, princesa, viscondessa, aquela senhora, que, com um casaco de peles, afrontava o mau tempo, parecia-me trazer, consigo, como as personagens esculpidas na verga dum portal seguram na mão a catedral que construíram, ou a cidade que defenderam. Mas aqueles castelos, aquelas florestas, só os olhos de minha alma os podiam ver na mão esquerda da senhora de peliça, prima do rei. Os de meu corpo não distinguiam nela, em dias de tempo ameaçador, senão o guarda-chuva de que a duquesa não receava armar-se. "Nunca se sabe, é mais prudente, se eu for surpreendida pela chuva muito longe de casa e um cocheiro de praça quiser cobrar caro demais pela corrida." As palavras "caro demais", "exceder os meus recursos" voltavam sempre na conversa da duquesa, assim como: "Sou muito pobre", sem que se pudesse apurar se ela falava assim por achar divertido dizer que era pobre, sendo tão rica, ou por considerar elegante, sendo tão aristocrática, embora se fingindo de camponesa, não ligar à riqueza a importância das pessoas que não são senão ricas e desprezam os pobres. Talvez fosse antes um hábito contraído numa época de sua vida em que, já rica, mas insuficientemente, atendendo-se ao que custava a manutenção de tantas propriedades, sentia certas dificuldades de dinheiro que não queria ter o ar de dissimular. As coisas de que falamos o mais das vezes em tom de gracejo são geralmente, ao contrário, as que incomodam, mas não queremos mostrá-lo, com talvez a esperança inconfessada de uma vantagem suplementar: de justamente a pessoa com quem conversamos, ouvindo-nos gracejar daquilo, pensar que não é verdade.

Mais frequentemente, porém, àquela hora, eu sabia que encontraria a duquesa em casa, e me sentia feliz com isso, pois era mais cômodo para lhe pedir demoradamente as informações desejadas por Albertine. E eu descia sem quase pensar quanto era extraordinário que eu fosse à casa daquela misteriosa sra. de Guermantes da minha infância unicamente a fim de me utilizar dela para uma mera comodidade prática, como se faz com o telefone, instrumento sobrenatural diante de cujos milagres nos maravilhávamos outrora, e de que nos servimos agora maquinalmente, para chamar o alfaiate ou encomendar um sorvete.

As bagatelas do vestuário causavam a Albertine grandes prazeres. Eu não sabia privar-me de lhe dar todos os dias um novo presente desse gênero. E cada vez que ela me falava enlevada de uma echarpe, de uma estola, de uma sombrinha, que pela janela, ou passando pelo pátio, com os seus olhos que distinguiam tão depressa tudo o que dizia respeito à elegância, ela vira ao pescoço, nos ombros, ou na mão da sra. de Guermantes, sabendo eu que o gosto naturalmente difícil da moça (afinado ainda mais pelas lições de elegância que lhe dera a conversação de Elstir) não ficaria nada satisfeito com uma simples imitação, embora bonita, que substitui a verdadeira aos olhos do vulgo, mas que dela difere inteiramente, eu ia em segredo indagar da duquesa onde, como, por que modelo fora executado o que agradara a Albertine, como eu devia proceder para obter exatamente aquilo, em que consistia o segredo do fabricante, a graça (o que Albertine chamava "o *chic*"), o *cachet* do seu feitio, o nome preciso — a beleza do material tendo a sua importância — e a qualidade dos tecidos que eu devia pedir se utilizassem.

Quando, chegando de Balbec, eu dissera a Albertine que a duquesa de Guermantes morava em frente de nós, no mesmo edifício, ela tomara, ao ouvir o grande título e o grande nome, aquele ar mais que indiferente, hostil, desdenhoso, que é o sinal do desejo impotente nas naturezas altivas e apaixonadas. Por magnífica que fosse a de Albertine, não podiam as suas qualidades latentes desenvolver-se senão no meio desses entraves que são os nossos gostos, ou esse luto dos gostos a que fomos obrigados a renunciar — como para Albertine o esnobismo — e a que chamamos ódios. O de Albertine à alta sociedade tomava aliás muito pouco lugar nela e agradava-me por um certo lado espírito-de-revolução — isto é, amor infeliz da nobreza — inscrito na face oposta do caráter francês onde está o gênero aristocrático da sra. de Guermantes. Não se lhe dava a Albertine, por impossibilidade de atingi-lo, esse gênero aristocrático, mas lembrando-se ela de Elstir lhe ter falado da duquesa como da mulher de Paris que melhor se vestia, o desdém republicano em relação a uma duquesa cedeu lugar em minha amiga ao vivo interesse por uma elegante. Pediu-me muitas informações sobre a sra. de Guermantes e gostava que eu fosse à casa da duquesa em busca de conselhos de *toilette* para ela. Sem dúvida que eu poderia tê-los pedido à sra. Swann e até lhe escrevi uma vez nesse sentido. Mas a sra. de Guermantes me parecia ir ainda mais longe na arte de vestir. Se, descendo um momento à casa dela, depois de me ter certificado de que ela não saíra e havendo pedido que me prevenissem logo que Albertine voltasse, eu encontrava a duquesa enevoada na bruma de um vestido de crepe da China cinzento, aceitava esse aspecto, que sentia devido a causas complexas e que não poderia ser mudado, deixava-me invadir pela atmosfera que dele se desprendia, como o fim de certas tardes envoltas em cinza-pérola por um nevoeiro vaporoso; se, ao contrário, o vestido era chinês com chamas amarelas e vermelhas, eu o via como um pôr de sol que se acende; não eram essas *toilettes* uma decoração qualquer substituível à vontade, mas uma realidade dada e poética como é a do tempo que está fazendo, como é a luz especial a uma certa hora.

De todos os vestidos ou *robes de chambre* que usava a sra. de Guermantes, os que mais pareciam obedecer a determinada intenção, ser providos de significação especial, eram os que Fortuny fez segundo antigos desenhos de Veneza.[8] Será o seu caráter histórico, será antes o fato de cada um ser único que lhes dá um caráter tão particular que a atitude da mulher que os traz ao esperar-nos, ao conversar conosco, toma uma importância excepcional, como se

8 Os vestidos de Mariano Fortuny y Madrazo (1871-1949) são um *Leitmotiv* que percorrem todo o livro: condensando Veneza, por extraírem motivos de quadros de Carpaccio, eles lembram ao herói a cidade que há tanto tempo deseja visitar. Na conclusão do último volume da obra, o narrador proustiano associará o trabalho que realizou não a uma catedral, mas a um vestido. (N. do R. T.)

esse traje fosse fruto de longa deliberação e como se essa conversa se destacasse da vida corrente como uma cena de romance? Nos de Balzac, vemos heroínas pôr de caso pensado tal ou qual vestido, no dia em que devem receber tal visitante.[9] Os vestidos de hoje não têm tanto cunho, exceção feita para os de Fortuny. Nenhuma imprecisão pode subsistir na descrição do romancista, porquanto um vestido desses existe realmente, e os seus menores desenhos são tão naturalmente escolhidos quanto os de uma obra de arte. Antes de pôr este ou aquele, teve a mulher que fazer uma escolha entre dois vestidos, não mais ou menos parecidos, porém profundamente individuais cada qual, e a que se poderia dar nome.

Mas o vestido não me impedia de pensar na mulher. A sra. de Guermantes mesma me pareceu nessa época mais agradável que no tempo em que eu ainda a amava. Esperando menos dela (não ia mais vê-la por ela mesma), era quase com a tranquila sem-cerimônia que se tem quando se está só, muito à minha vontade, que eu a escutava como se lesse um livro escrito em linguagem de antigamente. Tinha bastante liberdade de espírito para apreciar no que ela dizia aquela graça francesa, pura como não se encontra mais, nem na fala, nem nos escritos do presente. Escutava-lhe a conversação como uma canção popular deliciosa e puramente francesa, compreendia que a tivesse ouvido zombar de Maeterlinck (a quem aliás ela admirava agora por fraqueza de espírito de mulher, sensível a essas modas literárias cujos raios chegam tardios), assim como compreendia que Mérimée zombasse de Baudelaire, Stendhal de Balzac, Paul-Louis Courier de Victor Hugo, Meilhac de Mallarmé.[10] Compreendia perfeitamente que o zombador tivesse entendimento bem acanhado em compa-

9 Característica já comentada por um grande leitor de Balzac, o barão de Charlus (cf. *Sodoma e Gomorra*). (N. do R. T.)

10 O erro de avaliação da duquesa, ao zombar de Maeterlinck, parece tão grave ao narrador que ele o compara ao que ocorre entre escritores e grandes eruditos (como Courier). O posicionamento zombeteiro da duquesa está em *O caminho de Guermantes*. (N. do R. T.)

ração com aquele de quem zombava, mas também um vocabulário mais puro. O da sra. de Guermantes, quase tanto quanto o da mãe de Saint-Loup, era-o de encantar. Não é nos frios pastiches dos escritores de hoje que dizem: *Au fait* (por *réalité*), *singulièrement* (por *en particulier*), *étonné* (por *frappé de stupeur*) etc. etc. que se encontra a velha linguagem e a verdadeira pronúncia das palavras, mas conversando com uma sra. de Guermantes ou uma Françoise; com esta última aprendera eu, desde os meus cinco anos, que não se diz o *Tam*, mas o *Tar*; nem *Béarn*, mas o *Béar*. O que me valeu aos vinte anos, quando comecei a frequentar a sociedade, não ter de aprender então que não se devia dizer como a sra. Bontemps: *Madame de Béarn*.

Mentiria eu se dissesse que esse laudo rural e quase camponês que ainda havia nela, não tivesse a duquesa consciência dele e não pusesse certa afetação em mostrá-lo. Mas de sua parte, era menos falsa simplicidade de grande dama que se faz de camponesa e orgulho de duquesa que escarnece das senhoras ricas desdenhosas dos camponeses que elas não conhecem, do que o gosto quase artístico de uma mulher que conhece o encanto do que possui e não vai estragá-lo com uma caiação moderna. Da mesma espécie era o dono de um restaurante normando em Dives que todo mundo conhecia, o Guilherme, o Conquistador, o qual — coisa bem rara — se absteve de dar à sua hospedaria o luxo moderno de um hotel, e, milionário, conservava o linguajar, a blusa de camponês normando e consentia que o viessem ver preparar ele próprio, como no campo, um jantar que nem por isso deixava de ser infinitamente melhor e ainda mais caro que nos maiores *palaces*.

Toda a seiva local que há nas velhas famílias aristocráticas não basta, é necessário que nelas nasça uma criatura bastante inteligente para não a desdenhar, para não a esconder sob o verniz mundano. A sra. de Guermantes, infelizmente espirituosa e parisiense e, na ocasião em que a conheci, guardando de sua terra apenas o sotaque, tinha pelo menos, quando queria descrever sua vida de moça, achado para a sua linguagem (entre o que teria parecido em demasia involuntariamente provinciano ou, pelo contrário, artificialmente letrado) um desses ajustes que tanto agradam em *La petite Fadette* de George Sand[11] ou em certas lendas contadas por Chateaubriand nas *Mémoires d'outre-tombe*.[12] Grande prazer sobretudo era para mim ouvi-la narrar alguma história que punha em cena camponeses com ela. Os nomes antigos, os velhos costumes davam a essas aproximações entre o castelo e a aldeia um quê muito saboroso. Há uma certa aristocracia que, tendo guardado contato com as terras onde era soberana, permanece regional, de modo que a conversa mais simples faz desenrolar-se aos nossos olhos toda uma carta histórica e geográfica da história de França.

11 A linguagem da duquesa de Guermantes é associada à linguagem de *La petite Fadette* (1848-1849), romance do ciclo de romances campestres de George Sand, ciclo do qual também fazem parte *La mare au diable* e *François le Champi*, que a mãe do herói lê para ele em "Combray". Naquele romance sobre irmãos gêmeos muito ligados, são empregadas algumas expressões e palavras da linguagem oral e outras específicas da região de Berry por um narrador originário de uma pequena comunidade da região (para o substantivo "gêmeos", por exemplo, o narrador emprega em vez de "jumeaux" a variante regional "bessons"; Landry, um dos gêmeos, era "uma migalha ("miette") maior e mais forte" que Sylvinet, por quem a mãe tinha "um fiapo ("brin") de preferência"; para dizer que Sylvinet dormia profundamente, o narrador diz que o jovem dormia "a plenos olhos" ("à pleins yeux"). (N. do R. T.)

12 Quanto a Chateaubriand, a edição italiana sugere que talvez o narrador se refira a uma lenda do quinto capítulo, quinto livro das *Memórias de além-túmulo*: a mãe do narrador das memórias lhe falava de uma jovem "de grande beleza", que (como Albertine) fora aprisionada em um castelo por um "certo senhor"; diante da igreja de São Nicolau, ela pedia ao santo que a libertasse; algumas patas são as únicas testemunhas de seu martírio; duzentos anos após sua morte, todos os anos uma pata voltava à igreja e deixava um de seus filhotes; para a sra. Chateaubriand, a jovem havia sido transformada em ave para "escapar à violência de seu vencedor" — prisão, fuga e morte (mais a mãe que narra a história) aproximam tal passagem das *Memórias de além-túmulo* do enredo de *Em busca do tempo perdido*. Vale também ressaltar o motivo da ave associado à morte e ressureição nas imagens de pássaros dos vestidos confeccionados por Fortuny. (N. do R. T.)

Se não havia nenhuma afetação, nenhuma vontade de fabricar uma linguagem para si própria, então aquela maneira de pronunciar era um verdadeiro museu de história de França pela conversação. "Meu tio-avô Fitt-jam" não tinha nada de admirar, pois sabemos que os Fritz-James gostam de proclamar que são grandes senhores franceses, e não querem que se lhes pronuncie o nome à inglesa. É preciso, aliás, admirar a comovente docilidade das pessoas que até então haviam pensado dever esforçar-se por pronunciar gramaticalmente certos nomes e, de repente, após ouvir a duquesa de Guermantes dizê-los, adotavam a pronúncia que não tinham podido supor. Assim como um bisavô da duquesa assistira junto ao conde de Chambord, ela, para implicar com o marido, que se tornara orleanista, gostava de proclamar: "Nós os velhos de Frochedorf". O visitante, que julgara acertar dizendo até então "Frohsdorf", virava casaca o mais depressa possível e passava a dizer a todo momento "Frochedorf".

Uma vez que eu perguntava à sra. de Guermantes quem era um rapaz encantador que ela me apresentara como seu sobrinho e cujo nome eu não ouvira bem, não distingui melhor esse nome quando do fundo da garganta a duquesa emitiu bem forte, mas sem articular: "É l... i Eon, l... b... irmão de Robert. Ele pretende ter a forma do crânio dos antigos galeses". Compreendi então que ela dissera: é o pequeno León (o príncipe de Léon, cunhado de Robert de Saint-Loup[13]). "De qualquer forma, não sei se tem o crânio", acrescentou, "mas o seu modo de vestir, que tem aliás muito *chic*, não parece lá muito do país. Um dia em que de Josselin, onde eu estava em casa dos Rohan, tínhamos ido a uma peregrinação, vieram camponeses um pouco de toda parte da Bretanha. Entre eles estava um brutamontes leonês, que olhava embasbacado para a calça bege do

13 A frase original da duquesa era: "c'est le petit Léon, beau-frère de Robert" — ou seja, ela não pronuncia a vogal "e" não acentuada de "le petit" e a reforça quando aparece acentuada, no nome "Léon"; ela também elimina "beau" do substantivo "cunhado", o que sobra é "frère" ("irmão"). (N. do R. T.)

cunhado de Robert. 'Por que estás aí a me olhar assim? Aposto que nem sabes quem eu sou', disse-lhe Léon. E como o camponês confirmasse que não: 'Pois fica sabendo que sou o teu príncipe'. 'Ah!', respondeu o camponês descobrindo-se e desculpando-se, 'pensei que era um *englische*'." E se, aproveitando aquele ponto de partida, eu levava a sra. de Guermantes a falar sobre os Rohan (com quem os seus se aliaram muitas vezes), sua conversação impregnava-se um pouco do encanto melancólico das romarias bretãs e, como diria esse verdadeiro poeta que é Pampille, "do acre sabor das panquecas de trigo preto, cozidas num fogo de juncos marinhos".[14]

Do marquês de Lau, cujo triste fim conhecemos (surdo, fazendo-se levar à casa da sra. H., cega), contava os anos menos trágicos quando ele, depois da caçada, em Guermantes, se metia nos chinelos de pano para tomar chá com o rei da Inglaterra, a quem não se considerava inferior, com quem, como se vê, não fazia cerimônia. Ela chamava a atenção para isso com tanto pitoresco, que lhe acrescentava o penacho à mosqueteiro dos fidalgos um pouco gloriosos do Périgord.[15]

Aliás, até na simples qualificação das pessoas, ter o cuidado de diferençar as províncias era na sra. de Guermantes, fiel a si mesma, uma graça a mais, que não teria nunca uma parisiense de nascimento, e os simples nomes de Anjou, de Poitou, de Périgord refaziam paisagens em sua conversação.

14 Em *O caminho de Guermantes*, o narrador já mencionara "Pampille" ao comentar o vocabulário "delicioso" da duquesa. Era sob esse pseudônimo que a mulher do amigo de Proust, Léon Daudet, publicava receitas no jornal de extrema direita *Action Française*. Tais receitas seriam reunidas no livro *Les bons plats de France. Cuisine régionale*, em 1913. Cabe notar que são as receitas da sra. Daudet que o narrador valoriza; o elogio dos textos de caráter reacionário do marido de "Pampille" ficará por conta do professor da Sorbonne, Brichot. (N. do R. T.)

15 Procedimento proustiano, tantas vezes reiterado, de colocar em relação uma personalidade real e suas personagens: membro do fechado Jockey Club, o marquês de Lau era amigo de Charles Haas, um dos supostos modelos da personagem Charles Swann. (N. do R. T.)

Voltando à pronúncia e ao vocabulário da sra. de Guermantes, e por este lado que a nobreza se mostra verdadeiramente conservadora, com tudo o que esta palavra tem ao mesmo tempo de um tanto pueril, de um tanto perigoso, de refratário à evolução, mas também de divertido para o artista. Eu queria saber como se escrevia antigamente a palavra Jean. Aprendi-o recebendo a carta do sobrinho da sra. de Villeparisis, o qual assina — como foi batizado, como figura no Gotha — Jehan de Villeparisis, com o mesmo bonito *h* inútil, heráldico, tal como o admiramos, colorido de vermelhão ou de ultramar, num livro de horas ou num vitral.

Infelizmente, eu não tinha tempo de prolongar indefinidamente aquelas visitas, pois queria, quanto possível, não chegar a casa depois de minha amiga. Ora, era sempre aos pouquinhos que eu podia obter sobre as *toilettes* da sra. de Guermantes as informações que me eram úteis para mandar fazer *toilettes* do mesmo gênero, adaptadas ao que uma moça pode usar, para Albertine.

"Por exemplo, no dia em que a senhora foi jantar com a sra. de Saint-Euverte, antes de ir à casa da princesa de Guermantes, seu vestido era todo vermelho, os sapatos vermelhos, a senhora estava fabulosa, lembrava uma grande flor de sangue, de um rubi em chamas, como se chamava aquilo? Uma moça poderia vestir-se assim?"[16]

A duquesa, restituindo à fisionomia cansada a radiosa expressão que tinha a princesa de Laumes, quando, outrora, Swann lhe dirigia galanteios, olhou rindo, rindo, com um ar zombeteiro, interrogativo e encantado, para o sr. de Bréauté, que àquela hora estava sempre lá e naquele momento amornava sob o monóculo

16 O herói alude a cenas do final do volume *O caminho de Guermantes*: em dúvida se havia sido convidado pela primeira vez para uma recepção na casa da princesa de Guermantes, ele decide visitar a duquesa em sua casa para tentar esclarecer a questão; Swann, também presente, revela sua morte iminente; atrasado para o jantar em casa da sra. de Sainte-Euverte, o duque, entretanto, não autoriza a mulher a usar sapatos que não sejam da mesma cor do vestido e a faz voltar para se trocar: as circunstâncias tão marcantes para o herói não parecem ter o mesmo peso para a duquesa. (N. do R. T.)

um sorriso indulgente para aquele anfiguri do intelectual por causa da exaltação física de rapaz nele escondida. A duquesa parecia dizer: "Que tem ele, estará louco?". E voltando-se para mim com ar carinhoso: "Nunca imaginei que pudesse lembrar um rubi em chamas ou uma flor de sangue, mas me recordo, de fato, que tive um vestido vermelho: era de cetim vermelho como se usava então. Uma moça pode, em rigor, usá-lo, mas você me tinha dito que sua amiguinha não saía à noite. É um vestido de grande *toilette*, não se pode pôr para visitas".

O extraordinário é que daquela *soirée*, em suma não tão remota, a sra. de Guermantes só se lembrasse da sua *toilette* e tivesse esquecido certa coisa que todavia, como se vai ver, devia ter para ela grande importância. Parece que nas criaturas de ação (e os mundanos são criaturas de ação minúsculas, microscópicas, mas enfim criaturas de ação), o espírito, estafado pela atenção prestada ao que vai acontecer dentro de uma hora, confia bem poucas coisas à memória. Muitas vezes, por exemplo, não era para despistar e parecer não se ter enganado que o sr. de Norpois, quando lhe falavam de prognósticos por ele feitos a propósito de uma aliança com a Alemanha, a qual nem sequer se concluíra, dizia: "Deve haver engano, não me lembro absolutamente, isto não parece coisa minha, pois, neste gênero de conversas, sou sempre muito lacônico e nunca teria predito o êxito de um desses golpes espetaculares, de ordinário cabeçadas que degeneram habitualmente em golpes de força. É inegável que em futuro longínquo uma aproximação franco-alemã poderia efetuar-se e seria muito proveitosa para os dois países, e dela a França não tiraria só desvantagens, creio, mas nunca falei nisso, porque o fruto ainda não está maduro, e, se querem a minha opinião, penso que pedindo aos nossos velhos inimigos para convolarem conosco em justas bodas, correríamos a um grande fracasso e não receberíamos senão pancadas". Dizendo isto, o sr. de Norpois não mentia, esquecera simplesmente. Esquecemos depressa, aliás, o que não pensamos com profundeza, o que nos foi ditado pela imitação, pelas paixões que nos cercam. Mudam estas e com elas se modifica a nossa lembrança. Ainda mais do que os diplomatas, não se lembram os políticos do ponto de vista em que se colocaram num dado momento, e algumas de suas palinódias resultam menos de um excesso de ambição que da falta de memória. Quanto aos mundanos, de pouca coisa se lembram.

A sra. de Guermantes sustentou que na *soirée* em que ela pusera o vestido vermelho, não se lembrava que estivesse presente a sra. de Chaussepierre, que eu estava enganado com toda a certeza. Ora, sabe Deus se desde então os Chaussepierre não ocuparam o pensamento do duque e da duquesa! Eis por que razão o sr. de Guermantes era o mais antigo vice-presidente do Jockey quando morreu o presidente. Uns tantos sócios do clube que não têm relações e cujo prazer único é votar contra aqueles que não os convidam, abriram campanha contra o duque de Guermantes, o qual, certo da eleição, e bastante negligente quanto àquela presidência, tão pouca coisa relativamente à sua situação mundana, não deu nenhum passo. Fizeram valer que a duquesa era dreyfusista (a questão Dreyfus já estava no entanto encerrada havia muito tempo, mas vinte anos depois ainda se falava nisso, e nessa época dois anos apenas eram passados), que ela recebia os Rothschild, que nos últimos tempos se favoreciam demais os grandes potentados internacionais como era o duque de Guermantes, meio alemão. A campanha encontrou terreno muito favorável, pois os clubes invejam sempre muito as pessoas em destaque e detestam as grandes fortunas. A de Chaussepierre, sem ser pequena, não era para ofuscar ninguém: ele não gastava um níquel, o casal vivia em apartamento modesto, a mulher andava vestida de lã preta. Louca por música, dava pequenas matinês a que eram convidadas muito mais cantoras que em casa dos Guermantes. Mas ninguém falava nisso, tudo se passava sem arejamentos, ausente até o marido, na obscuridade da rua de la Chaise. Na Ópera, a sra. de Chaussepierre passava despercebida, sempre com pessoas cujo nome evocava o meio mais "ultra" da intimidade de Carlos X, mas gente apagada, pouco mundana. No dia da eleição, com surpresa geral, a obscuridade venceu o brilho: Chaussepierre, segundo vice-presidente, foi nomeado presidente do Jockey e o duque de Guermantes caiu, isto é, continuou como primeiro vice-presidente. Na verdade, ser presidente do Jockey não representa grande coisa para príncipes de primeira categoria como eram os Guermantes. Mas não o ser quando chegou a vez, ver-se preterido por um Chaussepierre, a cuja mulher Oriane não somente não retribuía o cumprimento dois anos antes, mas chegava até a se mostrar ofendida de ser cumprimentada por aquele morcego desconhecido, era duro para o duque. Este se dizia superior ao revés sofrido, afirmando que o devia à sua velha amizade por Swann. Na realidade a sua cólera não tinha fim. Coisa bem curiosa, nunca se ouvira o duque de Guermantes usar a expressão *bel et bien*, tão trivial, por "inteiramente", mas depois da eleição do Jockey, assim que se falava da questão Dreyfus, *bel et bien* surgia: "Questão Dreyfus, questão Dreyfus, é fácil dizer e o termo é impróprio, não se trata de uma questão religiosa, mas *bel et bien* de uma questão política". Cinco anos podiam se passar sem que se lhe ouvisse dizer *bel et bien* se, nesse intervalo, não se falasse na questão Dreyfus, mas, se, passados cinco anos, o nome de Dreyfus voltava à baila, logo *bel et bien* comparecia automaticamente. O duque não podia mais, de resto, suportar que se falasse daquela questão, "que causou", dizia, "tantas desgraças", embora realmente só fosse sensível a uma única: a perda da presidência do Jockey.

Por isso na tarde de que falo, em que eu lembrava à sra. de Guermantes o vestido vermelho que ela trazia na *soirée* de sua prima, o sr. Bréauté foi muito mal recebido quando, querendo dizer qualquer coisa, por uma associação de ideias que ficou obscura e ele não desvendou, começou fazendo manobrar a língua na ponta da boca estendida em bico. "A propósito da questão Dreyfus"... (Por que da questão Dreyfus? Tratava-se apenas de um vestido vermelho e, certo, o pobre Bréauté, que só pensava em agradar, não punha nisso nenhuma malícia.) Mas bastou o nome de

Dreyfus para fazer franzirem-se as sobrancelhas jupiterianas do duque de Guermantes. "Contaram-me", disse Bréauté, "uma frase de espírito, muito fina, na verdade, do nosso amigo Cartier" (previnamos ao leitor que este Cartier, irmão da sra. de Villefranche, nada tinha que ver com o joalheiro do mesmo nome), "o que aliás não me admira, pois ele tem espírito para dar e vender." "Ah!", interrompeu Oriane, "eu é que não comprava. Não quero dizer-lhe quanto o seu Cartier me caceteou sempre, nunca pude compreender a graça que Charles de La Trémoïlle e a mulher acham nesse cacete que encontro em casa deles todas as vezes que vou lá." "Minha ara duquesa", respondeu Bréauté, que pronunciava dificilmente os *c*, "acho que a senhora é severa demais para com Cartier. É verdade que talvez lhe deem excessiva confiança em casa dos La Trémoïlle, mas afinal ele é para Charles uma espécie, como direi?, uma espécie de fido Acates, o que se tornou ave rara nos tempos que correm.[17] Em todo caso, eis o que me contaram. Cartier teria dito que se o senhor Zola quis ser processado e condenado, foi para experimentar a sensação que ainda não conhecia, a da cadeia."[18] "Por isso fugiu antes de ser preso", interrompeu Oriane. "Isso não tem pés nem cabeça. Aliás, mesmo que fosse verossímil, acho a frase completamente idiota. Se é isso que você acha espirituoso!" "Meu Deus, minha cara Oriane", respondeu Bréauté, que, vendo-se contraditado, começava a recuar, "a frase não é minha, repito-lha tal qual me foi contada, tome-a pelo que vale. Em todo caso, por causa dela o senhor Cartier foi vivamente repreendido pelo bom La Trémoïlle, que, com toda a razão, não quer que se fale nunca em sua casa do que chamarei, digamos, as questões em andamento, e que ficou tanto mais con-

17 O sr. de Bréauté alude a uma personagem da *Eneida*, de Virgílio. (N. do R. T.)

18 Alusão à condenação do escritor Émile Zola a um ano de prisão pelo artigo de apoio a Dreyfus, contra o exército francês, que publicara no jornal *L'Aurore*, em janeiro de 1898. Sobre a presença do Caso Dreyfus na obra de Proust, recomenda-se a leitura do posfácio de Regina Salgado Campos ao volume *Sodoma e Gomorra*. (N. do R. T.)

trariado por estar presente a senhora Alphonse Rothschild. Cartier teve de ouvir de La Trémoïlle um verdadeiro sermão." "Seguramente", disse o duque, de muito mau humor, "os Alphonse Rothschild, embora tenham o tato de nunca falar dessa abominável questão, são, no íntimo, dreyfusistas, como todos os judeus. Isso é até um argumento *ad hominem*" (o duque empregava um pouco a torto e a direito a expressão *ad hominem*), "de que ainda não se tirou partido bastante para mostrar a má-fé dos judeus. Se um francês rouba, assassina, eu não me julgo obrigado, por ele ser francês como eu, a considerá-lo inocente. Os judeus, porém, nunca reconhecerão como traidor um dos seus concidadãos, embora saibam muito bem o que é, e pouco se incomodam com as tremendas repercussões" (o duque pensava naturalmente na maldita eleição de Chaussepierre) "que o crime de um dos seus possa acarretar até... Ora, Oriane, não me venha dizer que é esmagador para os judeus o fato de apoiarem todos um traidor. Você não pode achar que não é porque são judeus." "Como não?", respondeu Oriane (sentindo, com um pouco de irritação, certo desejo de resistir ao Júpiter tonante e também de pôr "a inteligência" acima da questão Dreyfus). "Mas talvez justamente por serem judeus e se conhecerem a si próprios, eles sabem que se pode ser judeu sem ser forçosamente traidor e antifrancês, como pretende, dizem, o senhor Drumont.[19] Naturalmente se ele fosse cristão, com certeza os judeus não se teriam interessado por ele, interessam-se porque sentem bem que se ele não fosse judeu, não seria tão facilmente

19 A duquesa menciona Édouard Drumont, jornalista antissemita, autor de livros sobre o judaísmo na França e um livro sobre *Os judeus e o Caso Dreyfus*, de 1899. Seu livro *A França judia* (*La France juive*, 1886) teve mais de duzentas edições. Em seu jornal, *La Libre Parole*, Drumont se pronunciava desta forma sobre o Caso Dreyfus: "É uma questão de raça e todos os raciocínios metafísicos não vão modificá-la em nada". Na obra de Drumont, o antissemistismo entra como "indispensável catalisador", Drumont sendo provavelmente o primeiro a "erguer o mito judeu à altura de uma ideologia e de um método prático" (cf. a obra de Michel Winock. *Édouard Drumont et Cie — Antisémitisme et Facisme en France*, Paris, Seuil, 1982, pp. 49 e 53). (N. do R. T.)

considerado traidor *a priori*, como diria meu sobrinho Robert." "As mulheres não entendem nada de política", exclamou o duque encarando a duquesa. "Pois este crime horrível não é uma simples causa judia, mas *bel et bien* um caso nacional, de proporções imensas, que pode trazer as mais terríveis consequências para a França, de onde se deveria expulsar todos os judeus, embora eu reconheça que as sanções tomadas até aqui o foram (de um modo ignóbil que precisava ser revisto) não contra eles, mas contra os seus adversários mais eminentes, contra homens de primeira ordem, postos à margem para desgraça de nosso pobre país."

Senti que as coisas estavam malparadas e me pus precipitadamente a falar de vestidos.

"A senhora se lembra", disse, "da primeira vez em que foi amável comigo?" "A primeira vez em que fui amável com ele", repetiu ela rindo-se e olhando para o sr. de Bréauté, cujo nariz se pôs a afinar-se na ponta, cujo sorriso entrou a enternecer-se por gentileza para com a sra. de Guermantes e cuja voz de faca que se amola fez ouvir uns sons vagos e enferrujados. "O seu vestido era amarelo com grandes flores pretas." "A mesma coisa, meu filho, são vestidos de *soirée*." "E o seu chapéu de *bleuets*, de que eu gostava tanto! Mas enfim tudo isso são coisas passadas. Eu queria mandar fazer para a moça de quem falamos um casaco de peles como o que a senhora vestia ontem de manhã. Poderei vê-lo?" "Agora não, Hannibal tem de sair já. Mas volte aqui e minha criada lhe mostrará tudo. Tenho muito gosto em lhe emprestar tudo o que você quiser, mas olhe, se você mandar fazer coisas de Callot, de Doucet, de Paquin por costureirinhas, nunca será a mesma coisa."[20] "Mas eu não pretendo ir a nenhuma costureirinha, sei muito bem que será outra coisa, mas me interessaria

20 A duquesa partilha opinião do pintor Elstir, que, no segundo volume, dizia: "[...] há poucos costureiros, um ou dois, Callot, embora abusando um pouco das rendas, Doucet, Cheruit, algumas vezes Paquin. O resto são uns horrores!" (cf. *À sombra das raparigas em flor*). (N. do R. T.)

compreender por que será outra coisa." "Ora, você bem sabe que eu não sei explicar nada, sou uma boba, falo como uma camponesa. É uma questão de jeito, de feitio; quanto às peles, posso ao menos dar-lhe uma recomendação para o meu fornecedor, o que lhe evitará ser roubado. Mas, mesmo assim, custar-lhe-á uns oito ou nove mil francos." "E aquela *robe de chambre* que cheira tão mal, que a senhora estava com ela outro dia, uma escura, macia, salpicada, listrada de ouro como uma asa de borboleta?" "Ah!, aquela é de Fortuny. Sua amiguinha pode muito bem usar aquilo em casa. Tenho muitas, vou mostrar-lhe, posso mesmo dar-lhe algumas, se lhe faço prazer com isso. Mas eu gostaria sobretudo que você visse a de minha prima Talleyrand. Vou escrever-lhe, pedindo-a emprestada." "Mas a senhora estava também com uns sapatos muito bonitos, eram também de Fortuny?" "Não, eu sei de que você quer falar, é couro de cabrito, um couro dourado que descobrimos em Londres ao fazer compras com Consuelo de Manchester.[21] Era extraordinário. Nunca pude compreender como o douravam, parecia uma pele de ouro, era só isto com um diamantezinho no meio. A pobre duquesa de Manchester morreu, mas se lhe dou prazer escreverei à senhora de Warick ou à senhora Malborough para ver se elas encontram iguais. Eu mesma talvez ainda tenha daquela pele. Poder-se-ia talvez mandar fazê-los aqui. Verei isto; à noite eu lhe mandarei dizer."

Como eu fazia o possível por deixar a duquesa antes que Albertine voltasse para casa, acontecia muitas vezes encontrar àquela hora no pátio, ao sair da casa da sra. de Guermantes, o sr. de Charlus e Morel, que iam tomar chá em casa de Jupien, sumo favor para o barão. Não cruzava com eles todos os dias mas eles iam lá diariamente. É de notar aliás que a constância de um hábito está de ordinário em relação com o que há nele de absurdo. As ações brilhantes em geral só se praticam de maneira intem-

21 Nova intromissão de uma pessoa verídica na narrativa: a duquesa de Guermantes fez compras em Londres com a duquesa de Manchester (1858-1909). (N. do R. T.)

pestiva. Mas as vidas insensatas, em que o próprio maníaco se priva de todos os prazeres e se inflige os maiores males, estas vidas são as que menos mudam. De dez em dez anos, se para tal tivéssemos curiosidade, daríamos com o infeliz dormindo nas horas em que poderia viver, saindo nas horas em que quase não há outra coisa a fazer nas ruas senão expor-se a ser assassinado, bebendo gelados quando sente calor, sempre a tratar-se de um resfriado. Bastaria um movimentozinho de energia, um dia apenas, para mudar tudo isso uma vez por todas. Mas justamente essas vidas são habitualmente o apanágio de seres incapazes de energia. Os vícios são outro aspecto dessas existências monótonas que a força de vontade bastaria para tornar menos atrozes. Os dois aspectos podiam ser igualmente considerados quando o sr. de Charlus ia todos os dias com Morel tomar chá em casa de Jupien. Uma única tempestade marcara esse costume cotidiano. Um dia que a sobrinha do coleteiro disse a Morel: "Pois é, venha amanhã, que eu lhe pagarei o chá", achara o sr. de Charlus, com razão, muito vulgar aquela expressão para uma criatura de quem ele pretendia fazer sua quase nora, mas como gostava de melindrar e se embriagava com a própria cólera, em vez de pedir simplesmente a Morel que lhe desse a ela uma lição de boas maneiras, o regresso passou-se todo em cenas violentas. No tom mais insolente, mais orgulhoso: "O '*toucher*', que nem sempre é acompanhado do 'tato', ter-lhe-á embotado o desenvolvimento normal do olfato a ponto de você tolerar que uma expressão fétida como essa de pagar o chá, a quinze cêntimos naturalmente, venha trazer-me às régias narinas o seu cheiro de despejos! Quando, em minha casa, você chega ao fim de um solo de violino, algum dia já se viu recompensado com um traque em lugar de um aplauso frenético ou de um silêncio mais eloquente ainda porque é feito do medo de não podermos sustar não o que sua noiva lhe prodiga mas o soluço que nos sobe aos lábios?".

O funcionário que ouve do chefe tais censuras está no dia seguinte invariavelmente demitido. Nada, ao contrário, seria mais cruel para o sr. de Charlus que despedir Morel, e, temendo mesmo ter se excedido, pôs-se a tecer à moça elogios minuciosos, saborosos, involuntariamente semeados de impertinências. "É encantadora, do mesmo modo que você é músico, acho que ela o seduziu pela voz, lindíssima nos agudos, onde parece esperar o acompanhamento do seu si sustenido. Do registro grave não gosto tanto, deve estar em relação com o tríplice recomeçar do pescoço delgado e estranho, que parecendo acabar, continua a subir; o que me agrada nela, mais do que este ou aquele detalhe medíocre, é a silhueta. Como ela é costumeira e deve saber lidar com a tesoura, diga-lhe que me faça um bonito recorte de si mesma em papel."

Charlie ouviu desinteressado todos esses elogios, tanto mais por celebrarem atrativos de sua noiva que sempre lhe tinham passado despercebidos. Respondeu, porém, ao sr. de Charlus: "Está entendido, meu bem, passar-lhe-ei um pito para ela não falar mais assim". Morel dizia "meu bem" ao sr. de Charlus com aquela simplicidade que em certas relações postula ter a supressão da diferença de idade tacitamente precedido a ternura. Ternura fingida em Morel. Em outros, ternura sincera. Assim, por aquela época recebeu o sr. de Charlus uma carta nos seguintes termos: "Meu caro Palamedes, quando tornarei a ver-te? Sinto muito a tua falta e estou sempre pensando em ti. PIERRE". O sr. de Charlus quebrou a cabeça imaginando qual dos seus parentes ousava escrever-lhe com tal familiaridade. Não reconhecia a letra e no entanto devia ser de pessoa muito íntima. Todos os príncipes aos quais o Almanaque de Gotha concede algumas linhas desfilaram durante alguns dias pelo cérebro do sr. de Charlus. Por fim, de repente, um endereço escrito no verso o esclareceu; o autor da carta era o *chasseur* de um clube de jogo aonde ia às vezes o sr. de Charlus. O rapaz não julgara ser impolido escrevendo naquele tom ao sr. de Charlus, que tinha ao contrário grande prestígio aos olhos dele. Pensava, porém, seria pouco amável não tutear uma pessoa que o tinha beijado muitas vezes, dando-lhe dessa maneira — pelo menos assim o imaginava em sua ingenuidade

— a sua afeição. O sr. de Charlus no fundo ficou encantado com aquela intimidade. Um dia, depois de uma matinê, acompanhou mesmo o sr. de Vaugoubert até a casa a fim de lhe poder mostrar a carta. E no entanto sabe Deus que o sr. de Charlus não gostava de sair com o sr. de Vaugoubert. Pois este, de monóculo no olho, olhava em todas as direções para os rapazes que passavam. Mais ainda, emancipando-se quando estava com o sr. de Charlus, usava uma linguagem que o barão detestava. Punha todos os nomes de homens no feminino e, como era muito parvo, achava a brincadeira espirituosíssima e ria às gargalhadas. Como, ao lado disso, receava enormemente perder o seu posto diplomático, eram essas maneiras deploráveis que tomava na rua continuamente interrompidas pelo medo que lhe causava a passagem, no momento, de pessoas da sociedade, e sobretudo de funcionários. "Esta telegrafistazinha", dizia cutucando o barão emburrado, "já me dei com ela, mas a ingrata resolveu mudar de vida! Oh!, aquele entregador das Galeries Lafayette, que maravilha! Meu Deus, olhe quem vem ali: o diretor dos Negócios Comerciais! Contanto que ele não tenha visto o meu gesto. Seria capaz de falar ao ministro, que me poria em disponibilidade, tanto mais que parece que também 'é'." O sr. de Charlus estourava de raiva. Enfim, para abreviar aquele passeio que o exasperava, decidiu-se a sacar a carta e mostrá-la ao embaixador, mas recomendando-lhe discrição, pois queria dar a entender que Charlie tinha ciúmes dele, e portanto gostava dele. "Ora", acrescentava com um ar de bondade impagável, "devemos sempre procurar o mais que nos for possível não causar sofrimento aos outros."

Antes de voltar à loja de Jupien, o autor faz questão de dizer quanto se sentiria contristado se o leitor se escandalizasse com cenas tão estranhas. Por um lado (e é o menor lado da coisa) acham que a aristocracia parece, neste livro, proporcionalmente mais acusada de degenerescência do que as outras classes sociais. Ainda que assim fosse, não seria para admirar. As mais velhas famílias acabam confessando, num nariz vermelho e adunco, num queixo deformado, sinais específicos em que todos admiramos a "raça". Mas entre esses traços persistentes e incessantemente agravados há uns que não são visíveis, são as tendências e os gostos.

Seria uma objeção mais grave, se tivesse fundamento, dizer que tudo isto nos é estranho e cumpre tirar a poesia da verdade mais próxima. A arte extraída do real mais familiar existe efetivamente e seu domínio é talvez o maior. Mas nem por isso é menos verdade que um grande interesse, às vezes mesmo a beleza, pode nascer de ações decorrentes de uma forma de espírito tão distante de tudo que sentimos, de tudo em que acreditamos, que nem podemos chegar a compreendê-las, e elas se apresentam diante de nós como um espetáculo sem causa. Haverá nada mais poético do que Xerxes, filho de Dano, mandando chibatear o mar que engolira os seus navios?[22]

É certo que Morel, usando do poder que os seus atrativos lhe davam sobre a moça, transmitiu-lhe, tomando-o à sua conta, o comentário do barão, pois a expressão "pagar o chá" desapareceu tão completamente da loja do coleteiro como desaparece para sempre de um salão um íntimo que era recebido todos os dias e com quem, por esta ou aquela razão, se brigou ou que convém esconder e só frequentar fora de casa. O sr. de Charlus ficou satisfeito com o desaparecimento de "pagar o chá". Viu nisso uma prova de sua ascendência sobre Morel e a supressão da única mancha na perfeição da moça. Enfim, como todos de sua espécie, embora sinceramente amigo de Morel e de sua quase noiva, e ardente partidário da união deles, deliciava-se com o poder de criar à sua

22 Em um tom incomum, o narrador proustiano se dirige a seus leitores comparando as "cenas tão estranhas" dos amores do sr. de Charlus a um episódio do sétimo volume das *Histórias* de Heródoto: após quatro anos de preparação de um ataque contra os gregos, uma tempestade destrói a ponte sobre o "Helesponto da Ásia na Europa"; furioso, Xerxes ordena trezentas chicotadas sobre o Helesponto; Heródoto acrescenta que, além disso, ouviu dizer que Xerxes enviou pessoas para "marcar a ferro o Helesponto"; os que haviam construído a ponte foram decaptados (cf. *Histoires*. VII. Paris, Les Belles Lettres, pp. 26-78). (N. do R. T.)

vontade desavenças mais ou menos inofensivas, fora e acima das quais se mantinha tão olímpico quanto teria sido o irmão.

Morel confessara ao sr. de Charlus que amava a sobrinha de Jupien, que queria casar com ela, e era um prazer para o barão acompanhar o amigo nas visitas, em que fazia o papel de futuro sogro, indulgente e discreto. Nada lhe era mais agradável.

Minha opinião pessoal é que "pagar o chá" vinha do próprio Morel, e por cegueira amorosa a jovem costureira tomara ao homem adorado uma expressão que destoava, pela sua fealdade, na linguagem bonita da moça. Essa linguagem, as maneiras encantadoras em harmonia com ela, a proteção do sr. de Charlus faziam com que muitas freguesas, para quem ela trabalhara, a recebessem como amigo, a convidassem para jantar, a introduzissem no círculo de suas relações, e aliás a pequena só aceitava convite com a permissão do sr. de Charlus e nas noites em que convinha a ele. "Uma costureirinha na alta sociedade?", dirão. Que inverossimilhança! Pensando bem, não era menos inverossímil que dantes Albertine viesse ver-me, à meia-noite, e agora vivesse comigo. E talvez fosse inverossímil com outra, não com Albertine, sem pai nem mãe, levando uma vida tão livre que a princípio em Balbec eu a tomara pela amante de um mulherengo, tendo por parente mais próximo a sra. Bontemps, que já em casa da sra. Swann só admirava na sobrinha os maus modos e agora fechava os olhos, sobretudo havendo possibilidade de se descartar dela proporcionando-lhe casamento rico no qual parte do dinheiro iria para a tia (na mais alta sociedade, mães muito nobres e muito pobres, tendo conseguido para os filhos um casamento rico, deixam-se sustentar pelo jovem casal, aceitam peles, automóvel, dinheiro de uma nora de quem não gostam e que elas fazem ser recebida na sociedade).

Dia virá em que as costureiras, o que não acharei absolutamente chocante, frequentarão a sociedade. Como a sobrinha de Jupien é uma exceção, nada se pode prever, visto que uma andorinha só não faz verão. Em todo caso, se a situação insignificante da sobrinha de Jupien escandalizou algumas pessoas, não foi a Morel, pois, em certos pontos, era tão pouco inteligente que não só achava "mais para burrinha" aquela moça mil vezes mais inteligente que ele, talvez só porque o amasse, como ainda supunha serem aventureiras, subcostureiras disfarçadas, fazendo de senhoras, as pessoas muito bem cotadas que a recebiam e de que ela não se envaidecia. Naturalmente não eram Guermantes, nem mesmo pessoas que as conhecessem, mas burguesas ricas, elegantes, de espírito bastante livre para achar que não há desonra em receber uma costureira, de espírito bastante escravo também para sentir certo contentamento em proteger uma moça que Sua Alteza o barão de Charlus ia, *entout bien tout honneur*, visitar diariamente.

Nada agradava mais ao barão do que a ideia daquele casamento, pois raciocinava que assim Morel não lhe seria roubado. Diziam que a sobrinha de Jupien cometera, quase criança, uma "falta". Falta que o sr. de Charlus, apesar dos elogios que fizera da moça a Morel, gostaria de contar ao amigo, que teria ficado furioso, semeando assim a cizânia. Pois o barão, embora tremendamente mau, parecia-se com grande número de boas pessoas que louvam fulano ou fulana para provar a própria bondade, mas se guardariam, como do fogo, das palavras benfazejas, tão raramente pronunciadas, que seriam capazes de fazer reinar a paz. Apesar disso, evitava o sr. de Charlus qualquer insinuação, e por dois motivos. "Se eu lhe contar", dizia consigo, "que a noiva tem mácula, seu amor-próprio ficará ferido, e ele me guardará rancor. E depois, quem me diz que ele não está apaixonado por ela? Se eu não disser nada, esse fogo de palha se apagará depressa, governarei as relações deles a meu bel-prazer, ele só gostará dela na medida dos meus desejos. Se lhe conto a falta passada da sua prometida, quem me diz que meu Charlie não está ainda bastante apaixonado para ter ciúmes? Então transformarei por minha própria culpa um *flirt* sem consequência, e que se maneja como bem se quer, num grande amor, coisa difícil de governar." Por estas duas razões guardava o sr. de Charlus um silêncio que não tinha senão as aparências da discrição, mas que, por outro lado, era meritório, pois calar-se é quase impossível para as pessoas de sua espécie.

Aliás a moça era deliciosa, e o sr. de Charlus, que nela encontrava satisfação a todo o gosto estético que podia sentir pelas mulheres, estimaria ter centenas de fotografias dela. Menos tolo que Morel, ouvia com prazer o nome das senhoras elegantes que a recebiam e que seu faro social situava bem, mas guardava-se (querendo manter o domínio) de dizê-lo a Charlie, o qual, verdadeira alimária nisso, continuava a crer que, fora da "aula de violino" e dos Verdurin, só existiam os Guermantes, as poucas famílias quase reais enumeradas pelo barão, não passando o resto de uma "escória", de uma "turba". Charlie tomava essas expressões do sr. de Charlus ao pé da letra.

Como pode, o sr. de Charlus esperando em vão todos os dias do ano por tantos embaixadores e duquesas, não jantando com o príncipe de Croy porque se devia deixá-lo passar à sua frente, todo o tempo que o sr. de Charlus furta dessas grandes damas, desses grandes senhores, ele o passava em casa da sobrinha de um alfaiate? Antes de mais nada, razão suprema, Morel estava lá. Ainda que ele não estivesse, não vejo nisso nenhuma inverossimilhança, ou então vocês estão julgando como teria feito um subordinado de Aimé. Não há ninguém melhor do que os garçons de restaurante para acreditar que um homem excessivamente rico tem sempre roupas novas e deslumbrantes, e que o mais chique dos senhores dá jantares para sessenta convidados e só anda de automóvel. Eles se enganam. Com muita frequência, um homem excessivamente rico usa sempre um mesmo casaco rasgado. Um homem elegantíssimo é um homem que só se relaciona no restaurante com os empregados e que, quando volta para casa, joga cartas com seus criados. Isso não impede sua recusa em deixar que o príncipe Murat passe à sua frente.[23]

Entre as razões que faziam o sr. de Charlus ver com bons olhos o casamento dos dois jovens havia esta: a sobrinha de Ju-

23 Da palavra "Como" até "frente" trecho ausente da tradução de Manuel Bandeira e Lourdes Sousa de Alencar, mas presente na última edição em francês da Bibliothèque de la Pléiade. (N. do R. T.)

pien seria de certo modo uma extensão da personalidade de Morel e, por isso, do poder e ao mesmo tempo do conhecimento que o barão tinha dele. O sr. de Charlus não teria um segundo sequer o menor escrúpulo de "enganar", no sentido conjugal, a futura mulher do violinista. Mas ter um casalzinho novo para dirigir, sentir-se o protetor temido e todo-poderoso da mulher de Morel, a qual, considerando o barão como um deus, provaria com isso que o caro Morel lhe havia inculcado essa ideia, e conteria assim alguma coisa de Morel, fizeram variar o gênero de dominação do sr. de Charlus e nascer em sua "coisa", Morel, um ente mais, o esposo, isto é, deram-lhe algo de diferente, de novo, de curioso a amar nele. Talvez mesmo essa dominação viesse a ser agora melhor do que nunca. Pois naquilo em que Morel solteiro, nu por assim dizer, resistia muitas vezes ao barão, a quem se sentia certo de reconquistar, uma vez casado, tremeria por seu lar, seu apartamento, seu futuro, teria mais facilmente medo, ofereceria às vontades do sr. de Charlus mais superfície, mais pega. Tudo isso e ainda, em caso de necessidade, nas horas de tédio, acender a guerra entre marido e mulher (o barão nunca detestara as pinturas de batalha) agradava ao sr. de Charlus. Menos todavia do que pensar na dependência em que dele viveria o casal. O amor do sr. de Charlus a Morel retomava uma novidade deliciosa ao dizer o barão consigo: "A mulher dele também será minha, tanto quanto ele é meu, eles só agirão de maneira que não me contrarie, obedecerão aos meus caprichos e assim ela será um sinal (até aqui desconhecido para mim) do que eu já tinha quase esquecido e é tão sensível a meu coração, um sinal de que para todo mundo, para aqueles que me verão protegê-los, hospedá-los, e para mim mesmo, Morel é meu". Dessa evidência aos olhos dos outros e aos seus próprios se sentia o sr. de Charlus mais feliz do que de tudo o mais. Pois a posse do que se ama é uma alegria ainda maior do que o amor. Muitas vezes os que escondem de todos essa posse, só o fazem pelo medo de que o objeto amado lhes seja roubado. E a felicidade deles fica diminuída por aquela prudência de calar.

Hão de estar lembrados talvez que noutro tempo Morel dissera ao barão que seu desejo era seduzir uma moça, particularmente aquela; que para o conseguir prometer-lhe-ia casamento, e uma vez consumada a violação, "daria o fora para longe", mas isso, depois das confissões de amor pela sobrinha de Jupien que Morel viera fazer-lhe, o sr. de Charlus esquecera.[24] Mais ainda, o mesmo se dera talvez com Morel. Havia talvez intervalo verdadeiro entre a natureza de Morel — tal como cinicamente a confessara, porventura mesmo exagerando-a habilmente — e o momento em que ela voltaria a preponderar. Frequentando mais a moça, agradara-se dela, amava-a. Conhecia tão pouco a si mesmo que julgava sem dúvida amá-la, talvez até amá-la para sempre. Certo, seu primeiro desejo inicial, seu projeto criminoso subsistiam, mas recobertos por tantos sentimentos superpostos que nada nos prova não fosse o violinista sincero ao dizer que aquele vicioso desejo não era o móvel verdadeiro de seu ato. Houve aliás um período de curta duração em que, sem a si próprio confessar exatamente, aquele casamento lhe pareceu necessário. Morel sofria, naquela época, de fortes cãibras na mão e via-se obrigado a encarar a eventualidade de ter de abandonar o violino. Como fora de sua arte era de uma incompreensível preguiça, a necessidade de ser mantido por alguém impunha-se, e ele preferia sê-lo pela sobrinha de Jupien que pelo sr. de Charlus, oferecendo-lhe aquela combinação mais liberdade, e também grande escolha de mulheres diferentes, tanto entre as aprendizes sempre novas que ele encarregaria a moça de corromper, quanto entre as senhoras bonitas e ricas às quais a prostituiria. Que sua futura mulher pudesse recusar-se a condescender com tais complacências e fosse perversa a esse ponto não

24 O narrador alude a uma cena do volume anterior: durante um jantar em um restaurante, Morel, com vistas a um dia suplantar Jupien junto do barão, tenta imprimir um "tom sensual" à conversação — exaltando os sentidos do barão, ele menciona a intenção de tirar a virgindade de "uma moça bem pura" e abandoná-la em seguida (cf. *Sodoma e Gomorra*). (N. do R. T.)

entrava um instante nos cálculos de Morel. Aliás estes passaram ao segundo plano, cedendo lugar ao amor puro, cessadas as cãibras. O violino bastaria, com o que dava o sr. de Charlus, cujas exigências certamente afrouxariam, uma vez ele, Morel, casado com a moça. O casamento era a coisa urgente por causa de seu amor, e no interesse de sua liberdade. Mandou pedir a mão da sobrinha de Jupien, o qual a consultou. Mas não havia necessidade disto. A paixão da moça pelo violinista derramava-se dela, como os seus cabelos quando soltos, como a alegria dos seus olhares esparsos. Em Morel, quase tudo que lhe era agradável ou proveitoso despertava emoções morais e palavras da mesma natureza, às vezes até lágrimas. Era pois sinceramente — se se lhe podia aplicar tal palavra — que ele tinha com a sobrinha de Jupien umas práticas tão sentimentais (sentimentais são também as que tantos rapazes da nobreza desejosos de nada fazer na vida mantêm com qualquer filha encantadora de burguês riquíssimo) que eram de uma baixeza sem disfarce, a que ele expusera ao sr. de Charlus a propósito da sedução, do defloramento. Só que o entusiasmo virtuoso para com uma pessoa que lhe causava um prazer e os compromissos solenes que tomava com ela tinham reverso em Morel. Uma vez que a pessoa já não lhe causava prazer, ou mesmo por exemplo se a obrigação de cumprir as promessas feitas lhe causava desprazer, logo se tornava ela para Morel objeto de uma antipatia que ele justificava aos seus próprios olhos, e que, depois de algumas perturbações neurastênicas, lhe permitia provar a si mesmo, uma vez reconquistada a euforia de seu sistema nervoso, que ele estava, ainda considerando as coisas de um ponto de vista puramente virtuoso, isento de qualquer obrigação.

Assim, no fim de sua estada em Balbec perdera ele não sei em que todo o seu dinheiro e, não tendo ousado dizê-lo ao sr. de Charlus, procurava alguém a quem pedir. Aprendera do pai (que não obstante lhe proibira tornar-se um "facadista") ser conveniente em tal caso escrever à pessoa a quem queremos recorrer, "que precisamos falar-lhe sobre uns negócios", que lhe "pedimos uma entrevista para tratar de negócios". Aquela fórmula mágica encantava de tal modo Morel que, penso eu, ele teria desejado perder dinheiro só pelo prazer de solicitar uma entrevista "para negócios". Depois, na vida, viu que a fórmula não possuía toda a força que ele imaginara, verificou que pessoas, a quem nunca teria escrito se não fosse para aquilo, não lhe tinham respondido cinco minutos depois de haver recebido a carta "de negócios". Se a tarde passava sem que Morel tivesse resposta, não lhe acudia a ideia de que, ainda na melhor hipótese, a pessoa solicitada não houvesse talvez voltado para casa, ou tivesse outras cartas a responder, se não tinha mesmo ido viajar ou caído doente etc. Se, por uma sorte extraordinária lhe marcavam entrevista para a manhã seguinte, abordava o solicitado nestes termos: "Já estava admirado de não ter tido resposta, e imaginava que havia alguma coisa com o senhor, então a saúde vai bem" etc. Foi assim que em Balbec, e sem me dizer que ia falar-lhe de "negócios", pedira-me que o apresentasse àquele mesmo Bloch com quem fora tão desagradável uma semana antes no trem. Bloch não hesitou em emprestar-lhe — ou melhor, a fazer o sr. Nissim Bernard emprestar-lhe — cinco mil francos. Daquele dia em diante Morel ficara adorando Bloch. Imaginava com lágrimas nos olhos como poderia prestar serviço a quem lhe salvara a vida. Afinal, encarreguei-me de pedir para Morel mil francos por mês ao sr. de Charlus, dinheiro que seria logo remetido a Bloch, o qual bem depressa ficaria reembolsado. No primeiro mês, Morel, ainda sob a impressão da bondade de Bloch, lhe enviou imediatamente os mil francos, mas depois disso achou sem dúvida que lhe poderia ser mais agradável um emprego diferente dos quatro mil francos que restavam, pois começou a falar muito mal de Bloch. Bastava a presença deste para lhe dar ideias negras, e tendo Bloch esquecido a soma exata que emprestara a Morel, e tendo-lhe reclamado três mil e quinhentos francos em vez de quatro mil, o que teria dado um ganho de quinhentos francos ao violinista, este último respondeu que, à vista de tal falsidade, não somente não pagaria mais nem um cêntimo mas que seu credor devia considerar-se muito feliz de ele não lhe mover um processo. Dizendo isto, chamejavam-lhe os olhos. Não se contentou aliás com dizer que Bloch e o sr. Nissim Bernard não tinham motivo de queixa dele, mas que eles é que deviam dar-se por felizes de ele não lhes guardar rancor. Enfim, tendo o sr. Nissim Bernard declarado, parece, que Thibaut tocava tão bem quanto Morel, achou este que devia arrastá-lo aos tribunais, pois tal afirmativa o prejudicava em sua profissão, depois, como não há mais justiça na França, sobretudo contra os judeus (o antissemitismo fora em Morel o resultado natural do empréstimo de cinco mil francos feito por um israelita), não saiu mais senão com um revólver carregado.[25] O mesmo estado nervoso, subsequente a uma viva ternura, devia em breve apossar-se de Morel relativamente à sobrinha do coleteiro. É verdade que o sr. de Charlus foi, talvez inconscientemente, um pouco responsável por esta mudança, pois muitas vezes declarava, sem acreditar no que dizia, e só para mexer com eles, que, uma vez casados, não os veria mais e os deixaria voar com suas próprias asas. Ideia que era, em si mesma, absolutamente insuficiente para afastar Morel da moça; ficando no espírito de Morel, estava pronta a, no momento oportuno, combinar-se com outras ideias que tivessem afinidade com ela e capazes, uma vez realizada a mistura, de se tornar um poderoso agente de ruptura.

Não era aliás muito frequentemente que me acontecia encontrar o sr. de Charlus e Morel. Muitas vezes eles já tinham entrado na loja de Jupien quando eu deixava a duquesa, pois o prazer que me dava a companhia dela era tal que eu chegava a esquecer não só a espera ansiosa que precedia o regresso de Albertine, mas até a hora desse regresso. Porei à parte, entre aqueles dias em que me demorava em casa da sra. de Guermantes, um que ficou marcado

25 A passagem traz nova intromissão de personalidade verídica, o violinista Jacques Thibaut (1880-1953), grande executor da sonata de Saint-Saëns, um dos modelos prováveis da sonata de Vinteuil. (N. do R. T.)

por um pequeno incidente, cuja significação cruel me escapou de todo e só foi compreendida por mim muito tempo depois. Naquele fim de tarde a sra. de Guermantes me dera, porque sabia que eu as apreciava, umas seringas vindas do sul. Quando deixei a duquesa e subi para casa, já Albertine tinha voltado, e cruzei na escada com Andrée, que pareceu incomodada pelo perfume violento das flores que eu trazia.

"Como, vocês já voltaram?", disse-lhe eu. "Agorinha mesmo, mas Albertine tinha de escrever e me mandou embora." "Você acha que ela tem em mente algum projeto condenável?" "De maneira alguma, está escrevendo à tia, creio, mas olhe que ela detesta os perfumes fortes, não vai gostar nada dessas flores." "Tive então uma má ideia! Vou dar ordem a Françoise para colocá-las no pátio da escada de serviço." "Se você pensa que Albertine não sente em você o cheiro! Este cheiro e o da angélica são talvez os mais persistentes; aliás creio que Françoise saiu a compras." "Mas então eu que hoje não tenho minha chave, como vou entrar?" "Ora! Basta tocar a campainha. Albertine abrirá. E depois talvez Françoise já tenha chegado."

Disse adeus a Andrée. Assim que toquei a campainha, Albertine veio abrir, o que foi bastante complicado, pois como Françoise saíra, ela não sabia onde acender a luz. Enfim pôde dar-me entrada, mas as flores a afugentaram. Levei-as para a cozinha, de modo que, interrompendo a carta (não compreendi por quê), minha amiga teve tempo de se dirigir ao meu quarto, de onde me chamou, e de deitar-se na minha cama. Ainda uma vez, no momento, não achei em tudo aquilo nada que não fosse muito natural, apenas um pouco confuso, em todo caso insignificante. Ela escapara de ser surpreendida com Andrée e ganhara tempo apagando a luz, metendo-se no meu quarto para eu não lhe ver a cama em desordem e fingira estar escrevendo. Mas veremos isso mais tarde, tudo isso que eu nunca soube se era verdade.

Em geral, e salvo esse incidente único, tudo se passava normalmente quando eu voltava da casa da duquesa. Ignorando

Albertine se eu não iria querer sair com ela antes do jantar, deixava sempre na saleta, para qualquer eventualidade, o chapéu, o casaco e a sombrinha. Assim que eu os via ao entrar, a atmosfera ali se tornava respirável. Eu sentia que em vez de um ar rarefeito, a felicidade enchia a casa. Estava salvo da minha tristeza, a visão daqueles nadas me fazia possuir Albertine, eu corria ao encontro dela.

Nos dias em que eu não descia à casa da sra. de Guermantes, para que o tempo me parecesse menos longo durante aquela hora que precedia a volta de minha amiga, eu folheava um álbum de Elstir, um livro de Bergotte, a sonata de Vinteuil.[26]

Então, como até as obras que parecem dirigir-se apenas à vista e ao ouvido exigem que para as saborear nossa inteligência espertada colabore estreitamente com esses dois sentidos, eu fazia sem querer sair de mim os sonhos que Albertine suscitara outrora quando eu ainda não a conhecia e que haviam sido apagados pela vida cotidiana. Punha-os na frase do músico ou na imagem do pintor como num cadinho, e deles aumentava a obra que eu lia. E sem dúvida esta me parecia, por isso, mais viva. Mas Albertine não ganhava menos em ser assim transportada de um dos dois mundos a que temos acesso e onde podemos situar alternativamente um mesmo objeto, em escapar assim à esmagadora pressão da matéria para espairecer nos fluidos espaços do pensamento. Eu me via de súbito e por um instante a sentir pela enfadonha moça afetos ardentes. Ela tinha naquele momento a aparência de uma obra de Elstir ou de Bergotte, eu experimentava por ela uma exaltação momentânea, vendo-a no recuo da imaginação e da arte.

Logo me preveniam que ela acabava de chegar; e tinham ordem de não lhe pronunciar o nome se eu não estivesse só, se estivesse comigo Bloch, por exemplo, a quem eu retinha um instante mais, de modo que não houvesse risco de ele se encontrar com

26 "A sonata de Vinteuil" não consta da última edição do texto original pela Bibliothèque de la Pléiade. (N. do R. T.)

minha amiga. Pois eu escondia que ela morava comigo, e mesmo que a recebesse em minha casa, tanto receava que um de meus amigos se apaixonasse por ela, a esperasse lá fora, ou que por ocasião de um encontro no corredor ou na sala de espera, ela pudesse fazer um sinal e marcar uma entrevista. Depois eu ouvia o rumor da saia de Albertine, que se dirigia para o quarto, pois por discrição e sem dúvida também por aquelas atenções com que, ao tempo dos nossos jantares na Raspelière, se esforçava para que eu não ficasse enciumado, ela não vinha para o meu, sabendo que eu não estava só. Mas não era apenas por isso, de repente o compreendi. Lembrava-me; conhecera uma primeira Albertine, depois subitamente ela se mudara em outra, a atual. E pela mudança a ninguém podia responsabilizar senão a mim mesmo. Tudo que ela me teria confessado facilmente, depois de bom grado, quando éramos bons camaradas, cessara de externar-se assim que percebeu que eu a amava, ou sem talvez pronunciar o nome do Amor, adivinhara um sentimento inquisitorial que quer saber, sofre no entanto de saber, e procura saber mais. Desde esse dia passara a esconder-me tudo. Não vinha ao meu quarto, se imaginava que eu estava já não digo com um amigo, mas com uma amiga, ela cujos olhos em outros tempos se interessavam tão vivamente quando eu falava de alguma mulher: "Você precisa convidá-la, eu gostaria de conhecê-la". "Mas ela tem uns modos..." "Justamente, será mais divertido." Naquele momento eu teria talvez podido saber tudo. E até quando no Cassino ela afastara os seus seios dos de Andrée, não creio que fosse por causa da minha presença, e sim pela de Cottard, o qual lhe teria imputado, pensava ela sem dúvida, uma má reputação.[27] No entanto já naquela época ela começara a petrificar-se, já não se expandia em confidências, seus gestos se tornavam reservados. Depois apartara de si tudo que me pudesse perturbar.

27 Alusão à cena decisiva do volume anterior, em que o doutor Cottard, vendo Albertine dançar junto de Andrée, assinala para o herói o prazer que duas mulheres podem extrair do contato entre seus seios (cf. *Sodoma e Gomorra*). (N. do R. T.)

Às partes de sua vida que eu não conhecia, dava um caráter a que se acumpliciava a minha ignorância para acentuar o que ele tinha de inofensivo. E agora a transformação era completa, ela ia diretamente para o seu quarto quando eu não estava só, não apenas para não incomodar, mas para me mostrar que não lhe interessavam os outros. Uma coisa havia que ela nunca mais faria para mim, que ela só teria feito no tempo em que isso me haveria sido indiferente, que ela por isso mesmo teria feito facilmente, era precisamente confessar. Eu ia ficar reduzido para sempre, como um juiz, a tirar conclusões incertas de imprudências de linguagem que não eram talvez inexplicáveis sem recurso à culpabilidade. E sempre ela me sentiria ciumento e juiz.

O nosso noivado tomara uma aparência de processo e dava a Albertine a timidez de uma culpada. Agora ela mudava de conversa quando se tratava de pessoas, homens ou mulheres, que não fossem idosas. Era quando ela não desconfiava ainda que eu tivesse ciúmes dela que eu devia ter lhe perguntado o que desejava saber. É preciso aproveitar esse tempo. É então que a nossa amiga nos conta os seus prazeres e até os meios que emprega para dissimulá-los aos outros. Agora ela já não me teria confessado como fizera em Balbec (um pouco porque era verdade, um pouco para se desculpar de não mostrar maior ternura por mim, pois já então eu a fatigava, e ela percebera pelas minhas atenções com ela que não havia necessidade de me agradar tanto quanto aos outros para obter mais de mim do que deles), ela já não me teria confessado como naquele tempo. "Acho estúpido deixar ver que se ama, eu faço o contrário, assim que uma pessoa me agrada, finjo não prestar atenção a ela. Assim ninguém descobre nada." Como?, era a mesma Albertine de hoje, com suas afetações de franqueza e de ser indiferente a todos, que me dissera isso? Certo agora não me enunciaria mais essa regra! Contentava-se, ao conversarmos, com aplicá-la, dizendo-me desta ou daquela pessoa que podia causar-me inquietações: "Ah!, não sei, não olhei para ela, é insignificante demais". E de vez em quando, para antecipar coisas que eu podia vir a saber, fazia dessas confissões cuja entonação, antes de se conhecer a realidade que elas são encarregadas de desfigurar, de inocentar, já denuncia como sendo mentiras.

Escutando os passos de Albertine com o prazer confortável de pensar que naquele dia ela não sairia mais, admirava-me que, para essa moça, cujo conhecimento me parecera outrora coisa impraticável, voltar todos os dias para casa fosse precisamente voltar para minha casa. O prazer feito de mistério e de sensualidade que eu provara, fugitivo e fragmentário, em Balbec, na noite em que ela viera dormir no hotel, completara-se, estabilizara-se, enchia minha casa, antes vazia, de uma permanente provisão de doçura doméstica, quase familiar, difundida até nos corredores, e da qual todos os meus sentidos, ora de maneira efetiva, ora nos momentos em que eu estava só, em imaginação e pela espera do regresso, se alimentavam sossegadamente. Ao ouvir fechar-se a porta do quarto de Albertine, se estava comigo um amigo, eu me apressava em fazê-lo sair e não o largava senão quando estava bem certo de que ele chegara à escada, alguns degraus da qual eu descia se preciso fosse.[28] O amigo dizia-me que eu ia apanhar um resfriado, fazia-me ver que nossa casa era glacial, cheia de correntes de ar, acrescentava que só por muito dinheiro moraria nela. Daquele frio se queixavam porque mal havia começado e ainda não se estava habituado a ele, mas, por essa mesma razão, desencadeava em mim uma alegria acompanhada pela lembrança inconsciente das primeiras noites de inverno em que, antigamente, ao voltar de viagem, para retomar contato com os prazeres esquecidos de Paris eu ia ao café-concerto. Por isso era cantando que, depois de deixar meu antigo camarada, eu subia a escada e

28 Até o final do parágrafo, trecho que não consta da última edição do texto original pela Bibliothèque de la Pléiade. (N. do R. T.)

voltava para o quarto. A bela estação fugia, levando consigo os passarinhos. Mas outros músicos invisíveis, interiores, haviam-nos substituído. E o vento glacial denunciado por Bloch, e que soprava deliciosamente pelas portas mal ajustadas de nosso apartamento, era, como os belos dias de verão pelos pássaros dos bosques, perdidamente saudado por estribilhos, interminavelmente cantarolados, de Fragson, de Mayol, ou de Paulus.

No corredor, ao meu encontro vinha Albertine. "Olhe, enquanto mudo a roupa, Andrée vem ficar com você, ela subiu um minuto para lhe dar boa-noite." E ainda envolta no grande véu cinzento que descia do toque de chinchila e que eu lhe dera em Balbec, retirava-se para o seu quarto, como se adivinhasse que Andrée, encarregada por mim de velar sobre ela, ia, ao me contar inúmeros pormenores, ao mencionar o encontro por elas duas de uma pessoa conhecida, dar alguma precisão às regiões vagas em que se desenrolaram os passeios que haviam feito durante o dia e que eu não pudera imaginar.

Os defeitos de Andrée tinham se acusado, ela não era mais tão agradável como quando eu a conhecera. Havia agora nela, à flor da pele, uma espécie de acre desassossego, pronto a recrescer como no mar um pé de vento, se porventura eu vinha a falar de qualquer coisa que fosse agradável para Albertine e para mim. O que não a impedia de ser melhor para mim, de gostar mais de mim — e disso tive muitas vezes a prova — que pessoas mais amáveis. Mas o menor ar de felicidade que se tivesse, não sendo causado por ela, produzia-lhe uma impressão nervosa, desagradável, como o ruído de uma porta que se fecha com força demasiada. Ela admitia os sofrimentos em que não tivesse parte, mas não os prazeres; se me via doente, afligia-se, lastimava-me, teria até tratado de mim. Mas se eu tinha uma satisfação, por mais insignificante que fosse, como espreguiçar-me com ar de beatitude fechando um livro e dizendo: "Ah!, passei duas horas deliciosas lendo tal livro divertido", aquelas palavras, que teriam causado prazer a minha mãe, a Albertine, a Saint-Loup, provocavam em Andrée uma espécie de reprovação, talvez simplesmente mal-estar nervoso. Minhas satisfações provocavam-lhe uma irritação que ela não podia esconder. Esses defeitos completavam-se com outros mais graves: um dia em que eu falava daquele rapaz tão sabido em coisas de corridas, de jogos, de golfe, tão inculto em tudo o mais, que eu encontrara com o grupinho em Balbec, Andrée pôs-se a caçoar: "Sabe? O pai dele cometeu um furto, quase foi processado. Pois se tornaram ainda mais petulantes, mas eu me divirto contando o fato a todo mundo. Gostaria que eles me denunciassem como caluniadora. Que belo depoimento eu faria!". Seus olhos brilhavam.[29] Ora, soube depois que o pai não cometera nenhum deslize, Andrée sabia-o tão bem quanto qualquer outra pessoa. Julgara-se, porém, desprezada pelo filho, procurara alguma coisa que pudesse prejudicá-lo, fazer-lhe vergonha, inventara todo um romance de depoimentos que ela fora imaginariamente chamada a prestar e, a força de repetir para si mesma os detalhes, ignorava talvez que não eram verdadeiros.

Tal como se tornara (e mesmo sem os seus ódios curtos e tontos), não a teria eu desejado ver, quando por mais não fosse, por causa daquela suscetibilidade malévola que, como uma acre cercadura glacial, lhe cercava a verdadeira índole, mais calorosa e melhor. Mas as informações que só ela me podia dar a respeito de minha amiga me interessavam demais para que eu desprezasse ocasião tão rara de as obter. Andrée entrava, fechava a porta; tinham encontrado uma amiga, de quem Albertine jamais me falara. "Que disseram elas?" "Não sei, porque aproveitei a ocasião de Albertine não estar só para ir comprar lã." "Comprar lã?" "Lã, sim, a pedido de Albertine." "Razão a mais para não ir, era talvez pretexto para afastar você." "Mas ela me pedira antes de encontrar a amiga." "Ah!", respondia eu, recobrando a respiração. Logo

29 Andrée diz calúnias sobre um jovem que aparece no segundo volume, durante a estada do herói com a avó na praia de Balbec (cf. *À sombra das raparigas em flor*). O leitor ainda se surpreenderá com a relação futura de Andrée com essa personagem que ela tão apaixonadamente calunia.(N. do R. T.)

me voltava a suspeita; quem sabe se ela não marcara encontro antes com a amiga e arranjara de antemão um pretexto para ficar só quando quisesse? Aliás, estaria eu bem certo de não ser a velha hipótese (a de que Andrée não se limitava a me dizer a verdade) que fosse a boa? Talvez Andrée estivesse combinada com Albertine. Amor, dizia eu comigo, em Balbec, temo-lo por uma pessoa que nos desperta o ciúme sobretudo pelos seus atos; sentimos que se ela no-los contasse todos facilmente nos curaríamos talvez de amar. O ciúme, por mais habilmente dissimulado que seja por aquele que o experimenta, é logo descoberto por aquela que o inspira e que, por sua vez, usa de habilidade. Ela procura esconder-nos o que nos poderia tornar infelizes, e o consegue, pois para quem não está prevenido, por que uma frase insignificante revelaria as mentiras que oculta? Não a distinguimos das outras; dita com sobressalto é ouvida sem atenção. Mais tarde, quando a sós, recordaremos a frase, e ela não nos parecerá inteiramente de acordo com a realidade. Mas será que nos lembramos bem dela? Parece nascer espontaneamente em nós, a respeito dela e quanto à exatidão de nossa lembrança, uma dúvida no gênero das que no curso de certos estados nervosos faz que não nos possamos nunca lembrar se corremos o ferrolho ou não e isso tanto na quinquagésima vez como na primeira; dir-se-ia podermos repetir indefinidamente o ato sem que ele jamais fosse seguido de uma lembrança precisa e libertadora. Ao menos podemos tornar a fechar a porta pela quinquagésima primeira vez. Ao passo que a frase inquietante está no passado numa audição incerta que não depende de nós renovar. Então exercemos a nossa atenção sobre outras, que não escondem nada, e o único remédio, de que nem queremos ouvir falar, seria ignorar tudo para não ter o desejo de saber mais. Uma vez descoberto, o ciúme passa a ser considerado por aquela que é objeto dele como uma desconfiança que autoriza a enganar. Aliás, para poder saber alguma coisa nós é que tomamos a iniciativa de mentir, de iludir. Andrée, Aimé bem que nos prometem nada dizer, mas será que o cumprirão? Bloch não pôde prometer nada pois não sabia, e, por pouco que Albertine converse com cada um dos três, com a ajuda do que Saint-Loup teria chamado "cortes" saberá que lhe mentimos ao dizer que somos indiferentes aos seus atos e moralmente incapazes de mandar vigiá-la. Assim sucedendo — relativamente ao que fazia Albertine — à minha infinita dúvida habitual, indeterminada demais para não ficar indolor, e que era para o ciúme o que são para o desgosto aqueles começos de esquecimento em que o alívio nasce do vago — o fragmentozinho de resposta trazido por Andrée suscitava logo novas perguntas; explorando uma parcela da grande zona que se estendia ao redor de mim, eu não conseguira senão afundar mais dentro dela aquele incognoscível que é para nós, ao procurarmos representá-la palpavelmente, a vida real de outra pessoa. E eu continuava a interrogar Andrée enquanto Albertine, por discrição e para me deixar (adivinharia ela?) todo o lazer de inquirir a amiga, remanchava em se despir no seu quarto.

"Acho que o tio e a tia de Albertine gostam muito de mim", dizia eu avoadamente a Andrée, esquecendo-lhe o gênio. Imediatamente se lhe alterava a fisionomia viscosa; como um xarope azedado, parecia turvada para sempre. A boca tornava-se-lhe amarga. Não havia mais nada em Andrée daquela alegria juvenil que, a exemplo de todo o nosso grupinho e não obstante a sua natureza sofredora, ela mostrava no ano de minha primeira estada em Balbec e que agora (é verdade que estava alguns anos mais velha) se eclipsava tão depressa nela. Mas eu ia fazê-la involuntariamente renascer antes de ela me deixar para voltar a sua casa. "Hoje uma pessoa me fez um grande elogio de você", dizia-lhe eu. Logo brilhava em seu olhar um raio de alegria, ela parecia ter-me afeição de verdade. Evitava olhar para mim, mas ria com os olhos vagos, que de repente se tornavam muito redondos. "Quem foi?", perguntava com interesse ingênuo e guloso. Eu dizia-lhe um nome e, fosse qual fosse, ela se mostrava feliz.

Chegava a hora de partir, ela ia embora. Albertine voltava para junto de mim; tirava o vestido, trazia agora um dos bonitos *peignoirs* de crepe da China, um dos quimonos cuja descrição eu pedira à sra. de Guermantes e para alguns dos quais certas minúcias suplementares me foram fornecidas pela sra. Swann numa carta iniciada por estas palavras: "Depois de seu longo eclipse, imaginei, ao ler sua carta relativa aos meus *tea gown*, que estava recebendo notícias de um fantasma". Albertine vinha calçada de uns sapatos pretos, ornados de brilhantes, sapatos que Françoise irritada chamava de socos, semelhantes aos que, pela janela do salão, minha amiga vira que a sra. de Guermantes usava em casa à noite, assim como tempos depois Albertine usou sandálias, umas de pelica dourada, outras de chinchila, e cuja vista me comprazia porque eram umas e outras como sinais (que outros sapatos não seriam) de que ela morava comigo. Ela tinha também coisas que não vinham de mim, como, por exemplo, um belo anel de ouro, onde havia que admirar uma águia de asas abertas. "Foi presente de minha tia", explicou. "Apesar de tudo ela às vezes é amável. Isto me envelhece porque o ganhei quando fiz vinte anos."

Albertine sentia em possuir todas aquelas coisas bonitas um prazer muito mais vivo que a duquesa, porque, como todo obstáculo posto a uma posse (assim para mim a doença, que me tornava as viagens tão difíceis e tão desejáveis), a pobreza, mais generosa que a opulência, dá às mulheres, muito mais que o vestido que não podem comprar, o desejo desse vestido, que é o conhecimento verdadeiro, minucioso, aprofundado dele. Ela, porque não pudera comprar tais coisas, eu, porque, mandando fazê-las, queria dar-lhe um prazer, éramos como estudantes que conhecem de antemão os quadros que anseiam ver em Dresden ou em Viena. Ao passo que as mulheres ricas, no meio da multidão de seus chapéus e de seus vestidos, são como esses visitantes para quem a ida a um museu, não sendo precedida de nenhum desejo, dá uma sensação de atordoamento, de cansaço e de tédio. Certo toque, certa capa de zibelina, certo *peignoir* de Doucet, com mangas de forro cor-de-rosa, tomavam para Albertine, que os tinha avistado, cobiçado e, graças ao exclusivismo e à minúcia que caracterizavam o desejo, os havia a um tempo isolado do resto num vácuo sobre o qual se destacava à maravilha o forro ou a echarpe, e conhecido em todas as suas partes — e para mim, que fora à casa da sra. de Guermantes indagar em que consistia a particularidade, a superioridade, o *chic* da coisa, e o feitio imutável do grande fabricador — uma importância, um encanto que certamente não tinham para a duquesa, saciada antes mesmo de posta em estado de apetite, ou mesmo para mim se os tivesse visto alguns anos antes ao acompanhar tal ou qual mulher elegante numa de suas enfadonhas peregrinações pelas costureiras. Certo, Albertine pouco a pouco ia se tornando uma mulher elegante. Pois se cada coisa que eu assim mandava fazer para ela no gênero a mais bonita, com todos os requintes que nela poriam a sra. de Guermantes ou a sra. Swann, destas coisas já começava ela a ter em grande quantidade. Pouco importava, porém, do momento em que ela gostara delas antes e isoladamente. Quando nos tomamos de amores por um pintor, e depois por outro, podemos ao cabo ter pelo museu inteiro uma admiração que não é glacial, pois se formou de amores sucessivos, cada um exclusivo em seu tempo, e que por fim se ajuntaram e se conciliaram.

Ela, de resto, não era frívola, lia muito quando estava só, lia também para mim quando estava comigo. Tornara-se extremamente inteligente. Dizia, sem razão de resto: "Fico apavorada ao pensar que se não fosse você, eu teria ficado uma estúpida. Não o negue. Você me abriu um mundo de ideias que eu não suspeitava sequer, e o pouco que vim a ser, devo-o unicamente a você".

Da mesma maneira, aliás, se referia ela à minha influência sobre Andrée. Sentiria uma ou outra alguma coisa por mim? E que eram, em si mesmas, Albertine e Andrée? Para sabê-lo, seria mister imobilizar-vos, não viver mais nesta perpétua espera de vós em que passais sempre outras, seria mister cessar de amar-vos para vos fixar, não ter conhecimento mais de vossa interminável e sempre desconcertante chegada, ó moças, ó raio de luz sucessivo no turbilhão em que palpitamos de tornar a ver-vos reaparecer, mal vos reconhecendo, na velocidade vertiginosa da luz. Essa velocidade, ignorá-la-íamos talvez e tudo nos pareceria imóvel, se uma atração sexual não nos fizesse correr para vós, gotas de ouro sempre dessemelhantes e que excedem sempre a nossa expectativa! De cada vez, uma moça se assemelha tão pouco ao que era na vez anterior (fazendo em pedaços, assim que a avistamos, a lembrança que havíamos guardado e o desejo que nos propúnhamos) que a estabilidade de natureza que lhe atribuímos é puramente fictícia e para comodidade da linguagem. Disseram-nos que certa moça bonita é meiga, amorável, cheia de sentimentos os mais delicados. Nossa imaginação acredita-o sob palavra, e quando nos aparece pela primeira vez, na cercadura ondulada dos cabelos loiros, o disco róseo do seu semblante, quase receamos que aquela irmã demasiado virtuosa nos arrefeça por sua própria virtude, não possa nunca ser para nós a amante que havíamos desejado. Pelo menos, quantas confidências lhe fazemos desde o primeiro momento, confiados naquela nobreza de coração, quantos projetos feitos de comum acordo! Mas alguns dias depois nos arrependemos de ter sido tão confiantes, pois a rósea menina nos sai da segunda vez com expressões de uma lúbrica fúria. Nas faces sucessivas que após uma pulsação de alguns dias nos apresenta a rósea luz interceptada, nem sequer é certo que um *movimentum* exterior a essas moças não lhes tenha modificado o aspecto, o que se podia ter dado com as minhas amiguinhas de Balbec. Gabam-nos a doçura, a pureza de uma virgem. Depois disso, porém, sentimos que algo mais apimentado nos agradaria mais e induzimo-la a se mostrar mais picante. Em si mesma, qual das duas era ela mais? Talvez nem uma nem outra, mas capaz de aceder a tantas possibilidades diversas na corrente vertiginosa da vida. Com outra, cujo atrativo residia em não sei que de implacável (que esperávamos dobrar a nosso modo), como, por exemplo, a terrível saltadora de Balbec, que em seus pulos passava raspando sobre as calvas dos velhos apavorados,[30] que decepção quando, na nova face oferecida

30 Alusão à cena em que o herói vê pela primeira vez o grupo de "raparigas em flor" percorrer a praia de Balbec (cf. *À sombra das raparigas em flor*). (N. do R. T.)

por esta figura, no momento em que lhe dizíamos umas ternuras exaltadas pela lembrança de tantas durezas para com os outros, a ouvíamos, como princípio de conversa, dizer que era tímida, que nunca sabia dizer nada sensato a alguém num primeiro encontro, tanto medo tinha, e que só ao fim de uns quinze dias poderia conversar calmamente conosco! O aço virara algodão, já não teríamos nada para tentar dobrar, pois por si mesma perdera ela toda a consistência. Por si mesma, mas por culpa nossa talvez, porquanto as frases ternas que dirigíamos à dureza lhe tinham talvez, mesmo sem haver da parte dela cálculo interessado, sugerido ser meiga. (Todavia, o que nos consternava não era afinal não inábil, pois a gratidão por tanta doçura ia talvez obrigar-nos a mais que o arroubamento diante da crueldade domada.) Não digo que não chegue o dia em que mesmo a essas luminosas mocinhas não atribuamos caracteres muito marcados, mas é que terão cessado de nos interessar, que sua chegada não será mais para o nosso coração a aparição que ele esperava diferente e o deixa de cada vez transtornado por encarnações novas. A imobilidade delas virá de nossa indiferença, que as entregará ao julgamento do espírito. Este não decidirá, aliás, de modo muito mais categórico, pois após verificar que tal defeito, predominando numa, estava, ainda bem, ausente na outra, verá que o defeito tinha como reverso uma qualidade preciosa. De maneira que do falso juízo da inteligência, a qual só entra em jogo quando cessamos de nos interessar, sairão definidos uns caracteres de moças, estáveis sim, mas que não nos esclarecerão mais do que as surpreendentes faces aparecidas diariamente quando, na velocidade estonteante de nossa espera, nossas amigas se apresentavam todos os dias, todas as semanas, demasiado diversas para nos permitir, pois não se interrompe jamais a corrente, classificar, assinalar posições. Quanto aos nossos sentimentos, já demais falamos deles para repetir que muitas vezes um amor não é senão a associação de uma imagem de moça (que, se não fosse isso, muito depressa se nos tornaria insuportável) às pulsações de coração inseparáveis de uma espera interminável, inútil, e de um "bolo" que a tal nos pregou. Tudo isso não é verdade só no caso de rapazes imaginativos às voltas com meninas versáteis. Desde o tempo a que chegou a nossa história, parece, soube-o depois, que a sobrinha de Jupien mudara de opinião a respeito de Morel e do sr. de Charlus. Meu chofer, vindo em reforço do amor que ela tinha por Morel, elogiara-lhe, como se de fato houvesse no violinista delicadezas infinitas, nas quais, de resto, ela estava mais que inclinada a acreditar. E por outro lado Morel não cessava de lhe falar das atitudes de carrasco que o sr. de Charlus tinha para com ele e que ela atribuía à maldade, não adivinhando que era amor. Obrigada se via, aliás, a constatar que o sr. de Charlus assistia tiranicamente a todos os encontros dos dois. E corroborando tudo isto, ouvia em sociedade as senhoras falarem da maldade atroz do barão. Ora, não havia muito mudara completamente de opinião. Descobrira em Morel (sem deixar de amá-lo por isso) abismos de maldade e perfídia, aliás compensadas por uma brandura constante, uma sensibilidade real, e no sr. de Charlus uma insuspeitada e imensa bondade, misturada com durezas que ela não conhecia. Por isso não soubera ela formar sobre o que eram, cada um em si mesmo, o violinista e quem o protegia, um juízo mais definido do que eu sobre Andrée, vista por mim todos os dias, e sobre Albertine, que vivia comigo.

Nos serões em que esta última não me lia algum livro em voz alta, tocava ela piano para mim ou jogava comigo umas partidas de damas, ou conversávamos, jogo e conversas que eu interrompia de vez em quando para beijá-la. Nossas relações eram de uma simplicidade que as tornava repousantes. O vazio mesmo de sua vida dava a Albertine uma espécie de solicitude e de obediência nas únicas coisas que eu reclamava dela. Atrás dessa moça, como atrás da luz purpurina que caía aos pés das minhas cortinas em Balbec enquanto estrugia o concerto dos músicos, se nacaravam as ondulações azuladas do mar. Não era ela, com efeito (ela, no fundo de quem residia de maneira habitual uma ideia de mim tão familiar que, depois de sua tia, eu era talvez a pessoa que ela distinguia menos de si mesma), a moça que eu vira da primeira vez em Balbec, sob a sua boina, com os seus olhos insistentes e risonhos, desconhecida ainda, fina como uma silhueta recortada sobre o fundo das ondas? Essas efígies guardadas intatas na memória, quando as encontramos de novo, fazem-nos pasmar de sua dessemelhança com a pessoa que conhecemos, e compreendemos então o trabalho de modelagem realizado cotidianamente pelo hábito. No encanto que Albertine possuía em Paris, ao pé da minha lareira, vivia ainda o desejo que me inspirara o cortejo insolente e florido que se desenrolava ao longo da praia, e como Rachel conservava para Saint-Loup, mesmo depois que ela a fez abandonar o palco, o prestígio da vida de teatro, assim nesta Albertine enclausurada em minha casa, longe de Balbec, de onde eu a trouxera precipitadamente, subsistiam a agitação, a balbúrdia social, a vaidade inquieta, os desejos errantes da vida de banhos de mar. Ela estava tão bem engaiolada que certas noites mesmo eu não mandava pedir-lhe que deixasse o seu quarto pelo meu, ela a quem antes todo mundo seguia, ela que me dava tanto trabalho para alcançá-la quando disparava em sua bicicleta, e que nem o ascensorista me podia trazer, não me dando nenhuma esperança de que ela viesse, ela por quem no entanto eu esperava a noite inteira.[31] Não fora Albertine diante do hotel como uma grande atriz da praia em chama, provocando ciúmes ao pisar aquele teatro da natureza, não falando a ninguém, acotovelando a clientela habitual, dominando as amigas, e não era essa atriz tão apetecida que, retirada por mim da cena, encerrada em minha casa, ao abrigo dos desejos de todos, que de ora em diante podiam procurá-la em vão, estava ali, ora no meu quarto, ora no seu, ocupada em algum trabalho de desenho de cinzeladura?

Sem dúvida, nos primeiros dias de Balbec, Albertine parecia estar num plano paralelo àquele em que vivia, mas que dele se

31 Alusão à tentativa de trazer Albertine ao Grande Hotel de Balbec por intermédio do ascensorista (cf. *Sodoma e Gomorra*). (N. do R. T.)

aproximara (quando eu estivera em casa de Elstir), até coincidirem, à medida que se estreitavam as nossas relações, em Balbec, em Paris, e novamente em Balbec. Aliás, entre os dois quadros de Balbec, na primeira temporada e na segunda, compostos das mesmas casas, de onde saíam as mesmas moças diante do mesmo mar, que diferença! Nas amigas de Albertine da segunda temporada, tão minhas conhecidas, com qualidades e defeitos tão nitidamente gravados, em suas fisionomias, podia eu reencontrar aquelas frescas e misteriosas desconhecidas que outrora não podiam, sem que meu coração batesse, fazer ranger na areia a porta de seus chalés e roçar de passagem os tamarizes agitados! Seus grandes olhos se tinham reabsorvido depois, sem dúvida porque elas cessaram de ser crianças, mas também porque aquelas encantadoras desconhecidas, encantadoras atrizes do romanesco primeiro ano e sobre as quais eu não cessava de pedir informações, não tinham mais mistérios para mim. Haviam se tornado obedientes aos meus caprichos, simples raparigas em flor, das quais não me sentia mediocremente orgulhoso de ter colhido, roubado a todos a rosa mais bela.

Entre os dois cenários, tão diversos um do outro, de Balbec, havia o intervalo de vários anos em Paris, no longo percurso dos quais se situavam tantas visitas de Albertine. Via-a nos diferentes anos da minha vida ocupando em relação a mim posições diferentes, que me faziam sentir a beleza dos espaços interferidos, aquele longo tempo passado em que eu ficara sem vê-la, e sobre a diáfana profundidade dos quais a rosada criatura que estava diante de mim se modelava com misteriosas sombras e pujante relevo. Era ele, aliás, devido à superposição não somente das imagens sucessivas que Albertine havia sido para mim mas também das grandes qualidades de inteligência e de coração, dos defeitos de caráter, uns e outros não suspeitados por mim, que Albertine, numa germinação, numa multiplicação de si mesma, numa eflorescência carnuda de sombrias cores, acrescentara a uma natureza outrora quase nula, agora difícil de aprofundar. Pois as criaturas, mesmo as que, de tanto sonharmos com elas, não nos pareciam mais do que uma imagem, uma figura de Benozzo Gozzoli a se destacar sobre um fundo esverdeado e cujas únicas variações estávamos dispostos a acreditar serem devidas ao ponto em que nos colocáramos para as contemplar, à distância que delas nos afastava, à iluminação, essas criaturas, enquanto mudam em relação a nós, mudam também em si mesmas e tinha havido enriquecimento, solidificação e acréscimo de volume na figura outrora tão simplesmente recortada sobre o mar. De resto, não era apenas o mar ao fim do dia que vivia para mim em Albertine, mas por vezes o sopor do mar nas noites de lua. Às vezes, com efeito, quando eu me levantava para ir buscar um livro ao gabinete de meu pai, minha amiga, que me pedira licença para se deitar durante a minha ausência, estava tão fatigada pela grande excursão da manhã e da tarde ao ar livre que, mesmo se eu me demorasse apenas um instante fora do quarto, ao voltar encontrava Albertine adormecida e não a despertava. Estendida a fio comprido em minha cama, numa atitude de uma naturalidade que não se teria podido inventar, dava-me a impressão de uma longa haste em flor que houvessem colocado ali, e o era efetivamente: o poder de cismar, que eu só tinha na ausência dela, encontrava-o naqueles instantes a seu lado, como se dormindo ela se tivesse convertido numa planta. Assim, o seu sono realizava, em certa medida, a possibilidade do amor; quando eu ficava só, podia pensar nela, mas ela me fazia falta, eu não a possuía. Ela presente, eu lhe falava, mas estava por demais ausente de mim mesmo para poder pensar. Quando ela dormia, eu não precisava mais falar, sabia que não era mais olhado por ela, não tinha mais necessidade de viver na superfície de mim mesmo. Fechando os olhos, perdendo a consciência, Albertine se despojara sucessivamente dos seus diferentes caracteres de humanidade que me haviam decepcionado desde o dia em que a conheci. Não estava animada senão da vida inconsciente dos vegetais, das árvores, vida mais diversa da minha, mais estranha, e que no entanto me pertencia mais. Seu eu não se escapava a todos os momentos, como quando conversávamos, pelas saídas do pensamento inconfessado e do olhar. Ela havia recolhido a si tudo dela que andava fora, estava toda ela refugiada, murada, resumida no seu corpo. Tendo-a sob meu olhar, nas minhas mãos, tinha eu o sentimento de a possuir por inteiro, o que não se dava quando ela estava acordada. Sua vida estava submetida a mim e para mim exalava o seu leve bafejo. Eu escutava aquela murmurante emanação misteriosa, suave como um zéfiro marinho, inefável como esse luar que era o seu sono. Enquanto este durava, eu podia pensar nela e entretanto olhá-la, e quando ele se tornava mais profundo, tocá-la, beijá-la. O que eu experimentava então era um amor em face de qualquer coisa tão pura, tão imaterial em sua sensibilidade, tão misteriosa, como se eu estivesse diante dessas criaturas inanimadas que são as belezas naturais. Com efeito, quando ela dormia mais profundamente, cessava de ser a planta que havia sido; seu sono, à beira do qual eu me perdia em cismas, com deliciosa volúpia, de que não me cansava nunca, de que poderia gozar indefinidamente, era para mim toda uma paisagem. Seu sono punha ao pé de mim algo tão calmo, tão sensualmente delicioso quanto, na baía de Balbec luzindo mansa como um lago, aquelas noites de plenilúnio em que os galhos mal se movem, em que, estirados na areia, escutaríamos sem fim o quebrar do refluxo.

Ao entrar no quarto, eu parara no limiar, não ousando fazer ruído e outro não ouvia senão o de seu hálito, que vinha expirar-lhe nos lábios a intervalos intermitentes e regulares, como um refluxo, porém mais atenuado e mais suave. E no momento em que meu ouvido recolhia aquele rumor divino, parecia-me que era, condensada nele, toda a pessoa, toda a vida da encantadora cativa, ali deitada diante dos meus olhos. Carros passavam estrepitosamente lá fora, mas a fronte dela permanecia imóvel, pura, seu hálito, leve, reduzido à mais simples expiração do ar necessário. Então, vendo que seu sono não seria perturbado, eu me aproximava com prudência, sentava-me na cadeira que estava ao lado da cama, e depois na própria cama. Passei serões encantadores conversando, brincando com Albertine, mas nunca tão agradáveis como quando a via dormir. Ela podia ter, tagarelando, jogando, aquela naturalidade que nenhuma atriz poderia imitar, era uma naturalidade em segundo grau a que me oferecia o seu sono. A cabeleira, descendo-lhe ao longo do rosto corado, estava pousada a seu lado no leito e às vezes uma mecha isolada e reta dava o mesmo efeito de perspectiva que aquelas árvores lunares delgadas e pálidas que se veem muito eretas no fundo dos quadros rafaelescos de Elstir. Se os lábios de Albertine estavam fechados, em compensação, da posição em que me colocara, suas pálpebras pareciam tão pouco unidas que eu quase não saberia dizer se ela estava mesmo dormindo. Em todo caso, essas pálpebras abaixadas punham-lhe no rosto aquela continuidade perfeita que os olhos não interrompem. Pessoas há cuja face adquire uma beleza e uma majestade insólitas quando não se lhes vê o olhar. Eu media com a vista Albertine estendida a meus pés. Por instantes ela estremecia numa agitação leve e inexplicável, como as folhagens que uma brisa inesperada convulsa durante alguns momentos. Levava a mão aos cabelos, e, não tendo feito como queria, tornava a tocá-los com movimentos tão seguidos, tão voluntários, que eu ficava convencido de que ela ia acordar. Mas qual, voltava à calma do sono que não interrompera. Ficava daí por diante imóvel. Pousava a mão no peito num abandono do braço tão ingenuamente pueril que eu era obrigado, ao olhá-la, a conter o sorriso que pela sua seriedade, sua inocência e sua graça nos provocam as crianças. Eu, que conhecia várias Albertines numa só, parecia-me ver muitas outras mais deitadas a meu lado. Suas sobrancelhas, arqueadas como eu nunca as tinha visto, cercavam-lhe os globos das pálpebras como um sedoso ninho de alcíone. Raças, atavismos, vícios repousavam-lhe na face. De cada vez que mexia com a cabeça, criava uma nova mulher frequentemente não imaginada por mim. Parecia-me que eu possuía não uma, mas inumeráveis Albertines. Sua respiração, pouco a pouco mais funda, levantava-lhe agora o colo regularmente e, por sobre ele, as mãos cruzadas, as suas pérolas, deslocadas de modo diferente pelo mesmo movimento, como esses barcos, essas correntes de amarração que o movimento das ondas faz oscilar. Então, sentindo que ela estava em pleno sono e que eu não iria chocar-me em escolhos de consciência recobertos agora pela preamar do sono profundo, deliberadamente galgava sem fazer ruído o leito, deitava-me a seu lado, tomava-lhe a cintura com um dos braços, pousava os meus lábios no seu rosto, no seu coração, depois em todas as partes de seu corpo a minha mão livre, que era então, como as pérolas, levantada também pela respiração de Albertine; eu mesmo me sentia, de leve, movido pelo seu movimento regular: estava embarcado no sono de Albertine.

Às vezes me propiciava ele um prazer menos puro. Não havia para isso necessidade de nenhum movimento, bastava deixar minha perna encostada à dela, como um remo largado ao qual se imprime de vez em quando uma ligeira oscilação semelhante ao bater intermitente de asa nas aves que dormem no ar. Eu escolhia para contemplá-la aquela face do seu rosto que não se via nunca e que era tão bela. Compreende-se, em rigor, que as cartas que nos escreve alguém sejam mais ou menos iguais entre si e desenhem uma imagem bastante diversa da pessoa que se conhece para que constituam uma segunda personalidade. Mas quão mais estranho é que uma mulher esteja colada, como Rosita a Doodica, a outra mulher cuja beleza diferente leva a induzir outro caráter, e que para ver uma seja preciso colocarmo-nos de perfil, para ver a outra, de frente.[32] O ruído de sua respiração, ao se tornar mais forte, podia dar a ilusão do prazer ofegante e, quando o meu chegava ao fim, eu podia beijá-la sem lhe interromper o sono. Parecia-me naqueles momentos que eu acabara de a possuir mais completamente, como uma coisa inconsciente e sem resistência da muda natureza. Não me preocupavam as palavras que

32 Rosita e Doodica eram gêmeas siamesas, atração do circo de curiosidades e fenômenos Barnum; elas também foram atração na Exposição Universal de 1900. (N. do R. T.)

às vezes ela deixava escapar quando dormia, o sentido delas me escapava, e aliás, qualquer que fosse a pessoa desconhecida a que se referissem; era em minha mão, em meu rosto, que sua mão, às vezes animada por um leve arrepio, se crispava um instante. Gozava-lhe eu o sono com um amor desinteressado, calmante, do mesmo modo que ficava horas a escutar a rebentação das ondas. Quem sabe é preciso que as criaturas sejam capazes de nos causar muito sofrimento para que nas horas de remissão nos proporcionem o mesmo alívio que a natureza. Não havia necessidade de lhe responder, como quando conversávamos, e mesmo que pudesse calar-me, como fazia também quando ela falava, ouvindo-a falar eu não penetrava nela tão profundamente. Continuando a ouvir, a recolher de instante em instante o murmúrio, apaziguador como uma imperceptível brisa, de seu hálito puro, era toda uma existência fisiológica que eu tinha diante de mim e para mim; tanto tempo quanto antigamente, em noites de luar, deixava-me ficar deitado na praia, teria ficado ali a olhá-la, a escutá-la. Às vezes dir-se-ia que o mar se encapelava, que a tempestade se fazia sentir até dentro da baía e eu me punha como ela a escutar o ronco de seu sopro que bramia.

Às vezes, quando ela sentia muito calor, tirava, já quase dormindo, o quimono e jogava-o sobre a minha poltrona. Enquanto ela dormia, eu pensava em todas as suas cartas que ela guardava sempre no bolso interno daquele quimono. Uma assinatura, um encontro marcado teria bastado para provar uma mentira ou dissipar uma suspeita. Quando eu sentia Albertine mergulhada em sono bem profundo, afastando-me dos pés de sua cama, onde a contemplava havia muito tempo sem fazer um movimento, dava um passo, tomado de ardente curiosidade, sentindo o segredo daquela vida oferecido, largado e sem defesa naquela poltrona. Talvez também desse eu aquele passo porque ver dormir sem mexer acaba tornando-se fatigante. E assim, pé ante pé, voltando-me a todo instante para ver se Albertine não acordava, ia até a poltrona. Ali parava, quedava longo tempo olhando o quimono, como quedara longo tempo olhando Albertine. Mas (e foi talvez um erro) nunca toquei no quimono, nunca enfiei a mão no bolso dele, nunca pus os olhos nas cartas. Por fim, vendo que não me decidiria, voltava pé ante pé para junto da cama de Albertine e me punha de novo a vê-la dormir, ela que não me contaria nada, ao passo que eu via no braço da poltrona aquele quimono que talvez me contasse um mundo de coisas. E como as pessoas alugam por uma diária de cem francos um quarto no Grande Hotel de Balbec para respirar o ar do mar, eu achava muito natural gastar mais do que isto com ela, pois tinha o seu hálito, perto de meu rosto, na sua boca, que eu entreabria contra a minha, onde pela minha língua passava a sua vida.

Mas esse prazer de vê-la dormir, tão bom quanto o de senti-la viver, outro lhe punha fim: o de vê-la acordar. Era, em grau mais profundo e mais misterioso, o prazer mesmo de ela morar comigo. Sem dúvida de tarde, quando ela descia do carro, era uma delícia para mim que fosse ao meu apartamento que ela se recolhesse. Ainda mais delicioso era quando do fundo do sono ela subia os últimos degraus da escada dos sonhos, que fosse no meu quarto que ela renascesse para a consciência e para a vida, que ela no primeiro instante perguntasse a si mesma "onde estou?", e, vendo os objetos que a cercavam, a lâmpada, cuja luz lhe fazia quase piscar imperceptivelmente os olhos, pudesse responder que estava em sua casa ao verificar que despertava na minha. Nesse primeiro delicioso momento de incerteza me parecia que eu de novo tomava mais completamente posse de Albertine, porquanto, em lugar de ela, depois de ter saído, entrar em seu quarto, era o meu quarto, logo que fosse reconhecido por Albertine, que iria encerrá-la, contê-la, sem que os olhos de minha amiga manifestassem nenhuma perturbação, permanecendo tão calmos como se ela não tivesse dormido. A hesitação do acordar revelada pelo seu silêncio não o era pelo seu olhar.

Logo que recuperava a palavra, dizia: "Meu" ou "Meu querido", seguidos um ou outro do meu nome de batismo, o que, atribuindo ao narrador o mesmo nome que ao autor deste livro, daria: "Meu Marcel", "Meu querido Marcel". Já eu não consentia desde então que em família os parentes, chamando-me também querido, tirassem às palavras deliciosas que me dizia Albertine o privilégio de serem únicas. Ao dizê-las, fazia um momo, que logo transformava num beijo. Tão depressa adormecera havia pouco, tão depressa acordava.

Esse enriquecimento real, esse progresso autônomo de Albertine não eram a causa importante, a diferença que havia entre meu modo de a ver agora e meu modo de a ver a princípio em Balbec, como não o eram tampouco o meu deslocamento no tempo, ou o fato de olhar uma moça sentada junto de mim ao pé da lâmpada, que a ilumina de modo diverso do que o sol quando ela vinha andando pela praia. Maior número de anos que houvesse mediado entre as duas imagens, não teria trazido mudança tão completa; produzira-se ela, essencial e súbita, quando soube que minha amiga havia sido quase criada pela amiga da srta. Vinteuil. Se antes me exaltara o cuidar ver mistérios nos olhos de Albertine, agora só me sentia feliz nos momentos em que desses olhos, dessas faces mesmas, refletidoras como olhos, às vezes tão serenas mas logo enfarruscadas, eu conseguia expulsar todo mistério. A imagem que eu buscava, em que repousava, junto à qual gostaria de morrer, não era mais a da Albertine que tinha uma vida desconhecida, era uma Albertine tão minha conhecida quanto possível (e é por isto que aquele amor não podia ser durável sem se tornar infeliz, pois por definição não contentava a necessidade de mistério), era uma Albertine que não refletia um mundo longínquo, que não desejava outra coisa — havia momentos em que efetivamente parecia ser assim — senão estar comigo, inteiramente semelhante a mim, uma Albertine imagem do que precisamente era meu e não do desconhecido. Quando foi assim de uma hora angustiada relativa a uma criatura, quando foi da incerteza de poder ou não retê-la que nasceu um amor, esse amor leva a marca daquela revolução que o criou, lembra bem como o que havíamos visto até então quando pensávamos nessa mesma criatura. E minhas primeiras impressões diante de Albertine, à beira-mar, podiam em pequena parte subsistir no meu amor por ela: na realidade, essas impressões anteriores ocupam muito pouco lugar em amor em tal gênero; na sua força, no seu tormento, na sua necessidade de carinho e seu refúgio num relembrar sereno, tranquilizador, a que desejaríamos ater-nos e nada mais saber daquela que amamos, mesmo se houvesse alguma coisa odiosa por saber — e bem mais ainda, não consultar senão essas impressões anteriores —, um amor assim é feito de outra coisa muito diferente! Às vezes eu apagava a luz antes de ela entrar. Era no escuro, guiada apenas pela luz de um tição na lareira, que ela se deitava a meu lado. Minhas mãos, minhas faces reconheciam-na sem que meus olhos a vissem, meus olhos que muitas vezes tinham medo de achá-la mudada. De modo que, graças a esse amor cego, ela se sentia talvez cercada de mais ternura do que habitualmente.

Outras vezes me despia, eu me deitava, e, sentada Albertine num canto da cama, continuávamos a nossa partida de jogo ou a nossa conversa intervalada de beijos, e no desejo, única coisa que nos faz achar interesse na existência e no caráter de uma pessoa, ficamos tão fiéis à nossa natureza (se, em compensação, abandonamos sucessivamente as diferentes criaturas amadas por nós uma após outra), que de uma feita avistando-me no espelho no momento em que beijava Albertine chamando-a minha filhinha, a expressão triste e apaixonada de meu próprio rosto, semelhante ao que ele teria sido outrora junto de Gilberte, de quem não me lembrava mais, ao que seria um dia junto de outra, se eu viesse a esquecer Albertine, fez-me pensar que, acima das considerações de pessoa (querendo o instinto que consideremos a atual como a única verdadeira), eu cumpria os deveres de uma devoção ardente e dolorosa dedicada como uma oferenda à juventude e à beleza da mulher. E no entanto a esse desejo, que honrava com um ex-voto a juventude, às recordações de Balbec, se misturava, na necessidade que eu tinha de reter Albertine todas as noites ao pé de mim, algo que fora estranho até então à minha vida, pelo menos à amorosa, se não era inteiramente novo em minha vida. Era um poder de alívio como eu não tinha experimentado igual desde as noites longínquas de Combray, quando minha mãe, debruçada sobre minha cama, vinha trazer-me o sossego num beijo. Certo, eu teria ficado muito admirado naquele tempo se me dissessem que eu não era inteiramente bom e sobretudo que eu algum dia procuraria privar alguém de um prazer. Sem dúvida me conhecia muito mal então, pois o meu prazer de ter Albertine morando em minha casa era muito menos um prazer positivo do que o de ter retirado do mundo, onde cada um poderia gozá-la por seu turno, a menina em flor que se, pelo menos, não me dava grande alegria, não a dava tampouco aos outros. A ambição, a glória ter-me-iam deixado indiferente. Mas, incapaz ainda me sentia de ódio. E no entanto para mim, amar carnalmente significava triunfar sobre numerosos concorrentes. Nunca será demais repetir, era mais que tudo um alívio.

Por mais que eu tivesse duvidado de Albertine antes de ela chegar, por mais que a tivesse imaginado no quarto de Montjouvain, uma vez que ela se sentava de *peignoir* diante da minha poltrona, ou se, como era mais frequente, eu ficaria deitado na extremidade da minha cama, logo lhe transmitia as minhas dúvidas, confiava-as a ela para que ela as dissipasse de mim, na abdicação de um crente que faz a sua oração. Durante todo o serão pudera ela, gaiatamente enrodilhada na minha cama, brincar comigo como uma gatarrona; seu narizinho cor-de-rosa, que ela ainda achava jeito de diminuir na ponta com um olhar faceiro que lhe dava a finura de certas pessoas um pouco gordas, pudera dar-lhe uma aparência esperta e acesa; pudera ela deixar cair uma mecha dos longos cabelos negros sobre a face de cera rosada e semicerrando os olhos, descruzando os braços, ter tido o ar de me dizer "Faze de mim o que quiseres". Quando, no momento de me deixar, ela se aproximava para me dar boa-noite, era a doçura deles, tornada quase familiar, que eu beijava dos dois lados de seu pescoço vigoroso, que então eu nunca achava bastante moreno nem de granulação bastante grossa, como se essas sólidas qualidades estivessem relacionadas em Albertine com alguma bondade leal.

Era a vez de Albertine me dar boa-noite beijando-me de cada lado do pescoço, e sua cabeleira acariciava-me como uma asa de penas agudas e macias. Por mais incomparáveis que fossem um com o outro aqueles dois beijos de paz, Albertine introduzia em minha boca, fazendo-me o dom de sua língua como um dom do Espírito Santo, entregava-me um viático, deixava-me uma provisão de calma quase tão suave quanto minha mãe em Combray imprimindo à noite os seus lábios sobre a minha testa.[33]

"Você vem conosco amanhã, seu mau?", perguntava antes de me deixar. "Onde é que vocês vão?" "Depende do tempo e de você. Ao menos escreveu alguma coisa esta tarde, querido? Não? Então, de que serviu não ter vindo passear? A propósito, quando cheguei, você reconheceu o meu andar, adivinhou que era eu?" "Naturalmente. Como não havia de reconhecer entre mil o andar da minha bichinha? Que ela me deixe tirar-lhe os sapatos antes de ir deitar-se, isso me dará um grande prazer. Você está tão bonita e corada no meio de toda essa brancura de rendas!"

Tal era a minha resposta; no meio das expressões carnais, reconhecer-se-ão outras que eram próprias de minha mãe e de minha avó, pois, pouco a pouco, eu me ia assemelhando a todos os meus parentes. A meu pai, que — de maneira bem diversa de mim sem dúvida, porque se as coisas se repetem é com grandes variações — se interessava tanto pelo tempo que fazia; e não somente a meu pai, mas cada vez mais a minha tia Léonie. Sem o que, Albertine não teria podido ser para mim senão um motivo de sair para não deixá-la ir só, sem a minha fiscalização. Minha tia Léonie, toda entregue à beatice e com quem eu juraria não ter um só ponto em comum, eu tão apaixonado por prazeres, completamente diverso na aparência daquela maníaca que nunca conhecera nenhum e rezava o terço o dia inteiro, eu que sofria por não poder realizar uma existência literária ao passo que ela havia sido

33 Parágrafo que não consta da última edição do texto original pela Bibliothèque de la Pléiade. (N. do R. T.)

a única pessoa da família que não tinha ainda podido compreender que ler era outra coisa do que passar o tempo a "se divertir", o que tornava, mesmo na Páscoa, permitida a leitura no domingo, em que toda ocupação séria é proibida, a fim de ele ser unicamente santificado pela oração. Ora, não obstante eu cada dia encontrar a causa disso numa indisposição particular que me fazia tão frequentemente ficar deitado, uma criatura (não Albertine, não uma criatura que eu amava), mas uma criatura com mais força sobre mim do que uma criatura amada, transmigrara para mim, despótica a ponto de fazer calar às vezes as minhas suspeitas ciumentas ou pelo menos de impedir que eu fosse verificar se eram fundadas ou não, era minha tia Léonie. Não bastava que eu me parecesse exageradamente com meu pai a ponto de não me contentar de consultar como ele o barômetro, mas de me tornar eu próprio um barômetro vivo, não bastava que eu me deixasse regular por minha tia Léonie para ficar observando o tempo do meu quarto ou mesmo de minha cama, eis que também falava agora a Albertine, ora como a criança que eu fora em Combray falando a minha mãe, ora como minha avó me falava. Quando passamos de uma certa idade, a alma da criança que fomos e a alma dos mortos de quem saímos vêm jogar-nos às mãos cheias as suas riquezas e os seus maus fados, pretendendo cooperar nos novos sentimentos que experimentamos e nos quais, apagando-lhes a antiga efígie, os refundimos numa criação original. Assim, todo o meu passado desde os meus mais remotos anos, e para além deles o passado de meus parentes, misturava ao meu impuro amor por Albertine a suavidade de uma ternura a um tempo filial e maternal. Temos que receber, a partir de uma certa hora, todos os nossos parentes chegados de tão longe e reunidos em torno de nós.

Antes que Albertine obedecesse e me deixasse tirar-lhe os sapatos, eu lhe entreabria a camisa. Os dois seiozinhos, implantados alto, eram tão redondos que davam a impressão menos de fazer parte integrante do corpo do que de ter amadurecido ali como dois frutos; o ventre (dissimulando o lugar enfeado no homem pelo que é nele como numa estátua desvendada o grampo que tivesse ficado cravado) fechava-se na junção das coxas por duas valvas de uma curva tão desmaiada, tão repousante, tão claustral como a do horizonte quando o sol desapareceu. Ela tirava os sapatos, deitava-se a meu lado.

Oh, grandes atitudes do Homem e da Mulher onde procura juntar-se, na inocência dos primeiros dias e com a humildade da argila, o que a criação separou, onde Eva fica admirada e submissa diante do Homem ao lado de quem acorda, como ele próprio, ainda só, diante de Deus que o formou! Albertine cruzava os braços atrás dos cabelos negros, o quadril intumescido, a perna caída numa inflexão de colo de cisne que se alonga e se recurva para voltar sobre si mesmo. Só quando ela estava completamente de lado é que se lhe via um certo aspecto de rosto (tão bom e tão bonito de frente) que eu não podia suportar adunco como em certas caricaturas de Leonardo, parecendo revelar a maldade, a ganância, a velhacaria[34] de uma espiã cuja presença em minha casa me teria causado horror e que parecia desmascarada por aqueles perfis. Imediatamente eu tomava a cabeça de Albertine nas mãos e colocava-a de frente.

"Seja bonzinho, prometa que se não vier conosco amanhã, trabalhará", dizia minha amiga tornando a vestir a camisa. "Prometo, mas não ponha já o *peignoir*." Às vezes eu acabava por adormecer a seu lado. O quarto esfriara, era preciso mais lenha. Eu tentava achar a campainha atrás de mim, não o conseguia, tateando todos os varões de cobre que não eram os dois entre os quais ela pendia, e a Albertine, que saltara da cama para que Françoise não nos visse deitados juntos, eu dizia: "Não, venha ficar aqui mais um segundo, não consigo achar a campainha".

Instantes bons, alegres, inocentes na aparência e em que se acumula no entanto a possibilidade, em nós insuspeitada, do desastre, o que faz da vida amorosa a mais contrastada de todas, aquela em que a chuva imprevisível de enxofre e pez cai depois

34 Em francês "fourberie", termo que sugere a conexão entre Albertine e a personagem da peça de Banville citada adiante. (N. do R. T.)

dos momentos mais risonhos, e em que a seguir, sem termos coragem de tomar lição da desgraça, reconstruímos imediatamente nos flancos da cratera de onde só poderá sair a catástrofe. Eu tinha a despreocupação dos que acreditam na duração da sua felicidade. É justamente porque foi necessária essa doçura para engendrar a dor — e ela voltará de resto para acalmá-la intermitentemente — que os homens podem ser sinceros com outrem, e até consigo mesmos, quando se glorificam da bondade de uma mulher para com eles, embora bem pesado tudo, na intimidade de seus amores circule constantemente de modo secreto, não confessado aos outros, ou revelado involuntariamente por perguntas, inquirições, uma inquietação dolorosa. Mas como esta não poderia nascer sem a doçura preliminar, e mesmo em seguida é necessária a doçura intermitente para tornar o sofrimento suportável e evitar os rompimentos, a dissimulação do inferno secreto que é a vida comum com essa mulher, até a ostentação de uma intimidade que fingimos ser boa, exprime um ponto de vista verdadeiro, um nexo geral de efeito e causa, um dos modos segundo os quais a produção da dor se tornou possível.

Não me admirava mais que Albertine estivesse ali e não saísse no dia seguinte senão comigo ou sob a proteção de Andrée. Os hábitos de vida em comum, as grandes linhas que delimitavam minha existência e no interior das quais não podia penetrar ninguém senão Albertine, e também (no plano futuro ainda ignorado por mim, da minha vida ulterior, como o que é traçado por um arquiteto para monumentos que só se edificarão muito mais tarde) as linhas longínquas paralelas a essas e mais vastas, por meio das quais se esboçava em mim, como um retiro isolado, a fórmula um tanto rígida e monótona dos meus amores futuros, tinham sido em verdade traçadas naquela noite em Balbec, quando no bondinho, depois de Albertine me ter revelado quem a tinha criado, eu quisera a todo custo subtraí-la a certas influências e impedi-la de estar fora da minha presença durante alguns dias. Os dias sucederam-se aos dias, esses hábitos tornaram-se maquinais, mas como aqueles ritos cujo significado a História procura encontrar, eu teria podido dizer (e não o havia de querer), a quem me tivesse perguntado o que significava aquela vida de recolhimento em que me sequestrava a ponto de não ir mais ao teatro, que ela tinha por origem a ansiedade de uma tarde e a precisão de me provar a mim mesmo, nos dias seguintes, que a moça cuja infância irregular eu viera a conhecer não teria a possibilidade, se o quisesse, de se expor às mesmas tentações. Eu já não pensava senão muito raramente nessas possibilidades, mas elas deviam continuar vagamente presentes em minha consciência. O fato de as destruir — ou de procurar destruí-las dia a dia, era sem dúvida o motivo por que me era agradável beijar aquelas faces que não eram mais belas do que tantas outras; por baixo de toda doçura carnal um pouco profunda, existe a permanência de um perigo.

*

Eu tinha prometido a Albertine que, se não saísse com ela, começaria a trabalhar, mas no dia seguinte, como se, aproveitando-se de nossos sonos, a casa houvesse milagrosamente viajado, eu acordava por um tempo diferente em outro clima. Não se trabalha logo ao desembarcar em país novo, a cujas condições é preciso que nos adaptemos. Ora, cada dia era para mim um país diferente. Minha própria preguiça, sob as formas novas de que se revestia, como a teria eu reconhecido? Dir-se-ia, em dias de irremediável mau tempo, que só a residência na casa, situada no meio de uma chuva igual e contínua, tinha a deslizante doçura, o silêncio calmante, o interesse de uma navegação; de outra feita, por um dia claro, deixando-me ficar imóvel na cama, era deixar rodar as sombras em torno de mim como em torno de um tronco de árvore. Outras vezes ainda, aos primeiros toques dos sinos de algum convento vizinho, raros como as devotas matinais, mal branqueando o céu sombrio com suas pancadas de água incertas que o vento morno fundia e dispersava, eu discernira um desses dias tempestuosos, desordenados e aprazíveis, em que os tetos, molhados por aguaceiros intermitentes que um sopro de aragem ou um raio de luz logo secam, deixam cair arrulhando uma gota de chuva e, enquanto o vento não recomeça a rodopiar, alisam ao sol momentâneo que as irisa as suas telhas de ardósia furta-cor; um desses dias cheios de tantas mudanças de tempo, de incidentes aéreos, de borrascas, que o preguiçoso não os tem por perdidos, pois se interessou à atividade que a atmosfera, agindo de certo modo em lugar dele, desenvolveu; dias semelhantes a esses tempos de motim ou de guerra que não parecem vazios ao estudante que não vai à escola, porque, nas imediações do Palácio da Justiça ou ao ler os jornais, tem a ilusão de encontrar nos fatos acontecidos, à falta da tarefa que não realizou, um proveito para a sua inteligência e uma desculpa para a sua ociosidade; dias a que se pode comparar aqueles em que se passa em nossa vida alguma crise excepcional e da qual o que nunca fez nada pensa que vai sacar, se ela acaba bem, hábitos laboriosos; por exemplo, a manhã em que ele sai para um duelo que vai se desenrolar em condições particularmente perigosas; então lhe aparece de repente, no momento em que talvez lhe vá ser tirada, o preço de uma existência de que poderia ter aproveitado para começar uma obra, ou somente desfrutar prazeres, e de que não soube gozar nada. "Se eu pudesse sair com vida", diz ele, "como começaria logo a trabalhar e também como me divertiria!" A vida de fato tomou de súbito a seus olhos um valor maior, porque ele põe nela tudo o que ela parece poder dar e não o pouco que ele lhe faz dar habitualmente. Vê-a de acordo com o seu desejo, não como sua experiência lhe ensinou que ele sabia torná-la, isto é, tão medíocre! Num instante encheu-se ela do labor, das viagens, das excursões às montanhas, de todas as boas coisas que ele imagina se lhe tornarão impossíveis no caso de um funesto desfecho daquele duelo, quando a verdade é que o eram antes de se falar em duelo, por causa dos maus hábitos que, mesmo sem duelo, teriam continuado. Volta para casa sem um ferimento sequer, mas encontra os mesmos obstáculos aos prazeres, às excursões, às viagens, a tudo aquilo de que receara um momento ser para sempre privado pela morte; basta para isso a vida. Quanto a trabalhar — tendo as circunstâncias excepcionais por efeito exaltar o que existia previamente no homem, no trabalhador o trabalho e no ocioso a preguiça —, toma ele férias.

Eu fazia como ele e como fizera sempre desde que formara a resolução de começar a escrever, tão antiga, mas que me parecia datar de ontem, porque eu considerara cada dia, um depois do outro, como não chegado. Procedia do mesmo modo com este, deixando passar, sem nada fazer, os seus aguaceiros e suas estiadas, e jurando comigo trabalhar no dia seguinte. Mas nele já eu não era o mesmo sob um céu sem nuvens; o som dourado dos sinos não continha só a luz como o mel, mas a sensação da luz e também o sabor enjoativo dos doces (porque na sala de jantar em Combray muitas vezes ele se detinha, como uma vespa, sobre a nossa mesa, depois de retirados os pratos e a toalha). Neste dia de sol resplandescente, ficar o dia todo de olhos fechados era coisa permitida, praticada, salutar, agradável, oportuna, como guardar as venezianas fechadas por causa do calor. Era em dias assim que no começo de minha segunda estada em Balbec eu ouvia os violinos da orquestra entre as massas de água azuladas da maré enchente. Como eu possuía mais Albertine hoje! Havia dias em que o ruído de um sino que batia a hora trazia sobre a esfera de sua sonoridade uma placa tão fresca, tão fortemente estampada de umidade ou de luz, que era como uma tradução para cegos, ou, se quiserem, como uma tradução musical do encanto da chuva ou do encanto do sol. Tanto assim que naquele momento eu, de olhos fechados, em minha cama, pensava que tudo é suscetível de transposição e que um universo unicamente audível poderia ser tão variado quanto o outro. Remontando dia a dia preguiçosamente o curso do tempo, como num barco, e vendo sempre surgir diante de mim novas recordações encantadas, que eu não escolhia, que um minuto antes me eram invisíveis e que minha memória me apresentava uma após outra, sem que eu as pudesse escolher, prosseguia preguiçosamente, naqueles espaços sem acidentes, o meu passeio ao sol.

Esses concertos matinais de Balbec não eram antigos. E, no entanto, nesse momento relativamente próximo pouco me importava Albertine. Nem nos primeiros dias depois de minha chegada tivera eu conhecimento de sua presença em Balbec. Por quem o viera a ter? Ah!, é verdade, por Aimé. Fazia um sol tão bonito quanto este. Aimé estava contente de me tornar a ver. Mas ele não gosta de Albertine. Nem todo mundo pode gostar dela. Sim, foi ele que me contou que ela estava em Balbec. Como o sabia? Ah!, tinha-a encontrado, e tinha-lhe achado uns modos esquisitos. Nesse momento, abordando o relato de Aimé por outra face que não a que ele me apresentara, minha imaginação, que até aqui navegara sorrindo sobre aquelas águas bem-aventuradas, explodia de súbito, como se tivesse batido numa mina invisível e perigosa, insidiosamente colocada naquele ponto de minha memória. Dissera-me ele que a tinha encontrado, que lhe tinha achado uns modos esquisitos. Que entenderia ele por modos esquisitos? Compreendi que eram modos vulgares, porque, para de antemão contradizê-lo, eu havia declarado que ela tinha distinção. Mas talvez ele tivesse querido dizer modos de Gomorra. Ela estava com uma amiga, talvez se segurassem pela cintura, ou olhassem para outras mulheres, talvez tivessem de fato uns modos que eu nunca vira em Albertine na minha presença. Quem era a amiga, onde tinha Aimé encontrado essa odiosa Albertine? Eu procurava lembrar exatamente o que Aimé me dissera para ver se podia relacionar o que eu ouvira com o que eu imaginava, ou se ele tinha querido falar somente de modos vulgares. Mas me interrogava em vão, a pessoa que fazia a pergunta e a pessoa que podia oferecer a recordação eram, ai de mim, uma só e mesma pessoa, eu, que se desdobrava momentaneamente, mas sem nada acrescentar-se. Eu interrogara, era eu que respondia, não vinha a saber mais nada. Já não pensava na srta. Vinteuil. Nascido de uma suspeita nova, o acesso de ciúme que me atormentava era novo também, ou antes, não era senão o prolongamento, a extensão dessa suspeita, tinha o mesmo cenário, que já não era Montjouvain, mas a estrada onde Aimé encontrara Albertine, e por objeto as poucas amigas, uma das quais, esta ou aquela, podia ser a que estava com Albertine naquele dia. Talvez fosse uma certa Elisabeth, ou talvez aquelas duas moças que Albertine olhara pelo espelho no Cassino, sem parecer que estivesse vendo-as. Tinha sem dúvida relações com elas e aliás também com Esther, a prima de Bloch. Tais relações, se me fossem reveladas por um terceiro, bastariam para me deixar meio morto, mas como era eu que as imaginava, tinha cuidado de acrescentar-lhes a incerteza suficiente para mitigar a dor. Chega-se, sob a forma de suspeitas, a absorver diariamente, em doses enormes, essa mesma ideia de que se é enganado, uma quantidade muito pequena da qual poderia ser mortífera, inoculada pela picada de uma palavra cruel. É sem dúvida por isso, e por um derivado do instinto de conservação, que o ciumento não hesita em formar ele mesmo suspeitas atrozes a propósito de fatos inocentes, com a condição de se negar à evidência diante da primeira prova que lhe trazem. Aliás o amor é um mal incurável como aquelas diáteses em que o reumatismo só dá tréguas para ceder lugar a enxaquecas epileptiformes. Acalmada a suspeita ciumenta, eu ficava ressentido com Albertine por não ter sido carinhosa, por ter zombado de mim com Andrée. Pensava com terror no juízo que ela formaria se Andrée lhe repetisse as nossas conversas, o futuro me aparecia atroz. Essas tristezas só me deixavam se uma nova suspeita ciumenta me lançava noutras pesquisas ou se, ao contrário, as manifestações de ternura de Albertine me tornavam insignificante a minha felicidade. Quem poderia ser aquela moça, será preciso escrever a Aimé, procurar encontrá-lo, e depois apurarei o que ela disser conversando com Albertine, pondo-a em confissão. Enquanto isso, acreditando que devia ser a prima de Bloch, pedi a este, que não compreendeu absolutamente para que fim, mostrasse-me uma fotografia dela ou, mais ainda, proporcionasse-me, caso fosse necessário, um encontro com ela.

Quantas pessoas, cidades, caminhos, não nos torna assim o ciúme ávidos de conhecer? Ele é uma sede de saber graças à qual, sobre pontos isolados uns dos outros, acabamos tendo sucessivamente todas as noções possíveis, exceto as que desejaríamos. Não sabemos nunca se uma suspeita não nascerá, pois, de repente, nos lembramos de uma frase que não era clara, de um álibi que não fora dado sem intenção. No entanto, não tornamos a ver a pessoa, mas há um ciúme posterior que só nasce depois que a deixamos, um ciúme retardatário. Talvez o hábito que eu tomara de guardar no meu íntimo certos desejos, desejo de uma moça da sociedade como as que da minha janela eu via passar acompanhadas da sua governanta, e mais particularmente daquela de que me falara Saint-Loup, a qual ia às casas de tolerância, desejo de bonitas criadas de quarto e particularmente da da sra. Putbus, desejo de ir para o campo no começo da primavera rever pilriteiros, macieiras em flor, tempestades, desejo de Veneza, desejo de principiar a trabalhar, desejo de levar a vida de todo mundo, talvez o hábito de conservar insatisfeitos em mim todos esses desejos, contentando-me com a promessa, feita a mim mesmo, de não me esquecer de os realizar um dia, talvez o hábito, velho de tantos anos, do adiamento perpétuo, daquilo que o sr. de Charlus estigmatizava com o nome de procrastinação, se tivesse tornado tão geral em mim que se apoderava também das minhas suspeitas ciumentas e, com me fazer mentalmente tomar nota de não deixar de ter um dia uma explicação com Albertine a respeito da moça, talvez das moças (esta parte do relato era confusa, apagada, vale dizer intransponível, em minha memória) com a qual ou as quais Aimé a tinha encontrado, levava-me a retardar essa explicação. Em todo caso, não falaria nisto esta noite a minha amiga para não arriscar parecer-lhe enciumado e zangá-la. No entanto, quando no dia seguinte Bloch me mandou a fotografia de sua prima Esther, apressei-me em fazê-la chegar às mãos de Aimé. E lembrou-me, no mesmo minuto, que Albertine me recusara de manhã um prazer que de fato poderia tê-la fatigado. Seria pois que o reservasse para outro? Era tarde talvez? Para quem? Interminável é assim o ciúme, pois mesmo se o ente amado, tendo morrido por exemplo, não o pode mais provocar pelos seus atos, acontece que reminiscências posteriores a qualquer fato se comportam de repente em nossa memória como outros tantos fatos, reminiscências que não havíamos esclarecido até então, que nos tinham parecido insignificantes e às quais basta que reflitamos sobre elas, sem nenhum evento exterior, para lhes darmos um sentido novo e terrível. Não é preciso sermos dois, basta estarmos só no quarto, a pensar, para que novas traições de nossa amante aconteçam, embora ela esteja morta. Por isso não se deve temer no amor, como na vida habitual, tão somente o futuro, mas também o passado, o qual não se realiza para nós muitas vezes senão depois do futuro, e não falamos apenas do passado que só se nos revela mais tarde, mas daquele que conservamos há muito tempo em nós e que de repente aprendemos a ler.

Apesar de tudo isso, eu me sentia muito feliz, ao fim da tarde, de ver que não tardaria a hora em que ia poder pedir à presença de Albertine o alívio de que necessitava. Infelizmente, a noite que veio foi uma daquelas em que esse alívio não me foi trazido, em que o beijo que Albertine me daria ao me deixar, muito diferente do beijo habitual, não me calmaria mais do que outrora o de minha mãe nos dias em que estava zangada e em que eu não ousava tornar a chamá-la, mas em que sentia que não poderia adormecer. Essas noites eram agora aquelas em que Albertine tinha formado para o dia seguinte algum projeto que não queria que eu soubesse. Se ela o tivesse me contado, eu teria empregado em assegurar-lhe a realização um ardor que ninguém tanto quanto Albertine teria podido inspirar-me. Mas ela não me dizia nada, nem era preciso, aliás, que me dissesse nada; logo que ela entrava, à porta mesmo do quarto, quando ainda tinha o chapéu ou o toque na cabeça, já eu tinha percebido o desejo desconhecido, emperrado, encarniçado, indomável. Ora, eram muitas vezes nos dias em que eu a esperava com os pensamentos mais ternos, em que contava saltar-lhe ao pescoço com os maiores transportes de ternura. Ai!, aqueles desentendimentos que eu tivera muitas vezes com meus pais, que eu achava frios ou irritados na ocasião em que corria para eles, transbordante de ternura, não são nada ao lado dos que ocorrem entre dois amantes. O sofrimento neste caso é muito menos superficial, bem mais difícil de suportar, tem por sede uma camada mais profunda do coração. Nessa noite Albertine se viu obrigada afinal a me falar do projeto que tinha em mente; compreendi logo que ela queria ir no dia seguinte fazer uma visita à sra. Verdurin, visita, que, em si mesma, não me teria contrariado em nada. Mas com certeza era para ter lá algum encontro, preparar algum prazer. Se não fosse isto, não poria tanto empenho naquela visita. Quero dizer, não me teria repetido que não tinha empenho nela. Eu seguira em minha vida uma marcha inversa à dos povos que não se servem da escrita fonética senão depois de só terem considerado os caracteres como uma sequência de símbolos; eu, que durante tantos anos não buscara a vida e o pensamento reais das pessoas senão no enunciado direto que deles me forneciam elas voluntariamente, chegara, por culpa delas, a, pelo contrário, só dar importância aos testemunhos, que não são uma expressão racional e analítica da verdade; as mesmas palavras só me elucidavam sob a condição de serem interpretadas como um afluxo de sangue às faces de uma pessoa que se perturba, ou ainda como um silêncio súbito. Um certo advérbio (por exemplo, empregado pelo sr. de Cambremer, quando me imaginava "escritor" e, não tendo eu ainda falado, ao contar-nos uma visita que fizera aos Verdurin, tinha se virado para mim dizendo: "Estava lá *justamente* Borelli"[35]) jorrado numa conflagração pela aproximação involuntária, às vezes perigosa, de duas ideias que o interlocutor não exprimia e da qual, por certos métodos de análise ou de

35 O sr. de Cambremer menciona o escritor de prestígio mundano, o visconde Borelli (1837-1906), um dos convidados da duquesa de Guermantes, que ela aprecia mais do que Maeterlinck (cf. *O caminho de Guermantes*). (N. do R. T.)

eletrólise apropriadas, eu podia extraí-las, esclarecia-me mais sobre elas do que uma fala. Albertine deixava às vezes escapar na conversa tal ou qual desses preciosos amálgamas, que eu me apressava em "tratar" para transformá-los em ideias claras.

É, de resto, uma das coisas mais terríveis para o apaixonado que, sendo os fatos particulares — que só a experiência, a espionagem, entre tantas realizações possíveis, dariam a conhecer — tão difíceis de descobrir, a verdade, em compensação, seja tão fácil de conhecer ou, em todo caso, de pressentir. Muitas vezes, em Balbec, eu a vira fixar sobre as moças que passavam um olhar súbito e prolongado, semelhante a um contato, e depois do qual, se eram do meu conhecimento, ela me dizia: "Se as convidássemos? Gostaria bem de dizer-lhes uns desaforos". E de certo tempo para cá, depois sem dúvida que ela me havia adivinhado o pensamento, nenhum pedido de convidar ninguém, nenhuma palavra, nem sequer um desvio dos olhares, tornados sem objeto e silenciosos, e tão reveladores, com o ar distraído e vago de que eram acompanhados, quanto antes a sua imanização. Ora, não me era possível fazer-lhe recriminações ou perguntas a propósito de coisas que ela teria declarado tão mínimas, tão insignificantes, guardadas por mim na memória pelo prazer de "escarafunchar". Já é difícil dizer "por que é que você olhou para essa moça"; muito mais, porém, "por que é que você não olhou para ela". E no entanto eu sabia muito bem, ou pelo menos teria sabido, se tivesse querido acreditar não nas afirmações de Albertine, mas em todos os nadas contidos num olhar, provados por ele e por tal ou qual contradição nas palavras, que muitas vezes eu só percebia depois de nos separarmos, que me fazia sofrer toda a noite, de que eu não ousava mais tornar a falar, mas que nem por isso deixava de me honrar de tempos em tempos a memória com as suas visitas periódicas. Frequentemente, por um daqueles simples olhares, furtivos ou desviados, de Albertine na praia de Balbec ou nas ruas de Paris, podia eu imaginar se a pessoa que o provocava era não apenas um objeto de desejos no momento em que passava, mas uma antiga conhecida, ou ainda uma moça de quem lhe tinha falado e de quem, quando eu vinha a sabê-lo, ficava estupefato de que lhe tivessem falado, tão fora a julgava dos conhecimentos possíveis de Albertine. Mas a Gomorra moderna é um *puzzle* feito de pedaços que vêm de onde menos se esperava. Assim, de uma feita, em Rivebelle, estive num grande jantar, no qual por acaso eu conhecia, pelo menos de nome, as dez convidadas, tão diferentes quanto possível, no entanto perfeitamente ajustadas, a tal ponto que nunca vi jantar tão homogêneo, embora tão compósito.

Voltando às jovens transeuntes, nunca Albertine olhava uma senhora de idade ou um velho com tanta fixidez, ou, ao contrário, com tanta reserva e como se não visse. Os maridos enganados que não sabem nada sabem assim mesmo tudo. Mas é preciso uma documentação materialmente mais completa para iniciar uma cena de ciúme. Aliás, se o ciúme nos ajuda a descobrir certo pendor para a mentira na mulher que amamos, centuplica ele esse pendor quando a mulher descobre que somos ciumentos. Ela mente (em proporções como nunca nos tinha mentido antes), ou por pena, ou por medo, ou se furta instintivamente por uma fuga simétrica às nossas investigações. Certo, amores há em que desde o começo uma mulher leviana afetou a maior virtude aos olhos do homem que a ama. Mas quantos outros compreendem dois períodos perfeitamente contrastados. No primeiro a mulher fala quase facilmente, com simples atenuações, de seu gosto pelo prazer, da vida galante que ele lhe fez levar, coisas todas que negará depois com a máxima energia ao mesmo homem, mas que ela sentiu enciumado dela e a espreitá-la. Chega ele a ter saudades do tempo daquelas primeiras confidências, cuja lembrança no entanto o tortura. Se a mulher continuasse a fazê-las, fornecer-lhe-ia quase ela mesma o segredo das culpas que ele investiga inutilmente todos os dias. E depois, que entrega não provaria isso, que confiança, que amizade! Se ela não pode viver sem o enganar, ao menos o enganaria como amiga, contando-lhe os seus prazeres, associando-o a eles. E ele tem saudades da vida que os primórdios do seu amor pareciam esboçar, que a sua continuação tornou impossível, fazendo daquele amor algo terrivelmente doloroso, que tornará uma separação, conforme o caso, ou inevitável ou impossível.

Às vezes a escrita em que eu decifrava as mentiras de Albertine, sem ser ideográfica, precisava simplesmente ser lida às avessas; assim naquela noite ela me lançara com ar descuidado esta mensagem destinada a passar quase despercebida: "É possível que eu vá amanhã à casa dos Verdurin, não sei de todo se irei, não estou com muita vontade". Anagrama infantil desta confissão: "Irei amanhã à casa dos Verdurin, com toda a certeza, pois dou a isso a maior importância". Aquela hesitação aparente significava uma vontade decidida e tinha por fim diminuir a importância da visita com anunciá-la. Albertine empregava sempre o tom dubitativo para as resoluções irrevogáveis. A minha não o era menos. Providenciei para que a visita à sra. Verdurin não se realizasse. O ciúme nada mais é muitas vezes do que uma inquieta necessidade de tirania aplicada às coisas do amor. Eu herdara sem dúvida de meu pai aquele repentino desejo arbitrário de ameaçar as criaturas que eu mais amava nas esperanças em que se embalavam com uma segurança que eu queria mostrar-lhes ser ilusória; quando eu via que Albertine tinha combinado sem me consultar, escondendo-se de mim, o plano de um passeio que eu teria feito tudo no mundo para lhe tornar mais fácil e mais agradável se ela o tivesse confiado a mim, eu dizia com a maior naturalidade, para assustá-la, que pretendia acompanhá-la nesse dia.

Pus-me a sugerir a Albertine passeios que teriam tornado a visita à sra. Verdurin impossível, com palavras de especiosa indiferença, sob a qual procurava disfarçar a minha irritação. Ela, porém, já a havia despistado. E o meu sentimento encontrava nela a força elétrica de uma vontade contrária que o repelia vivamente; força cujas faíscas eu via saltar nos olhos de Albertine. De resto, que adiantava aplicar-me ao que diziam as pupilas naquele momento? Como não notara de há muito que os olhos de Albertine pertenciam à família desses que, até num indivíduo medíocre, parecem feitos de vários pedaços por causa de todos os lugares onde ele quer estar — e esconder que quer estar — naquele dia? Olhos por mentira sempre imóveis e passivos, mas dinâmicos, suscetíveis de ser medidos pelos metros ou quilômetros que é preciso percorrer para chegar ao local do encontro desejado, implacavelmente desejado, olhos que sorriem menos ainda à lembrança do prazer que os tenta do que se aureolam da tristeza e desânimo de que haja talvez obstáculo à entrevista. Entre as nossas mãos mesmas, essas criaturas são criaturas de fuga. Para compreender as emoções que dão e que outros seres mesmo mais belos não dão, é necessário calcular que estão não imóveis, mas em movimento, e acrescentar-lhes à pessoa um sinal correspondente ao que em física é o sinal que significa velocidade.

Se lhes transtornamos o dia, confessam-nos o prazer que nos tinham escondido: "Queria tanto ir tomar chá às cinco horas com tal amiga". Pois bem!, se seis meses depois viermos a conhecer a pessoa aludida, saberemos que nunca a moça cujos planos havíamos transtornado, a qual, apanhada em flagrante, nos confessara, para que a deixássemos livre, o chá que tomava assim com uma pessoa querida todos os dias à hora em que não a víamos, saberemos que nunca ela estivera em casa daquela pessoa, que nunca as duas tomaram chá juntas e que a moça dizia viver muito presa por nossa causa precisamente.

Assim a pessoa com quem ela confessara ter tomado chá, com quem nos suplicara a deixássemos tomar chá, essa pessoa, razão confessada pela necessidade, não era aquela, era outra, e não se tratava de chá, mas de outra coisa! Outra coisa, mas qual? Outra pessoa, mas quem? Ai de nós, os olhos fragmentados partindo para longe e tristes permitiriam talvez medir as distâncias, mas não indicam as direções. O campo infinito dos possíveis estende-se, e se por acaso o real se apresentasse diante de nós, seria tão fora dos possíveis que, numa súbita vertigem, cairíamos para trás ao bater contra a parede inesperada. O movimento e a fuga constatados nem são mesmo indispensáveis, basta que os induzamos. Ela prometera-nos uma carta, estávamos calmos, já não amávamos. A carta não veio, não a traz o correio, que terá acontecido, renasce a ansiedade e com ela o amor. São sobretudo criaturas assim que nos inspiram amor, para nossa aflição. Pois cada ansiedade nova que por causa delas sofremos, desfalca-lhes aos nossos olhos um pouco da personalidade. Estávamos resignados ao sofrimento, crendo amar fora de nós e percebemos que nosso amor é função de nossa tristeza, que nosso amor é talvez a nossa tristeza e que o seu objeto só em diminuta porção é a moça de cabeleira negra. Mas afinal, são sobretudo criaturas assim que inspiram amor. A maioria das vezes o amor não tem por objeto um corpo, exceto se nele se funda uma emoção, o medo de o perder, a incerteza de o encontrar. Ora, este gênero de ansiedade tem grande afinidade pelos corpos. Acrescenta-lhes uma qualidade que excede à própria beleza; o que é uma das razões por que vemos homens indiferentes às mulheres mais belas amar apaixonadamente umas tantas que nos parecem feias. A estas criaturas, criaturas de fuga, a sua natureza, a nossa inquietação emprestam asas. E mesmo junto de nós o seu olhar parece dizer-nos que vão levantar voo. A prova dessa beleza, que sobrepassa a beleza acrescentada pelas asas, é que muitas vezes para nós uma mesma criatura, sucessivamente, não tem asas e é alada. Basta que receemos perdê-la para esquecermos todas as outras. Seguros de a conservar, comparamo-la a essas outras, que imediatamente preferimos a ela. E como essas emoções e essas certezas podem alternar de uma semana para outra, uma criatura pode numa semana ver sacrificarem-lhe tudo o que agradava, para na semana seguinte ser sacrificada e assim por diante durante largo tempo. O que seria incompreensível se não soubéssemos, pela experiência que todo homem tem de haver na vida, ao menos uma vez, cessado de amar, esquecido uma mulher, o pouco que é em si mesma uma criatura quando não é mais, ou não é ainda permeável às nossas emoções. E, bem entendido, o que dizemos dessas criaturas de fuga é igualmente verdade para as criaturas em prisão, isto é, mulheres cativas, que imaginamos não poder possuir nunca. Por isso os homens detestam as alcoviteiras, pois elas facilitam a fuga, fazem brilhar a tentação; mas se, ao contrário, amam uma mulher enclausurada, procuram de bom grado as alcoviteiras para que estas as tirem da prisão e as tragam a eles. A causa de serem as uniões com as mulheres que raptamos menos duradouras do que as outras é que todo o nosso amor está no medo de não chegarmos a obtê-las ou na inquietação de as ver fugir, e uma vez tomadas ao marido, arrancadas ao seu teatro, curadas da tentação de nos abandonar, dissociadas, numa palavra, de nossa emoção, qualquer que seja, se reduzem a si mesmas, isto é, a quase nada, e, tão longamente apetecidas, são logo abandonadas por aquele mesmo que tanto receara ser deixado por elas.

Disse eu: "Como é que não adivinhei?". Mas não o tinha adivinhado desde o primeiro dia em Balbec? Não tinha adivinhado em Albertine uma dessas raparigas sob cujo envoltório carnal palpitam mais criaturas escondidas, já não digo do que num baralho ainda na caixa ou do que numa catedral ou num teatro antes de entrarmos, mas do que na multidão imensa e renovada? Não somente tantas criaturas, mas o desejo, a lembrança voluptuosa, a inquieta busca de tantas criaturas. Em Balbec eu não me sentira perturbado porque nem sequer supusera que um dia me visse lançado em pistas mesmo falsas. Não importa!, aquilo dera para mim a Albertine a plenitude de uma criatura cheia até o fundo pela superposição de tantas criaturas, de tantos desejos, e de lembranças voluptuosas de criaturas. E agora que ela me dissera um dia "a senhorita Vinteuil", eu gostaria não de lhe arrancar o vestido para lhe ver o corpo, mas através do corpo ver todo o canhenho das suas recordações e dos seus próximos e ardentes encontros.

Como as coisas provavelmente mais insignificantes tomam de súbito um valor extraordinário quando um ente que amamos (ou a quem só faltava aquela duplicidade para que o amássemos) as esconde de nós! Em si mesmo o sofrimento não nos dá forçosamente sentimentos de amor ou de ódio à pessoa que o causa: um cirurgião que nos causa dor nos é indiferente. Mas uma mulher que nos disse durante algum tempo que éramos tudo para ela, sem ela ser também tudo para nós, uma mulher que temos prazer em ver, em beijar, em ter sobre os nossos joelhos, ficamos muito admirados ao descobrir por uma súbita resistência que não dispomos dela. A decepção desperta então às vezes em nós a lembrança esquecida de uma angústia antiga, que sabemos no entanto não ter sido provocada por essa mulher, mas por outras cujas traições se escalonam ao longo do nosso passado. De resto, como se tem a coragem de desejar viver, como se pode fazer um movimento para se preservar da morte, num mundo em que o amor não é provocado senão pela mentira e consiste somente em nossa necessidade de ver os nossos sofrimentos acalmados pelo ente que nos fez sofrer? Para sairmos do acabrunhamento que se experimenta ao se descobrir essa mentira e essa resistência, há o triste remédio de, com o auxílio daqueles que sentimos mais ligados à vida dela do que nós procurarmos agir mau grado seu sobre aquela que nos resiste e nos mente, usar de astúcia nós também, fazer-nos detestar. Mas o sofrimento de tal amor é desses que levam invencivelmente o doente a procurar numa mudança de posição um bem-estar ilusório. São meios de ação que não nos faltam, ai de nós! E o horror desses amores gerados unicamente pela inquietação vem do fato de virarmos e revirarmos incessantemente dentro de nós frases insignificantes; sem contar que raro os entes por quem os sentimos nos agradam fisicamente de uma maneira completa, pois não é o nosso gosto deliberado, mas o acaso de um minuto de angústia, minuto indefinidamente prolongado pela nossa fraqueza de caráter, a qual refaz todas as noites as experiências e se degrada até os calmantes, quem escolhe por nós. Sem dúvida meu amor por Albertine não era o mais desprovido, daqueles até onde, por falta de vontade, se pode cair, visto não ser inteiramente platônico; ela me proporcionava satisfações carnais e depois era inteligente. Mas tudo isto era uma superfetação. O que me preocupava o espírito não era uma frase inteligente que ela tivesse dito, mas certa palavra que despertava em mim uma dúvida sobre os seus atos. Tentava lembrar-me se ela dissera isto ou aquilo, com que ar, em que momento, em resposta a que frase, tentava reconstituir toda a cena de seu diálogo comigo, em que ocasião tinha ela querido ir à casa dos Verdurin, que palavra minha dera à sua fisionomia um ar enfezado. Se se tratasse do acontecimento mais importante, eu não teria tomado tanto trabalho para lhe apurar a verdade, reconstituir-lhe a atmosfera e a cor justa. Sem dúvida essas inquietações, depois de terem atingido um grau em que nos são insuportáveis, conseguimos às vezes acalmá-las inteiramente pelo espaço de uma noite. A festa onde a amiga que amamos deve ir e sobre a verdadeira natureza da qual nosso espírito vinha trabalhando havia dias, somos a ela convidados também, nossa amiga só tem atenções e palavras para nós, voltamos juntos, e sentimos então, dissipadas que foram as nossas inquietações, um repouso tão completo, tão reparador quanto o que se experimenta às vezes naquele sono profundo depois das longas caminhadas. E, sem dúvida, tal repouso merece que o paguemos bem caro. Mas não teria sido mais simples não comprarmos nós mesmos, voluntariamente, a ansiedade, e mais caro ainda? Aliás, bem sabemos que, por mais profundos que possam ser esses alívios momentâneos, a inquietação acaba sempre levando a melhor. Às vezes até se renova pela frase cujo fim era trazer-nos sossego. Mais frequentemente, porém, não fazemos senão mudar de inquietação. Uma das palavras da frase que nos devia acalmar lança as nossas suspeitas noutra pista. As exigências do nosso ciúme e a cegueira da nossa credulidade são maiores do que podia supor a mulher que amamos. Quando, espontaneamente, ela nos jura que tal homem é para ela apenas um amigo, ficamos profundamente perturbados de saber — o que não suspeitávamos — que ele era para ela um amigo. Enquanto ela nos conta, para nos mostrar a sua sinceridade, como tomaram chá juntos naquela mesma tarde, a cada palavra que diz, o invisível, o insuspeitado toma forma diante de nós. Confessa ela ter-lhe ele pedido que ela se tornasse sua amante e é para nós um martírio constatar que ela tenha podido ouvir tais propostas. Recusou-as, diz ela. Mas daí a pouco, ao relembrarmos a sua narrativa, duvidaremos da veracidade das suas palavras, pois há, entre as várias coisas que nos disse, aquela ausência de nexo lógico e necessário que, mais do que os fatos contados, é o sinal da verdade. E depois ela teve aquela terrível entonação desdenhosa: "Disse-lhe não, categoricamente", que se encontra em todas as classes da sociedade, quando uma mulher mente. No entanto força é agradecer-lhe o ter recusado, animá-la com a nossa bondade a continuar no futuro a fazer-nos confidências tão cruéis. Quando muito, ponderamos: "Mas se ele já lhe tinha feito propostas, por que você aceitou tomar chá com ele?". "Para ele não ficar zangado comigo e não dizer que fui pouco amável." E não ousamos responder-lhe que, recusando, ela teria sido, talvez, mais amável conosco.

Aliás, Albertine assustava-me ao declarar que eu tinha razão de dizer, para não a prejudicar, que eu não era seu amante, pois, de fato, acrescentava, "e verdade que você não o é". Com efeito, não o era talvez completamente, mas nesse caso tudo o que fazíamos juntos, será que ela o fazia também com todos os homens de quem me jurava não ter sido amante? Querer saber a todo custo o que pensava Albertine, a quem frequentava, de quem gostava, como era estranho que eu tudo sacrificasse a essa necessidade, portanto já sentira a mesma necessidade de conhecer a respeito de Gilberte nomes próprios, fatos que me eram agora tão indiferentes! Eu percebia que em si mesmas as ações de Albertine não tinham maior interesse. É curioso que um primeiro amor, se, pela fragilidade em que nos deixa o coração, abre caminho aos amores seguintes, não nos dê ao menos, pela identidade mesma dos sintomas e dos sofrimentos, o meio de curá-los. Aliás, haverá necessidade de conhecer um fato? Pois não conhecemos, de um modo geral, a mentira e a discrição habituais das mulheres que têm alguma coisa para esconder? Haverá nisso possibilidade de erro? Acham elas que o seu silêncio em tal caso é uma virtude, quando gostaríamos tanto de fazê-las falar. E sentimos que ao cúmplice afirmaram: "Nunca digo nada. Não há de ser por mim que saberão qualquer coisa, nunca digo nada".

Damos a nossa fortuna, a nossa vida por uma criatura, e no entanto sabemos muito bem que dez anos mais cedo ou dez anos mais tarde recusaríamos a essa mesma criatura aquela fortuna, preferiríamos conservar a vida. Pois já então a pessoa estaria desprendida de nós, estaria só, isto é, seria nula. O que nos prende às criaturas são essas mil raízes, esses inumeráveis fios que são as lembranças do serão da véspera, as esperanças da manhã do dia seguinte, é essa trama contínua de hábitos dos quais não nos podemos libertar. Assim como há avarentos que economizam por generosidade, somos perdulários que gastamos por avareza, e sacrificamos a vida menos a uma criatura do que a tudo o que ela pôde prender a si de nossas horas, de nossos dias, daquilo em comparação do que a vida ainda não vivida, a vida relativamente futura, nos parece uma vida mais remota, mais despegada, menos útil, menos nossa. O necessário seria rompermos esses laços, que têm muito mais importância do que a pessoa, mas cujo efeito é criar em nós deveres momentâneos para com ela, deveres que fazem com que não ousemos deixá-la, receosos de sermos mal julgados por ela, ao passo que mais tarde ousaríamos, pois, desprendida de nós, ela não seria mais nós e a verdade é que só reconhecemos deveres (ainda que possam, por uma contradição aparente, levar-nos ao suicídio) para conosco mesmos.

Se eu não amasse Albertine (do que não estava certo), o lugar que ela ocupava junto a mim não teria nada de extraordinário: é que não vivemos senão com o que não amamos, com o que não fizemos viver conosco senão para matar o insuportável amor, quer se trate de uma mulher, de um país, ou ainda de uma mulher que encerra em si um país. E bem medo mesmo teríamos de recomeçar a amar se a ausência ocorresse de novo. Não chegara eu a esse ponto com Albertine. Suas mentiras, suas confissões deixavam-me por concluir a tarefa de esclarecer a verdade: suas mentiras tão numerosas, porque ela não se contentava de mentir como toda pessoa que se julga amada, mas porque de natureza ela era, fora disso, mentirosa, e tão versátil aliás que, mesmo dizendo de cada vez a verdade, o que por exemplo ela pensava dos outros, dizia de cada vez coisas diferentes; suas confissões, porque de tão raras, de tão interrompidas, deixavam entre si, no concernente ao passado, grandes intervalos inteiramente em branco e sobre cuja extensão me era preciso traçar, e para isto conhecer, a sua vida. Em relação ao presente, tanto quanto eu podia interpretar as palavras sibilinas de Françoise, não era só sobre pontos particulares, era sobre todo um conjunto que Albertine me mentia e eu veria um "belo dia" o que Françoise aparentava saber, o que ela não queria dizer-me, o que eu não tinha coragem de lhe perguntar. Aliás, era sem dúvida pelo mesmo ciúme que ela tivera outrora de Eulalie, que Françoise falava de coisas as mais inverossímeis, tão vagas que, quando muito, se poderia ver nelas a insinuação bem inverossímil de que a pobre cativa (que gostava de mulheres) preferisse um casamento com alguém que não parecia a ponto ser eu. Se fosse verdade, como, não obstante as suas radiotelepatias, o teria sabido Françoise? Certo, o que me dizia Albertine não podia de maneira nenhuma esclarecer-me sobre o caso, pois as suas palavras eram, da noite para o dia, mais opostas que as cores de uma piorra quase parada. Aliás, parecia bem que Françoise falasse por ódio. Não havia dia em que ela não me dissesse e eu não suportasse na ausência de minha mãe palavras como estas: "Decerto o senhor é bom e não esquecerei nunca o que lhe devo (isto provavelmente para que eu crie títulos à sua gratidão), mas a casa está empestada depois que a bondade instalou aqui a velhacaria, depois que a inteligência vem protegendo a pessoa mais estúpida que já se viu, depois que a finura, os bons modos, o espírito, a dignidade em tudo, a aparência e a realidade de um príncipe se deixaram dominar e permitem que eu, que estou há quarenta anos na família, seja humilhada pelo vício, pelo que há de mais vulgar e de mais baixo".

O ressentimento de Françoise contra Albertine vinha sobretudo de ser governada por outra pessoa que não nós e de um acréscimo no trabalho caseiro, de um cansaço que alterava a saúde de nossa velha criada, a qual, no entanto, não queria ser ajudada em seu trabalho, pois não era dessas "que não prestam para nada". Bastaria isto para explicar a sua irritação, as suas cóleras odientas. Certo, ela gostaria que Albertine-Esther fosse banida. Esse era o desejo de Françoise. E isto, consolando-a, já seria um repouso para a nossa velha criada. Mas, a meu ver, não era só isso. Um tal ódio não podia ter nascido senão num corpo esfalfado. E mais ainda que de atenções, Françoise precisava de sono.

Albertine ia mudar de roupa e eu, para providenciar o mais depressa possível, tentei telefonar a Andrée; tomei do receptor, invoquei as Divindades implacáveis, mas só consegui excitar-lhes o furor, traduzido nestas palavras: "Está em comunicação". Com efeito Andrée conversava no momento com alguém. Enquanto esperava que ela acabasse a conversa, eu me perguntava por que, já que tantos pintores buscam renovar os retratos femininos do século XVIII, em que a engenhosa encenação é um pretexto para as expressões da espera, do mau humor, do interesse, do devaneio, por que nenhum dos nossos modernos Boucher ou Fragonard não pintou, em vez de "A carta" ou de "O cravo" etc., esta cena que poderia chamar-se "Ao telefone", e em que nasceria espontaneamente nos lábios da ouvinte um sorriso tão mais verdadeiro por saber que não era vista. Enfim Andrée me ouviu: "Você vem buscar Albertine amanhã?", e, pronunciando o nome de Albertine, lembrei-me da inveja que me inspirara Swann quando me disse no dia da festa em casa da princesa de Guermantes: "Venha ver Odette", e eu me pusera a pensar no que, apesar de tudo, havia de forte num prenome que, aos olhos de todo mundo e da própria Odette, não tinha senão na boca de Swann aquele sentido absolutamente possessivo. Tal manumissão — resumida num vocábulo — sobre uma existência inteira parecera-me, cada vez que eu ficava apaixonado, dever ser tão gostosa! Mas, na realidade, quando podemos dizê-lo, ou isso já se nos tornou indiferente, ou o hábito, se não lhe embotou a ternura, mudou-lhe as delícias em sofrimentos. A mentira é bem pouca coisa, vivemos no meio dela sem que nos suscite mais que um sorriso, praticamo-la acreditando não fazer mal a ninguém, mas o ciúme sofre por causa dela e vê mais do que ela esconde (muitas vezes nossa amiga se nega a passar a noite conosco e vai ao teatro só para que não lhe vejamos a fisionomia abatida). Como, frequentemente, ele se conserva cego a quanto a verdade lhe esconde! Mas ele nada pode descobrir, pois aquelas que juram não mentir recusariam, até a última extremidade, revelar-se como são. Eu sabia que só eu podia dizer daquele modo "Albertine" a Andrée. E no entanto, para Albertine, para Andrée, e para mim mesmo, sentia que eu não era nada. E compreendia a impossibilidade onde esbarra o amor. Imaginamos ter ele por objeto um ente que pode estar deitado diante de nós, encerrado num corpo. Ai de nós, ele é a extensão desse ente a todos os pontos do espaço e do tempo que esse ente já ocupou e ainda ocupará. Se não possuímos o seu contato com tal lugar, tal hora, não o possuímos. Ora, nós não podemos tocar todos esses pontos. Ainda se nos fossem designados, talvez pudéssemos estender-nos até eles. Mas tateamos sem os encontrar. Daí a desconfiança, o ciúme, as perseguições. Perdemos um tempo precioso numa pista absurda e passamos ao lado da verdade sem suspeitá-la.

Mas já uma das divindades irascíveis, assistidas por servas vertiginosamente ágeis, se irritava não mais porque eu falasse, mas porque eu não dissesse nada. "Faz favor de falar, a ligação está feita; se não fala, desligo." Mas não o fez, e ao mesmo tempo que suscitava a presença de Andrée, envolveu-a como grande poeta que é sempre uma telefonista, na atmosfera particular da casa, do bairro, da própria vida da amiga de Albertine. "E você?", disse-me Andrée, cuja voz era projetada até mim com velocidade instantânea pela deusa que tem o privilégio de tornar os sons mais rápidos do que o relâmpago. "Olhe", respondi, "vão aonde vocês quiserem, seja onde for, exceto à casa da senhora Verdurin. É preciso a todo custo evitar que Albertine vá lá amanhã." "Mas é que ela precisa ir lá justamente amanhã." "Ah!"

Mas eu era obrigado a interromper um instante e fazer gestos ameaçadores, pois se Françoise persistia — como se fosse coisa tão desagradável quanto a vacina ou tão perigosa quanto o aeroplano — em não querer aprender a telefonar, o que nos aliviaria das comunicações de que ela podia ter conhecimento sem inconveniente, em compensação entrava logo no meu quarto por ocasião de telefonemas bastante secretos para que eu fizesse questão de os ocultar dela. Quando ela afinal saiu do quarto, não sem remanchar apanhando, para os levar, diversos objetos que estavam ali desde a véspera e ali poderiam continuar sem incômodo algum uma hora mais, e repondo no fogo uma acha de lenha bem inútil no calor abrasador que me davam a presença da intrusa e o medo de ver a ligação cortada pela telefonista: "Desculpe", disse eu a Andrée, "fui interrompido. É absolutamente indispensável que ela vá amanhã à casa dos Verdurin?". "É, mas eu posso dizer a ela que isso o desgosta." "Não, pelo contrário, o que é possível é que eu vá com vocês." "Ah!", disse Andrée com uma voz contrariadíssima e como assustada da minha audácia, que por isso mesmo cresceu. "Então, até amanhã e perdão por tê-la incomodado à toa." "Incômodo nenhum", respondeu Andrée e (como agora, tendo se vulgarizado o uso do telefone, em torno dele se desenvolvera o enfeite de frases especiais, como outrora em torno dos "chás") acrescentou: "Tive muito prazer de ouvir a sua voz".

Eu poderia ter dito o mesmo, e mais veridicamente do que Andrée, pois acabava de ser infinitamente sensível à sua voz, que nunca até então reparara ser tão diferente das outras. Isso levou-me a recordar outras vozes, vozes de mulheres sobretudo, umas lentas devido à precisão de uma pergunta e à atenção do espírito, outras ofegantes, entrecortadas mesmo pela onda lírica do que estão contando; recordei, uma por uma, a voz de cada uma das moças que conhecera em Balbec, e mais a de Gilberte, e a de minha avó, e a da sra. de Guermantes, e achei-as todas dessemelhantes, moldadas numa linguagem particular a cada uma, tocando todas um instrumento diferente, e pensei comigo que magro concerto não devem dar no paraíso os três ou quatro anjos músicos dos velhos pintores, quando eu via elevar-se para Deus, às dezenas, às centenas, aos milhares, a harmoniosa e multissonora saudação de todas as Vozes. Não larguei o telefone sem agradecer, com algumas palavras propiciatórias, àquela que reina sobre a velocidade dos sons o ter-se dignado usar em favor das minhas humildes palavras daquele poder que as torna cem vezes mais rápidas que o trovão, mas minhas ações de graça não tiveram outra resposta senão serem cortadas.

Quando Albertine voltou ao meu quarto, trazia um vestido de cetim preto, que contribuía para torná-la mais pálida, para fazer dela a parisiense lívida, ardente, estiolada pela falta de ar, pela atmosfera das multidões e talvez pelo hábito do vício, e cujos olhos pareciam mais inquietos porque não os alegrava o rubor das faces.[36] "Adivinha", disse-lhe eu, "a quem acabo de telefonar? A Andrée." "A Andrée?", exclamou Albertine num tom ruidoso, admirado, comovido, que uma notícia tão simples não comportava. "Espero que ela tenha se lembrado de lhe dizer que encontramos a senhora Verdurin outro dia." "A senhora Verdurin? Não me recordo", respondi com ar de pensar em outra coisa, tanto para parecer indiferente àquele encontro como para não trair Andrée, que me tinha dito aonde Albertine iria no dia seguinte. Mas quem sabe se a própria Andrée não me traía, e se amanhã não contaria a Albertine ter-lhe eu pedido que a impedisse, custasse o que custasse, de ir à casa dos Verdurin, e se não lhe tinha já revelado que eu lhe fizera várias vezes recomendações análogas? Afirmara-me ela nunca as ter repetido, mas o valor dessa afirma-

36 O vestido negro da "parisiense lívida" que esteve em contato com a multidão faz da passagem uma alusão provável ao poema "A uma passante", incluído por Baudelaire nos "Quadros parisienses", de *As flores do mal.* (N. do R. T.)

ção era contrabalançado no meu espírito pela impressão de não ver mais, havia algum tempo, na fisionomia de Albertine a confiança que ela antes depositara em mim.

O curioso é que, alguns dias antes desta disputa com Albertine, já tivera outra com ela, mas em presença de Andrée. Ora, Andrée, quando dava bons conselhos a Albertine, parecia sempre estar a insinuar-lhe maus. "Vamos, não fales assim, cala-te", dizia como no auge da felicidade. Tomava o seu rosto aquele matiz seco de framboesa cor-de-rosa das governantas devotas que fazem despedir um por um todos os empregados. Parecia, quando eu dirigia a Albertine censuras descabidas, chupar com delícia um rebuçado. Por fim não podia conter um riso de ternura. "Vem, Titine, comigo. Sabes que sou tua maninha querida." Esse tom alambicado exasperava-me, e ao mesmo tempo eu me perguntava a mim mesmo se Andrée tinha realmente por Albertine a afeição que mostrava. Albertine, que a conhecia mais a fundo que eu, dando sempre de ombros quando eu lhe perguntava se ela estava bem certa da afeição de Andrée e respondendo-me sempre que ninguém no mundo lhe queria tanto, ainda hoje estou persuadido de que a afeição de Andrée por ela era verdadeira. Talvez em sua família rica, mas provinciana, se encontrasse o equivalente disto em algumas lojas na Place de l'Evêché, onde certos doces passam por ser "o que há de melhor". Mas sei que por minha parte, embora tendo sempre concluído o contrário, eu tinha de tal modo a impressão de que Andrée me incitava contra Albertine que minha amiga se me tornava logo simpática e minha cólera passava.[37]

O sofrimento no amor cessa por instantes, mas para recomeçar de modo diferente. Choramos quando a mulher que amamos não tem mais conosco aqueles ímpetos de simpatia, aquelas iniciativas amorosas do início, sofremos mais ainda ao ver que, não os tendo mais conosco, os tenha com outros; depois

37 Parágrafo que não consta da última edição do texto original pela Bibliothèque de la Pléiade. (N. do R. T.)

somos distraídos deste sofrimento por novo mal mais atroz, a suspeita de que nos mentiu sobre a noite da véspera, em que sem dúvida nos traiu; esta suspeita também se dissipa, tranquiliza-nos a bondade com que nos trata a nossa amiga, mas eis que nos volta à mente uma frase esquecida; disseram-nos que ela era ardente, ora, sempre a conhecemos calma; tentamos imaginar o que foram os seus frenesis com outros, notamos-lhe um ar de tédio, de nostalgia, de tristeza, quando falamos, notamos como um céu negro os vestidos quaisquer que põe quando está conosco, guardando para os outros aqueles com que a princípio nos lisonjeava. Se, ao contrário, está carinhosa, que alegria por um instante; mas vendo-lhe a linguinha de fora como para um chamado, pensamos naquelas a quem tantas vezes era dirigido esse chamado, o qual talvez até junto de mim, sem que Albertine pensasse nelas, houvesse persistido, em virtude de um hábito demasiado antigo, um sinal maquinal. Daí a pouco o sentimento de que a enfadamos volta. Mas de súbito esse sofrimento se reduz a bem pouco, ao pensarmos nos desregramentos ignorados de sua vida, nos lugares impossíveis de conhecer onde ela esteve, aonde vai ainda, nas horas em que não estamos com ela, se mesmo ela não projeta viver definitivamente nesses lugares onde está longe de nós, não é nossa, se sente mais feliz do que conosco. Tais são as vicissitudes do ciúme.

O ciúme é outrossim um demônio que não pode ser exorcizado, e volta sempre para se encarnar em nova forma. Pudéssemos chegar a exterminá-las todas, ficando perpetuamente com aquela que amamos, e o Espírito do Mal assumiria então outra forma, mais patética ainda, o desespero de não ter obtido a fidelidade senão pela força, o desespero de não ser amado.

Entre Albertine e eu havia muitas vezes o obstáculo de um silêncio feito de agravos que ela calava porque os julgava irreparáveis. Por mais carinhosa que se mostrasse em certos dias, já não tinha Albertine daqueles movimentos espontâneos que eu lhe via em Balbec quando me dizia: "Como você é bonzinho!", e o fundo de seu coração parecia vir a mim sem a reserva de nenhuma das queixas que ela tinha agora e silenciava porque as julgava sem dúvida irreparáveis, impossíveis de esquecer, inconfessadas, mas ainda assim pondo entre nós dois a prudência significativa de suas palavras ou o intervalo de um silêncio intransponível.

"E pode-se saber por que você telefonou a Andrée?" "Para perguntar a ela se não a contrariava que eu saísse com vocês e fosse assim fazer aos Verdurin a visita que lhes venho prometendo desde a Raspelière." "Como você quiser. Mas previno-o de que há um nevoeiro medonho esta noite e será a mesma coisa amanhã. Digo-lhe isto pela sua saúde. Você bem sabe que prefiro que venha conosco. Aliás", acrescentou com ar preocupado, "nem sei de todo se irei à casa dos Verdurin. Devo-lhes tantas amabilidades que no fundo me sinto na obrigação de ir... Depois de você, foram as pessoas que me trataram com mais bondade, mas há neles umas coisinhas que me desagradam. Preciso impreterivelmente ir ao Bon Marché e ao Trois Quartiers comprar uma gola branca para este vestido que é muito escuro."

Deixar Albertine ir sozinha a uma grande loja percorrida por tão grande número de pessoas em quem roçamos, provida de tantas saídas que se pode alegar não se ter conseguido encontrar o carro que estacionava à espera mais longe, nisso eu estava bem decidido em não consentir, mas me sentia principalmente infeliz. E no entanto, eu não percebia que há muito tempo deveria ter cessado de ver Albertine, pois ela entrara para mim naquele período lamentável em que um ente disseminado no espaço e no tempo já não é para nós uma mulher, mas uma sequência de acontecimentos sobre os quais não podemos fazer luz, uma sequência de problemas insolúveis, um mar em que tentamos ridiculamente, como Xerxes, bater para castigá-lo do que ele tragou.[38] Uma vez começado esse período, estamos forçosamente vencidos. Felizes os que compreendem a tempo para não prolongar por demais uma luta

38 Episódio da vida de Xerxes já mencionado anteriormente no romance. (N. do R. T.)

inútil, exaustiva, fechada de todos os lados pelos limites da imaginação e onde o ciúme se debate tão vergonhosamente que o mesmo homem que outrora, se os olhares daquela que estava sempre ao seu lado se dirigiam por um momento a outro, imaginava uma aventura, sofria quantos tormentos, se resigna mais tarde a deixá-la sair só, às vezes com quem ele sabe que é seu amante, preferindo, ao que não pode conhecer, esta tortura ao menos conhecida! É uma questão de ritmo que temos de adotar e em que depois continuamos por hábito. Nervosos que não poderiam faltar a um jantar, fazem tempos depois curas de repouso nunca bastante longas; mulheres ainda recentemente levianas vivem da penitência. Ciumentos que para espionar a mulher amada se privam do sono, do repouso, sentindo que os desejos dela, e o mundo tão vasto e tão secreto, e o tempo podem mais do que eles, deixam-na sair sem eles, depois viajar, depois se separam. O ciúme termina assim por falta de alimentos e só durou tanto por tê-los incessantemente reclamado. Eu me achava bem longe de tal estado.

É provável que o tempo de Albertine me pertencesse em quantidades bem maiores do que em Balbec.[39] Podia agora fazer, quantas vezes quisesse, passeios com Albertine. Como não tardara que se construíssem nos arredores de Paris campos de aviação, que são para os aeroplanos o que os portos são para os navios, e como desde o dia em que, perto da Raspelière, o encontro quase mitológico com um aviador, cujo voo fizera empinar-se o meu cavalo, tinha sido para mim uma espécie de imagem da liberdade,[40] gostava eu muitas vezes que ao cair da tarde o ponto escolhido para os nossos passeios — aliás muito do gosto de Albertine, apaixonada por todos os esportes — fosse um daqueles aeródromos. Dirigíamo-nos para lá, ela e eu, atraídos por aquela vinda incessante das partidas

39 Frase ausente da tradução de Manuel Bandeira e Lourdes Sousa de Alencar, mas presente na última edição em francês da Bibliothèque de la Pléiade. (N. do R. T.)
40 Esse "encontro quase mitológico com um aviador" se dá no volume anterior (cf. *Sodoma e Gomorra*). (N. do R. T.)

e chegadas que dão tanto encanto aos passeios pelo cais, ou simplesmente pelas praias para os que gostam do mar, e ao espairecer à volta de um "centro de aviação" para os que gostam do céu. A todo instante, em meio ao repouso dos aparelhos inertes e como que ancorados, víamos um deles puxado com dificuldade por alguns mecânicos, como é arrastado sobre a areia um barco alugado por um turista que quer fazer uma excursão no mar. Em seguida o motor era posto em movimento, o aparelho corria, tomava impulso, e afinal, de repente, em ângulo reto, erguia-se lentamente, no êxtase rígido, como imobilizado, de uma velocidade horizontal súbito transformada em majestosa e vertical ascensão. Albertine não podia conter-se de alegria e pedia explicações aos mecânicos que, posto a voar o aparelho, regressavam. O passageiro, no entanto, não tardava a transpor quilômetros; o grande esquife, de onde não tirávamos os olhos, já não era no céu mais que um ponto quase indistinto, o qual aliás retomaria pouco a pouco sua materialidade, sua grandeza, seu volume, quando, aproximando-se do fim a duração do passeio, chegasse o momento de voltar ao porto. E quando saltava em terra o passageiro que tinha ido assim gozar ao largo naqueles horizontes solitários a calma e a limpidez da tarde, Albertine e eu o olhávamos com inveja. Depois, fosse do aeródromo, fosse de algum museu, de alguma igreja que tivéssemos ido visitar, voltávamos juntos para a hora do jantar. E, no entanto, eu não voltava calmo como me sentia em Balbec depois de passeios mais raros que eu me orgulhava de ver durar uma tarde inteira e que eu contemplava em seguida destacar-se em belos maciços de flores sobre o resto da vida de Albertine como sobre um céu vazio diante do qual cismamos docemente, sem pensar. O tempo de Albertine não me pertencia então em quantidades tão grandes quanto hoje. No entanto, parecia-me então muito mais meu, porque eu não levava em conta — meu amor regozijando-se como de um privilégio — senão as horas que ela passava comigo; agora — meu ciúme buscando nelas, inquietamente, a possibilidade de uma traição —, eu só tomava em consideração as horas que ela passava sem mim. Ora, amanhã, ela desejaria que houvesse destas horas. Era preciso escolher: ou cessar de sofrer ou cessar de amar. Pois assim como no início é o amor formado pelo desejo, mais tarde não se mantém senão pela ansiedade dolorosa. Eu sentia escapar-me uma parte da vida de Albertine. O amor na ansiedade dolorosa, como no desejo feliz, é a exigência de um todo. Só nasce, só subsiste se resta uma parte por conquistar. Não amamos senão o que não possuímos inteiramente. Albertine mentia ao me dizer que com certeza não iria ver os Verdurin, como eu mentia ao dizer-lhe que queria ir à casa deles. Ela procurava apenas impedir-me de sair com ela, e eu, pela comunicação repentina daquele projeto que não pretendia absolutamente executar, ferir nela o ponto que adivinhava ser o mais sensível, acossar-lhe o desejo recôndito, forçá-la a confessar que minha presença junto dela amanhã a impediria de o satisfazer. E ela confessara-o, em suma, cessando subitamente de querer ir à casa dos Verdurin.

"Se você não quer ir à casa dos Verdurin", disse-lhe eu, "há no Trocadéro um ótimo espetáculo beneficente." Ela ouvia a minha sugestão com ar dolente. Recomecei a ser duro com ela como em Balbec, ao tempo da minha primeira crise de ciúme. Seu rosto refletia uma decepção e eu empregava para censurar minha amiga as mesmas razões que me tinham sido tantas vezes apresentadas por meus pais quando eu era pequeno e que haviam parecido ininteligentes e cruéis à minha infância incompreendida. "Não posso, apesar de seu ar triste", dizia eu a Albertine, "não posso lastimá-la; lastimá-la-ia se você estivesse doente, se lhe tivesse acontecido uma desgraça, se tivesse perdido um parente; o que talvez não lhe causasse o menor pesar, dado o desperdício de falsa sensibilidade que você faz à toa. Aliás, não aprecio a sensibilidade das pessoas que dizem gostar tanto de nós, sem serem capazes de nos prestar o mais leve serviço, e que seu pensamento, voltado para nós, torna tão distraídas que esquecem de levar a carta que lhes tínhamos confiado e da qual depende o nosso futuro."

Todas essas palavras — grande parte do que dizemos não sendo senão uma recitação —, ouvira-as eu pronunciadas por minha mãe, a qual gostava de me explicar que não se deve confundir a verdadeira sensibilidade, o que, dizia ela, os alemães, cuja língua ela muito admirava, apesar do horror de meu pai por aquela nação, chamavam *Empfindung*, e o sentimentalismo, *Empfindelei*. Chegara até, uma vez que eu chorava, a me dizer que Nero talvez fosse nervoso e não seria melhor por isso. Na verdade, como essas plantas que ao crescer se desdobram, havia agora, em oposição à criança sensitiva que eu exclusivamente fora, um homem parecido com o que meus pais haviam sido para mim. Sem dúvida, como cada um de nós tem que continuar em si a vida dos seus, o homem ponderado e escarninho que não existia em mim a princípio se tinha juntado ao sensível e era natural que eu fosse por minha vez como meus pais haviam sido. Além disso, no momento em que esse novo eu se formava, achava a sua linguagem inteiramente pronta na lembrança daquela outra, irônica e rabugenta, que tinham usado comigo, que eu tinha agora que usar com os outros, e que saía muito naturalmente de minha boca, ou porque eu a evocasse por mimetismo e associação de reminiscências, ou também porque os delicados e misteriosos sortilégios do poder genésico tivessem em mim, sem que eu o percebesse, desenhado como na folha de uma planta as mesmas entonações, os mesmos gestos, as mesmas atitudes que haviam tido aqueles de quem eu provinha. Pois às vezes, ao me fazer de homem ajuizado quando falava a Albertine, parecia-me estar ouvindo minha avó; a minha mãe aliás (tantas obscuras correntes inconscientes infletiam em mim até os menores movimentos de meus dedos para arrastá-los nos mesmos ciclos que os de meus pais) não acontecera pensar que era meu pai que chegava, tão igual à dele era a minha maneira de bater? Por outro lado, a conjugação dos elementos contrários é a lei da vida, o princípio de fecundação e, como veremos, a causa de muitas desgraças. Habitualmente detestamos o que nos é semelhante e nossos próprios defeitos vistos de fora nos exasperam. Quanto mais ainda alguém que passou da idade em que os exprimimos ingenuamente e que, por exemplo, compôs nos momentos mais ardentes um semblante de gelo, execra os mesmos defeitos, se é outro, mais moço ou mais ingênuo, ou mais tolo, que os exprime! Há sensíveis aos quais exaspera ver nos olhos alheios lágrimas que eles retêm nos seus. É a excessiva semelhança que, apesar da afeição e às vezes quanto maior é a afeição, faz reinar a divisão no seio das famílias. Talvez em mim, e em muitos, o segundo homem em que eu me havia tornado fosse simplesmente uma face do primeiro, exaltado e sensível do lado de si próprio, ajuizado. Mentor para outros. Talvez se desse o mesmo com meus pais, conforme fossem considerados em relação a mim ou em si mesmos. E quanto a minha avó e a minha mãe, era por demais visível que a severidade delas comigo nascia de um propósito e até lhes custava, mas em meu pai também quem sabe se a frieza não era um aspecto exterior da sua sensibilidade? Pois era talvez a verdade humana deste duplo aspecto — aspecto do lado da vida interior, aspecto do lado das relações sociais — que se exprimia nestas palavras que outrora me soavam tão falsas no seu conteúdo quanto cheias de trivialidade na sua forma, quando diziam falando de meu pai: "Debaixo daquela frieza glacial, esconde uma sensibilidade extraordinária; o que ele tem sobretudo é o pudor da sensibilidade". Não escondia, no fundo, incessantes e secretas tempestades, aquela calma semeada, quando preciso, de reflexões sentenciosas, de ironia pelas manifestações desastradas da sensibilidade, calma que era muito sua, mas que eu também afetava agora para com todo mundo, e de que não me afastava em certas circunstâncias em face de Albertine?

Creio que naquele dia eu ia mesmo decidir a nossa separação e partir para Veneza. O que me reencadeou à minha ligação teve por causa a Normandia, não que Albertine manifestasse qualquer intenção de ir àquele lugar, onde eu tivera ciúmes dela (pois por minha sorte nunca os seus projetos tocavam nos pontos dolorosos da minha lembrança), mas porque, tendo eu dito: "É como se eu lhe falasse da amiga de sua tia que morava em Infreville", ela respondeu com raiva e, como toda pessoa que discute e quer ter de seu lado o maior número de argumentos possível, feliz de me mostrar que ela e não eu estava com a razão: "Mas nunca minha tia conheceu ninguém em Infreville, nem eu nunca fui lá". Esquecera ela a mentira que me pregara um dia sobre a senhora suscetível a cuja casa era absolutamente imprescindível ela fosse tomar chá, ainda que pudesse correr com isso o risco de perder a minha amizade e ter que se matar. Não lhe lembrei a mentira. Mas fiquei arrasado. E mais uma vez adiei para outra ocasião o rompimento. Não se precisa de sinceridade nem mesmo de habilidade na mentira para se ser amada. Chamo aqui amor a uma tortura recíproca. Eu não achava de modo nenhum repreensível esta noite falar-lhe como minha avó tão perfeita o fizera comigo, nem, para lhe dizer que a acompanharia à casa dos Verdurin, ter adotado a maneira brusca de meu pai, o qual não nos comunicava nunca uma decisão senão do jeito que nos pudesse causar o máximo de uma agitação desproporcionada, em tal grau, a essa mesma decisão. De sorte que ele parecia ter razão achando-nos absurdos de mostrarmos por tão pouca coisa tamanha consternação, a qual com efeito correspondia à comoção que ele nos dera. Como — da mesma maneira que o bom-senso inflexível de minha avó — aquelas veleidades arbitrárias de meu pai tinham vindo em mim completar a natureza sensível a que haviam permanecido por tanto tempo exteriores, e que durante toda a minha infância tanto haviam feito sofrer, essa natureza sensível informava-as muito exatamente sobre os pontos que elas deviam visar eficazmente: não há melhor delator do que um ex-ladrão, ou do que um súdito da nação que se combate. Em certas famílias mentirosas, um irmão que vem visitar outro irmão sem motivo aparente e lhe pede num incidente à porta da rua, ao sair, um informe que nem parece ouvir, dá a entender por isso mesmo ao irmão que aquele informe era o objetivo da visita, pois o irmão conhece de sobra aqueles ares despreocupados, aquelas palavras ditas como entre parênteses no último momento, por as ter ele próprio empregado muitas vezes. Ora, há também famílias patológicas, sensibilidades aparentadas, temperamentos fraternos, iniciados nessa língua tácita com que em família nos compreendemos sem falar. Quem mais do que um nervoso pode irritar os nervos alheios? E depois, havia para o meu comportamento, naqueles casos, uma causa mais geral, mais profunda. É que nesses momentos breves, mas inevitáveis, em que se detesta a quem se ama — momentos esses que duram às vezes toda a vida com as pessoas de quem não gostamos — não queremos parecer bons, para que não tenham pena de nós, queremos parecer ao mesmo tempo cruéis e felizes o mais possível para que a nossa felicidade seja verdadeiramente odiosa e ulcere a alma do nosso inimigo ocasional ou duradouro. Perante quantas pessoas não me caluniei mentirosamente, só para que os meus "triunfos" lhes parecessem imorais e os encanzinassem ainda mais! O que se deveria fazer era seguir o caminho inverso, mostrar sem soberba que temos bons sentimentos, em vez de os esconder tanto. O que seria fácil se soubéssemos não odiar nunca, amar sempre. Pois então seríamos tão felizes de só dizer as coisas que podem dar alegria aos outros, enternecê-los, fazê-los amar-nos!

Certo, eu tinha alguns remorsos de ser tão irritante para com Albertine e pensava comigo: "Se eu não a amasse, ela me teria maior gratidão, pois eu não seria mau com ela; mas qual, uma coisa compensaria a outra, pois eu seria também menos solícito". E teria podido, para me justificar, dizer-lhe que a amava. Mas a confissão desse amor, além de não ser novidade para Albertine, torná-la-ia talvez mais fria para comigo do que as asperezas e cavilações cuja única desculpa era justamente o amor. Ser duro e caviloso para com quem amamos é tão natural![41] Se o interesse que demonstramos aos outros não nos

41 Os termos "cavilações" ("fourberies") e "caviloso" ("fourbe") associam o comportamento do herói também ao da personagem da peça de Banville, *Les fourberies de Nérine* (cf. infra). Lembre-se que, pouco antes, Françoise utiliza o primeiro termo para caluniar Albertine (cf. supra). (N. do R. T.)

impede de ser amáveis com eles e complacentes com o que desejam, é que esse interesse é fingido. O próximo nos é indiferente e a indiferença não induz à maldade.

Passavam-se as horas; antes que Albertine se fosse deitar, não havia muito tempo a perder caso quiséssemos fazer as pazes, recomeçar a beijar-nos. Nenhum de nós dois tomara ainda a iniciativa. Sentindo que ela estava mesmo zangada, vali-me disso para lhe falar de Esther Levy. "Bloch me disse" (o que não era verdade) "que você conheceu muito Esther, prima dele." "Eu nem a reconheceria sequer", respondeu Albertine com ar vago. "Vi fotografias dela", acrescentei com raiva. Não olhava para Albertine ao dizer isso, de modo que não lhe vi a expressão que teria sido a sua única resposta, pois ela não disse nada.

Não era mais o alívio do beijo de minha mãe em Combray que eu encontrava em Albertine nessas noites, mas, ao contrário, a angústia daquelas em que minha mãe mal me dava boa-noite, ou mesmo não subia ao quarto, por estar zangada comigo ou presa por visitas. Essa angústia — não apenas a sua transposição para o amor —, não, essa própria angústia que durante algum tempo se especializara no amor, que se destinara a ele só, depois de operada a partilha, a divisão das paixões, parecia de novo estender-se a todas, tornada indivisa à semelhança do que era na minha infância, como se todos os meus sentimentos, que tremiam de não poder guardar Albertine ao pé do meu leito a um tempo como amante, como irmã, como filha, como mãe também de cujo boa-noite cotidiano eu recomeçava a sentir a pueril necessidade, tivessem começado a se reunir, a se unificar no crepúsculo prematuro da minha vida, que parecia ter de ser tão breve quanto um dia de inverno. Mas se eu sentia a angústia da minha infância, a mudança da pessoa que me fazia sofrer, a diferença de sentimento que ela me inspirava, a transformação mesma de meu caráter, tornavam-me impossível reclamar-lhe o alívio a Albertine como antigamente a minha mãe. Eu já não sabia dizer: estou triste. Limitava-me, mortificado até a alma, a falar de coisas indiferentes que não me adiantavam um passo para uma solução feliz. Repisava dolorosas banalidades. E com aquele egoísmo intelectual que, por pouco que uma verdade insignificante se relacione com o nosso amor, nos leva a ter em grande conta a quem a achou, talvez tão fortuitamente quanto a cartomante que nos anunciou um fato vulgar, mas depois realizado, eu não estava longe de julgar Françoise superior a Bergotte e a Elstir, só porque ela me dissera em Balbec: "Esta pequena só lhe trará desgostos".

Cada minuto me aproximava do boa-noite de Albertine, que ela me dava enfim. Mas nessa noite o seu beijo, de que ela estava ausente e que não me encontrava, deixava-me tão ansioso que, de coração palpitante, eu a via caminhar para a porta pensando comigo: "Se quero achar um pretexto para chamá-la, retê-la, fazer as pazes, é preciso apressar-me, mais alguns passos e ela estará fora do quarto, mais dois, mais um, pôs a mão na maçaneta; abriu a porta, é tarde demais, fechou-a!". Talvez, quem sabe, não fosse ainda tarde demais. Como outrora em Combray, quando minha mãe me deixava sem me ter acalmado com um beijo, eu queria correr atrás de Albertine, sentia que não haveria mais paz para mim antes de tornar a vê-la, que esse rever ia tornar-se qualquer coisa de imenso como não tinha sido ainda até agora e que — se eu não conseguisse desembaraçar-me sozinho daquela tristeza — tomaria talvez o hábito vergonhoso de ir mendigar o carinho de Albertine. Eu pulava da cama quando ela já estava no seu quarto, andava no corredor, para cima e para baixo, esperando que ela saísse e chamasse, ficava imóvel diante da sua porta, temeroso de não ouvir um chamado em surdina, voltava um instante ao meu quarto para ver se minha amiga não teria por felicidade esquecido um lenço, uma bolsa, qualquer coisa que eu pudesse fingir recear lhe fizesse falta e que me daria o pretexto de ir ao seu quarto. Não, nada. Voltava a postar-me diante da sua porta, mas na fresta já não havia claridade. Albertine tinha apagado a luz, estava deitada, eu permanecia ali imóvel, esperando não sei que feliz imprevisto que não vinha; e muito tempo depois, gelado, voltava a me meter sob as cobertas e chorava a noite inteira.

Por isso às vezes, certas noites, recorri a um estratagema que me dava o beijo de Albertine. Sabendo quanto, logo que ela se estendia na cama, seu adormecimento era rápido (ela também o sabia, pois, instintivamente, quando o fazia, tirava as sandálias, que eu lhe tinha dado, e o anel, que colocava junto dela, como procedia no seu quarto antes de se deitar), sabendo quanto seu sono era profundo, seu despertar carinhoso, inventava eu um pretexto para ir buscar qualquer coisa, e fazia-a estender-se em minha cama. Quando voltava, encontrava-a adormecida e via diante de mim aquela outra mulher que era ela quando estava inteiramente de frente, mas bem depressa ela mudava de personalidade, pois eu me deitava a seu lado e passava a vê-la de perfil. Podia pôr a minha mão na sua, no seu ombro, no seu rosto. Albertine continuava dormindo. Podia tomar-lhe a cabeça, virá-la, encostá-la aos meus lábios, colocar-lhe os braços em volta do meu pescoço, ela continuava a dormir como um relógio que não para, como um bicho que continua vivendo seja qual for a posição que se lhe dê, como uma planta trepadeira, uma ipomeia que continua a estender os seus ramos seja qual for o apoio que se lhe dê. Só a sua respiração se modificava a cada contato meu, como se ela fosse um instrumento tocado por mim e ao qual eu fizesse executar modulações, tirando de uma, depois de outra de suas cordas, notas diferentes. Meu ciúme acalmava-se, pois eu sentia que Albertine se tornara num ser que respira, que não é outra coisa, como o significava esse fôlego regular pelo qual se exprime essa pura função fisiológica que, toda fluida, não tem a espessura nem da palavra, nem do silêncio; e na sua ignorância de todo mal, seu hálito tirado mais de um caniço oco do que de um ser humano, era verdadeiramente paradisíaco, era o puro canto dos anjos para mim que, naqueles momentos, sentia Albertine subtraída a tudo, não só materialmente mas moralmente. E nesse fôlego, no entanto, eu considerava de repente que muitos nomes humanos trazidos pela memória deviam passar.

Às vezes mesmo àquela música vinha juntar-se a voz humana. Albertine pronunciava algumas palavras. Como eu teria gostado de apanhar-lhes o sentido! Acontecia que o nome de uma pessoa de quem faláramos e que provocava o meu ciúme lhe vinha aos lábios, mas sem me tornar infeliz, pois a lembrança ligada a ele parecia não ser senão a das conversas que ela tivera comigo sobre o assunto. No entanto uma noite ela, de olhos fechados, despertando a meio, disse, dirigindo-se a mim: "Andrée". Dissimulei a minha emoção. "Estás sonhando, não sou Andrée", disse-lhe rindo. Ela sorriu também: "Não estou sonhando, queria era te perguntar o que foi que Andrée te disse ainda há pouco". "E eu julguei que já te tinhas deitado assim junto dela." "Não, nunca", respondeu. Somente, antes de falar, escondera um momento o rosto nas mãos. Seus silêncios não eram pois senão véus, seus carinhos de superfície serviam apenas para guardar no fundo mil recordações que me teriam dilacerado, sua vida era pois cheia desses fatos cuja narrativa zombeteira, cuja crônica risonha constituem as nossas tagarelices cotidianas a respeito dos outros, dos indiferentes, mas que, enquanto uma criatura anda extraviada em nosso coração, nos parecem um esclarecimento tão precioso de sua vida, que para conhecer esse mundo subjacente daríamos de bom grado a nossa. Então o seu sono me aparecia como um mundo maravilhoso e mágico onde por instantes se eleva do fundo do elemento apenas translúcido a confissão de um segredo que não compreenderemos. Mas habitualmente, quando Albertine dormia, parecia ter readquirido a inocência. Na atitude que eu lhe dera, mas que no sono ela tornara logo sua, tinha o ar de confiar-se a mim! Perdera a sua fisionomia toda expressão de astúcia ou de vulgaridade, e entre ela e eu, para quem ela levantava o braço, sobre quem repousava a mão, parecia haver uma completa entrega, um apego indissolúvel. Seu sono, aliás, não a separava de mim e deixava subsistir nela a noção de nossa ternura, tinha antes por efeito abolir o resto; eu beijava-a, dizia-lhe que ia dar uma volta lá fora, ela entreabria os olhos, dizia-me com ar de espanto — e de fato já era noite: "Mas aonde vais assim, meu bem?", pronunciando o meu nome, e logo tornava a adormecer. Não era o seu sono mais do que uma espécie de apagamento do resto da vida, do que um silêncio uniforme onde de vez em quando levantavam voo palavras familiares de carinho. Juntando-as umas às outras, poder-se-ia compor a conversação sem aliagem, a intimidade secreta de um puro amor. Esse sono tão calmo me encantava como encanta uma mãe, que leva à conta de uma qualidade o sono bom do filho. E seu sono era de criança, com efeito. O despertar também, e tão natural, tão terno, antes mesmo de saber onde estava, que eu imaginava às vezes com pavor se ela não tivera o hábito, antes de viver comigo, de não dormir só e de achar alguém ao seu lado quando abria os olhos. Mas sua graça infantil era mais forte. De novo como uma mãe, admirava-me eu de vê-la acordar sempre de tão bom humor. Ao cabo de alguns instantes, retomava ela consciência, dizia palavras encantadoras, não relacionadas umas com as outras, mero pipilar. Por uma espécie de *chassé-croisé*, seu pescoço, em que de ordinário não se reparava muito, agora quase belo demais, tomara a imensa importância que seus olhos fechados pelo sono haviam perdido, seus olhos, meus habituais interlocutores e aos quais não me podia mais dirigir depois de cerradas as pálpebras. Assim como os olhos fechados dão uma beleza inocente e grave ao semblante suprimindo tudo o que os olhares exprimem demais, havia nas palavras, não sem significação mas entrecortadas de silêncio que Albertine dizia ao despertar, uma pura beleza que não é a todo momento maculada, como é a conversação, por hábitos verbais, repetições, pequeninos defeitos. De resto, quando me decidira a acordar Albertine, pudera fazê-lo sem receio, sabia que seu despertar não estaria absolutamente em relação com as horas que acabávamos de passar, mas sairia de seu sono como da noite sai a manhã. Mal entreabrira os olhos sorrindo, estendera-me a boca, e antes que me tivesse dito uma palavra já eu lhe tinha saboreado a frescura, calmante como a de um jardim ainda silencioso antes do romper do sol.

No dia seguinte ao daquela noite em que Albertine me dissera que iria talvez, e depois que não iria à casa dos Verdurin, acordei cedo, e, ainda estremunhado, anunciou-me a minha alegria que havia, interpolado no inverno, um dia de primavera. Lá fora, temas populares finamente escritos para instrumentos variados, desde a corneta do consertador de porcelana, ou a trombeta do empalhador de cadeiras até a flauta do cabreiro, que parecia num dia bonito ser um pastor da Sicília, orquestravam levemente o ar matinal, numa "protofonia para um dia de festa". O ouvido, esse sentido delicioso, traz-nos a companhia da rua, de que nos retraça todas as linhas, desenha todas as formas que nela passam, com as suas cores próprias. As cortinas de ferro da padaria, da leiteria, que haviam baixado ontem à noite sobre todas as possibilidades de felicidade feminina, levantavam-se agora como as leves polés de um navio que se aparelha e vai surdir, atravessando o mar transparente, sobre um sonho de jovens empregadas. Esse ruído da cortina de ferro que levantavam teria sido talvez meu único prazer num bairro diferente. Neste meu, cem outros concorriam para a minha alegria, nem um só dos quais eu quereria perder, dormindo até tarde. É o encanto dos velhos bairros aristocráticos serem ao mesmo tempo populares. Como às vezes os tiveram as catedrais não longe de suas portadas (às quais aconteceu até receberem-lhes o nome, como a da catedral de Rouen, chamada dos "Livreiros", porque nas imediações dela expunham estes ao ar livre a sua mercadoria), diversos pequenos ofícios, mas ambulantes, passavam diante da nobre residência dos duques de Guermantes, e faziam pensar por momentos na França eclesiástica de outrora. Pois o chamado que lançavam às casinhas da vizinhança não tinha, com raras exceções, nada de canção. Diferia tanto dela quanto a declamação — apenas colorida por variações insensíveis — de *Boris Godounov* e de *Pelléas*;[42] mas por outro lado lembrava

42 Menção da ópera *Boris Goudounov* (1908), de Moussorgski, e de *Pelléas et Mélisande* (1902), ópera de Debussy baseada na peça de Maeterlinck. (N. do R. T.)

a salmodia de um padre no decurso de ofícios, dos quais estas cenas de rua não são mais que a contraparte ingênua, feireira e todavia meio litúrgica. Nunca me haviam elas dado tanto prazer como depois que Albertine morava comigo; pareciam-me como um sinal alegre de seu despertar, e interessando-me na vida exterior faziam-me sentir melhor a virtude calmante de uma presença querida, tão constante quanto eu a desejava. Certos gêneros apregoados na rua, e que eu pessoalmente detestava, eram muito do gosto de Albertine, tanto que Françoise os mandava comprar por um criado nosso, talvez um pouco humilhado de se ver confundido na multidão plebeia. Bem distintos neste bairro tão tranquilo (onde os ruídos não eram mais motivo de tristeza para Françoise e se tinham tornado motivo de prazer para mim) me chegavam, cada um com a sua modulação diferente, recitativos declamados por essa gente do povo como o seriam na música, tão popular, de *Boris*, em que uma entonação inicial é apenas alterada pela inflexão de uma nota que pende para outra, música da multidão, que é mais uma linguagem do que uma música. Era o pregão dos mariscos — "marisco!, marisco!, a dez cêntimos!" — atraindo a freguesia para os cestos onde eram vendidos horríveis conchinhas, que, se não fosse Albertine, teriam me causado repugnância, tanto quanto os caramujos que eu ouvia apregoar à mesma hora. Aqui era ainda na declamação apenas lírica de Mussorgsky que nos fazia pensar o vendedor, mas não somente nela. Porquanto, depois de ter quase "falado": "Caramujos, caramujos, estão frescos, estão bonitos", era com a tristeza e o vago de Maeterlinck, musicalmente transpostos por Debussy, que o vendedor de caramujos, num daqueles finais dolorosos por onde o autor de *Pelléas* se aparenta a Rameau: "Se tenho de ser vencida, caberá a ti ser o meu vencedor?",[43] acrescentava com uma cantante melancolia: "A trinta cêntimos a dúzia...".

43 A frase, na verdade, se encontra em um libreto de Quinault, musicado por Lulli em 1686. (N. do R. T.)

Sempre me foi difícil compreender por que aquelas palavras tão claras eram suspiradas em tom tão pouco apropriado, misterioso como o segredo que faz com que todo mundo pareça triste no velho palácio aonde Mélisande não conseguiu levar a alegria, e profundo como um pensamento do velho Arquel, que procura proferir, em palavras muito simples, toda a sabedoria e o destino. As próprias notas em que se eleva com crescente doçura a voz do velho rei de Alemonda ou de Golândia para dizer: "Não se sabe o que há aqui, pode parecer estranho, talvez não haja acontecimentos inúteis", ou então: "Não há de que se assustar, era uma pobre criaturinha misteriosa, como todo mundo", eram as que serviam ao vendedor de caramujos para repetir numa cantilena indefinida: "A trinta cêntimos a dúzia...". Mas essa lamentação metafísica não tinha tempo de expirar à beira do infinito, era interrompida por uma forte trombeta. Desta vez não se tratava de comedorias, a letra do libreto era: "Tosamos cachorros, cortamos gatos, as caudas e as orelhas".[44]

Certo a fantasia, o espírito de cada vendedor ou vendedora, introduziam a miúdo variantes na letra de todas essas músicas que eu ouvia de minha cama. No entanto uma parada ritual que punha um silêncio no meio da palavra, sobretudo quando esta era

44 O narrador compara a melodia das frases de certos vendedores à das frases da personagem da peça *Pelléas et Mélisande* (1892), de Maeterlinck. Na peça, Golaud volta a Alemonda casado com uma desconhecida, Mélisande, que encontrou por acaso junto a uma fonte, em uma floresta. Antes de voltar, ele escreve uma carta ao irmão, Pelléas, para avisar o avô, o velho rei Arkel, cujos anseios ele suspeita ter frustrado. "Não se sabe o que há aqui, pode parecer estranho, talvez não haja acontecimentos inúteis" é citação aproximada do que diz o velho rei, consentindo em receber o casal; as frases funcionam, todavia, como uma profecia da importância da chegada de Mélisande a Alemonda. Ela e o cunhado Pelléas se apaixonam e passam a se encontrar às escondidas. A duas outras frases citadas são da última cena da peça, quando, Pelléas assassinado pelo próprio irmão e Mélisande ferida mortalmente, o rei, mesmo diante de todas as desgraças perpetradas por Golaud, diz à moribunda que "não há do que se assustar"; após as últimas palavras de Mélisande, o velho pede a Golaud que se retire de perto do cadáver daquela "pobre criaturinha misteriosa, como todo mundo". (N. do R. T.)

repetida duas vezes, evocava constantemente a lembrança das velhas igrejas. Em seu carrinho puxado por uma burrinha, que ele fazia parar diante de cada casa para entrar nos pátios, o vendedor de roupas, armado de chicote, salmodiava: "Roupas, vendedor de roupas, rou... pas" com a mesma pausa entre as duas sílabas de "roupas" como se entoasse em cantochão: *Per omnia saecula saeculo... rum* ou *Requiescat in pa... ce*, embora não acreditasse na eternidade de suas roupas, nem as oferecesse tampouco como mortalhas para o supremo repouso na paz. E da mesma maneira, como os motivos começavam a se entrecruzar desde aquela hora matinal, uma vendedora de hortaliças, empurrando a sua carriola, usava para a sua ladainha a divisão gregoriana:

Olha a hortaliça, olha a hortaliça
Alcachofras, tenras, bonitas
Alca... chofras!

embora fosse provavelmente ignorante do antifonário e dos sete tons que simbolizavam, quatro as ciências do quadrívio e três as do trívio.[45]

Tirando de uma flautinha, de uma gaita de foles, melodias de seu país meridional cuja luz combinava bem com os dias bonitos, um homem de blusa, trazendo à mão um vergalho e na cabeça

45 Traço provável da leitura da obra *A arte religiosa do século XIII na França*, de Émile Mâle. Logo no início dela, o autor, amigo de Proust, defende a ideia de que "a Idade Média teve a paixão da ordem", pois "organizou a arte como tinha organizado o dogma, o saber humano, a sociedade". Seguindo esse raciocínio, Mâle fala da arte da Idade Média como "uma escrita sagrada cujos elementos todo artista deve aprender". Dentre esses elementos, ele menciona justamente "os sete tons da música gregoriana" que seriam "a expressão sensível da ordem universal". Ainda na análise desse número sagrado, o sete, ele inclui o trívio e o quadrívio, as "sete vias [...] da atividade humana": "gramática, retórica e dialética de um lado", "aritmética, geometria, astronomia e música" de outro — todas elas parte dos "conhecimentos que o homem pode adquirir fora da revelação". (N. do R. T.)

uma boina, ia parando de casa em casa. Era o cabreiro com dois cães e à frente dele o rebanho de cabras. Como vinha de longe, passava bem tarde pelo bairro; e as mulheres acorriam com uma vasilha para recolher o leite que daria força aos seus filhinhos. Mas às melodias pirenaicas daquele zagal benfazejo já se misturava a campainha do amolador, que gritava: "Facas, tesouras, navalhas". Com ele não podia lutar o amolador de serrotes, pois, desprovido de instrumento, se limitava a chamar: "Quem tem serrotes para amolar? Olha o amolador", ao passo que, mais alegre, o funileiro depois de enumerar os caldeirões, as caçarolas, tudo quanto ele soldava, entoava o estribilho "Sou eu, tão, tão, tão!, conserto até o chão, ponho fundos em tudo, e tapo os buracos, raco, raco, raco!"; e italianinhos, carregando grandes caixas de ferro pintadas de vermelho onde os números — perdedores e ganhadores — estavam marcados, e agitando uma matraca, convidavam: "Venham, venham, madames, ótimo divertimento!".

Françoise trouxe-me o *Le Figaro*. Passei os olhos nele e vi logo que meu artigo não tinha saído ainda. Disse-me ela que Albertine queria saber se podia vir ao meu quarto e me mandava dizer que em todo caso desistia da visita aos Verdurin e pretendia ir, como eu lhe havia aconselhado, à vesperal "extraordinária" do Trocadéro — o que chamaríamos hoje, para coisa bem menos importante todavia, uma vesperal de gala — depois de um passeiozinho a cavalo que combinara com Andrée. Agora que eu sabia que ela renunciara ao seu desejo, talvez depravado, de ir à casa da sra. Verdurin, respondi rindo: "Diga-lhe que venha", e pensei comigo que ela podia ir aonde bem quisesse e que para mim era tudo o mesmo. Eu sabia que ao fim da tarde, quando viesse o crepúsculo, eu seria sem dúvida outro homem, triste, atribuindo às menores idas e vindas de Albertine uma importância que elas não tinham naquela hora matinal e quando o tempo estava tão bonito. Pois a minha despreocupação era seguida pela clara noção da sua causa, mas não era alterada por ela. "Françoise me garantiu que você estava acordado e que eu não o incomodaria", disse-me Albertine ao entrar. E, como o maior medo de Albertine era, com o de me expor a um resfriado abrindo a janela em momento inoportuno, o de entrar no meu quarto quando eu cochilava: "Fiz bem de vir?", acrescentou ela. "Receava que você me dissesse:

'Que insolente mortal vem procurar a morte?'"

E riu com aquele riso que me perturbava tanto. Respondi-lhe no mesmo tom de brincadeira:

"Para vós ditar-se-ia uma ordem tão severa?".[46]

E com medo de que ela um dia a infringisse, acrescentei: "Embora ficasse furioso se você me acordasse". "Eu sei, eu sei, não tenha receio", disse Albertine. E para atenuar acrescentei continuando a representar com ela a cena de *Esther*, enquanto na rua prosseguiam os pregões tornados agora inteiramente confusos pela nossa conversação:

"Só em vós encontro aquela graça, ó minha amiga,
que sempre me seduz e nunca me fatiga".[47]

(mas comigo mesmo pensava: "Fatiga-me, sim, muitas vezes"). E lembrando-me do que ela dissera na véspera, com agradecer-lhe exageradamente o ter renunciado aos Verdurin, para que de outra feita ela me obedecesse do mesmo modo nisto ou naquilo, ponderei: "Albertine, você desconfia de mim, que a amo tanto, e confia em pessoas que não lhe querem nada bem" (como se não

46 Sequência de versos da peça *Esther* (versos 632 e 638): o primeiro, dito por Albertine, é fala do rei Assuero que, não querendo ser incomodado, ameaça o intruso de morte; o segundo, dito pelo herói, faz parte da mesma fala do rei que, tendo reconhecido a mulher, a acolhe. (N. do R. T.)

47 Marcel cita nova fala do rei Assuero para a mulher Esther (versos 669-670). (N. do R. T.)

fosse natural desconfiar das pessoas que nos amam e são as únicas que têm interesse em mentir-nos para saber, para obstar), e acrescentei estas palavras fingidas: "No fundo você não acredita que eu a ame, é engraçado. De fato não a *adoro*". Ela, por seu turno, mentiu-me ao dizer que só confiava em mim, e foi sincera em seguida ao afirmar que bem sabia que eu a amava. Mas esta afirmação não parecia implicar que não me julgasse capaz de mentir e de espioná-la. E ela parecia perdoar-me como se visse nisso a consequência insuportável de um grande amor ou como se ela mesma se achasse menos boa.

"Suplico-lhe, minha querida, nada de alta equitação, como você andou fazendo outro dia. Pense bem, Albertine, se lhe acontecesse um acidente!" Não lhe desejava, naturalmente, nenhum mal. Mas que prazer se, com os seus cavalos, ela tivesse a boa ideia de partir para não sei onde, onde se sentisse feliz, e de não voltar nunca mais. Como tudo se simplificaria se ela fosse viver feliz noutro lugar, pouco me importava mesmo saber onde! "Oh!, bem sei que você não me sobreviveria quarenta e oito horas, que você se mataria."

Assim trocamos palavras mentirosas. Mas uma verdade mais profunda do que a que diríamos se fôssemos sinceros pode às vezes ser expressa e anunciada por outro meio que não o da sinceridade.

"Esses ruídos da rua incomodam você?", perguntou ela. "Eu me delicio com eles, mas você que já tem o sono tão leve?" Tinha-o eu, ao contrário, bem profundo às vezes (como já o disse, mas como o fato que se vai seguir me obriga a relembrar) e sobretudo quando só adormecia pela manhã. Como tal sono foi — em média — quatro vezes mais repousante, parece àquele que dormiu ter sido quatro vezes mais longo, quando na realidade foi quatro vezes mais curto. Erro magnífico de uma multiplicação por dezesseis que dá tanta beleza ao ato de despertar e introduz na vida uma verdadeira novação semelhante àquelas grandes mudanças de ritmo que em música fazem com que, num andante, uma colcheia tenha a mesma duração de uma mínima num prestíssimo, e que são desconhecidas no estado de vigília. Neste a vida é quase sempre a mesma, daí as decepções das viagens. Bem parece que o sonho seja feito, no entanto, com a matéria mais grosseira da vida, mas esta matéria é nele tratada, malaxada de tal sorte, com um estiraçamento devido a que nenhum dos limites horários do estado de vigília a impede de afilar-se até alturas tão enormes que não a reconhecemos. Nas manhãs em que tal fortuna me sucedera, em que a esponja do sono apagara de meu cérebro os sinais das ocupações cotidianas nele traçadas como num quadro-negro, era-me necessário fazer reviver a minha memória; à força de vontade podemos reaprender o que a amnésia do sono ou de um ataque apoplético fez esquecer e que renasce pouco a pouco à medida que os olhos se abrem ou que a paralisia desaparece. Vivera eu tantas horas em alguns minutos que, querendo falar a Françoise, por quem chamava, numa linguagem conforme à realidade e regulada pela hora, era obrigado a usar de todo o meu poder interno de compressão para não dizer: "Como é, Françoise, são cinco horas da tarde e não vejo você desde ontem à tarde". E para rechaçar os meus sonhos, em contradição com eles e mentindo a mim mesmo, dizia impudentemente, e reduzindo-me com todas as minhas forças ao silêncio, palavras contrárias: "Françoise, já são bem umas dez horas!". Eu nem dizia dez horas da manhã, mas simplesmente dez horas, para que aquelas dez horas tão incríveis parecessem pronunciadas em tom mais natural. No entanto dizer estas palavras em vez daquelas que continuava a pensar o dorminhoco mal desperto que eu era ainda, exigia-me o mesmo esforço de equilíbrio feito por alguém que, saltando de um trem em movimento, corre um instante ao longo da linha e consegue não cair. Corre um instante porque o meio de onde saiu era um meio animado de grande velocidade, e muito diferente do solo inerte a que seus pés sentem alguma dificuldade de se adaptar. De fato do mundo do sonho não ser o mundo da vigília, não se segue que o mundo da vigília seja menos verdadeiro, ao contrário. No mundo do sono, as nossas percepções são de tal modo sobrecarregadas, engrossada cada qual por uma outra superposta que a duplica, a cega inutilmente, que nem sabemos distinguir o que se passa no atordoamento do despertar; viera Françoise, ou eu, cansado de chamá-la, fora ao encontro dela? O silêncio naquele momento era o único meio de nada revelar, como no momento em que recebemos ordem de prisão de um juiz instruído de circunstâncias que nos concernem mas de que não temos conhecimento. Viera Françoise, ou fora eu que a chamara? Quem sabe mesmo se Françoise não dormia e eu é que a tinha acordado? Mais ainda, não estaria Françoise encerrada dentro de mim, a distinção das pessoas e sua interação existindo apenas naquela fusca penumbra onde a realidade é tão pouco translúcida quanto no corpo de um porco-espinho e onde a percepção quase nula pode talvez dar a ideia da de certos animais? De resto, mesmo na límpida loucura que precede esses sonos mais pesados, se uns fragmentos de sabedoria flutuam luminosamente, se os nomes de Taine, de George Eliot não são nela ignorados, nem por isso subsiste menos para o mundo da vigília a superioridade de ser cada manhã possível de continuar, o que não sucede cada noite com o sonho. Mas talvez haja outros mundos mais reais do que o da vigília? Demais, vimos que esse, cada revolução nas artes o transforma, e mais ainda, no mesmo tempo, o grau de aptidão e de cultura que diferencia um artista de um tolo ignorante.

E muitas vezes uma hora de sono em excesso é um ataque de paralisia depois do qual há que recobrar o uso dos membros, aprender a falar. A vontade não o conseguiria. Dormiu-se demais, não se é mais. O despertar é apenas sentido mecanicamente, e sem consciência, como o pode ser num cano o fechamento de uma torneira. Uma vida mais inanimada do que a da Medusa sucede, em que tanto nos podemos imaginar tirados do fundo dos mares como egressos das galés, se é que podemos pensar alguma coisa. Mas então do alto do céu a deusa Mnemotécnia se debruça e nos dá sob a forma: "hábito de pedir o seu café com leite" a esperança da ressurreição. E, ainda assim, o dom súbito da memória nem sempre é tão simples. Tem-se muitas vezes perto de si, nesses primeiros minutos em que nos deixamos deslizar fora do sono, uma verdade de realidades diversas, onde se imagina poder escolher como num baralho. É sexta-feira de manhã e voltamos do passeio, ou então é a hora do chá à beira-mar. A ideia do sono e de estarmos deitados de camisola é muitas vezes a última que se nos apresenta. A ressurreição não vem logo; julgamos ter tocado a campainha, não o fizemos, revolvemos na cabeça palavras dementes. Só o movimento restitui a faculdade de pensar e quando efetivamente apertamos o botão elétrico, podemos dizer devagar mas com nitidez: "Já são bem umas dez horas, Françoise, traga o meu café com leite".

Oh, milagre! Françoise não pudera suspeitar o oceano de irreal que me envolvia ainda inteiramente e através do qual tivera eu a energia de fazer passar a minha estranha pergunta. Respondia-me ela com efeito: "São dez e dez". O que me dava uma aparência razoável e me permitia não deixar perceber as conversações extravagantes que me haviam embalado interminavelmente nos dias em que não fora uma mole do nada que me tirara a vida. À força de vontade, eu me reintegrara no real. Gozava ainda dos destroços do sono, isto é, da única invenção, do único renovamento que existe na maneira de contar, não comportando as narrativas feitas em estado de vigília, ainda quando embelezadas pela literatura, aquelas misteriosas diferenças de onde deriva a beleza. É fácil falar da que se origina do ópio. Mas para um homem habituado a só dormir com entorpecentes, uma hora inesperada de sono espontâneo descobrirá a imensidade matinal de uma paisagem igualmente misteriosa e mais fresca. Fazendo variar a hora, o lugar onde se adormece, provocando o sono de maneira artificial, ou, ao contrário, voltando por um dia ao sono natural — o mais estranho de todos para quem tenha o hábito de dormir com soporíficos —, chegamos a obter variedades de sono mil vezes mais numerosas do que as variedades de cravos e de rosas que obteríamos se fôssemos jardineiros. Estes obtêm flores que são sonhos deliciosos, outras também que parecem pesadelos. Quando eu adormecia de certa maneira, acordava tiritando, julgando estar com sarampo, ou então, coisa bem mais dolorosa, que minha avó (em quem eu já não pensava nunca) sofria porque eu caçoara dela no dia em que em Balbec, receosa de morrer, tinha pedido que me dessem um retrato dela.[48] Logo, apesar de acordado, queria eu ir explicar-lhe que ela não me havia compreendido. Mas já o calor me ia voltando. O diagnóstico de sarampo estava afastado e minha avó tão longe de mim que meu coração já não sofria por causa dela.

Às vezes sobre esses sonos diferentes baixava uma escuridão súbita. Eu tinha medo ao prolongar meu passeio numa avenida inteiramente às escuras onde eu ouvia passos de vagabundos. De repente rompia uma discussão entre um guarda e uma dessas mulheres que exerciam muitas vezes a profissão de cocheiro e que se tomam de longe por um rapaz. Na sua boleia envolta em trevas, eu não a via, mas ela falava, e eu lhe lia na voz as perfeições do rosto e a mocidade do corpo. Encaminhava-me para ela, na escuridão, para entrar no cupê antes que ela fosse embora. Era longe. Felizmente a discussão com o guarda se prolongava. Eu alcançava o carro ainda parado. Naquela parte da avenida havia lampiões. A pessoa na boleia tornava-se visível. Era mesmo uma mulher, mas velha, alta e robusta, com cabelos brancos a escapar do boné, e uma lepra vermelha na cara. Eu me afastava pensando: "Será assim também com a mocidade das mulheres? As que encontramos, se de repente desejarmos revê-las, estarão envelhecidas? A moça que desejamos será como um papel de teatro, no qual, decaindo as criadoras dele, se é obrigado a confiá-lo a novas estrelas? Mas então não é mais a mesma".

Depois uma tristeza me invadia. Temos assim em nosso sono numerosas Piedades como as "Pietà" do Renascimento, mas não

48 Alusão a um episódio da primeira estada do herói com a avó na praia de Balbec, em que ele condena como vaidade o que é apenas desejo da avó de deixar uma lembrança dela para ele (cf. *À sombra das raparigas em flor*). (N. do R. T.)

como elas executadas no mármore, inconsistentes ao contrário. Têm no entanto a sua utilidade, que é lembrar-nos uma certa maneira mais enternecida, mais humana de ver as coisas, o que somos por demais tentados a esquecer no bom-senso gelado, às vezes cheio de hostilidade, da vigília. Assim me era recordada a promessa que eu me fizera em Balbec de me conservar sempre compassivo para Françoise. E durante toda esta manhã ao menos eu saberia esforçar-me por não me irritar com as brigas de Françoise com o mordomo, por ser afetuoso com Françoise, a quem os outros dispensavam tão pouca bondade. Nesta manhã só, e era preciso buscar traçar-me um código um pouco mais estável, pois, assim como os povos não são durante muito tempo governados por uma política de puro sentimento, não o são também os homens pela lembrança de seus sonhos. Já este começava a dissipar-se. Procurando recordá-lo para o descrever, eu fazia-o dissipar-se mais depressa. Minhas pálpebras já não estavam tão fortemente aderidas aos meus olhos. Se eu experimentasse reconstituir o meu sonho, abrir-se-iam inteiramente. A todo momento cumpre escolher entre a saúde, o juízo de um lado, e do outro os prazeres espirituais. Sempre tive a covardia de escolher a primeira parte. De resto, o perigoso poder a que eu renunciava, era-o ainda mais do que o imaginamos. As piedades, os sonhos não nos escapam sozinhos. A variar assim as condições em que adormecemos, não são apenas os sonhos que se desvanecem, mas por muitos dias, por anos às vezes, a faculdade não somente de sonhar mas de adormecer. O sonho é divino mas pouco estável; o mais leve choque torna-o volátil. Amigo dos hábitos, retêm-no estes cada noite, mais fixos do que ele, em seu lugar consagrado, preservam-no de todo choque, mas se o mudamos de lugar, se não o mantemos submisso, esvai-se como um fumozinho. Assemelha-se à mocidade e aos amores, não o achamos mais.

Nesses diversos sonos, como também na música, era o aumento ou a diminuição do intervalo que criava a beleza. Eu gozava dela, mas em compensação, perdera nesse sono, embora curto, uma boa parte dos pregões em que se nos torna sensível a vida circulante dos ofícios, dos alimentos de Paris. Por isso habitualmente (sem prever, ai de mim!, o drama que esses tardios despertares e as minhas leis draconianas e pérsicas de Assuero raciniano deviam trazer-me em breve) eu me esforçava por acordar cedo para não perder nenhum daqueles gritos. Além da satisfação de saber o gosto que por eles Albertine tinha e de sair à rua sem me levantar da cama, ouvia eu neles como que o símbolo da atmosfera exterior, da perigosa vida tumultuante em cujo seio eu só a deixava circular sob minha tutela, num prolongamento exterior do sequestro, e de onde a retirava quando queria para fazê-la voltar para a minha casa.

Por isso com a maior sinceridade do mundo que pude responder a Albertine: "Pelo contrário, gosto de ouvi-los porque sei que você também gosta". "Olha as ostras fresquinhas." "Oh!, que vontade me deu de comer ostras!" Ainda bem que Albertine, um pouco por inconstância, um pouco por docilidade, esquecia depressa o que desejara, e antes que eu tivesse tido tempo de lhe dizer que as teria melhores no Prunier, apetecia sucessivamente tudo que ouvia gritar pela peixeira: "Camarões, olha os bons camarões, olha a arraia vivinha!". "Olha a bonita pescada para fritar, para fritar!" "Chegou a cavala, cavala fresca, cavala nova!" "Mexilhões, mexilhões frescos e bons!" O pregão "Chegou a cavala!" fazia-me estremecer. Mas como o aviso não podia aplicar-se, parecia-me, ao nosso chofer, eu só pensava no peixe que eu detestava, e minha inquietação não durava.[49] "Ah!, mexilhões", disse Albertine, "gostaria tanto de comer mexilhões!" "Meu bem! Isso era bom em Balbec, aqui não presta; aliás, lembre-se do que lhe disse Cottard a propósito de mexilhões." Minha observação era, porém, tanto mais desastrada por anunciar a vendedora seguinte coisa que Cottard proibia muito mais ainda:

49 "Cavala" em francês é *maquereau*, que também significa "rufião", "cáften". (N. dos T.)

Alface romana, olha a boa alface,
Não se vende, dá-se!

No entanto Albertine me concedia o sacrifício da alface, desde que eu lhe prometesse mandar comprar dentro de alguns dias à vendedora que apregoa: "Olha o bonito aspargo de Argenteuil, olha o bonito aspargo". Uma voz misteriosa, e de quem esperaríamos ofertas mais estranhas, insinuava: "Tonéis, tonéis!". Força era ficar decepcionado de ver que se tratava apenas de tonéis, pois essa palavra era quase inteiramente abafada pelo grito: "Vidrá, vidraceiro, vidraças partidas, aqui vai o vidrá, vidraceiro!", divisão gregoriana que me lembrou no entanto a liturgia menos do que o fizera o pregão do vendedor de roupa velha, reproduzindo sem o saber uma daquelas súbitas interrupções de sonoridade, no meio de uma reza, tão frequentes no ritual da Igreja: *Praeceptis salutaribus moniti et divina institutione formati audemus dicere*, diz o padre terminando vivamente em *dicere*.[50] Sem irreverência, como o povo da Idade Média no adro mesmo da igreja representava as farsas e as *soties*, é nesse *dicere* que faz pensar o trapeiro, quando, depois de remanchar em todas as palavras, diz a última sílaba com uma precipitação digna do acento marcado pelo grande papa do século VII: "Trapos, ferros velhos" (tudo isso salmodiado com lentidão, assim como as três sílabas que se seguem ao passo que a penúltima acaba mais vivamente que *dicere*), "peles de coelho". "Olha a boa laranja de Valence!" Até o modesto alho-poró! "Olha o belo alho-poró!", as cebolas: "Oito cênti-

50 O herói associa a fala do vendedor de roupas velhas à frase que, na missa em latim, precedia a oração do pai-nosso: "Instruídos em seus preceitos salvadores e formados pelo seu ensinamento divino, ousamos dizer..." (para uma análise dessa associação entre os vendedores ambulantes e a Igreja medieval, cf. o texto de Léo Spitzer, "A etimologia de um 'grito de Paris', em seus *Estudos de estilo*). (N. do R. T.)

mos a cebola!", prolongavam até mim como um eco das ondas onde, livre, Albertine poderia perder-se, e adquiriam assim a doçura de um *Suave mari magno.*[51]

Olha as cenouras
a dez cêntimos o molho.

"Oh!", exclamou Albertine, "couves, cenouras, laranjas. Só coisas que eu tenho vontade de comer. Mande Françoise comprar. Ela preparará as cenouras com creme. E depois, será gostoso comer tudo isso junto. Serão todos esses ruídos que ouvimos, transformados numa boa refeição. Ou antes, por favor, peça a Françoise para ela fritar uma arraia em manteiga queimada. É tão gostoso!" "Querida, está combinado, não se demore mais, senão você vai querer tudo o que estão apregoando essas mulheres." "Está bem, vou-me embora, mas de hoje em diante só quero para os nossos jantares as coisas que tivermos ouvido apregoar. É muito divertido. E pensar que temos de esperar ainda dois meses para ouvir: 'Ervilhas tenras, ervilhas, olha as ervilhas!'. Tão bem dito: ervilhas tenras; sabe que as quero bem fininhas, bem fininhas, escorrendo molho de salada, nem parece que estamos comendo-as, é fresco como o orvalho. E os requeijõezinhos, ai!, como estão longe ainda! 'Requeijão fresquinho, requeijão!' E as uvas brancas de Fontainebleau: 'Boas uvas brancas!'." E eu pensava apavorado em todo o tempo que eu tinha de ficar com ela até a época das uvas brancas. "Olhe, eu disse que não quero mais senão as coisas que tivermos ouvido apregoar, mas faço naturalmente exceções. Por isso não será impossível que passe no Rebattet para encomendar um sorvete para nós dois. Você me dirá que ainda não é tempo, mas estou com uma vontade!" Fiquei agitado com o projeto de Rebattet, tor-

51 Expressão latina extraída da obra de Lucrécio já citada anteriormente no livro — ela faz parte da imagem daquele que contempla da praia os que sofrem com a tormenta em alto-mar (cf. *O caminho de Guermantes*). (N. do R. T.)

nado mais certo e suspeito para mim por causa das palavras: "não será impossível". Era o dia em que os Verdurin recebiam, e depois que Swann lhes dissera que Rebattet era a melhor casa, era lá que eles encomendavam sorvetes e *petits fours*. "Não faço nenhuma objeção ao sorvete, Albertine querida, mas deixe-o por minha conta, não sei mesmo se o encomendarei no Poiré-Blanche, no Rebattet ou no Ritz, enfim verei." "Mas você vai sair?", perguntou-me com ar desconfiado. Ela dizia sempre que estimaria imenso que eu saísse mais; se porém uma palavra minha podia deixar supor que eu não ficaria em casa, seu ar inquieto insinuava que o prazer que ela teria em me ver sair sempre não era talvez muito sincero. "Talvez saia, talvez não, você bem sabe que nunca faço projetos com antecedência. Em todo caso os sorvetes não são coisa que se apregoe, que se venda pelas ruas, porque os deseja você então?" Aí ela me respondeu com estas palavras, que me mostraram com efeito quanta inteligência e gosto latente se tinham de pronto desenvolvido nela desde Balbec, com estas palavras do gênero daquelas que ela achava devidas unicamente à minha influência, à constante coabitação comigo, palavras que no entanto eu nunca teria dito, como se uma proibição me fosse feita por algum desconhecido de empregar na conversação formas literárias. Talvez o futuro não tivesse de ser o mesmo para Albertine e para mim. Disso tive quase o pressentimento vendo-a muito pronta em se servir, falando de imagens tão escritas e que me pareciam reservadas para outro uso mais sagrado e que eu ignorava ainda. Disse-me ela (e fiquei apesar de tudo profundamente enternecido, pois pensei: "Decerto eu não falaria assim, mas também sem mim ela não falaria como está falando, ela sofreu profundamente a minha influência, não é possível que não me ame, ela é obra minha"): "O que eu gosto nesses alimentos apregoados é que uma coisa ouvida como uma rapsódia muda de natureza às refeições e se dirige ao meu paladar. Quanto aos sorvetes (pois espero que você os encomende naquelas formas fora de moda que têm todas as formas de arquitetura imagináveis), toda vez que os tomo, templos, igrejas, obeliscos, rochedos, é como uma geografia pitoresca que olho a princípio e cujos monumentos de framboesa ou de baunilha converto depois em frescura na minha garganta". Achava eu que isso estava dito muito bem demais, mas ela sentiu que eu achava que estava bem dito e continuou, parando um instante quando tinha uma comparação feliz, para rir com o seu lindo riso que me era tão cruel por ser tão voluptuoso: "Meu Deus, no Hotel Ritz receio que você encontre colunas Vendôme de sorvetes, de sorvete de chocolate ou de framboesa, e então serão precisos uns poucos para que pareçam colunas votivas ou pilones levantados numa alameda à glória da Frescura. Lá fazem também obeliscos de framboesa que se erguerão de praça em praça no deserto ardente da minha sede e cujo granito cor-de-rosa farei fundir no fundo da minha garganta, que eles refrescam mais do que oásis" (e aqui o riso profundo estourou, fosse de satisfação por falar tão bem, fosse de zombaria consigo mesma por se exprimir em imagens tão seguidas, ou fosse, ai de mim, por voluptuosidade física de sentir em si qualquer coisa de tão bom, de tão fresco, que lhe causava o equivalente de um gozo erótico). "Esses picos de sorvete do Ritz parecem às vezes o monte Rosa, e até se o sorvete é de limão não me importa que não tenha forma monumental, que seja irregular, abrupto, como uma montanha de Elstir. O que importa, neste caso, é que não seja branco demais, mas um pouco amarelado, com aquele ar de neve suja e baça que tem as montanhas de Elstir. Pode o sorvete não ser grande, ser meio sorvete apenas, esses sorvetes de limão são, ainda assim, montanhas reduzidas a escala pequeníssima, mas a imaginação restabelece as proporções como faz com aquelas arvorezinhas japonesas anãs que se sente muito bem serem cedros, carvalhos, mancenilhas; tanto que colocando algumas ao longo de um reguinho, no meu quarto, eu teria uma imensa floresta em declive para um rio e onde as criancinhas se perderiam. É assim que, junto ao meu meio sorvete amarelado de limão, vejo muito bem postilhões, viajantes, seges de posta, sobre os quais minha língua se encarrega de fazer rolar avalanches glaciais que as sorverão" (a voluptuosidade cruel com que disse isto excitou o meu ciúme); "do mesmo modo", acrescentou ela, "que me encarrego com os meus lábios de destruir, pilastra por pilastra, aquelas igrejas venezianas de um pórfiro que é morango, e de fazer desabar sobre os fiéis o que eu tiver poupado. Sim, todos esses monumentos passarão de sua praça de pedra para o meu peito, onde já palpita a sua frescura em liquefação. Mas sabe, mesmo sem sorvete, nada é mais excitante, nem dá tanta sede como os anúncios das fontes termais. Em Montjouvain, em casa da senhorita Vinteuil, não havia boa sorveteria na vizinhança, mas nós fazíamos no jardim a nossa excursão pela França bebendo cada dia uma água mineral diferente, como a de Vichy que, ao ser servida, levanta logo das profundezas do copo uma nuvem branca que vem desmaiar e dissipar-se se não se bebe depressa." Mas ouvir falar de Montjouvain me era demasiado penoso, por isso eu a interrompia. "Estou sendo enfadonha, adeus, querido." Que diferença de Balbec, onde duvido que o próprio Elstir tivesse podido adivinhar em Albertine essas riquezas de poesia, de uma poesia menos estranha, menos pessoal que a de Céleste Albaret por exemplo. Nunca Albertine teria achado o que me dizia Céleste, mas o amor ainda quando parece perto do fim é parcial. Eu preferia a geografia pitoresca dos sorvetes, cuja graça fácil me parecia uma razão de amar Albertine e uma prova de que eu tinha força sobre ela, de que ela gostava de mim.

Saída que foi Albertine, senti a fadiga que era para mim aquela presença perpétua, insaciável de movimento e de vida, que me perturbava o sono com os seus movimentos, fazia-me viver num resfriado perpétuo por causa das portas que deixava abertas, forçava-me — para achar pretextos que justificassem não acompanhá-la, sem no entanto parecer muito doente, e por outro lado para fazê-la acompanhar — a imaginar cada dia mais estratagemas do que Sheherazade. Infelizmente pelos mesmos estratagemas que usava a narradora persa para adiar a sua morte, precipitava eu a minha. Há assim na vida certas situações que não são todas criadas como esta pelo ciúme amoroso e por uma saúde precária que não permite participar da vida de uma criatura ativa e moça, mas em que, da mesma maneira, o problema de continuar a vida em comum ou de voltar à vida em separado de antigamente se apresenta de modo quase medical: a qual das duas espécies de repouso será preciso sacrificar-se (continuando a estafa cotidiana ou voltando às angústias da ausência) — à do cérebro ou à do coração?

Eu estava em todo caso bem contente de que Andrée acompanhasse Albertine ao Trocadéro, pois incidentes ocorridos nos últimos dias e aliás minúsculos faziam com que tendo, bem entendido, a mesma confiança na honestidade do chofer, a sua vigilância, ou pelo menos a perspicácia de sua vigilância, não me parecia mais tão grande quanto antes. Assim, muito recentemente, tendo mandado Albertine sozinha com ele a Versalhes, dissera-me ela ter almoçado nos Reservatórios, ao passo que o chofer me falara do restaurante Vatel. No dia em que observei essa contradição, arranjei um pretexto para descer e falar ao chofer (sempre o mesmo, o que vimos em Balbec) enquanto Albertine se vestia. "Você me disse terem almoçado no Vatel, a senhorita Albertine me falou dos Reservatórios. Que significa isto?" O chofer respondeu-me: "Ah!, eu disse que eu tinha almoçado no Vatel, mas não posso saber onde *mademoiselle* almoçou. Ela separou-se de mim ao chegarmos a Versalhes para tomar um fiacre, que ela prefere quando não é para andar na estrada". Já eu estava furioso pensando que ela estivera só; enfim fora apenas o tempo de almoçar: "Você não podia", disse num tom amável (pois não queria parecer que positivamente mandava fiscalizar Albertine, o que teria sido humilhante para mim, e duplamente, porquanto significaria que ela me escondia os seus atos), "almoçar, não digo com ela, mas no mesmo restaurante?" "Mas ela me tinha pedido para estar somente às seis horas da tarde na Praça de Armas. Eu não devia ir buscá-la a saída do almoço." "Ah!", exclamei procurando dissimular o meu acabrunhamento. E tornei a subir. Assim, Albertine ficara só mais de sete horas seguidas, entregue a si mesma. Eu bem sabia, é verdade, que o fiacre não tinha sido um mero expediente para se livrar da fiscalização do chofer. Dentro da cidade, Albertine preferia passear de fiacre, dizia que se via bem, que o ar era mais ameno. Mas o fato é que ela passara sete horas sobre as quais eu jamais saberia alguma coisa. E não ousava pensar de que maneira as teria ela empregado. Achei que o chofer tinha sido muito inábil, mas minha confiança nele foi dali por diante completa. Pois se ele estivesse de combinação com Albertine, nunca me teria confessado que a deixara livre de onze horas da manhã às seis da tarde. Só haveria outra explicação, mas absurda, para essa confissão do chofer. É que uma desavença entre ele e Albertine lhe tivesse dado o desejo, fazendo-me uma revelaçãozinha, de mostrar à minha amiga que ele era homem capaz de falar, e se depois do primeiro aviso, feito assim de mansinho, ela não andasse direito conforme ele queria, então ele iria às do cabo. Mas esta explicação era absurda; fora preciso primeiro supor uma briga entre Albertine e ele, e depois atribuir uma natureza de chantagista àquele excelente chofer, que sempre se mostrara tão afável, tão bom rapaz. Dois dias depois, aliás, vi que, mais do que eu não supusera por um instante na minha suspicaz loucura, ele sabia exercer sobre Albertine uma vigilância discreta e perspicaz. Pois tendo podido falar-lhe em particular a respeito do que me contara de Versalhes, dizendo-lhe eu em tom amigável e natural: "Naquele passeio a Versalhes, de que você me falou anteontem, você andou muito bem, como sempre. Mas a título de recomendaçãozinha, sem importância aliás, quero dizer-lhe que é tal a minha responsabilidade desde que a senhora Bontemps pôs a sobrinha sob minha guarda, tenho tanto medo de acidentes, censuro-me tanto por não acompanhá-la, que prefiro que seja você, a quem, pela sua excepcional destreza e segurança, não pode acontecer nenhum acidente, quem leve a senhorita Albertine a toda parte. Assim não tenho o menor receio". O encantador chofer apostólico sorriu com finura, colocando a mão sobre o volante em forma de cruz de consagração. Em seguida me disse estas palavras que (afugentando as inquietações de meu coração onde logo foram substituídas pela alegria) me deram vontade de lhe cair nos braços: "Não tenha receio. Nada poderá acontecer a ela, pois quando o meu volante não a conduz, meu olhar a acompanha por toda parte. Em Versalhes, muito disfarçadamente, visitei a cidade por assim dizer com ela. Dos Reservatórios ela foi ao Castelo, do Castelo aos Trianons, eu sempre seguindo-a mas fingindo não vê-la e o mais curioso é que ela não me viu. E mesmo que ela me visse, não tinha importância. Pois não era natural que, tendo todo o dia livre, eu visitasse também o Castelo? Tanto mais que *mademoiselle* decerto já notou que tenho alguma leitura e me interesso por todas essas antiguidades" (era verdade, eu teria mesmo ficado surpreendido se soubesse que ele era amigo de Morel, tanto excedia ao violinista em finura e gosto). "Mas em todo caso ela não me viu." "De resto ela deve ter encontrado amigas, pois as tem muitas em Versalhes." "Não, ela estava sempre só." "Então devem olhá-la muito, sendo tão vistosa e andando desacompanhada." "Naturalmente que olham, mas ela quase não presta atenção, anda o tempo todo com os olhos no guia e quando os tira do guia é para olhar os quadros." O depoimento do chofer me pareceu tanto mais exato quanto foi com efeito um cartão-postal representando os Trianons que Albertine me enviara no dia do seu passeio. A atenção com que o simpático chofer a tinha seguido passo a passo muito me comoveu. Como supor que essa retificação, sob forma de amplo complemento às suas palavras da antevéspera, vinha de que no decurso daqueles dois dias Albertine, alarmada com uma possível indiscrição, se submetera, fizera as pazes com ele? Esta suspeita nem sequer me passou pela cabeça.

O certo é que o relato do chofer, tirando-me todo o temor de que Albertine me tivesse enganado, esfriou-me muito naturalmente em relação à minha amiga e tornou menos interessante para mim o dia que ela passara em Versalhes. Creio no entanto que as explicações do chofer, que, inocentando Albertine, a tornavam para mim ainda mais enfadonha, não teriam talvez bastado para me acalmar tão depressa. Duas espinhazinhas que minha amiga teve na testa durante alguns dias conseguiram, talvez melhor ainda, modificar os sentimentos do meu coração. Finalmente estes se desviaram ainda mais dela (a ponto de não me lembrar de sua existência senão quando a via), pela confidência singular que me fez a criada de quarto de Gilberte, encontrada por acaso. Soube eu que, quando ia diariamente à casa de Gilberte, esta gostava de um rapaz com quem se encontrava muito mais do que comigo. Na época eu suspeitara da coisa um instante, e até interrogara a respeito essa mesma criada. Mas como ela sabia que eu estava apaixonado por Gilberte, negara, jurando que nunca a srta. Swann vira aquele rapaz. Mas agora, sabendo que o meu amor estava morto havia muito, e que por tantos anos eu deixara sem resposta todas as cartas da moça — e talvez também porque já não trabalhasse em casa dela —, contou-me espontaneamente por extenso o episódio amoroso de que eu não tivera conhecimento. Isso lhe parecia muito natural. Julguei, lembrando-me dos seus juramentos de então, que ela não estivesse a par. Nada disso, era ela mesma que, por ordem da sra. Swann, ia prevenir o rapaz, quando aquela a quem eu amava estava só. A quem eu amava então... Mas fiquei a considerar se o meu amor de outrora estava mesmo tão morto quanto eu imaginava, pois essa narrativa me foi penosa. Como não creio que o ciúme possa despertar um amor extinto, supus que minha triste impressão era devida, em parte ao menos, a meu amor-próprio ferido, pois várias pessoas de quem eu não gostava e que naquela época, e mesmo mais tarde — isto mudou muito depois — tinham para comigo uma atitude de desprezo, sabiam perfeitamente, durante a minha paixão por Gilberte, que eu era enganado. E isto me fez mesmo refletir retrospectivamente se no meu amor por Gilberte não tinha havido uma parte de amor-próprio, visto que eu sofria tanto agora ao ver que todas as horas de ternura, que me haviam feito tão feliz, eram conhecidas de pessoas de quem eu não gostava como uma verdadeira comédia de minha amiga à minha custa. Em todo caso, amor ou amor-próprio,

Gilberte estava quase morta em mim mas não inteiramente, e este aborrecimento acabou de impedir que eu me preocupasse desmedidamente com Albertine, a quem eu dava tão estreita parte em meu coração. Todavia, para voltar a ela (após tão longo parêntese) e ao seu passeio a Versalhes, os cartões-postais de Versalhes (pode-se pois ter assim simultaneamente o coração consumido por dois ciúmes entrecruzados, relacionando-se cada qual com uma pessoa diferente?) davam-me uma impressão um pouco desagradável cada vez que os meus olhos caíam sobre eles, quando eu arrumava os meus papéis. E eu me punha a refletir que se o chofer não fosse um homem de bem, a concordância do seu segundo relato com os postais de Albertine não significaria grande coisa, pois qual é a primeira coisa que nos mandam de Versalhes senão o Castelo e os Trianons, salvo se quem escolhe o cartão é algum requintado, possuído de amores por determinada estátua, ou algum imbecil que elege como vista a estação dos bondes ou a estação da estrada de ferro.

E ainda erro dizendo um imbecil, visto que esses cartões-postais nem sempre foram comprados por um deles ao acaso, pelo interesse de vir a Versalhes. Durante dois anos os homens inteligentes, os artistas acharam Siena, Veneza, Granada uma cacetada e diziam de qualquer ônibus e de todos os vagões: "Isto é que é bonito". Depois esse gosto passou como os outros. Nem sei mesmo se não se está voltando ao "sacrilégio que há em destruir as nobres coisas do passado". Em todo caso um vagão de primeira classe deixou de ser considerado *a priori* como mais belo do que São Marcos de Veneza. Diziam no entanto: "Nisto é que está a vida, a volta atrás é coisa factícia", mas sem tirar conclusão nítida. Para maior segurança e embora depositando plena confiança no chofer, mas também para que Albertine não pudesse descartar-se dele sem que ele ousasse recusar por medo de ser tido como espião, não a deixei sair sem o reforço de Andrée, quando até então bastara o chofer. Eu deixara-a mesmo àquele tempo (coisa que não ousaria mais fazer depois) ausentar-se durante três dias só com o chofer para ir até às proximidades de Balbec, tanta vontade tinha ela de rodar em simples *chassis* a grande velocidade. Três dias em que estive bem tranquilo, embora a chuva de postais que ela me enviara não me tivesse chegado às mãos, por causa do detestável funcionamento do correio da Bretanha (bom no verão, mas sem dúvida desorganizado no inverno), senão oito dias depois da volta de Albertine e do chofer, tão animosos que na manhã mesma da volta retomaram, como se nada houvera, os passeios cotidianos. Estava eu muito satisfeito de ir Albertine hoje àquela vesperal "extraordinária" do Trocadéro, mas sobretudo tranquilo por sabê-la na companhia de Andrée.

Dando de mão a esses pensamentos, agora que Albertine saíra, fui postar-me por um instante à janela. Houve a princípio um silêncio, em que o apito do tripeiro e a buzina do bonde fizeram ressoar o ar em oitavas diferentes como um afinador de pianos cego. Depois pouco a pouco se tornaram distintos os motivos entrecruzados, aos quais outros novos se vinham juntar. Havia também nova buzina, chamado de um vendedor que eu nunca soube a que vendia, buzina esta que soava exatamente igual à de um bonde, e como o som não era levado pela velocidade, dir-se-ia um só bonde, não dotado de movimento, ou então enguiçado, imobilizado, gritando a pequenos intervalos como um animal moribundo.

E me parecia que se algum dia eu tivesse que me mudar deste bairro aristocrático — a menos que fosse para outro completamente popular —, as ruas e as avenidas do centro (onde as frutas, o peixe etc, estabilizadas em grandes casas de gêneros alimentícias, tornavam inúteis os pregões dos vendedores, os quais, de resto, não conseguiriam fazer-se ouvir) me haveriam de parecer bem tristes, bem inabitáveis, despojadas, decantadas de todas aquelas ladainhas dos pequenos ofícios e das comezainas ambulantes, privadas da orquestra que me vinha deleitar desde pela manhã. Na calçada, uma mulher pouco elegante (ou obediente a uma moda feia) passava, clara demais num paletó-saco de pelo de cabra; mas não, não era uma mulher, era um chofer, que metido no seu casaco de peles voltava a pé para a garagem. Saídos dos grandes hotéis, os *chasseurs* alados, de matizes cambiantes, curvadas sobre o guidom da bicicleta, passavam céleres, rumo às estações, para alcançar os viajantes do trem da manhã. O ronco de um violino era devido às vezes à passagem de um automóvel, às vezes a não ter eu posto água bastante na meu saco elétrico. No meio da sinfonia destoava uma ária fora de moda: substituindo a vendedora de bombons, cuja melodia era habitualmente acompanhada por uma matraca, o vendedor de brinquedos, que trazia preso à sua flauta de cana um boneco acionado em todos os sentidos, ia levando outros bonecos de engonço e, pouco se lhe dando da declamação ritual de Gregório, o Grande, da declamação reformada de Palestrina e da declamação lírica dos modernos, entoava a plenos pulmões, partidário retardado da pura melodia:

Vamos, papai e mamãe,
chegou a alegria das crianças.
Eu mesmo os faço, eu mesmo os vendo
e papo o dinheiro.
Tra-la-la-lá, tra-la-la-lá, tra-la-la-la-la-lé.
Vamos, meninos!

Italianinhos de gorro na cabeça não tentavam lutar com aquela ária vivaz, e era silenciosamente que ofereciam as suas estatuetazinhas. Ao passo que um flautinzinho forçava o vendedor de brinquedos a afastar-se e cantar mais confusamente embora *presto:* "Vamos, papais, mamães...". Seria o flautim um daqueles dragões que eu ouvia de manhã em Doncières? Não, pois o que vinha depois eram estas palavras: "Olha o consertador de faiança e porcelana. Conserto vidro, mármore, cristal, osso, marfim e objetos antigos". Num açougue, onde à esquerda havia uma auréola de sol e à direita um boi inteiro pendurado, um açougueiro, muito alto e esguio, de cabelos loiros, pescoço saindo de um colarinho azul-celeste, separava, com rapidez vertiginosa e religiosa consciência, de um lado os filés mais escolhidos, do outro o pior alcatra, colocava-os em deslumbrantes balanças encimadas por uma cruz de onde pendiam bonitas correntes, e — embora não fizesse depois senão arrumar no mostrador rins, filés, entrecostos — dava em realidade muito mais a impressão de um belo anjo que, no dia do Juízo Final, preparará para Deus, segundo as respectivas qualidades, a separação dos bons e dos maus e a pesagem das almas. De novo o flautim agudo subia ao ar, anunciador não mais das destruições temidas por Françoise toda vez que desfilava um regimento de cavalaria, mas de "consertos" prometidos por um "antiquário ingênuo ou chocarreiro, o qual, muito eclético em todo caso, longe de se especializar, tinha por objeto de sua arte as matérias mais diversas. As pequenas entregadoras de pão apressavam-se em meter nos seus cestos os pãezinhos destinados ao almoço, e, aos seus ganchos, suspendiam as leiteiras rapidamente as garrafas de leite. A visão nostálgica que eu tinha dessas meninas, poderia julgá-la bem exata? Não seria ela diferente se eu pudesse guardar imóvel junto de mim durante alguns minutos uma das que, do alto de minha janela, eu só via na loja ou de fugida? Para avaliar a perda que me causava a reclusão, isto é, a riqueza que me oferecia o dia, teria sido necessário interceptar no longo desenvolvimento do friso animado alguma dessas meninas portadoras de roupa lavada ou de leite, fazê-la passar um instante, como uma silhueta de cenário móvel, entre os esteios, pelo vão da minha porta, e retê-la sob os meus olhos, não sem obter a respeito dela algumas informações que me permitissem identificá-la no futuro, à maneira daquela ficha sinalética que os ornitólogos ou os ictiólogos prendem, antes de lhes dar liberdade, ao ventre dos pássaros ou dos peixes, cujas migrações querem verificar.

Por isso disse a Françoise que, para um recado que eu desejava expedir, mandasse-me ela, na primeira oportunidade, uma dessas pequenas que vinham frequentemente levar e trazer roupa, entregar o pão ou o leite, e que ela enviava muitas vezes à rua em pequenas comissões. Parecia-me eu nisso com Elstir que, obrigado a ficar encerrado no seu ateliê, em certos dias de primavera quando, ao saber que os bosques estavam cheios de violetas, lhe dava um violento desejo de olhá-las, mandava a *concierge* comprar-lhe uma rama; então não era a mesa sobre a qual colocara o modelozinho vegetal, mas todo o tapiz de verdura no recesso das matas, onde vira outrora, aos milhares, os talos serpentinos, dobrando-se sob o seu bico azul, que Elstir imaginava ter debaixo dos olhos como uma zona imaginária suscitada em seu ateliê pelo límpido aroma da flor evocadora.

Lavadeira, num domingo, não se podia esperar que viesse. Quanta à caixeirinha da padaria, por uma coincidência infeliz tocara a campainha quando Françoise não estava, pusera os pães dentro do cesto, no patamar da escada, e fora embora. A pequena das frutas só viria muito mais tarde. De uma feita eu entrara na leiteria para encomendar um queijo, e entre as empregadinhas reparara numa, verdadeira extravagância loira, alta de porte embora pueril, e que, no meia das outras, parecia cismar, muita altiva. Eu só a vira de longe e tão de passagem que não poderia dizer como era ela, senão que devia ter crescido depressa demais e que a sua cabeleira dava a impressão muito menos das particularidades capilares do que de uma estilização escultural dos meandros isolados de nevados paralelos. Fora tudo o que eu distinguira, assim como um nariz muito desenhado (coisa rara em criança) num rosto magro e que lembrava o bico dos filhotes de abutres. Aliás, não fora só o agrupamento das companheiras em volta dela que me impedira de vê-la bem, mas também a incerteza dos sentimentos que eu podia, à primeira vista e depois, inspirar-lhe, fossem de soberba intratável, ou de ironia, ou de um desdém externado mais tarde às amigas. Essas suposições alternativas que eu fizera num segundo, a seu respeito, adensaram em torno dela a atmosfera turva em que ela se escondia, como uma deusa dentro da nuvem que o raio faz tremer. Pois a incerteza moral é a causa maior de dificuldade para uma exata percepção visual do que o seria um defeito material do olho. Naquela pequena demasiado magra e que atraía também demasiadamente a atenção, o excesso do que outro qualquer chamaria talvez encantos era justamente o que me desagradava, mas tivera, assim mesmo, como resultado impedir-me de nada perceber e, com mais forte razão, de nada me lembrar das outras caixeirinhas, que o nariz arqueado desta, e o seu olhar — coisa tão pouco agradável —, pensativo, pessoal, dando a impressão de julgar, haviam mergulhado na noite à maneira de um relâmpago loiro que entenebrece a paisagem circunstante. E assim, da minha ida, para encomendar um queijo, ao leiteiro, só me lembrava (se se pode dizer lembrar a propósito de um rosto visto tão de relance que dez vezes adaptamos ao nada do rosto um nariz diferente), só me lembrava a pequena que me desagradara. Bastou isso para fazer começar um amor. No entanto eu teria esquecido a extravagância loira e jamais haveria desejado revê-la se Françoise não me tivesse dito que, embora criança, aquela pequena era sabidíssima e ia abandonar a patroa porque, muito faceira, fizera dívidas no bairro. Já houve quem dissesse que a beleza é uma promessa de felicidade.[52] Inversamente a possibilidade de prazer pode ser um começo de beleza.

Pus-me a ler a carta de mamãe. Através de suas citações de Madame de Sévigné ("Se meus pensamentos não são inteiramente negros em Combray, são pelo menos de um cinzento carregado; penso em ti a todo instante; desejo tua presença; tua saúde, teus interesses, tua ausência que imaginas que tudo isso possa fazer no lusco-fusco?"[53]) eu sentia que minha mãe estava contrariada de ver prolongar-se e firmar-se em nossa casa a estada de

52 Alusão provável a uma frase de Baudelaire, no primeiro capítulo do *Pintor da vida moderna*: ali Baudelaire atribui a frase a Stèndhal, que, segundo ele, teria escrito que "O belo não é outra coisa senão a promessa de felicidade". As reflexões de Stendhal sobre a beleza em *Do amor* não contêm, entretanto, essa frase. (N. do R. T.)
53 O trecho da carta da mãe do herói condensa trechos de duas cartas de Madame de Sévigné para a filha. Na carta do dia 14 de junho de 1671, Madame de Sévigné relata o sofrimento de duas noites sem receber notícias da filha: seus pensamentos, "cinza carregado" durante o dia, tornam-se "negros" durante a noite. Já na carta de setembro de 1675, ela transmite à filha impressões de sua chegada a Rochers, onde revê árvores que ela própria plantara, com "pensamentos negros". (N. do R. T.)

Albertine, embora ainda não declaradas à noiva as minhas intenções de casamento. Ela não o dizia mais diretamente a mim porque receava que eu esquecesse minhas cartas sobre algum móvel. Censurava-me também, por mais veladas que elas fossem, não avisá-la imediatamente do recebimento de cada uma: "Bem sabes que Madame de Sévigné dizia: 'Quando se está longe, não se caçoa mais das cartas que começam por estas palavras: recebi a sua'". Sem falar do que mais a inquietava, dizia-se zangada por causa das minhas grandes despesas: "Em que se vai todo o teu dinheiro? Já me aflige bastante que tu, como Charles de Sévigné, não saibas o que queres e sejas 'dois ou três homens ao mesmo tempo', mas trata ao menos de não ser como ele nos gastos e que eu não possa dizer de ti: ele achou o meio de gastar sem parecer, de perder sem jogar e de pagar sem ficar quite".[54] Acabara eu de ler a carta de mamãe quando Françoise voltou para me comunicar a presença da pequena da leiteria, a tal ousadinha de quem me havia falado. "Ela poderá muito bem levar a carta do senhor e fazer alguma outra comissão, se não for muito longe. O senhor vai ver, ela tem o ar de Chapeuzinho Vermelho." Françoise foi buscá-la e quando vinham vindo ouvi que a nossa criada lhe dizia: "Anda, anda, estás com medo por causa do corredor, grande fiteira, eu pensava que fosses menos atada. Será preciso que te leve pela mão?". E como boa e honesta criada ciosa de que lhe respeitem o patrão como ela própria o respeita, armou-se Françoise daquela majestade que nobilita as alcoviteiras nos quadros dos grandes mestres, onde, ao lado delas, se apagam, quase na insignificância, a amante e o amante.

Mas a Elstir pouco lhe importavam o que faziam as violetas, quando as olhava. A entrada da garota tirou-me logo a minha calma de contemplador, não pensei mais senão em tornar

54 Citação extraída da carta do dia 27 de maio de 1680, em que Madame de Sévigné reclama para a filha dos gastos do filho, que acabara de desmatar e vender um bosque da propriedade da família perto de Nantes. (N. do R. T.)

verossímil a fábula da carta que ela devia levar e pus-me a escrever rapidamente, mal arriscando um olhar para não parecer que a tinha mandado vir para isso. Ela estava revestida para mim daquele encanto da desconhecida que eu não poderia ver acrescentado a uma bonita rapariga encontrada nessas casas em que elas nos esperam. Não estava nem nua nem fantasiada, era uma verdadeira caixeirinha de leiteria, uma das que imaginamos tão lindas quando não temos tempo de nos aproximar delas; era um pouco daquilo que constitui o eterno desejo, a eterna lástima da vida, cuja dupla corrente é enfim desviada, trazida para perto de nós. Dupla, pois se se trata de desconhecida, de alguém que adivinhamos dever ser de qualidade divina, a julgar pela estatura, pelas proporções, pelo olhar indiferente, pela calma desdenhosa, por outro lado queremos que essa mulher seja bem especializada em sua profissão tornando-nos possível evadir-nos para outro meio, que um modo particular de vestir nos faz romanescamente supor diferente. De resto, se se quisesse enquadrar numa fórmula a lei de nossas curiosidades amorosas, seria preciso procurá-la no máxima de distância entre uma mulher apenas avistada e uma mulher abordada, acariciada. Se as mulheres das casas chamadas de tolerância, se as prostitutas mesmas (desde que saibamos que são prostitutas) nos atraem tão pouco, não é porque sejam menos belas que outras, é porque estão inteiramente à nossa disposição; é que o que se procura precisamente atingir, elas no-lo oferecem antecipadamente; é que não são conquistadas. A distância, aí, está no seu mínimo. Uma mulher à toa sorri-nos na rua como o fará quando estiver em nossos braços. Somos escultores. Queremos obter de uma mulher uma estátua inteiramente diversa da que ela nos apresentou. Vimos uma moça indiferente, insolente, à beira-mar; vimos uma caixeirinha séria e ativa ao seu balcão, que nos responderá secamente, ainda que não seja senão para não se tornar objeto de caçoadas da parte de suas companheiras; uma vendedora de frutas que mal nos responde. Pois bem, não temos sossego enquanto não possamos experimentar se a moça da praia, se a caixeirinha que pouco se incomoda com o que dizem dela, se a distraída vendedora de frutas não são suscetíveis, em consequência de manobras solertes de nossa parte, de assentir em dobrar aquela atitude retilínea, de nos cingir o pescoço com os mesmos braços que carregavam as frutas, de inclinar sobre a nossa boca, com um sorriso aquiescente, olhos até então gelados ou distraídos — oh, beleza dos olhos severos —, nas horas de trabalho em que a operária temia tanto a maledicência das colegas, olhos que evitavam os nossos olhares insistentes e agora, que nos vemos a sós, baixam as pupilas sob o peso ensolarado do riso quando a aliciamos para o amor. Entre a caixeirinha, a lavadeira atenta em passar a roupa a ferro, a vendedora de frutas, a moça da leiteria, e esta mesma garota que vai ser nossa amante, o afastamento está no seu máximo, levado aos limites extremos, e variado por aqueles gestos habituais da profissão que fazem dos braços, durante as horas do trabalho, algo tão diferente quanto possível, como arabesco, daqueles suaves liames que todas as noites se nos enlaçam ao pescoço enquanto a boca se prepara para o beijo. Por isso passamos a vida inteira em inquietas diligências incessantemente renovadas para agradar a essas pequenas sérias e cuja profissão parece afastá-las de nós. Uma vez em nossos braços, não passam do que eram, suprimida que foi aquela distância que sonhávamos transpor. Mas recomeçamos com outras mulheres, damos a esses empreendimentos todo o nosso tempo, todo o nosso dinheiro, todas as nossas forças, estouramos de raiva contra o cocheiro demasiado moroso que vai talvez fazer-nos perder o nosso primeiro encontro, sentimo-nos febris. Esse primeiro encontro, bem o sabemos, trará o desvanecimento de uma ilusão. Não importa, enquanto durar a ilusão; queremos ver se o podemos transformar em realidade, e então pensamos na lavadeira cuja frieza nos despertou a atenção. A curiosidade amorosa é semelhante à que nos suscitam os nomes de países; sempre decepcionada, renasce e permanece para sempre insaciável.

Uma vez ao pé de mim, ai!, a loira rapariga de mechas estriada, despojada de tanta imaginação, de tantos desejos despertados em mim, achou-se reduzida a si mesma. Já não a envolvia de vertigem a nuvem fremente das minhas suposições. Tomava ela um ar corrido de não ter (em vez das dez, das vinte, de que eu me lembrava sucessivamente sem poder fixar minha lembrança) senão um nariz mais redondo do que eu esperava e que lhe dava um ar atoleimado, que perdera, em todo caso, o poder de se multiplicar. Esse voo capturado, inerte, aniquilado, incapaz de acrescentar qualquer coisa à sua pobre evidência, já não tinha mais a minha imaginação para colaborar com ele. Precipitado à realidade imóvel, procurei reagir; as faces, não notadas por mim na loja, pareceram-me tão bonitas que cheguei a ficar intimidado e, para voltar ao meu natural, disse à pequena: "Quer fazer-me o favor de me trazer o *Le Figaro* que está aí, preciso ver o nome do lugar onde a quero enviar". Ao apanhar o jornal descobriu ela até o cotovelo a manga vermelha do casaco e estendeu-me a folha conservadora com um gesto jeitoso e gentil, que me agradou pela sua rapidez familiar, sua macia aparência, sua cor escarlate. Enquanto abria o *Le Figaro*, para dizer alguma coisa e sem levantar os olhos, perguntei-lhe: "Como se chama esse seu casaco de tricô vermelho? É muito bonito". Ela respondeu-me: "É o meu golfe". Pois, por uma pequenina queda habitual a todas as modas, as vestimentas e modas que, há alguns anos, pareciam pertencer ao mundo relativamente elegante das amigas de Albertine, eram usadas agora pelas operárias. "Não lhe causará transtorno", disse-lhe eu fingindo procurar qualquer coisa no *Le Figaro*, "se eu a mandar mesmo um pouco mais longe?" Assim que dei a impressão de achar trabalhoso o serviço que ela me prestaria indo à rua, logo começou a achar que era de fato um transtorno. "É que vou daqui a pouco passear de bicicleta. Só temos para isso os domingos." "Mas não vai sentir frio assim, sem nada na cabeça?" "Ah!, não vou assim, tenho a minha boina, e poderia mesmo passar sem ela com a minha cabeleira." Ergui os olhos para as mechas flavescentes e frisadas e senti-lhes o turbilhão arrebatar-me o coração descompassado na luz e nas rajadas de uma tempestade de beleza. Continuei a passar vista pelo jornal, mas embora fosse apenas para disfarçar e ganhar tempo, enquanto fingia ler ia compreendendo, não obstante o sentido das palavras que tinha diante dos olhos, e estas me deixaram siderado: *"Ao programa da vesperal que anunciamos e que será dada esta tarde no salão de festas do Trocadéro, temos de acrescentar o nome da srta. Léa, que acedeu em tomar parte nas* Fourberies de Nérine. *Fará ela naturalmente o papel de Nérine, em que é estonteante de vivacidade e sedutora alegria".*[56] Foi como se tivessem arrancado brutalmente do meu coração o curativo sob o qual ele começara a cicatrizar depois do meu regresso de Balbec. O fluxo das minhas angústias jorrou em torrentes. Esta Léa era a atriz amiga das duas moças de Balbec que Albertine, fingindo não vê-las, olhara pelo espelho, uma tarde no cassino. É verdade que em Balbec Albertine, ouvindo o nome de Léa, tomara um tom particularmente compungido para me dizer, quase escandalizada de que se pudesse suspeitar de pessoa tão virtuosa: "Oh não, não é absolutamente uma mulher dessas, é uma mulher muito direita". Infelizmente para mim, quando Albertine emitia uma afirmação desse gênero, nunca era senão o primeiro estádio de afirmações diferentes. Pouco depois da primeira, vinha esta segunda: "Não a conheço".

55 *Les fourberies de Nérine* (1864), peça de Théodore Banville, se passa em Nápoles, no ano de 1671. Logo no início, Scapin rouba tudo de Geronte quando o vê morrendo; encontra, em seguida, sua noiva, Nérine. Há tempo ele adia seu casamento com ela; Nérine decide fingir já ter preparado o casamento, e ele a ameaça com outra pretendente, Zaïde — cada qual acreditando ser mais sutil que o outro, eles encenam um jogo de confissões e ameaças que leva Nérine a simular o suicídio; indiferente, Scapin projeta partir só com o dinheiro roubado. A "velhacaria de Nérine" (*Les fourberies de Nérine*) pode referir às maquinações que deveriam levar ao casamento de Albertine-Nérine com o herói-Scapin. Note-se que, ao caluniar Albertine, Françoise lhe atribuía justamente "velhacaria" ("fourberies") no início do livro (cf. supra). O herói associa, entretanto, seu próprio comportamento ao de Nérine, quando arrisca se passar por mais esperto e sagaz do que Albertine-Scapin. (N. do R. T.)

Em terceiro lugar, depois de me ter falado de tal pessoa como "acima de qualquer suspeita" e em seguida como não sendo do seu conhecimento, esquecia ela pouco a pouco ter dito a princípio que não a conhecia, e numa frase em que se contradizia sem querer, contava que a conhecia. Consumado este primeiro esquecimento e lançada a nova afirmação, começava um segundo esquecimento, o de ser a pessoa insuspeitável. "Será que fulana", perguntava eu, "tem esses hábitos?" "Mas naturalmente, toda gente sabe disso!" Logo, porém, voltava o tom compungido para uma afirmação que era um vago eco muito diminuído da primeira: "Devo dizer que comigo ela sempre foi muito correta. Naturalmente sabia que eu a teria posto no seu lugar e de que maneira! Mas enfim isso não tem importância. Sou obrigada a ser-lhe grata pelo respeito que sempre me demonstrou. Vê-se que ela sabia com quem tratava". Lembramo-nos da verdade porque ela tem um nome, tem raízes antigas, mas uma mentira improvisada se esquece depressa. Albertine esquecia esta última mentira, a quarta, e um dia em que queria captar minha confiança com confidências, punha-se a dizer da mesma pessoa, a princípio tão bem procedida e que ela não conhecia: "Ela teve uma paixonite por mim. Três ou quatro vezes me pediu que a acompanhasse até a casa e subisse com ela. Eu não via mal em acompanhá-la, à vista de toda gente na rua, em pleno dia. Mas quando chegávamos à casa dela, eu sempre achava um pretexto e nunca subi". Algum tempo depois Albertine fazia alusão à beleza dos objetos que se viam em casa da tal. De aproximação em aproximação talvez se chegasse a fazê-la dizer a verdade, que talvez fosse menos grave do que eu imaginara, pois, fácil talvez com as mulheres, preferia ela um amante, e agora que eu era o seu, não teria pensado mais em Léa. Em todo caso, relativamente a esta última estava eu ainda na primeira afirmativa e ignorava se Albertine a conhecia. Já, em todo caso relativamente a muitas mulheres, a mim teria bastado apresentar numa síntese à minha amiga as suas afirmações contraditórias para obrigá-la a confessar as suas culpas (bem mais fáceis, como as leis astronômicas, de apurar pelo raciocínio, do que de observar, de surpreender na realidade). Mas ela preferiria dizer que mentira ao emitir uma daquelas afirmações, cuja retirada faria assim desmoronar todo o meu sistema, a reconhecer que tudo quanto contara desde o começo não passava de um tecido de contos mentirosos. Nas *Mil e uma noites* os há iguais e que nos encantam. Fazem-nos eles sofrer em uma pessoa que amamos, e por causa disso nos permitem ir um pouco mais fundo no conhecimento da natureza humana em vez de nos contentarmos com explorar-lhe a superfície. O desgosto penetra em nós e força-nos pela curiosidade dolorosa a penetrar. Daí verdades que não nos sentimos com o direito de esconder, de sorte que um ateu moribundo que as tenha descoberto, apesar de certo do nada e despreocupado da glória, emprega no entanto suas últimas horas esforçando-se por torná-las conhecidas.

Sem dúvida estava eu ainda apenas na primeira daquelas afirmações relativas a Léa. Ignorava até se Albertine a conhecia ou não. Não importa, vinha a dar no mesmo. Era preciso a todo custo evitar que no Trocadéro ela pudesse encontrar aquela conhecida ou travar conhecimento com aquela desconhecida. Disse eu que ignorava se ela conhecia ou não Léa; mas é provável que eu tivesse sabido disso em Balbec pela própria Albertine. Pois o esquecimento apagava, tanto em mim quanto em Albertine, grande parte das coisas que ela me afirmara. A memória, em vez de um exemplar em duplicatas, sempre presente aos nossos olhos, dos diversos acontecimentos de nossa vida, é antes um abismo de onde por um momento uma similitude nos permite sacar, ressuscitadas, reminiscências extintas; mas há mil pequeninos fatos que não caíram nessa virtualidade da memória, e que escaparão para sempre à nossa verificação. A tudo quanto não sabemos que se reporta à vida real da pessoa que amamos não prestamos nenhuma atenção, esquecemos logo o que ela nos disse a propósito de tal fato ou de tais pessoas que não conhecemos, e o ar que tinha quando no-lo disse. Por isso, quando depois o nosso ciúme é excitado a propósito dessas mesmas pessoas, para saber se ele não está enganado, se é mesmo a elas que se deve relacionar certa pressa que nossa amante mostra de sair, certo descontentamento de ter sido privada de o fazer pelo nosso regresso mais cedo, o nosso ciúme, esquadrinhando o passado em busca de indicações, nada encontra nele; sempre retrospectivo, é como um historiador que tivesse de escrever uma história para a qual não possui nenhum documento; sempre em atraso, precipita-se como um touro furioso para onde não está a criatura desdenhosa e brilhante que o irrita com as suas picadas e cuja magnificência e astúcia são admiradas pela multidão cruel. O ciúme debate-se no vácuo, incerto como o somos naqueles sonhos em que sofremos por não encontrar em sua casa vazia uma pessoa que foi muito do nosso conhecimento na vida, mas que talvez aqui seja outra e tenha apenas tomado os traços de outra personagem; incerto como o somos ainda mais quando, ao despertar, procuramos identificar este ou aquele pormenor do nosso sonho. Que ar tinha nossa amiga ao dizer-nos aquilo; teria um ar feliz, não estaria mesmo assobiando, coisa que só faz quando ocupada por algum pensamento amoroso? No tempo do amor, por pouco que nossa presença a importune e irrite, não nos disse porventura alguma coisa que esteja em contradição com o que nos afirma agora, que ela conhece ou não conhece certa pessoa? Não o sabemos, não o saberemos nunca: porfiamos em procurar os destroços inconsistentes de um sonho, e nesse meio-tempo a nossa vida com a nossa amante continua, a nossa vida distraída diante do que ignoramos ser importante para nós, atenta ao que talvez não o seja, atormentada de pesadelos com criaturas sem relações reais conosco, cheia de esquecimentos, de lacunas, de ansiedades vãs, esta nossa vida semelhante a um sonho.

Entretanto a pequena da leiteria continuava esperando. Disse-lhe então que decididamente era muito longe, que eu não precisava dela. Aí ela achou também que seria muito transtorno: "Vai haver um bom *match* daqui a pouco e eu não queria perdê-lo". Senti que ela já devia gostar dos esportes e que dentro de alguns anos diria: "viver a sua vida". Disse-lhe que decididamente não precisava dela e dei-lhe cinco francos. Imediatamente, como não esperasse por isto, e pensando que, se ganhava cinco francos para não fazer nada, ganharia muito pela comissão, começou a achar que o seu *match* não tinha importância. "Não me custa nada prestar-lhe este serviço. Sempre se pode dar um jeito." Encaminhei-a, porém, para a porta, tinha necessidade de ficar só, era preciso a todo custo impedir que Albertine pudesse encontrar no Trocadéro as amigas de Léa. Era preciso, era preciso consegui-lo; para falar verdade, eu não sabia ainda de que modo, e nos primeiros instantes abria as mãos, olhava-as, fazia estalar as juntas dos dedos, fosse porque o espírito que não pode achar o que procura, tomado de preguiça, resolve deter-se durante um momento onde as coisas mais indiferentes lhe aparecem com nitidez, como aquelas pontas de capim que do vagão vemos nos taludes tremer ao vento, quando o trem para em campo raso — imobilidade que nem sempre é mais fecunda que a do animal capturado, que, paralisado pelo medo ou fascinado, olha sem se mexer —, fosse porque eu mantivesse o corpo completamente preparado — com minha inteligência dentro e nesta os meios de ação sobre tal ou qual pessoa —, como não sendo mais que uma arma de onde partiria o golpe que separaria Albertine de Léa e de suas duas amigas. Certo, de manhã, quando Françoise viera dizer-me que Albertine iria ao Trocadéro, eu dissera comigo: "Albertine pode fazer o que bem quiser", e julgara que até a noite, por aquele tempo magnífico, suas ações permaneceriam para mim sem importância perceptível. Mas não fora apenas o sol matinal, como eu pensara, que me tornara tão despreocupado; a verdade é que, tendo obrigado Albertine a renunciar aos projetos que ela podia talvez combinar ou mesmo realizar em casa dos Verdurin e tendo-a reduzido a ir a uma vesperal que eu mesmo escolhera, e em virtude da qual ela nada pudera preparar, eu sabia que o que ela fizesse seria forçosamente inocente. Do mesmo modo, se Albertine dissera alguns instantes mais tarde: "Se eu me matar, pouco me importa", era porque estava bem persuadida de que não se mataria. Diante de mim, diante de Albertine, havia nesta manhã (mais que o brilho do sol) aquele meio que não vemos, mas por cujo intermédio, translúcido e mutável, vemos, eu as ações dela, ela a importância de sua própria vida, isto é, dessas crenças que não percebemos mas que, como o ar que nos cerca, não são assimiláveis a um puro vácuo; compondo em torno de nós uma atmosfera variável, às vezes excelente, muitas vezes irrespirável, mereciam ser assinaladas e anotadas com tanto cuidado quanto a temperatura, a pressão barométrica, a estação, pois nossos dias têm a sua originalidade física e moral. A crença, não notada nessa manhã por mim e na qual no entanto estivera alegremente envolvido até o momento em que abrira o *Le Figaro*, de que Albertine nada faria que não fosse inofensivo, essa crença acaba de desaparecer. Eu já não vivia naquele bonito dia de sol, mas em outro dia criado no seio do primeiro pela inquietação de que Albertine reatasse com Léa e mais facilmente ainda com as duas moças, se estas fossem, como me parecia provável, aplaudir a atriz no Trocadéro, onde não lhes seria difícil, num entreato, encontrarem-se com Albertine. Eu não pensava mais na srta. Vinteuil, o nome de Léa me tinha feito rever, para ficar com ela enciumado, a imagem de Albertine no Cassino junto das duas moças. Pois eu não guardava em minha memória senão séries de Albertines separadas umas das outras, incompletas, perfis, instantâneos; por isso meu ciúme se confinava a uma expressão descontínua, ao mesmo tempo fugidia e fixada, e às pessoas que a tinham feito surgir no semblante de Albertine. Lembrava-me dela quando, em Balbec, era muito olhada pelas duas moças ou por mulheres dessa laia; lembrava-me do meu sofrimento ao ver percorrido por olhares ativos, como os de um pintor que quer fazer um debuxo, o rosto inteiramente envolvido por eles e que, por causa da minha presença, sem dúvida, suportava aquele contato sem denotar consciência dele, com uma passividade talvez clandestinamente voluptuosa. E antes que ela se dominasse e me falasse, havia um segundo durante o qual Albertine não se mexia e sorria alheada, com o mesmo ar de fingida naturalidade e de prazer dissimulado que teria se lhe estivessem tirando o retrato; ou ainda, para assumir diante da objetiva uma atitude mais esperta — aquela mesma que tomara em Doncières quando passeávamos com Saint-Loup, rindo e passando a língua nos lábios —, ela aparentava estar provocando um cão. Certo, naqueles momentos não era absolutamente a mesma que se mostrava quando estava interessada em garotas que passavam. Neste último caso, ao contrário, seu olhar estreito e aveludado fixava-se, colava-se à passante, e tão ardente, tão corrosivo, a ponto de parecer se retirar, que lhe arrancaria a pele. Mas nesse momento aquele olhar, que ao menos lhe dava um certo ar sério, fazendo-a até parecer doente, era-me suave em comparação com o olhar átono e feliz que ela tinha junto das duas moças, e eu teria preferido a sombria expressão do desejo que ela sentia talvez às vezes, à risonha expressão causada pelo desejo que ela inspirava. Era em vão que ela tentava dissimular a consciência que tinha disso, esta banhava-a, envolvia-a, vaporosa, voluptuosa, punha-se o rosto todo corado. Mas tudo o que nesses momentos Albertine mantinha indeciso em si, tudo o que irradiava em volta dela e tanto me fazia sofrer, quem sabe se na minha ausência ainda continuaria a calar, se às provocações das duas moças, agora que eu não estava presente, não responderia com audácia? Certo, aquelas recordações me causavam grande dor, eram como uma revelação total dos gostos de Albertine, uma confissão geral de sua infidelidade, contra a qual não podiam prevalecer os juramentos particulares que ela me fazia e nos quais eu desejava acreditar, os resultados negativos dos meus inquéritos incompletos, as afirmativas, talvez feitas de conivência com ele, de Andrée. Podia Albertine negar-me as suas traições particulares, a verdade é que por palavras que lhe escapavam, mais fortes do que as declarações em contrário, ou ainda por simples olhares, fizera ela a confissão do que teria querido esconder muito mais do que fatos particulares, do que para não confessar teria preferido a morte: o seu vício. Pois nenhuma criatura quer entregar a sua alma. Apesar do sofrimento que me causavam essas lembranças, poderia eu negar que fora o programa da vesperal do Trocadéro que despertara em mim o desejo de Albertine? Ela era dessas mulheres em quem as culpas poderiam, se preciso fosse, substituir os encantos, e tanto quanto as culpas, a bondade que lhes sucede e nos devolve aquela doçura que com elas, como um doente que nunca se sente bem dois dias seguidos, somos sempre obrigados a reconquistar. Aliás mais até do que as culpas do tempo em que as amamos, há as culpas de antes de as conhecermos, e a primeira de todas: sua índole. O que, com efeito, torna dolorosos tais amores, é que lhes preexiste uma espécie de pecado original da mulher, um pecado que no-las faz amar, de modo que, quando o esquecemos, temos menos necessidade dela e para recomeçar a amar é preciso recomeçar a sofrer. Nesse momento, que ela não se encontrasse com as duas moças e saber se ela conhecia ou não Léa era o que mais me preocupava, apesar de que não nos deveríamos interessar pelos fatos particulares senão por causa de sua significação geral, e não obstante a puerilidade que há, grande como a das viagens ou a do desejo de conhecer mulheres, em fragmentar a nossa curiosidade sobre o que, da torrente invisível das realidades cruéis que nos permanecerão para sempre desconhecidas, cristalizou fortuitamente em nosso espírito. Aliás, se chegássemos a destruir essa cristalização, logo seria ela substituída por outra. Ontem meu receio era que Albertine fosse à casa da sra. Verdurin. Agora só estava preocupado com Léa. O ciúme, que traz uma venda nos olhos, não é somente incapaz de descobrir o que quer que seja nas trevas que o envolvem, é também um desses suplícios em que a tarefa está incessantemente a recomeçar, como a das Danaides, como a de Íxion. Ainda que as duas amigas de Léa não estivessem lá, que impressão não devia causar sobre ela a atriz embelezada pela caracterização, glorificada pelo sucesso, que devaneios não despertaria em Albertine, que desejos, os quais, mesmo refreados, lhe haveriam de dar em minha casa o nojo de uma vida em que não os poderia satisfazer? Aliás quem sabe se ela não conhecia Léa e não iria vê-la no camarim, e mesmo que Léa não a conhecesse: quem me assegurava que, tendo-a em todo caso avistado em Balbec, não a reconheceria e não lhe faria do palco um sinal que autorizasse Albertine a ir aos bastidores? Um perigo parece muito evitável quando é conjurado. Este não o estava ainda, eu temia que não o pudesse ser e por isto tanto mais terrível me parecia. E no entanto este amor por Albertine, que eu sentia quase dissipar-se quando procurava realizá-lo, parecia de certa maneira provado pela violência da minha dor nesse momento. Não me preocupava mais com coisa alguma, só pensava nos meios de impedi-la de ficar no Trocadéro, teria oferecido qualquer quantia a Léa para que lá não fosse. Se a nossa preferência se demonstra mais pela ação que realizamos do que pela ideia que formamos, eu amava Albertine. Mas essa renovação do meu sofrimento não dava maior consistência em mim à imagem dela. Albertine causava os meus males como uma divindade que permanece invisível. Fazendo mil conjecturas tentava eu remediar o meu sofrimento sem por isso realizar o meu amor.

Primeiro era preciso certificar-me de que Léa iria mesmo ao Trocadéro. Depois de ter despedido a pequena da leiteria telefonei a Bloch, relacionado também com Léa, para pedir-lhe informações. Ele não sabia de nada e pareceu admirado de que isso me pudesse interessar. Raciocinei que precisava andar depressa, que Françoise estava vestida para sair e eu não;[56] enquanto me levantava, mandei-a chamar um automóvel; ela iria ao Trocadéro, compraria uma entrada, procuraria Albertine na plateia e entregar-lhe-ia um bilhete meu. Nesse bilhete eu lhe dizia estar muito transtornado em consequência de uma carta recebida naquele instante daquela mesma senhora por causa de quem ela sabia que eu me sentira tão infeliz uma noite em Balbec. Lem-

56 O texto em francês traz uma contradição desconsiderada pelos tradutores — uma frase tratando da mãe do herói: "pedi a minha mãe que me deixasse todo o dia". Tal menção é mais uma prova de que Proust não pôde corrigir todo o texto antes de morrer. (N. do R. T.)

brava-lhe que no dia seguinte ela me censurara por não ter mandado chamá-la. Por isso me permitia, dizia eu, pedir-lhe que me sacrificasse a sua manhã e viesse buscar-me para irmos juntos tomar um pouco de ar a ver se eu melhorava. Mas como eu levaria muito tempo para me vestir e me aprontar, dar-me-ia ela grande prazer aproveitando a presença de Françoise para ir ao Trois Quartiers (loja que, sendo menor, causava-me menos preocupação do que o Bon Marché) comprar a gola de filó branco de que ela precisava.

Meu recado não era provavelmente inútil. Para falar a verdade, eu não sabia de nada que Albertine tivesse feito desde que eu a conhecia, nem mesmo antes. Mas na sua conversação (Albertine teria podido dizer, se eu lhe tivesse falado, que eu ouvira mal), havia certas contradições, certos retoques que me pareciam tão decisivos quanto um flagrante delito, mas menos utilizáveis contra Albertine, que, apanhada muitas vezes em fraude como uma criança, de cada vez, graças a súbitas retificações estratégicas, baldara os meus cruéis ataques e restabelecera a situação. Cruéis sobretudo para mim. Usava ela, não por um requinte de estilo, mas para reparar as suas imprudências, súbitos saltos de sintaxe semelhantes um pouco ao que os gramáticos chamam anacoluto ou lá o que seja. Deixando escapar, ao falar de mulheres, estas palavras: "Lembro-me que ultimamente eu", de repente, após uma pausa de semicolcheia, "eu" tornava-se "ela", era uma coisa que ela tinha avistado em passeio inocente, e não realizado. Não era ela o sujeito da ação. Se eu pudesse lembrar-me exatamente do começo da frase para concluir eu mesmo, já que ela se interrompera, o que teria sido o fim! Mas tendo ouvido esse fim, não me lembrava bem do começo, que talvez meu ar de interesse lhe tivesse feito desviar, e ficava ansioso de conhecer o seu pensamento verdadeiro, a sua lembrança verídica. Infelizmente com os começos de uma mentira de nossa amante acontece o mesmo que com os começos do nosso próprio amor, ou de uma vocação. Formam-se, conglomeram-se, passam, despercebidos de nossa própria atenção.

Quando queremos lembrar-nos de que modo principiamos a amar uma mulher, já a estamos amando; dos devaneios de antes não dizíamos: é o prelúdio de um amor, cuidado, e eles avançavam de surpresa, mal notados por nós. Do mesmo modo, salvo casos relativamente bem raros, foi quase unicamente para a comodidade da narrativa que muitas vezes opus aqui uma frase mentirosa de Albertine à sua primeira asserção sobre o mesmo assunto. Esta asserção primeira, muitas vezes, não lendo no futuro e não adivinhando que afirmação contraditória lhe corresponderia mais tarde, deslizara despercebida, ouvida decerto pelos meus ouvidos, mas sem que eu a isolasse da continuidade das palavras de Albertine. Depois, diante da mentira falante, ou tomado de uma dúvida ansiosa eu queria lembrar-me; era em vão; minha memória não fora prevenida a tempo; julgara inútil guardar cópia.

Recomendei a Françoise me prevenisse pelo telefone quando tivesse feito Albertine sair da sala, e a trouxesse contente ou não. "Não faltava mais nada que ela não ficasse contente de vir para a companhia do senhor", respondeu Françoise. "Mas não sei se ela gosta tanto assim da minha companhia." "Era preciso que fosse bem ingrata", continuou Françoise, em quem Albertine renovava, após tantos anos, o mesmo suplício de inveja causado outrora por Eulalie a propósito de minha tia. Ignorando que a situação de Albertine em minha vida não tinha sido procurada por ela mas desejada por mim (o que por amor-próprio e para fazer raiva a Françoise eu preferia esconder-lhe), admirava e execrava ela a habilidade da moça, chamava-a, quando falava dela aos outros criados, uma "comediante", uma "impostora", que fazia de mim o que queria. Não ousava ainda entrar em guerra contra ela, fazia-lhe boa cara e gabava-se junto a mim dos serviços que lhe prestava em suas relações comigo, refletindo que era inútil dizer-me qualquer coisa e que não conseguiria nada, mas à espera de uma ocasião; se algum dia viesse a descobrir na situação de Albertine uma fenda, então sim, faria por alargá-la e separar-nos completamente. "Ingrata? Não, Françoise, sou eu que me acho ingrato, você não sabe como ela é boa comigo." (Achava tão gostoso parecer amado.) "Vá-se embora depressa." "Vou já e numa chispada."

A influência da filha começava a alterar um pouco o vocabulário de Françoise. Assim perdem todas as línguas a sua pureza pelo acréscimo de termos novos. Dessa decadência do modo de falar de Françoise, que eu conhecera em seus bons tempos, cabia-me, aliás, indiretamente a responsabilidade. A filha de Françoise não teria feito degenerar até o mais baixo calão a linguagem clássica da mãe, se se tivesse contentado de falar o patoá com ela. Nunca se privara disso, e quando as duas estavam comigo, se tinham segredos a se dizer, em lugar de se fecharem na cozinha, levantavam, dentro do meu quarto mesmo, uma proteção mais intransponível do que a porta mais bem fechada, falando o patoá. Tudo o que eu podia perceber era que mãe e filha nem sempre viviam em boa paz, a julgar pela frequência com que repetiam a única palavra que eu podia compreender: *m'esasperate* (a menos que fosse eu o objeto dessa exasperação). Infelizmente para Françoise a língua mais desconhecida acaba por ser aprendida quando a ouvimos falar sempre. Eu lamentava que fosse o patoá, pois ia conseguindo compreendê-lo e não teria aprendido menos bem se Françoise tivesse tido o hábito de se exprimir em persa. Françoise, quando percebeu os meus progressos, tratou de falar o mais depressa possível e a filha também, mas foi inútil. Ficou a mãe consternada de eu compreender o patoá, depois contente por me ouvir falá-lo. Para dizer a verdade, aquele contentamento era zombaria, pois embora eu tivesse chegado a pronunciá-lo tão bem quanto ela, achava ela entre as nossas duas pronúncias abismos que a encantavam, e deu para lastimar não ter mais encontrado pessoas de sua terra em quem não pensava havia muitos anos, as quais, parece, se teriam torcido de rir, riso que ela gostaria de ouvir, se me ouvissem falar tão mal o patoá. Esta só ideia enchia-a de alegria e de pena de não a ver realizada, e nomeava este ou aquele camponês que teria chorado de rir. Em todo caso, nenhuma alegria contrabalançou a tristeza de que, mesmo pronunciado-o mal, eu o compreendesse bem. As chaves tornam-se inúteis quando aquele que queremos impedir de entrar pode servir-se de uma gazua ou de uma espátula. Como o patoá se tornasse uma defesa sem valor, entrou ela a falar com a filha um francês que se tornou bem depressa o das épocas mais baixas.

Estava eu pronto e Françoise ainda não tinha telefonado; deveria partir sem esperar? E se ela não encontrasse Albertine? Se esta não estivesse nos bastidores? Se, mesmo encontrada por Françoise, não quisesse voltar com ela? Meia hora mais tarde o tilintar do telefone ressoou. Em meu coração batiam tumultuosamente a esperança e o medo. Era, sob as ordens de um empregado do telefone, um esquadrão volante de sons, trazendo-me com velocidade instantânea as palavras do telefonista, não as de Françoise, que uma timidez e uma melancolia ancestrais, aplicadas a um objeto desconhecido de seus pais, impediam de se aproximar de um receptor, mas que no entanto não tinha medo de visitar doentes contagiosos. Encontrara ela nos corredores Albertine só, a qual fora prevenir Andrée de que não ficava, e logo voltara à companhia de Françoise. "Ela ficou zangada?" "Ah! perdão! Quer perguntar à senhora se a moça ficou zangada?" "A senhora manda dizer que não, absolutamente, que pelo contrário; em todo caso, se não estava contente, não o demonstrava. Elas vão agora ao Trois Quartiers e estarão de volta às duas horas." Compreendi que duas horas significavam três horas, pois já passava de duas. Era em Françoise um desses defeitos particulares, permanentes, incuráveis, que chamamos doenças, o não poder nunca olhar nem dizer a hora exatamente. Nunca pude compreender o que se passava na sua cabeça. Quando Françoise, depois de olhar o relógio, se eram duas horas, dizia: é uma hora, ou são três horas, nunca pudesse compreender se o fenômeno tinha por sede a vista de Françoise ou o seu entendimento ou a sua linguagem; o que é certo é que ele acontecia sempre. A humanidade é muito velha. A hereditariedade, os cruzamentos deram uma força imutável a maus hábitos, a reflexos viciosos. Certas pessoas espirram e respiram com dificuldade porque passam perto de uma roseira, outras têm uma erupção ao sentirem o cheiro de pintura fresca, muitas são atacadas de cólicas quando têm de viajar, e netos de ladrões que são hoje milionários generosos não podem resistir à tentação de nos roubar cinquenta francos. Quanto a saber em que consistia a impossibilidade de Françoise dizer a hora exata, dela é que nunca pude tirar nenhum esclarecimento a respeito. Pois, apesar da cólera em que me punham habitualmente essas respostas inexatas, não procurava Françoise desculpar-se de seu erro, nem explicá-lo. Ficava muda, parecia não me ouvir, o que acabava de me exasperar. Gostaria eu de ouvir uma palavra de justificação, ainda que só para rebatê-la, mas nada, silêncio indiferente. Em todo caso, quanto a hoje não havia dúvida, Albertine ia voltar com Françoise às três horas, Albertine não veria nem Léa nem suas amigas. Então, conjurado o perigo do reatamento de relações com elas, logo perdeu este toda importância a meus olhos e admirei-me, vendo com que facilidade fora evitado, de ter pensado que não conseguiria obstá-lo. Senti um vivo movimento de gratidão por Albertine, que, era visível, não tinha ido ao Trocadéro, por causa das amigas de Léa e me mostrava, renunciando ao espetáculo e voltando a meu chamado, que me pertencia mais do que eu imaginava. Maior ainda foi ele quando um rápido me trouxe um bilhetinho dela recomendando-me paciência e onde havia daquelas expressões carinhosas que lhe eram familiares: "Meu querido, meu caro Marcel, chegarei menos depressa do que este rápido, de cuja bicicleta gostaria de me utilizar para me ver depressa junto de você. Como pode pensar que eu possa ficar zangada e que alguma coisa possa me entreter mais do que estar com você? Será gostoso sairmos juntos, seria ainda mais gostoso nunca sairmos senão juntos. Que ideias são essas suas? Esse Marcel! Toda sua, Albertine".

Os vestidos que eu lhe comprava, o iate de que lhe falara, os *peignoirs* de Fortuny, tudo isso, tendo nessa obediência de Albertine, não a sua compensação, mas o seu complemento, afigurava-se-me como outros tantos privilégios que eu exercia: pois os deveres e os encargos de um senhor fazem parte do domínio, e o definem, o provam tanto quanto os seus direitos. E esses direitos que ela me reconhecia, davam precisamente a meus encargos o seu verdadeiro caráter: dispunha eu de uma mulher que, à primeira palavra que eu lhe enviava de improviso, mandava-me telefonar, com deferência, que voltava, que se deixava reconduzir imediatamente. Eu era mais senhor do que julgara. Mais senhor, isto é, mais escravo. Já não tinha nenhuma impaciência de ver Albertine. A certeza de que estava fazendo compras com Françoise, ou de que voltaria com ela em momento próximo e que eu de bom grado prorrogaria, iluminava como um astro radioso e sereno um tempo que eu teria agora muito mais prazer em passar só. Meu amor por Albertine fizera-me levantar e preparar-me para sair, mas impedir-me-ia de gozar a minha saída. "Por um domingo assim", dizia eu comigo, "operariazinhas, *midinettes, cocottes,* devem estar passeando no Bois." E com essas palavras "*midinettes*", "operariazinhas" (como já me tinha acontecido muitas vezes com um nome próprio, um nome de moça lido no noticiário de um baile), com a imagem de um corpete branco, de uma saia curta, porque atrás disso eu punha uma criatura desconhecida e que poderia amar-me, fabricava sozinho mulheres desejáveis, e considerava: "Como devem ser deliciosas!". Mas que me adiantava que o fossem, se eu não sairia só?

Aproveitando-me de estar ainda só e fechando a meio as cortinas para que o sol não me impedisse de ler as notas, sentei-me ao piano, abri ao acaso a sonata de Vinteuil, que ali estava, e comecei a tocar; como a chegada de Albertine estava ainda um pouco distante mas em compensação inteiramente assegurada, tinha eu juntamente tempo e tranquilidade de espírito. Mergulhado na expectativa cheia de certeza de seu regresso com Françoise e na confiança em sua docilidade como na beatitude de uma luz interior tão aquecedora como a de fora, podia dispor de meu pensamento, desprendê-lo por um instante de Albertine, consagrá-lo à sonata. Mesmo nesta, não me apliquei em reparar quanto a combinação do motivo voluptuoso e do motivo ansioso correspondia mais agora ao meu amor por Albertine, amor do qual estivera por tanto tempo ausente o ciúme, que eu tinha podido confessar a Swann a minha ignorância deste sentimento. Não, encarando a sonata de outro ponto de vista, tomando-a em si mesma como obra de um grande artista, era reconduzido pela onda sonora aos dias de Combray — não quero dizer de Montjouvain e do lado de Méséglise, mas dos passeios do lado de Guermantes —, quando também desejara ser um artista. Abandonando de fato esta ambição, porventura renunciara a algo de real? Poderia a vida consolar-me da arte, haveria na arte uma realidade mais profunda em que a nossa personalidade verdadeira encontra uma expressão que não lhe dão as ações da vida? Cada grande artista parece com efeito tão diferente dos outros, e nos dá tanto essa sensação da individualidade que procuramos em vão na existência cotidiana! No momento em que pensava nisso, um compasso da sonata me despertou a atenção, compasso que aliás eu conhecia bem, mas às vezes a atenção ilumina diferentemente coisas conhecidas há muito tempo e em que notamos então o que nunca havíamos visto. Tocando aquele compasso, e se bem que Vinteuil estivesse exprimindo ali um sonho que haveria de permanecer inteiramente estranho a Wagner, não pude deixar de murmurar: "*Tristão*", com o sorriso que tem o amigo de uma família ao descobrir na entonação, no gesto de um menino alguma coisa do avô, que no entanto o neto não conheceu. E como se olha então uma fotografia que permite precisar a semelhança, por sobre a sonata de Vinteuil instalei na estante a partitura de *Tristão*, da qual davam justamente naquela tarde fragmentos no concerto Lamoureux. Eu não tinha, na minha admiração pelo mestre de Bayreuth, nenhum dos escrúpulos daqueles a quem, como a Nietzsche, dita o dever fugirem na arte como na vida à beleza que os tenta, e os quais, arrancando-se a *Tristão* do mesmo modo que renegam *Parsifal*, por ascetismo espiritual, de mortificação em mortificação chegam, seguindo o mais sangrento dos caminhos da cruz, a se elevar até ao puro conhecimento e à adoração perfeita do *Postilhão de Longjumeau*.[58] Eu percebia tudo o que contém de real a obra

58 Alusão à obra *O caso de Wagner*, de Nietzsche, traduzida para o francês em 1893 por dois amigos de colegial de Proust, Daniel Halévy e Robert Dreyfus. (N. do R. T.)

de Wagner, ao rever aqueles temas insistentes e fugazes que visitam um ato, só se afastam para voltar, e às vezes remotos, adormecidos, quase desvinculados, são em outros momentos, com permanecerem vagos, tão instantes e tão próximos, tão internos, tão orgânicos, tão viscerais, que mais parecem a reincidência de uma nevralgia do que de um motivo.

A música, bem diferente nisso da companhia de Albertine, ajudava-me a descer em mim mesmo, a descobrir em mim coisas novas: a diversidade que em vão procurara na vida, nas viagens, cuja nostalgia no entanto me era dada por aquela maré sonora que fazia expirar junto a mim as suas vagas batidas de sol. Dupla diversidade. Assim como o espectro exterioriza para nós a composição da luz, assim a harmonia de um Wagner, a cor de um Elstir permitem-nos conhecer aquela essência qualitativa das sensações de outrem, na qual o amor por outra criatura não nos faz penetrar. Diversidade também no seio da obra mesma, pelo único meio que há de ser efetivamente diverso: reunir individualidades diversas. Onde um musicozinho qualquer julgaria estar pintando um escudeiro, um cavaleiro, mesmo quando lhes fizesse cantar a mesma música, Wagner, ao contrário, põe, sob cada denominação, uma realidade diferente, e cada vez que aparece um escudeiro é uma figura particular, ao mesmo tempo complicada e simplista, que, com um entrechoque de linhas jubiloso e feudal, se inscreve na imensidade sonora. De onde a plenitude de uma música repleta com efeito de tantas músicas, cada uma das quais é um ser. Um ser ou a impressão que nos dá um aspecto momentâneo da natureza. Mesmo aquilo que é mais independente do sentimento que ela nos faz experimentar, guarda a sua realidade exterior e inteiramente definida; o canto de um passarinho, o som da trompa de um caçador, a ária tocada por um pastor na sua avena, recortam no horizonte a sua silhueta sonora. Certo, Wagner ia torná-la mais próxima, servir-se dela, fazê-la entrar numa orquestra, submetê-la às mais altas ideias musicais, mas respeitando-lhe a originalidade primeira como um fabricante de arcas respeita as fibras, a essência particular da madeira que esculpe.

Mas apesar da riqueza dessas obras, em que a contemplação da natureza tem o seu lugar ao lado da ação, ao lado de indivíduos que não são tão somente nomes de personagens, considerava eu quanto, em todo caso, essas obras participam do caráter de ser — ainda que maravilhosamente — sempre incompletas, caráter que é o de todas as grandes obras do século XIX, cujos escritores mais eminentes deixaram nos seus livros a marca de sua personalidade, mas, observando-se a si próprios ao trabalharem, como se fossem ao mesmo tempo o operário e o juiz, tiraram dessa autocontemplação uma beleza nova, exterior e superior à obra, impondo-lhe retroativamente uma unidade, uma grandeza que ela não tem. Sem nos determos naquele que viu em seus romances, depois de escritos, uma *Comédia humana*, nem naqueles que a poemas ou ensaios sem conexão entre si intitularam *A lenda dos séculos* e *A bíblia da humanidade*, não podemos todavia dizer deste último que ele encarna tão bem o século XIX, que as maiores belezas de Michelet devemos procurá-las menos em sua obra mesma do que nas atitudes que ele toma em face dessa obra, não na sua *História de França* ou na sua *História da Revolução*, mas nos prefácios que escreveu para os seus livros? Prefácios, isto é, páginas escritas depois de escritos os livros, nas quais os aprecia, e às quais cumpre juntar aqui e ali algumas frases que começam de ordinário por um "Devo dizê-lo?" que não é nenhuma precaução de sábio, senão cadência de músico.[58] O outro músico, o que me deliciava naquele momento, Wagner, tirando de suas gavetas um trecho delicioso para introduzi-lo como tema retrospectivamente necessá-

58 No prefácio de sua *História da Revolução Francesa*, Michelet traça toda a história da composição, publicação e mesmo das críticas que recebeu seu livro. Trabalhando só "sobre as ruínas de um mundo", ele parte dos "inesquecíveis dias" da Revolução e chega até a execução de Robespierre. O percurso argumentativo está pontuado por frases interrogativas como a mencionada pelo herói. No prefácio à *História de França*, Michelet acredita ser o primeiro a descrever "a unidade viva dos elementos naturais e geográficos que construíram" a França; ali também ele fala de "visões de conjunto", em que "tudo influi sobre tudo", produzindo "um todo vivo" — o tema desta "unidade ulterior" das partes é ressaltado logo a seguir quando se trata da obra de Balzac. (N. do R. T.)

rio numa obra em que não pensava no momento de o escrever, e depois, havendo composto uma primeira ópera mitológica, e uma segunda, e mais outras, percebendo de repente que acabara de fazer uma tetralogia, deve ter sentido um pouco do mesmo transporte que sentiu Balzac quando, lançando aos seus romances o olhar a um tempo de estranho e de pai e achando num a pureza de Rafael, noutro a simplicidade do Evangelho, considerou subitamente, ao projetar sobre eles uma iluminação retrospectiva, que ficariam mais belos reunidos num ciclo em que as mesmas personagens reaparecessem e acrescentou à sua obra, nesse trabalho de coordenação, uma pincelada, a última e a mais sublime.[59] Unidade ulterior e não factícia, senão esboroar-se-ia como tantas sistematizações de escritores medíocres, que com grande esforço de títulos e subtítulos querem aparentar terem tido em vista um único e transcendente desígnio. Não ficaria, talvez até mais real por ser ulterior, por ter nascido de

59 No prefácio escrito a duras penas por Balzac a pedido de seus editores para ser anexado à edição de 1842, que reunia enfim seus romances sob o título de *A comédia humana*, Balzac tenta explicar o processo que o levou a perceber e a formular a "unidade" de um projeto iniciado treze anos antes, ainda sem o título geral. Inicialmente, a ideia da *Comédia humana* lhe aparece "como um sonho, como um desses projetos impossíveis que acariciamos e que deixamos partir". Quando lê Walter Scott, percebe uma "falta de ligação" entre seus romances que o estimula. Outro problema se coloca: a maneira de descrever suas personagens — para ele, essa maneira estava plenamente realizada na pintura: "Para criar várias virgens, é preciso ser Rafael". Por isso, Balzac utiliza elementos da pintura quando analisa personagens excepcionais, como Clarisse, de Richardson, que, segundo ele, "tem linhas de uma pureza desesperadora". Ele almeja criar duas ou três mil dessas figuras, dividindo-as sob seis rubricas diferentes: "cenas da vida privada", "cenas da vida de província", "cenas da vida parisiense", "cenas da vida política", "cenas da vida militar" e "cenas da vida do campo". O título de *A comédia humana* abarcaria todas elas: "A imensidão de um plano que abraça ao mesmo tempo a história e a crítica da sociedade, a análise de seus maus e a discussão de seus princípios, autoriza-me, creio, a dar à minha obra o título sob o qual ela aparece hoje: A comédia humana". O mesmo se dera no caso de Proust: um texto de crítica *Contra Sainte-Beuve* em que ele trabalhara por volta de 1908 foi se transformando com o tempo em um ciclo de romances para o qual ele depois encontraria um título geral que os unia. (N. do R. T.)

um momento de entusiasmo em que é descoberta entre pedaços a que só falta unirem-se. Unidade que se ignorava a si mesma, logo vital e não lógica, que não proscreveu a variedade nem arrefeceu a execução. Surge ela (aplicando-se porém desta feita ao conjunto) como uma peça composta isoladamente, nascida de uma inspiração, não exigida pelo desenvolvimento artificial de uma tese, e que vem integrar-se no resto. Antes do grande movimento de orquestra que precede a volta de Isolda, foi a obra mesma que atraiu a si a toada meio esquecida de gaita pastoril. E, sem dúvida, assim como a progressão da orquestra, quando esta, ao se aproximar a nave, se apossa das notas da gaita, as transforma, as associa à sua embriaguez, lhes quebra o ritmo, lhes clareia a tonalidade, lhes acelera o movimento, lhes multiplica a instrumentação, assim também, sem dúvida o próprio Wagner deve ser rejubilado quando descobriu na memória aquela melodia de pastor e a agregou à sua obra e lhe deu toda a sua significação. Júbilo que aliás não o abandona nunca. Nele, qualquer que seja a tristeza do poeta, é ela consolada, superada — isto é, infelizmente logo destruída — pela alegria do fabricador. Mas então, tanto quanto pela identidade que eu notara havia pouco entre a frase de Vinteuil e a de Wagner, eu me sentia perturbado por essa habilidade vulcaniana. Será ela que nos dá grandes artistas a ilusão de uma originalidade fundamental, irredutível aparentemente, reflexo de uma realidade mais que humana, mas de fato produto de um labor industrioso? Se a arte não passa disso, então não é mais real do que a vida, e não havia motivo para eu ter tanta pena de não ser artista. Prosseguia eu tocando *Tristão*. Separado de Wagner, através da parede sonora ouvia-o exultar, convidar-me a tomar parte na sua alegria, ouvia redobrar-se o riso de perene juventude e as marteladas de Siegfried, as quais, de resto, marcavam o compasso daquelas frases, não servindo a habilidade técnica do operário senão para fazê-las mais livremente abandonar a terra, aves semelhantes não ao cisne de Lohengrin mas ao aeroplano que eu vira em Balbec mudar a sua energia em elevação, pairar por sobre o oceano e perder-se no céu. Talvez, assim as aves que mais alto sobem, que mais depressa voam, são dotadas de asas mais robustas, fossem necessários desses aparelhos verdadeiramente materiais para explorar o infinito, desses cento-e-vinte-cavalos-vapor marca Mistério, nos quais, todavia, por mais alto que se paire, não se pode apreciar bem o silêncio dos espaços, estorvado que se é pelo poderoso ronco do motor!

Não sei por que o curso de meus devaneios, que até então derivara ao sabor de recordações da música, se desviou para aqueles que têm sido, em nossa época, os melhores executantes, e entre os quais, exagerando-lhe um pouco o mérito, eu alinhava Morel. Logo o meu pensamento mudou subitamente de direção, e me pus a pensar no caráter de Morel, em certas singularidades desse caráter. Aliás — e isto podia conjugar-se mas não se confundir com a neurastenia que o atormentava — Morel tinha o hábito de falar de sua vida, mas pintando-a com cores tão sombrias que difícil era distinguir qualquer coisa. Punha-se ele, por exemplo, à inteira disposição do sr. de Charlus, com a condição de ter a sua liberdade nas horas depois do jantar, pois tencionava seguir um curso de álgebra. O sr. de Charlus autorizava, mas queria vê-lo depois das aulas. "Impossível, é uma velha pintura italiana" (este gracejo não tem nenhum sentido, transcrito assim; mas é que, depois de ler, a conselho do sr. de Charlus, a *Educação sentimental*, em cujo penúltimo capítulo Frédéric Moreau diz essa frase, Morel por brincadeira nunca pronunciava a palavra "impossível" sem acompanhá-la da frase: "é uma velha pintura italiana"[60]), "as aulas vão

60 Morel adquiriu o hábito de citar a frase de Frédéric Moreau no penúltimo capítulo de *A educação sentimental*, romance de Gustave Flaubert: após anos sem a ver, Frédéric recebe em sua casa a visita da sra. Arnoux, grande amor de sua vida; passeando pela casa, ela vê o retrato da "Maréchale", antiga amante de Frédéric, e crê reconhecer a figura retratada; Frédéric nega, dizendo a frase de que passa a fazer uso Morel. Como veremos, a relação do barão com o violinista esconde um sem-número de traições da parte desse (e do barão); mesmo o "curso de álgebra" é desculpa para novas escapadas. Empregada fora de contexto, a frase consegue, mesmo assim, caracterizar o comportamento de Morel diante de Charlus: o de tentar sempre negar ou esconder a existência de outras relações. (N. do R. T.)

até tarde e já é um grande incômodo para o professor, que naturalmente ficaria contrariado." "Mas não há necessidade de curso, álgebra não é como natação, não é mesmo como a língua inglesa, aprende-se igualmente bem pelos livros", respondia o sr. de Charlus, que adivinhara logo no curso de álgebra uma dessas imagens em que não se podia deslindar nada. Era talvez fornicação com mulher, ou, se Morel procurava ganhar dinheiro por meios excusos e se tinha filiado à polícia secreta, alguma diligência com agentes de segurança, ou quem sabe se, pior ainda, a espera de um gigolô de quem se poderá precisar numa casa de prostituição. "Muito mais facilmente até, pelos livros", respondia Morel ao sr. de Charlus, "pois não se compreende nada num curso de álgebra." "Então por que não o estudas de preferência em minha casa, onde tens muito mais conforto?", poderia responder o sr. de Charlus, mas não o fazia, sabendo que logo aquele curso de álgebra, conservando apenas a mesma função necessária de reservar as horas da noite, se transformaria numa obrigatória lição de dança ou de desenho. No que o sr. de Charlus pôde verificar que se enganava, pelo menos em parte, pois Morel muito frequentemente empregava o seu tempo em casa do barão resolvendo equações. O sr. de Charlus ainda objetou que a álgebra não podia adiantar grande coisa a um violinista. Retrucou Morel que era uma distração para matar o tempo e combater a neurastenia. Poderia, sem dúvida, o sr. de Charlus ter procurado informar-se, procurado saber o que eram, de fato, aqueles misteriosos e inelutáveis cursos de álgebra que só se realizavam à noite. Mas o sr. de Charlus estava por demais tomado pelas obrigações de sociedade para poder ocupar-se em destrinçar a meada das ocupações de Morel. As visitas recebidas ou feitas, as horas passadas no clube, os jantares a que era convidado, os espetáculos teatrais impediam-no de pensar em tal, assim como naquela maldade violenta e sonsa que Morel tinha, ao que se dizia, deixado explodir e ao mesmo tempo dissimulado em meios sucessivos, nas diferentes cidades por onde havia passado, e onde só se falava dele com um arrepio, baixando a voz, e sem se atrever ninguém a contar nada. Foi infelizmente uma das explosões dessa nervosidade má que me foi dado ouvir nesse dia, quando, deixando o piano, desci ao pátio para ir ao encontro de Albertine, que ainda não tinha chegado. Ao passar diante da loja de Jupien, onde Morel e aquela que eu pensava que em breve seria sua mulher estavam sós, Morel gritava com todas as forças, o que lhe dava uma entonação que eu não lhe conhecia, rústica, habitualmente recalcada, e estranhíssima. Não o eram menos as palavras, erradas do ponto de vista da língua francesa, mas tudo ele sabia imperfeitamente. "Suma daqui, sua grandessíssima p.!", gritava ele à pobre da moça, que a princípio não compreendera o que ele queria dizer, e depois, trêmula e digna, permanecia imóvel diante dele. "Já lhe disse que suma da minha vista, sua vagabunda, vá chamar seu tio para que eu lhe diga quem é você, grandessíssima p.!" Justamente naquele momento se fez ouvir no pátio a voz de Jupien, que voltava para casa conversando com um amigo, e como eu sabia que Morel era extremamente poltrão, achei inútil juntar minhas forças às de Jupien e do amigo, os quais num instante estariam na loja, e tornei a subir para evitar o encontro com Morel que, apesar de ter fingido desejar tanto que Jupien fosse chamado (provavelmente para assustar e dominar a moça com uma chantagem talvez sem nenhuma base), tratou logo de sair ao pressentir que ele vinha chegando. As palavras referidas nada são, nem explicariam por que subi com o coração batendo. Estas cenas a que assistimos na vida encontram um elemento de força incalculável no que os militares chamam em matéria de ofensiva a vantagem da surpresa, e por maior que fosse a minha sensação de sossego por saber que Albertine, em vez de ficar no Trocadéro, ia voltar para junto de mim, nem por isso ressoava menos no meu ouvido o tom daquelas palavras dez vezes repetidas: "Sua grandessíssima p.!", que me tinham impressionado tão vivamente.

Pouco a pouco minha agitação se acalmou. Albertine ia chegar. Dentro de um instante ouvi-la-ia tocar a campainha. Senti que minha vida não era mais como poderia ter sido, e que ter assim uma mulher com quem muito naturalmente, quando ela estivesse de volta, eu teria que sair, para cujo embelezamento iam ser cada vez mais desviadas as forças e a atividade de meu ser, fazia de mim como uma haste acrescida, mas vergada ao peso do fruto opulento para que passam todas as suas reservas. Contrastando com a ansiedade por que eu passara uma hora antes, a calma que me causava o regresso de Albertine era maior do que a que sentira de manhã antes de sua partida. Antecipando o futuro, de que me tornava a docilidade de minha amiga, mais ou menos senhor, mais resistente e como que cheio e estabilizado pela presença iminente, importuna, inevitável e grata, era a calma (dispensando-nos de procurar a felicidade em nós mesmos) que nasce de um sentimento familiar e de uma felicidade doméstica. Familiar e doméstica: tal foi também, não menos do que o sentimento que tanta paz me trouxera enquanto eu esperava Albertine, o que senti depois ao passearmos juntos. Ela tirou por um instante a luva, fosse para me tocar a mão, fosse para me deslumbrar exibindo no dedo mindinho, ao lado do anel que lhe dera a sra. Bontemps, outro onde se estendia a larga e líquida toalha de uma clara folha de rubi: "Outro anel novo, Albertine? Sua tia é de uma generosidade!". "Não, este não foi presente de minha tia", disse ela rindo. "Fui eu que o comprei, pois graças a você posso fazer grandes economias. Nem sei mesmo a quem pertenceu. Um viajante sem dinheiro teve de entregá-lo ao proprietário de um hotel onde estive em Mans. O homem não sabia o que fazer do anel e tê-lo-ia vendido por preço muito abaixo do valor. Ainda assim, era caro demais para mim. Agora que, graças a você, estou ficando uma senhora elegante, mandei perguntar a ele se ainda o tinha. E ei-lo aqui." "É muito anel, Albertine. Onde porá o que lhe vou dar? Em todo caso, este é muito bonito, não posso distinguir os lavores em volta do rubi, parece uma cabeça de homem fazendo careta. Mas não tenho boa vista." "Mesmo que a tivesse, não lhe adiantaria muito. Também eu não posso distinguir o que é."

Em outros tempos me acontecera muitas vezes, ao ler um livro de memórias ou um romance em que há um homem que sai sempre com uma mulher, merenda com ela, desejar poder fazer o mesmo. Às vezes pensara tê-lo conseguido, por exemplo ao trazer comigo a amante de Saint-Loup para ir jantar com ela. Mas era em vão que invocava a ideia de naquele momento representar bem a personagem que eu invejara no romance, essa ideia me persuadia de que eu devia sentir prazer junto de Rachel e no entanto não mo proporcionava. É que toda vez que queremos imitar alguma coisa que se passou realmente, esquecemos que essa coisa foi produzida não pela vontade de imitar, mas por uma força inconsciente e, por sua vez, real; mas essa impressão especial que não me tinha podido dar todo o meu desejo de sentir um prazer delicado em passear com Rachel, eis que a experimentava agora sem de todo a ter buscado, mas por motivos inteiramente diversos, sinceros, profundos; para citar um exemplo, por este meu motivo: porque o meu ciúme me impedia de estar longe de Albertine, e, uma vez que eu podia sair, de deixá-la ir passear sem mim. Eu só o sentia agora porque o conhecimento é, não das coisas exteriores que queremos observar, mas das sensações involuntárias; porque antes, por mais tempo que uma mulher estivesse no mesmo carro que eu, *na realidade* não estava a meu lado enquanto não a recriasse ali a todo instante uma necessidade dela como eu a tinha de Albertine, enquanto a carícia constante do meu olhar não lhe restituísse incessantemente aquelas cores que exigem ser perpetuamente refrescadas, enquanto os sentidos, mesmo saciados mas que se recordam, não pusessem sob aquelas cores o sabor e a consistência, enquanto, unido aos sentidos e à imaginação que os exalta, o ciúme não mantivesse essa mulher em equilíbrio ao pé de mim por uma atração compensada tão poderosa quanto a lei da gravitação.

O nosso carro descia rápido pelos bulevares, pelas avenidas cujos palacetes enfileirados, rósea congelação de sol e de frio, traziam-me à memória as minhas visitas à casa da sra. Swann suavemente iluminada pelos crisântemos enquanto não chegava a hora das lâmpadas. Mal tinha eu tempo de ver, tão separado delas atrás da vidraça do automóvel quanto em casa atrás da janela do meu quarto, uma caixeirinha de casa de frutas, uma caixeirinha de leiteria, em pé à porta da loja e iluminada pelo bonito dia como uma heroína que o meu desejo bastava a arrebatar em peripécias deliciosas, no limiar de um romance que eu jamais viveria. Pois não podia propor a Albertine que parássemos, e um momento depois já não estavam à vista essas raparigas, cujas feições, cuja frescura de tez meus olhos mal tinham tido tempo de avistar e acariciar na dourada névoa que as envolvia. A emoção de que me sentia tomado ao enxergar à caixa a filha de um vendedor de vinhos, ou uma lavadeira parada a conversar na rua era a emoção que se tem de deparar com Deusas. Depois que o Olimpo não existe mais, é na terra que vivem os seus habitantes. E quando, ao pintar um quadro mitológico, os artistas tomaram como modelos de Vênus ou de Ceres raparigas do povo que exercem as profissões mais humildes, muito longe de cometerem sacrilégio, o que fizeram foi acrescentar-lhes, restituir-lhes, os atributos diversos de que estavam despojadas. "Que tal lhe pareceu o Trocadéro, minha louquinha?" "Estou bem contente de o ter deixado para vir ter com você. Como monumento é bastante sem graça, não acha? É de Davioud, creio." "Como a minha Albertine está ficando sabida! Com efeito é de Davioud, mas eu já tinha esquecido."[61] "Enquanto você dorme, eu leio os seus livros, grande preguiçoso." "Menina, você está mudando com tal rapidez e está se tornando tão inteligente" (era verdade, mas além disso me agradava que ela tivesse a satisfação, à falta de outras, de pensar que ao menos o tempo

61 Albertine refere-se ao arquiteto Gabriel Davioud (1823-1881), que ocupara cargos administrativos importantes, como o de inspetor geral dos trabalhos de arquitetura de Paris, e executou obras no Bois de Boulogne e a fonte Saint-Michel. Davioud projetou o palácio do Trocadéro para a Exposição Universal de 1878; diante dele, durante a exposição comemorativa do centenário da Revolução Francesa, seria erguida a Torre Eiffel. Quinze anos após a morte de Proust, o palácio seria destruído para se erguer o Palácio de Chaillot. (N. do R. T.)

passado em minha casa não era inteiramente perdido para ela) "que eu gostaria de lhe dizer, quando fosse preciso, coisas que seriam geralmente tidas por erradas e que correspondem a uma verdade que procuro. Você sabe o que é o impressionismo?" "Sei, sim." "Muito bem!, então veja aonde quero chegar: você se lembra da igreja de Marcouville' Orgueilleuse, que Elstir não apreciava porque era nova. Não está ele em contradição com o seu próprio impressionismo quando retira assim esses monumentos da impressão global onde se situam para olhá-los fora da luz em que estão dissolvidos e examinar-lhes como arqueólogo o valor intrínseco? Quando ele pinta, porventura, um hospital, uma escola, um cartaz na parede, não têm o mesmo valor que uma catedral inestimável que está ao lado numa imagem indivisível? Lembre-se como a fachada estava queimada pelo sol, como sobrenadava na luz o relevo daqueles santos de Marcouville. Que importa que um monumento seja novo se parece velho, e mesmo que não pareça. A poesia dos velhos bairros foi extraída até a última gota, mas certas casas recentemente construídas para pequenos-burgueses abastados, nos bairros novos, em que a pedra demasiado branca indica que foi lavrada faz pouco, não rasgam o ar tórrido do meio-dia em julho, à hora em que os comerciantes voltam para almoçar no subúrbio, com um grito tão ácido quanto o aroma das cerejas, antes de servido o almoço na penumbra da sala de jantar, onde os prismas de vidro para descansar as facas projetam luzes multicores e tão belas quanto os vitrais de Chartres?" "Que delícia é ouvi-lo! Se algum dia eu ficar inteligente, devo-o a você." "Por que num dia bonito desviarmos o olhar do Trocadéro, cujas torres em forma de pescoço de girafa fazem pensar na Cartuxa de Parma?" "Ele lembra também, no alto de sua colina, uma reprodução de Mantegna que você possui, creio que é São Sebastião; em que há no fundo uma cidade disposta em forma de anfiteatro e onde é de jurar que está o Trocadéro?" "Está vendo! Mas como foi que você viu a reprodução de Mantegna? Você é de estarrecer!"

Passávamos agora por bairros mais populares e a ereção de uma Vênus ancilar atrás de cada balcão transformava-o num como que altar suburbano ao pé do qual eu gostaria de passar a minha vida. Como se faz às vésperas de uma morte prematura, eu inventariava os prazeres de que me privara o ponto final que Albertine punha à minha liberdade. Em Passy foi no leito mesmo da rua, por causa do congestionamento do tráfego, que umas moças, enlaçadas pela cintura, maravilharam-me com o seu sorriso. Não tive tempo de o distinguir bem, mas era pouco provável que eu o surpreendesse; em toda multidão de gente moça, não é raro encontrar-se a efígie de um nobre perfil. De sorte que esses ajuntamentos populares em dias de festa são para o voluptuoso tão preciosos quanto para o arqueólogo a desordem de um terreno onde uma escavação põe a descoberto medalhas antigas. Chegamos ao Bois. Pensava eu comigo que, se Albertine não estivesse em minha companhia, eu poderia naquele momento, no circo dos Campos Elísios, ouvir a tempestade wagneriana pôr a gemer todo o cordame da orquestra, atrair a si como uma leve espuma a toada de gaita que eu tocara havia pouco, fazê-la voar, amassá-la, deformá-la, dividi-la, arrastá-la em crescente turbilhão. Ao menos queria que o nosso passeio fosse curto e que voltássemos cedo, pois, sem o comunicar a Albertine, decidira ir à noite à casa dos Verdurin. Tinham-me eles enviado ultimamente um convite que eu jogara à cesta, como fizera com os anteriores. Hoje, porém, mudara de ideia, pois queria apurar que pessoas Albertine contava encontrar à tarde em casa deles. Para dizer a verdade, eu chegara com Albertine àquele momento em que, se tudo continua no mesmo, se as coisas se passam normalmente, uma mulher não serve para nós senão de transição para outra mulher. Está ainda ligada ao nosso coração, mas bem pouco; temos pressa todas as noites de ir ao encontro de desconhecidas, e sobretudo de desconhecidas conhecidas suas que poderão contar-nos a vida dela. Pois, com efeito, já possuímos, já esgotamos tudo o que ela consentiu em revelar-nos de si mesma. Sua vida é ainda ela mesma, mas justamente a parte que não conhecemos, as coisas que a interrogamos em vão e que poderemos ouvir de lábios novos.

Se era forçoso que minha vida com Albertine me impedisse de ir a Veneza, de viajar, ao menos eu teria podido ainda há pouco, se estivesse só, falar às jovens *midinettes* esparsas ao sol desse lindo domingo e em cuja beleza eu punha uma grande parte da vida desconhecida que as animava. Os olhos que vemos não estão inteiramente penetrados por um olhar cujas imagens, recordações, esperanças e desdéns não conhecemos e dos quais não podemos separar? Essa existência que é a da criatura que passa não dará, conforme ela seja, um valor variável ao franzir de suas sobrancelhas, à dilatação de suas narinas? A presença de Albertine privava-me de ir a elas e talvez assim de cessar de desejá-las. Quem quiser entreter em si o desejo de continuar a viver e a crença em qualquer coisa mais deliciosa do que as coisas habituais, deve passear; pois as ruas, as avenidas, estão cheias de Deusas. Mas as Deusas não se deixam abordar. Aqui e ali, entre as árvores, à porta de um café, uma criada velava como uma ninfa à entrada de um bosque sagrado, enquanto ao fundo três moças quedavam sentadas ao lado do arco imenso de suas bicicletas, como três imortais debruçadas da nuvem ou do corcel fabuloso sobre que realizavam suas viagens mitológicas. Eu notava que cada vez que Albertine olhava para elas um instante com atenção profunda, imediatamente depois se virava para mim. Mas eu não me sentia atormentado nem pela intensidade daquela contemplação, nem pela sua curta duração, que a intensidade compensava; com efeito, quanto a esta última, acontecia a miúdo que Albertine, ou por cansaço, ou por maneira de olhar própria de pessoa atenta, considerava assim numa espécie de meditação, fosse meu pai, fosse Françoise; e quanto a sua rapidez em se voltar para mim, podia ser que Albertine, sabendo de minhas desconfianças, quisesse evitar dar-lhes motivo, ainda quando injustificadas. Essa atenção, aliás que me teria parecido criminosa da parte de Albertine (e tanto quanto seria se tivesse tido por objeto rapazes), dava-a eu, sem me sentir um minuto culpado e achando que Albertine o era por me impedir, pela presença, de parar e ir ao encontro delas, a todas as *midinettes*. Achamos inofensivo desejar e atroz que o outro deseje. E esse contraste entre o que concerne ou a nós ou àquela a quem amamos não se relaciona ao desejo somente, mas sim também à mentira. Nada mais usual do que ela, quer se trate de encobrir, por exemplo, as fraquezas cotidianas de uma saúde que querendo fazer passar por boa, quer se queira dissimular um vício ou ir, sem causar desgosto a outrem, à coisa que se prefere. É a mentira o instrumento de conservação mais necessário e mais empregado. Ora, é ela que temos a pretensão de banir da vida daquela que amamos, é ela que espionamos, que farejamos, que detestamos em toda parte. Abala-nos profundamente, é suficiente para causar um rompimento, e nos parece esconder as maiores faltas, a menos que não as esconda tão bem que não as suspeitemos. Estranho estado esse em que ficamos de tal maneira sensíveis a um agente patogênico, que o seu pululamento universal torna inofensivo aos outros e tão grave para o desgraçado sem imunidade contra ele. A vida daquelas pequenas bonitas (por causa de meus longos períodos de reclusão as via eu tão raramente) me parecia, como se dá com aqueles em quem a facilidade das realizações não amorteceu o poder de conceber, algo de tão diferente do que eu conhecia, de tão desejável, quanto as cidades mais maravilhosas prometidas pelas viagens.

A decepção causada por mulheres que eu conhecera, nas cidades aonde fora, não me impedia de ceder aos atrativos das novas e de acreditar na realidade delas; por isso, assim como ver Veneza — Veneza, de que eu sentia também a nostalgia nos dias primaveris e que o casamento com Albertine me impediria de conhecer —, ver Veneza num panorama que Ski talvez tivesse declarado mais bonito de tons do que a cidade real, não substituiria de modo algum para mim a viagem a Veneza, viagem cuja distância, determinada sem participação minha, parecia-me indispensável transpor; assim também, por mais bonita que fosse a *midinette* que uma alcoviteira me arranjasse artificialmente, não poderia em nada substituir-se para mim àquela que, bolindo os quadris, passava naquele momento sob as árvores rindo com uma amiga. A que eu encontrasse numa casa de tolerância, fosse embora mais bonita do que esta, não seria a mesma coisa, porque nós não olhamos para os olhos de uma rapariga que não conhecemos como olharíamos para uma plaquinha de opala ou de ágata. Sabemos que o raiozinho de luz que os irisa ou os grãos de brilhante que os fazem reluzir são tudo o que podemos ver de um pensamento de uma vontade, de uma memória onde reside o lar que não conhecemos, os amigos queridos que invejamos. Chegar a apossar-nos de tudo isso, que é tão difícil, tão esquivo, é o que dá ao olhar o seu valor, muito mais do que a sua só beleza material (e assim se pode explicar que um rapaz desperte todo um romance na imaginação de uma mulher que ouviu dizer que ele era o príncipe de Gales, mas que não lhe dará nenhuma atenção mais, depois de saber que se enganara); estar com a *midinette* na casa de tolerância é vê-la esvaziada dessa vida desconhecida que a penetra e que aspiramos possuir com ela, é aproximarmo-nos de olhos convertidos de fato em simples pedras preciosas, de um nariz cuja prega é tão despida de significação quanto a de uma flor. Não, aquela *midinette* desconhecida que ia passando, parecia-me tão indispensável, se eu quisesse continuar a crer na realidade dela, experimentar-lhe as resistências adaptando-lhes o meu procedimento, expondo-me a um desaforo, voltando à carga, obtendo uma entrevista, esperando-a à saída do trabalho, conhecendo episódio por episódio o que compunha a vida daquela pequena, atravessando aquilo de que se envolvia para ela o prazer que eu buscava e a distância que seus hábitos diferentes e sua vida especial punham entre mim e a atenção, o favor que eu queria atingir e captar, quanto fazer um longo trajeto em trem de ferro se eu quisesse acreditar na realidade de Veneza que eu veria e que não seria tão somente um espetáculo de exposição universal. Mas as próprias semelhanças que há entre as viagens fizeram com que eu jurasse penetrar um dia mais profundamente a natureza dessa força invisível mas tão poderosa quanto as crenças, ou quanto, no mundo físico, a pressão atmosférica, força que elevava tão alto as cidades, as mulheres, enquanto eu não as conhecia, e que as desamparava logo que eu delas me cercava as fazia ruir de chofre no terra a terra da mais trivial realidade. Mais adiante outra pequena estava de joelhos junto de sua bicicleta, consertando-a. Uma vez feito o conserto, a jovem corredora montou na bicicleta, mas sem a cavalgar como faria um homem. Por um momento a bicicleta balouçou, e o corpo moço pareceu acrescido de uma vela, de uma asa imensa; e com pouco vimos afastar-se a toda a velocidade a jovem criatura semi-humana, semialada, anjo ou peri, prosseguindo em sua viagem.

Eis do que justamente me privava uma vida com Albertine. Do que me privava? Melhor seria pensar: do que me gratificava, ao contrário. Se Albertine não viesse comigo, se fosse livre, eu teria imaginado e com razão todas aquelas mulheres como objetos possíveis, prováveis, do seu desejo, do seu prazer. Aparecer-me-iam todas como aquelas dançarinas que, num bailado diabólico, representando as Tentações para uma criatura, lançam as suas flechas ao coração de outra criatura. *Midinettes*, moças, atrizes, como eu as teria odiado! Objeto de horror, seriam excluídas por mim da beleza do universo. A servidão de Albertine, permitindo-me não sofrer por causa delas, restituia-as à beleza do mundo. Inofensivas, privadas do aguilhão que põe no coração o ciúme, era-me consentido admirá-las, afagá-las com o olhar, em outro dia mais intimamente talvez. Prendendo comigo Albertine, restituíra eu ao universo todas aquelas asas cintilantes que zumbem nos passeios, nos bailes, nos teatros, e que voltavam a ser tentadoras para mim, porque já não podiam sucumbir à tentação. São elas que dão beleza ao mundo. Foram elas que em outro tempo deram beleza a Albertine. Foi por vê-la primeiro como um pássaro misterioso, depois como uma grande atriz da praia, desejada, possuída talvez, que eu a achara maravilhosa. Uma vez cativo em minha casa o pássaro que eu vira andar pausadamente no cais, cercada pela congregação das outras moças, semelhantes a gaivotas vindas não sei de onde, perdera Albertine todas as suas cores, com todas as possibilidades que tinham os outros de a possuir. Perdera pouco a pouco a beleza. Eram precisos passeios como estes, em que eu a imaginava, sem mim, abordada por tal mulher ou por tal rapaz, para que eu a revisse no esplendor da praia, se bem que meu ciúme e o declínio dos prazeres da minha imaginação estivessem em planos diferentes. Mas apesar desses súbitos sobressaltos em que, desejada por outras pessoas, ela voltava a ser bela para mim, eu podia muito bem dividir a sua estada em minha casa em dois períodos, o primeiro em que ela ainda era, embora cada dia menos, a cintilante atriz da praia, o segundo em que, convertida na desbotada prisioneira, reduzida ao seu eu sem brilho, lhe eram necessários, para lhe serem restituídas as cores, aqueles relâmpagos em que eu me recordava do passado.

Às vezes, nas horas em que ela me era mais indiferente, vinha-me a lembrança de um momento longínquo em que na praia, quando eu não a conhecia ainda, não longe de certa senhora com quem eu estava em muito maus termos e com quem me parecia agora quase certo que ela tivera relações, Albertine deu uma risada olhando-me de modo insolente. O mar polido e azul sussurrava em torno. Ao sol da praia, no meio de suas amigas, era ela a mais bela. Era uma rapariga magnífica que, no quadro habitual de águas imensas, havia me infligido aquela afronta definitiva, tão preciosa para a senhora que a admirava. Definitiva sim, pois a senhora talvez voltasse a Balbec, talvez desse pela ausência de minha amiga na praia luminosa e sussurrante. Mas ignorava que a moça vivesse em minha casa, só para mim. As águas imensas e azuis, o esquecimento das preferências que ela tinha por essa moça e que se dirigiam a outras, haviam se fechado sobre a afronta que me fizera Albertine, encerrando-a num deslumbrante e infrangível escrínio. Então mordia-me o coração o ódio àquela mulher; ódio a Albertine também, mas este um ódio misturado de admiração pela formosa moça adulada, de cabelos maravilhosos, e cuja risada na praia era um insulto. A vergonha, o ciúme, a relembrança dos primeiros desejos e do ambiente esplêndido tinham devolvido a Albertine a sua beleza, o seu valor de antigamente. E assim alternava, com o tédio um tanto pesado que eu sentia junto dela, um desejo fremente, cheio de tempestades magníficas e de saudades; dependendo de estar ela comigo no meu quarto, ou restituída à liberdade em minha memória, no cais, com os seus claros vestidos de praia, ao som dos instrumentos de música do mar, Albertine, ora retirada daquele meio, possuída e sem grande valor, ora remergulhada nele, escapando de minhas mãos para um passado que eu não poderia conhecer, ofendendo-me, junto da amiga, tanto quanto o salpico da onda ou o encandeamento do sol, Albertine reposta na praia, ou recolhida ao meu quarto, numa espécie de amor anfíbio.

Adiante um grupo numeroso brincava de bola. Todas aquelas garotas tinham querido aproveitar o sol, pois esses dias de fevereiro, mesmo quando tão brilhantes, não duram muito e o esplendor de sua luz não retarda a vinda do seu declínio. Antes que este chegasse, tivemos algum tempo de penumbra, porque depois de descer até o Sena, onde Albertine admirou, e por sua presença me impediu de admirar, os reflexos de umas velas vermelhas na água invernal e azul, uma casa agachada ao longe como uma papoula única no horizonte claro de que Saint-Cloud parecia mais longe a petrificação fragmentária, friável e ondulada, apeamos do carro e andamos durante muito tempo; por alguns instantes mesmo lhe dei o braço, e me parecia que aquele anel formado pelo braço dela debaixo do meu unia num só ente as nossas duas pessoas e prendia um ao outro os nossos dois destinos. A nossos pés, as nossas sombras paralelas, aproximadas e juntas, compunham um desenho delicioso. Sem dúvida me parecia já maravilhoso em casa que Albertine morasse comigo, que fosse ela que se deitasse na minha cama. Mas era como a exportação para fora, em plena natureza, que diante daquele lago do Bois, de que eu tanto gostava, ao pé das árvores, fosse justamente a sombra dela, a sombra pura e simplificada de sua perna, de seu busto, que o sol pintasse a aguada ao lado da minha na areia da alameda. E eu achava um encanto mais imaterial sem dúvida, não porém menos íntimo, na aproximação, na fusão de nossas sombras do que na de nossos corpos. Depois voltamos para o carro, e ele tomou por pequenas alamedas sinuosas onde as árvores de inverno, vestidas de hera e de silvas, como ruínas, pareciam levar à morada de um bruxo. Mal deixáramos o recesso sombrio, encontramos, para sair do Bois, o dia tão claro ainda, que eu julgava ter tempo para fazer tudo o que eu quisesse antes do jantar, senão quando, alguns instantes depois, no momento em que o nosso carro se aproximava do Arco de Triunfo, foi com um rápido movimento de surpresa e susto que avistei por sobre Paris a lua, cheia e prematura, como o mostrador de um relógio parado que nos faz recear estarmos atrasados. Tínhamos dado ao cocheiro ordem de regressar à casa. Para Albertine era também voltar para minha casa. A presença das mulheres, por mais amadas que sejam, que têm de nos deixar porque devem voltar para sua casa, não dá essa paz que me proporcionava a presença de Albertine sentada no fundo do carro a meu lado, presença que nos conduzia não ao vazio onde se fica separado, mas à reunião mais estável ainda e melhor resguardada dentro do meu lar, que era também o dela, símbolo material da posse em que eu a tinha. Certo, para possuir é preciso ter desejado. Não possuímos uma linha, uma superfície, um volume senão quando os ocupa o nosso amor. Mas Albertine não havia sido para mim durante o nosso passeio, como fora outrora Rachel, uma vã poeira de carne e pano. A imaginação de meus olhos, de meus lábios, de minhas mãos, tinha-lhe em Balbec tão solidamente construído, tão carinhosamente polido o corpo, que agora neste carro, para tocar esse corpo, para o conter, não me era preciso abraçar-me com Albertine, nem sequer vê-la, bastava-me ouvi-la, e se ela se calava, saber que estava junto de mim; meus sentidos entrançados envolviam-na toda e quando, ao chegar em frente de casa, ela desceu, com toda a naturalidade, eu parei um instante para dizer ao chofer que voltasse para me buscar, mas os meus olhares envolviam-na ainda enquanto ela desaparecia sob o arco e era sempre essa mesma calma inerte e doméstica que eu sentia ao vê-la assim pesada, rúbida, opulenta e cativa, entrar muito naturalmente comigo, como uma mulher que fosse minha, e, protegida pelas paredes, desaparecer em nossa casa.

Infelizmente ela parecia sentir-se prisioneira e pensar como aquela sra. de La Rochefoucauld, a qual, ao lhe perguntarem se não estava contente de viver na mansão tão bonita de Liancourt, respondeu que "não existe prisão bonita", a julgar pelo ar triste e fatigado que mostrou nessa noite enquanto jantávamos os dois no seu quarto.[62] Não o notei logo; e era eu que me contristava ao pensar que se não fosse Albertine (pois com ela eu teria que me ralar de ciúmes num hotel onde ela ficaria o dia inteiro em contato com tanta gente), eu poderia naquele momento estar jantando em Veneza numa daquelas salinhas de jantar baixas como um porão de navio, e de onde se vê o Canal Grande por janelinhas cimbradas e guarnecidas de molduras mouriscas.

Devo acrescentar que Albertine admirava muito em minha casa um grande bronze de Barbedienne que Bloch tinha muita razão

62 A fala aparece nas *Historiettes* de Tallemant de Réaux, que a atribui à sra. de La Rocheguyon, e não à sra. de La Rochefoucauld. No mesmo trecho em que aparece a anedota, a sra. de La Rochefoucauld é, entretanto, mencionada como a irmã do riquíssimo sr. de Liancourt, que, vestida com muita simplicidade, "divertia-se pintando em um quarto" da suntuosa mansão de Liancourt. Em 1644, o filho do casal Liancourt, o conde de La Rocheguyon, casa-se com a filha do conde de Lavoye. Segundo Tallemant de Réaux, de La Rocheguyon "desprezava um pouco demais a mulher e ela não o amava". Ele morre em uma batalha dois anos depois desse casamento infeliz. Ainda quando ele estava vivo, ela já era cortejada por outros pretendentes e vivia sob vigia. É por isso que, certa vez que alguém lhe dizia "que ela devia estar satisfeita de passar o verão em um lugar tão belo quanto Liancourt, ela respondeu que não havia belas prisões" (cf. *Historiettes*. Paris: Gallimard, s.d., v. II, p. 147. Pléiade). A imagem do filho de família rica que dá vida luxuosa a uma esposa infeliz oferece coincidências com a situação do herói e Albertine. (N. do R. T.)

de achar feíssimo.[63] Tinha-a menos talvez de se admirar que eu o conservasse. Nunca eu procurara como ele mobiliar artisticamente a minha casa, era preguiçoso demais para isso, indiferente demais ao que estava habituado a ter sob os olhos. Já que meu gosto não fazia caso de tal, eu tinha o direito de não matizar o meu interior. Sem embargo, bem que podia desfazer-me do bronze. Mas as coisas feias e opulentas são utilíssimas, por se imporem às pessoas que não nos compreendem, que não têm o nosso gosto e pelas quais estejamos apaixonados, com um prestígio que não teria uma nobre peça que não revela a sua beleza. Ora, as criaturas que não nos compreendem são justamente as únicas junto de quem pode ser-nos útil usar de um prestígio que temos aos olhos de criaturas superiores só pelo fato de sermos inteligentes. Embora já começasse a ter melhor gosto, havia ainda em Albertine um certo respeito pelo bronze, e esse respeito estendia-se a mim numa consideração que, vindo dela, importava-me infinitamente mais do que conservar um bronze um tanto desmerecedor, visto que eu amava Albertine.

Mas a ideia do meu cativeiro cessava subitamente de pesar sobre mim e eu desejava prolongá-lo ainda, porque me parecia perceber que Albertine sentia cruelmente o seu. Sem dúvida toda vez que eu lhe perguntava se ela não se aborrecia em minha casa, respondia-me sempre que não sabia onde poderia ser mais feliz. Muitas vezes, porém, essas palavras eram desmentidas por um ar de nostalgia, de nervosismo. Certo, se ela não tinha de fato o vício que eu lhe atribuía, aquele impedimento de o satisfazer devia ser tão incitante para ela quanto era calmante para mim, calmante a ponto de eu poder achar a hipótese de a ter culpado injustamente a mais verossímil, se nesta não encontrasse grande dificuldade em explicar aquele cuidado extraordinário que punha Albertine em nunca ficar só, em nunca

63 Alusão a Ferdinand Barbedienne (1810-1892), que tinha, entre seus trabalhos, miniaturas de esculturas antigas e modernas. Neste trecho há a retomada do tema do mau gosto artístico de que uma refinada Albertine ainda às vezes dá mostras. Vide nota ao início do livro. (N. do R. T.)

estar livre, em nunca parar um instante diante da porta ao entrar, em se fazer acompanhar ostensivamente, toda vez que ia telefonar, por alguém que pudesse repetir-me as suas palavras, por Françoise, por Andrée; em me deixar sempre só, sem parecer fazê-lo de propósito, com esta última, quando tinham saído juntas, para que eu pudesse ter um relatório minucioso do que haviam feito. Com essa maravilhosa docilidade contrastavam certos movimentos, logo reprimidos, de impaciência, que me levavam a imaginar se Albertine não teria formado o projeto de sacudir o jugo.

A minha suposição apoiava-se em alguns fatos acessórios. Assim um dia em que eu saíra sozinho, encontrando-me com Gisèle perto de Passy, conversamos de uma coisa e outra. Contente de poder dar-lhe a notícia, disse-lhe que via constantemente Albertine. Perguntou-me Gisèle onde a poderia encontrar, pois tinha *justamente* alguma coisa para lhe dizer. "Que é?" "Coisas relativas a amiguinhas dela." "Que amiguinhas? Poderei talvez dar as informações de que você precisa, o que não impede que você a procure depois." "Oh!, são amiguinhas de antigamente, nem me lembro dos nomes", respondeu Gisèle com um ar vago, batendo em retirada. Despediu-se de mim certa de ter falado com tal prudência que nada me podia parecer senão claríssimo. Mas a mentira é tão pouco exigente, necessita de tão pouco para se manifestar! Se se tratasse de amiguinhas de antigamente, de cujos nomes nem se lembrava, por que teria ela tido "justamente" necessidade de falar sobre elas com Albertine? Esse advérbio, parente próximo de uma expressão muito do gosto de Cottard, "Isto vem a calhar", só podia ter aplicação a uma coisa precisa, oportuna, talvez urgente, relacionando-se a determinadas criaturas. Aliás bastava o modo de abrir a boca como quando se vai bocejar, com ar vago, ao me dizer (recuando quase com o corpo, do momento que dava marcha a ré desde aquele instante em nossa conversa): "Ah!, não sei, nem me lembro dos nomes", para fazer do seu rosto e, combinando com ele, de sua voz um rosto de mentira, do mesmo modo que o ar inteiramente diverso, espontâneo, animado, sem reserva, de "tenho justamente" significava uma verdade. Não perguntei mais nada a Gisèle. Que me adiantava? Certo, ela não mentia da mesma maneira que Albertine. E, certo, as mentiras de Albertine me doíam mais. Havia, porém, entre as duas um ponto comum: o fato mesmo da mentira, que, em certos casos, é uma evidência. Não da realidade que se esconde nessa mentira. Sabemos que cada assassino em particular imagina, por todas as precauções tomadas, que jamais será preso, e o mesmo se passa com os mentirosos, mais especialmente com as mulheres que amamos. Ignoramos aonde ela foi, o que lá fez. Mas no momento mesmo de falar, ao falar de outra coisa debaixo da qual está o que ela não diz, a mentira é descoberta instantaneamente, e o nosso ciúme redobra, porque percebemos a mentira e não chegamos a conhecer a verdade. Em Albertine a sensação da mentira era dada por muitas particularidades que já vimos no decorrer desta narrativa, mas principalmente por isto: quando ela mentia, sua história pecava ora por insuficiência, omissão, inverossimilhança, ora por excesso, ao contrário, de pormenores destinados a torná-la verossímil. O verossímil, a despeito do que o mentiroso imagina, não é de todo verdadeiro. Quando, ao escutar alguma coisa verdadeira, se ouve coisa que é somente verossímil, que o é talvez mais do que a verdade, que o é talvez demais, o ouvido um pouco musical sente algo que não é bem aquilo, como se dá com um verso errado, ou uma palavra lida em voz alta por outra pessoa. Sente-o o ouvido, e, se amamos, o coração se alarma. Por que não ponderarmos, nesse momento em que mudamos toda a nossa vida por não saber se uma mulher passou na rua de Berri ou na rua Washington, por que não ponderarmos que esses poucas metros de diferença, e a própria mulher, serão reduzidos à centésima milionésima parte (isto é, a uma grandeza que não podemos perceber), se tivermos a prudência de ficar alguns anos sem ver essa mulher, e que o que era Gulliver, em proporções muito maiores, se converterá numa liliputiana que nenhum microscópio — ao menos do coração, pois o da memória indiferente é mais poderoso e menos frágil — poderá mais perceber! Como quer que seja, se havia um ponto comum — a própria mentira — entre as mentiras de Albertine e as de Gisèle, todavia Gisèle não mentia da mesma maneira que Albertine, tampouco da mesma maneira que Andrée, mas as mentiras de cada uma se encaixavam tão bem nas das outras, não obstante apresentarem grande variedade, que o grupinho tinha a solidez impenetrável de certas casas de comércio, de livraria ou de imprensa por exemplo, onde o pobre autor não chegará jamais, apesar da diversidade das personalidades componentes, a saber se está ou não sendo logrado. O diretor do jornal ou da revista mente com uma atitude de sinceridade tanto mais solene quanta precisa dissimular em muitas ocasiões que faz exatamente a mesma coisa e se entrega às mesmas práticas mercantis, condenadas por ele, dos outros diretores de jornais ou de teatros, dos outros editores, ao tomar por bandeira, ao levantar contra eles o estandarte da Sinceridade. Haver proclamado (como chefe de um partido político, ou seja o que for) que é horrível mentir, obriga o mais das vezes a mentir ainda mais do que os outros, sem tirar por isso a máscara solene, sem depor a tiara augusta da sinceridade. O sócio do "homem sincero" mente de outra maneira e mais ingenuamente. Engana o autor como engana a própria esposa com lábias e manhas de *vaudeville.* O secretário da redação, homem honrado e grosseiro, mente com a maior naturalidade, como um arquiteto que promete entregar-nos pronta a nossa casa numa data em que ela não estará sequer principiada. O redator-chefe, alma angélica, volteia entre os outros três, e sem saber do que se trata leva-lhes, por escrúpulo fraterno e carinhosa solidariedade, o socorro precioso de uma palavra insuspeitável. Vivem essas quatro pessoas em perpétua dissensão, a que põe um termo a chegada do autor. Acima das brigas particulares cada qual coloca o grande dever militar de acorrer em auxílio da "unidade" ameaçada. Havia muito que eu tinha, sem dar pela coisa, representado o papel desse autor em relação ao "grupinho". Se Gisèle estivesse pensando, quando disse "justamente", em determinada amiguinha de Albertine disposta a viajar com esta logo que minha amiga, sob um pretexto qualquer, tivesse me abandonado, e em avisar a Albertine que era chegada a hora ou não tardaria a chegar, teria ela preferido deixar-se estraçalhar a dizer-mo; era pois de todo inútil fazer-lhe perguntas.

Outras coisas além de encontros como os de Gisèle concorriam para acentuar as minhas desconfianças. Por exemplo, eu apreciava muito as pinturas de Albertine. As pinturas de Albertine, distrações tocantes da cativa, comoveram-me tanto que a felicitei. "Não, é tudo muito ruim, mas eu nunca tomei uma lição de desenho." "Mas uma noite em Balbec você me mandou dizer que tinha ficado por causa de uma lição de desenho." Lembrei-lhe o dia e disse-lhe que tinha compreendido logo que não se davam lições de desenho àquela hora. Albertine corou. "É verdade", respondeu, "eu não tomava lições de desenho, a princípio menti muito para você, reconheço. Mas não minto mais." Gostaria eu tanto de saber quais eram essas muitas mentiras do começo, mas sabia de antemão que suas confissões seriam novas mentiras. Por isso me contentei em beijá-la. Pedi-lhe somente que me contasse uma dessas mentiras. A resposta foi: "Por exemplo, que o ar do mar me fazia mal". Deixei de insistir diante dessa má vontade.

Todo ente amado e ainda, em certa medida, todo ente é para nós como Jano, apresentando-nos a face que nos agrada se esse ente nos abandona, a face desinteressante se o temos à nossa perene disposição. Quanto a Albertine, havia no convívio duradouro com ela algo penoso de outra maneira que não posso contar nesta narrativa. É medonho ter a vida de alguém presa à nossa como uma bomba que não podemos largar sem cometer um crime. Mas tomem-se como comparação os altos e baixos, os perigos, a inquietação, o receio de que mais tarde acreditem em coisas falsas e inverossímeis que já não se poderão explicar, sentimentos por que se passa quando se tem na intimidade um louco. Por exemplo, dava-me pena ver o sr. de Charlus vivendo com Morel (logo a lembrança da cena da tarde me fez sentir o lado esquerdo do peito muito mais pesado que o direito); deixando de lado as relações que eles mantinham ou não um com o outro, o sr. de Charlus devia ter ignorado a princípio que Morel era louco. A beleza de Morel, sua chatice, sua arrogância deviam ter desviado o barão de pensar em tal, até os dias de melancolia em que Morel culpava o sr. de Charlus de sua tristeza, sem poder dar explicações, o insultava com suas desconfianças, valendo-se de argumentos falsos mas extremamente sutis, o ameaçava de resoluções desesperadas, no meio das quais persistia sempre a mais velhaca intenção do mais imediato interesse. Tudo isso é apenas comparação. Albertine não era louca.

Para que as cadeias lhe parecessem mais leves, o melhor seria fazer-lhe crer que eu mesmo ia rompê-las. Em todo caso, não lhe podia confiar esse projeto mentiroso no momento em que ela tinha voltado do Trocadéro tão amavelmente; o que eu podia fazer, bem longe de afligi-la com uma ameaça de rompimento, era, quando muito, calar os sonhos de perpétua vida em comum formados pelo meu coração reconhecido. Ao olhar para ela, custava a me conter para não os comunicar a ela e talvez que ela o percebesse. Infelizmente a expressão deles não é contagiosa. O caso de um velho afetado como o sr. de Charlus que, à força de não ver em sua imaginação senão um galhardo rapaz, julga tornar-se ele próprio um galhardo rapaz e tanto mais assim quanto mais se mostra afetado e ridículo, é o caso mais geral. E que infelicidade para quem ama apaixonadamente, não perceber que, enquanto ele está vendo um lindo rosto diante de si, sua amante está vendo o dele, que não fica mais belo, muito ao contrário, quando deformado pelo prazer que lhe causa o espetáculo da beleza! O amor nem sequer esgotara toda generalidade deste caso; não vemos o nosso corpo, que os outros veem, e "seguimos" o nosso pensamento, o objeto invisível aos outros que está diante de nós. Objeto que às vezes o artista faz ver em sua obra. Daí se sentirem os admiradores dela decepcionados pelo autor, em cuja fisionomia essa beleza interior se refletiu imperfeitamente.

Não retendo de meu sonho de Veneza senão aquilo que podia ter relação com Albertine e lhe tornar agradável o período que passava em minha casa, lhe falei de um vestido de Fortuny que era preciso que fôssemos encomendar um dia. Buscava prazeres novos para poder distraí-la. Gostaria de lhe fazer a surpresa de lhe dar, se fosse possível encontrar, algumas peças de velha prataria francesa. Com efeito quando havíamos projetado ter um iate, projeto julgado irrealizável por Albertine — e por mim mesmo toda vez que a achava virtuosa e que a vida com ela começava então a me parecer tão desastrosa quanto o casamento com ela, impossível —, havíamos, todavia sem que ela acreditasse que eu compraria um, pedido conselhos a Elstir.[64]

Soube que nesse dia ocorrera uma morte que me causou vivo pesar, a de Bergotte. É sabido que a sua doença vinha durando havia muito tempo. Não, evidentemente, a que o acometera a princípio e que era natural. A natureza parece quase incapaz de produzir doenças que não sejam curtas. Mas a medicina encarrega-se da arte de prolongá-las. Os remédios, a remissão que proporcionam, o mal-estar que a sua interrupção reitera, compõem um simulacro de doença que o hábito do paciente acaba por estabilizar, por estilizar, do mesmo modo que as crianças tossem regularmente por acessos longo tempo depois de curadas da coqueluche. Depois os remédios atuam menos, são aumentados, já não fazem nenhum bem, ao contrário, começaram a fazer mal graças a essa indisposição persistente. A natureza não lhe teria oferecido duração tão dilatada. Grande maravilha é poder a medicina, igualando quase a natureza, obrigar-nos a ficar de cama, a continuar, sob pena de morte, o uso de um medicamento. A partir de então a doença artificialmente enxertada deita raiz, vira doença secundária mas verdadeira, com esta única diferença: as doenças naturais se curam, nunca porém as que são criadas pela medicina, visto que esta ignora o segredo da cura.

Havia anos que Bergotte já não saía de casa. Aliás nunca apreciara a vida de sociedade, ou se a apreciara, teria sido por um dia apenas, para desprezá-la depois como a tudo o mais e da mesma

64 Parágrafo ausente da tradução de Manuel Bandeira e Lourdes Sousa de Alencar, mas presente na última edição em francês da Bibliothèque de la Pléiade. (N. do R. T.)

maneira, que era a sua, a saber, não desprezar porque não podia obter, mas logo depois de haver obtido. Vivia tão simplesmente que não havia por onde suspeitar a que ponto era rico, e ainda que o soubesse alguém, enganar-se-ia julgando-o avaro, quando a verdade é que jamais houve homem tão generoso. Era-o sobretudo com as mulheres, ou melhor, com as garotas, as quais ficavam envergonhadas de ganhar tanto por tão pouca coisa. Desculpava-se ele aos seus próprios olhos por saber que nunca poderia produzir tão bem senão na atmosfera de se sentir enamorado. O amor, digamos antes o prazer, um pouco entranhado na carne favorece o labor literário porque aniquila os outros prazeres, por exemplo os prazeres da sociedade, os que são os mesmos para toda gente. E, ainda que esse prazer traga desilusões, ao menos agita, dessa maneira também, a superfície da alma, que, sem isso, correria o risco de ficar estagnada. Por conseguinte, não é o desejo inútil ao escritor, porque primeiro o afasta dos outros homens e de se conformar com eles, para em seguida restituir alguns movimentos a uma máquina espiritual que, passada uma certa idade, tende a imobilizar-se. Não se chega a ser feliz mas atenta-se nas razões que impedem de o ser e que ficariam invisíveis para nós sem essas brechas abertas subitamente pela decepção. Os sonhos não são realizáveis, bem sabemos; não os idearíamos talvez se não fosse o desejo, e é útil ideá-los para os ver malograrem-se para que o seu malogro sirva de lição. Por isso refletia Bergotte: "Gasto com essas pequenas mais do que muito multimilionário, mas os prazeres ou as decepções que elas me dão habilitam-me a escrever um livro que me rende dinheiro". Economicamente o raciocínio era absurdo, mas sem dúvida encontrava o escritor alguma satisfação em transmutar assim o ouro em carícias e as carícias em ouro. Vimos, por ocasião da morte de minha avó, que a velhice fatigada aprecia o repouso. Ora, na vida de sociedade não existe outra coisa senão a conversação. A conversação em sociedade é estúpida, mas tem a força de suprimir as mulheres, que se reduzem por ela a perguntas e respostas. Fora da sociedade voltam as mulheres a ser o que é tão repousante para o velho fatigado, um objeto de contemplação.

Em todo caso, agora, já não se tratava de nada disso. Como disse acima, Bergotte não saía mais de casa, e quando, no quarto de dormir, ficava fora da cama por espaço de uma hora, era todo envolvido em xales, mantas, em tudo com que nos cobrimos no momento de nos expor a um grande frio ou de tomar um trem. Do que se desculpava com os raros amigos que ainda recebia, dizendo jovialmente, ao mesmo tempo que apontava as suas mantas escocesas, os seus agasalhos: "Que se há de fazer, meu caro? Já disse Anaxágoras: a vida é uma viagem". E ia assim esfriando-se progressivamente, pequeno planeta que apresentava uma imagem antecipada do grande quando pouco a pouco se retirar da terra o calor e depois a vida. Então a ressurreição terá chegado ao fim, pois por mais além que nas gerações futuras brilhem as obras dos homens, todavia indispensável é que haja homens. Se certas espécies de animais resistem por mais tempo ao frio invasor, quando já não houver homens, e admitido que a glória de Bergotte dure até lá, subitamente ela se extinguirá para todo o sempre. Não serão os derradeiros animais que o hão de ler, pois é pouco provável que, como os apóstolos em Pentecostes, possam eles compreender a linguagem dos diferentes povos humanos sem a ter aprendido.

Nos meses que lhe precederam a morte, sofria Bergotte de insônias, e o que é pior, logo que adormecia, de pesadelos, por causa dos quais despertava, fazia por não readormecer. Durante largo tempo de sua vida gostara de sonhar, ainda que fossem sonhos desagradáveis, porque graças a eles, graças à contradição que apresentam com a realidade que temos diante de nós no estado de vigília, dão-nos eles, mal acordamos, a sensação profunda de termos dormido. Mas ultimamente os pesadelos de Bergotte eram de outra espécie. Quando antes falava de pesadelos, entendia por isso coisas aborrecíveis que se passavam dentro de seu cérebro. Agora era como vindos de fora que sentia a mão munida de um esfregão molhado, a qual, passada na cara dele por uma mulher má, se empenhava em despertá-lo ou cócegas intoleráveis nos quadris ou a raiva de um cocheiro que, furioso por ter Bergotte murmurado no sono que ele guiava mal, investia contra o escritor e lhe mordia os dedos, os serrava. Enfim, logo que se lhe fazia no sono escuridão suficiente, procedia a natureza a uma espécie de ensaio, sem indumentária, do ataque de apoplexia que o havia de matar: Bergotte entrava de carro no pórtico da nova residência dos Swann, queria apear-se. Uma vertigem fulminante pregava-o ao banco, tentava o porteiro ajudá-lo a descer, mas ele permanecia sentado, incapaz de se levantar, de se aprumar nas pernas. Procurava agarrar-se ao pilar de pedra que havia perto, mas não encontrava nele apoio bastante para se pôr em pé. Consultou os médicos, que, lisonjeados de serem chamados por ele, lhe viram nas virtudes de grande trabalhador (havia vinte anos que não fazia nada), no excesso de fadiga, a causa de tais incômodos. Aconselharam-lhe que não lesse contos terrificantes (ele não lia nada), que aproveitasse mais o sol "indispensável à vida" (se passara relativamente melhor durante alguns anos, devia-o a viver fechado em casa), que se alimentasse mais (o que o emagreceu e sobretudo lhe alimentou os pesadelos). Um dos médicos, que era dotado do espírito de contrariar e impacientar o próximo, quando Bergotte o recebia na ausência dos demais e, para não o melindrar, lhe submetia como ideias próprias o que os outros lhe haviam aconselhado: o médico, julgando que Bergotte queria é que lhe receitassem alguma coisa de seu agrado, proibia-lhe imediatamente, e muitas vezes com razões fabricadas tão depressa para as necessidades da causa que, ante a evidência das objeções materiais opostas por Bergotte, era o contraditor obrigado na mesma frase a se contradizer a si mesmo, mas, por motivos novos, reforçava a proibição. Voltava Bergotte a um dos primeiros médicos chamados, homem metido a espirituoso, sobretudo quando na companhia de um mestre da pena, e que, se Bergotte insinuava: "Creio no entanto que o dr. x me disse uma vez — não agora, bem entendido — que isso podia congestionar-me os rins e o cérebro...", sorria maliciosamente, erguia o dedo e pronunciava: "Eu disse que usasse, não que abusasse. É claro que todo remédio, quando se exagera, vira uma arma de dois gumes". Há em nosso organismo um certo instinto do que nos é salutar, assim como no coração o do dever moral, instinto que não pode ser suprido por nenhuma autorização do doutor em medicina ou em teologia. Sabemos que nos fazem mal os banhos frios, gostamos deles, encontraremos sempre um médico para no-los aconselhar, não para impedir que eles nos façam mal. De cada um dos seus médicos conseguiu Bergotte autorização para aquilo de que, por prudência, se abstivera durante anos. Ao cabo de algumas semanas tinham voltado os acidentes de outrora e agravados estavam os recentes. Desatinado por um sofrimento de todos os minutos, a que se acrescentava a insônia cortada de breves pesadelos, Bergotte não quis mais saber de médicos e experimentou com bons resultados, mas em demasia, vários narcóticos, lendo confiantemente a bula de cada um deles, bula que proclamava a necessidade do sono mas insinuando que todos os produtos daquela natureza (exceto o contido no vidro que ela envolvia, o qual jamais causava intoxicação) eram tóxicos e por isso tornavam o remédio pior do que o mal. Bergotte experimentou todos eles. Alguns são de famílias diferentes daquelas a que estamos habituados, derivados, por exemplo, da amila e do etilo. Não se ingere o produto novo, de composição inteiramente diversa, senão com a deliciosa expectativa do desconhecimento. O coração bate como numa primeira entrevista amorosa. A que gêneros ignorados de sono, de sonhos irá conduzir-nos o recém-vindo? Está agora dentro de nós, assume a direção das nossas ideias. De que maneira vamos adormecer? E, uma vez adormecidos, por que estranhos, sobre que cimos, a que abismos inexplorados nos irá conduzir o guia todo-poderoso? Que novo agrupamento de sensações vamos conhecer nessa viagem? Será que vai levar-nos ao mal-estar? À bem-aventurança? À morte? A de Bergotte sobreveio na véspera daquele dia, quando se entregara em confiança a um desses amigos (amigo? inimigo?) demasiado enérgicos.

Morreu nas circunstâncias seguintes. Por causa de uma crise de uremia sem maior gravidade lhe haviam prescrito o repouso. Lendo, porém, num crítico, que na *Vista de Delft* de Vermeer (emprestada pelo museu de Haia para uma exposição holandesa), quadro que ele apreciava muitíssimo e julgava conhecer em todos os pormenores, havia um panozinho de muro amarelo (de que não se lembrava) tão bem pintado que era como uma preciosa obra de arte chinesa, de uma beleza completa em si mesma, Bergotte comeu umas batatas, saiu de casa e entrou na exposição. Logo nos primeiros degraus que teve de subir sentiu umas tonteiras. Passou em frente de alguns quadros e teve a impressão da secura e da inutilidade de uma arte tão factícia, e que não valia as correntes de ar e de sol de um *palazzo* de Veneza, ou de uma simples casa à beira-mar. Enfim chegou diante do Vermeer, de que se lembrava como sendo mais luminoso, mais diferente de tudo o que conhecia, mas onde, graças ao artigo do crítico, reparou pela primeira vez numas figurinhas vestidas de azul, na tonalidade cor-de-rosa da areia e finalmente na preciosa matéria do pequenino pano de muro amarelo. As tonteiras aumentavam; não tirava os olhos, como faz o menino com a borboleta-amarela que quer pegar, do precioso panozinho de muro. "Assim é que eu deveria ter escrito", dizia consigo. "Meus últimos livros são demasiado secos, teria sido preciso passar várias camadas de tinta, tornar a minha frase preciosa em si mesma, como este panozinho de muro." Não lhe passava, porém, despercebida a gravidade das tonteiras. Em celestial balança lhe aparecia, num prato a sua própria vida, no outro o panozinho de muro tão bem pintado de amarelo. Sentia Bergotte que imprudentemente arriscara o primeiro pelo segundo. "Não gostaria nada", disse consigo, "de vir a ser para os jornais da tarde a nota sensacional desta exposição." Repetia para si mesmo: "Panozinho de muro amarelo com alpendre suspenso, panozinho de muro amarelo". Nisso deixou-se cair subitamente, num canapé circular; subitamente também, cessou de pensar que estava em jogo a sua vida e, recobrando o otimismo, disse consigo: "É uma simples indigestão causada por aquelas batatas mal cozidas, não há de ser nada". Nova crise prostrou-o, ele rolou do canapé ao chão, acorreram todos os visitantes e guardas. Estava morto. Morto para sempre? Quem o poderá dizer? Certo, as experiências espíritas não fornecem a prova de que a alma subsista, como também não a fornecem os dogmas da religião. O que se diz é que tudo se passa em nossa vida como se nela entrássemos com o fardo de obrigações contraídas numa vida anterior; não existe razão alguma em nossas condições de vida nesta terra para que nos julguemos obrigados a praticar o bem, a ser delicados, mesmo a ser corteses, nem tampouco para que o artista culto se julgue obrigado a recomeçar vinte vezes um trabalho, cuja admiração que suscitará pouco lhe há de importar ao corpo comido pelos vermes, como o panozinho de muro amarelo pintado com tanta ciência e requinte por um artista desconhecido para sempre e apenas identificado pelo nome de Vermeer. Todas essas obrigações que não encontram sanção na vida presente parecem pertencer a um mundo diferente, fundado na bondade, no escrúpulo, no sacrifício, mundo diferente deste e do qual saímos para nascer nesta terra, antes talvez de voltar a viver nele sob o império dessas leis ignotas a que obedecemos porque trazíamos em nós o seu ensinamento, sem saber que aí as traçara — essas leis de que nos aproxima todo labor profundo da inteligência e que são invisíveis, nem sempre, aliás! — para os tolos. De sorte que não há inverossimilhança na ideia de não ter Bergotte morrido para sempre.

Enterraram-no, mas durante toda a noite fúnebre, nas vitrinas iluminadas, os seus livros, dispostos três a três, velavam como anjos de asas espalmadas e pareciam, para aquele que já não existia, o símbolo da sua ressurreição.

Como disse, soube nesse dia que Bergotte morrera.[65] E admirava-me da inexatidão dos jornais que, reproduzindo todos a mesma

65 Os três parágrafos que se seguem provêm de um acréscimo manuscrito de Proust. Daí a dificuldade de se chegar a uma versão única do trecho. (N. do R. T.)

notícia, diziam que ele morrera na véspera. Ora, na véspera Albertine encontrara-se com ele, contou-me ela na mesma noite, o que até a tinha atrasado um pouco, pois ele se deixara ficar longamente conversando com ela. Foi sem dúvida a sua última conversa. Albertine conhecera-o por meu intermédio. Havia muito que eu não o visitava, mas como ela tivera a curiosidade de lhe ser apresentada, eu escrevera, um ano antes, ao velho mestre solicitando-lhe autorização para levá-la à sua presença. Prontamente atendera ele ao meu pedido, embora com alguma mágoa, creio de eu só voltar a procurá-lo para dar prazer a outra pessoa, o que confirmava minha indiferença por ele. São frequentes esses casos: às vezes aquele ou aquela que imploramos não pelo prazer de conversar novamente com eles, mas por causa de um terceiro, recusa tão obstinadamente que o nosso protegido pensa que nos gabamos de um falso prestígio; mais comumente o gênio ou a beldade célebre consentem, mas, humilhados em sua glória, feridos em sua afeição, só conservam por nós um sentimento atenuado, dolorido, um pouco desdenhoso. Adivinhei, muito tempo depois, ter injustamente culpado os jornais de inexatidão, pois não era verdade que naquele dia Albertine se tivesse encontrado com Bergotte; mas no momento eu não desconfiara de nada, tal a naturalidade com que ela falava, e só muito mais tarde vim a conhecer-lhe a arte encantadora de mentir com simplicidade. O que ela dizia, o que ela confessava tinha de tal modo os mesmos caracteres das coisas evidentes — do que vemos, do que tomamos conhecimento de maneira irrefutável — que ela semeava assim nos intervalos da vida os episódios de outra vida cuja falsidade eu não suspeitava então e de que só muito mais tarde tive a percepção.

Acrescentei "o que ela confessava", vou dizer por quê. Às vezes certas aproximações singulares me despertavam suspeitas ciumentas em que, ao lado dela, figurava no passado, ou, ai de mim, no futuro, outra mulher. Para apurar o caso, eu dizia o nome e Albertine respondia: "É verdade, encontrei-a há uns oito dias, a dois passos de casa. Por delicadeza respondi ao bom-dia que me deu. Andei com ela alguns passos. Mas nunca houve nada entre nós. Nunca haverá nada". Ora, aquela pessoa nem sequer fora vista por Albertine e por uma razão muito simples: havia dez meses que não vinha a Paris. Achava, porém, minha amiga que negar completamente era pouco verossímil. Daí aquele curto encontro fictício, contado com tanta simplicidade, que eu via a senhora parar, dar-lhe bom-dia, andar uns passos com ela. O testemunho dos meus sentidos, se eu tivesse estado lá fora no momento, ter-me-ia feito saber que a senhora não andara uns passos com Albertine. Mas se eu tinha sabido o contrário, fora por uma dessas cadeias de raciocínio (em que as palavras daqueles que nos merecem confiança inserem fortes malhas) e não pelo testemunho dos sentidos. Para invocar o testemunho dos sentidos seria preciso que eu tivesse estado realmente lá fora, o que não se dera. Pode-se, porém, imaginar que uma tal hipótese não seja inverossímil: eu poderia ter saído, ter passado na rua à hora em que Albertine me disse naquela noite (não me tendo visto) que andara alguns passos na companhia da senhora, e eu teria sabido então que Albertine mentira. Ainda assim, haveria certeza? Uma obscuridade sagrada ter-se-ia apoderado de meu espírito, eu haveria posto em dúvida que a tivesse visto sozinha, mal teria procurado compreender por que ilusão de óptica não tinha avistado a senhora e não teria tido maior espanto por me haver enganado, pois o mundo dos astros é menos difícil de conhecer do que as ações reais das criaturas, sobretudo das criaturas que amamos, fortificadas que são elas contra a nossa dúvida por fábulas destinadas a protegê-las. Durante quantos anos podem fazer crer ao nosso amor apático que a mulher amada tem no estrangeiro uma irmã, um irmão, uma cunhada, que jamais existiram!

O testemunho dos sentidos é também uma operação do espírito em que a convicção cria a evidência. Vimos muitas vezes o sentido da audição levar a Françoise não a palavra que se tinha pronunciado, mas a que ela julgava a verdadeira, o que bastava para que ela não ouvisse a retificação implícita de uma pronúncia melhor. O nosso mordomo era feito da mesma massa. O sr. de Charlus usava nessa época — pois sempre mudou muito — calças muito claras e que se reconheceriam entre mil. Ora o nosso mordomo, para quem *pissotière*[66] (designava a palavra o que o sr. de Rambuteau ficara indignado de ouvir o duque de Guermantes chamar uma edícula Rambuteau[67]) era *pistière*, nunca ouviu em toda a sua vida uma só pessoa dizer *pissotière*, embora muitas vezes assim pronunciassem a palavra diante dele. Mas o erro é mais cabeçudo do que a fé e não examina as próprias crenças. Constantemente dizia o mordomo: "Com certeza o senhor barão de Charlus apanhou alguma doença por ficar tanto tempo numa *pistière*. É o que acontece a quem anda sempre atrás de mulheres. Acabou metido em calças como as delas. Hoje de manhã a patroa mandou-me fazer umas compras em Neuilly. Na *pistière* da rua de Borgonha vi entrar o senhor barão de Charlus. Voltando de Neuilly, uma boa hora depois, vi as calças amarelas dele na mesma *pistière*, no mesmo lugar, no meio, onde ele se coloca sempre para não ser visto". Não conheço mulher mais formosa, mais nobre, mais jovem do que certa sobrinha da sra. de Guermantes. Pois ouvi o porteiro de um restaurante aonde eu ia às vezes dizer ao vê-la passar: "Olhem a bruaca toda enfeitada, que figura! E tem pelo menos oitenta anos". Quanto à idade, não me parece possível que falasse sério. Mas à volta dele os *chasseurs*, que chacoteavam toda vez que ela passava defronte ao hotel para ir visitar, não longe dali, suas encantadoras tias-avós, as sras. de Fezensac e de Belleroy, viram na fisionomia dessa bonita moça os oitenta anos que, por gracejo ou não, dera o porteiro à "bruaca". Haveriam de soltar boas gargalhadas se lhes dissessem que tinha mais distinção do que uma das duas caixas do hotel, a qual, embora roída de

66 Em português "mictório". (N. dos T.)
67 Alusão ao conde de Rambuteau (1781-1869), grande administrador que, nos quinze anos em que foi "Préfet de la Seine", concluiu o Arco de Triunfo e a igreja da Madeleine, iluminou as ruas parisienses com gás e fez banheiros públicos. (N. do R. T.)

eczema e ridícula de gordura, lhes parecia uma bela mulher. Só talvez o desejo sexual teria sido capaz de os impedir de caírem naquele erro, se ele houvesse atuado ao passar a "bruaca", e aqueles homens tivessem de repente cobiçado a jovem deidade. Mas por motivos desconhecidos, e que deviam ser provavelmente de ordem social, esse desejo não atuou. Haveria aliás muito que discutir. O universo é verdadeiro para todos nós e diferente para cada um de nós. Se não fôssemos obrigados, para a boa ordem da narrativa, a limitar-nos a razões frívolas, quantas outras mais sérias não nos permitiriam mostrar a sobriedade mentirosa do princípio deste volume, onde de minha cama ouço o despertar do mundo, ora num dia de sol, ora num dia chuvoso. Sim, fui obrigado a desbastar a coisa e a mentir, mas não é um só universo, são milhões de universos que despertam todas as manhãs, quase tão numerosos quantas são as pupilas e inteligências humanas.

Voltando a Albertine, jamais conheci mulheres mais dotadas do que ela da engenhosa aptidão para a mentira animada, colorida dos próprios matizes da vida, a não ser uma das suas amigas — uma das minhas meninas em flor também, rosada como Albertine, mas cujo perfil irregular, cavado aqui, proeminente ali, era tal qual certos cachos de flores de cor-de-rosa cujo nome esqueci, e que apresentam também longas e sinuosas reentrâncias. Essa moça era, do ponto de vista da afabulação, superior a Albertine, pois não lhe misturava nenhum dos momentos dolorosos, dos subentendidos raivosos que eram frequentes em minha amiga. Mas eu disse que ela era encantadora quando inventava uma narrativa que não deixava lugar à dúvida, pois víamos então diante de nós a coisa — no entanto imaginada — que ela dizia, servindo-nos, como vista, da sua palavra. Era minha verdadeira percepção.

Era apenas a verossimilhança que inspirava Albertine, não o desejo de me fazer ciúme. Pois Albertine, desinteressadamente talvez, gostava de receber gentilezas. Ora, se no curso desta minha obra já tive e ainda terei muitas ocasiões de mostrar como o ciúme redobra o amor, foi do ponto de vista do amante que me coloquei. Por menos brio, porém, que tenha este, ainda que haja de morrer depois da separação, não responderá a uma suspeitada traição com uma gentileza: afastar-se-á ou, sem se afastar, tomará o partido de simular frieza. Por isso é em pura perda que a amante o faz sofrer tanto. Se, ao contrário, ela dissipar com uma palavra hábil, com meigos carinhos, as suspeitas que o torturavam embora ele se fingisse indiferente, sem dúvida não sentirá o amante aquele acréscimo desesperado do amor a que o alça o ciúme, mas cessando repentinamente de sofrer, feliz, enternecido, aliviado como se fica depois de uma tempestade quando caiu a chuva e mal se ouve ainda debaixo dos grandes castanheiros escorrer muito espaçadamente as gotas suspensas que já o sol, reaparecido, vem colorir, não sabe ele como exprimir sua gratidão àquela que o curou. Sabia Albertine que eu gostava de recompensá-la pelas suas gentilezas, o que explicava talvez que ela inventasse, para se inocentar, confissões naturais como essas suas histórias que eu não punha em dúvida, uma das quais fora a do encontro com Bergotte, que já havia falecido. Mentiras de Albertine eu só conhecia até então aquelas que, por exemplo, em Balbec me havia contado Françoise, e que não referi apesar de me terem feito muito mal: "Ela não estava com vontade de vir, e então me disse: 'Você não podia dizer a ele que não me encontrou, que eu tinha saído?'". Mas os "inferiores" que nos estimam como Françoise me estimava têm prazer em ferir o nosso amor-próprio.

os verdurin rompem com o sr. de charlus

Depois do jantar, disse eu a Albertine que tinha vontade de aproveitar a minha boa disposição para visitar uns amigos, a sra. Villeparisis, ou a sra. de Guermantes, ou os Cambremer, não sabia bem ainda, enfim os que encontrasse em casa. Só não disse o nome daqueles a cuja casa pretendia ir, os Verdurin. Perguntei-lhe se não queria vir comigo. Alegou que não tinha vestido. "E depois estou tão mal penteada. Você faz questão de que eu continue a usar este penteado?" E para se despedir de mim estendeu-me a mão daquela maneira seca, esticando o braço, endireitando os ombros, que ela tinha antigamente na praia de Balbec e não tivera mais depois. Esse movimento esquecido refez do corpo animado por ele o da Albertine que mal me conhecia ainda. Restituiu a Albertine, cerimoniosa sob uma aparência estabanada, a sua novidade primeira, o seu mistério e até o seu ambiente. Vi o mar atrás da moça que eu nunca mais vira estender-me assim a mão desde que eu voltara de Balbec. "Minha tia acha que ele me envelhece", acrescentou em tom mal-humorado. "Oxalá tenha razão!", pensei comigo. "Que a senhora Albertine com um ar de menina faça a senhora Bontemps parecer mais moça, é o que esta quer, e mais, que Albertine não lhe custe nada até o dia em que, casando comigo, venha a dar-lhe lucro." Mas que Albertine parecesse menos moça, menos bonita, fizesse voltarem-se menos na rua para vê-la, eis o que eu, ao contrário, desejava. Pois a velhice de uma dama de companhia não é tão tranquilizadora para um amante ciumento quanto a velhice do rosto da sua amada. Só me aborrecia pensar que o penteado do meu gosto pudesse parecer a Albertine uma clausura a mais. E foi ainda este sentimento doméstico novo que não cessou, mesmo longe de Albertine, de me prender a ela como um liame.

Depois de dizer a Albertine, pouco disposta, conforme me confessara, a me acompanhar na visita aos Guermantes ou aos Cambremer, que eu não sabia bem aonde iria, saí para a casa dos Verdurin. No momento em que a ideia do concerto que eu ia ouvir me trouxe à lembrança a cena da tarde: "Suma daqui, sua grandessíssima p.!" — cena de amor despeitado, de amor ciumento talvez, mas neste caso tão bestial quanto a que, descontadas as palavras, poderia fazer a uma mulher um orangotango apaixonado por ela —, no momento em que na rua eu ia chamar um fiacre, ouvi os soluços reprimidos de um homem que estava sentado num frade de pedra. Aproximei-me. O homem, que apertava a cabeça nas mãos, parecia um rapaz, e fiquei surpreso ao ver, pela brancura que saía da capa, que ele estava de casaca e de gravata branca. Ao ouvir os meus passos, descobriu o rosto inundado de lágrimas, mas reconhecendo-me, virou para o outro lado. Era Morel. Compreendeu que eu o reconhecera e, procurando conter o pranto, disse-me que tinha parado ali um instante, tão grande era o seu sofrimento. "Insultei hoje grosseiramente", acrescentou, "uma pessoa por quem já tive uma profunda afeição. Foi um ato de covarde, pois ela tem paixão por mim." "Com o tempo talvez ela esqueça", disse-lhe sem refletir que, falando assim, mostrava ter ouvido a cena da tarde. Mas ele estava tão absorvido em sua tristeza que nem teve ideia de que eu pudesse saber alguma coisa. "Talvez ela esqueça", respondeu. "Mas eu é que não poderei esquecer. Tenho o sentimento de minha vergonha, tenho um nojo de mim! Mas enfim está dito, nada pode fazer que não tenha sido dito. Quando me irritam, não sei mais o que faço. E é tão prejudicial para mim, sinto os nervos todos emaranhados", pois como todos os neurastênicos preocupava-se muito com a saúde. Se de tarde eu assistira à cólera amorosa de um animal furioso, agora, decorridos alguns séculos dentro de umas poucas horas, um sentimento novo, um sentimento de vergonha, de arrependimento, de tristeza, mostrava que uma grande distância havia sido transportada na evolução do bruto destinado a se transformar em criatura humana. Apesar de tudo, não me saíam da cabeça os gritos "grandessíssima p.!" e eu receava um regresso iminente ao estado selvagem. Compreendia aliás muito mal o que se tinha passado, e isso era tanto mais natural quanto o próprio sr. de Charlus ignorava inteiramente que, havia alguns dias e particularmente naquele dia, ainda antes do vergonhoso episódio que não se relacionava de modo direto com o estado do violinista, Morel vinha sofrendo nova crise de neurastenia. Com efeito, no mês anterior, apressara quanto pudera, não tanto porém, quanto desejava, a sedução da sobrinha de Jupien, com a qual podia, como noivo, sair quando quisesse. Mas ao adiantar-se um pouco demais em suas tentativas de violentá-la, e sobretudo quando falara à noiva em ter relações com outras moças que ela lhe arranjaria, encontrou resistências que o exasperaram. E com isso (ou porque ela se mostrasse demasiado pudica ou, ao contrário, se lhe tivesse entregue) seu desejo passou. Resolvera ele romper, mas sentindo que o barão era muito mais moral, embora viciado, temia que, ao saber do rompimento, o sr. de Charlus o pusesse na rua. Por isso decidira, havia uns quinze dias, não voltar a ver a moça, deixar que o sr. de Charlus e Jupien se arranjassem como pudessem (empregava uma expressão mais cambronesca), e antes de comunicar o rompimento, "dar o fora" sem dizer para onde. Amor cujo desenlace o deixava um pouco triste;[68] se bem que o seu procedimento para com a sobrinha de Jupien coincidisse exatamente e nas menores minúcias com aquele cuja teoria expusera ao barão quando jantava em Saint-Mars-le-Vêtu, é provável que fossem muito diferentes, e que sentimentos menos atrozes e não previstos por ele em seu comportamento teórico houvessem embelezado, tornado sentimental o seu comportamento real. O único ponto em que, ao contrário, a realidade se mostrava pior do que o projeto era que no projeto não lhe parecia possível permanecer em Paris depois de tamanha traição. Agora, ao contrário, "dar o fora" por coisa tão simples parecia-lhe, na verdade, demais. Era abandonar o sr. de Charlus, que certamente ficaria furioso, e sacrificar a situação. Perderia todo o dinheiro que o barão lhe dava. A ideia de isto ser inevitável dava-lhe crises de nervos. Então chorava horas a fio, e para não pensar no caso tomava morfina com cautela. De repen-

68 Frase ausente da tradução de Manuel Bandeira e Lourdes Sousa de Alencar, mas presente na última edição em francês da Bibliothèque de la Pléiade. (N. do R. T.)

te, porém, lhe veio uma ideia, que sem dúvida andava a tomar vida e forma em seu espírito havia algum tempo, essa ideia era que a alternativa, a escolha entre o rompimento com a moça e a interrupção completa das relações com o sr. de Charlus não era talvez forçosa. Privar-se de todo o dinheiro que lhe dava o barão era muito. Morel, incerto, esteve durante alguns dias mergulhado em ideias negras, como as tinha quando via Bloch. Depois concluiu que Jupien e a sobrinha haviam tentado apanhá-lo numa armadilha e deviam considerar-se muito felizes de a coisa acabar assim. Achava em suma que a culpa era da moça por ter sido tão pouco jeitosa, por não ter sabido prendê-lo pelos sentidos. Não só o sacrifício de sua situação junto ao sr. de Charlus lhe parecia absurdo, como se arrependia até dos jantares dispendiosos que oferecera à moça depois que ficaram noivos e cujas importâncias poderia enumerar, como filho que era do criado de quarto que vinha todos os meses trazer o seu "livro" a meu tio. Pois livro, no singular, que para o comum dos mortais significa obra impressa, perde esse sentido para as altezas e para os criados de quarto. Para estes significa o livro de contas, para aquelas o registro onde os visitantes inscrevem os seus nomes. (Em Balbec, um dia que a princesa de Luxemburgo me disse que estava sem livro, eu já ia emprestar-lhe *Pêcheur d'Islande* e *Tartarin de Tarascon*, quando percebi que ela tinha querido dizer que não passaria o tempo menos agradavelmente, mas que eu teria mais dificuldade em deixar o meu nome ao visitá-la.)[69] Apesar de mudado o ponto de vista de Morel quanto às consequências de seu comportamento, o qual lhe teria parecido abominável dois meses antes quando ele amava apaixonadamente a sobrinha de Jupien, ao

69 O herói ia emprestar à princesa de Luxemburgo obras de um dos escritores preferidos do jovem Proust, Pierre Loti: no conhecido questionário sobre seus gostos, no item "Meus autores favoritos em prosa", aparecem os nomes de Loti e Anatole France, precedidos da palavra "hoje" (cf. *Contre Sainte-Beuve*. Paris: Gallimard, 1971, p. 337. Pléiade). (N. do R. T.)

passo que de uns quinze dias para cá se lhe afigurava natural e até digno de elogios, cada vez mais se lhe agradava o estado de nervosismo em que havia pouco anunciara o rompimento. E Morel estava pronto a "descarregar a sua cólera" se não (salvo num acesso momentâneo) sobre a moça, para com quem conservava aquele resto de receio, último vestígio do amor, pelo menos sobre o barão. Evitou, porém, falar-lhe antes do jantar, pois colocando acima de tudo a sua virtuosidade profissional, quando tinha de tocar peças difíceis (como nessa noite em casa dos Verdurin), evitava (tanto quanto possível, e já era demais a cena da tarde) tudo o que pudesse tornar os seus movimentos um pouco duros. Tal qual um cirurgião apaixonado por automobilismo, que deixa de guiar o seu carro quando tem que operar. Assim explico o fato de Morel, ao falar comigo, mover de manso os dedos um após outro para ver se já tinha readquirido a flexibilidade. Um ligeiro franzir das sobrancelhas parecia indicar que havia ainda neles um pouco de rigidez nervosa. Mas para não aumentá-la, desenrugava a fisionomia, a modo de quem procurara não se impacientar de não dormir ou de não possuir facilmente uma mulher, receando que a própria fobia retarde o momento do sono ou do prazer. Por isso, desejoso de recobrar a serenidade para ficar, como de costume, inteiramente entregue ao que ia tocar em casa dos Verdurin, e desejoso de me permitir constatar, enquanto o estivesse vendo, a verdade do seu sofrimento, o que lhe pareceu mais simples foi suplicar-me que me fosse embora imediatamente. A súplica era inútil, e a partida um alívio para mim. Indo ambos nós à mesma casa com alguns minutos de intervalo, tive medo que quisesse a minha companhia, pois eu guardava ainda uma lembrança muito viva da cena da tarde para não sentir certo nojo em ter Morel a meu lado durante o trajeto. É muito possível que o amor, e depois a indiferença, ou o ódio de Morel com respeito à sobrinha de Jupien fossem sinceros. Infelizmente não era a primeira vez que procedia assim, que "dava o fora" de repente numa moça a quem jurara amar para sempre, chegando até a dizer, mostrando-lhe um revólver carregado, que estouraria os miolos se tivesse a covardia de abandoná-la. Abandonava-a no entanto e sentia, em vez de remorso, uma espécie de ódio. Não, não era a primeira vez que procedia assim, nem haveria de ser a última, de sorte que muitas cabecinhas de moças — de moças menos esquecidas dele do que ele delas — sofreram — como sofreria por muito tempo ainda a sobrinha de Jupien, continuando a gostar de Morel embora desprezando-o —, sofreram, prestes a estalar pela violência de uma dor interna porque no cérebro de cada uma delas — como o fragmento de uma sepultura grega —, um aspecto do rosto de Morel, duro como o mármore e belo como as esculturas antigas, estava encravado, com os seus cabelos em flor, os seus olhos finos, o seu nariz reto, muito protuberante para um crânio que não fora destinado a recebê-lo, e que não podia ser operado. Mas com o tempo esses fragmentos tão duros acabam resvalando para um lugar onde já não causam tanto sofrimento, e ali ficam sem bulir; não lhes sentimos mais a presença: é o esquecimento, ou a recordação indiferente.

Dois produtos guardava eu deste meu dia. Por um lado, graças ao sossego trazido pela docilidade de Albertine, a possibilidade e, por conseguinte, a resolução de romper com ela. Por outro lado, fruto de minhas reflexões durante o tempo em que a esperara sentado ao piano, a ideia de que a Arte, a que eu procuraria consagrar minha liberdade recuperada, não era coisa que valesse a pena de um sacrifício, algo de fora da vida, não participando da sua vaidade e da sua vacuidade, a aparência de individualidade real obtida nas obras não sendo senão uma ilusão produzida pela habilidade técnica. Se esta minha tarde deixara em mim outros resíduos, mais profundos talvez, só muito mais tarde deveriam chegar ao meu conhecimento. Quanto aos dois que eu sopesava claramente, não iam ser duradouros; pois, a partir dessa mesma noite, minhas ideias sobre a arte iriam refazer-se da diminuição sofrida à tarde, ao passo que o sossego, e por conseguinte a liberdade que me permitiria consagrar-me a ela, ia ser-me novamente retirado.

Seguia o meu carro cais afora e, ao se aproximar da casa dos Verdurin, eu o fiz parar. É que vira Brichot descer de um bonde à esquina da rua Bonaparte, limpar os sapatos com um jornal velho e calçar umas luvas cor de pérola. Fui ao encontro dele. Como havia algum tempo tivesse piorado de uma doença dos olhos, tinham-no dotado — tão suntuosamente quanto um observatório — de lentes novas, possantes e complicadas, as quais, como instrumentos astronômicos, lhe pareciam aparafusadas nos olhos; assestou ele sobre mim aquelas luzes excessivas e reconheceu-me. Estavam as lentes em maravilhoso estado. Mas por trás delas avistei minúsculo, pálido, convulsivo, expirante, um olhar longínquo posto ali como nos laboratórios excessivamente subvencionados para os trabalhos neles executados se coloca um insignificante bichinho agonizante sob aparelhos os mais aperfeiçoados. Ofereci meu braço ao semicego para lhe amparar os passos. "Desta vez não é perto da grande Cherburgo que nos encontramos", disse-me ele, "mas junto da pequena Dunquerque", frase de que não gostei, pois não lhe compreendi o sentido; todavia não ousei pedir esclarecimentos a Brichot, com receio menos do seu desprezo do que de suas explicações.[70] Respondi-lhe que estava com muita curiosidade de ver o salão onde antigamente Swann se encontrava com Odette todas as noites. "O quê!, você está a par desses velhos casos?", disse-me ele. "Pois olhe que desse tempo até a morte de Swann há o que o poeta chama com muita razão: *grande spatium mortalis aevi*."[71]

70 Brichot alude ao encontro com o herói na Raspelière, propriedade que os Verdurin alugaram na costa normanda. Já a menção à "pequena Dunquerque", loja de quinquilharias, situa o novo salão dos Verdurin no Cais Conti. (N. do R. T.)

71 A expressão "uma grande parte da vida de um homem" aparece no exórdio da *Vida de Agrícola*, no qual Tácito, antes de narrar a vida do sogro, Agrícola, relata as dificuldades por que passaram "os talentos e as letras", com a morte de muitos sob a tirania de quinze anos de Domiciano. A celebração de uma nova era de liberdades, sob Nerva e Trajano, não coincide com a nova fase do salão dos Verdurin, em que a

A morte de Swann impressionara-me na ocasião, profundamente. A morte de Swann! Swann não tem nesta frase o simples papel de um genitivo. Quero referir-me à morte particular, à morte enviada pelo destino ao serviço de Swann. Pois dizemos morte para simplificar, mas são tantas as mortes quantas as pessoas. Não possuímos sentido que nos permita ver, correndo a toda velocidade em todas as direções, as mortes, as mortes ativas dirigidas pelo destino a este ou àquele. Muitas vezes são mortes que só se desobrigarão inteiramente de sua tarefa dois ou três anos depois. Correm, vão pôr um câncer nas entranhas de um Swann, saem depois para outras tarefas, só voltando quando, feita a operação pelos cirurgiões, e necessário repor o câncer. Depois vem o momento em que se lê no *Gaulois* que a saúde de Swann inspirou cuidados, mas que a sua indisposição está em perfeita via de cura. Então, poucos minutos antes do último suspiro, a morte, como uma religiosa que nos tivesse assistido em vez de nos destruir, chega para acompanhar os nossos derradeiros instantes e coroa com uma auréola suprema a criatura para sempre enregelada cujo coração cessou de bater. E é essa diversidade das mortes, o mistério de seus circuitos, a cor de sua charpa fatal que dá um quê tão impressionante às linhas dos jornais: "Soubemos com vivo pesar que o sr. Charles Swann faleceu ontem em Paris, na sua residência, vítima de pertinaz moléstia. Parisiense cujo espírito era por todos apreciado, assim como a firmeza de suas amizades escolhidas mas fiéis, sua falta será unanimemente deplorada, tanto nos meios artísticos e literários, onde a finura esclarecida do seu bom gosto fazia com que se sentisse bem e fosse procurado por todos, quanto no Jockey Club, de que era um dos membros mais antigos e mais influentes. Pertencia também ao Clube da União e ao Clube Agrícola. Demitira-se faz pouco tempo de sócio do clube da

---

tirania da "Patroa" e do marido se estende aos fiéis mais assíduos, como o próprio Brichot. A frase citada por Brichot serve justamente de elogio a uma fase anterior do salão, menos glamorosa, mas que ele prefere à atual. O trecho entre aspas não consta da última edição do texto original pela Bibliothèque de la Pléiade. (N. do R. T.)

rua Royale. Sua fisionomia espirituosa, assim como sua manifesta notoriedade não deixavam de excitar a curiosidade pública em todo *great-event* da música e da pintura, especialmente nos *vernissages*, de que fora frequentador fiel até os últimos anos de vida, quando só raramente saía de casa. As exéquias terão lugar" etc.

A este aspecto, se não somos "alguém", a ausência de título conhecido torna ainda mais rápida a decomposição da morte. Sem dúvida é de maneira anônima, sem distinção de individualidade, que se é o duque de Uzès. Mas a coroa ducal mantém unidos por algum tempo os elementos como os daqueles espelhos de formas bem desenhadas tão apreciadas por Albertine, ao passo que os nomes de burgueses ultramundanos, logo que estes morrem, se desagregam, e se derretem, tirados de seus moldes. Vimos a sra. de Guermantes falar de Cartier como sendo o melhor amigo do duque de La Trémoïlle, como de um homem muito considerado nos meios aristocráticos. Para a geração seguinte Cartier tornou-se qualquer coisa tão informe que talvez o engrandecessem aparentando-o ao joalheiro Cartier, e no entanto como ele teria sorrido se algum ignorante o houvesse confundido com o outro! Swann era, ao contrário, uma personalidade intelectual e artística notável; e embora nada tivesse "produzido", teve contudo a sorte de durar um pouco mais. E todavia, caro Charles Swann, que conheci quando eu era ainda tão moço e tu já estavas tão perto do túmulo, foi porque aquele que decerto consideravas então um bobinho fez de ti o herói de um de seus romances, que se está voltando a falar de tua pessoa e que talvez sobrevivas. Se a propósito do quadro de Tissot que representa a sacada do clube da rua Royale onde apareces entre Galliffet, Edmond Polignac e Saint Maurice, falam tanto de ti, é porque sabem que há algumas de tuas feições na personagem de Swann.[72]

72 O quadro de James Tissot de 1868 traria em "algumas feições" de Charles Haas um modelo para a personagem fictícia Charles Swann. (N. do R. T.)

Voltando a realidades mais gerais, foi dessa morte predita e no entanto imprevista de Swann que o ouvira a ele próprio falar à duquesa de Guermantes, na noite em que se realizara a festa em casa da prima dela. A mesma morte cuja estranheza específica e impressionante se me deparara uma noite em que correndo os olhos pelo jornal a notícia me fizera estacar de repente, como se estivesse traçada em misteriosas linhas inoportunamente interpoladas. Haviam estas bastado para fazer de um vivo alguém que já não pode responder ao que lhe dizem senão um nome, um nome escrito, passado subitamente do mundo real para o reino do silêncio. Eram elas que me davam ainda neste momento o desejo de conhecer melhor a casa onde antigamente tinham residido os Verdurin e onde Swann, que então não era apenas algumas letras impressas num jornal, jantara tantas vezes com Odette. Cumpre acrescentar ainda (e isto fez com que durante muito tempo a morte de Swann se me tornasse mais dolorosa do que qualquer outra, embora estes motivos não se relacionassem com a estranheza individual de sua morte) que eu não fora visitar Gilberte, como lhe tinha prometido a ele em casa da princesa de Guermantes; que ele não me havia exposto a "outra razão", a que aludira naquela noite, pela qual me escolhera como confidente de sua conversa com o príncipe; que mil perguntas me vinham à mente (como bolhas subindo do fundo da água), que eu desejaria fazer-lhe sobre os assuntos mais diversos: sobre Vermeer, sobre o sr. de Mouchy, sobre ele próprio, sobre uma tapeçaria de Boucher, sobre Combray, perguntas sem dúvida pouco urgentes, pois eu as viera adiando todos os dias, mas que me pareciam capitais depois que, selados os seus lábios, a resposta não viria mais. A morte dos outros é como uma viagem que faríamos nós mesmos e em que nos lembramos, já a cem quilômetros de Paris, que esquecemos duas dúzias de lenços, de deixar uma chave para a cozinheira, de nos despedir de nosso tio, de perguntar o nome da cidade em que fica a fonte antiga que desejamos ver. Entretanto, todo esse esquecimento que nos toma de assalto e que dizemos em voz alta, por pura forma, para um amigo que viaja conosco, tem como única réplica o desejo de não receber um assento ruim, o nome da estação gritado pelo empregado e que apenas nos distancia cada vez mais das realizações doravante impossíveis, de forma que, renunciando a pensar nas coisas irremediavelmente omitidas, desfazemos o pacote com os mantimentos e trocamos os jornais e as revistas.[73]

"Não", continuou Brichot, "não era aqui que Swann se encontrava com sua futura mulher ou pelo menos não foi aqui senão nos últimos tempos, depois do sinistro que destruiu parcialmente a primeira residência da senhora Verdurin."

Infelizmente, receoso de alardear aos olhos de Brichot um luxo que me parecia impróprio, pois o universitário não participava dele, apeara eu muito precipitadamente do carro, de sorte que o cocheiro não compreendera o que eu lhe havia dito a toda a velocidade para ter tempo de me afastar dele antes que Brichot me avistasse. O resultado foi que o cocheiro veio ter conosco e me perguntou se devia ir buscar-me; disse-lhe apressadamente que sim e redobrei de respeito para com o universitário, que viera de ônibus. "Ah!, você veio de carro", disse-me ele com gravidade. "Por acaso, simples acaso", respondi-lhe; "nunca faço isto. Ando sempre de ônibus ou a pé. Mas hoje isto vai me proporcionar talvez a grande honra de o reconduzir à sua casa esta noite, se o senhor aquiescer em me fazer companhia neste calhambeque; ficaremos um pouco apertados. Mas o senhor é tão amável comigo." Ai de mim, propondo-lhe isso, não me privo de nada, pensei, pois serei obrigado da mesma maneira a voltar para casa por causa de Albertine. A presença dela em minha casa, numa hora em que ninguém podia vir vê-la, deixava-me dispor tão livremente do meu tempo como dispusera à tarde quando, ao piano, eu sabia que ela ia voltar do Trocadéro e não tinha pressa de a reaver. Mas enfim, como de

73 De "A morte dos outros" até "revistas", trecho ausente da tradução de Manuel Bandeira e Lourdes Sousa de Alencar, mas presente na última edição em francês da Bibliothèque de la Pléiade. (N. do R. T.)

tarde também, sentia que tinha uma mulher e que voltando para casa não experimentaria a exaltação fortificante da solidão. "Aceito com muito prazer", respondeu-me Brichot. "Na época a que você alude, nossos amigos habitavam na rua Montalivet um magnífico andar térreo com sobreloja, dando para um jardim, menos suntuoso evidentemente, mas que eu prefiro ao palacete da Embaixada de Veneza." Brichot contou-me que havia nessa noite no "Cais Conti" (era assim que os fiéis se referiam ao salão dos Verdurin depois que eles se mudaram para lá) grande "tra-la-lá" musical, organizado pelo sr. de Charlus. Acrescentou que no tempo a que eu me referira o grupinho era outro, e o tom diferente, não apenas porque os fiéis fossem mais moços. Contou-me brincadeiras de Elstir (o que ele Brichot chamava "puras pantalonadas"), como um dia em que o pintor, depois de fingir que roera a corda no último momento, chegara disfarçado em mordomo extra e enquanto ia passando os pratos dizia graçolas ao ouvido da muito pudibunda baronesa Putbus, vermelha de susto e de raiva; depois, desaparecendo antes do fim do jantar, mandara trazer para o salão uma banheira cheia de água, de onde, ao se levantarem da mesa, emergiu nu em pelo, proferindo nomes feios; e também das ceias onde todos apareciam metidos em roupas de papel, desenhadas, cortadas, pintadas por Elstir, que eram obras-primas, tendo Brichot de uma feita vestido a de um grande fidalgo da corte de Carlos VII, com sapatos de bico arrebitado, e de outra vez a de Napoleão I, e neste Elstir fabricara a grande insígnia da Legião de Honra com lacre. Em suma, rememorando Brichot o salão de outrora com seus janelões, seus canapés baixos comidos pelo sol do meio-dia e que fora preciso substituir, declarava preferi-lo ao de hoje. Naturalmente eu compreendia que para Brichot "salão" era no caso — assim como a palavra igreja não significa apenas o edifício religioso mas a comunidade dos fiéis — não só a sobreloja, senão também as pessoas que a frequentavam, os prazeres particulares que vinham procurar ali, e aos quais em sua memória tinham dado a sua forma aqueles canapés, onde, quando se vinha visitar a sra. Verdurin à tarde, se esperava que ela aparecesse, enquanto as flores dos castanheiros lá fora, e sobre a lareira cravos em vasos, pareciam, num pensamento de graciosa simpatia pelo visitante, traduzida nas risonhas boas-vindas daquelas flores cor-de-rosa, espreitar fixamente a entrada tardia da dona da casa. Mas se o salão antigo lhe parecia superior ao atual, era talvez porque o nosso espírito é o velho Proteu que não pode ficar escravo de nenhuma forma e até nos domínios da sociedade se desafeiçoa subitamente de um salão chegado lenta e dificilmente a seu ponto de perfeição para preferir outro menos brilhante, assim como os retratos "retocados" que Odette tirara no fotógrafo Otto, elegantíssima em seu rico vestido princesa e ondulada por Lenthéric, não agradavam tanto a Swann quanto um postalzinho de Nice, em que, de capelina de feltro, cabelos mal-arranjados saindo fora do chapéu de palha bordado de amores-perfeitos e com um laço de veludo preto, vinte anos mais moça (pois as mulheres parecem geralmente tanto mais idosas quanto mais antigas são as fotografias), ela tinha a aparência de uma criadinha vinte anos mais velha. Talvez também tivesse o universitário prazer em gabar para mim o que eu conhecia, em mostrar-me que desfrutara prazeres que eu não podia ter. Conseguia-o, de resto, pois só de lhe ouvir citar os nomes de duas ou três pessoas que já não existiam e a cada uma das quais ele dava não sei que mistério pela sua maneira de falar deles e dessas intimidades deliciosas, eu ficava considerando no que ele devia ter sido; sentia que tudo quanto me tinham contado dos Verdurin era por demais grosseiro; e até Swann, que eu conhecera, arrependia-me de não lhe ter dado bastante atenção, de não ter prestado atenção com bastante desinteresse, de não o ter escutado melhor quando me recebia, enquanto esperava que a mulher voltasse para o almoço e me mostrava coisas bonitas, agora que eu sabia que sua palestra era comparável às mais brilhantes de antigamente.

No momento em que íamos chegando à casa da sra. Verdurin, avistei o sr. de Charlus, que vinha navegando em direção a nós com o seu corpo enorme, arrastando sem querer, atrás de si, um desses apaches ou mendigos, que agora à sua passagem surgia infalivelmente até das esquinas aparentemente mais desertas, e por quem aquele monstro poderoso era, muito a contragosto, sempre escoltado, se bem que a certa distância, como o tubarão o é pelo seu piloto, enfim contrastando tanto como o forasteiro arrogante do primeiro ano de Balbec, de aspecto severo, de afetada virilidade, que me pareceu descobrir, acompanhado de seu satélite, um astro em período inteiramente diferente de sua revolução e que se começa a ver em sua fase plena, ou um doente invadido agora pelo mal que era apenas, alguns anos atrás, uma borbulhazinha que ele dissimulava facilmente e de cuja gravidade não suspeitávamos. Embora a operação a que se submetera Brichot lhe tivesse restituído um pouquinho a visão que lhe parecera a princípio perdida para sempre, não sei se ele viu o tipo que vinha seguindo o barão. Pouco importava aliás, pois desde os tempos da Raspelière, e apesar da amizade que lhe tinha o universitário, a presença do sr. de Charlus despertava nele um certo mal-estar. Sem dúvida para cada homem a vida de qualquer outro prolonga na escuridão veredas de que não se tem ideia. A mentira, porém, tantas vezes enganadora, e alimento de todas as conversas, esconde menos perfeitamente um sentimento de inimizade, ou de interesse, ou uma visita que queremos fingir não ter feito, ou uma escapada com uma amante de um dia e que queremos ocultar de nossa mulher, do que uma boa reputação o segredo de certas depravações de que ninguém desconfia. Podem passar ignoradas a vida inteira; revela-os de súbito o acaso de um encontro num cais, à noite; mas esse acaso é muitas vezes mal compreendido e é preciso que um terceiro, conhecedor do segredo, nos forneça o sentido oculto da coisa, ignorado de todos. Mas uma vez conhecidas, assustam, porque sentimos que raiam pela loucura, muito mais do que por serem imorais. A sra. de Surgis tinha um sentimento moral nada desenvolvido, e teria admitido qualquer procedimento dos filhos manchado e explicado pelo interesse, compreensível a toda gente! Mas proibiu-lhes que continuassem a frequentar o sr. de Charlus ao saber que, por uma espécie de maquinismo de repetição, era este como que fatalmente levado, em cada visita, a beliscar-lhes o queixo e a fazer que se beliscassem da mesma maneira. Experimentou ela aquele sentimento inquieto do mistério físico que nos leva a perguntarmos a nós mesmos se o vizinho com quem tínhamos boas relações não estará atacado de antropofagia, e às perguntas repetidas do barão: "Quando verei de novo os rapazes?", respondeu, ciente das tempestades a que se expunha, que eles andavam muito ocupados com as aulas, os preparativos de uma viagem etc. A irresponsabilidade agrava os erros e mesmo os crimes, digam o que disserem. Landru (admitido que ele tenha realmente matado as suas mulheres), se o fez por interesse, coisa a que se pode resistir, pode ser perdoado, mas não se foi por um sadismo irresistível.[74] Os gracejos pesados de Brichot, no começo de sua amizade com o barão, tinham cedido lugar, quando já não se tratava de dizer lugares-comuns, mas de compreender, a um sentimento desagradável que empanava o bom humor. Serenava ele recitando páginas de Platão e versos de Virgílio, porque, cego também de espírito, não compreendia que então amar um rapaz era como hoje (os gracejos de Sócrates revelam-no melhor do que as teorias de Platão) ter amores com uma dançarina, e depois fazer um bom casamento. Nem o teria compreendido o próprio sr. de Charlus, que confundia o seu vício com a amizade, que não se lhe assemelha em nada, e os atletas de Praxíteles com dóceis boxeadores. Não queria ver que há mil e novecentos anos ("um cortesão devoto sob um príncipe devoto teria sido ateu sob um príncipe ateu", disse La Bruyère[75]) toda a

74 Condenado à guilhotina em 1921pela morte de dez jovens e um garoto, Landru é executado no ano seguinte, o que faz dessa frase um acréscimo bastante tardio ao livro, uma vez que Proust morre em 1922, corrigindo as provas de *A prisioneira*. (N. do R. T.)

75 A frase original de *Les caractères* (1688) de La Bruyère é a seguinte: "Um devoto é aquele que, sob um rei ateu, seria ateu". Ela é a frase de conclusão do capítulo "Da moda", em que são citados exemplos de conciliação da devoção cristã com as circunstâncias que se apresentam fora do exercício religioso, como "detalhar na confis-

homossexualidade de costume — a dos rapazes de Platão como a dos pastores de Virgílio — desapareceu, que só sobrenada e se multiplica a involuntária, a nervosa, a que se esconde dos outros e se disfarça aos próprios olhos. E o sr. de Charlus andaria errado se não renegasse francamente a genealogia pagã. Em troca de um pouco de beleza plástica, quanta superioridade moral! O pastor de Teócrito que suspira por um rapazinho não terá mais tarde nenhum motivo para ser menos duro de coração, e de espírito mais fino, do que o outro pastor cuja flauta ressoa por Amarílis.[76] Pois o primeiro não sofre de um mal, está obedecendo às modas do tempo. A homossexualidade sobrevivente a despeito dos obstáculos, vergonhosa, infamada, é a única verdadeira, a única a que possa corresponder numa mesma criatura um afinamento das qualidades morais. Assusta-nos a relação que o físico pode ter com elas, quando se atenta na pequena aberração de gosto puramente físico, na tara ligeira de um sentido, que explicam por que o universo dos poetas e dos músicos, tão fechado ao duque de Guermantes, se entreabre para o sr. de Charlus. Que este mostre gosto no arranjo do seu lar, tal qual o de uma dona de casa colecionadora de bibelôs, não é coisa que surpreenda; mas a estreita brecha que abre para Beethoven e para Veronese! Nem por isso as pessoas sãs de espírito deixam de ter medo quando um louco que compôs um poema sublime, depois de lhes explicar pelas razões mais

---

são os defeitos do outro, aliviar os próprios", "fazer servir a piedade à ambição", ou ainda "estar em ligação secreta com certas pessoas contra outras". Assim como La Bruyère vincula uma ideia geral de "devoção" ao contexto bastante específico do jogo de dissimulação da vida nas cortes, o narrador proustiano nega a existência de uma noção fixa de "homossexualidade", de tradição pagã, inserindo-a no novo contexto pelo qual trafega o sr. de Charlus. (N. do R. T.)

76 Alusão aos *Idílios*, de Teócrito (IV-III a.C.), no qual são figuradas nas disputas poéticas entre pastores e em cantos de louvor várias alusões e confissões de amor entre homens. Nos moldes do amor de Charlus e Morel, aparecem situações em que há diferença de idade entre o amante, que já traz mechas de cabelos brancos, e seu amado. (N. do R. T.)

justas que está internado sem motivo, por maldade da mulher, suplicando-lhes intercedam por ele junto ao diretor do asilo e gemendo sobre as promiscuidades que lhe são impostas, conclui assim: "Olhem, aquele que vai vir falar comigo no pátio, e cujo contato sou obrigado a suportar, pensa que é Jesus Cristo. Ora, basta isso para me provar com que espécie de alienados me internaram; ele não pode ser Jesus Cristo porque Jesus Cristo sou eu!". Um instante antes estávamos prontos a denunciar o erro ao médico alienista. Mas ao ouvirmos estas últimas palavras, e ainda que nos lembremos do admirável poema em que trabalha todos os dias esse mesmo homem, afastamo-nos, como os filhos da sra. de Surgis se afastavam do sr. de Charlus, não que este lhes tivesse feito nenhum mal, mas por causa do excesso de convites cuja finalidade era fazer-lhes festinhas no queixo. É de lastimar o poeta que tem de atravessar, e sem ser guiado por nenhum Virgílio, os círculos de um inferno de enxofre e pez que tem de se lançar ao fogo que cai do céu para trazer desse inferno alguns habitantes de Sodoma! Nenhum encanto em sua obra; a mesma severidade em sua vida que na dos que, depois de largar a batina, observam a regra do celibato mais casto para que não se lhes possa atribuir a decisão a outra coisa senão à perda da fé. Mas não é sempre assim com os escritores. Qual médico alienista não terá também, de tanto estar em contato com loucos, tido sua crise de loucura? Feliz ainda se puder afirmar que não é uma loucura anterior e latente que o havia levado a cuidar de loucos. Seu objeto de estudos, para um psiquiatra, reage com frequência sobre ele. Mas antes disso, esse objeto, que obscura inclinação, que fascinante pavor o havia levado a escolhê-lo?[77]

Fingindo não ver o tipo suspeito que o viera seguindo (quando o barão se aventurava a andar nos bulevares, ou atravessava a

77 De "Mas não é" até "escolhê-lo", trecho ausente da tradução de Manuel Bandeira e Lourdes Sousa de Alencar, mas presente na última edição em francês da Bibliothèque de la Pléiade. (N. do R. T.)

sala de espera da estação de Saint-Lazare, contavam-se às dúzias aqueles tipos que, na esperança de ganhar algum dinheiro, não o largavam) e receando que ele se atrevesse a lhe dirigir a palavra, baixava o barão devotamente os cílios enegrecidos, que, contrastando com as faces cobertas de pó de arroz, o faziam parecer-se com um grande inquisidor pintado por El Greco. Mas esse padre metia medo e tinha cara de padre suspenso das ordens, pois os diversos expedientes a que tivera necessidade de recorrer para satisfazer o seu vício e proteger-lhe o segredo haviam produzido o resultado de trazer à superfície da fisionomia precisamente o que o barão procurava esconder, uma vida crapulosa atestada pela degradação moral. Esta, com efeito, qualquer que seja a sua causa, lê-se com facilidade, pois não tarda em se materializar, e prolifera numa fisionomia, sobretudo nas faces e em volta dos olhos, tão fisicamente quanto os amarelo-ocre no caso de uma doença de fígado ou as repugnantes manchas vermelhas no de uma doença de pele. Aliás não era só nas faces, ou melhor nas bochechas flácidas daquele rosto pintado, no peito mamudo, nas nádegas proeminentes daquele corpo entregue ao *laisser-aller* e invadido pela gordura, que sobrenadava agora, esparramado como óleo, o vício antes tão intimamente resguardado pelo sr. de Charlus no mais recôndito do seu ser. Transbordava já das próprias palavras.

"Sim, senhor Brichot, passeando à noite com um belo rapaz?", disse ele aproximando-se, enquanto o tipo se afastava decepcionado.[78] "Muito bonito. Vou contar aos seus alunozinhos da Sorbonne que você não é tão sério assim. Aliás a companhia da mocidade faz-lhe bem, o Senhor Professor está fresco como uma rosinha." "E você, meu caro, como vai?", disse-me, deixando o tom brincalhão. "Não o vemos com frequência no Cais Conti, bela juventude. Pois bem, e sua prima, como vai? Ela não veio com você. Nós lamentamos, pois ela é charmosa. Oh!, ela é bem

78 O trecho do encontro com o barão de Charlus restitui a sequência de frases do original francês da Bibliothèque de la Pléiade. (N. do R. T.)

bonita. E ela seria ainda mais se cultivasse a arte tão rara, que ela possui naturalmente, de se vestir bem." Aqui tenho que dizer que o sr. de Charlus "possuía" — o que fazia dele meu antípoda — o dom de observar minuciosamente, de distinguir os detalhes, tanto de uma *toilette* quanto de uma tela. Quanto a vestidos e chapéus, certas más línguas ou certos teóricos muito absolutos dirão que, em um homem, o pendor pelos atrativos masculinos tem por compensação o gosto inato, o estudo, a ciência da *toilette* feminina. E, com efeito, isso acontece às vezes, como se, pelo fato de os homens, tendo dominado todo o desejo físico, toda a ternura profunda de um Charlus, o outro sexo se encontrasse por sua vez gratificado por tudo o que for de gosto "platônico" (adjetivo bastante impróprio), ou, em poucas palavras, por tudo o que é gosto, com os mais sábios e seguros refinamentos. Nesse sentido, o sr. de Charlus mereceria o apelido que lhe deram mais tarde de "a Costureira". Mas seu gosto, seu espírito de observação se estendia a várias outras coisas. Vimos, na noite em que eu fui visitá-lo após um jantar em casa da duquesa de Guermantes, que só havia me dado conta das obras-primas que ele tinha em sua casa à medida que ele mas mostrou. Ele reconhecia imediatamente aquilo a que ninguém jamais teria prestado atenção, e isso tanto nas obras de arte quanto nos pratos de um jantar (compreendendo-se aí tudo o que estava entre a pintura e a cozinha). Sempre lamentei que o sr. de Charlus, em vez de limitar seus dons artísticos à pintura de um leque como presente para sua cunhada (vimos a duquesa de Guermantes segurá-lo e sacudi-lo menos para abanar-se do que para se vangloriar, ostentando assim a amizade de Palamède por ela) e ao aperfeiçoamento de sua habilidade de pianista a fim de acompanhar, sem cometer erros, Morel ao violino, sempre lamentei, digo, e ainda lamento, que o sr. de Charlus nunca escreveu nada. É provável que não possa tirar da eloquência de sua conversação e mesmo de sua correspondência a conclusão de que ele seria um escritor de talento. Esses méritos não estão no mesmo plano. Vimos tediosos porta-vozes de banalidades escreverem obras-primas, e reis da conversação serem inferiores ao mais medíocre dos escritores quando tentavam escrever. Apesar de tudo, acredito que, se o sr. de Charlus tentasse escrever prosa, começando por assuntos artísticos que ele conhecia bem, a faísca teria saído, o raio brilhado, e o homem do mundo teria se tornado mestre-escritor. Disse-lhe isso com frequência, ele nunca quis tentar, talvez simplesmente por preguiça, ou devido ao tempo ocupado com festas radiantes e diversões sórdidas, ou à necessidade típica dos Guermantes de prolongar indefinidamente a tagarelice. Lamento tanto mais que, em sua mais brilhante conversação, o *esprit* nunca estava separado do caráter, os achados de um da insolência do outro. Se ele tivesse escrito livros, em vez de detestá-lo e admirá-lo ao mesmo tempo, como faziam em um salão onde, em seus momentos mais curiosos de inteligência, ele tanto pisoteava os fracos como se vingava de quem não o havia insultado e procurava de maneira vil semear intrigas entre amigos — se ele tivesse escrito livros, teríamos tido seu valor espiritual isolado, decantado do mal, nada teria atrapalhado nossa admiração e várias características teriam despertado amizade.

Em todo caso, se me engano sobre o que ele poderia realizar na menor página, ele teria prestado um raro serviço ao escrever, pois se ele distinguia tudo, para tudo o que ele distinguia ele sabia o nome. É certo que, conversando com ele, se não aprendi a ver (a tendência de meu espírito e de meu sentimento estava em outro lugar), pelo menos vi coisas que, sem ele, me teriam passado despercebidas, mas o nome delas, que teria me ajudado a encontrar seu desenho, sua cor, tal nome eu sempre esqueci com muita rapidez. Se ele tivesse escrito livros, mesmo ruins, o que não creio que seriam, que dicionário delicioso, que repertório inesgotável! E depois, quem sabe? Em vez de colocar em obra seu saber e seu gosto, talvez por causa desse demônio que frequentemente contraria nossos destinos, ele teria escrito tediosos romances de folhetim, inúteis narrativas de viagem e de aventura.

"Sim, ela sabe se vestir", retomou o sr. de Charlus a respeito de Albertine. "Minha única dúvida é se ela se veste em conformidade com sua beleza particular, e eu sou talvez um pouco responsável por isso, por causa de conselhos não muito bem pensados. O que lhe disse com frequência nas idas à Raspelière e que era talvez ditado — me arrependo — mais pelo caráter do lugar, pela proximidade das praias, do que pelo caráter individual do tipo de sua prima, a fez optar, de modo um pouco excessivo, pelo gênero superficial. Eu a vi, reconheço, com belas tarlatanas, charmosas echarpes de gaze, certos gorros cor-de-rosa que uma peninha cor-de-rosa não desalinhava, mas creio que sua beleza, que é real e massiva, exige mais do que gentis pedaços de pano. Será que o gorro convém a essa enorme cabeleira, que um *kakouchnyk* só valorizaria? Há poucas mulheres a quem convêm vestidos antigos, que dão um ar de terno e de teatro. Mas a beleza dessa jovem que já é mulher é uma exceção e mereceria alguns vestidos antigos em veludo de Gênova (pensei imediatamente em Elstir e nos vestidos de Fortuny) que não temeria sobrecarregar ainda mais incrustações ou penduricalhos de maravilhosas pedras *démodées* (é o mais belo elogio que podemos fazer delas) como o peridoto, a marcassita e o incomparável labrador. Aliás, ela própria parece ter o instinto do contrapeso que reclama uma beleza um tanto carregada. Você se lembra, para ir jantar na Raspelière, daquele acompanhamento de belas caixinhas, de bolsas pesadas e, quando ela se casar, ela poderá colocar mais do que a brancura do talco e do carmim da maquiagem, mas — em um cofre lápis-lazúli não muito índigo — a das pérolas e dos rubis, não reconstituídos, penso, pois ela pode fazer um rico casamento."

"Pois bem!, barão", interrompeu Brichot, temendo que eu ficasse chateado com essas últimas palavras, pois ele tinha algumas dúvidas quanto à pureza de minhas relações e quanto à autenticidade de meu parentesco com Albertine, "eis como você se ocupa de senhoritas!"

"Você quer se calar diante dessa criança, sua cobra malvada?", sorriu com escárnio o sr. de Charlus abaixando, em um gesto de impor silêncio a Brichot, uma mão que ele não deixou de pousar sobre meu ombro.[79]

"Não estou sendo importuno? Vocês pareciam divertir-se como duas louquinhas e bem que dispensavam uma velha vovó desmancha-prazeres como eu. Não irei à confissão por isso, pois vocês já vinham chegando." O barão estava de muito bom humor, tanto mais que ignorava completamente a cena da tarde, porque Jupien achara mais útil proteger a sobrinha contra uma nova ofensiva do que prevenir o sr. de Charlus. Por isso continuava este acreditando no casamento e regozijando-se com ele. Dir-se-ia um consolo para esses grandes solitários dar ao seu celibato trágico o alívio de uma paternidade fictícia. "Palavra, Brichot", insistiu, virando-se rindo para nós, "que tenho os meus escrúpulos ao vê-lo em tão galante companhia. Vocês pareciam dois namorados. De braço dado à vista de toda gente, que sem-cerimônia, hein, Brichot?" Dever-se-ia atribuir como causa a essas palavras o envelhecimento do intelecto, menos senhor de seus reflexos do que antigamente, e que em instantes de automatismo deixa escapar um segredo tão cuidadosamente escondido durante quarenta anos? Ou bem aquele pouco-caso pela opinião dos plebeus próprios de todos os Guermantes e do qual o irmão do sr. de Charlus, o duque, apresentava outra forma quando, sem se importar de poder ser visto por minha mãe, fazia a barba de camisola aberta, à janela? Teria o sr. de Charlus contraído, durante os trajetos sufocantes de Doncières a Douville, o hábito perigoso de se pôr à vontade, e assim como então colocava o chapéu de palha no cocuruto da cabeça para refrescar a testa enorme, de afrouxar, no começo por alguns instantes apenas, a máscara havia tanto tempo rigorosamente

79 De "E você, meu caro, como vai?" até "[...] pousar sobre meu ombro", trecho ausente da tradução de Manuel Bandeira e Lourdes Sousa de Alencar, mas presente na última edição em francês da Bibliothèque de la Pléiade. (N. do R. T.)

presa à sua verdadeira fisionomia? As maneiras conjugais do sr. de Charlus com Morel teriam com toda a razão causado estranheza a quem as houvesse conhecido inteiramente. Mas acontecera com o sr. de Charlus que a monotonia dos prazeres oferecidos pelo seu vício acabara fatigando-o. Instintivamente procurara ele novas *performances*, e, enfastiado dos desconhecidos que encontrava, passara ao polo oposto, ao que ele julgava que detestaria sempre — à imitação de um *ménage* ou de uma "paternidade". Às vezes nem isso lhe bastava, precisava de novidade, ia passar a noite com uma mulher, do mesmo modo que um homem normal pode uma vez na vida ter querido procurar um rapaz, por uma curiosidade semelhante, inversa e em ambos os casos igualmente malsã. A existência de "fiel" do barão, não vivendo, por causa de Charlie, fora do "pequeno clã", tivera para quebrar os esforços empregados por ele durante muito tempo em salvar as aparências, a mesma influência que tem uma viagem de exploração ou uma temporada nas colônias sobre certos europeus que ali perdem os princípios diretores que os guiavam na França. E no entanto a revolução interna de um espírito, ignorante a princípio da anomalia que trazia em si, apavorado depois ao reconhecê-la, e enfim familiarizado com ela a ponto de já não perceber que não se pode sem perigo confessar aos outros o que se acabou por confessar sem pudor a si mesmo, havia sido ainda mais eficaz para libertar o sr. de Charlus dos últimos entraves sociais do que o tempo passado em casa dos Verdurin. Não há com efeito exílio no polo Sul, ou no alto do monte Branco, que nos afaste tanto dos outros quanto uma temporada prolongada no seio de um vício interior, isto é, de uma maneira de pensar diferente da deles. Vício (assim o qualificava dantes o sr. de Charlus) a que o barão atribuía agora a aparência bonachona de um simples defeito, muito espalhado, mais para simpático e quase divertido, como a preguiça, a distração ou a gulodice. Percebendo as curiosidades despertadas por essa particularidade de sua pessoa, sentia o sr. de Charlus certo prazer em satisfazê-las, em atiçá-las, em entretê-las. Assim como um publicista judeu se afirma diariamente campeão do catolicismo, não provavelmente com a esperança de ser levado a sério, mas para não decepcionar a expectativa da galeria galhofeira, o sr. de Charlus estigmatizava espirituosamente os maus costumes no "pequeno clã", como teria arremedado os ingleses ou imitado Mounet-Sully, sem esperar que lhe pedissem e para entrar com a sua parte no divertimento geral, exercendo em sociedade um talento de amador; de modo que o sr. de Charlus ameaçava Brichot de o denunciar à Sorbonne por andar passeando agora com rapazes do mesmo modo que o cronista circunciso alude a propósito de tudo à "filha mais velha da Igreja" e ao "Sagrado Coração de Jesus", isto é, sem sombra de tartufice, mas com um saibo de cabotinismo. Não era só da mudança nas palavras, tão diferentes das que ele usava antigamente que seria curioso procurar a explicação, mas também da que sobreveio nas entonações, nos gestos, estes e aqueles singularmente semelhantes agora ao que o sr. de Charlus mais rispidamente condenava antes: dava ele agora involuntariamente quase os mesmos gritinhos (tanto mais profundos quanto involuntários) que soltam, mas voluntariamente, os invertidos que se interpelam chamando-se "minha querida"; como se essa denguice intencional, a que o sr. de Charlus se mostrara sempre tão avesso, não passasse com efeito de uma genial e fiel imitação das maneiras que acabam por adotar, queiram ou não queiram, os Charlus, quando chegam a uma certa fase do seu mal, do mesmo modo que um paralítico geral ou um atáxico acabam fatalmente apresentando certos sintomas. Na realidade — e é o que aquela denguice toda interior revelava — não havia entre o severo Charlus que eu conhecera, trajado todo de preto, com os cabelos à escovinha, e os rapazes arrebicados, cobertos de joias, senão a diferença puramente aparente que existe entre uma pessoa agitada que fala depressa, se mexe todo o tempo, e um neuropata que fala devagar, conserva uma fleuma perpétua, mas está atacado da mesma neurastenia aos olhos do clínico, que o vê devorado como o outro pelas mesmas angústias e vítima das mesmas taras. Percebia-se aliás que o sr. de Charlus envelhecera por vários sinais bem diferentes, como a insistência extraordinária de certas expressões que haviam proliferado e agora a todo instante voltavam em sua conversação (por exemplo "o encadeamento das circunstâncias"), e nas quais a palavra do barão se apoiava de frase em frase como numa estaca necessária. "Charlie já terá chegado?", perguntou Brichot ao sr. de Charlus ao avistarmos a porta da casa. "Ah, não sei!", disse o barão levantando as mãos e entrefechando os olhos como pessoa que não quer ser acusada de indiscrição, tanto mais que recebera provavelmente censuras de Morel por coisa que havia dito e que este, tão assustadiço quanto vaidoso, renegando o sr. de Charlus com a mesma facilidade com que dele se gabava, julgara graves, embora na realidade fossem insignificantes. "Você sabe que eu não sei nada do que ele anda fazendo!" Se a conversação de duas pessoas que têm uma ligação entre si é cheia de mentiras, não menos naturalmente nascem estas nas conversas que um terceiro tem com um amante a respeito da pessoa amada por este último, qualquer que seja o sexo desta pessoa.

"Há muito tempo que o senhor não está com ele?", perguntei ao sr. de Charlus, querendo aparentar que não tinha receio de lhe falar de Morel e ao mesmo tempo que ignorava a sua vida em comum com o violinista. "Hoje de manhã ele me apareceu por acaso quando eu ainda estava meio adormecido, e durante uns cinco minutos ficou sentado à beira da minha cama, como se quisesse violentar-me." Pensei logo que o sr. de Charlus tinha visto Charlie uma hora antes, pois quando perguntamos a uma amante quando viu ela certo homem que sabemos — ela supõe talvez que desconfiamos tratar-se de um seu amante —, se almoçou com ele, ela responde: "Vi-o um instante antes do almoço". Entre esses dois fatos a única diferença é que um é mentiroso e o outro verdadeiro, mas um é tão inocente, ou se se prefere, tão culpado quanto o outro. Por isso não se compreenderia por que a amante (no caso o sr. de Charlus) escolhe sempre o fato mentiroso, se não se soubesse que as respostas são determinadas, sem conhecimento da parte das pessoas que as dão, por uma quantidade de fatores aparentemente em tal desproporção com a insignificância do fato que escusado seria enumerá-los. Mas para um físico o lugar que ocupa a menor bolinha de flor de sabugueiro se explica pela concordância de ação, o conflito ou o equilíbrio, de leis de atração ou de repulsão que governam mundos bem maiores. Mencionemos aqui, para lembrar apenas, o desejo de parecer natural e corajoso, o gesto instintivo de esconder um encontro secreto, uma mistura de pudor e de ostentação, e necessidade de confessar o que lhe é tão agradável e de mostrar que se é amado, uma penetração daquilo que o interlocutor sabe ou supõe — e não diz —, penetração que, indo além da dele, faz que esta seja ora sobre e ora subestimada, o desejo involuntário de brincar com o fogo e a vontade de fazer a parte do fogo. Outras tantas leis diferentes atuando em sentido contrário ditam as respostas mais gerais relativas à inocência, ao "platonismo" ou, ao contrário, à realidade carnal das relações mantidas com a pessoa que dizemos ter visto de manhã quando a vimos à noite. Todavia, de um modo geral, digamos que o sr. de Charlus, apesar da agravação do seu mal, que o impelia perpetuamente a revelar, a insinuar, às vezes até a inventar pormenores comprometedores, procurava durante aquele período de sua vida afirmar que Charles não era um homem da mesma espécie que ele Charlus e que entre os dois não existia senão amizade. O que não impedia (e embora fosse talvez verdade) que às vezes ele caísse em contradições (como em relação à hora em que o tinha visto mais recentemente), quer dissesse então por esquecimento a verdade, quer proferisse uma mentira, para se gabar ou por sentimentalismo, ou achando engraçado despistar o interlocutor. "Você sabe que ele é para mim", continuou o barão, "um bom camaradinha, por quem tenho a maior afeição, como estou certo" (duvidaria acaso para sentir essa necessidade de dizer que estava certo?) "de que ele tem por mim, mas não há outra coisa entre nós, nada disso, está compreendendo?, nada disso", disse o barão tão naturalmente como se estivesse falando de uma mulher. "Ele passou lá em casa hoje de manhã quando eu ainda estava na cama. No entanto ele sabe que detesto que me vejam deitado. E você? Oh!, é um horror, incomoda, e como se é feio nesse momento! Bem sei que não tenho mais vinte e cinco anos, não quero bancar a donzela, mas sempre se tem a sua vaidadezinha."

É possível que o barão fosse sincero quando falava de Morel como de um bom camaradinha e que dissesse a verdade mais do que pensava ao dizer: "Não sei o que anda fazendo, não conheço a vida dele". Com efeito, digamos (interrompendo por alguns instantes esta narrativa, que retomaremos logo depois deste parêntese, que abrimos no momento em que o sr. de Charlus, Brichot e eu nos encaminhávamos para a casa da sra. Verdurin), digamos que pouco tempo antes dessa reunião viu-se o barão mergulhado em profundo desgosto e estupefação por efeito de uma carta que abriu inadvertidamente, e que era endereçada a Morel. Essa carta, que por tabela iria causar-me grandes tristezas, fora escrita pela atriz Léa, célebre pelo gosto exclusivo que tinha pelas mulheres. Ora, a carta mandada por ela a Morel (que o sr. de Charlus nem suspeitava que a conhecesse) estava escrita no tom mais apaixonado. A grosseria dela impede que a transcrevamos aqui, mas pode-se mencionar que Léa só lhe falava no feminino dizendo-lhe: "Ah, grande devassa!", "Minha linda, você ao menos 'é'" etc. E na carta havia referência a outras mulheres que pareciam ser tão amigas de Morel quanto de Léa. Por outro lado a caçoada de Morel a respeito do sr. de Charlus e a de Léa a respeito de um oficial que a mantinha e de quem ela dizia: "Suplica-me nas cartas que eu tenha juízo! Puxa!, minha flor", não revelavam ao sr. de Charlus uma realidade menos insuspeitada por ele do que o eram as relações tão particulares de Morel com Léa. O barão sentia-se perturbado sobretudo pela expressão "é". Depois de o ter ignorado a princípio, viera a saber, havia muito tempo já, que ele próprio "era". Eis que a noção adquirida lhe suscitava agora novas dúvidas. Ao descobrir que "era", julgara com isso ter compreendido que o seu gosto, como diz Saint-Simon, não tinha por objeto as mulheres.[80] Eis que para Morel a expressão "é" assumia uma extensão desconhecida para o sr. de Charlus, porquanto Morel mostrava, segundo aquela carta, que também "era", tendo o mesmo gosto que certas mulheres têm por outras mulheres. Desde então o ciúme do sr. de Charlus já não tinha razão para se limitar aos homens que Morel conhecia, mas iria estender-se às próprias mulheres. Assim as criaturas dessa espécie não eram somente as que ele pensara, mas toda uma imensa parte do planeta, composta tanto de mulheres como de homens, amando não apenas os homens mas também as mulheres, e o barão, diante do novo significado de uma expressão que lhe era tão familiar, sentira-se torturado por um desassossego tanto da inteligência quanto do coração, nascido desse duplo mistério, onde havia ao mesmo tempo o alargamento do seu ciúme e a insuficiência repentina de uma definição.

O sr. de Charlus nunca fora na vida um amador. Vale dizer que incidentes dessa natureza não lhe podiam ser de nenhuma utilidade. Descarregava ele a impressão penosa que lhe pudessem causar, em cenas violentas, em que sabia ser eloquente, ou em intrigas sonsas. Mas para um homem do valor de um Bergotte, por exemplo, poderiam ter sido preciosos. É mesmo talvez o que explica em parte (pois procedemos às cegas, mas escolhendo como os animais a planta que nos é favorável) terem criaturas como Bergotte vivido geralmente na companhia de pessoas medíocres, falsas e más. A beleza destas basta à imaginação do escritor, exalta-lhe a bondade, mas não transforma em nada a natureza da companheira, cuja vida, situada milhares de metros abaixo, as relações inverossímeis, as mentiras levadas além e sobretudo numa direção diferente do que se poderia imaginar, aparecem, de relance, uma vez por outra. A mentira, a mentira perfeita, sobre as pessoas que conhecemos, sobre as relações que tivemos com elas, sobre o nosso móbil em determinada ação formulado

80 Proust cita mais de uma vez a expessão que o duque de Saint-Simon aplica a "Monsieur", irmão homossexual de Luís XIV. (N. do R. T.)

por nós de modo inteiramente diverso, a mentira sobre o que somos, sobre o que amamos, sobre o que sentimos em relação à criatura que nos ama e que julga ter nos modelado à sua semelhança porque nos beija o dia inteiro, essa mentira é uma das poucas coisas no mundo que nos possa abrir perspectivas para o desconhecido, que possa acordar em nós sentidos adormecidos para a contemplação de universos que jamais teríamos conhecido. Cumpre dizer, no que concerne ao sr. de Charlus, que, se ficou estupefato de saber a respeito de Morel certo número de fatos que este lhe tinha cuidadosamente ocultado, não lhe assistia razão ao concluir que é um erro ter-se uma ligação com pessoa do povo. (A revelação mais penosa para ele tinha sido a de uma viagem que Morel fizera com Léa, em vez de estar estudando música na Alemanha, como fizera crer ao sr. de Charlus. Servira-se Morel, para arquitetar a sua mentira, de pessoas amigas, residentes na Alemanha, a quem mandara suas cartas, que eram reexpedidas para o sr. de Charlus, o qual aliás estava tão convencido da estada de Morel lá que não teria sequer olhado o selo do correio). Ver-se-á, com efeito, no último volume desta obra, o próprio sr. de Charlus a fazer coisas que teriam deixado seus parentes e amigos ainda mais estupefatos do que ele ficara com a vida revelada por Léa.

Mas já é tempo de alcançar o barão, que se encaminha, com Brichot e comigo, para a porta dos Verdurin. "E que fim levou", acrescentou ele, virando-se para mim, "aquele seu amigo hebreu que víamos em Douville? Tinha pensado em convidá-lo a vir com você uma destas noites à minha casa, se é do seu agrado." Com efeito, o sr. de Charlus, contentando-se com mandar espionar imprudentemente o comportamento de Morel por uma agência policial, exatamente como faz um marido ou um amante, não deixava de prestar atenção aos outros rapazes. A vigilância que ele encarregava um velho criado de mandar exercer por uma agência sobre Morel era tão pouco discreta que os outros criados pensavam estar sendo seguidos e uma arrumadeira já não tinha sossego, já não ousava sair à rua, julgando sempre ter uma polícia a observá-la. "Ela pode fazer o que bem quiser! Ora se iríamos perder tempo e dinheiro mandando-a seguir! Como se o comportamento dela pudesse interessar-nos!", exclamava ironicamente o velho servidor, pois era tão apaixonadamente afeiçoado ao patrão que, embora não partilhasse de modo algum os gostos do barão, acabara, tamanho empenho punha em servi-lo, por falar deles como se fossem seus. "É a melhor das criaturas", dizia daquele velho criado o sr. de Charlus, pois a ninguém apreciamos tanto quanto àqueles que juntam a grandes virtudes esta outra de as pôr discricionariamente à disposição dos nossos vícios. Era aliás só dos homens que o sr. de Charlus podia sentir ciúme em relação a Morel. As mulheres não lhe inspiravam nenhum. É de resto regra quase geral para os Charlus. O amor do homem que eles amam por uma mulher é coisa diferente que se passa em outra espécie animal (o leão deixa os tigres em paz), não os incomoda, antes os tranquiliza. Às vezes, é verdade, àqueles que fazem da inversão um sacerdócio, esse amor enoja. Ressentem-se então com o amigo que se entregou a ele, mas considerando-o como uma degradação, não como perjúrio. Outro Charlus, que não o barão, teria ficado indignado ao saber que o amigo tinha relações com uma mulher, como ele ficaria se lesse num cartaz que Morel, o intérprete de Bach e de Haendel, ia tocar Puccini. É por isso aliás que os rapazes que interesseiramente condescendem com o amor dos Charlus lhes afirmam que as mulheres só lhes inspiram nojo, como diriam ao médico que nunca tomam álcool e não gostam senão da água da fonte. Nesse ponto, porém, o sr. de Charlus se afastava um pouco da regra habitual. Admirando tudo no seu protegido, os sucessos femininos deste não o inquietavam, causavam-lhe a mesma alegria que os que Morel obtinha em concerto ou no jogo. "Sabe, meu caro, ele anda com mulheres", dizia com ar de revelação, de escândalo, talvez de inveja, sobretudo de admiração. "É um rapaz extraordinário", acrescentava. "Por toda parte as prostitutas mais em voga só têm olhos para ele. Chama a atenção em todo lugar, tanto no metrô como no teatro. A coisa chega a ser cacete! Não posso ir com ele ao restaurante que o garçom não lhe traga bilhetinhos de umas três mulheres pelo menos. E sempre bonitas ainda por cima. De resto, não é de estranhar. Estive olhando para ele ontem e compreendendo que seja assim, ele ficou uma beleza, parece uma figura de Bronzino, é realmente admirável." Mas o sr. de Charlus gostava de mostrar que amava Morel, de persuadir os outros, talvez de se persuadir a si mesmo, que era amado por ele. Punha em retê-lo sempre junto de si (e apesar do prejuízo que o rapaz podia causar à situação do barão na sociedade) uma espécie de amor-próprio. Pois (e é frequente o caso de homens bem colocados e esnobes, que, por vaidade, rompem com todas as suas relações para serem vistos em toda parte com uma amante, *demimondaine* ou senhora desmoralizada, que não é recebida por ninguém, e com a qual no entanto lhes parece lisonjeiro viver) ele chegara àquele ponto em que o amor-próprio põe toda a sua perseverança em destruir os fins que atingiu, seja porque, por influência do amor, vejamos um prestígio, que somos os únicos a perceber, em relações ostentatórias com o objeto amado, seja porque, pelo enfraquecimento das ambições mundanas alcançadas e pela maré montante das curiosidades ancilares, tanto mais absorventes quanto mais platônicas, tenham estas não só atingido mas ultrapassado o nível onde a custo as outras se conseguiam manter.

Quanto aos outros rapazes, achava o sr. de Charlus que ao seu gosto por eles a existência de Morel não era obstáculo, e que até a sua grande reputação de violinista ou a sua notoriedade nascente de compositor e de jornalista poderia em certos casos servir-lhes de isca. Se alguém apresentava ao barão um jovem compositor de aparência agradável, era nos talentos de Morel que ele buscava oportunidade de fazer uma gentileza ao recém-conhecido. "O senhor precisa", dizia-lhe, "trazer-me composições suas para que Morel as toque no concerto ou em *tournée*. Há tão pouca música boa escrita para violino. É uma sorte encontrar alguma nova. E os estrangeiros apreciam muito isso. Até na província se encontram pequenos círculos musicais onde se gosta de música com um fervor e uma inteligência admiráveis." Sem mais sinceridade (pois tudo aquilo não passava de engodo e era raro que Morel se prestasse a realizações), como Bloch lhe houvesse confessado que era um pouco poeta, "quando me dá na veneta" acrescentara com o riso sarcástico que lhe era habitual ao proferir uma banalidade se não podia achar uma frase original, o sr. de Charlus me disse: "Diga a aquele jovem israelita que me traga uns versos, já que ele os faz; quero levá-los a Morel. Para um compositor é sempre esse o escolho, achar alguma coisa bonita para musicar. Podia-se mesmo pensar num libreto. Não seria desinteressante e assumiria certa importância por causa do mérito do poeta, da minha proteção, de todo um encadeamento de circunstâncias auxiliadoras, entre as quais em primeiro lugar o talento de Morel, pois ele está compondo muito agora, e escrevendo também e lindamente, preciso conversar com você sobre isto. Quanto ao talento de executante (nisso você sabe que ele já é um mestre consumado), você vai ver esta noite como esse garoto toca bem a música de Vinteuil; eu fico assombrado; na idade dele, ter uma tal compreensão e continuar tão criançola, tão colegial! Oh!, hoje à noite é apenas um ensaiozinho. O grande espetáculo vai ser daqui a alguns *dias*. Mas será muito mais elegante hoje. Por isso estamos encantados que você tenha vindo", disse ele, empregando sem dúvida esse plural "estamos" porque o rei diz: "queremos". "Por causa do magnífico programa aconselhei a sra. Verdurin a dar duas festas. Uma dentro de alguns dias, a que ela convidará todas as suas relações, outra esta noite, em que a nossa amiga ficará, como se diz em termos de justiça, desapropriada. Fui eu que fiz os convites e convoquei algumas pessoas de outro meio, que podem ser úteis a Charlie e que será agradável para os Verdurin conhecer. Sim, porque está muito bem que se ouçam as mais belas obras tocadas pelos maiores artistas, mas a manifestação fica abafada como em algodão, se o público se compõe da merceeira do outro lado da rua e do vendeiro da esquina. Você sabe o que eu penso do nível intelectual das pessoas de sociedade, mas elas podem desempenhar certos papéis bastante importantes, entre outros o papel que nos acontecimentos públicos toca à imprensa, isto é, o de ser um órgão de divulgação. Você compreende o que quero dizer; convidei, por exemplo, minha irmã Oriane; não é certo que ela venha, mas é certo, em compensação, se ela vier, que não compreenderá patavina. Não se lhe pede porém que compreenda, o que está acima de suas possibilidades, mas que fale, o que fica admiravelmente apropriado e ela nunca deixa de fazer. Consequência: de amanhã em diante, em vez do silêncio da merceeira e do vendeiro, conversação animada em casa dos Mortemart, onde Oriane conta que ouviu coisas maravilhosas, que um tal Morel etc., raiva indescritível das pessoas não convidadas que dirão: 'Palamedes julgou sem dúvida que éramos indignos; aliás que gente é essa em cuja casa se realizou a coisa', reverso tão útil quanto os louvores de Oriane, porque o nome de Morel é repetido a todo instante e acaba gravando-se na memória como uma lição que relemos dez vezes seguidas. Tudo isso forma um encadeamento de circunstâncias que pode ter seu valor para o artista, para a dona de casa, servir, por assim dizer, de megafone a uma manifestação que virá assim a ser ouvida por um público longínquo. Realmente vale a pena; você verá os progressos que fez Charlie. Aliás já lhe descobriram um novo talento, meu caro, e é que ele escreve como um anjo. Como um anjo, asseguro. Você que conhecia Bergotte", continuou o sr. de Charlus, "houve tempo em que pensei que você teria podido, talvez refrescando-lhe a memória a respeito da literatura do rapaz, colaborar em suma comigo, ajudar-me a estimular um duplo talento, de músico e de escritor, que pode um dia adquirir o prestígio do de Berlioz. Olhe, os Ilustres têm mais em que pensar, são adulados, só se interessam por si mesmos. Mas Bergotte, que era verdadeiramente simples e serviçal, tinha me prometido fazer publicar no *Gaulois*, ou não sei mais onde, essas croniquetas, obra de humorista e de músico, que lhe estão saindo agora bem bonitas, e eu estou deveras contentíssimo que Charlie acrescente ao seu violino essa peninha de Ingres. Bem sei que exagero facilmente, quando se trata dele, como todas as velhas mamães corujas do Conservatório. Não sabia disso, meu caro? É que você não conhece o meu lado simplório. Fico horas à espera dos resultados dos exames. Divirto-me à grande. Quanto à prosa de Charlie, Bergotte me garantira que era realmente muito boa."

O sr. de Charlus, que o tinha conhecido havia muito tempo por intermédio de Swann, fora de fato à casa de Bergotte, alguns dias antes da morte deste, pedir-lhe que obtivesse para Morel escrever num jornal umas espécies de crônicas, em parte humorísticas, sobre música. Indo lá, tivera o sr. de Charlus certo remorso, pois grande admirador de Bergotte, refletiu que nunca o visitava por ele mesmo, e sim para, graças à consideração meio intelectual, meio social que Bergotte lhe tinha, poder prestar alguma grande gentileza a Morel ou a outro amigo. Que já não se servisse da sociedade senão para isso era coisa que não repugnava ao sr. de Charlus, mas que procedesse assim com Bergotte não lhe parecia bem, porque sentia que Bergotte não era utilitário como os outros e merecia mais. Andava, porém, muito ocupado e não achava tempo disponível senão quando lhe dava grande vontade de alguma coisa, por exemplo, se esta dizia respeito a Morel. Além disso, inteligentíssimo, a conversa de um homem inteligente lhe era assaz indiferente, sobretudo a de Bergotte, demasiado literato para o seu gosto e de outro clã, não se colocando do ponto de vista dele, Charlus. Quanto a Bergotte, bem que percebera o utilitarismo das visitas do sr. de Charlus, mas não o levou a mal, pois se fora toda a vida incapaz de uma bondade continuada, estava sempre pronto a proporcionar um prazer, era compreensivo, insensível ao prazer de dar uma lição. Quanto ao vício do sr. de Charlus, não o partilhara de modo nenhum, mas achara nele antes um elemento de cor na personagem, o *fas et nefas* para um artista, consistindo não em exemplos morais, mas em reminiscências de Platão ou de Sodoma.[81]

O sr. de Charlus esquecia-se de dizer que de algum tempo para cá, como aqueles grandes senhores do século XVII que desdenhavam assinar e mesmo escrever os seus libelos, fazia Morel escrever topicozinhos baixamente caluniadores e dirigidos contra a condessa Molé. Parecendo já insolentes aos que os liam, quanto mais cruéis não seriam para a jovem senhora, que ali deparava, tão habilmente encaixados que ninguém senão ela perceberia nada, trechos de cartas suas, textualmente citados, mas tomados num sentido em que podiam mortificá-la como a vingança mais ferina. A pobre senhora morreu de desgosto. É que se faz todos os dias em Paris, diria Balzac, uma espécie de jornal falado, mais terrível do que o outro. Veremos mais tarde que essa imprensa verbal reduziu a nada o poder de um Charlus caído de moda e erigiu muito acima dele a um Morel, que não valia a milionésima parte de seu antigo protetor. Será essa moda intelectual ao menos ingênua e acreditará de boa-fé na insignificância de um genial Charlus, na incontestável autoridade de um estúpido Morel? O barão era menos inocente em suas vinganças implacáveis. Daí sem dúvida aquele amargo veneno da boca, veneno cuja invasão parecia transmitir-lhe icterícia às bochechas quando ele estava com raiva.

"Gostaria muito que ele viesse esta noite, pois teria ouvido Charlie na sua melhor atuação. Mas ele não sai, acredito, não quer que se o aborreça, e tem razão. Mas que há com você, mocidade em flor, que raramente aparece no Cais Conti! Não se enganavam!" Respondi-lhe que saía quase sempre com minha prima. "Vejam só! Saindo com a prima, que pureza!", disse o sr. de Charlus a Brichot. E dirigindo-se novamente a mim: "Mas não estamos a pedir contas do que você anda fazendo, meu *fiiilho*. Você

81 "Sodoma" é como era chamado o pintor Giovanni Bazzi (1477-1459); "fas et nefas" — "o lícito e o ilícito". (N. do R. T.)

tem liberdade de fazer o que bem quiser. Sentimos apenas não participar dos seus prazeres. Aliás você tem muito bom gosto, sua prima é encantadora, pergunte a Brichot, ele não pensava noutra coisa em Douville. Vamos sentir-lhe a falta esta noite. Mas você talvez tenha feito bem em não trazê-la. É admirável a música de Vinteuil. Mas eu soube que viriam a filha do autor e uma amiga, que são duas pessoas de péssima reputação. É sempre desagradável para uma moça. Elas hão de estar lá, a menos que não tenham podido vir, pois deviam sem falta comparecer ao ensaio que a senhora Verdurin realizava hoje à tarde e para o qual só tinha convidado os cacetes, a família, as pessoas que não deviam vir à noite. Ora, ainda há pouco, antes do jantar, Charlie nos contou que o que nós chamamos as duas senhoritas Vinteuil, esperadas com absoluta certeza, não tinham vindo". Apesar da aflição horrorosa que eu sentia em aproximar subitamente do efeito, só ele conhecido a princípio, a causa, enfim descoberta, da vontade que Albertine tivera de vir, isto é, a presença anunciada (mas que eu ignorava) da srta. Vinteuil e de sua amiga, pude guardar a necessária liberdade de espírito para notar que o sr. de Charlus, que nos dissera, minutos antes, não ter estado com Charlie desde pela manhã, confessava distraidamente tê-lo visto antes do jantar. Meu sofrimento era visível. "Mas que tem você?", disse-me o barão, "você está verde, vamos entrar, você vai apanhar um resfriado, está abatido." Não era a minha dúvida relativa à virtude de Albertine que as palavras do sr. de Charlus acabavam de despertar em mim. Muitas outras já me haviam assaltado; a cada nova dúvida pensamos que a medida está cheia, que não poderemos suportá-la, depois lhe arranjamos de qualquer modo um lugar e, uma vez introduzida em nosso meio vital, ei-la que entra em concorrência com tantos desejos de acreditar, com tantas razões de esquecer, que bem depressa nos acomodamos com ela, acabamos por não lhe prestar mais atenção. Resta somente, como uma dor meio curada, uma simples ameaça de sofrer e que, avesso do desejo, da mesma ordem que ele, e como ele transformada em centro de nossos pensamentos, irradia neles, a distâncias infinitas, tristezas sutis, como o desejo dos prazeres de origem irreconhecível, por toda parte onde alguma coisa se pode associar à ideia daquela que amamos. Mas a dor acorda quando uma dúvida nova penetra inteira em nós; por mais que digamos quase imediatamente depois: "Eu me arranjo, haverá um sistema para não sofrer, não deve ser verdade", houve um primeiro momento em que sofremos como se acreditássemos. Se fôssemos só membros, como pernas e braços, a vida seria suportável; desgraçadamente trazemos em nós essa viscerazinha a que chamamos coração, sujeita a certas doenças durante as quais se torna infinitamente sensível a tudo o que concerne à vida de determinada pessoa, e então uma mentira — essa coisa inofensiva dentro da qual vivemos tão despreocupadamente, quer seja dita por nós quer pelos outros — vinda dessa pessoa, provoca nesse coraçãozinho, que se devia poder tirar-nos cirurgicamente, crises intoleráveis. Não falemos do cérebro, pois por mais que raciocinemos no decurso dessas crises os nossos raciocínios não as modificam em nada, da mesma maneira que a nossa atenção não pode aliviar uma dor de dentes. É verdade que essa pessoa é culpada de nos ter mentido, pois nos havia jurado que diria sempre a verdade. Mas sabemos por nós mesmos, em relação aos outros, o que valem juramentos. E quisemos acreditar neles quando vinham dela, que tinha precisamente todo interesse em mentir-nos e que por outro lado não foi escolhida por nós em razão de suas virtudes. É verdade que mais tarde ela quase não terá mais necessidade de nos mentir — justamente quando o coração se tiver tornado indiferente à mentira —, porque já não nos interessamos pela sua vida. Bem o sabemos, e todavia sacrificamos de bom grado a nossa, seja matando-nos por essa pessoa, seja fazendo-nos condenar à morte assassinando-a, seja simplesmente porque dissipando em algumas noites por ela, toda a nossa fortuna, o que nos obriga a nos matarmos depois porque não temos mais nada. Aliás, por mais tranquilos que nos julguemos quando amamos, o amor está sempre em equilíbrio instável dentro do nosso coração. Basta um nada para colocá-lo na posição da felicidade, ficamos radiantes, cobrimos de carinho não aquela que amamos, mas aqueles que nos fizeram valer aos olhos dela, que a resguardaram contra toda tentação má; julgamo-nos tranquilos e basta uma palavra: "Gilberte não virá", "a senhorita Vinteuil foi convidada", para que toda a felicidade preparada a que nos atirávamos se desmorone, para que o sol se esconda, para que vire a rosa dos ventos e se desencadeie a tempestade interior a que um dia já não seremos capazes de resistir. Nesse dia, o dia em que o coração se tornou tão frágil, amigos que nos admiram toleram que tais insignificâncias, que certas criaturas possam fazer-nos mal, fazer-nos morrer. Mas que remédio? Se um poeta está agonizando de uma pneumonia infecciosa, é lá possível imaginar os seus amigos explicando aos pneumococos que este poeta tem talento e eles deveriam deixá-lo sarar? A dúvida no que dizia respeito à sra. Vinteuil não era absolutamente nova. Mas em certa medida o meu ciúme dessa tarde, provocado por Léa e suas amigas, a tinha abolido. Uma vez afastado o perigo do Trocadéro, eu sentira, eu pensara ter reconquistado para sempre uma paz completa. Mas o que sobretudo havia de novo para mim era um certo passeio depois do qual Andrée me dissera: "Fomos à tal e tal lugar, não encontramos ninguém", e em que, ao contrário, a sra. Vinteuil evidentemente marcara encontro com Albertine em casa da sra. Verdurin. Agora eu estaria pronto a deixar Albertine sair só, ir aonde quisesse, contanto que eu pudesse trancafiar em qualquer lugar a sra. Vinteuil com a amiga e ficar certo de que Albertine não as veria. É que o ciúme é de ordinário parcial, com localizações intermitentes, ou porque seja o prolongamento doloroso de uma ansiedade provocada ora por uma pessoa, ora por outra que a nossa amiga poderia amar, ou por causa da exiguidade de nossa mente que não pode apreender senão o que imagina, deixando o resto numa vagueza de que não podemos relativamente sofrer.

No momento em que íamos fazer soar a campainha à porta da residência, fomos alcançados por Saniette, que nos informou que a princesa Sherbatoff morrera às seis horas e nos disse que a princípio ele não nos tinha reconhecido. "No entanto havia algum tempo que os vinha fixando", acrescentou com voz ofegante. "Não é curioso que tenha hesitado?", disse *Est-ce pas curieux*, pois *N'est-il pas curieux* lhe teria parecido um erro e ele vinha tomando com as formas antiquadas da linguagem uma exasperante familiaridade. "Vocês no entanto são pessoas cuja amizade podemos confessar." O seu semblante lívido parecia iluminado pelo reflexo plúmbeo de uma tempestade. O seu ofegar, que só ocorria, até o último verão, quando o sr. Verdurin o "espinafrava", era agora constante. "Sei que uma obra inédita de Vinteuil vai ser tocada por excelentes artistas e singularmente por Morel." "Por que singularmente?", perguntou o barão, que viu nesse advérbio uma crítica. "Nosso amigo Saniette", apressou-se a explicar Brichot, servindo de intérprete, "gosta de usar, como excelente letrado que é, a linguagem de um tempo em que 'singularmente' equivalia ao nosso 'muito particularmente'."

Ao entrarmos na antessala da sra. Verdurin, perguntou-me o sr. de Charlus se eu estava trabalhando presentemente, e como eu lhe respondesse que não, mas que andava no momento muito interessado pelas velhas baixelas de prata e de porcelana, disse-me não as havia mais belas do que as da casa dos Verdurin; que aliás eu teria podido vê-las na Raspelière, pois, sob o pretexto de que os objetos são nossos amigos também, cometiam eles a loucura de levar tudo consigo, que seria menos cômodo tirar tudo dos armários num dia de recepção mas que ele pediria que me mostrassem o que eu desejava ver. Pedi-lhe que não o fizesse. O sr. de Charlus desabotoou o sobretudo, tirou o chapéu e eu vi que o alto de sua cabeça começava, aqui e ali, a pratear-se. Mas como um arbusto precioso a que nem só o outono dá cor, pois se lhe protegem algumas das folhas com envoltórios de algodão ou aplicações de gesso, assim o sr. de Charlus não recebia daqueles raros cabelos brancos colocados no cimo do crânio senão uns toques de pintura a mais, que vinham juntar-se à do rosto. E no entanto, mesmo sob as camadas de expressões diferentes, de cosméticos e de hipocrisia que o arrebicavam tão mal, a fisionomia do sr. de Charlus continuava a calar para quase toda gente o segredo que a mim parecia gritar. Eu me sentia quase vexado pelos seus olhos, onde temia que ele me surpreendesse a ler aquele segredo como em livro aberto, pela sua voz que me parecia repeti-lo em todos os tons, com infatigável indecência. Mas os segredos são bem guardados por essas criaturas, pois todos os que delas se aproximam são como surdos e cegos. As pessoas que sabiam da verdade por tê-la ouvido deste ou daquele, dos Verdurin por exemplo, acreditavam nela, mas somente enquanto não conheciam o sr. de Charlus. Sua fisionomia, longe de divulgar, dissipava as maledicências. Pois nós formamos de certas entidades uma ideia tão grande que não a poderíamos identificar com as feições familiares de uma pessoa conhecida. E dificilmente acreditaremos nos vícios, como jamais acreditaremos no gênio de uma pessoa com quem na véspera fomos à Ópera.

O sr. de Charlus ia a entregar o seu sobretudo com recomendações de visitante habitual. Mas o criado que o atendia era novo na casa e muito moço. Ora, o sr. de Charlus perdia agora frequentemente o que chamamos a tramontana e já não distinguia o que se faz do que não se faz. O louvável desejo que ele tinha em Balbec de mostrar que certos assuntos não o assustavam, de não ter medo de declarar a propósito de alguém: "É um bonito rapaz", de dizer, numa palavra, as mesmas coisas que poderiam ser ditas por alguém que não fosse como ele, acontecia-lhe agora traduzir esse mesmo desejo dizendo, ao contrário, coisas que jamais diria alguém que não fosse como ele, coisas para as quais seu espírito andava tão constantemente voltado que ele chegava a esquecer-se de que elas não fazem parte da preocupação habitual de toda gente. Por isso, olhando para o novo criado, levantou o indicador em atitude ameaçadora e pensando fazer um gracejo ótimo: "Proibo-lhe piscar-me o olho dessa maneira", disse, e virando-se para Brichot: "Tem uma cara divertida esse pequeno, um nariz engraçado", e completando a facécia, ou cedendo a um desejo, abaixou o indicador horizontalmente, hesitou um momento, e depois, não podendo mais conter-se, impeliu-o irresistivelmente em direção ao criado, tocando-lhe a ponta do nariz e dizendo: "Pif". "Que camarada esquisito", disse consigo o criado e perguntou aos companheiros se o barão era farsista ou amalucado. "São os modos dele", respondeu o mordomo (que o tinha por um pouco "tocado", um pouco "gira"), "mas é um dos amigos da senhora que eu sempre apreciei mais, um bom coração."

Nesse momento o sr. Verdurin veio ao nosso encontro. Saniette, não sem receio de apanhar um resfriado, pois a porta exterior era aberta a cada instante, esperava com resignação que lhe tomassem os seus agasalhos. "Que faz você aí nessa atitude de perdigueiro?", perguntou-lhe o sr. Verdurin. "Estou esperando que uma das pessoas encarregadas de tomar conta do vestiário possa receber o meu sobretudo e dar-me um número." Saniette empregara a forma *"surveiller aux vêtements"*. "Que é que você disse?", perguntou-lhe com ar severo o sr. Verdurin. "Estará caducando? Deve-se dizer *'surveiller les vêtements'*, já que é preciso ensinar-lhe o francês como a aqueles que tiveram um derrame." "*'Surveilier à quelque chose'* é a verdadeira forma", murmurou Saniette com voz entrecortada; "o padre Le Batteux...".[82] "Você me faz perder a paciência", gritou o sr. Verdurin com voz terrível. "Como está esba-

82 Tentando discutir um problema de regência verbal, Saniette cita o "abade de Batteux" (1713-1780), autor de um *Cours de Belles Lettres*, de 1748, um clássico nas escolas e colégios franceses mesmo depois da Revolução. Batteux era tradutor de Horácio e Aristóteles e professor de filosofia greco-latina no Collège de France. Eleito à Academia Francesa em 1761, ele acumula os cargos de professor, abade e membro da Academia. Batteux ignorava as formas literárias do romance e do ensaio e será condenado pelo século XIX, por Victor Hugo, por exemplo, que no poema "Réponse à un acte d'accusation" inclui o abade de Batteux no grupo de reitores do qual devemos nos desfazer: "Para o lixo com os Bouhours, os Batteux, os Brossettes!" (sobre o abade, cf. o texto de introdução de Sonia Branca-Rosoff, in "Abbé Batteux", *La leçon de lecture*. Paris: Éditions des Cendres, 1990). (N. do R. T.)

forido! Terá subido há pouco seis andares?" A grosseria do sr. Verdurin teve como consequência deixarem os homens do vestiário passar outras pessoas antes de Saniette, e quando este quis dar os seus agasalhos, responderam-lhe: "Cada um por sua vez, não seja tão apressado". "Isto é que são homens amigos da ordem, que entendem do seu ofício, bravo, meus rapazes!", disse, com um sorriso de simpatia, o sr. Verdurin, a fim de estimulá-los em suas disposições de atender Saniette por último. "Saiamos daqui", disse, "este animal quer nos matar nesta corrente de ar em que se regala. Vamos aquecer-nos um pouco no salão. *Surveilier aux vêtements!*", repetiu ainda, quando chegamos ao salão, "que imbecil!" "Está caindo no preciosismo, mas não é mau rapaz", disse Brichot. "Não disse que seja mau rapaz, disse é que é um imbecil", replicou com azedume o sr. Verdurin.

"Você vai este ano a Incarville?", perguntou-me Brichot. "Creio que a nossa amiga voltará à Raspelière, embora tenha andado de ponta com os proprietários. Mas tudo isso não é nada, são nuvens que se dissipam", acrescentou com o mesmo tom otimista dos jornais que dizem: "Erros houve, está visto, mas quem não os comete?". Ora, eu me lembrava em que estado de sofrimento deixara Balbec e não desejava de maneira nenhuma voltar lá. Adiava sempre para o dia seguinte os meus projetos com Albertine. "Mas decerto que vai, assim o queremos, ele nos é indispensável", declarou o sr. de Charlus com o egoísmo autoritário e incompreensivo da amabilidade.

O sr. Verdurin, a quem demos os pêsames pela morte da princesa Sherbatoff, disse-nos: "Sim, eu sei que ela está muito mal". "Muito mal? Morreu às seis horas, estou lhe dizendo", exclamou Saniette. "Você está sempre a exagerar", disse brutalmente a Saniette o sr. Verdurin, que, não tendo sido adiada a reunião, preferia a hipótese da doença, imitando assim, sem o saber, o duque de Guermantes. Enquanto isso, a sra. Verdurin estava em grande conferência com Cottard e Ski. Morel, poucos minutos antes, recusara (porque o sr. de Charlus não poderia comparecer) um convite para ir à casa de amigos a quem ela prometera o concurso do violinista. A razão pela qual Morel se recusava a tocar na reunião dos amigos dos Verdurin, razão a que veremos daqui a pouco juntarem-se outras muito mais graves, pudera ganhar força mercê de um hábito próprio em geral dos meios ociosos mas muito particularmente do "pequeno clã". Certo, se a sra. Verdurin surpreendia entre um novato e algum dos fiéis uma palavra dita a meia-voz e podendo fazer supor que eles já se conhecessem ou tivessem vontade de entabular relações ("Então até sexta-feira em casa de fulano" ou "Venha ao ateliê quando quiser, estou sempre lá até às cinco, dar-me-á grande prazer"), então, agitada, imaginando que o novato tivesse uma "situação" capaz de o qualificar como recruta brilhante para o "pequeno clã", ela, embora fingindo não ter ouvido nada e conservando em seu bonito olhar, onde o hábito de Debussy punha mais olheiras do que o faria o da cocaína, a expressão extenuada que bastavam a dar-lhe as puras delícias da música, revolvia, sob a fronte magnífica, abaulada por tantos quartetos e as enxaquecas consecutivas, pensamentos que não eram exclusivamente polifônicos, e não se contendo mais, não podendo esperar pela injeção um segundo sequer, precipitava-se sobre os dois convidados, chamava-os à parte e dizia ao novato, apontando o outro: "Quer vir jantar com *ele*, sábado, por exemplo, ou noutro dia que preferir, com umas pessoas simpáticas? Não falem disso muito alto porque não convidarei essa turba" (termo que designava por espaço de cinco minutos o nucleozinho desdenhado momentaneamente em favor do novato em quem se punham tantas esperanças).

Mas essa necessidade de se entusiasmar, por certas pessoas, de promover a aproximação de outras, tinha o seu reverso. A assiduidade às quartas-feiras suscitava nos Verdurin uma disposição oposta. Era o desejo de malquistar, de desunir, desejo que se fortificara, que se tornara quase furioso durante os meses passados na Raspelière, onde todos se viam de manhã à noite. O sr. Verdurin esforçava-se por apanhar alguém em falta, por estender as teias onde pudesse passar à aranha sua companheira alguma mosca inocente. À falta de motivos de queixa, inventava ridículos. Quando um dos fiéis saía por uma meia hora, caçoavam dele diante dos outros, fingiam surpresa de não terem notado como andava sempre de dentes sujos, ou, ao contrário, como os escovava, por mania, vinte vezes ao dia. Se outro tomava a liberdade de abrir uma janela, aquela falta de educação fazia os donos da casa trocarem um olhar revoltado. Um instante depois a sra. Verdurin pedia um xale, o que dava ao sr. Verdurin pretexto para dizer com ar furioso "Qual xale!, vou é fechar a janela, quem seria o malcriado que ousou abri-la?" diante do culpado, que corava até as orelhas. Indiretamente censuravam a quantidade de vinho que se bebia. "Não lhe pode fazer bem. Só um operário aguenta isso." Os passeios a sós de dois fiéis que não haviam previamente pedido licença à Patroa, tinham por consequência comentários infinitos, por mais inocentes que fossem esses passeios. Não o eram os do sr. de Charlus com Morel. Só o fato de não se hospedar o barão na Raspelière (por causa da vida de quartel de Morel) é que retardou o momento da saciedade, dos nojos, dos vômitos. Mas ele ia chegar.

A sra. Verdurin estava furiosa e decidida a "esclarecer" Morel sobre o papel ridículo e odioso que o sr. de Charlus o fazia representar. "E digo-lhe mais", continuou ela (a sra. Verdurin, quando sentia dever a alguém alguma gratidão que lhe ia pesar e não podia matá-lo para se ver livre dela, descobria-lhe um defeito grave que a dispensasse honestamente de lha testemunhar), "digo-lhe mais: ele está tomando em minha casa uns ares que não me agradam." É que com efeito a sra. Verdurin tinha ainda contra o sr. de Charlus queixa mais grave do que o recusar-se Morel a tocar em casa dos amigos dela. Compenetrado o barão da honra que dava à Patroa trazendo ao Cais Conti pessoas que de fato não teriam ido lá por causa dela, pronunciara, desde os primeiros nomes propostos pela sra. Verdurin como de pessoas que poderiam ser convidadas, o mais categórico veto em tom peremptório onde se misturava ao orgulho rancoroso do *grand seigneur* rabugento, o dogmatismo do artista perito em matéria de festas e que retiraria a sua peça e recusaria o seu concurso de preferência a condescender em concessões que a seu ver comprometeriam o resultado do conjunto. O sr. de Charlus só dera o seu consentimento, cercando-o aliás de reservas, a Saintine, com quem, para se descartar da mulher, a sra. de Guermantes passara de uma intimidade cotidiana a uma cessação completa de relações, mas que o sr. de Charlus, por achá-lo inteligente, continuava a frequentar.[83] Certo, foi num meio burguês cruzado com a pequena nobreza, no qual toda gente é riquíssima somente e aparentada com uma aristocracia que a grande aristocracia não conhece, que Saintine, outrora a flor do meio Guermantes, tinha ido procurar fortuna e, pensava ele, um ponto de apoio. Mas a sra. Verdurin, sabendo das pretensões nobiliárias do meio da mulher e não fazendo ideia da situação do marido (pois é o que está quase imediatamente acima de nós que nos dá impressão de altura e não o que nos é quase invisível de tão remoto que paira no céu), julgou dever justificar um convite para Saintine fazendo ver que ele conhecia muita gente boa, pois tinha casado com a srta. ... A ignorância que a sra. Verdurin revelava com essa asserção exatamente contrária à realidade fez desbrochar num sorriso de indulgente desprezo e larga compreensão os lábios pintados do barão. Não se dignou de responder diretamente, mas como gostava de arquitetar em matéria de mundanismo teorias onde se juntava à fertilidade de sua inteligência e à grandeza de seu orgulho a frivolidade hereditária de suas preocupações: "Saintine devia ter me consultado antes de se casar", disse ele; "assim como há uma eugenia fisiológica, há também uma eugenia social, de que sou talvez o único especialista. O caso de Saintine não levantava nenhuma discussão, era claro que fazendo o casamento que fez, ele se amarrava a um peso morto e colocava a sua cadeia debaixo do alqueire. Sua vida social estava acabada. Eu lhe teria explicado e ele me teria compreendido, pois é inteligente. Inversamente, sei de uma pessoa que possuía tudo o que era preciso para ter situação elevada, do-

83 Charlus abre exceção ao escritor Saintine (1798-1865). (N. do R. T.)

minadora, universal, mas um cabo terrível prendia-a à terra. Ajudei-a, usando ora a pressão, ora a força, a quebrar a amarra, e agora ela conquistou, com triunfante alegria, a liberdade, o poder absoluto que me deve; foi talvez necessário um pouco de boa vontade, mas que recompensa obteve! Quem sabe ouvir-me é assim o próprio parteiro do seu destino". Era demasiado evidente que o sr. de Charlus não soubesse atuar sobre o seu; agir é coisa diferente de falar, mesmo com eloquência, e de pensar mesmo com engenho. "Mas no que me concerne, vivo como filósofo, assistindo com curiosidade às reações sociais que predisse, mas que não ajudo. Por isso continuei a frequentar Saintine, que sempre teve comigo a deferência calorosa que convinha. Jantei mesmo com ele em sua nova casa, onde a gente se caceteia, no meio do maior luxo, tanto quanto se divertia antes quando, no tempo das vacas magras, ele reunia a melhor companhia numa pequena água-furtada. Pode pois convidá-lo, autorizo, mas oponho o meu veto a todos os outros nomes que me propõe. E vai agradecer-me, pois se sou perito em questões de casamento, não o sou em matéria de festas. Conheço as personalidades ascendentes que levantam uma reunião, lhe dão arrancada e altura; conheço também o nome que a joga por terra, que a faz esborrachar-se por completo." Nem sempre essas exclusões do sr. de Charlus se fundavam em ressentimentos de amalucado ou em requintes de artista, mas em habilidades de ator. Quando ele fabricava sobre qualquer pessoa ou coisa algo bem sacado, desejava fazê-lo ouvir ao maior número de pessoas possível, tendo porém cuidado de não admitir na segunda forma convidados da primeira, que pudessem constatar a repetição. Renovava a sua sala, justamente porque não mudava o cartaz, e se alcançava um sucesso na conversação, o seu gosto seria fazer *tournées* e dar representações na província. Fossem quais fossem os variados motivos daquelas exclusões, elas não só melindravam a sra. Verdurin, que se sentia diminuída em sua autoridade, como lhe causavam ainda um grande prejuízo mundano, e isto por duas razões. A primeira é que o sr. de Charlus, mais suscetível ainda que Jupien, rompia, sem que se soubesse mesmo por que, com as pessoas mais próprias para serem suas amigas. Naturalmente uma das primeiras punições que se lhes podiam infligir era não permitir que fossem convidados para uma festa que ele dava em casa dos Verdurin. Ora, esses párias eram muitas vezes pessoas cotadíssimas, mas que para o sr. de Charlus haviam cessado de o ser desde que rompera com eles. Pois sua imaginação era tão engenhosa em inventar agravos para se malquistar com as pessoas, quanto em despojá-las de toda importância assim que elas deixavam de ser suas amigas. Se, por exemplo, o culpado era um homem de família antiquíssima, mas cujo ducado data apenas do século XIX, os Montesquiou por exemplo, de um dia para outro o que valia para o sr. de Charlus era a antiguidade do ducado, a família era nada. "Não são nem duques", exclamava. "Foi o título do padre de Montesquiou que passou indevidamente a um parente, ainda não há nem quatrocentos anos. O duque atual, se duque há, é o terceiro. Falem-me de gente como os Uzés, os La Trémoïlle, os Luynes, que são os décimos, os décimos quartos duques, como meu irmão é o décimo segundo duque de Guermantes e o décimo sétimo príncipe de Condom. Os Montesquiou são descendentes de uma velha família, mas o que provaria isso, mesmo que estivesse provado? São tão descendentes que estão no décimo quarto andar abaixo do solo." Se, ao contrário, estava brigado com um gentil-homem possuidor de antigo ducado, unido pelo matrimônio às mais esplêndidas linhagens, aparentado com as famílias soberanas, mas a quem esse grande brilho tivesse vindo com demasiada rapidez, sem que a família remontasse muito longe, um Luynes por exemplo, então tudo mudava, só a família é que valia. "Ora, nós sabemos que os Alberti só no tempo de Luís XIII começam a tirar o pé da lama. Que nos importa que os favores da corte lhes tenham permitido acumular ducados a que não tinham nenhum direito?" De mais a mais, no sr. de Charlus a queda seguia de perto o favor por causa daquela disposição própria dos Guermantes de exigir da conversação, da amizade, o que ela não pode dar, mais o receio sintomático de ser objeto de maledicências. E a queda era tanto mais profunda quanto maior tinha sido o favor. Ora, ninguém gozara junto ao barão de favor igual ao em que ele ostensivamente mostrara ter a condessa Molé. Por que sinal de indiferença mostrou ela um belo dia ser indigna dele? A condessa declarou sempre que jamais conseguira descobri-lo. O fato é que seu nome era bastante para excitar no barão as mais violentas cóleras, as filípicas mais eloquentes e mais terríveis. A sra. Verdurin, com quem a sra. Molé fora muito amável e que nela fundava, como veremos, grandes esperanças e de antemão se regozijara com a ideia de que a condessa veria em casa dela as pessoas da mais alta nobreza "de França e Navarra", como dizia a Patroa, propôs logo que se convidasse "a senhora Molé". "Ah!, meu Deus, há gosto para tudo", respondera o sr. de Charlus, "e se a senhora tem prazer em conversar com a senhora Pipelet, a senhora Gibout e a senhora Joseph Prudhomme, estou de pleno acordo, mas então que seja uma noite em que eu não esteja presente.[84] Vejo, desde as suas primeiras palavras, que não falamos a mesma língua, pois eu falava de nomes da aristocracia e a senhora me vem com os nomes mais obscuros da magistratura, de plebeus velhacos, mexeriqueiros, daninhos, de umas pobres senhoras que se julgam protetoras das artes porque reproduzem, uma oitava abaixo, os modos de minha cunhada Guermantes, à maneira do gaio que julga imitar o pavão. Digo mais que haveria uma certa indecência em introduzir numa festa que eu estou desejoso de dar em casa da senhora Verdurin uma pessoa que excluí de minhas relações por motivos muito sérios, uma néscia malnascida, sem lealdade, sem espírito, que tem a loucura de se julgar capaz de imitar as duquesas de Guermantes e as princesas de Guermantes, acumulação que em si mesma é uma tolice, pois

84 O barão de Charlus lista personagens populares dos romances *Mistérios de Paris* (1842-1843), de Eugène Sue, das *Cenas populares* (1835) e das *Memórias de Joseph Prudhomme* (1857), ambos de Henry Monnier. (N. do R. T.)

duquesa de Guermantes e princesa de Guermantes, que haverá de mais contrário? É como uma pessoa que pretendesse ser ao mesmo tempo Reichenberg e Sarah Bernhardt.[85] Em todo caso, ainda que não fosse contraditório, seria profundamente ridículo. Que eu possa às vezes sorrir dos exageros de uma e lastimar o que há de limitado na outra, é meu direito. Mas essa rãzinha burguesa a querer se inchar para igualar as duas grandes damas, que em todo caso deixam sempre transparecer a incomparável distinção da raça, é, como se costuma dizer, fazer rir as galinhas. A Molé! Eis um nome que não deve mais ser pronunciado ou então retiro-me", acrescentou com um sorriso, no tom de um médico que, no interesse do seu cliente, embora contrariando-o, recusa aceitar a colaboração de um homeopata. Por outro lado, certas pessoas julgadas somenos pelo sr. de Charlus podiam, com efeito, sê-lo para ele, mas não para a sra. Verdurin. O sr. de Charlus, de alto nascimento, podia prescindir das criaturas mais elegantes, cuja frequência fariam do salão da sra. Verdurin um dos primeiros de Paris. Ora, esta começava a achar que já perdera muitas ocasiões, sem contar o atraso que o erro mundano da questão Dreyfus lhe infligira, não sem lhe prestar algum serviço. Não sei se disse quanto a duquesa de Guermantes vira com desagrado pessoas das suas relações que subordinavam tudo à questão deixarem de receber senhoras elegantes e acolherem outras que não o eram, por causa de revisionismo ou de antirrevisionismo, depois fora increpada por essas mesmas senhoras de tíbia, de mal pensante, de subordinar às etiquetas mundanas os interesses da Pátria; poderei perguntá-lo ao leitor como a um amigo a quem já não somos lembrados, depois de tantas práticas, se tivemos a ideia ou a ocasião de o pôr a par de certo fato? Que o tenha feito ou não, a atitude, naquele momento, da duquesa de Guermantes pode facilmente ser imaginada, e até, se nos reportarmos em seguida a

85 O barão opõe Sarah Bernhardt a Suzanne Reichenberg, atriz do teatro da Comédie Française. (N. do R. T.)

uma época ulterior, parecer, do ponto de vista mundano, perfeitamente justa. O sr. de Cambremer considerava a questão Dreyfus como uma máquina estrangeira destinada a destruir o Serviço de Informações, a quebrar a disciplina, a enfraquecer o exército, a dividir os franceses, a preparar a invasão. Como fosse a literatura, excetuadas algumas fábulas de La Fontaine, desconhecida pelo marquês, deixava ele à mulher o cuidado de estabelecer que a literatura cruelmente observadora, criando o desrespeito, procedera a uma subversão paralela. "Os senhores Reinach e Hervieu são 'da panelinha'", dizia.[86] Não se acusará a questão Dreyfus de ter premeditado tão negros planos contra a sociedade. Mas é certo que nesse ponto ela excedeu os seus limites. As pessoas da sociedade que não querem deixar a política introduzir-se nela são tão precavidas quanto os militares que não querem deixar a política no exército. Dá-se com a sociedade o mesmo que com o apetite sexual, que não sabemos a que perversões pode chegar uma vez deixada a escolha ao arbítrio das razões estéticas. O Faubourg Saint-Germain contraiu o hábito de receber senhoras de outra sociedade por serem nacionalistas; desapareceu o Nacionalismo, mas o hábito ficou. A sra. Verdurin, em consideração do dreyfusismo, atraíra à sua casa escritores de valor que no momento não lhe foram de nenhuma utilidade mundana por serem dreyfusistas.

86 A ousadia do raciocínio da sra. de Cambremer é a de associar um opositor de Dreyfus como Paul Hervieu (1857-1915) a um defensor de Dreyfus, como Joseph Reinach (1856-1921), autor de sete volumes de *História do Caso Dreyfus*, ainda hoje referência nos estudos sobre esse caso. Segundo o raciocínio implícito da sra. de Cambremer, mesmo um opositor de Dreyfus pode ter o impacto subversivo de seus defensores ao trabalhar com uma "literatura cruelmente observadora" que cria o "desrespeito". Exemplo disso seria uma peça como *As palavras permanecem* (*Les paroles restent*), "comédia dramática" encenada por Hervieu em 1892: nela, opõe-se um "outrora" a um presente em que se proferem "imputações graves, demolidoras, contra o próprio fundo das pessoas". Na peça há calúnia, difamação e morte com a conclusão moral: "as palavras ficam e elas matam". Uma das máximas de Hervieu recolhidas em livro é a seguinte: "Nada é belo senão a verdade; a verdade não é amável" (cf. a coletânea de textos *La chasse au réel*. Paris: Sansot et Cie., s.d.). (N. do R. T.)

Mas as paixões políticas são como as outras, não duram. Novas gerações vêm que já não as compreendem. A própria geração que passou por elas muda é presa de paixões políticas que, não sendo exatamente decalcadas das precedentes, lhe fazem reabilitar uma parte dos excluídos, por haver mudado a causa do exclusivismo. Aos monarquistas não se lhes dava mais durante a questão Dreyfus que alguém fosse republicano, e até anticlerical, contanto que fosse antissemita e nacionalista. Se algum dia estourasse uma guerra, o patriotismo tomaria outra forma e ninguém cuidaria de saber se um escritor exageradamente patriota foi dreyfusista ou não. Assim, de cada crise política, de cada renovação artística, a sra. Verdurin arrancara aos poucos, como de grão em grão a galinha enche o papo, as migalhas sucessivas, provisoriamente inutilizáveis, do que seria um dia o seu salão. Passara a questão Dreyfus, mas Anatole France continuava frequentando-lhe a casa. A força da sra. Verdurin era o seu amor sincero da arte, o trabalho que tomava com os "fiéis", os maravilhosos jantares que dava só para eles, sem que houvesse pessoas da sociedade convidadas. Cada um deles era tratado em casa dela como Bergotte o fora em casa da sra. Swann. Quando um familiar dessa natureza vinha a ser um belo dia homem ilustre que a sociedade deseja ver, sua presença em casa da sra. Verdurin não tinha nada do lado factício, adulterado, de uma cozinha de banquete oficial ou de Saint-Charlemagne feita por Potel e Chabot, mas tudo de um delicioso trivial que seria o mesmo num dia em que não houvesse visitas.[87] Em casa da sra. Verdurin o elenco era perfeito, bem ensaiado, o repertório de primeira ordem, só faltava o público. E depois que o gosto deste começou a afastar-se da arte de razão e tão francesa de um Bergotte para se enamorar sobretudo de músicas exóticas, a sra. Verdurin, espécie de correspondente titular em Paris de todos os artistas estrangeiros, ia em breve, ao lado da sedu-

87 Alusão a dois restaurantes do início do século que preparavam pratos sob encomenda na margem direita do Sena. (N. do R. T.)

tora princesa Yourbeletief, servir de velha fada Carabossa, mas todo-poderosa, aos bailarinos russos.[88] Essa encantadora invasão, contra cujos atrativos só protestaram os críticos desprovidos de gosto, provocou em Paris, como se sabe, uma febre de curiosidade menos violenta, mais puramente estética, porém talvez tão viva quanto a questão Dreyfus. Desta vez de novo a sra. Verdurin iria figurar na primeira linha, mas para um resultado mundano inteiramente diverso. Assim como a tinham visto ao lado da sra. Zola no tribunal durante as sessões do Júri, assim também, desde que a humanidade nova aclamadora dos bailados russos se comprimiu na Ópera, ornada de *aigrettes* desconhecidas, lá se vê sempre num primeiro camarote a sra. Verdurin ao lado da princesa Yourbeletief. E como depois das emoções do Palácio de Justiça se ia à noite à casa da sra. Verdurin para ver de perto Picquart ou Labori[89] e sobretudo para tomar conhecimento das últimas notícias, saber o que se podia esperar de Zurlinden, de Loubet, do coronel Jouaust, do Regulamento,[90] do mesmo modo, havendo pouca disposição

88 No volume anterior, a sra. Verdurin já aparece como protetora de primeira hora dos balés russos; aqui ela é aproximada da sra. Alfred Edwards, madrinha dos balés russos em Paris. (N. do R. T.)

89 A sra. Verdurin recebera em seu salão dois nomes que participaram ativamente da questão Dreyfus: o comandante Georges Picquart, que identificou na caligrafia de Esterhazy o autor do documento que servira para condenar Dreyfus como espião e relançou o debate sobre a necessidade da revisão da condenação de Dreyfus, e Fernand Labori (1860-1917), advogado de Picquart, de Émile Zola e do próprio Dreyfus. (N. do R. T.)

90 O general Émile Thomas Zurlinden (1837-1929) deixava o cargo de governador de Paris para assumir o Ministério da Guerra em 1898; tendo, em um primeiro momento, se pronunciado em favor da revisão do processo contra Dreyfus, ele se intera melhor do dossiê, conclui pela culpabilidade de Dreyfus e deixa o cargo menos de um mês após tê-lo assumido. Com a morte de Félix-Faure, em fevereiro de 1899, Émile Loubet (1838-1929) chega à Presidência da República e acende novamente as esperanças de revisão do processo que condenara Dreyfus em 1894. Esta primeira condenação é anulada, e o acusado, enviado ao Segundo Conselho de Guerra do qual o coronel Albert Jouaust (1875-1949) é o presidente; surpreendentemente, Jouast será também uma das únicas duas vozes a favor de Dreyfus; embora mantivesse a condenação de dez anos de detenção (e não mais exílio perpétuo), o Conselho concede atenuantes, endossadas depois pelo presidente Loubet, que

para o sono depois do entusiasmo desencadeado por *Sheherazade* ou as *Danças do príncipe Igor*,[91] ia-se à casa da sra. Verdurin, onde, presididas por ela e pela princesa Yourbeletief, deliciosas ceias reuniam todas as noites os dançarinos, que não tinham jantado para saltar melhor, o diretor, os decoradores, os grandes compositores Igor Stravinski e Richard Strauss, nucleozinho imutável, em torno do qual, como nas ceias do sr. e da sra. Helvétius, as senhoras mais ilustres de Paris e as altezas estrangeiras não se dedignavam de se misturar.[92] Mesmo os da roda social que se julgavam entendidos em matéria artística e faziam entre os bailados russos distinções ociosas, achando a apresentação das *Sílfides* algo mais "fina" que a de *Sheherazade*,[93] em que não estavam longe de notar influência da arte negra, ficavam encantados de ver de perto os grandes renovadores do estilo teatral, que numa arte talvez um pouco mais factícia do que a pintura realizaram uma revolução tão profunda quanto o impressionismo.

Voltando ao sr. de Charlus, a sra. Verdurin não teria ficado tão contrariada se ele se tivesse limitado a pôr no índex a condessa Molé e a sra. Bontemps, que lhe chamara a atenção em casa de Odette por causa de seu amor das artes, e que durante a questão Dreyfus viera algumas vezes jantar com o marido, a quem a sra. Verdurin chamava um água-morna, porque ele não punha em revisão o processo, mas que, muito inteligente, e desejoso de ter relações em todos os partidos, ficava encantado de mostrar sua independência jantando com Labori, a quem ouvia sem dizer nada de comprometedor, porém encartando no momento oportuno uma homenagem à lealdade, reconhecida em todos os partidos, de

---

assina a liberdade definitiva de Dreyfus em setembro de 1899. (N. do R. T.)

91 Dois balés montados, o primeiro em 1910 e o segundo em 1909, pelos balés russos em Paris. (N. do R. T.)

92 O salão dos Verdurin é comparado ao de Claude Adrien Helvétius (1715-1771), filósofo e colaborador da *Encyclopédie*, que, em companhia da mulher, recebia filósofos, escritores e pessoas ilustres em sua casa de Auteuil. (N. do R. T.)

93 *As Sílfides* foi balé orquestrado por Stravinski em 1909. (N. do R. T.)

Jaurès. Mas o barão proscrevera também algumas senhoras da aristocracia com as quais a sra. Verdurin tinha, por ocasião de solenidades musicais, de coleções, de caridade, entrado recentemente em relações e que, qualquer que fosse o juízo que delas fizesse o sr. de Charlus, seriam, muito mais que ele próprio, elementos essenciais para se formar em casa da sra. Verdurin um novo núcleo, aristocrático este. A sra. Verdurin tinha justamente contado com essa festa, a que o sr. de Charlus lhe traria senhoras da mesma roda, para juntar a estas as suas novas amigas, e gozara antecipadamente da surpresa que elas teriam ao encontrar no Cais Conti amigas ou parentas convidadas pelo barão. Por isso estava decepcionada e furiosa com a interdição. Restava saber se o sarau, em tais condições, resultaria para ela em proveito ou perda. Esta não seria muito grave se ao menos as convidadas do sr. de Charlus mostrassem disposições tão calorosas a favor da sra. Verdurin que viessem a ser para ela as amigas do futuro. Nesse caso só haveria meio prejuízo, e em dia próximo, aquelas duas metades da alta sociedade que o barão havia querido manter isoladas, seriam reunidas, embora sem a presença dele nessa noite. Era pois com certa emoção que a sra. Verdurin esperava as convidadas do sr. de Charlus. Não tardaria a saber o estado de espírito em que viriam, e as relações que podia esperar ter com elas. Enquanto não chegavam, confabulava a sra. Verdurin com os fiéis, mas vendo o sr. de Charlus, que entrava com Brichot e comigo, calou-se de repente.

Com grande espanto nosso, ao testemunhar-lhe Brichot o seu pesar de saber que a princesa Sherbatoff estava tão mal, a sra. Verdurin respondeu: "Olhe, sou obrigada a confessar que não sinto nenhum pesar. E inútil fingir sentimentos que não se têm". Com certeza falava assim por falta de energia, porque a fatigava a ideia de ter que fazer cara triste durante toda a recepção; por orgulho, para não parecer estar a pedir desculpas de não ter adiado a recepção; mas por medo do juízo alheio também e por habilidade, porque a falta de pesar que demonstrava era mais honrosa se atribuível a uma antipatia particular, subitamente revelada, em relação à princesa, do que a uma insensibilidade universal e porque não se podia deixar de ficar desarmado por uma sinceridade que não havia como pôr em dúvida. Se a sra. Verdurin não tivesse sido de fato indiferente à morte da princesa, iria, para explicar porque recebia, acusar-se de culpa bem mais grave? Aliás esqueciam que a sra. Verdurin haveria confessado, ao mesmo tempo que o seu pesar, o não ter tido coragem de renunciar a um prazer; ora, a dureza da amiga era algo mais repulsivo, mais imoral, porém menos humilhante, por conseguinte mais fácil de confessar, do que a frivolidade da dona de casa. Em matéria de crime, onde existe perigo para o culpado, o interesse é que dita as confissões. Para as culpas sem sanção, é o amor-próprio. Fosse porque, achando sem dúvida muito gasto o pretexto das pessoas que, para não interromperem por motivo de pesar a sua vida de prazer, continuam repetindo que lhes parece inútil pôr exteriormente um luto que trazem no coração, preferisse a sra. Verdurin imitar aqueles criminosos inteligentes, a quem repugnam os clichês da inocência, e cuja defesa — meia confissão sem que eles o percebam — consiste em dizer que não veriam nenhum mal em praticar o que se lhes imputa e que por acaso aliás não tiveram ocasião de praticar; fosse porque, tendo adotado para explicar o seu procedimento a tese da indiferença, achasse, uma vez lançada no declive de seu mau sentimento, que havia alguma originalidade em conhecê-lo por experiência, uma perspicácia rara em ter sabido discerni-lo, e um certo "topete" em proclamá-lo: o fato é que a sra. Verdurin fez questão de insistir sobre a sua falta de pesar, não sem uma certa satisfação orgulhosa de psicólogo paradoxal e de dramaturgo ousado. "É muito curioso", disse, "mas não senti quase nada. Meu Deus, não posso dizer que não preferisse que ela vivesse, não era má pessoa." "Era, sim", interrompeu o sr. Verdurin. "Ah!, ele não gosta dela porque achava que me prejudicava recebê-la, mas ela se deixa cegar por isso." "Faze-me a justiça de reconhecer que nunca aprovei essas relações", disse o sr. Verdurin. "Sempre te disse que ela tinha má fama." "Mas nunca ouvi dizer isso", protestou Saniette. "Nunca ouviu?", exclamou a sra. Verdurin. "Pois era coisa universalmente conhecida; má fama só, não, fama vergonhosa, infamante. Mas não é por causa disso. Eu mesma não sabia explicar o meu sentimento; não a detestava, mas ela me era a tal ponto indiferente que, quando soubemos que ela estava muito mal, meu marido mesmo ficou admirado e me disse: 'Parece que pouco estás te incomodando com isso'. Mas vejam, hoje ele me propôs adiar a festa, e eu fiz questão, ao contrário, de não adiá-la, porque acho que seria uma comédia demonstrar um pesar que não sinto." Falava assim porque lhe parecia curiosamente "teatro livre", e também por ser extremamente cômodo;[94] pois a insensibilidade ou a imoralidade confessada simplifica a vida tanto quanto a moral fácil; ela faz das ações censuráveis, e para as quais já não há então necessidade de procurar desculpas, um dever de sinceridade. E os fiéis escutavam as palavras da sra. Verdurin com a mistura de admiração e mal-estar que certas peças cruamente realistas e de penosa observação causavam antigamente; e ao mesmo tempo que se embasbacavam de ver a querida Patroa mostrar uma forma nova de sua retidão e de sua independência, mais de um, embora dizendo

94 A expressão "teatro livre" alude ao teatro inaugurado em março de 1887 por Leonard-André Antoine. Na estreia, teve como principal atração de seu programa a peça *Jacques Damour*, tirada de uma novela de Émile Zola, então no auge da polêmica provocada por sua peça anterior, *Le ventre de Paris*. O "teatro livre" era o triunfo do teatro dito "naturalista", mas que adapta também textos de autores atuais como Villiers de l'Isle Adam, Tolstoi, Edgar Alan Poe e Ibsen. Seus atores se notabilizaram por escritos e atos anarquistas, audácias contra a mediocridade artística do repertório teatral corrente (cf. Francis Prunier, *Les luttes d'Antoine au Théâtre Libre*. Paris: Lettres Modernes, 1964). No caso da aproximação entre a sra. Verdurin e o "teatro livre" talvez esteja também em jogo a luta obstinada de um indivíduo, Antoine, o fundador do teatro, para distingui-lo de um teatro puramente amador e conseguir sair da Passagem de l'Élysée-des-Beaux-Arts, em Montmartre, e conquistar os bulevares parisienses — a "Patroa" também luta para consolidar o seu salão após as perdas mundanas acarretadas pelo "Caso Dreyfus"; lembre-se também que a "Patroa" tem se comportado como um "dramaturgo ousado". (N. do R. T.)

consigo que afinal não seria a mesma coisa, pensava na própria morte e a si mesmo perguntava se no dia em que ela viesse haveria pranto ou festa no Cais Conti. "Estou bem contente que a reunião não tenha sido adiada. Por causa dos meus convidados", disse o sr. de Charlus, sem atentar que falando assim ofendia a sra. Verdurin.

No entanto eu sentia, como toda gente que se aproximava naquela noite da sra. Verdurin, um cheiro bem pouco agradável de rino-gomenol. Eis aqui a explicação. É sabido que a sra. Verdurin nunca exprimia suas emoções artísticas de um modo moral, mas físico, para que elas parecessem mais inevitáveis e mais profundas. Ora, se lhe falavam da música de Vinteuil, sua preferida, ela permanecia indiferente, como se não esperasse dela nenhuma emoção. Mas após alguns minutos de olhar imóvel, quase distraído, em tom preciso, prático, quase pouco polido (como se nos dissesse: "Não me importaria que você fumasse, mas é que por causa do tapete, é muito bonito, o que também não me importaria, mas é muito inflamável, tenho muito medo do fogo e não gostaria de vê-los todos a arder por causa de uma ponta de cigarro mal apagado que você deixasse cair no chão"), respondia: "Não tenho nada contra Vinteuil; a meu ver é o maior músico do século, somente não posso ouvir essas coisas sem parar de chorar um instante" (dizia "chorar" em tom nada patético, teria dito com a mesma naturalidade "dormir"; certas mas línguas pretendiam mesmo que este último verbo teria sido mais verdadeiro, mas ninguém poderia decidir, pois ela ouvia aquela música com a cabeça entre as mãos, e certos ruídos de ronco poderiam afinal ser soluços). "Chorar não me faz mal, posso chorar à vontade, mas é que as lágrimas me provocam corizas de arrebentar. Fico com a mucosa congestionada e quarenta e oito horas depois pareço uma velha borrachona e, para que minhas cordas vocais funcionem, tenho que passar dias fazendo inalações. Afinal um discípulo de Cottard, criatura encantadora, livrou-me disso. Ele professa um axioma bastante original: 'Mais vale prevenir que remediar'. E me unta o nariz antes de começar a música. É radical. Posso chorar como não sei quantas mães que tenham perdido os filhos, e não tenho a mais leve coriza. Às vezes um pouco de conjuntivite, mas é só. A eficácia é absoluta. Se não fosse isso, eu não poderia continuar a ouvir Vinteuil. Não faria outra coisa senão sair de uma bronquite para cair noutra."

Não pude conter-me que não falasse da srta. Vinteuil. "A filha dele não veio?", perguntei à sra. Verdurin, "nem uma das amigas dela?" "Não, recebi agora mesmo um telegrama", disse evasivamente a sra. Verdurin, "elas foram obrigadas a ficar no campo." Tive um instante a esperança de que nunca elas tivessem pensado em vir e que a sra. Verdurin não houvesse anunciado aquelas representantes do compositor senão para impressionar favoravelmente os intérpretes e o público. "Como?, então elas não vieram nem ao ensaio da tarde?", disse com falsa curiosidade o barão, que quis parecer não ter estado com Charlie. Este veio cumprimentar-me. Interroguei-o ao ouvido relativamente à srta. Vinteuil; achei-o muito pouco informado. Fiz-lhe sinal que não falasse alto e avisei-o de que voltaríamos a conversar sobre o assunto. Ele inclinou-se, prometendo-me que com o maior prazer estaria à minha inteira disposição. Notei que se mostrava muito mais cortês, muito mais respeitoso do que antes. A esse propósito fiz elogios dele — dele, que poderia talvez ajudar-me a esclarecer as minhas suspeitas — ao sr. de Charlus, que me respondeu: "Não faz mais do que deve, não valeria a pena viver com pessoas bem-educadas se não aprendesse com elas as boas maneiras". Estas eram, segundo o sr. de Charlus, as velhas maneiras francesas, sem sombra de rigidez britânica. Por isso quando Charlie, ao voltar de uma *tournée* na província ou no estrangeiro, entrava em traje de viagem pela casa do barão, este, se não tinha muitas visitas, beijava-o sem-cerimônia nas duas faces, talvez um pouco para com essa ostentação tirar à sua ternura qualquer ideia de culpa, talvez para não se privar de um prazer, mais ainda sem dúvida por literatura, para conservação e exemplo das antigas maneiras de França, e como teria protestado contra o estilo muniquense ou o *art nouveau* conservando velhas poltronas da bisavó, opondo à fleuma britânica a ternura de um pai amoroso do século XVIII que não dissimula sua alegria de rever um filho. Haveria enfim um sábio de incesto naquela afeição paternal? É mais provável que a maneira de o sr. de Charlus contentar habitualmente o seu vício, e sobre a qual receberemos ulteriormente alguns esclarecimentos, não lhe bastava às necessidades afetivas, insatisfeitas desde a morte da mulher; o fato é que depois de ter pensado várias vezes em casar novamente, sofria agora de um desejo maníaco de adoção, e que certas pessoas em torno dele temiam que se esperasse em favor de Charlie. E não é extraordinário. O invertido que não pôde alimentar sua paixão senão com uma literatura escrita para os homens que gostam de mulheres, que pensava nos homens ao ler *As noites* de Musset, sente a necessidade de exercer também todas as funções sociais do homem que não é invertido, de sustentar um amante, como o velho frequentador da Ópera sustenta dançarinas, de ter uma vida organizada, de casar ou amasiar-se, de ser pai.

O sr. de Charlus afastou-se com Morel sob pretexto de pedir uma explicação sobre o que se ia tocar, experimentando principalmente um grande deleite, enquanto Charlie lhe mostrava a sua música, de ostentar assim publicamente a intimidade secreta que havia entre eles. Enquanto isso eu me sentia encantado. Pois embora o "pequeno clã" comportasse poucas moças, em compensação convidavam-se muitas nos dias de grandes reuniões. Estavam lá várias e bem bonitas, que eu conhecia. Mandavam-me de longe um sorriso de boas-vindas. O ar era assim decorado de momento em momento por um belo sorriso de moça. Este é o ornamento múltiplo e esparso das noites, como dos dias. Lembrando-nos de uma atmosfera porque nela havia moças sorrindo.

Causariam estranheza, se tivessem sido anotadas, as frases furtivas que o sr. de Charlus trocara com vários homens importantes nessa reunião. Eram eles dois duques, um general eminente, um grande escritor, um grande médico, um grande advogado.

Ora, as frases tinham sido estas: "A propósito, viu o lacaio? Quero me referir ao rapaz que vai na boleia. E em casa de nossa prima Guermantes, não há nada de novo?". "Atualmente não." "Diga-me uma coisa, à porta da rua, ocupada com carros, havia uma criaturazinha loira, de calças curtas, que pareceu muito simpática. Chamou muito graciosamente o meu carro, bem que eu gostaria de ter prolongado a conversa." "É, mas me parece de todo hostil, e depois faz tanto luxo; você, que gosta de decidir as coisas logo de saída, ficaria amolado. Aliás sei que não há nada a fazer, um de meus amigos já experimentou." "É pena, pois achei o perfil muito fino e os cabelos soberbos." "Acha-a realmente tão bonita assim? Creio que se a tivesse visto por mais tempo, acabava desiludido. No *buffet* é que há uns dois meses você teria visto uma verdadeira maravilha, um rapagão de dois metros, uma pele ideal e além disso gostando da coisa. Mas foi-se embora para a Polônia." "É um pouco longe." "Quem sabe, talvez volte. Na vida a gente torna sempre a se encontrar." Não há grande sarau mundano, se lhe praticamos um corte em profundidade suficiente, que não seja igual àquelas reuniões a que os médicos convidam os seus doentes, os quais conversam muito ajuizadamente, ostentam muito boas maneiras e não mostrariam de todo que são loucos se não nos segredassem ao ouvido mostrando um velho que passa: "É Joana d'Arc".

"Acho que é nosso dever esclarecê-lo", disse a sra. Verdurin a Brichot. "O que faço não é contra Charlus, pelo contrário. Ele é agradável, e quanto à reputação que lhe dão, é de um gênero que não pode me prejudicar! Eu, que para o nosso clãzinho, para os nossos jantares de palestra, detesto os namoros, os homens a dizerem inépcias a uma mulher num canto da sala em vez de tratarem de assuntos interessantes, com Charlus não tinha que recear o que me aconteceu com Swann, com Elstir, com tantos outros. Com ele me sentia tranquila, ele chegava para os meus jantares, podiam estar presentes todas as mulheres do mundo, eu tinha a certeza de que a conversa geral não seria perturbada por namoros, cochichos. Charlus é um ser à parte, com ele se está tranquilo, é como se fosse um padre. Mas é preciso que ele não se meta a querer mandar nos rapazes que vêm aqui e a lançar a discórdia em nossa rodinha, senão será ainda pior do que um mulherengo." E a sra. Verdurin era sincera ao proclamar assim a sua indulgência com o Charlismo. Como todo poder eclesiástico, julgava ela as fraquezas humanas menos graves do que aquilo que podia enfraquecer o princípio de autoridade, prejudicar a ortodoxia, modificar o antigo credo em sua Igrejinha. "Se não for assim, ele vai ver! Pois não é que quis impedir Charlie de vir a um ensaio porque também não foi convidado? Mas vou fazer-lhe uma advertência séria e espero que seja o bastante, senão o que ele tem a fazer é sumir-se daqui. Ele sequestra o rapaz, palavra!" E servindo-se exatamente das mesmas expressões que quase todo o mundo teria empregado, pois que as há pouco habituais, mas que certo assunto particular, certa circunstância dada fazem afluir quase necessariamente à memória de quem fala e que pensa estar exprimindo com liberdade o seu pensamento, quando não faz senão repetir maquinalmente a lição universal, acrescentou: "Não se pode mais ver Morel que não seja escoltado desse estafermo, dessa espécie de guarda-costas". O sr. Verdurin propôs que ele se afastasse um instante com Charlie para falar-lhe, sob pretexto de lhe perguntar qualquer coisa. A sra. Verdurin receou, porém, que o violinista ficasse perturbado e tocasse mal. Seria melhor retardar aquela execução para depois da dos números de música. Talvez mesmo para outra vez. Pois por mais que a sra. Verdurin desejasse a deliciosa emoção que sentiria quando o marido estivesse a esclarecer Charlie numa saleta vizinha, sempre receava, se o golpe falhasse, que este se zangasse e roesse a corda no dia 16.

O que perdeu o sr. de Charlus nessa noite foi a má-educação — tão comum naquele meio — das pessoas que ele convidara e que começavam a chegar. Vindas por serem amigas do sr. de Charlus, e também movidas pela curiosidade de penetrar em tal lugar, cada duquesa ia diretamente ao barão como se fosse ele o dono da casa e dizia, a dois passos dos Verdurin, que ouviam tudo: "Mostre-me onde está a Verdurin; acha indispensável que eu me faça apresentar? Espero ao menos que ela amanhã não mande pôr o meu nome nos jornais, seria um motivo de briga com toda minha gente. Mas o quê!, é aquela de cabelos brancos? Não tem má aparência". Ouvindo falar da srta. Vinteuil, aliás ausente, mais de uma dizia: "Ah!, a filha da sonata? Qual é ela?" e, deparando com muitas amigas, faziam grupo à parte, observavam, faiscantes de curiosidade irônica, a entrada dos fiéis, e o mais que achavam para apontar com o dedo era o penteado um pouco insólito de alguma senhora, que uns anos mais tarde iria pô-lo em moda na mais alta sociedade, e, em suma, lastimavam que aquele salão não fosse afinal tão diferente dos outros que elas conheciam, do que elas tinham esperado, sentindo o desapontamento das pessoas da alta sociedade que, indo à *boîte* de Bruant na esperança de levar descomposturas do cançonetista, são acolhidas à entrada com um cumprimento correto em vez do estribilho esperado: "Olhem só que fuça, que tromba ela tem!".[95]

O sr. de Charlus havia, em Balbec, na minha presença, finamente criticado a sra. de Vaugoubert, que, apesar de extremamente inteligente, causara, depois da boa fortuna inesperada, a desgraça irremediável do marido. Tendo os soberanos em cuja corte o sr. de Vaugobert estava credenciado, o rei Teodósio e a rainha Eudóxia, voltado a Paris, mas desta vez para uma temporada mais longa, organizaram-se festas diárias em homenagem a eles, festas durante as quais a rainha, relacionada com a sra. de Vaugoubert havia dez anos em sua capital e não conhecendo nem a senhora do Presidente da República, nem as dos ministros, se tinha afastado destas para formar grupo à parte com a embaixatriz. Esta, julgando-se em posição a salvo de todo risco — pelo fato de ser o sr. de Vaugoubert o autor da aliança entre o rei Teodósio e a França —,

95 As senhoras do Faubourg Saint-Germain temiam receber descomposturas de Aristide Bruant, compositor de canções do famoso bar de Montmartre "Le Chat Noir", que ele transformou em "Le Mirliton". (N. do R. T.)

sentira, com a preferência que lhe demonstrava a rainha, grande satisfação de orgulho, mas nenhuma apreensão do perigo que a ameaçava e que se realizou mais tarde com o acontecimento, erradamente julgado impossível pelo casal demasiado confiante, da aposentadoria brutal do sr. de Vaugoubert. O sr. de Charlus, comentando no trenzinho[96] de Balbec a queda de seu amigo de infância, admirava-se de que uma mulher inteligente não tivesse, em tal circunstância, usado toda a sua influência sobre os soberanos para obter deles que ela parecesse não a ter e fazê-los transferir para a senhora do Presidente da República e dos Ministros uma amabilidade pela qual se sentiriam elas tanto mais lisonjeadas, isto é, pela qual ficariam tanto mais perto, em seu contentamento, de ser gratas aos Vaugoubert, quanto haviam de pensar que essa amabilidade era espontânea e não ditada por eles. Mas quem vê o erro dos outros, por pouco que o tonteiem as circunstâncias, cai nele muitas vezes. E o sr. de Charlus enquanto os seus convidados abriam caminho para vir felicitá-lo e agradecer-lhe, como se ele fosse o dono da casa, não pensou em pedir-lhes que dissessem algumas palavras à sra. Verdurin. Só a rainha de Nápoles,[97] em quem vivia o mesmo nobre sangue de suas irmãs, a imperatriz Elizabeth e a duquesa de Alençon, esteve conversando com a sra. Verdurin como se tivesse vindo pelo prazer de vê-la mais do que pela música e, em atenção ao sr. de Charlus, fez-lhe mil declarações, não cessou de falar do antigo desejo que tinha de conhecê-la, elogiou-lhe a casa e conversou sobre os assuntos mais diversos como se estivesse em visita. Gostaria tanto, disse ainda, de ter trazido sua sobrinha Elizabeth (a que viria pouco depois a

96 No original, "tortillard". É o nome que na França o povo dá aos pequenos caminhos de ferro de interesse local. Proust ora emprega essa palavra, ora "tram". Em *À sombra das raparigas em flor*, diz o narrador: "[...] me intimidava a facilidade com que Albertine dizia 'calhambeque'" ("tram") e "também a riqueza de sinônimos que o pequeno bando possuía para designar essa estrada de ferro" (p. 533). (N. dos T.)
97 A presença da rainha de Nápoles (1841-1925) no salão dos Verdurin significa nova intromissão de personagem verídica no livro. (N. do R. T.)

casar-se com o príncipe Alberto da Bélgica) e que haveria de sentir muito não ter vindo. Calou-se depois, ao ver os músicos instalarem-se no estrado, e pediu que lhe mostrasse Morel. Não devia ter muita ilusão sobre os motivos que levavam o sr. de Charlus a querer que cercassem de tanta glória o jovem virtuose. Mas sua velha sabedoria de soberana em quem corria um dos sangues mais nobres da história, mais ricos de experiência, de ceticismo e de orgulho, fazia-se considerar as taras inevitáveis das pessoas que ela mais estimava, como seu primo Charlus (filho, como ela, de uma duquesa de Baviera), como infortúnios que tornavam mais precioso para elas o apoio que podiam encontrar nela, e por conseguinte faziam com que ela tivesse mais prazer ainda em lho fornecer. Sabia que o sr. de Charlus ficaria duplamente grato por ter ela tomado o incômodo de vir em tal ocasião. Mas, tão boa quanto se mostrara outrora corajosa, essa heroica mulher que, rainha-soldado, tiroteara pessoalmente nas muralhas de Gaeta, sempre pronta a colocar-se cavalheirescamente ao lado dos fracos, vendo a sra. Verdurin só e abandonada, a qual de resto ignorava que não devia afastar-se da rainha, procurava fingir que para ela, rainha de Nápoles, o centro da recepção, o ponto atrativo que a trouxera ali era a sra. Verdurin. Excusou-se de não poder ficar até o fim, pois, embora não saísse nunca, tinha que ir a outra recepção, e pediu sobretudo que quando ela se retirasse ninguém fizesse cerimônia com ela, dispensando assim a sra. Verdurin das honras que esta aliás ignorava que lhe devia.

Cumpre no entanto fazer esta justiça ao sr. de Charlus, a saber, que se ele esqueceu por completo da sra. Verdurin e permitiu que a esquecessem, escandalosamente, as pessoas do seu meio por ele convidadas, em compensação compreendeu que não devia deixá-las assumir em face da "manifestação musical" as atitudes mal-educadas que tinham para com a dona da casa. Já subira Morel ao estrado, agrupavam-se os artistas, e ainda se ouviam conversas, frases como "parece que é preciso ser iniciado para compreender", e até risos. Imediatamente o sr. de Charlus, empertigando o busto para trás, como se tivesse entrado em outro corpo que não aquele que eu vira, havia pouco, chegar arrastando-se à casa da sra. Verdurin, tomou uma expressão de profeta e fitou na assembleia um olhar sério, que significava não ser ocasião de rir, fazendo com isso corar o rosto de mais de uma convidada apanhada em falta, como um aluno o é pelo seu professor em plena classe. Para mim a atitude, tão nobre aliás, do sr. de Charlus tinha qualquer coisa de cômico; pois ora ele fulminava os convidados com olhares inflamados, ora para indicar-lhes como um *vade mecum* o religioso silêncio que convinha observar, a renúncia a toda preocupação mundana, apresentava ele próprio, levando à bela testa as mãos calçadas de luvas brancas, um modelo (que todos deviam imitar) de gravidade, quase de êxtase mesmo, sem responder aos cumprimentos de retardatários bastante levianos para não compreender que era agora o momento da Grande Arte. Todos foram hipnotizados; ninguém se atreveu mais a proferir um som, a mexer uma cadeira; o respeito pela música — graças ao prestígio de Palamedes — fora subitamente inculcado a uma multidão tão mal-educada quanto elegante.

Quando vi tomarem assento no pequeno estrado não só Morel e um pianista, mas outros músicos, pensei que o concerto começaria com obras de outros compositores e não de Vinteuil. Pois imaginava que só havia dele a sonata para piano e violino.

A sra. Verdurin sentou-se à parte, os hemisférios da fronte branca e ligeiramente rosada magnificamente abaulados, os cabelos afastados para trás, em parte por imitação de um retrato do século XVIII, em parte por necessidade de frescura, reclamada por uma febril a quem um certo pudor veda mostrar o seu estado, isolada, divindade que presidia às solenidades musicais, deusa do wagnerismo e da enxaqueca, espécie de Norma quase trágica, evocada pelo gênio no meio daqueles cacetes, diante dos quais, mais ainda do que habitualmente, não se dignaria de exprimir as suas impressões ao ouvir uma música que ela conhecia melhor do que eles. Começou o concerto; não reconheci o que estavam tocando, via-me em país desconhecido. Onde situá-lo? Na obra de que autor estava eu? Desejaria muito sabê-lo, e não tendo a meu lado ninguém a quem perguntá-lo, gostaria bem de ser uma personagem daquelas *Mil e uma noites*, que eu relia incessantemente e onde, nos momentos de incerteza, surge de repente um gênio ou uma adolescente de sedutora beleza, invisível para os outros, mas não para o herói em apuros, a quem ela revela exatamente o que ele deseja saber. Ora, naquele momento precisamente fui favorecido com uma dessas mágicas aparições. Assim como, num país que julgamos não conhecer e a que, com efeito, chegamos por um lado novo, quando depois de uma volta do caminho acontece desembocarmos subitamente noutro, cujos mínimos recantos nos são familiares, mas aonde não tínhamos o hábito de chegar por ali, exclamamos de repente: "Ora, é o caminhozinho que conduz ao portão do jardim de meus amigos X; estou a dois minutos da casa deles"; e com efeito lá está a filha, que veio dar-me bom-dia de passagem: assim também me reconheci de chofre, no meio daquela música nova para mim, em plena sonata de Vinteuil; e mais maravilhosa do que uma adolescente, a frasezinha, envolvida, arreada de prata, escorrendo sonoridades brilhantes, leves e suaves como charpas, veio ao meu encontro, reconhecível em seus novos atavios. O prazer de me encontrar novamente com ela acrescia-se da entonação tão afetuosamente conhecida que ela tomava para me dirigir a palavra, tão persuasiva, tão simples, não porém sem deixar esplender aquela cambiante beleza que a animava. A significação aliás não era desta vez senão mostrar-me o caminho, que não era o da sonata, pois se tratava de uma obra inédita de Vinteuil, onde ele se divertira, por uma alusão explicada naquele trecho por umas palavras do programa, que o ouvinte precisaria ter ao mesmo tempo sob os olhos, em fazer aparecer um instante a frasezinha. Apenas relembrada assim, desapareceu e achei-me de novo num mundo desconhecido, mas agora eu sabia, e tudo não cessou mais de me confirmar que esse mundo era um daqueles que eu não poderia sequer conceber que

Vinteuil tivesse criado, pois quando, fatigado da sonata, que era um universo esgotado para mim, eu tentava imaginar outros tão belos mas diferentes, não fazia senão proceder como aqueles poetas que enchem o seu pretenso paraíso de prados, flores, ribeiros, que são meras repetições dos que se veem na Terra. O que eu tinha diante de mim fazia-me sentir tanta alegria quanta me teria dado a sonata se eu não a conhecesse, pois sendo igualmente belo, era diferente. Ao passo que a sonata se abria para uma alvorada lirial e campestre, dividindo a sua leve candura para se suspender ao emaranhamento leve e todavia consistente de uma latada rústica de madressilvas sobre gerânios brancos, era em superfícies lisas e planas como as do mar que, por uma manhã de tempestade já toda purpureada, começava no meio de acre silêncio, num vazio infinito, a obra nova, e era num rosa de aurora que, para se construir progressivamente diante de mim, aquele universo desconhecido era tirado do silêncio e da noite. Esse vermelho tão novo, tão ausente da terra, da campestre, da cândida sonata, tingia todo o céu, como a aurora, de uma esperança misteriosa. E um canto varava já o ar, canto de sete notas, o mais desconhecido porém, o mais diferente de tudo o que eu jamais imaginara, de tudo o que jamais houvesse podido imaginar, a um tempo inefável e gritante, não mais arrulho de pomba como na sonata, mas rasgando o ar, tão vivo quanto o matiz escarlate em que estava imerso o começo, qualquer coisa como um místico canto do galo, apelo inefável mas superagudo, da eterna manhã. A atmosfera fria, lavada pela chuva, a atmosfera elétrica — de qualidade tão diversa, sujeita a pressões tão diferentes, num mundo tão apartado do outro, virginal e guarnecido de vegetais, da sonata — mudava a todo instante, apagando a promessa purpúrea da Aurora. Ao meio-dia, porém, num assoalhamento ardente e passageiro, parecia ela realizar-se numa felicidade pesada, aldeã e quase rústica, em que a titubeação de sinos reboantes e desencadeados (semelhantes aos que incendiavam de calor o largo da matriz de Combray, e que Vinteuil, que as devia ter ouvido a miúdo, encontrara talvez então na memória como uma tinta que se tem ao alcance da mão na paleta) parecia materializar a mais espessa alegria. Para falar a verdade, esteticamente aquele motivo de alegria não me agradava, era quase feio, o seu ritmo arrastava-se tão penosamente pelo chão que se lhe poderia imitar quase todo o essencial só por meio de ruídos, batendo de certa maneira na mesa com baquetas. Parecia-me que naquele ponto faltara inspiração a Vinteuil e consequentemente faltou-me também naquele ponto um pouco de força de atenção.

Olhei para a Patroa, cuja imobilidade tenebrosa parecia protestar contra a marcação de compasso executada pelas cabeças ignorantes das damas do Faubourg. Ela não dizia: "Vocês compreendem que eu conheço um pouco esta música, um pouco apenas. Se tivesse de exprimir tudo o que sinto, muito teriam vocês que ouvir!". Não, não o dizia. Mas o busto ereto e imóvel, os olhos sem expressão, as madeixas rebeldes, falavam por ela. Proclamavam-lhe também a coragem, diziam que os músicos podiam continuar, não lhe poupar os nervos, que ela não fraquearia no andante, não gritaria no *allegro*. Olhei para os músicos. O violoncelista dominava o instrumento que tinha entre os joelhos, inclinando a cabeça, a que as suas feições vulgares, nos instantes de afetação, davam uma expressão involuntária de nojo; inclinava-se sobre o seu rebecão, apalpava-o com a mesma paciência doméstica com que teria catado couves, enquanto perto dele a harpista (ainda menina), de saia curta, ultrapassada de todos os lados pelos raios do quadrilátero de ouro semelhante aos que, na câmara mágica de uma sibila, figurariam arbitrariamente o éter segundo as formas consagradas, parecia procurar nele, aqui e ali, onde cumpria, um som delicioso, como se, pequenina deusa alegórica, em pé junto à latada de ouro da abóbada celeste, estivesse a colher estrelas uma a uma. Quanto a Morel, uma mecha até então invisível e confundida na massa dos cabelos acabava de se destacar e fazer cacho na testa.

Virei imperceptivelmente a cabeça para o público a fim de observar o que o sr. de Charlus mostrava estar pensando daquela mecha. Mas os meus olhos não viram senão o rosto, ou antes as mãos da sra. Verdurin, pois aquele estava inteiramente escondido nestas. Queria a Patroa por esta atitude recolhida mostrar que ela se considerava na igreja, e não achava esta música diferente da mais sublime das orações? Queria como certas pessoas na igreja furtar aos olhares indiscretos, seja por pudor, seu suposto fervor, seja por respeito humano sua distração culposa ou um sono invencível? Esta última hipótese foi a que um ruído regular que não era musical fez-me ver um instante ser a verdadeira, mas percebi em seguida que era produzido pelos roncos, não da sra. Verdurin, mas de sua cadela.

Bem depressa, porém, rechaçado, dispersado por outros o motivo triunfante dos sinos, vi-me novamente empolgado por aquela música; e percebia que se, ao longo desse septeto, elementos diversos eram alternativamente expostos para depois serem combinados no final, do mesmo modo a sonata de Vinteuil e, como vim a saber mais tarde, todas as suas outras obras, não haviam sido, em relação ao septeto, mais que tímidos ensaios, deliciosos mas bem precários, junto da obra-prima triunfal e completa que me era neste momento revelada. E do mesmo modo também me era impossível não lembrar, por comparação, que eu pensara nos outros mundos que Vinteuil tinha podido criar como se fossem universos tão completamente fechados quanto o fora cada um dos meus amores; em realidade, porém, era necessário confessar que neste meu último amor — o de Albertine — minhas primeiras veleidades de amá-la (em Balbec logo no começo, em seguida depois do jogo do anel, depois na noite em que ela dormiu no hotel, depois em Paris no domingo de nevoeiro, depois na noite da festa em casa dos Guermantes, depois de novo em Balbec, e finalmente em Paris, onde minha vida era estreitamente unida à dela) não tinham sido senão apelos; do mesmo modo, se eu considerava agora não mais o meu amor por Albertine, mas toda a minha vida, os meus outros amores também não haviam sido nela senão pequenos e tímidos ensaios, apelos, que preparavam este mais vasto amor: o amor por Albertine. E deixei de ouvir a música, para de novo me perguntar se Albertine se tinha avistado, sim ou não, com a srta. Vinteuil nestes últimos dias, como tornamos a interrogar uma dor interna, que a distração nos fez esquecer por um momento. Pois era em mim que se passavam as ações possíveis de Albertine. De todas as pessoas que conhecemos, possuímos um duplo, mas situado habitualmente no horizonte de nossa imaginação, de nossa memória, que permanece relativamente exterior a nós, e o que tenha feito ou podido fazer não comporta para nós mais elementos dolorosos do que um objeto colocado a alguma distância e que só nos suscita as sensações indolores da vista. O que atinge essas pessoas, percebemo-lo nós de um modo contemplativo, podemos deplorá-lo em termos apropriados que dão aos outros a ideia de nosso bom coração, mas de fato não o sentimos; mas depois do golpe de Balbec, era no meu coração, a grande profundidade, e portanto difícil de extrair, que estava o duplo de Albertine. O que eu via dela me lesava como poderia acontecer a um doente cujos sentidos estivessem a tal ponto transtrocados que a vista de uma cor fosse interiormente sentida por ele como uma incisão em plena carne. Ainda bem que eu não cedera à tentação de romper ainda com Albertine; o aborrecimento de ter que encontrá-la quando eu voltasse para casa era bem pouco se comparado à da ansiedade que eu sentiria se a separação se efetuasse neste momento, em que eu tinha uma dúvida sobre ela, antes que ela tivesse tido o tempo de se me tornar indiferente. No momento em que eu a imaginava assim a esperar-me em casa, como uma mulher querida achando lentas as horas, tendo talvez cochilado um instante no seu quarto, fui afagado de passagem por uma cariciosa frase familiar e doméstica do septeto. É possível, de tal modo tudo se entrelaça e se superpõe em nossa vida interior, que ela tivesse sido inspirada a Vinteuil pelo sono de sua filha — da filha, causa hoje de todas as minhas inquietações — quando esse sono envolvia em sua doçura, nos tranquilos serões, o trabalho do músico, essa frase que me acalmou tanto, pelo mesmo macio fundo de silêncio que enche de paz certas *rêveries* de Schumann, durante as quais, mesmo quando "o poeta fala", adivinhamos que "a criança dorme". Adormecida, acordada, encontra-la-ia eu esta noite em minha casa, quando me aprouvesse voltar, a minha Albertine, a minha filhinha. E no entanto, penso comigo, algo mais misterioso do que o amor de Albertine parecia prometido no começo desta obra, naqueles primeiros gritos de aurora. Tentei afastar o pensamento de minha amiga para só pensar no músico. Então tive bem a impressão de sua presença. Dir-se-ia que, reencarnado, o autor vivesse para sempre em sua música; sentia-se a alegria com que ele escolhia a cor de certo timbre, o adequava a outros. Pois a dons mais profundos juntava Vinteuil também este, que poucos músicos, e até poucos pintores possuíram, de empregar cores não só tão estáveis mas ainda tão pessoais, que não só o tempo não lhes altera a frescura, senão também que os discípulos imitadores de quem as achou, e os próprios mestres que o ultrapassaram, não lhes empalidecem a originalidade. A revolução causada pelo seu aparecimento não vê os seus resultados assimilarem-se anonimamente às épocas seguintes: ela estala, irrompe de novo, como coisa única, toda vez que se tocam as obras do perpetuamente inovador. Cada timbre era sublinhado por uma cor que todas as regras do mundo aprendidas pelos músicos mais doutos não poderiam imitar, de sorte que Vinteuil, embora vindo na sua hora e fixado em seu lugar na evolução musical, deixá-lo-ia sempre para assumir a dianteira toda vez que se tocasse uma de suas produções, a qual deveria a esse caráter, aparentemente contraditório e de fato enganador, de duradoura novidade a impressão de parecer posterior à obra de músicos mais recentes. Uma página sinfônica de Vinteuil, conhecida já em transposição para piano e que se ouvia na orquestra, como um raio de luz estival que o prisma da janela decompõe antes que ele penetre numa sala de jantar outrora obscura, desvendava como um tesouro insuspeitado e multicor todas as pedrarias das *Mil e uma noites*. Mas como comparar a esse imóvel deslumbramento da luz o que era vida, movimento perene e sempre acertado? Aquele Vinteuil, que eu conhecera tão tímido e tão triste, tinha, quando se tratava de escolher um timbre, de lhe unir outro, audácias, e, em toda a acepção da palavra, uma felicidade, sobre a qual a audição de uma obra sua não deixava a menor dúvida. A alegria que lhe tinham causado certas sonoridades, as forças acrescidas que lhe dera para descobrir outras novas, levavam o ouvinte de achado em achado, ou antes, era o próprio criador que o conduzia, haurindo nas cores que acabava de encontrar um júbilo imenso, que lhe dava o poder de descobrir, de se atirar às que elas pareciam chamar, arrebatado, estremecendo como ao choque de uma centelha, quando o sublime nascia por si mesmo do encontro dos cobres, ofegante, embriagado, aloucado, vertiginoso, ao pintar o seu grande afresco musical, como Michelangelo amarrado à sua escada e lançando, de cabeça para baixo, tumultuosas pinceladas ao teto da Capela Sistina. Vinteuil morrera havia muitos anos; mas no meio daqueles instrumentos que animara, fora-lhe dado prosseguir, por tempo ilimitado, uma parte ao menos de sua vida. De sua vida de homem apenas? Se a arte não fosse realmente senão um prolongamento da vida, valeria a pena sacrificar-lhe algo? Não seria ela tão irreal quanto a própria vida? Escutando melhor aquele septeto, eu não podia pensar assim. Sem dúvida o purpurejante septeto diferia singularmente da branca sonata; a tímida interrogação a que respondia a frasezinha, da súplica ofegante por achar a realização da estranha promessa que, tão estrídula, tão sobrenatural, tão breve, fazendo vibrar o rubor ainda inerte do céu matinal, retinira sobre o mar. E todavia aquelas frases tão diferentes eram feitas dos mesmos elementos, pois do mesmo modo que havia um certo universo, perceptível para nós em parcelas dispersas aqui e acolá, em tais e tais residências, em tais e tais museus, e que eram o universo de Elstir, aquele que ele via, aquele onde ele vivia, assim também a música de Vinteuil estendia, nota por nota, pincelada por pincelada, as colorações desconhecidas de um universo inestimável, insuspeitado, fragmentado pelas lacunas que deixavam entre si as audições da sua obra; essas duas interrogações tão dessemelhantes que comandavam os movimentos tão diferentes da sonata e do septeto, uma quebrando em curtos apelos uma linha contínua e pura, a outra ressoldando numa armação indivisível fragmentos esparsos, eram no entanto, uma tão calma e tímida, quase desprendida de tudo e como filosófica, a outra tão insistente, ansiosa, implorante, eram no entanto uma mesma prece, mas rebentando diante de auroras interiores diversas e somente refratada através dos meios diferentes de outros pensamentos, de pesquisas de arte em progresso no decurso de anos em que ele havia querido criar alguma coisa nova. Prece, esperança que era em suma a mesma, reconhecível sob seus disfarces nas várias obras de Vinteuil, e que, por outro lado, só eram encontradiças nas obras de Vinteuil. Aquelas frases, poderiam os musicógrafos assinalar-lhes o parentesco, a genealogia, nas obras de outros grandes músicos, mas só em virtude de razões acessórias, de semelhanças exteriores, de analogias mais engenhosamente achadas pelo raciocínio do que sentidas pela impressão direta. A que davam essas frases de Vinteuil era diferente de qualquer outra, como se, a despeito das conclusões que parecem resultar da ciência, o individual existisse. E era justamente quando ele buscava poderosamente ser novo, que se reconhecia sob as diferenças aparentes, as analogias profundas; e as semelhanças intencionais que havia no seio de uma obra, ao retomar Vinteuil repetidas vezes uma mesma frase, diversificando-a, divertindo-se em mudar-lhe o ritmo, em fazê-la reaparecer sob sua forma primitiva, essas semelhanças intencionais, obra da inteligência, forçosamente superficiais, jamais chegavam a impressionar tanto quanto as semelhanças, dissimuladas, involuntárias, que se patenteavam, sob cores diferentes, entre as duas obras-primas distintas; pois neste último caso Vinteuil, procurando ser novo, interrogava-se a si mesmo com toda a pujança de seu esforço criador, e atingia a sua própria essência em profundezas onde, seja qual for a pergunta que se lhe faça, é com a mesma entonação, a sua entonação, que ele responde. Essa entonação, a entonação de Vinteuil, aparta-se da entonação dos outros músicos, por uma diferença muito maior do que a percebida por nós na fala de duas pessoas, mesmo no mugido e no grito de duas espécies animais; pela própria diferença que há entre o pensamento desses outros músicos e as eternas investigações de Vinteuil, a questão que ele se propunha sob tantas formas, sua especulação habitual, mas tão despojada das formas analíticas do raciocínio como se se exercesse no mundo dos anjos, de sorte que podemos medir-lhe a profundidade, mas sem a traduzir em linguagem humana, como se dá com os espíritos desencarnados quando, evocados por um médium, este os interroga sobre os segredos da morte. E ainda levando em conta aquela originalidade adquirida, que tanto me chamara a atenção desde essa tarde, e o parentesco que os musicógrafos pudessem descobrir, é realmente uma entonação única a que se elevam, a que retornam, mau grado seu, esses grandes cantores que são os músicos originais, a qual é uma prova da existência irredutivelmente individual da alma. Podia Vinteuil tentar escrever música mais solene, mais grandiosa, ou mais viva e mais alegre, fazer o que via a refletir-se favoravelmente no espírito do público, Vinteuil, mau grado seu, submergia tudo isso numa onda vinda de seu eu mais profundo, que lhe torna o canto eterno e imediatamente reconhecível. Esse canto diferente do canto dos outros e semelhantes a todos os seus, onde o aprendera, onde o ouvira Vinteuil? Cada artista parece assim como que o cidadão de uma pátria desconhecida, esquecida dele próprio, diferente daquela de onde virá, rumo à terra, outro grande artista. Quando muito, dessa pátria parecia Vinteuil em suas últimas obras ter se aproximado. Nelas a atmosfera já não era a mesma da sonata, as frases interrogativas tornavam-se mais instantes, mais inquietas, as respostas mais misteriosas; o ar deslavado do começo e do fim do dia parecia influenciar até as cordas dos instrumentos. Por melhor que tocasse Morel, os sons emitidos pelo seu violino me pareceram singularmente ásperos, quase gritantes. Essa aspereza agradava, e como em certas vozes, sentia-se nela uma espécie de qualidade moral e de superioridade intelectual. Mas podia chocar. Quando a visão do universo se modifica, se depura, se torna mais adequada à lembrança da pátria interior, é muito natural que isso se traduza por uma alteração geral das sonoridades no músico, como das cores no pintor. De resto o público mais inteligente não se engana nesse ponto, pois mais tarde as últimas obras de Vinteuil foram consideradas como as mais profundas. Ora, nenhum programa, nenhum assunto fornecia qualquer dado intelectual de julgamento. Adivinhava-se, portanto, tratar-se de uma transposição, na ordem sonora, da profundidade.

Dessa pátria perdida não se recordam os músicos, mas cada um deles fica para sempre inconscientemente afinado num certo uníssono com ela; delira de alegria quando canta em conformidade com a sua pátria, por amor da glória atrai às vezes, mas neste caso, buscando a glória afasta-se dela, e só quando a desdenha é que a encontra, ao entoar, qualquer que seja o assunto tratado, aquele canto singular cuja monotonia — pois qualquer que seja o assunto tratado, permanece o artista idêntico a si mesmo — prova a fixidez dos elementos componentes de sua alma. Mas nesse caso não é verdade que todo o resíduo real desses elementos, resíduo que somos obrigados a guardar para nós mesmos, que a conversação não pode transmitir mesmo do amigo ao amigo, do mestre ao discípulo, do amante à amante, esse inefável que diferencia qualitativamente o que cada um sentiu e é obrigado a deixar no limiar das frases, onde não pode comunicar-se com outrem limitando-se a pontos exteriores comuns a todos e sem interesse, não é verdade que a arte, a arte de um Vinteuil como a de um Elstir, no-lo põe à vista, exteriorizando nas cores do espectro a composição íntima desses mundos que são os indivíduos e que sem a arte jamais conheceríamos? Asas, outro aparelho respiratório, que nos permitissem atravessar a imensidade, de nada nos serviriam, pois, se fôssemos a Marte e a Vênus conservando os mesmos sentidos, eles revestiriam do mesmo aspecto que têm as coisas da Terra tudo o que pudéssemos ver. A única viagem verdadeira, o único banho de Juventa seria não partir em demanda de novas paisagens, mas ter outros olhos, ver o universo com os olhos de outra pessoa, de cem pessoas, ver os cem universos que cada uma delas vê, que cada uma delas é; e isso, podemo-lo fazer com um Elstir, com um Vinteuil; com os da sua espécie, voamos, em verdade, de estrela em estrela.

O andante acabava de terminar por uma frase plena de uma ternura a que eu me entregara por completo; houve então, antes do movimento seguinte, um instante de repouso, em que os intérpretes depuseram os seus instrumentos e os ouvintes trocaram algumas impressões. Um duque, para mostrar-se entendido, declarou: "É muito difícil ser bem tocado". Criaturas mais agradáveis conversaram um momento comigo. Mas que valiam as suas palavras, se, como toda palavra humana exterior, deixavam-me tão indiferente, depois da celeste frase musical com que eu me havia entretido instantes antes? Sentia-me realmente como um anjo que, expulso das delícias do Paraíso, cai na mais insignificante realidade. E assim como certos seres são os últimos testemunhos de uma forma de vida que a natureza abandonou, eu pensava comigo se a música não era o exemplo único do que poderia ter sido — se não tivesse havido a invenção da linguagem, a formação das palavras, a análise das ideias — a comunicação das almas. E ela como uma possibilidade que não teve prosseguimento; os homens enveredaram por outros caminhos, o da linguagem falada e escrita. Mas esta volta ao inanalisado era tão embriagadora que, ao sair desse paraíso, o contato com seres mais ou menos inteligentes me parecia de uma insignificância extraordinária. Enquanto durara a música, pudera lembrar-me deles, associá-los a ela, ou antes, à música quase que só associara a lembrança de uma única pessoa, Albertine. E a frase final do andante parecia-me tão sublime que eu lamentava que Albertine não soubesse, e se tivesse sabido, não compreendesse a honra que era para ela estar associada a essa coisa tão grande que nos reunia e da qual parecia que ela tivesse tomado emprestada a voz patética. Mas, uma vez interrompida a música, as criaturas que ali estavam pareciam por demais insípidas. Os criados serviam refrescos. De quando em quando o sr. de Charlus interpelava um deles: "Como vai? Recebeu o meu bilhete? Pode vir?". Sem dúvida havia nessas interpelações a liberdade do *grand seigneur* que julga lisonjear e ser mais povo do que o burguês, mas também a esperteza do culpado para quem tudo o que se ostenta é por isso mesmo julgado inocente. E acrescentava, no tom Guermantes da sra. de Villeparisis: "É um bom rapaz, de boa índole, muitas vezes me presta serviços lá em casa". Mas essas espertezas viravam-se contra o barão, pois toda gente estranhava aquelas amabilidades tão íntimas e aqueles bilhetes escritos a criados. Estes aliás ficavam menos lisonjeados do que vexados por causa dos companheiros.

Entretanto o septeto, que recomeçara, aproximava-se do fim; repetidas vezes voltava esta ou aquela frase da sonata, mas sempre mudada, num ritmo, num acompanhamento novos, a mesma e no entanto diferente, como renascem as coisas na vida; e era uma dessas frases que, sem que se possa compreender que afinidade lhes designa por morada única e necessária o passado de certo músico, só se encontram na obra dele, e aparecem constantemente nela, de que são as fadas, as dríadas, as divindades familiares; distinguira eu a princípio no septeto duas ou três assim, que me lembravam a sonata. Daí a pouco, envolvida no nevoeiro violáceo que se erguera sobretudo na última parte da obra de Vinteuil, de tal modo que, mesmo quando ele introduzia a certa altura uma dança, permanecia esta cativa dentro de uma opala — percebi outra frase da sonata, mas permanecendo tão longínqua ainda, que eu mal a reconhecia; hesitante, aproximou-se, desapareceu como que assustada, tornou a voltar, enlaçou-se com outras, vindas, como soube mais tarde, de outras obras, chamou por outras, que por sua vez se tornavam atraentes e persuasivas logo depois de domesticadas, e entravam para a roda, para a farândola divina mas invisível aos olhos da maioria dos ouvintes, os quais, não tendo diante de si senão um véu espesso através do qual nada viam, pontuavam arbitrariamente de exclamações admirativas um tédio ininterrupto, a que pensavam sucumbir. Depois elas se afastaram, com exceção de uma que vi tornar a passar umas cinco ou seis vezes, sem que eu lhe pudesse distinguir o rosto, mas tão carinhosa, tão diferente — como sem dúvida a frasezinha da sonata para Swann — do que uma mulher alguma vez me tivesse feito desejar que aquela frase, que me oferecia com voz tão amorável uma felicidade que realmente valeria a pena obter, foi talvez — invisível criatura cuja linguagem eu não conhecia mas compreendia tão bem — a única Desconhecida que jamais me tenha sido dado encontrar. Depois ela se desfez, se transformou, como fazia a frasezinha da sonata, e se converteu no misterioso apelo inicial. A este se opôs uma frase de caráter doloroso, mas tão profunda, tão vaga, tão interna, quase tão orgânica e visceral, que não se sabia, a cada uma de suas reincidências, se eram as de um tema ou de uma nevralgia. Em seguida os dois motivos se empenharam num corpo a corpo em que às vezes um deles desaparecia inteiramente, em que depois só se percebia um pedaço do outro. Corpo a corpo de energias somente, em verdade; pois se essas criaturas se acometiam, eram despojadas de seu corpo físico, de sua aparência, de seu nome, e encontrando em mim um espectador interior, despreocupado também dos nomes e do particular, para se interessar apenas naquele combate imaterial e dinâmico e acompanhar-lhe com paixão as peripécias sonoras. Afinal o motivo alegre levou a melhor; já não era um apelo quase inquieto lançado detrás de um céu vazio, era uma alegria inefável que parecia vir do Paraíso, uma alegria tão diferente da alegria da sonata quanto de um anjo grave e meigo de Bellini, a tocar tiorba, poderia ser algum arcanjo de Mantegna vestido de escarlate, a soprar numa trombeta. Bem sabia eu que jamais haveria de esquecer aquele novo matiz da alegria, aquele apelo a uma alegria supraterrestre. Mas algum dia seria ela realizável para mim? Esta pergunta me parecia tanto mais importante quanto aquela frase era o que melhor teria podido caracterizar — por contrastar com todo o resto de minha vida, com o mundo visível — as impressões que, a intervalos espaçados, se me deparavam em minha vida como os pontos de referência, os incitamentos para a construção de uma vida verdadeira: a impressão sentida diante dos campanários de Martinville, diante de um renque de árvores perto de Balbec.[97] Em todo caso, para voltar à entonação particular daquela frase, como era singular que o pressentimento mais diferente do que se contém na vida terra a terra, que a mais ousada aproximação das alegrias do além se tivesse materializado justamente no triste pequeno-burguês bem-sucedido que costumávamos encontrar no mês de Maria em Combray! Mas sobretudo como era que aquela revelação, a mais estranha que jamais ouvira, de um tipo de alegria desconhecido, eu a ouvisse dele, pois, segundo diziam, quando ele morrera, só deixara a sonata, o resto ficava, como que inexistente, em anotações indecifráveis? Indecifráveis, mas que acabaram sendo decifradas, à força de paciência, de inteligência e de respeito, pela única pessoa que convivera bastante com Vinteuil para conhecer-lhe bem a maneira de trabalhar, para lhe adivinhar as indicações de orquestra: a amiga da srta. Vinteuil. Em vida do grande músico, aprendera ela com a filha o culto que esta devotava ao pai. Por causa desse culto foi que, num momento como aqueles em que procedemos contra as nossas inclinações verdadeiras, as duas moças tinham podido achar um prazer demente nas profanações que foram narradas. A adoração pelo pai era a condição mesma do sacrilégio da filha.

97 Alusão a dois episódios-chave na trajetória de descoberta da vocação do herói: o primeiro, se dá em "Combray", na volta de um passeio com os pais (cf. *No caminho de Swann*); o segundo, também acontece na volta de um passeio, anos mais tarde, nos arredores da praia de Balbec (cf. *À sombra das raparigas em flor*). (N. do R. T.)

Sem dúvida deveriam elas ter se privado da volúpia desse sacrilégio, mas esta não as exprimia por inteiro. E aliás aquelas profanações foram rareando até desaparecerem de todo, à medida que as relações carnais e mórbidas, o turvo e fumarento incêndio da paixão, cedera lugar à chama de uma amizade elevada e pura. A amiga da srta. Vinteuil sentia-se às vezes assaltada pelo importuno pensamento de ter talvez precipitado a morte de Vinteuil. Ao menos, passando anos a decifrar o quebra-cabeça deixado por Vinteuil, estabelecendo a leitura certa daqueles hieróglifos desconhecidos, teve a amiga da srta. Vinteuil o consolo de assegurar ao compositor, cujos derradeiros anos amargurara, uma glória imortal e compensadora. De relações que não são consagradas pelas leis decorrem laços de parentesco tão múltiplos, tão complexos, mais sólidos todavia, do que os que nascem do casamento. Sem mesmo nos deter em relações de natureza tão especial, não vemos todos os dias que o adultério, quando se funda em amor verdadeiro, não abala o sentimento de família, os deveres de parentesco, e, ao contrário, os revivifica? O adultério introduz o espírito na letra que muitas vezes o casamento teria deixado morta. Uma boa menina que por mera conveniência porá luto pelo segundo marido de sua mãe não terá lágrimas suficientes para chorar o homem que sua mãe escolhera entre todos como amante. Aliás a srta. Vinteuil não procedera senão por sadismo, o que não a inocentava, mas encontrei mais tarde certo alívio em pensar assim. Ela devia sentir, dizia eu comigo, no momento em que profanava com a amiga a fotografia do pai, que tudo aquilo era apenas doentio, e não a verdadeira e alegre maldade que ela teria desejado. A ideia de ser aquilo uma simulação de maldade era a única coisa que lhe estragava o prazer. Mas essa ideia, se tornou a acudir-lhe mais tarde, assim como lhe havia estragado o prazer, minorou-lhe o sofrimento. "Não era eu", devia ter pensado consigo, "eu estava fora de mim. Quero rezar, rezar por meu pai, não desesperar de sua bondade." É possível, porém, que essa ideia, que certamente se lhe apresentara por ocasião do prazer, não se lhe tivesse apresentado por ocasião do sofrimento. Eu gostaria de poder incuti-la no seu espírito. Estou certo de que lhe teria feito bem, de que teria podido restabelecer entre ela e a lembrança do pai uma comunicação bastante consoladora.

Como nos ilegíveis cadernos onde um químico de gênio, desprevenido da morte tão próxima, anota descobertas que ficarão talvez ignoradas para sempre, assim a amiga da srta. Vinteuil sacara de papéis mais ilegíveis do que papiros pontuados de caracteres cuneiformes a fórmula eternamente verdadeira, para sempre fecunda, daquela alegria desconhecida, a esperança mística do Anjo escarlate da manhã. E eu, para quem, menos porém do que para Vinteuil talvez, ela fora também, era nessa noite mesma despertando novamente em mim o ciúme de Albertine, e haveria sobretudo de ser no futuro causa de tantos sofrimentos, graças a ela, em compensação, que pudera chegar a mim o estranho apelo que eu nunca mais deixaria de ouvir, como a promessa e a prova de que existia outra coisa, realizável pela arte sem dúvida, além do nada que eu encontrara em todos os prazeres e até no amor, e que se minha vida me parecia tão vã, ao menos não tinha ainda realizado tudo.

O que aquela moça permitira, graças ao seu trabalho, que se conhecesse Vinteuil, era a bem dizer toda a obra de Vinteuil. Ao lado desse septeto, certas frases da sonata, únicas coisas conhecidas do público, pareciam tão banais que não se podia compreender como tivessem despertado tanta admiração. Do mesmo modo nos surpreende que durante anos peças tão insignificantes como a *Romança da estrela*, a *Prece de Elisabeth* tenham podido levantar no concerto amadores fanáticos que se extenuavam aplaudindo e pedindo bis quando terminava o que não passa de ninharia insípida para nós que conhecemos *Tristão*, o *Ouro do Reno*, os *Mestres cantores*. Força é supor que essas melodias sem caráter já continham no entanto em quantidades infinitesimais, e por isso mesmo mais assimiláveis talvez, algo da originalidade das obras-primas que retrospectivamente são as únicas importantes para nós, mas cuja própria perfeição teria porventura impedido de serem compreendidas; puderam elas abrir-lhes caminho em nossos corações. Em todo caso, se davam um pressentimento confuso das belezas futuras, deixavam estas totalmente desconhecidas. O mesmo acontecia com Vinteuil; se ao morrer não tivesse deixado — excetuadas certas partes da sonata — senão o que pudera terminar, o que se conheceria dele seria, em comparação com a sua grandeza verdadeira, tão pouca coisa para Victor Hugo, por exemplo, se morresse depois de *Le pas d'armes du roi Jean*, de *La fiancée du timbalier*, de *Sarah la baigneuse*, sem ter escrito nada da *Lenda dos séculos* e das *Contemplações*: o que constitui para nós sua obra verdadeira teria permanecido puramente virtual, tão desconhecido quanto esses universos a que não atinge a nossa percepção, dos quais nunca formaremos uma ideia.[98]

De resto o contraste aparente, essa união profunda entre o gênio (o talento também e até a virtude) e a ganga de vícios, onde, como se dera com Vinteuil, está ele tão frequentemente contido, conservado, eram legíveis, como em alegoria vulgar, na própria reunião dos convidados entre os quais me achei quando a música terminou. Essa reunião, embora limitada desta vez ao salão da sra. Verdurin, assemelhava-se a muitas outras, cujos ingredientes são ignorados do grande público, e que os jornalistas filósofos, quando um pouco informados, chamam parisienses, ou panamistas, ou dreyfusistas, sem desconfiar que elas se podem ver também em Petersburgo, em Berlim, em Madri e em todos os tempos; se, com efeito, o subsecretário de Estado das Belas-Artes, homem verdadeiramente artista, bem-educado e esnobe, algumas duquesas e três embaixadores com suas mulheres tinham vindo nessa noite à casa da sra. Verdurin, o motivo próxi-

98 O narrador compara fases da obra de Vinteuil (e de Wagner) a poemas de períodos diferentes da obra de Victor Hugo: mais de uma década separa os poemas das *Odes et Balades* dos poemas de *La légende de siècles* e *Les contemplations*. No final de *A prisioneira* o herói comentará justamente poemas extraídos desses dois livros de Hugo (cf. infra). (N. do R. T.)

mo, imediato, dessa presença residia nas relações existentes entre o sr. de Charlus e Morel, relações que levavam o barão a desejar dar a maior repercussão possível aos sucessos artísticos de seu jovem ídolo e obter para ele a cruz da Legião de Honra; a causa mais remota que tornara possível tal reunião era ter uma moça, que mantinha com a srta. Vinteuil relações paralelas às de Charlie com o barão, trazido a lume toda uma série de obras geniais e que haviam sido uma tamanha revelação, que não tardaria a ser aberta uma subscrição sob o patrocínio do Ministério da Instrução Pública, a fim de se erguer uma estátua a Vinteuil. Aliás a essas obras, tanto quanto as relações da srta. Vinteuil com a amiga, úteis haviam sido as do barão com Charlie, espécie de atalho, graças ao qual, encurtando caminho, o mundo iria tomar conhecimento daquelas obras sem o atraso, senão de uma incompreensão que persistiria por muito tempo, ao menos de uma ignorância total que poderia durar anos. Cada vez que se produz um acontecimento acessível à vulgaridade de espírito do jornalista filósofo, isto é, geralmente um acontecimento político, ficam os jornalistas filósofos persuadidos de que alguma coisa mudou na França, que não se verão mais certos espetáculos, que Ibsen, Renan, Dostoievski, D'Annunzio, Tolstoi, Wagner, Strauss não serão mais admirados. Pois os jornalistas filósofos se baseiam no que há de suspeito sob essas manifestações oficiais para descobrir algo de decadente na arte que elas glorificam e que muitas vezes é a mais austera de todas. Mas não há nome entre os mais acatados desses jornalistas filósofos que não tenha muito naturalmente dado ocasião a essas estranhas festas, embora em tais casos o que havia de estranho fosse menos flagrante e mais bem escondido. Para esta festa, os elementos impuros que nela se conjugavam me impressionavam a outro aspecto. Certamente eu estava mais apto que ninguém a dissociá-los, pois aprendera a conhecê-los separadamente, mas acontecia sobretudo que uns, os que se relacionavam com a srta. Vinteuil e a amiga, falando-me de Combray, falavam-me também de Albertine, isto é, de Balbec, porquanto foi por eu ter conhecido a srta. Vinteuil em Montjouvain e ter sabido da intimidade de sua amiga com Albertine que eu ia logo mais, ao voltar para casa, encontrar, em vez da solidão, Albertine que me esperava; e os outros, os que diziam respeito a Morel, ao sr. de Charlus, falando-me de Balbec, onde eu os vira no cais de Doncières travarem conhecimento,[99] falavam-me de Combray e seus dois lados, pois o sr. de Charlus era um daqueles Guermantes, condes de Combray, que habitavam Combray sem ter lá domicílio, entre céus e terra, como *Gilbert le Mauvais* em seu Vitral: enfim Morel era o filho daquele velho criado que me dera a conhecer a dama do vestido cor-de-rosa e me permitira, tantos anos depois, identificá-la com a sra. Swann.[100]

Nesse momento o sr. Verdurin veio ao nosso encontro. "Bem tocado, hein?", perguntou o sr. Verdurin a Saniette. "Temo apenas", respondeu esse gaguejando, "que a virtuosidade de Morel acabe ofuscando um pouco o sentimento geral da obra." "Ofuscar, o que você quer dizer?", urrou o sr. Verdurin enquanto alguns convidados já estavam prontos, como leões, a devorar o homem vencido. "Oh! Não estou visando apenas ele..." "Mas ele não sabe mais o que diz. Visar o quê?" "Seria necessário... que... eu ouvisse... mais uma vez para poder chegar a um julgamento a rigor." "A rigor! É um louco!", disse o sr. Verdurin tomando a cabeça entre as mãos. "Deviam levá-lo embora." "Quer dizer: com exatidão, o senhor... diz bbbem... com uma exatidão rigorosa. Digo que não posso julgar a rigor." "E eu digo para você ir embora daqui", gritou o sr. Verdurin embriagado pela própria cólera, mostrando-lhe a porta com o dedo, o olho em chamas. "Não permito que falem assim em minha casa!" Saniette partiu desenhando círculos como um homem bêbado. Algumas pessoas pensaram que ele não tinha sido convidado para que lhe pusessem assim da porta para fora. E uma se-

99 Encontro ocorrido em *Sodoma e Gomorra*. (N. do R. T.)

100 A visita à casa do tio, onde o herói conhece "a dama de vestido cor-de-rosa", está em *No caminho de Swann*; já a revelação da identidade dessa dama acontece em *O caminho de Guermantes*. (N. do R. T.)

nhora muito amiga dele até então, para quem ele havia emprestado na véspera um livro precioso, enviou-o de volta no dia seguinte, sem dizer palavra, mal embrulhado em um papel sobre o qual ela mandou colocar secamente o endereço de Saniette por seu mordomo; ela não queria "ficar devendo nada" para alguém que visivelmente estava longe de estar nas graças do pequeno núcleo. Saniette, aliás, ignorou para sempre tal impertinência. Pois mal haviam transcorrido cinco minutos desde o alarde do sr. Verdurin quando um lacaio veio avisar ao Patrão que o sr. Saniette havia tido um ataque no pátio da mansão. Mas a noite ainda não havia terminado. "Mande levá-lo em casa, não há de ser nada", disse o Patrão cuja mansão "particular", como teria dito o diretor do hotel de Balbec, assemelhava-se assim a um desses grandes hotéis em que se esforçam em esconder as mortes súbitas para não assustar a clientela, e onde escondem provisoriamente o defunto em uma despensa, até o momento em que, ainda que ele tivesse sido em vida o mais brilhante e o mais generoso dos homens, o farão sair clandestinamente pela porta reservada aos empregados que lavam a louça e aos cozinheiros. Morto, de resto, Saniette não estava. Ele viveu ainda algumas semanas, mas só retomando passageiramente a consciência.[101]

O sr. de Charlus recomeçou, no momento em que, terminada a música, os seus convidados se despediram dele, o mesmo erro que praticara quando eles chegaram. Não lhes pediu que se dirigissem à dona da casa, que a associassem, a ela e ao marido, aos agradecimentos que lhe manifestavam. Foi um longo desfile, mas um desfile diante do barão somente, e não sem que ele o percebesse, pois como me disse alguns minutos mais tarde: "A própria forma da manifestação artística revestiu-se depois de um aspecto 'sacristia' bastante divertido". Prolongavam-se mes-

101 Neste parágrafo, de "Bem tocado" até "consciência" trecho ausente da tradução de Manuel Bandeira e Lourdes Sousa de Alencar, mas presente na última edição em francês da Bibliothèque de la Pléiade. (N. do R. T.)

mo os agradecimentos em conversas diferentes, que permitiam ficar-se um instante mais com o barão, enquanto os que ainda não o haviam felicitado pelo bom êxito da festa estagnavam, mexiam com os pés. Mais de um marido tinha vontade de ir embora; mas a mulher, esnobe apesar de duquesa, protestava: "Não, não, ainda que tenhamos de esperar uma hora, não podemos sair sem agradecer a Palamedes, que teve tanto trabalho. Só ele pode no momento atual dar uma festa assim". Ninguém teria pensado em se fazer apresentar à sra. Verdurin, do mesmo modo que ninguém pede para ser apresentado à encarregada de indicar os lugares num teatro a que uma grande dama convidou uma noite toda a aristocracia. "Primo, você esteve ontem em casa de Eliane de Montmorency?", perguntava a sra. de Mortemart, desejosa de prolongar a conversa. "Ah, não; gosto muito de Eliane, mas não compreendo a significação dos convites dela. Sou talvez um pouco tapado", acrescentava ele com um largo sorriso derramado, enquanto a sra. de Mortemart sentia que ia ter as primícias de "alguma" de Palamedes como as tinha com frequência de Oriane. "É verdade que recebi há uns quinze dias um cartão da simpática Eliane. Por cima do nome contestado de Montmorency havia este convite amável: 'Primo, dê-me o prazer de pensar em mim sexta-feira próxima às 9h30'. Embaixo havia escritas estas duas palavras menos graciosas: 'Quarteto tcheco'. Pareceram-me ininteligíveis, sem mais relação, em todo caso, com a frase precedente do que aquelas cartas em cujo reverso se vê que o missivista tinha começado outra pelas palavras: 'Caro amigo', faltando o resto, e não tomou outra folha, ou por distração, ou por economia de papel. Gosto muito de Eliane: por isso não a levei a mal, contentei-me de não levar em conta as palavras estranhas e intempestivas do quarteto tcheco, e como sou um homem ordeiro coloquei em cima de minha lareira o convite para pensar na senhora de Montmorency na sexta-feira às nove e meia. Apesar de conhecido pela minha índole obediente, pontual e mansa, como diz Buffon do camelo" — e aqui o riso se derramou mais largamente ainda em torno do sr. de Charlus, que sabia, ao contrário, que era tido como homem de trato mais difícil[102] —, "atrasei-me alguns minutos (o tempo de tirar a roupa com que chegara da rua), e sem grande remorso por isso, pensando que ali estava escrito nove e meia em lugar de dez, às dez horas em ponto, metido num bom chambre e em grossas chinelas de lã, pus-me ao pé da lareira pensando em Eliane, como ela me tinha pedido, e com uma intensidade que só começou a decrescer às dez e meia. Diga-lhe, por favor, que obedeci estritamente ao audacioso pedido que ela me fez. Creio que há de ficar contente."

A sra. de Mortemart riu gostosamente, e com ela o sr. de Charlus. "E amanhã", acrescentou ela sem advertir que já ultrapassara de muito o tempo que se lhe podia conceder, "você vai à casa de nossos primos La Rochefoucauld?" "Ah!, isso é impossível, eles me convidaram a mim como a você, estou vendo agora, para a coisa mais impossível de conceber e realizar e que se chama, a acreditar no cartão de convite, 'Chá dançante'. Eu era tido como muito ágil quando era moço, mas duvido que pudesse, sem faltar ao decoro, tomar o meu chá dançando. Ora, jamais gostei de comer ou beber sem asseio. Você me dirá que hoje já não preciso dançar. Mas mesmo sentado confortavelmente a beber o meu chá — de cuja qualidade aliás desconfio muito, pois se intitula dançante — recearia que outros convidados mais moços do que eu, e menos ágeis talvez do que fui na idade deles, entornassem a sua xícara em cima de mim, o que me interromperia o prazer de esvaziar a minha." E o sr. de Charlus não se contentava nem mesmo de omitir na conversa a sra. Verdurin e de falar de assuntos de toda espécie, parecendo deleitar-se em desenvolvê-los e variá-

102 O sr. de Charlus se compara ironicamente à descrição do camelo feita por Georges Louis Leclerc, o conde de Buffon (1707-1788), em sua *Histoire naturelle, générale et particulière*, livro publicado em Paris entre os anos de 1749 e 1789. (N. do R. T.)

-los pelo prazer cruel, que sempre fora muito seu, de deixar indefinidamente "fazendo fila" os amigos que esperavam com exaustiva paciência a chegada de sua vez; criticava até toda a parte da *soirée* cuja responsabilidade cabia à sra. Verdurin: "Mas a propósito de xícara, que meias tigelas esquisitas eram aquelas, parecidas com as em que, no meu tempo de rapaz, se mandava vir sorvete da casa Poiré Blanche? Alguém me disse há pouco que era para 'café gelado'. Mas em matéria de café gelado, não vi nem café nem gelo. Que coisinhas curiosas, de utilidade mal definida!". Para dizer o que, colocara o sr. de Charlus verticalmente sobre a boca as mãos calçadas de luvas brancas, circunvagando prudentemente o olhar designador, como se receasse ser ouvido e mesmo visto pelos donos da casa. Era, porém, mero fingimento, pois dentro de alguns instantes iria fazer as mesmas críticas à própria sra. Verdurin, e pouco tempo depois intimá-la insolentemente: "E sobretudo nada de xícaras para café gelado! Dê-as de presente a alguma de suas amigas cuja casa a senhora queira enfear. Mas recomende-lhe que não as ponha na sala de visitas, porque a gente poderia pensar ter entrado por distração num quarto de dormir: parecem uns urinóis".

"Mas, primo", dizia a convidada, baixando também a voz e olhando com ar interrogativo para o sr. de Charlus, receosa não de desgostar a sra. Verdurin, mas de o desgostar, "talvez ela não esteja ainda a par de tudo..." "Nós lho ensinaremos." "Oh", ria a convidada, "ela não podia achar melhor professor! Que sorte! Com você pode-se ter a certeza de que não haverá nunca uma nota destoante." "Em todo caso, não as houve na música." "Oh!, estava sublime. São alegrias que não se esquecem. A propósito desse violinista de gênio", continuava ela, acreditando, na sua candura, que o sr. de Charlus se interessasse pelo violino "em si", você conhece um que ouvi outro dia tocar maravilhosamente uma sonata de Fauré, chama-se Frank..." "Ouvi, horrível", respondia o sr. de Charlus sem se incomodar com a grosseria de um desmentido que implicava ter a prima péssimo gosto. "Em matéria de violinista lhe aconselho que se limite ao meu." Os olhares iam recomeçar a trocar-se, abaixados e espiadores ao mesmo tempo, entre o sr. de Charlus e a prima, pois, ruborizada e procurando com o seu zelo reparar a gafe, a sra. de Mortemart ia propor ao sr. de Charlus dar uma recepção para fazer ouvir Morel. Ora, para ela essa reunião não tinha o fim de pôr em realce um talento, fim que ela iria no entanto fazer crer que fosse o seu, e era de fato o do sr. Charlus. Ela não via nisso senão uma oportunidade de dar uma festa particularmente elegante e já calculava a quem convidaria e a quem deixaria de fora. Essa escolha, preocupação dominante das pessoas que dão festas (as que os jornais mundanos têm o topete ou a tolice de chamar "a elite") altera logo o olhar — e a letra — mais profundamente do que o faria a sugestão de um hipnotizador. Antes mesmo de ter pensado no que haveria de tocar Morel (preocupação julgada secundária e com razão, pois ainda que todo mundo, por causa do sr. de Charlus, tivesse guardado silêncio durante a música, ninguém em compensação teria tido a ideia de escutá-la), a sra. de Mortemart, depois de decidir que a sra. de Valcourt não seria das "eleitas", tomara por esse fato mesmo o ar de conjuração, de conluio, que tanto rebaixa as senhoras da alta sociedade mais em condições de zombar da opinião alheia. "Não haveria meio de eu dar uma *soirée* para ouvirmos o seu amigo?", disse em voz baixa a sra. de Mortemart, que, embora dirigindo-se unicamente ao sr. de Charlus, não pôde deixar, como que fascinada, de lançar um olhar à sra. de Valcourt (a excluída) a fim de se certificar de que esta estava a uma distância suficiente para não ouvir. "Não, ela não pode distinguir o que digo", concluiu mentalmente a sra. de Mortemart, tranquilizada pelo próprio olhar, o qual, em compensação, tivera sobre a sra. de Valcourt efeito inteiramente diferente do que visava: "Estou vendo", disse consigo a sra. de Valcourt, inteirando-se daquele olhar, "que Marie-Thérèse está arranjando com Palamedes qualquer coisa a que eu não serei convidada". "Você quer dizer o meu protegido", retificava o sr. de

Charlus, que não tinha maior comiseração pelo saber gramatical do que pelos dons musicais da prima. E sem levar em conta as súplicas mudas desta, que se desculpava sorrindo: "Pois não...", disse ele com voz forte e capaz de ser ouvida de toda a sala, "embora haja sempre perigo nesse modo de exportação de uma personalidade fascinante para um ambiente que lhe faz por força sofrer um decréscimo do seu poder transcendental e que em todo caso precisaria ser convenientemente apropriado". A sra. de Mortemart pensou consigo que a *mezza voce*, o pianíssimo de sua pergunta tinha sido em pura perda, depois do vozeirão em que fora dada a resposta. Mas enganou-se. A sra. de Valcourt nada ouviu, pela razão de não ter compreendido uma só palavra. Suas inquietações diminuíram e teriam rapidamente desaparecido, se a sra. de Mortemart, receando ver descoberto o seu projeto e receando ter que convidar a sra. de Valcourt, com quem estava por demais ligada para deixá-la de fora se a outra soubesse "antes", não tivesse de novo levantado as pálpebras na direção de Edith, como para não perder de vista um perigo ameaçador, não sem baixá-las vivamente logo depois, de modo que não se comprometesse demasiado. Contava ela no dia seguinte ao da festa escrever-lhe uma dessas cartas, complemento do olhar revelador, cartas que são consideradas hábeis mas que não passam de uma confissão sem reticências e assinada. Por exemplo: "Cara Edith, estou com saudades suas, não contava muito com você ontem à noite" (como contaria comigo, pensaria Edith, se não me tinha convidado?) "pois sei que você não gosta muito deste gênero de reuniões que mais parecem caceteá-la. Nem por isso nos sentiríamos menos honrados com a sua presença" (a sra. de Mortemart nunca empregava essa palavra honrado, exceto nas cartas em que procurava dar a uma mentira aparência de verdade). "Você sabe que está sempre em casa em nossa casa. Aliás você fez bem, pois a reunião foi um fracasso completo, como acontece com todas as coisas improvisadas em duas horas" etc. Mas já o novo olhar furtivo lançado a Edith a tinha feito compreender tudo o que escondia a linguagem complicada do sr. de Charlus. Esse olhar foi mesmo tão forte que, depois de bater na sra. de Valcourt, o segredo evidente e a intenção de fazer mistério que nele se continha foram atingir um jovem peruano que a sra. de Mortemart pretendia, ao contrário, convidar. Mas, desconfiado, percebendo claramente o sigilo que se estava fazendo, sem advertir que não era para ele, tomou-se logo de um ódio atroz contra a sra. de Mortemart e jurou pregar-lhe mil partidas, como encomendar cinquenta cafés gelados para a casa dela num dia em que ela não recebesse, mandar, no dia em que ela recebesse, uma nota aos jornais dizendo que a festa fora adiada, e publicar notícias mentirosas das seguintes, dando como presentes todas as pessoas que, por várias razões, ninguém pensa em receber, ou sequer deixar-se apresentar.

A sra. de Mortemart não tinha razão de se preocupar com a sra. de Valcourt. O sr. de Charlus ia encarregar-se de desnaturar, muito mais do que o teria feito a presença desta, a festa projetada. "Mas, primo", disse ela em resposta à frase do "ambiente que precisaria ser convenientemente apropriado", cujo sentido o seu estado momentâneo de hiperestesia lhe tinha permitido adivinhar, "nós lhe pouparemos todo trabalho. Eu me encarrego de pedir a Gilbert para tratar de tudo." "Não, nada disso, tanto mais que ele não será convidado: nada se fará senão por meu intermédio. Trata-se antes de tudo de excluir as pessoas que têm ouvidos para não ouvir." A prima do sr. de Charlus, que contara com o atrativo de Morel para dar uma *soirée* em que pudesse dizer que, ao contrário de tantas parentas, ela tivera o apoio de Palamedes, transportou subitamente o seu pensamento desse prestígio do sr. de Charlus para as numerosas pessoas com que ele iria indispô-la se se metesse a excluir e a convidar. A ideia de não se convidar o príncipe de Guermantes (por causa de quem, em parte, ela desejava excluir a sra. de Valcourt, que ele não recebia) aterrava-a. Seus olhos tomaram uma expressão inquieta. "Esta luz forte incomoda-a?", perguntou o sr. de Charlus com uma seriedade aparente, cujo fundo irônico não foi compreendido. "Não, de modo algum, eu pensava na dificuldade, não por minha causa naturalmente, mas por causa dos meus, que isso poderá criar, se Gilbert souber que eu dei uma festa sem convidá-lo, ele que não recebe quatro gatos pingados sem..." "Mas justamente começaremos por suprimir os quatro gatos que não saberiam fazer outra coisa senão miar, creio que o ruído das conversas a impediu de compreender que se tratava não de você se servir de uma festa para fazer gentilezas, mas de proceder aos ritos habituais em toda verdadeira celebração." Depois, considerando não que a pessoa seguinte tinha esperado demais, mas que não ficava bem exagerar os favores feitos àquela que tivera em vista muito menos Morel do que suas próprias "listas" de convites, o sr. de Charlus, como um médico que dá por terminada a consulta quando julga decorrido o tempo suficiente, deu a entender à prima que ela devia retirar-se, e o fez, não dizendo-lhe adeus, mas voltando-se para a pessoa que vinha imediatamente depois. "Boa-noite, sra. de Montesquiou, estava maravilhoso, não acha? Não vi Hélène, diga-lhe que toda abstenção geral, ainda a mais nobre, o que vale dizer a dela, comporta exceções, se são brilhantes, como era o caso desta noite. Mostrar-se rara, está bem, mas fazer passar antes do raro, que é apenas negativo, o precioso, ainda é melhor. Quanto à sua irmã, de quem aprecio mais do que todo o mundo a *ausência* sistemática nos lugares onde o que a espera não está à altura do que ela vale, ao contrário, a presença dela numa manifestação memorável como esta teria sido uma procedência e teria dado à sua irmã, já tão cheia de prestígio, um prestígio suplementar." Em seguida passou a uma terceira pessoa, o sr. d'Argencourt.

Fiquei muito admirado de ver ali, tão amável e bajulador para com o sr. de Charlus quanto fora outrora seco para com ele, pedindo ao barão que lhe apresentasse Morel e dizendo a este que ficava esperando a sua visita, o sr. d'Argencourt, esse homem tão terrível com os homens da espécie do sr. de Charlus.[103] Eis que vivia agora rodeado deles. Não se creia que se tivesse tornado a esse respeito um dos semelhantes do sr. de Charlus. Mas havia algum tempo que abandonara pouco mais ou menos a mulher por uma jovem senhora da sociedade, a quem adorava. Como ela fosse inteligente, ele fazia-a partilhar o seu gosto pelas pessoas inteligentes e muito desejava a presença do sr. de Charlus em casa dela. Mas sobretudo o que havia é que o sr. d'Argencourt, muito ciumento e um tanto impotente, sentindo que satisfazia insuficientemente a sua conquista e querendo ao mesmo tempo apresentá-la e distraí-la, só o podia fazer sem perigo cercando-a de homens inofensivos, aos quais ele fazia assim representar o papel de guardas do serralho. Estes achavam que ele se tornara amabilíssimo e declaravam-no muito mais inteligente do que haviam imaginado, coisa de que ele e sua amante se mostravam encantados.

As outras convidadas do sr. de Charlus retiraram-se rapidamente. Muitas diziam: "Preferia não ir à sacristia" (o salãozinho onde o barão, tendo Charlie a seu lado, recebia as felicitações, e que ele mesmo chamava assim), "mas convém que Palamedes me veja para que saiba que fiquei até o fim". Nenhuma dava atenção à sra. Verdurin. Muitas fingiram não reconhecê-la, fingiram despedir-se por engano da sra. Cottard, dizendo-me da mulher do médico: "Não é esta mesmo a sra. Verdurin?". A sra. d'Arpajon perguntou-me, bem nas bochechas da dona da casa: "Será que algum dia existiu mesmo um senhor Verdurin?". As duquesas, não vendo as extravagâncias que esperavam encontrar naquela casa que imaginavam mais diferente daquilo que elas conheciam, consolavam-se, à falta de coisa melhor, estourando em risos abafados diante dos quadros de Elstir; quanto ao resto, que elas achavam mais conforme do que haviam pensado ao que já conheciam, atribuíam tudo ao sr. de Charlus, dizendo: "Como Palamedes sabe arranjar bem as

103 Percebe-se a hostilidade anterior do sr. d'Argencourt quando de um encontro dele com o herói em companhia de Charlus (cf. *O caminho de Guermantes*). (N. do R. T.)

coisas, se ele montasse uma *féerie* numa cocheira ou num *toilette*, o espetáculo não seria menos encantador". As de maior nobreza eram as que com mais fervor felicitavam o sr. de Charlus pelo bom êxito de uma festa, cujas molas secretas algumas não ignoravam, sem aliás se preocupar com isso, pois essa sociedade — pela lembrança talvez de certas épocas da história em que suas famílias tinham já chegado a um grau idêntico de impudor plenamente consciente — leva o desprezo dos escrúpulos tão longe quanto o respeito da etiqueta. Várias delas convidaram logo Charlie para reuniões em que ele viria tocar o septeto de Vinteuil, mas nenhuma teve sequer a ideia de convidar também a sra. Verdurin. Esta estava no auge da raiva quando o sr. de Charlus, que, elevado às nuvens, não o podia perceber, quis por gentileza convidar a Patroa para compartilhar da sua alegria. E foi talvez mais por se entregar ao seu gosto pela literatura do que por um transbordamento de orgulho que esse doutrinário das festas de artes disse à sra. Verdurin: "Então, está contente? Creio que qualquer pessoa o estaria por muito menos; vê a senhora que quando me meto a dar uma festa o sucesso é completo. Não sei se suas noções de heráldica lhe permitem medir exatamente a importância da manifestação, o peso que soergui, o volume de ar que desloquei para a senhora. A senhora teve aqui a rainha de Nápoles, o irmão do rei da Baviera, os três mais antigos pares de França. Se Vinteuil é Maomé, podemos dizer que deslocamos por causa dele as menos amovíveis das montanhas. Pense que para assistir à sua festa a rainha de Nápoles veio de Neuilly, o que é muito mais difícil para ela do que sair das Duas Sicílias", disse ele com intenção mordaz, a despeito da sua admiração pela rainha. "É um acontecimento histórico. Pense que ela não aparecera numa festa desde a tomada de Gaeta. É provável que nos dicionários ponham como datas culminantes o dia da tomada de Gaeta e o da *soirée* Verdurin. O leque que ela largou para melhor aplaudir Vinteuil merece ficar mais célebre do que o que a senhora de Metternich quebrou quando vaiaram Wagner."[104] "Ela até esqueceu o leque", disse a sra. Verdurin, momentaneamente acalmada ao se lembrar da simpatia que lhe demonstrara a rainha, e mostrou ao sr. de Charlus o leque deixado numa poltrona. "Oh!, como é tocante!", exclamou o sr. de Charlus aproximando-se com veneração da relíquia. "Tanto mais tocante por ser feiíssimo; a pequena violeta é incrível!" E espasmos de emoção e de ironia percorriam-no alternativamente. "Meu Deus, não sei se a senhora sente estas coisas como eu, Swann morreria de convulsões se visse isto. Bem sei que por qualquer preço que seja lançado arrematarei este leque no leilão da rainha. Pois terá que ir a leilão, porque ela está sem nada", acrescentou com maledicência cruel, que no barão nunca deixava de se misturar à veneração mais sincera, embora partissem de naturezas opostas, mas reunidas nele.

Podiam até revezar-se por ocasião de um mesmo fato. Pois o sr. de Charlus, que do fundo de seu bem-estar de homem rico escarnecia da pobreza da rainha, era o mesmo que muitas vezes exaltava aquela pobreza e que, quando se falava da princesa Murat, rainha das Duas Sicílias, replicava: "Não sei de quem se trata. Só há uma rainha de Nápoles, que é sublime e anda de ônibus. Mas do alto do ônibus ela aniquila as carruagens mais luxuosas e a gente tem vontade de se pôr de joelhos na poeira ao vê-la passar".

"Legá-lo-ei a um museu." "Por enquanto, o que necessitamos fazer é mandar levá-lo para que ela não tenha que pagar um fiacre para mandar buscá-lo. O mais inteligente, dado o interesse histórico do leque, seria roubá-lo. Mas isso iria pô-la em apuro — porque é provável que não possua outro!", acrescentou dando uma risada. "Enfim a senhora viu que por minha causa ela veio. E não

104 O sr. de Charlus compara a "atuação" da rainha de Nápoles na recepção musical a outro "fato histórico": a vaia que, apesar do apoio da princesa de Metternich, recebeu *Tannhäuser* de Wagner em sua estreia em Paris, em 1861. Tendo em vista que, em *O caminho de Guermantes*, o barão questionava a pretensão da princesa de ter lançado Wagner, conclui-se que o lançamento de Morel é ainda mais relevante por ter o apoio do barão e o da rainha de Nápoles. (N. do R. T.)

foi o meu único milagre. Não creio que ninguém no momento atual tenha o poder de mobilizar as pessoas que eu trouxe aqui. Aliás é preciso dar a cada qual o seu quinhão, Charlie e os outros músicos tocaram como Deuses. E minha cara Patroa", acrescentou com condescendência, "a senhora também teve o seu papel nesta festa. Seu nome não será esquecido. A história guardou o do pajem que armou Joana d'Arc quando ela saiu a combater; em suma a senhora serviu de traço de união, propiciou a fusão entre a música de Vinteuil e o seu genial intérprete, teve a inteligência de compreender a importância capital de todo o encadeamento de circunstâncias que beneficiaria o intérprete com todo o peso de uma personalidade considerável (e se não se tratasse de mim, eu diria providencial), a quem a senhora teve a boa ideia de pedir que prestigiasse a reunião, que pusesse diante do violino de Morel os ouvidos diretamente ligados às bocas mais escutadas; não, não, não é pouca coisa. Não existe nada que não tenha a sua importância numa realização tão completa. Tudo concorre para ela. A Duras estava maravilhosa. Enfim, tudo; foi por isto", concluiu, pois ela gostava de repreender, "que me opus a que a senhora convidasse dessas pessoas-divisores que, perante as personalidades preponderantes que eu pretendia convocar, teriam desempenhado o papel de vírgulas num número, reduzidas as outras a não serem senão simples décimos. Tenho o senso perfeito destas coisas. A senhora compreende, é preciso evitarem-se gafes quando damos uma festa que deve ser digna de Vinteuil, de seu genial intérprete, da senhora, e, ouso dizê-lo, de mim também. Se a Molé tivesse sido convidada, tudo ficaria prejudicado. Seria a gotinha contrária, neutralizante, que tira a uma poção a sua eficácia. A eletricidade teria faltado, os *petits fours* não teriam chegado a tempo, a laranjada teria provocado cólica em todo mundo. Era a pessoa que não convinha. Bastaria o nome dela para que, como numa *féerie*, não saísse um som dos cobres; a flauta e o oboé perderiam a voz de súbito. O próprio Morel, mesmo que conseguisse tirar alguns sons do seu violino, não obedeceria ao compasso, e em vez do septeto de

Vinteuil teríamos tido a paródia dele por Beckmesser, acabando debaixo de vaia. Eu, que acredito muito na influência das pessoas, senti muito bem no desabrochar de certo *largo*, que se abria até o fundo como uma flor, na intensificada satisfação do final, que não era apenas *allegro* mas incomparavelmente *allegro*, que a ausência da Molé inspirava os músicos e enchia de alegria até os próprios instrumentos de música. De resto, no dia em que recebemos os soberanos não convidamos a *concierge*." Chamando-lhe "a Molé" (como dizia, aliás muito simpaticamente, "a Duras"), o sr. de Charlus fazia-lhe justiça. Pois todas essas mulheres eram atrizes da sociedade e é verdade também que, mesmo considerando esse ponto de vista, a condessa Molé não estava à altura da extraordinária reputação de inteligência que desfrutava, o que fazia pensar em certos atores ou certos romancistas medíocres que em certas épocas logram uma situação de gênios, seja por causa da mediocridade de seus confrades, entre os quais nenhum artista superior é capaz de mostrar o que é o verdadeiro talento, seja por causa da mediocridade do público, que, embora existisse uma individualidade extraordinária, seria incapaz de a compreender. No caso da sra. Molé é preferível, se não inteiramente exato, ficar na primeira explicação. Sendo a sociedade mundana o reino do nada, não há entre os méritos das suas frequentadoras senão graus insignificantes, que só podem loucamente majorar os ódios ou a imaginação do sr. de Charlus. E certo, se ele falava, como acabava de o fazer, nessa linguagem que era uma mistura alambicada das coisas da arte e da sociedade, é porque as suas iras de mulher velha e a sua cultura de mundano não forneciam à eloquência verdadeira que era a sua senão temas insignificantes. Não existindo à superfície da terra, entre todos os países que a nossa percepção uniformizada, o mundo das diferenças, com mais forte razão não existe também no mundo elegante. Existirá aliás em algum lugar? O septeto de Vinteuil parecera dizer-me que sim. Mas onde?

Como o sr. de Charlus gostava também de repetir a um o que ouvira de outro, procurando intrigar, dividir para reinar, acrescentou: "Não convidando a sra. Molé, a senhora tirou-lhe a oportunidade de dizer: 'Não sei por que essa sra. Verdurin me convidou. Não sei que gente é essa, não os conheço'. Ela já disse o ano passado que a senhora vivia importunando-a com os seus convites. É uma tola, não a convide mais. Em suma não se trata de uma pessoa assim tão extraordinária. Pode muito bem vir à sua casa sem fazer luxos, pois eu também venho. Em suma", concluiu, "parece que a senhora pode agradecer-me, porque, como correram as coisas, esteve tudo perfeito. A duquesa de Guermantes não veio, mas quem sabe?, talvez tenha sido melhor assim. Não levaremos isso a mal e nos lembraremos dela na próxima vez, aliás é difícil esquecê-la, seus olhos mesmos dizem 'não me esqueçam', pois são dois miosótis" (e eu considerava comigo quanto o ânimo dos Guermantes — a decisão de ir a tal lugar e não a outro — devia ser forte para ter sobrepujado na pessoa da duquesa o temor de Palamedes). "Diante de um sucesso tão completo, somos tentados, como Bernardin de Saint-Pierre, a ver em toda parte a mão da Providência.[105] A duquesa de Duras estava encantada. Encarregou-me até de dizer-lhe isto", acrescentou o sr. de Charlus, acentuando bem as palavras como se a sra. Verdurin devesse considerar o pormenor como uma honra suficiente. Suficiente e até quase inacreditável, pois o barão julgou necessário dizer, para ser acreditado: "É verdade!", levado pela demência daqueles a quem Júpiter quer destruir. "Ela convidou Morel para tocar em casa dela, onde repetirão o mesmo programa, e eu estou

105 Charlus alude provavelmente a *Paul et Virginie*, livro de maior sucesso de Bernardin de Saint-Pierre. No livro, duas mulheres grávidas são abandonadas nas Ilhas Maurício. Deus parece ter inspirado a simpatia entre mulheres de origem tão diferente, cujos filhos (e os escravos) se sentem imediatamente atraídos uns pelos outros. As duas famílias "admiravam com entusiasmo o poder de uma providência que por suas próprias mãos havia difundido em meio àqueles áridos rochedos, a abundância, as graças, os prazeres puros, simples e sempre renovados". Ao longo do livro evoca-se a "Providência", fala-se de "Ser Supremo", de "inteligência suprema", de "poder infinito" e da "bondade celeste". (N. do R. T.)

mesmo pensando em pedir um convite para o sr. Verdurin." Essa gentileza, feita só ao marido, era, sem que houvesse tal intenção da parte do sr. de Charlus, o mais sangrento ultraje para a esposa, a qual, julgando-se em relação ao executante, mercê de uma espécie de decreto de Moscou em vigor no pequeno clã, com o direito de proibir-lhe tocar em outro salão sem sua autorização expressa, estava bem decidida a proibir que ele tomasse parte na reunião da sra. de Duras.[106]

Só pelo fato de falar com aquela facúndia, o sr. de Charlus irritava a sra. Verdurin, que não gostava que fizessem grupo à parte no pequeno clã. Quantas vezes, e já na Raspelière, ouvindo o barão falar ininterruptamente com Charlie em vez de se contentar com desempenhar-se de sua parte no conjunto tão concertante do clã, exclamara ela mostrando o barão: "Que língua ele tem! Que língua! Oh, é uma matraca!". Mas desta vez a coisa era muito pior. Entusiasmado com as próprias palavras, não compreendia o sr. de Charlus que, reduzindo o papel da sra. Verdurin e fixando-lhe estreitos limites, desencadeava aquele sentimento rancoroso que nela não era senão uma forma particular, uma forma social da inveja. A sra. Verdurin gostava de fato dos frequentadores, dos fiéis do clã, queria que eles fossem inteiramente da sua Patroa. Fazendo a parte do fogo, como aqueles ciumentos que consentem que os enganem mas sob o mesmo teto e até à vista deles, isto é, que não os enganem, permitia ela aos homens ter uma amante, um amante, sob a condição de que tudo isso não tivesse nenhuma consequência social fora da casa dela, principiasse e se perpetuasse ao abrigo das quartas-feiras. Toda risada furtiva de Odette junto de Swann lhe roera outrora o coração, como ultimamente toda conversa particu-

106 Procedimento bastante proustiano de aproximação entre domínios muito distantes: no caso, aproximam-se as regras do "pequeno clã" dos Verdurin ao decreto napoleônico assinado em 1812 em Moscou, regularizando a relação entre a Sociedade dos Comediantes Franceses da Comédie Française e o Estado francês pós-revolucionário, que a subvencionava. (N. do R. T.)

lar entre Morel e o barão; só havia um consolo para os seus desgostos, e era desmanchar a felicidade alheia. Não teria podido suportar por muito tempo a do barão. Eis que este imprudente precipitava a catástrofe com a sua atitude de querer restringir o lugar da Patroa no seu clã. Pois Morel já não frequentava a sociedade sem ela, sob a proteção do barão? Só havia um remédio, fazer Morel escolher entre o barão e ela, e, valendo-se do ascendente que ela exercia sobre Morel por se mostrar aos olhos dele dotada de uma clarividência extraordinária graças a informações que lhe davam, a mentiras que inventava e de que ela lhe enchia os ouvidos como provas do que ele já estava inclinado a crer, e do que ia ver com evidência, graças às armadilhas que ela preparava e onde os ingênuos vinham cair, valendo-se desse ascendente, fazer que ele optasse por ela. Quanto às senhoras da alta sociedade ali presentes e que nem sequer se tinha feito apresentar, logo que ela lhes compreendeu as hesitações ou a sem-cerimônia, dissera: "Ah, já sei o que são, umas velhas prostitutas, que não nos convêm, é a última vez que pisam neste salão". Pois preferia morrer a confessar que elas tinham sido menos amáveis com ela do que esperara.

"Ah!, meu caro general", exclamou de repente o sr. de Charlus, deixando a sra. Verdurin porque avistara o general Deltour, secretário da Presidência da República, o qual podia ser de grande importância para a condecoração de Charlie, e que, depois de ter pedido um conselho a Cottard, se ia retirando à pressa: "Boa-noite caro e cativante amigo. Então, vai se escapulindo sem se despedir de mim?", disse o barão com um sorriso de bonomia e de presunção, pois bem sabia que todos gostavam de conversar mais um pouco com ele. E como no estado de exaltação em que estava, fazia ele mesmo, em tom agudíssimo, as perguntas e as respostas: "Então!, está satisfeito? Não é verdade que estava uma beleza o andante? É o que já se escreveu de mais comovente. Desafio que alguém o escute até o fim sem lágrimas nos olhos. Fiquei encantado com a sua presença. Recebi hoje de manhã um telegrama amabilíssimo de Froberville comunicando-me que do lado da Grande Chancelaria as dificuldades estão aplanadas, como se costuma dizer". A voz do sr. de Charlus continuava nos agudos, tão diferente da voz habitual quanto a de um advogado que pleiteia com ênfase o é da sua elocução ordinária, fenômeno de amplificação vocal, por superexcitação e euforia nervosa, análoga à que, nos jantares que dava, fazia subir o diapasão tão alto não só a voz como o olhar da sra. de Guermantes. "Eu pretendia mandar-lhe amanhã de manhã umas palavras por um guarda para lhe exprimir o meu entusiasmo, enquanto não o podia exprimir de viva voz, você estava tão rodeado! O apoio de Froberville não é para se desdenhar, mas por meu lado, tenho a promessa do Ministro", disse o general. "Ah!, ótimo. Aliás o amigo viu que é o que merece um talento como este. Hoyos estava encantado, não pude ver a embaixatriz; estava contente? Quem não estaria, salvo os que têm ouvidos para não ouvir, o que não faz mal desde que tenham língua para falar."

Aproveitando a ocasião em que o barão se afastara para falar ao general, a sra. Verdurin fez sinal a Brichot. Este, que não sabia o que a sra. Verdurin ia dizer-lhe, quis diverti-la e, sem suspeitar quanto me fazia sofrer, disse à Patroa: "O barão está encantado porque a senhorita Vinteuil e a amiga não vieram. Anda escandalizadíssimo com as duas. Declarou que a conduta delas é de meter medo. A senhora nem imagina como o barão é pudibundo e severo no capítulo dos costumes". Contra a expectativa de Brichot, a sra. Verdurin não achou graça: "É um tipo sórdido", respondeu. "Convide-o a fumarem juntos, para que meu marido possa levar a Dulcineia, sem que Charlus perceba, e mostre ao rapaz o abismo em que está pisando." Brichot parecia hesitar. "Saiba", insistiu a sra. Verdurin para acabar com os últimos escrúpulos de Brichot, "que não me sinto em segurança tolerando isto em minha casa. Sei que ele já andou envolvido em sujeiras e que a polícia não o perde de vista." E como ela tinha um certo dom de improvisação quando inspirada pela maledicência, não ficou só nisso: "Parece que ele já esteve preso. Foram pessoas muito bem informadas que me disseram. Sei, aliás, por alguém que mora na mesma rua que ele, que não se pode fazer ideia dos bandidos que ele recebe em casa". E como Brichot, que ia a miúdo à casa do barão, protestasse, a sra. Verdurin, animando-se, exclamou: "Afianço-lhe!, sou eu que lho digo", expressão pela qual procurava habitualmente corroborar uma asserção lançada mais ou menos ao acaso. "Morrerá assassinado um dia destes, como todos os da sua espécie aliás. Talvez nem chegue até lá, porque está nas garras daquele Jupien, que ele teve o topete de me enviar e que é um ex-forçado, como eu e você sabemos de modo positivo. Charlus está nas mãos dele por causa de umas cartas que são pavorosas, parece. Sei por pessoa que as viu e me disse: 'Você se sentiria mal se as visse'. É assim que esse tal Jupien o governa à vontade e lhe arranca todo o dinheiro que quer. Eu preferiria mil vezes a morte a viver no terror em que vive Charlus. Em todo caso, se a família de Morel se decidir a dar queixa contra ele, não quero ser acusada de cumplicidade. Se ele continuar, será por sua conta e risco, mas terei cumprido o meu dever. Que se há de fazer? Não é brincadeira." E já agradavelmente excitada pela expectativa da conversa que o marido ia ter com o violinista, a sra. Verdurin me disse: "Pergunte a Brichot se não sou uma amiga corajosa, e se não sei sacrificar-me para salvar os companheiros". (Fazia alusão às circunstâncias em que ela o tinha feito brigar com a lavadeira em primeiro lugar, com a sra. de Cambremer depois, brigas em consequência das quais Brichot ficara quase completamente cego, e, segundo diziam, morfinômano.[107]) "Uma amiga incomparável, perspicaz e decidida", respondeu o universitário com ingênua emoção. "A sra. Verdurin me salvou de cometer uma grande burrada", disse-me Brichot, quando ela se afastou de nós. "Ela não trepida em cortar na carne viva. É intervencionista, como diz nosso amigo Cottard. Confesso, porém, que a

107 A intervenção da "Patroa", rompendo essas relações de Brichot, dá-se em *Sodoma e Gomorra*. (N. do R. T.)

ideia do pobre barão ignorar ainda o golpe que vai atingi-lo me causa grande tristeza. Ele está completamente louco por esse rapaz. Se a sra. Verdurin realizar o seu intento, o barão ficará bem infeliz. Aliás não é certo que ela não fracasse. Receio que ela não consiga senão semear entre os dois desinteligências que afinal de contas, sem os separar, só terão como resultado indispô-los contra ela." Assim se passavam as coisas muitas vezes entre a sra. Verdurin e os fiéis. Mas era visível que nela a necessidade de conservar a amizade deles estava cada vez mais subordinada à de que esta amizade não fosse posta em xeque pela que eles pudessem ter uns pelos outros. Não lhe desagradava a homossexualidade, contanto que não tocasse na ortodoxia, mas preferia, como a Igreja, todos os sacrifícios a uma concessão em matéria de ortodoxia. Eu começava a recear que sua irritação contra mim não proviesse do fato de ela ter sabido que eu impedira a vinda de Albertine à tarde, e que ela não empreendesse posteriormente, se já não tinha começado, no espírito desta, para separá-la de mim, o mesmo trabalho que o marido ia operar junto ao músico em relação a Charlus. "Vamos, vá falar com Charlus, procure um pretexto, já é tempo", disse a sra. Verdurin, "e sobretudo trate de não deixar que ele volte antes de um aviso meu. Ah!, que noite", acrescentou, desvendando desse modo a verdadeira razão de sua raiva. "Ter feito tocar estas obras-primas para essas idiotas! Não me refiro à rainha de Nápoles, que é uma mulher inteligente, agradável" (leia-se: "foi muito amável comigo"). "Mas às outras. Ah!, é de danar a gente. Não, meu caro, não tenho mais vinte anos. Quando eu era moça, diziam-me que era preciso saber aguentar as caceteações, eu me forçava, mas agora, ah!, não, é mais forte que eu, tenho idade bastante para fazer o que quero, a vida é muito curta; cacetear-me, frequentar imbecis, fingir, dar impressão de achá-los inteligentes. Ah!, não, não posso. Vamos, Brichot, não há tempo a perder." "Vou já, vou já", acabou dizendo Brichot ao ver afastar-se o general Deltour. Antes, porém, o universitário chamou-me um instante de parte: "O Dever moral", disse-me ele, "é menos claramente imperativo do que o ensinam as nossas Éticas. Os cafés teosóficos e as cervejarias kantianas se conformem, a verdade é que ignoramos deploravelmente a natureza do Bem. Eu mesmo que, não é gabolice, comentei para meus alunos, com toda a inocência, a filosofia do supracitado Immanuel Kant, não vejo nenhuma indicação precisa para o caso de casuística mundana diante do qual estou colocado naquela *Crítica da razão prática* onde o grande apóstata do protestantismo platonizou à moda da Germânia para uma Alemanha pré-historicamente sentimental e áulica, visando a todos os fins úteis de um misticismo pomeraniano. É ainda *O banquete*, mas dado desta vez em Koenisberg à moda de lá, indigesto e condimentado com chucrute e sem gigolôs. É evidente por um lado que não posso recusar à nossa excelente anfitriã o pequeno favor que me pede, de conformidade plenamente ortodoxa com a moral tradicional. Cumpre evitar, antes de outra qualquer coisa, pois poucas há que façam dizer mais tolices, cumpre evitar que nos engodem com palavras. Mas enfim não hesitemos em confessar que, se as mães de família tivessem direito ao voto, o barão correria o risco de ser lamentavelmente reprovado como professor de virtude. É infelizmente com o temperamento de um devasso que ele segue a sua vocação de pedagogo; repare que não falo mal do barão; esse homem afável, que sabe trinchar um assado como ninguém, possui, com o gênio de anátema, tesouros de bondade. Pode ser divertido como um palhaço de grande classe, ao passo que com certo confrade meu, acadêmico, veja bem, eu me caceteio, como diria Xenofonte, a cem dracmas a hora. Mas receio que ele não esteja gastando com Morel um pouco mais do que manda a sã moral, e sem saber até que ponto o jovem penitente se mostra dócil ou rebelde aos exercícios especiais que o seu catequista lhe impõe a título de mortificação, não é preciso ser grande douto para saber que pecaríamos, como diz o outro, por mansuetude para com esse Rosa-Cruz que nos parece vir de Petrônio, através de Saint-Simon, se lhe concedêssemos de olhos fechados, em boa e devida forma, a licença de satanizar.[108] Todavia, ocupando o barão enquanto a sra. Verdurin, para o bem do pecador e muito justamente tentada por tal cura, vai — ao falar sem ambages ao jovem doidivanas — privar o velho de tudo o que ele ama, desferir-lhe talvez um golpe fatal, parece-me que o estou atraindo a uma espécie de cilada e hesito como diante de uma indignidade". Dito isto, não trepidou em cometê-la, e tomando-o pelo braço: "Vamos, barão, se fôssemos fumar um pouco? Este rapaz não conhece ainda todas as maravilhas da casa". Excusei-me alegando que precisava ir embora. "Fique mais uns minutos", disse Brichot. "Você sabe que tem que me levar, não esqueci a sua promessa." "Não quer então que eu lhe faça mostrar a prataria? Nada mais simples", disse-me o sr. de Charlus. "Como você me prometeu, não diga nada a respeito da condecoração a Morel. Quero fazer a ele a surpresa de lhe dizer daqui a pouco, quando houver menos gente, embora ele diga que não é coisa importante para um artista, mas que o tio ficaria muito contente com isso" (corei, ao pensar que, por meu avô, os Verdurin sabiam quem era o tio de Morel). "Então você não quer mesmo que eu mande mostrar-lhe as peças mais bonitas?", disse-me o sr. de Charlus. "Aliás você as conhece, já as viu na Raspelière." Não ousei dizer-lhe que o que me poderia interessar não era a medíocre prataria burguesa, por mais rica que fosse, mas algum espécime, ainda que somente numa bela gravura, da sra. du Barry.[109] Estava por demais preocupado — e como não havia de estar depois da revelação relativa à vinda da srta. Vinteuil? — como

108 No raciocínio de Brichot, o barão de Charlus reivindicaria uma herança da homossexualidade que viria das alusões que Petrônio faz a ela em seu *Satyricon*, guardando, ao mesmo tempo, o tom de orgulho aristocrático das *Memórias* do duque de Saint-Simon (uma das principais fontes de informação do barão sobre casos de homossexualidade no Antigo Regime francês); a alusão a "Rosa-Cruz" dá a nota de loucura às pretensões de Charlus: ela alude às pretensões de Joseph Péladan (1859-1918), autor de dezenove volumes sobre *A decadência latina* que pretendia reinstaurar, sob bases católicas, a confraria alemã de iluminados no século XVII. (N. do R. T.)
109 Referência à rica prataria da sra. du Barry, amante do rei Luís XV. (N. do R. T.)

ficava sempre em sociedade, por demais distraído e agitado para deter minha atenção em objetos mais ou menos bonitos. Ela só poderia fixar-se ao apelo de alguma realidade que se dirigisse à minha imaginação, como o poderia fazer nessa noite uma vista daquela Veneza em que eu pensara tanto à tarde, ou algum elemento geral, comum a várias aparências e mais verdadeiro do que elas, o qual por si mesmo despertava sempre em mim um espírito interior e habitualmente sonolento, mas cuja ascensão à tona de minha consciência me dava uma grande alegria. Ora, quando, saindo do salão chamado sala de teatro, eu ia atravessando com Brichot e o sr. de Charlus os demais salões, ao deparar, no meio dos outros, certos móveis vistos na Raspelière e aos quais eu não prestara nenhuma atenção, notei entre o arranjo da casa e o do castelo um certo ar de família, uma identidade permanente, e compreendi que Brichot me dissesse sorrindo: "Veja este fundo de salão, isto ao menos pode a rigor dar-lhe uma ideia do que era a rua Montalivet há vinte e cinco anos, *grande mortalis aevi spatium*".[110] Pelo seu sorriso, dedicado ao salão defunto que ele revia, compreendi que o que Brichot, talvez sem dar por isso, preferia no antigo salão, mais do que os janelões, mais do que a alegre mocidade dos donos da casa e de seus fiéis, era aquela parte irreal (que eu mesmo inferia de algumas semelhanças entre a Raspelière e o Cais Conti) da qual num salão, como em todas as coisas, a parte exterior, atual, verificável para todo mundo, não é senão o prolongamento, era aquela parte tornada puramente moral, de uma cor que só existia para o meu velho interlocutor, que ele não podia fazer-me ver, aquela parte que se destacou do mundo exterior para se refugiar em nossa alma, a quem ela confere uma mais-valia, em quem ela se assimilou à substância habitual dela, transmutando-se ali — casas destruídas, pessoas de antigamente, compoteiras de frutas dos jantares de que nos lembramos —

110 Brichot cita uma frase de Tácito, que já utilizara na chegada ao salão dos Verdurin (cf. supra). (N. do R. T.)

nesse alabastro translúcido de nossas recordações, cuja cor, só por nós vista, somos incapazes de mostrar, o que nos permite dizer veridicamente aos outros, a respeito dessas coisas passadas, que eles não podem ter uma ideia delas, que elas não se parecem nada com o que eles já viram, e o que faz com que não possamos considerar em nós mesmos sem uma certa emoção, ao pensar que é da existência de nosso pensamento que depende por algum tempo ainda a sobrevivência deles, o reflexo das lâmpadas que se apagaram e o aroma das alamedas ensombradas de árvores que não florescerão mais. E por isso, sem dúvida, o salão da rua Montalivet desmerecia, aos olhos de Brichot, a residência atual dos Verdurin. Mas por outro lado acrescentava a esta, para o professor, uma beleza que ela não podia ter para as relações recentes. Alguns dos velhos móveis que tinham sido trazidos para ali, na mesma disposição, às vezes conservada e que eu próprio reconhecia, da Raspelière, integravam no salão atual partes do antigo que, por momentos, o evocavam até a alucinação, para em seguida parecerem quase irreais no seio da realidade ambiente, fragmentos de um mundo extinto que imaginávamos ver alhures. Um canapé surgido do sonho entre as poltronas novas e bem reais, cadeirinhas estofadas de seda cor-de-rosa, um pano de brocado para mesa de jogo, elevado à dignidade de pessoa, uma vez que, como uma pessoa, tinha um passado, uma memória, guardando na sombra fria do Cais Conti o tisne das soalheiras que entravam pelas janelas da rua Montalivet (cuja hora ele conhecia tão bem quanto a própria sra. Verdurin) e pelos vãos das portas envidraçadas de Douville, aonde o tinham levado, e de onde ele via o dia inteiro do outro lado do jardim florido o profundo vale, enquanto esperava a hora em que Cottard e o flautista jogariam a sua partida; o ramalhete de violetas e amores-perfeitos, pastel presenteado por um grande artista amigo, falecido, depois, único fragmento sobrevivente de uma vida desaparecida sem deixar vestígios, resumindo um grande talento e uma longa amizade, recordando-

-lhe o olhar atento e meigo, a bonita mão gorda e triste enquanto pintava; incoerente e artística desordem de presentes dos fiéis, que acompanharam por toda parte a dona da casa e acabaram adquirindo o cunho e a fixidez de um traço de caráter, de uma linha do destino; profusão de ramalhetes de flores, de caixas de chocolates, que sistematizava aqui como lá o seu desabrochamento segundo um modo de floração idêntica; interpolação curiosa dos objetos singulares e supérfluos, que continuam dando a impressão de estarem saindo da caixa em que foram oferecidos e que permanecem toda a vida o que foram primeiramente, presentes de Ano-Bom; todos esses objetos enfim que não poderíamos isolar dos outros, mas que para Brichot, velho frequentador das festas dos Verdurin, tinham aquela pátina, aquele aveludado das coisas a que, dando-lhes uma espécie de profundidade, vem juntar-se o seu "duplo" espiritual; tudo isso espalhava, fazia soar diante dele como outras tantas teclas sonoras que lhe despertavam no coração semelhanças amadas, reminiscências confusas que, em pleno salão inteiramente atual por elas marchetado aqui e acolá, recortavam, delimitavam, como faz num bonito dia um quadro de sol seccionando a atmosfera, os móveis e os tapetes e perseguindo-a de uma almofada a um vaso, de um tamborete ao resíduo de um perfume, de um modo de iluminação a uma predominância de cores, esculpiam, evocavam, espiritualizavam, faziam viver uma forma que era como a figura ideal, imanente a seus domicílios sucessivos, do salão dos Verdurin.

"Vamos tentar", disse-me Brichot ao ouvido, "induzir o barão a falar do seu assunto predileto. Nisso ele é prodigioso." Por um lado eu desejava procurar obter do sr. de Charlus as informações relativas à vinda da srta. Vinteuil e sua amiga. Por outro lado, não queria deixar Albertine só durante muito tempo, não que ela pudesse (incerta do momento de meu regresso e aliás àquela hora, em que se ela recebesse uma visita ou saísse daria muito na vista) aproveitar-se da minha ausência, mas para que ela não a achasse demasiado prolongada. Por isso disse a Brichot e ao sr. de Charlus que não lhes faria companhia por muito tempo. "Fique mais um pouco", disse-me o barão, cuja excitação mundana começava a baixar, mas que sentia aquela necessidade de prolongar, de fazer durar a conversação, já notada por mim na duquesa de Guermantes também, e que, sendo embora particular a essa família, é comum a todos aqueles que, não proporcionando à sua inteligência outra realização senão a palestra, isto é, uma realização imperfeita, continuam insatisfeitos mesmo depois de horas passadas na companhia de outra pessoa e se agarram cada vez mais avidamente ao interlocutor exausto, de quem reclamam, erradamente, uma saciedade que os prazeres sociais são incapazes de dar. "Fique mais um pouco", insistiu ele, "este é o momento agradável das festas, o momento em que todos os convidados se foram, a hora de Doña Sol; esperemos que esta acabe menos tristemente. Infelizmente você está com pressa, com pressa provavelmente de ir fazer coisas que seria melhor não fazer. Toda gente vive apressada, e sai-se no momento em que se devia chegar. Estamos aqui como os filósofos de Couture, seria a hora de recapitular a reunião, de fazer o que se chama em estilo militar a crítica das operações.[111] Pedir-se-ia à sra. Verdurin que nos mandassem trazer uma ceiazinha a que teríamos o cuidado de não convidá-la, e pediríamos a Charlie — sempre *Hernani* — que tocasse só para nós o sublime adágio.[112] Como é belo aquele

111 Charlus alude provavelmente ao quadro *Romanos da decadência* (1847), de Thomas Couture; nele, dois homens contemplam à distância uma orgia. (N. do R. T.)

112 Alusão ao final da peça *Hernani* (1830), de Victor Hugo. Na peça, Doña Sol é noiva do velho duque de Pastraña, mas recebe um jovem amante, Hernani, todas as noites em sua casa. Ela é sequestrada por outro pretendente, o rei D. Carlos; ajudado pelo duque, Hernani a recupera e se casa com ela; mas, ao final da festa de casamento, ele é lembrado do pacto que firmara com o duque: o de deixar Doña Sol e se suicidar quando o velho soasse uma trompa. Charlus, levemente irônico com Hugo, não suspeita o que também está se urdindo contra ele nesse final triunfante da festa

adágio! Mas onde está o jovem violinista? Quero felicitá-lo, é o momento dos carinhos e dos abraços. Confesse, Brichot, que eles tocaram como Deuses, sobretudo Morel. Notou o momento em que a mecha de cabelos cai? Ah!, então, meu caro, você não viu nada. Tivemos um fá sustenido que faria morrer de inveja Enesco, Capet e Thibaut;[113] malgrado toda a minha calma, confesso-lhe que, ao ouvir aquela sonoridade, senti tamanho aperto no coração que mal podia conter os soluços. A sala ofegava; Brichot, meu caro", exclamou o barão sacudindo violentamente o universitário pelo braço, "aquilo estava sublime. Só o jovem Charlie mantinha uma imobilidade de pedra, não o víamos nem respirar, dava impressão de ser como aquelas coisas do mundo inanimado de que fala Théodore Rousseau, que fazem pensar, mas não pensam.[114] E de repente", exclamou o sr. de Charlus com ênfase e imitando um lance teatral, "de repente… a Mecha! Enquanto isso, pequena contradança graciosa do *allegro vivace*. Sabe, aquela mecha foi o sinal da revelação, mesmo para os mais obtusos. A princesa de Taormina, surda até então, pois as piores surdas são as que têm ouvido para não ouvir a princesa de Taormina, perante a evidência da mecha miraculosa, compreendeu que era música e que não se jogaria pôquer. Oh!, foi um momento bastante solene." "Perdão de interrompê-lo", disse eu ao sr. de Charlus para encaminhá-lo ao assunto que me interessava, "o senhor está certo de que a filha do compositor devia vir? Isto muito me interessaria. O senhor está certo de que contavam com ela?" "Ah!, não sei." O sr. de Charlus

---

que organizou para Morel. (N. do R. T.)

113 Charlus menciona o nome de três violinistas célebres do final do século XIX e início do XX. Lucien Capet (1873-1928) é fundador de um quarteto célebre, violinista dos Concertos Lamoureux e professor no Conservatório de Paris; Georges Enesco (1881-1955) era violinista e compositor romeno radicado em Paris, onde dava aulas no Conservatório; o violinista Jacques Thibaut (1880-1953) obteve, em 1896, o primeiro lugar no mesmo Conservatório. Pouco antes, em *A prisioneira*, Morel não aceita ser comparado a ele (cf. supra). (N. do R. T.)

114 Provável alusão às paisagens pintadas por Theodore Rousseau (1812-1867). (N. do R. T.)

obedecia assim, talvez sem querer, àquela senha universal de não fornecermos informações aos ciumentos, seja para nos mostrarmos absurdamente "camaradas", por ponto de honra, ainda que detestando-a, em relação à pessoa que é objeto do ciúme, seja por maldade para com ela, pressentindo que o ciúme faria redobrar o amor, seja por aquela necessidade de sermos desagradáveis aos outros que consiste em dizer a verdade à maioria dos homens, mas aos ciumentos escondê-la, porque a ignorância lhes aumenta o suplício, pelo menos é o que imaginamos, e para afligirmos os outros guiamo-nos pelo que nós mesmos julgamos, talvez erradamente, mais doloroso. "Olhe", acrescentou ele, "isto aqui é um pouco a casa dos exageros, gente encantadora, é certo, mas gostam de atrair celebridades deste ou daquele gênero para chamariz. Mas parece que você não está se sentindo bem e vai apanhar um resfriado nesta sala tão úmida", disse, oferecendo-me cadeira. "Se está doente, é preciso tomar cuidado, vou buscar o seu agasalho. Não, não vá você não, seria imprudência, vai se resfriar. É assim que a gente se expõe, ora, você não é nenhuma criança, ou seria preciso uma velha ama como eu para tomar conta de você?" "Não se incomode, barão, vou eu", disse Brichot, que se afastou imediatamente: não estando talvez bem a par da amizade muito viva que o sr. de Charlus tinha por mim e das remissões encantadoras de simplicidade e dedicação que comportavam suas crises delirantes de grandeza e de perseguição, receavam que o sr. de Charlus, confiado como um prisioneiro à sua vigilância pela sra. Verdurin, estivesse procurando, simplesmente, sob o pretexto de ir buscar o meu sobretudo, juntar-se a Morel e fizesse assim falhar o plano da Patroa.

Enquanto isso, Ski sentara-se ao piano, sem que ninguém tivesse pedido, compondo — com um franzir risonho das sobrancelhas, um olhar distante e um leve trejeito da boca — o que ele julgava ser um ar artista; insistia com Morel para que este tocasse alguma coisa de Bizet. "Como? Você não aprecia aquele lado rapazola da música de Bizet? Mas meu caro", disse carregando nos rr à sua maneira, "é realmente delicioso." Morel declarou que não gostava de Bizet e fê-lo com exagero. Então Ski (que passava no pequeno clã por espirituoso, o que era verdadeiramente incrível), fingindo tomar as diatribes do violinista por paradoxos, pôs-se a rir. Seu riso não era, como o do sr. Verdurin, a sufocação de um fumante. Ski tomava primeiro um ar atilado, depois deixava escapar, como sem querer, um único som de riso, como um primeiro toque de sinos, seguido de um silêncio em que o olhar esperto parecia examinar a fundo o cômico do que tinham dito, depois vinha um segundo riso e dentro em pouco era todo um repique de sinos, festivo como um ângelus hílare.

Lamentei para o sr. de Charlus que o sr. Brichot estivesse tomando incômodo por minha causa. "Ora, é um prazer, para ele, ele gosta muito de você, toda gente gosta muito de você. No outro dia diziam: 'Ninguém mais o vê, ele vive isolado!'. Aliás este Brichot é um ótimo sujeito", continuou o sr. de Charlus, que sem dúvida não desconfiava, vendo o modo afetuoso e franco com que lhe falava o professor de Morel, de como em sua ausência era ridicularizado por ele sem a menor cerimônia. "É um homem de grande valor, cultíssimo, o que no entanto não o ressecou, nem fez dele um rato de biblioteca como tantos outros que cheiram a tinta de impressão. Conservou uma largueza de vistas, uma tolerância, raras nos de seu ofício. Às vezes, ao ver como ele compreende a vida, como sabe dar com simplicidade a cada um o que lhe é devido, fica-se sem saber onde um mero professorzinho da Sorbonne, ex-mestre de colégio na província, possa ter aprendido tanta coisa. Eu mesmo fico admirado." Mas ainda ficava eu vendo a conversação desse Brichot, que o menos requintado dos convidados da sra. de Guermantes acharia tão estúpido e tão pesado, agradar ao mais difícil de todos, ao sr. de Charlus. Mas para esse resultado haviam colaborado, entre outras influências, distintas aliás, aquelas em virtude das quais Swann, por um lado, se tinha comprazido por tanto tempo no pequeno clã, quando estava apaixonado por Odette, e por outro lado, quando se casou, achou agradável uma pessoa como a sra. Bontemps, que, fingindo morrer de amores pelo casal Swann, vinha sempre ver a mulher e se deliciava com as histórias do marido. Assim como um escritor dá a palma da inteligência, não ao homem mais inteligente, mas ao libertino que faz uma reflexão ousada e tolerante sobre a paixão de um homem por uma mulher, reflexão que faz com que a amante *bas-bleu* do escritor concorde com este em achar que de todas as pessoas que lhe frequentam a casa a menos estúpida ainda é o velho *viveur* que tem experiência das coisas do amor, da mesma maneira para o sr. de Charlus o mais inteligente de seus amigos era Brichot, que não só era amável com Morel, mas colhia a propósito nos filósofos gregos, nos poetas latinos, nos contistas orientais, textos que ornavam o vício do barão de um florilégio estranho e encantador. O sr. de Charlus chegara àquela idade em que um Victor Hugo gosta de se cercar sobretudo de Vacqueries e de Meurices.[115] Punha acima de todos os outros aqueles que tinham sobre a vida o ponto de vista dele. "Vemo-nos a miúdo", acrescentou com voz pipilante e cadenciada, sem que um só movimento dos lábios lhe alterasse a máscara grave e empoada, sobre a qual baixava propositadamente as suas pálpebras de eclesiástico: "Vou às aulas dele, aquela atmosfera de *quartier latin* é nova para mim, há ali uma adolescência estudiosa capaz de pensar, de burgueses moços mais inteligentes, mais instruídos do que eram, num outro meio, os meus camaradas. E outra coisa, que você provavelmente conhece melhor do que eu, são rapazes *burgueses*", disse destacando a palavra que fez preceder de muitos bb, e sublinhando-a por uma espécie de hábito de elocução, correspondente a um gosto das nuanças no passado, o que lhe era próprio, mas talvez também por não resistir ao prazer de me demonstrar alguma insolência. Esta não diminuiu em nada a grande e afetuosa compaixão que me inspirava o sr. de Charlus

115 O narrador associa o comportamento do barão de Charlus ao de Victor Hugo junto de seus discípulos Paul Meurice (1820-1905), seu executor testamentário, e Auguste Vacquerie (1819-1895), irmão do marido de Léopoldine Hugo, filha do escritor. (N. do R. T.)

(desde que a sra. Verdurin manifestara o seu intento na minha presença), achei-lhe graça apenas, e, mesmo noutra ocasião em que eu não tivesse sentido tanta simpatia por ele, não me teria melindrado. Eu saíra a minha avó, isento de amor-próprio a um ponto que me faria facilmente perder a dignidade. Sem dúvida eu não tinha lá muita consciência disso e a força de ter visto desde o colégio os meus mais estimados camaradas não suportarem que lhes faltassem com a consideração, não perdoarem uma desfeita, acabara mostrando nas minhas palavras e nas minhas ações uma grande natureza que era de bastante altivez. Ela passava mesmo por sê-lo em demasia, porque, não sendo eu nada medroso, tinha frequentes duelos, cujo prestígio moral no entanto procurava diminuir, caçoando deles, o que facilmente fazia crer que eles eram ridículos, mas a natureza que recalcamos nem por isso deixa de existir em nós. Assim às vezes ao lermos a obra-prima nova de um homem de gênio, é com prazer que encontramos nela todas aquelas nossas reflexões que tínhamos desprezado, alegrias, tristezas que havíamos reprimido, todo um mundo de sentimentos desdenhados por nós e cujo valor o livro onde o reconhecemos nos assinala subitamente. Eu acabara por aprender da experiência da vida que não me ficava bem sorrir, afetuosamente quando alguém zombava de mim e não lhe querer mal. Mas essa ausência de amor-próprio e de rancor, se eu cessara de exprimi-la a ponto de chegar a ignorar mais ou menos completamente que ela existisse em mim, nem por isso deixava de ser o meio vital primitivo onde eu estava mergulhado. A cólera e a maldade não me vinham senão de maneira totalmente diversa, por crises furiosas. Ademais o sentimento da justiça me era desconhecido até uma completa ausência de senso moral. No fundo do meu coração eu era inteiramente por aquele que me parecia o mais fraco e me parecia infeliz. Não formava nenhuma opinião sobre até que ponto o bem e o mal pudessem entrar nas relações entre Morel e o sr. de Charlus, mas a ideia dos sofrimentos que preparavam para o sr. de Charlus me era intolerável. Gostaria de preveni-lo, não sabia como fazê-lo: "Observar todo aquele mundozinho laborioso é coisa muito divertida para um velho traste como eu. Não os conheço", acrescentou levantando a mão com ar de reserva, para não dar impressão de estar gabando-se, para atestar a sua pureza e não deixar pairar suspeitas sobre a dos estudantes, "mas eles são muito delicados, chegam até a me reservar lugar em atenção à minha idade. É isso mesmo, meu caro, não conteste, tenho mais de quarenta anos", disse o barão, que já tinha passado dos sessenta. "Faz um pouco de calor naquele anfiteatro onde Brichot dá as suas aulas, mas é sempre interessante." Embora o barão preferisse andar metido no meio da mocidade das escolas, e até de ser acotovelado por ela, Brichot, algumas vezes, para poupar-lhe longas esperas, entrava com ele. Por mais que se sentisse em casa na Sorbonne, Brichot, no momento em que o bedel, carregado de correntes, o precedia e em que se adiantava o mestre admirado pela mocidade, não podia reprimir uma certa timidez, e, embora desejando aproveitar aquele momento em que tinha consciência de sua importância para se mostrar amável com Charlus, ficava um pouco sem jeito; para que o porteiro deixasse passar o barão, dizia a este, com voz contrafeita e ar atarefado: "Siga-me, barão, que encontrará lugar"; depois, sem lhe prestar mais atenção, para fazer a sua entrada, adiantava-se sozinho pelo corredor. De cada lado o cumprimentava uma dupla fila de professores; Brichot, desejoso de não assumir uma atitude pretensiosa para aqueles rapazes aos olhos dos quais sabia que era um grande pontífice, dirigia-lhes mil acenos com os olhos, mil movimentos de cabeça, sinais de conivência, a que o seu cuidado de permanecer marcial e bom francês dava o ar de uma espécie de incitamento cordial, de *sursum corda* de velho soldado que diz: "Com os diabos, saberemos bater-nos!".[116] Depois rompiam os aplausos dos alunos. Daquela presença do sr. de Charlus no curso aproveitava-se Brichot às vezes para proporcionar um prazer, quase para retribuir amabi-

116 O clima inicial das aulas de Brichot evoca as palavras então pronunciadas no início de uma missa cristã ("sursum corda"). (N. do R. T.)

lidades. Dizia a algum parente, ou a algum dos seus amigos burgueses: "Caso isto possa interessar a sua mulher ou a sua filha, previno-lhe que o barão de Charlus, príncipe de Agrigento, descendente dos Condé, assistirá à minha aula. É uma lembrança digna de ser conservada ter visto um dos últimos descendentes de nossa aristocracia dotados de personalidade. Se elas forem, reconhecê-lo-ão por estar sentado junto de minha cadeira. Aliás será o único, um homem robusto, de cabelos brancos, bigode preto e medalha militar". "Oh!, muito obrigado", dizia o pai. E embora a mulher tivesse mais que fazer, para não desgostar Brichot, forçava-a a ir ao curso, onde a filha, incomodada pelo calor e pela multidão, devorava no entanto curiosamente com o olhar o descendente de Condé, embora muito admirada de ele não usar gola pregueada e parecer-se com os homens do nosso tempo. O sr. de Charlus é que não tinha olhos para ela; mais de um estudante, porém, que não sabia quem fosse ele, estranhava-lhe a amabilidade, tornava-se importante e seco, e o barão saía cheio de sonhos e de melancolia. "Perdoe-me voltar ao assunto", disse eu rapidamente ao sr. de Charlus, ao ouvir o passo de Brichot, "mas o senhor poderia avisar-me por um telegrama, se souber que a senhorita Vinteuil ou a amiga virão a Paris, dizendo-me exatamente o tempo que elas vão demorar aqui, e sem dizer a ninguém que eu lhe falei nisso?" Eu já não acreditava muito que ela viesse, mas queria assim acautelar-me para o futuro. "Combinado, farei isso por você, primeiro porque lhe devo uma grande gratidão. Não aceitando antigamente o que eu lhe tinha proposto, você me prestou, à sua custa, um imenso serviço, deixou-me senhor da minha liberdade. É verdade que a abdiquei de outro modo", acrescentou num tom melancólico onde transparecia o desejo de fazer confidências; "há nisso o que eu considero sempre como o fato maior, todo um conjunto de circunstâncias que você deixou de utilizar em seu proveito, talvez advertido pelo destino, naquele minuto preciso, de que não devia contrariar o meu Fado. Pois sempre o homem se agita e Deus o conduz. Se no dia em que saímos juntos da casa da senhora de Villeparisis você tivesse aceitado, talvez, quem sabe?, muitas coisas que aconteceram depois nunca tivessem acontecido." Embaraçado, mudei de assunto, valendo-me do nome da sra. de Villeparisis e procurei saber dele, tão qualificado em todos os sentidos, por que razões a sra. de Villeparisis parecia relegada pelo mundo aristocrático. Não somente não me deu ele a solução desse problemazinho mundano, como não me pareceu sequer conhecê-lo. Compreendi então que a situação da sra. de Villeparisis, se devia mais tarde parecer grande à posteridade, e mesmo enquanto vivia a marquesa, à plebe ignara, não parecera menos grande à outra extremidade da escala social, àquela a que pertencia a sra. de Villeparisis, aos Guermantes. Sobrinhos dela, viam eles sobretudo o nascimento, as alianças, a importância conservada na família pela ascendência sobre tal ou qual cunhada. Viam isso menos pelo "lado sociedade" do que pelo "lado família". Ora, este era mais brilhante para a sra. de Villeparisis do que se me afigurara. Eu ficara impressionado ao saber que o nome de Villeparisis era falso. Mas há outros exemplos de grandes damas que fizeram um casamento desigual e mantiveram uma situação preponderante. O sr. de Charlus começou por me dizer que a sra. de Villeparisis era a sobrinha da famosa duquesa de..., a mulher mais célebre da grande aristocracia durante a Monarquia de Julho, mas que não quisera frequentar o Rei Cidadão e sua família. Tanto que eu desejara saber coisas daquela duquesa! E a sra. de Villeparisis, a boa sra. de Villeparisis, cujas faces me pareciam faces de burguesa, a sra. de Villeparisis, que me mandava tantos presentes e que eu teria podido tão facilmente ver todos os dias, a sra. de Villeparisis era sobrinha dela, fora educada por ela, em casa dela, no palácio de... "Um dia a duquesa perguntou ao duque Doudeauville", disse-me o sr. de Charlus, falando das três irmãs: "Qual das três lhe agrada mais? E como Doudeauville respondesse 'A senhora de Villeparisis', a duquesa de... respondeu-lhe 'Devasso!', pois a duquesa era muito *espirituosa*", disse o sr. de Charlus dando à palavra a importância e a pronúncia de uso entre os Guermantes. Que ele achasse aliás a palavra tão "espirituosa" não me causava estranheza, porquanto, em muitas outras ocasiões, havia notado a tendência centrífuga, objetiva dos homens que os leva a abdicar, quando apreciam o espírito dos outros, as severidades que teriam para com o próprio, e a observar, a registrar preciosamente o que eles desdenhariam criar.

"Mas olhe só isto, é o meu sobretudo que ele traz", disse o barão, vendo que Brichot se demorara tanto tempo para acabar enganando-se: "Teria sido melhor que eu mesmo tivesse ido buscá-lo. Enfim, ponha-o sempre nos ombros. Sabe que isso é altamente comprometedor, meu caro? A mesma coisa que beber no mesmo copo, vou conhecer os seus pensamentos. Mas não é assim que se faz, deixe-me ajudá-lo", e ao enfiar-me o sobretudo assentava-me bem nos ombros, no pescoço, levantava a gola, e com a mão me roçava o queixo, desculpando-se. "Na idade dele, não se sabe como pôr um agasalho, é preciso alguém que lhe dispense esses mimos, errei a minha vocação, Brichot, eu nasci para ama-seca." Eu queria retirar-me, mas como o sr. de Charlus manifestasse a intenção de se afastar à procura de Morel, Brichot reteve-nos. Aliás a certeza de encontrar em casa Albertine, certeza igual à que de tarde eu tivera de que Albertine voltaria do Trocadéro, dava-me naquele momento tão pouca impaciência de vê-la quanto a que eu experimentara no mesmo dia, sentado ao piano, depois de Françoise me ter telefonado. E foi essa calma que me permitiu, cada vez que no decorrer da conversa eu quis levantar-me, obedecer à injunção de Brichot, o qual receava que minha partida impedisse Charlus de ficar até o momento em que a sra. Verdurin nos viesse chamar. "Não vá", disse ele ao barão, "fique mais um momento conosco, o senhor poderá dar-lhe a *accolade* logo mais", acrescentou Brichot fixando em mim o olho quase morto, a que as numerosas operações sofridas haviam feito recuperar um pouco de vida, mas que já não tinha a mobilidade necessária à expressão oblíqua da maldade. "A *accolade,* como ele é tolo!", exclamou o barão em tom agudo e deliciado. "Meu caro, ele imagina sempre estar numa distribuição de prêmios, vive sonhando com os seus alunozinhos. Será que também fornica com eles?" "Você deseja ver a senhorita Vinteuil?", disse-me Brichot, que ouvira o fim de nossa conversa. "Prometo-lhe avisá-lo se ela vier, sabê-lo-ei pela senhora Verdurin", pois sem dúvida ele previa que o barão estava na iminência de ser excluído do pequeno clã. "Com que então, você se julga em melhores relações do que eu com a senhora Verdurin", disse o sr. de Charlus, "para estar informado sobre a vinda dessas pequenas de péssima reputação? Você sabe que é coisa arquiconhecida. A senhora Verdurin faz mal em recebê-las, é gente que só se admite em meios suspeitos. São amigas de uma turma terrível. Devem se encontrar em lugares horrorosos." A cada uma dessas palavras meu sofrimento se acrescia de um sofrimento novo, mudando de forma. "Claro que não, não me julgo em melhores relações do que o senhor com a senhora Verdurin", proclamou Brichot pontuando as palavras, pois receava ter despertado as suspeitas do barão. E como visse que eu queria despedir-me, querendo reter-me com a isca do divertimento prometido: "Há uma coisa em que o barão me parece não ter pensado quando falou da reputação dessas duas moças, é que uma reputação pode ser ao mesmo tempo péssima e imerecida. Por exemplo, na série mais notória a que chamarei paralela, é certo que os erros judiciários são numerosos e a história registrou sentenças de condenação por sodomia que infamaram homens ilustres inteiramente inocentes de semelhante delito. A recente descoberta de um grande amor de Michelangelo por uma mulher é um fato novo que deveria assegurar ao amigo de Leão X o benefício de uma apelação para revisão póstuma de processo.[117] O caso de Michelangelo me parece de todo em todo indi-

117 Brichot parece aludir ao livro de Romain Rolland sobre Michelangelo, segundo volume da série *Vida de homens ilustres*, que inclui Beethoven e Tolstoi. No momento em que Rolland fala em "abdicação", o amor "queimou com uma chama mais clara", trata-se da "religiosa amizade de Vittoria Colonna". Antes dela, estivera entregue à "adoração mística da beleza de um Cavalieri", o moço Tomasso dei Cavalieri. A essa "amizade mórbida" pelo moço, "sucede por felicidade a afeição serena de uma mulher que soube compreender essa criança velha, solitária, perdida no

cado para apaixonar os esnobes e mobilizar La Villette, quando outro caso que sei, em que a anarquia foi bem-aceita, e tornou-se o pecado da moda entre os nossos bons diletantes, mas cujo nome não é permitido pronunciar para evitar brigas, estiver enterrado".[118] Desde que Brichot começara a falar das reputações masculinas, mostrara o sr. de Charlus em sua fisionomia aquele gênero particular de impaciência que se nota num perito médico ou militar quando pessoas de sociedade que nada entendem do assunto se metem a dizer sandices sobre pontos de terapêutica ou de estratégia. "Você não sabe patavina das coisas de que está falando", acabou dizendo a Brichot. "Cite-me uma só reputação imerecida. Diga nomes. Ora, eu conheço tudo", replicou violentamente o sr. de Charlus a uma tímida interrupção de Brichot, "as pessoas que fizeram isso há muito tempo por curiosidade, ou por afeição única a um amigo já falecido, e o que, receando comprometer-se se lhe falam da beleza de um homem, responde que isso para ele é chinês, que ele nem sabe distinguir um homem bonito de um feio, assim como não sabe distinguir dois motores de automóvel, pois a mecânica não é o seu forte. Tudo isso são mentiras. Bem entendido, não quero dizer que uma reputação má (ou o que se convencionou chamar assim) e imerecida seja coisa absolutamente impossível. Mas é tão excepcional, tão rara, que praticamente não existe. No entanto eu, que sou curioso, bisbilhoteiro, tive conhecimento de casos assim e que não eram muitos. Posso dizer que em toda a minha vida, constatei (constatei cientificamente, pois não me contento com palavras) duas reputações imerecidas. Em geral resultam de uma semelhança de nomes, ou de certos sinais exteriores, o excesso de anéis por exemplo, que os

---

mundo e fez entrar em sua alma morta um pouco de paz". Além desse amor platônico por Vittoria Colonna, Rolland alude a uma outra mulher "cruel e bela" que aparece em poemas de Michelangelo. (N. do R. T.)

118 A alusão à "la Villette" será explicada no último volume, quando se fica sabendo que é nessa região de Paris que Jupien recruta jovens para seu bordel masculino. (N. do R. T.)

incompetentes acreditam piamente serem característicos daquilo a que você se refere, assim como imaginam que um homem do campo não diz duas palavras sem acrescentar: *jarnignié*,[119] ou em inglês *goddam*. É conversa para teatro dos bulevares."

O sr. de Charlus espantou-me muito ao citar os invertidos, "o amigo da atriz", que eu vira em Balbec e que era o chefe da pequena sociedade dos quatro amigos. "Mas então esta atriz?" "Ela lhe serve de cata-vento, e aliás ele tem relações com ela, mais talvez do que com homens, com os quais não tem mais." "Ele as tem com os três outros?" "De jeito nenhum! São amigos não por isso! Dois são inteiramente por mulheres. Um é, mas não é certo para seu amigo, de qualquer forma se escondem um do outro. O que o surpreenderá é que as reputações imerecidas são as mais firmes aos olhos do público. Você mesmo, Brichot, que poria a mão no fogo pela virtude deste ou daquele sujeito que vem aqui e cuja pinta é bem conhecida pelos que estão a par dos fatos, você acreditará, como toda gente, no que dizem de certo homem em evidência que encarna para o público esse pendor, quando a verdade é que ele nunca pecou por isso. Aliás, não sei se, conforme as vantagens oferecidas, não se veria o número dos santinhos diminuir até zero. Como quer que seja, a porcentagem dos santos, se você vê santidade nisso, costuma ser de três ou quatro em dez." Se Brichot transpusera para o sexo masculino a questão das más reputações, por minha vez e inversamente era para o sexo feminino e pensando em Albertine que eu referia as palavras do sr. de Charlus. Sentia-me apavorado com a estatística, mesmo levando em conta que ele devia engrossar os algarismos ao sabor do que desejava, e outrossim de acordo com as informações de criaturas mexeriqueiras, talvez mentirosas, em todo caso enganadas pelo próprio desejo que, juntando-se ao do sr. de Charlus, falseava sem dúvida os cálculos do barão. "Três em dez!", exclamou Brichot. "Invertendo a proporção, eu teria ainda que multiplicar por cem o

119 *Jarnignié:* corruptela de "Je renie Dieu" ("Renego a Deus"). (N. dos T.)

número dos culpados. Se isso é o que o senhor diz, barão, e não há engano de sua parte, confessemos então que o senhor é desses raros videntes de uma verdade que ninguém suspeitava em torno deles. Foi assim que Barrès fez, a respeito da corrupção parlamentar, descobertas que foram verificadas posteriormente, como aconteceu com a existência do planeta de Leverrier.[120] A senhora Verdurin citaria de preferência homens cujos nomes prefiro calar e que descobriram no Departamento de Informações, no Estado-Maior, atividades inspiradas, creio eu, por um zelo patriótico, mas que enfim eu não imaginava. Sobre a maçonaria, a espionagem alemã, a morfinomania, Léon Daudet escreve diariamente um prodigioso conto de fadas que é a realidade sem tirar nem pôr. Três em dez!", repetiu Brichot estupefato.[121] Cumpre dizer que o sr. de Charlus tachava de invertidos a grande maioria de seus contemporâneos, excetuando todavia os homens com quem ele tivera relações e cujo caso, por pouco que a elas se houvesse

120 Em seu livro intitulado *Leurs figures* (1922), terceiro livro do ciclo *Le roman de l'énergie nationale*, o escritor Maurice Barrès denuncia a "prostituição parlamentar", ou seja, casos de corrupção parlamentar no final do século XIX, como o escândalo do Panamá. Brichot associa as "descobertas" de Barrès à descoberta da presença de Netuno por Urbain Leverrier, em 1846. (N. do R. T.)

121 De perfil abertamente nacionalista e antissemita, Léon Daudet, junto de Barrès, é outro dos fundadores do jornal de extrema direita, *L'Action Française*. O próprio editor dos artigos de Daudet para esse jornal também vê neles "tantas previsões que uma a uma o futuro verifica". Em um de seus artigos, Daudet cita a morfinomania, que "destrói o meio médico", entre os traços do "quadro verídico da decomposição, pelo regime republicano, dos grandes corpos que foi a Faculdade de Medicina de Paris" (cf. *Une campagne d'action française*. Paris: Nouvelle Librairie Nationale, 1910). Ali, ele chama Dreyfus de "incontestável traidor judeu". Daudet também tratou do tema do vício da morfina no romance *La lutte (Roman d'une guérison)*, de 1907. Já no livro intitulado *O pré-guerra. Estudos e documentos sobre a espionagem judeo-alemã na França após o Caso Dreyfus* (escrito em 1913 e publicado em 1918), Daudet analisa a invasão judeo-alemã no comércio e na indústria francesas, invasão "feita com método, segundo um plano nitidamente definido", que só aumenta com a eclosão do "Caso Dreyfus" e precede a Primeira Guerra Mundial, já prevendo a possibilidade de sabotar a França. (N. do R. T.)

misturado alguma coisa de romanesco, lhe parecia mais complexo. É assim que certos libertinos, que não acreditam na honra das mulheres, atribuem alguma virtude a determinada senhora que foi sua amante e a respeito da qual protestam sinceramente e com ar misterioso: "Você está enganado, não é uma leviana". Essa estima inesperada lhes é ditada em parte pelo amor-próprio, para o qual é mais lisonjeiro que tais favores tenham sido feitos a eles somente, em parte pela ingenuidade que lhes faz acreditar facilmente em tudo o que a amante lhes quis impingir, em parte por aquele sentimento da vida que faz com que, desde que nos aproximamos das criaturas, das existências, as etiquetas e compartimentos preparados de antemão pareçam simples demais. "Três em dez! Tome cuidado, barão; menos feliz que os historiadores que o futuro ratificará, se o senhor quisesse apresentar à posterioridade o quadro que está expondo, ela poderia achar ruim a coisa. Pois a posterioridade só julga baseada em documentos e haveria de querer tomar conhecimento dos seus. Ora, não havendo nenhum documento para autenticar esse gênero de fenômenos coletivos, que as únicas pessoas informadas a respeito têm o maior interesse em deixar na sombra, haveria grande indignação entre as almas generosas e o senhor passaria muito simplesmente por um caluniador ou por um louco. Depois de ter, no concurso das elegâncias, obtido o máximo e o principado neste mundo, conheceria as tristezas de uma proscrição de além-túmulo. Não vale a pena, como diz, Deus me perdoe!, o nosso Bossuet." "Eu não trabalho para a história", respondeu o sr. de Charlus, "a vida me parece bastante, ela já é muito suficientemente interessante, como o dizia o pobre Swann." "Como? O senhor conheceu Swann, barão, mas eu não sabia! Ele também era dado a isso?", perguntou Brichot com ar inquieto. "Mas que grosseirão! Você pensa que só conheço pessoas assim. Não, não creio", disse Charlus de olhos baixos e procurando pesar o pró e o contra. E pensando que, visto tratar-se de Swann, cujas tendências tão opostas sempre foram conhecidas, uma meia confissão não podia ser senão inofensiva para aquele a quem ela visava e lisonjeira para quem a deixava escapar numa insinuação: "Não digo que em outros tempos no colégio, uma vez por acaso", disse o barão como sem querer e como se pensasse alto, e logo se emendando: "Mas isso foi há duzentos anos, como querem vocês que eu me lembre, ora essa!", concluiu rindo. "Em todo caso ele não era lá muito bonito!", disse Brichot, que, sendo horroroso, imaginava e achava facilmente que os outros eram feios. "Ora, cale a boca", disse o barão, "você não sabe o que diz, naquele tempo ele tinha uma tez de pêssego e" (acrescentou pronunciando cada sílaba num tom diferente) "era bonito como os amores. Aliás nunca deixou de ser encantador. Foi loucamente amado pelas mulheres." "E o senhor conheceu a dele?" "Mas se foi por meu intermédio que ele a conheceu! Ela me parecera encantadora no seu semitravesti uma noite em que representava o papel de Miss Sacripant; eu estava com uns companheiros de clube e tínhamos todos voltado para casa com uma mulher e, embora o meu corpo só pedisse um bom sono, afirmaram as más línguas, pois o mundo é de uma maldade!, que eu dormira com Odette. Ela aproveitou-se disso para andar me procurando, e eu tratei de me descartar da amolação apresentando-a a Swann. Daquele dia em diante ela não me largou mais, pois não sabia uma palavra de ortografia e era eu que escrevia as cartas dela. E fui eu depois o encarregado de passear com ela. Aí está, meu filho, o que acontece a quem tem uma boa reputação, está vendo? Aliás eu só a merecia em parte. Ela me obrigava a lhe arranjar farras tremendas em comum com cinco e seis pessoas." E os amantes sucessivos de Odette (andara ela com este, depois com aquele, e nenhum desses casos fora descoberto pelo pobre Swann, enceguecido alternativamente pelo ciúme e pelo amor, calculando as probabilidades e acreditando nos juramentos mais afirmativos do que uma contradição que escapa à culpada, contradição bem mais difícil de notar, e no entanto bem mais significativa, e da qual o ciumento poderia prevalecer-se, mais logicamente do que de informações que ele finge ter recebido para inquietar a amante), esses amantes, o sr. de

Charlus pôs-se a enumerá-los com tanta certeza como se recitasse a lista dos reis de França. E com efeito o ciumento está, como os contemporâneos, perto demais, e é para os estranhos que a comicidade dos adultérios toma a precisão da história e se alonga em listas aliás indiferentes e que só se tornam tristes para outro ciumento, eu por exemplo, o qual não pode deixar de comparar o seu caso com o caso comentado e fica a pensar se para a mulher de quem ele duvida não existe também uma lista tão ilustre quanto aquela. Mas ele não pode vir a saber de nada, arma-se contra o coitado uma espécie de conspiração universal, judiação em que todos participam cruelmente e que consiste, enquanto a amiga passa de um para outro, em manter os olhos do infeliz cobertos por uma venda que ele tenta incessantemente arrancar sem o conseguir, pois ninguém dá um passo para livrá-lo daquela cegueira, os bons por bondade, os maus por maldade, os grosseiros por amor às caçoadas de mau gosto, os bem-educados por delicadeza e cortesia, e todos por uma dessas convenções a que chamam princípio. "Mas Swann soube algum dia que o senhor recebera favores dela?" "Ah, não, que horror! Contar isto a Charles, imagine! E de fazer arrepiar os cabelos. Mas meu caro, ele me teria matado sem mais aquela, era ciumento como um tigre. Como também nunca eu disse a Odette, a quem aliás pouco se lhe dava, que... ora, não me faça dizer tolices. E o melhor de tudo é que foi ela que lhe deu uns tiros que quase me atingiram. Ah!, passei bons pedaços com aquele casal; e naturalmente fui eu que tive de ser padrinho dele no duelo com D'Osmond, que nunca mais me perdoou. D'Osmond tinha raptado Odette, e Swann, para se consolar, tomara por amante, ou suposta amante, a irmã de Odette. Enfim, não me faça contar toda a história de Swann, levaríamos dez anos nisso, você compreende, conheço o caso como ninguém. Era eu que saía com Odette quando ela não queria avistar-se com Charles. Aquilo me aborrecia, tanto mais que eu tenho um parente muito chegado que usa o nome de Crécy, sem ter naturalmente direito a isso, mas a quem em todo caso a coisa não agradava. Pois ela se fazia chamar Odette de Crécy, o que lhe era perfeitamente lícito, como separada de um Crécy de quem era esposa, muito autêntico este, um senhor muito distinto que ela arruinara até o último cêntimo. Mas para que falar desse Crécy a você? Eu vi você com ele no trenzinho de Balbec, você lhe oferecia jantares lá. O coitado devia andar necessitado disso, pois vivia de uma pequena mesada que lhe dava Swann; desconfio muito que, depois da morte de meu amigo, aquela renda não lhe tenha mais sido paga. O que eu não compreendo", disse-me o sr. de Charlus, "é que você, que esteve tantas vezes em casa de Charles, não tenha querido ainda há pouco que eu o apresentasse à rainha de Nápoles. Em suma, vejo que você não se interessa pelas *pessoas* como curiosidades, o que sempre me surpreendeu da parte de alguém que conheceu Swann, em quem esse gênero de interesse era tão desenvolvido que não se pode dizer qual de nós dois iniciou o outro em tal matéria. Surpreende-me tanto quanto ver alguém que conheceu Whistler e não sabe o que é bom gosto. Mas era sobretudo a Morel que importava conhecê-la, e ele desejava-o de todo o coração, pois é inteligentíssimo. É pena que ela tenha ido embora. Mas enfim promoverei o encontro um dia destes. É indispensável que ele a conheça. O único obstáculo possível seria se ela morresse amanhã. Ora, é de esperar que tal não aconteça." De repente Brichot, que ficara como siderado pela proporção de "três em dez" revelada pelo sr. de Charlus, Brichot, que não cessara de persistir na sua ideia com uma rudeza que lembrava a de um juiz que quer forçar um acusado à confissão, mas que em realidade era o resultado do desejo que tinha o professor de parecer perspicaz e da perturbação que sentia ao lançar acusação tão grave: "Ski não é dos tais?", perguntou ao sr. de Charlus com ar carrancudo. Para fazer admirar os seus pretensos dons de intuição escolhera Ski, considerando que, se havia apenas três inocentes em dez, pouco se arriscava a errar ao nomear Ski, que lhe parecia um pouco estranho, sofria de insônias, se perfumava, enfim estava fora do normal. *"Absolutamente!"*, exclamou o barão com ironia amarga, dogmática e exasperada. "O que você está dizendo é tão errado, tão absurdo, Ski só é para as pessoas que nada entendem disso; se o fosse, não pareceria tanto sê-lo, seja dito sem nenhuma intenção de crítica, pois ele tem muito *charme* e até acho nele qualquer coisa de extremamente cativante." "Cite-nos então alguns nomes", tornou Brichot com insistência. O sr. de Charlus empertigou-se e tomando um ar arrogante: "Ah!, meu caro, você sabe que eu vivo no abstrato, tudo isso não me interessa senão de um ponto de vista transcendental", respondeu com a suscetibilidade suspicaz particular aos homens como ele, e a afetação de grandiloquência que lhe caracterizava a conversação. "A mim, compreende, só interessam as generalidades, falo-lhe disso como de lei da gravidade." Mas esses momentos de reação impaciente em que o barão procurava esconder sua verdadeira vida duravam bem pouco a par das horas de progressão contínua em que a fazia adivinhar, a exibia com uma complacência irritante, porquanto a necessidade da confidência era nele mais forte do que o receio da divulgação. "O que eu queria dizer", continuou, "é que para cada reputação imerecida há uma centena de boas que não o são menos. Evidentemente o número dos que não as merecem varia conforme você se baseie nas palavras dos que são como eles ou nas dos outros. É verdade que se a maldade destes últimos é limitada pela dificuldade demasiada que teriam em acreditar num vício tão horrível para eles quanto o roubo ou o assassinato praticado por pessoas cuja delicadeza e bondade lhes são bem conhecidas, a maldade dos primeiros é exageradamente estimulada pelo desejo de supor, como direi?, acessíveis, homens do seu agrado, devido a informações que lhes deram outros enganados por igual desejo, enfim devido à distância mesma em que são geralmente mantidos. De uma feita um sujeito muito malvisto por esse motivo me disse desconfiar que certo homem da boa sociedade era dado ao vício. E sua única razão para pensar assim era que o tal homem tinha sido amável para com ele! São outras tantas razões de *otimismo*", disse ingenuamente o barão, "no cômputo da quantidade. Mas a verdadeira razão da enorme distância existente entre o número calculado pelos profanos e o calculado pelos iniciados resulta do ministério de que estes cercam os seus atos, a fim de os ocultar dos não iniciados, os quais, desprovidos de qualquer meio de informação, ficariam literalmente estupefactos se soubessem sequer um quarto da verdade." "Então em nossa época é como no tempo dos gregos?", perguntou Brichot. "Como no tempo dos gregos? Você imagina que a coisa não continuou de então para cá. Lembre-se, porém, no reinado de Luís XIV, do pequeno Vermandois, de Molière, do príncipe Luís de Baden, de Brunswick, de Charolais, de Boufflers, do Grande Condé, do duque de Brissac."[122] "Um momento, eu sabia de Felipe, irmão do rei, eu sabia de Brissac por Saint-Simon, de Vendôme naturalmente e aliás de muitos outros, mas o peste do Saint-Simon fala amiúde do Grande Condé e do príncipe Luís de Baden e sem nunca mencionar o fato." "É realmente deplorável que eu deva ensinar história a um professor da Sorbonne. Mas, caro mestre, você é ignorante como uma toupeira." "O senhor é duro, barão, mas tem toda a razão. E olhe, vou dar-lhe um prazer, estou me lembrando agora de uma canção da época feita em latim macarrônico sobre certa tempestade que surpreendeu o Grande Condé quando ele descia o Ródano em companhia de um amigo, o marquês da La Moussaye. Diz Condé:

Carus Amicus Mussoeus,
Ah! Deus bonus quod tempus
Landerirette
Imbre sumus perituri.

E La Moussaye tranquiliza-o dizendo-lhe:

Securae sunt nostrae vitae,
Sumus enim Sodomitae

122 A fonte das especulações do barão sobre a homossexualidade no Antigo Regime francês são as *Memórias* do duque de Saint-Simon e a correspondência de "Madame", mencionada logo a seguir. (N. do R. T.)

Igne tantum perituri
Landeriri."[123]

"Retiro o que disse", falou Charlus com voz aguda e afetada, "você é um poço de ciência, escreva isso para mim, quero guardá-los nos meus arquivos de família, pois minha bisavó em terceiro grau era irmã de Sua Alteza o príncipe." "Sim, mas, barão, sobre o príncipe Luís de Baden não li nada. Aliás, naquela época, creio que em geral a arte militar..." "Bobagem! Vendôme, Villars, o príncipe Eugênio, o príncipe de Conti, e se eu lhe citasse todos os heróis de Tonquim, de Marrocos, e falo dos realmente sublimes e tementes a Deus e 'nova geração', causar-lhe-ia grande espanto.[124] Ah!, muito teria eu que ensinar aos que fazem inquéritos sobre a nova geração descartada das vãs complicações de seus antepassados, diz o senhor Bourget![125] Tenho um amigui-

123 "Caro amigo La Moussaye,/ Ah! Deus louvado, que tempo!/ Landerirette,/ Desta chuva morreremos. A salvo estão nossas vidas,/ Somos ambos sodomitas,/ No fogo pereceremos, Landeriri." (Tradução de Manuel Bandeira).

124 Charlus acredita poder comparar nomes heroicos do Antigo Regime a nomes das tropas francesas que desembarcaram em Tonquim (no norte do Vietnã) e no Marrocos, no final do século XIX e no início do XX. (N. do R. T.)

125 O sr. de Charlus acredita ter mais a ensinar às novas gerações do que esse membro da Academia Francesa que é Paul Bourget. Como fizera com poemas de Musset e versos de Racine, o barão adapta obras literárias a sua paixão homoerótica. Nesse trecho o barão pode estar se referindo a mais de um livro de Bourget. Em *O discípulo* (*Le disciple*, 1889), por exemplo, um narrador, que caminha "na direção dos 40 anos", dedica seu livro "a um rapaz" que teria "mais de 18 e menos de 25 anos". No livro, um grande sábio, o sr. Adrien Sixte, encontra um "jovem discípulo" de "belos olhos negros vivos e móveis que iluminam um rosto um pouco pálido"; tal jovem o impressiona pela "precariedade realmente extraordinária de sua erudição e raciocínio"; ele será, entretanto, acusado de um assassinato e o mestre acaba envolvido na investigação por ter "destruído o sentido moral do rapaz", já que uma das propostas de suas obras é a de "multiplicar ao máximo as experiências psicológicas". Calcado na leitura dessas obras, o jovem de "sexualidade mórbida" executa um projeto parecido ao de Morel: seduzir uma jovem, abusando do vivo interesse que ela demonstra por ele; o jogo psicológico a conduzirá ao suicídio. Assim como Brichot, após o inci-

nho nessa geração, de quem falam muito, que fez coisas admiráveis, mas enfim não quero ser mau, voltemos ao século XVII, você sabe que Saint-Simon disse do marechal d'Huxelles — entre tantos outros: 'Voluptuoso em depravações gregas que não tomava o trabalho de esconder, atraía jovens oficiais que ajeitava, além de jovens criados de boa estampa, e isto sem disfarce, no exército e em Strasburgo'. Você terá lido provavelmente as cartas de Madame, homens não chamavam senão *Puttana*.[126] Ela fala disso muito claramente. E tinha no marido uma boa fonte de informações. Que personagem interessante essa mulher!", disse o sr. de Charlus. "Poderia servir-nos de modelo *ne varietur*, para a síntese lírica da 'Mulher de uma Tia'.[127] Em primeiro lugar machona; geralmente a mulher de um veado é um homem, o que lhe torna tão fácil fazer-lhe filhos. Segundo, Madame não fala dos vícios de Monsieur, mas fala a todo instante desse mesmo vício nos outros como mulher bem-informada e por esse vezo que temos de descobrir com prazer nas famílias dos outros as mesmas taras de que sofremos na nossa, para provar a nós mesmos que isso nada tem de excepcional nem de desonroso. Dizia-lhe eu que foi sempre assim em todos os tempos. No entanto o nosso se distingue muito especialmente a esse aspecto. E, apesar dos exemplos que fui buscar ao século XVII, se meu antepassado François C. de La Rochefoucauld vivesse em nossa época, poderia falar dela com mais razão

---

dente, o mestre passa a pensar no "problema moral que colocava tal crime". Já na *Fisiologia do amor moderno* (*Physiologie de l'amour moderne*, 1890), o narrador comenta, a certa altura, uma lista que relaciona porcentagens de defloramento de jovens virgens e a profissão dos defloradores: lembre-se de que Charlus quer acrescentar novos dados de suas pesquisas pessoais... O livro de Bourget traz ainda a proposta de diálogos sobre o amor em um ambiente similar a esse do final da "*soirée* musical" dos Verdurin: também "à noite, voltando de uma *soirée*". (N. do R. T.)

126 Madame era a esposa de Monsieur, o irmão do rei. (N. dos T.)

127 No original está "une tante", que no *argot* tem sentido homossexual. Balzac já escrevera: "Enfants, on les appelle *memes* ou *gosselins;* adolescents, ce sont des *cousines;* plus âgés, ce sont des *tantes*". (N. dos T.)

ainda que da sua; vejamos, Brichot, ajude-me: 'Os vícios são de todos os tempos, mas se certas pessoas que toda gente conhece tivessem vivido nos primeiros séculos, falar-se-ia hoje das prostituições de Heliogábalo?'. Gosto muito desse *que toda gente conhece.* Vejo que meu sagaz parente conhecia os podres dos seus contemporâneos mais célebres como eu conheço os dos meus. Mas homens dessa espécie, não só os há em maior número atualmente, como eles têm também agora qualquer coisa particular."[128] Vi que o sr. de Charlus ia dizer-nos de que modo esses hábitos tinham evoluído. E, em nenhum momento, enquanto Brichot falava, a imagem mais ou menos consciente de meu lar, onde me esperava Albertine, imagem associada ao motivo acariciante e íntimo de Vinteuil, esteve ausente de mim. Voltava com freqüência a Albertine, do mesmo modo que seria necessário voltar de fato para junto dela mais tarde, como para uma espécie de grilhão, ao qual estava, de algum modo, atado, que me impedia de deixar Paris e que, naquele momento, enquanto do salão Verdurin passava a evocar meu lar, me fazia senti-lo, não como um espaço vazio, exaltante para a personalidade e um pouco triste, mas como um espaço preenchido – igual ao hotel de Balbec certa noite – por aquela presença que não ia se mover dali, que lá durava para mim, e que no momento em que desejasse, estava certo de voltar a encontrar.[129] Na insistência com que o sr. de Charlus vol-

128 Charlus cita trecho de um texto de um "parente" ilustre, o duque de La Rochefoucauld, publicado postumamente no conjunto de dezenove *Réflexions diverses.* O trecho citado por Charlus são as linhas conclusivas de uma reflexão sobre "o século presente": "Se o século presente não deixou de produzir tantos acontecimentos extraordinários quanto os dos séculos passados, há de se convir provavelmente que ele tem a infeliz vantagem de os ultrapassar no excesso dos crimes". Charlus não cita nem o trecho inicial, nem o trecho final da conclusão de La Rochefoucauld, que é a seguinte: "Os vícios são de todos os tempos; os homens nasceram com a cobiça, a crueldade e a devassidão; mas se pessoas que todos conhecem tivessem aparecido nos primeiros séculos, será que falaríamos atualmente das prostituições de Heliógrabo, da fé dos gregos, e das bebidas e do parricídio de Medea?". (N. do R. T.)
129 Trecho ausente da tradução de Manuel Bandeira e Lourdes de Alencar, mas

tava sempre ao assunto — para o qual aliás a sua inteligência, sempre exercida no mesmo sentido, possuía uma certa penetração havia alguma coisa de muito complexamente desagradável. Era então cacete como um sábio que nada vê fora de sua especialidade, irritante como alguém bem informado e envaidecido com os segredos que conhece e tem um desejo louco de divulgar, antipático como os que, quando se trata dos próprios defeitos, se espraiam sem perceber que desagradam, obcecado como um maníaco e irresistivelmente imprudente como um culpado. Essas características que, em certos momentos, se tornavam impressionantes como as que assinalam um louco ou um criminoso, davam-me aliás certo alívio. Pois sujeitando-as à transposição necessária para delas poder tirar deduções relativas a Albertine, e lembrando-me da atitude desta com Saint-Loup, e comigo, concluía eu que, por mais penoso que fosse para mim umas dessas recordações e melancólica a outra, pareciam elas excluir o gênero de deformação tão acusada, de especialização forçosamente exclusiva, segundo parecia, que ressumava com tanta força da conversação e da pessoa do sr. de Charlus. Mas este, infelizmente, não tardou em destruir esses motivos de esperança, da mesma maneira por que os tinha me fornecido, isto é, sem o saber. "Sim", disse ele, "não tenho mais vinte e cinco anos e já vi mudar muita coisa ao redor de mim, não reconheço mais nem a sociedade, onde as barreiras foram rompidas, onde uma turba sem elegância e sem decência dança o tango até na minha família, nem as modas, nem a política, nem as artes, nem a religião, nem nada. Confesso, porém, que o que mais mudou foi o que os alemães chamam a homossexualidade. Meu Deus, no meu tempo, deixando de parte os homens que detestavam as mulheres, e os que, gostando só delas, não faziam a outra coisa senão por interesse, os homossexuais eram bons pais de família e só tinham amantes para disfarçar. Se eu tivesse uma filha casadoura, seria no meio

---

presente na última edição da Bibliothèque de la Pléiade. (N. do R. T.)

deles que iria procurar genro, para ter a certeza de que ela não seria infeliz. Infelizmente tudo está mudado. Agora eles se recrutam também entre os homens mais doidos pelas mulheres. Eu pensava ter um certo faro, e quando dizia 'este não', julgava não poder enganar-me. Pois bem, desisto de acertar. Um de meus amigos, muito conhecido como tal, tinha um cocheiro que minha cunhada Oriane lhe arranjara, um rapaz de Combray, que exercera um pouco todos os ofícios, mas sobretudo o de fornicar com mulheres, e que eu teria jurado ser o mais hostil possível àquelas coisas. Ele fazia a infelicidade da amante enganando-a com duas mulheres que adorava, sem contar as outras, uma atriz e uma caixeira de cervejaria. Meu primo, o príncipe de Guermantes, que tem aquela inteligência irritante das pessoas que acreditam em tudo com demasiada facilidade, disse-me um dia: 'Mas por que é que o X... não se atira ao cocheiro? Quem sabe se não daria prazer a Théodore' (é nome do cocheiro) 'e se este não está mesmo muito aborrecido de ver que o patrão não faz isso?'. Não pude deixar de impor silêncio a Gilbert; eu estava irritado não só por aquela pretensa perspicácia que, quando exercida indistintamente, é uma falta de perspicácia, mas também pela malícia evidente de meu primo, cuja vontade era que o nosso amigo X... se arriscasse, e caso a coisa fosse praticável, entrar ele depois com o seu jogo." "O príncipe de Guermantes é também dado a isso?", perguntou Brichot com uma mistura de espanto e mal-estar. "Ora", respondeu o sr. de Charlus encantado, "é um fato tão notório que não receio ser indiscreto dizendo-lhe que sim. Pois bem!, no ano seguinte fui a Balbec e lá soube por um marinheiro que me levava às vezes à pesca que o nosso Théodore, de quem, entre parênteses, é irmã a arrumadeira de uma amiga da sra. Verdurin, a baronesa Putbus, costumava ir ao cais procurar ora um, ora outro marinheiro, com um topete diabólico, para dar um passeio de bote etcétera e tal." Chegou então a minha vez de perguntar se o sr. Verdurin, no qual eu reconhecera o senhor que em Balbec passava o dia inteiro jogando cartas com a amante, e que chefiava a pequena sociedade dos quatro amigos, era como o príncipe de Guermantes. “Mas, meu caro, todo mundo sabe disso, nem ele esconde de ninguém.” “Mas ele estava com a amante!” “E o que tem isso? Como estas crianças são ingênuas!”, disse-me num tom paternal, sem desconfiar do sofrimento que eu extraía de suas palavras pensando em Albertine. “A amante é encantadora.” “Mas então os três amigos são como ele?” “Não, absolutamente”, exclamou tapando os ouvidos como se eu, tocando um instrumento, tivesse desafinado. “Agora você caiu no extremo oposto. Então não há mais o direito de se ter amigos? Oh, a mocidade!, ela confunde tudo. Você precisa refazer a sua educação, meu filho. Ora”, continuou ele, “confesso que esse caso, e conheço muitos outros, por mais que eu procure manter o meu espírito aberto a todas as ousadias, me desconcerta. Sou muito *vieux jeu*, mas não compreendo”, disse no tom de um velho galicano que comentasse certas formas de ultramontanismo, ou de um realista liberal que falasse da Ação Francesa, ou de um discípulo de Claude Monet que se referisse aos cubistas. “Não censuro esses inovadores, ao contrário invejo-os, procuro compreendê-los, mas não consigo. Se gostam tanto de mulher por que, e principalmente nesse mundo operário onde a coisa é malvista, onde eles vão se esconder por amor-próprio, por que precisam do que eles chamam um *môme*? É que isso representa para eles outra coisa. O quê?” “Que é que a mulher pode representar de diferente para Albertine?”, pensei comigo, e esse era o motivo do meu sofrimento. “Decididamente, barão”, disse Brichot, “se algum dia o Conselho das Faculdades propuser a criação de uma cadeira de homossexualidade, indica-lo-ei em primeiro lugar. Ou melhor, um instituto de psicofisiologia especial lhe conviria mais. E vejo-o sobretudo provido numa cátedra do Collège de France, que lhe permitirá entregar-se a estudos pessoais, cujos resultados você revelaria como faz o professor de tâmul ou de sânscrito perante o pequeníssimo número de pessoas a quem isso interessa. Teria o senhor dois ouvintes, mais o bedel, seja dito sem intenção de lançar a mais leve dúvida sobre o nosso corpo de bedéis, que julgo acima de qualquer suspeita." "Você nada sabe a tal respeito", replicou o barão em tom duro e categórico. "Aliás se engana ao pensar que isso interessa a tão pouca gente. É exatamente o contrário." E sem perceber a contradição que havia entre o rumo que tomava invariavelmente a sua conversa e a censura que ia dirigir aos outros: "Pelo contrário, é impressionante", disse a Brichot com ar escandalizado e contrito, "não se fala mais noutra coisa. É uma vergonha, mas é como lhe digo, meu caro! Parece que anteontem, em casa da duquesa d'Ayen, não houve outro assunto durante duas horas; imagine se agora as mulheres começam a falar disso, será um verdadeiro escândalo! O mais ignóbil é que elas são informadas", acrescentou com um ardor e uma energia extraordinária, "por uns pestes, uns sujos como o pequeno Chatellerault, de quem há mais o que dizer do que de qualquer outro, e que lhes contam as histórias dos outros. Já me preveniram que ele diz horrores de mim, mas não faço caso, acho que a lama e as imundícies lançadas por um indivíduo que escapou de ser expulso do Jockey por ter marcado um baralho só pode recair sobre ele mesmo. Sei que se eu fosse Jane d'Ayen respeitaria bastante o meu salão para não permitir que discutissem nele tais assuntos, ou que enxovalhassem em minha casa os meus próprios parentes. Mas já não há sociedade, nem regras, nem conveniências, tanto para a conversação como para a maneira de vestir. Ah!, meu caro, é o fim do mundo. Toda gente ficou tão má. Cada qual que corte mais na pele dos outros. É um horror".

Covarde como já era na minha infância em Combray, quando fugia para não ver oferecerem conhaque a meu avô, e os esforços inúteis de minha avó suplicando-lhe que não bebesse, eu só tinha uma ideia: sair dali antes que se realizasse a execução de Charlus. "Tenho de ir", disse a Brichot. "Eu vou com você", disse-me ele, "mas não podemos sair sem nos despedirmos da senhora Verdurin", concluiu o professor, que se dirigiu para o salão com o ar de quem, nos jogos de sociedade, vai ver "se já se pode voltar".

Enquanto conversávamos, o sr. Verdurin, a um sinal da mulher, afastara-se com Morel. De resto, ainda que a sra. Verdurin, refletindo melhor, viesse a achar mais prudente adiar revelações a Morel, não o teria podido fazer. Desejos há que, circunscritos às vezes à boca, uma vez que os deixamos tomar corpo, exigem ser satisfeitos, quaisquer que sejam as consequências; não se pode resistir à tentação de beijar um ombro decotado que se esteve olhando mais demoradamente do que convinha e sobre o qual os lábios caem como a serpente sobre o passarinho, de abocanhar um doce com dentes fascinados pela fome, de renunciar ao espanto, ao desassossego, à aflição ou à alegria que se vai provocar numa alma com palavras imprevistas. Assim a sra. Verdurin, sequiosa de melodrama, ordenara ao marido que chamasse Morel à parte e, custasse o que custasse, falasse ao violinista. Este começara por lastimar que a rainha de Nápoles tivesse saído sem que ele lhe fosse apresentado. O sr. de Charlus tinha lhe repetido tantas vezes que ela era irmã da imperatriz Elizabeth e da duquesa de Alençon que a soberana tomara aos olhos de Morel uma importância extraordinária. Mas o Patrão lhe explicara que não era para falar da rainha de Nápoles que eles estavam ali e atacara o assunto: "Olhe", concluíra no fim de algum tempo, "olhe, se quer, vamos pedir conselho a minha mulher. Palavra de honra que não disse nada a ela. Vamos ver o que ela acha. Minha opinião talvez não seja a boa, mas você sabe quanto ela é criteriosa, e depois tem por você uma grande amizade, vamos submeter a causa a ela". E enquanto a sra. Verdurin esperava com impaciência as emoções que ia saborear quando falasse ao virtuose, e depois que este saísse, quando o marido lhe reproduzisse o diálogo trocado com o rapaz, e não cessava de repetir: "Mas que estarão eles fazendo?; espero ao menos que Gustave, durante esse tempo todo, tenha sabido industriá-lo convenientemente"; o sr. Verdurin voltara com Morel, que parecia muito emocionado: "Ele desejaria pedir-te um conselho", disse o sr. Verdurin à mulher, com ar de quem não sabe se seu pedido será atendido. Em vez de responder ao sr.

Verdurin, foi a Morel que, no fogo da paixão, se dirigiu a sra. Verdurin. "Sou inteiramente da mesma opinião que meu marido, acho que você não pode tolerar isto por mais tempo!", exclamou com violência, esquecendo como ficção fútil que ficara combinado com o marido que ela passasse por ignorar tudo quanto ele tivesse dito ao violinista. "Como? Tolerar o quê?", balbuciou o sr. Verdurin, que tentava fingir espanto e procurava, com uma falta de jeito que a sua perturbação explicava, defender a sua mentira. "Adivinhei o que lhe disseste", respondeu a sra. Verdurin, sem se atrapalhar com a maior ou menor verossimilhança da explicação, e pouco se incomodando com o que, ao se lembrar da cena, o violinista pudesse pensar da veracidade dela. "Não", continuou a sra. Verdurin, "acho que você não deve mais consentir nessa promiscuidade vergonhosa com um sujeito desmoralizado, que não é recebido em parte alguma", acrescentou ela, pouco se lhe dando que não fosse verdade e esquecendo que ela o recebia quase diariamente. "Todo mundo caçoa de você no Conservatório", acrescentou, sentindo que era o argumento mais forte, "mais um mês desta vida e o seu futuro artístico está liquidado, ao passo que, se não fosse o Charlus, você poderia ganhar mais de cem mil francos por ano." "Mas eu nunca soube de nada, estou estarrecido, fico-lhe muito grato", murmurou Morel com lágrimas nos olhos. Mas obrigado ao mesmo tempo a fingir espanto e a dissimular a vergonha, estava mais vermelho e suava mais do que se tivesse tocado todas as sonatas de Beethoven uma depois da outra e subiam-lhe aos olhos lágrimas que o mestre de Bonn certamente não lhe teria provocado. "Então você é o único que nunca soube de nada. Pois saiba que ele tem uma péssima reputação e contam dele coisas horríveis. Sei que a polícia anda de olho nele e é aliás o que lhe pode acontecer de melhor para não acabar como todos esses viciados acabam, assassinado por apaches", acrescentou, pois ao pensar em Charlus vinha-lhe à mente a lembrança da sra. de Duras e na raiva que a possuía, procurava agravar ainda mais os golpes que desfechava no pobre Charlie e vingar os que ela mesma recebera nessa noite. "De resto, mesmo materialmente, ele não lhe pode ser útil em nada, está inteiramente arruinado desde que se tornou vítima de tipos que o exploram, tudo o que é dele está hipotecado, casa, castelo etc." Morel acreditou facilmente nessa mentira, tanto mais que o sr. de Charlus gostava de tomá-lo por confidente de suas relações com apaches, raça pela qual um criado, por mais crapuloso que seja, professa um sentimento de horror igual ao seu apego às ideias bonapartistas.

No espírito matreiro de Morel já havia germinado uma combinação análoga ao que no século XVIII se chamou inversão das alianças. Decidido a não falar mais com o sr. de Charlus, voltaria, na noite seguinte, às boas com a sobrinha de Jupien, encarregando-se de ajeitar tudo. Infelizmente para ele esse projeto iria frustrar-se, pois nessa mesma noite o sr. de Charlus teve com Jupien um encontro, ao qual o antigo coleteiro não ousou faltar, apesar do acontecido. Como outras pessoas que veremos, interviessem no caso por obra de Morel, quando Jupien contou chorando ao barão as suas tristezas, este, não menos infeliz, declarou que adotava a pequena abandonada, que daria a ela um dos títulos de que dispunha, provavelmente o da srta. d'Oloron, que lhe proporcionaria um complemento perfeito de instrução e lhe arranjaria um casamento rico. Promessas que alegraram profundamente Jupien, mas deixaram a sobrinha indiferente, pois continuava gostando de Morel, que, por estupidez ou cinismo, entrou pilheriando na loja quando Jupien estava ausente. "Que significam", disse rindo, "estas olheiras? Mágoas de amor? Ora, os anos se sucedem e não se parecem. Afinal de contas temos o direito de experimentar um sapato, quanto mais uma mulher, e se não nos serve..." Só se zangou uma vez porque ela chorou, o que ele considerou uma covardia, um procedimento indigno. Nem sempre suportamos bem as lágrimas que provocamos.

Mas estamos antecipando demais, pois tudo isso só aconteceu depois da reunião Verdurin, que interrompemos e a que precisamos voltar no ponto em que estávamos. "Nunca eu teria desconfiado", suspirou Morel, respondendo à sra. Verdurin. "Naturalmente não lhe dizem isso cara a cara, o que não impede que não se fale de outra coisa no Conservatório", insistiu maldosamente a sra. Verdurin, querendo mostrar a Morel não se tratar unicamente do sr. de Charlus, mas dele também. "Acredito que você não saiba de nada; mas o fato é que todo mundo comenta sem cerimônia. Pergunte a Ski o que estavam dizendo outro dia no concerto de Chevillard a dois passos de nós quando você entrou no meu camarote.[130] Isto quer dizer que você já é apontado a dedo. A mim pouco se me dá, mas acho que isto cobre um homem de ridículo e ele se torna alvo de mofa para toda a vida." "Não sei como lhe agradecer", disse Charlie no tom com que o dizemos ao dentista que acaba de fazer-nos sofrer horrivelmente sem que lho tivéssemos manifestado, ou a uma testemunha demasiadamente sanguinária que nos forçou a um duelo por causa de uma palavra insignificante, alegando: "Você não pode engolir isto". "Acredito que você tenha caráter, que você seja homem", respondeu a sra. Verdurin, "e que saberá falar alto e bom som, embora ele diga a toda gente que você não se atreveria, que você está à mercê dele." Charlie, procurando uma dignidade de empréstimo para cobrir a sua em farrapos, encontrou na memória, por a ter lido ou ouvido dizer, e proclamou logo: "Não fui criado para aturar isto. Hoje mesmo cortarei relações com o senhor de Charlus. A rainha de Nápoles foi mesmo embora, não é verdade?... Porque senão, antes de romper com ele, eu teria pedido a ela..." "Não é preciso romper inteiramente com ele", disse a sra. Verdurin, desejosa de não desorganizar o pequeno clã. "Não há inconveniente em você se encontrar com ele aqui, na nossa rodinha, onde você é apreciado, onde ninguém falará mal de você. Mas exija a sua liberdade, e

130 Para impressionar Morel, a sra. Verdurin usa o nome de Camille Chevillard (1859-1923), maestro e diretor da sala de concertos Lamoureux, professor do Conservatório de Paris e diretor musical da Ópera. (N. do R. T.)

não se deixe arrastar por ele à casa de todas essas sirigaitas que só são amáveis quando estão com você; eu gostaria que você ouvisse o que elas dizem por detrás. De resto, não pense que perde nada, não somente você tira de si uma nódoa que lhe ficaria por toda a vida, como, do ponto de vista artístico, mesmo se não houvesse esta vergonhosa apresentação por Charlus, isso de você andar se barateando nesse meio de falso mundanismo lhe daria um ar que não é sério, uma reputação de amador, de artistazinho de salão, que é terrível na sua idade. Compreendo que para todas essas elegantes é muito cômodo retribuir gentilezas das amigas convidando você para tocar de graça, mas seria à custa do seu futuro de artista. Não digo que não vá à casa de uma ou duas. Você falava há pouco da rainha de Nápoles — que foi embora porque tinha que ir a outra recepção —, essa é uma boa pessoa e creio que faz pouco-caso de Charlus e, se veio, terá sido principalmente por minha causa. Eu sei que ela tinha vontade de nos conhecer, ao senhor Verdurin e a mim. Em casa dela está bem que você vá tocar. E depois, levado por mim, que os artistas conhecem, com quem sempre foram muito amáveis, a quem consideram um pouco como um dos seus, como a sua Patroa, é inteiramente diferente. Mas sobretudo fuja da casa da senhora de Duras como do fogo! Não caia nessa! Conheço artistas que vieram me fazer confidências sobre ela. Sabem que podem confiar em mim", disse no tom afável e simples que sabia tomar de repente, dando às feições um ar de modéstia, aos olhos um feitiço apropriado, "e vêm com toda a naturalidade me contar os seus casozinhos; mesmo os que têm fama de mais silenciosos, conversam às vezes horas a fio comigo; você não imagina como são interessantes. O pobre Chabrier costumava dizer: 'Não há como a senhora Verdurin para fazê-los falar'.[131] Pois quer saber de uma coisa? A todos, mas a todos sem exceção, vi-os chorar por terem tocado em casa da senhora de Duras. Não era só

131 A sra. Verdurin é íntima do compositor Emmanuel Chabrier (1841-1894), autor de composições vocais e de obras para piano e orquestra. (N. do R. T.)

pelas humilhações que recebiam dos criados por ordem e para divertimento dela, era também porque depois não podiam arranjar contrato em parte alguma. Os diretores diziam: 'Ah! já sei, é um que toca em casa da senhora de Duras'. E estava acabado. Não há nada como isso para cortar a carreira de um artista. Olhe, com essa gente todo cunho de seriedade desaparece, pode você ter o maior talento do mundo, basta uma senhora de Duras, é triste dizê-lo, para lhe dar a reputação de um amador. E para os artistas, você compreende que eu os conheço bem, há quarenta anos que os frequento, que os lanço, que me interesso por eles, pois bem!, para eles, quando dizem de alguém que é um amador, não precisam acrescentar mais nada. E na realidade já começavam a dizer isso de você. Quantas vezes não me vi obrigada a protestar, a afiançar que você não tocaria neste ou naquele salão ridículo! Sabe o que me respondiam? Mas ele será forçado, Charlus nem o consultará, não lhe pede a opinião. Alguém julgou que iria causar prazer ao barão dizendo-lhe: 'Tenho grande admiração pelo seu amigo Morel'. Sabe o que ele respondeu com aquele ar insolente que você conhece: 'Amigo? Como quer você que ele seja meu amigo, se não somos da mesma classe? Diga que ele é minha criatura, meu protegido'." Nesse momento agitava-se sobre a fronte abaulada da Deusa musicista a única coisa que certas pessoas não podem guardar para si, uma palavra que é não somente abjeto, mas imprudente repetir. A necessidade de repeti-la é porém mais forte do que a honra, mais forte do que a prudência. Foi a essa necessidade que cedeu a sra. Verdurin depois de alguns movimentos convulsivos da fronte esférica e pesarosa: "Contaram mesmo a meu marido que ele teria dito: meu criado; mas isso eu não posso garantir", acrescentou. Igual necessidade compelira o sr. de Charlus, pouco depois de ter jurado a Morel que ninguém saberia nunca de que meio esse saíra, ao dizer à sra. Verdurin: "É filho de um criado". Igual necessidade, agora que a palavra fora pronunciada, fa-la-ia circular de pessoa em pessoa, que a passariam adiante pedindo reserva, o que seria prometido e não observado, como elas mesmas haviam feito. Essas palavras acabariam, como no jogo do anel, voltando à sra. Verdurin, malquistando-a com o interessado, quando este afinal descobrisse de onde partira a indiscrição. Ela sabia disto mas não podia reter a palavra que trazia na ponta da língua. "Criado" não podia aliás deixar de ofender Morel. No entanto ela disse "criado", e se acrescentou que não podia garantir foi para parecer estar certa do resto, graças a essa ressalva, e ao mesmo tempo para mostrar imparcialidade. Imparcialidade que a ela mesma comoveu de tal maneira, que começou a falar carinhosamente a Charlie: "Olhe, não é vontade de criticar o barão; se ele o arrasta para um abismo, não é culpa dele, porque é o abismo em que ele próprio rola; em que ele próprio rola", repetiu bem alto, maravilhada pela justeza da imagem, saída tão rápida que só agora a sua atenção a alcançava e tratava de lhe dar realce. "Não, o que critico nele", disse num tom carinhoso — como uma mulher enlevada com o seu triunfo —, "é a indelicadeza para com você. Há coisas que não se dizem a toda gente. Assim, ainda há pouco, ele apostou que ia fazê-lo corar de alegria anunciando (por brincadeira naturalmente, pois bastaria uma recomendação dele para impedir você de obtê-la) que você iria receber a Legião de Honra. Isto ainda se desculpa, embora sempre me tenha repugnado", continuou com ar delicado e digno, "ver enganar assim os amigos, mas, você sabe, há pequeninas coisas que nos doem. Por exemplo, quando ele nos conta rindo que se você deseja a Legião de Honra, é por causa de seu tio e que seu tio era um criado." "Ele disse isso?", exclamou Charlie acreditando, graças a essas palavras habilmente citadas, na veracidade de tudo quanto lhe dissera a sra. Verdurin! A sra. Verdurin sentiu-se inundada por uma alegria semelhante à de uma velha amante que, na iminência de ser abandonada pelo rapaz seu amante, consegue desmanchar-lhe o casamento. Talvez nem tivesse calculado a sua mentira nem mesmo mentido conscientemente. Uma espécie de lógica sentimental, talvez, mais elementar ainda, uma espécie de reflexo nervoso, que a impelia, para alegrar a sua vida e preservar a sua felicidade, a semear a discórdia no pequeno clã, fazia-lhe subir impulsivamente aos lábios, sem que ela tivesse tempo de lhes averiguar a verdade, essas asserções diabolicamente úteis, senão rigorosamente exatas. "Se ele tivesse falado disso só para nós", continuou ela, "não haveria mal, sabemos com que desconto se deve aceitar tudo o que ele diz, e depois não há profissões ridículas, você tem o seu valor próprio, você é o que você vale, mas que ele se sirva disso para provocar as risadas da senhora de Portefin" (a sra. Verdurin citava-a expressamente porque sabia que Charlie gostava da sra. de Portefin) "é o que nos contrista; meu marido me dizia ao ouvi-lo: 'Eu preferia levar uma bofetada'. Pois Gustave gosta de você tanto quanto eu, sabe?" (Soube-se assim que o sr. Verdurin se chamava Gustave.) "No fundo é um sensível." "Mas eu nunca te disse que gostava dele", murmurou o sr. Verdurin afetando rudeza amiga. "Charlus sim, é que gosta." "Ah!, não, agora compreendo a diferença, eu estava sendo traído por um miserável, ao passo que o senhor é um bom", exclamou Charlie com sinceridade. "Não, não", murmurou a sra. Verdurin para sustentar a sua vitória sem abusar dela, pois sentia que as suas quartas-feiras estavam salvas, "chamá-lo miserável é um exagero, ele pratica o mal, pratica-o muito mesmo, mas inconscientemente; olhe, essa brincadeira da Legião de Honra não durou muito. E me seria desagradável repetir-lhe tudo o que ele disse de sua família", disse a sra. Verdurin, que ficaria bem atrapalhada se tivesse que o fazer. "Oh!, ainda que fosse brincadeira de um instante, ela prova a deslealdade dele", exclamou Morel.

Foi nesse momento que voltamos à sala. "Ah", exclamou o sr. de Charlus ao avistar Morel e dirigindo-se para o músico com aquela satisfação dos homens que prepararam cuidadosamente todo um programa para o encontro com uma mulher e que, transportados de paixão, nem desconfiam que armaram eles mesmos a cilada onde os capangas do marido irão apanhá-los e surrá-los diante de toda gente. "Até que enfim, e não é sem tempo; então, está contente, jovem celebridade e muito breve jovem cavaleiro da

Legião de Honra? Pois muito breve poderá exibir a sua condecoração", disse o sr. de Charlus a Morel com ar carinhoso e triunfante, referendando precisamente com aquelas palavras de condecoração as mentiras da sra. Verdurin, que se afiguraram assim a Morel uma verdade indiscutível. "Deixe-me, não se aproxime de mim!", gritou Morel ao barão. "Não deve ser a primeira vez que o senhor procede assim, não sou eu o primeiro que o senhor tenta perverter." Meu único consolo era pensar que ia ver Morel e os Verdurin pulverizados pelo sr. de Charlus. Por mil vezes menos do que isso incorrera eu nas suas cóleras de louco, ninguém estava livre delas, um rei que não o teria intimidado. Ora, aconteceu esta coisa extraordinária. Vimos o sr. de Charlus mudo, estupefato, medindo o seu infortúnio sem lhe compreender a causa, não encontrando uma palavra, erguendo os olhos sucessivamente para todos os presentes, com ar interrogador, indignado, suplicante, e que parecia perguntar-lhes menos o que se tinha passado do que o que devia responder. No entanto o sr. de Charlus possuía todos os recursos, não só da eloquência, como da audácia, quando, tomado de uma raiva que fervia de longa data contra alguém, fazia-o embuchar de desespero, com as palavras mais cruéis, perante os circunstantes escandalizados e que nunca tinham pensado que se pudesse ir tão longe. O sr. de Charlus, em tais casos, acalorava-se, agitava-se em verdadeiras crises nervosas, que faziam tremer toda gente. Mas é que aí ele tinha a iniciativa, atacava, dizia o que queria (do mesmo modo que Bloch podia gracejar dos judeus, mas corava quando lhes pronunciavam os nomes diante dele). O que o fazia emudecer era talvez — vendo que o sr. e a sra. Verdurin desviavam os olhos e que ninguém o socorreria — o sofrimento atual e sobretudo o pavor dos sofrimentos futuros; ou então porque, não havendo pela imaginação esquentado a cabeça e forjado uma cólera, fora surpreendido e agredido no momento em que se achava desarmado (pois sensitivo, nervoso, histérico, era um verdadeiro impulsivo, mas um pseudobravo; era mesmo, como eu sempre o julgara, e o que o tornava simpático aos meus olhos, um pseudomau: as pessoas que odiava, odiava-as porque se considerava menosprezado por elas; se elas se tivessem mostrado simpáticas para com ele, em vez de se inflamar de cólera contra elas, tê-las-ia abraçado, e ele não tinha as reações normais do homem de honra ultrajado); ou ainda porque num meio que não era o seu, se sentia menos à vontade e menos corajoso do que o teria sido no Faubourg. O fato é que neste salão por ele desdenhado, esse *grand seigneur* (a quem não era mais essencialmente inerente a superioridade sobre os plebeus do que a dos seus antepassados angustiados perante o tribunal revolucionário), numa paralisia de todos os membros e da língua, não soube senão lançar em redor de si olhares apavorados, indignados, pela violência que praticavam contra ele, olhares tão suplicantes quanto interrogativos. Em circunstância tão cruelmente imprevista, esse grande palrador só soube balbuciar: "Que significa isso, que é que há?". Não o ouviam sequer. E a eterna pantomima do terror pânico tem mudado tão pouco, que esse senhor de idade, a quem acontecia uma aventura desagradável num salão parisiense, repetia, sem o saber, as poucas atitudes esquemáticas em que a escultura grega das primeiras idades estilizava o pavor das ninfas perseguidas pelo deus Pã.

O embaixador que caiu em desfavor, o chefe de repartição aposentado inesperadamente, o mundano a quem tratam com frieza, o amante despedido examinam às vezes durante meses o acontecimento que lhes destruiu as esperanças, viram-no e reviram-no como um projétil atirado não se sabe de onde nem por quem, um pouco como um aerólito. Bem que eles gostariam de conhecer os elementos componentes desse estranho engenho desabado sobre eles, descobrir que vontades malignas haverá nisso. Os químicos ao menos dispõem da análise; os doentes que sofrem de um mal cuja origem desconhecem podem chamar o médico; os casos criminais são mais ou menos apurados pelo juiz. Mas os atos inesperados de nossos semelhantes, raramente lhes descobrimos os móveis. Assim, para antecipar os dias que se seguiram a essa reunião, a que voltaremos, o sr. de Charlus não viu na atitude de Charlie senão uma só coisa clara. Charlie, que muitas vezes o ameaçara de divulgar a paixão que lhe inspirava, devia ter se aproveitado, para fazê-lo, do fato de se julgar agora suficientemente "lançados para voar com as próprias asas. E provavelmente contara tudo, por pura ingratidão, à sra. Verdurin. Mas como se teria esta deixado enganar? (pois o barão, decidido a negar, estava já, ele próprio, persuadido de que os sentimentos que lhe increpariam eram imaginários). Amigos da sra. Verdurin, talvez também apaixonados por Charlie, teriam preparado o terreno. Consequentemente, nos dias seguintes escreveu o sr. de Charlus cartas terríveis a vários "fiéis" inteiramente inocentes, os quais julgaram que ele tivesse perdido o juízo; depois foi contar à sra. Verdurin uma historiada de enternecer, que aliás não teve de todo o efeito que ele esperava. Pois de um lado a sra. Verdurin repetia ao barão: "O que o senhor deve fazer é não lhe dar mais atenção, largue-o de mão, é uma criança". Ora, o barão não fazia senão suspirar por uma reconciliação. Por outro lado, para dar ensejo a esta, privando Charlie de tudo quanto este se imaginava seguro, pedia a sra. Verdurin que não o recebesse mais; ao que ela opôs uma recusa que lhe valeu cartas irritadas e sarcásticas do sr. de Charlus. Indo de uma suposição a outra, nunca chegou o barão à verdadeira, a saber, que o golpe não partira absolutamente de Morel. Verdade é que ele poderia ter sabido disso, se lhe tivesse pedido alguns minutos de explicação. Mas semelhante procedimento lhe parecia contrário à sua dignidade e aos interesses de seu amor. Tinha sido ofendido, esperava satisfações. Existe aliás quase sempre, ligada à ideia de um encontro que poderia esclarecer um mal-entendido, outra ideia que, seja por que motivo for, nos impede de nos prestar a esse encontro. Aquele que se rebaixou e mostrou a sua fraqueza em vinte circunstâncias, dará prova de brio na vigésima primeira vez, a única em que seria útil não se obstinar numa atitude arrogante e dissipar um erro que se vai arraigando no adversário por falta de desmentido. Quanto ao lado mundano do incidente, espalhou-se o boato de que o sr. de Charlus tinha sido expulso da casa dos Verdurin no momento em que pretendia violentar um rapaz violinista. Esse boato fez com que ninguém se admirasse de não ver mais o sr. de Charlus aparecer em casa dos Verdurin, e quando por acaso ele encontrava em algum lugar um dos fiéis a quem suspeitara e insultara, como este guardava rancor do barão, que por sua vez não o cumprimentava, as pessoas não estranhavam, compreendendo que ninguém no pequeno clã quisesse falar com o barão.

Enquanto o sr. de Charlus, atordoado com as palavras que acabava de pronunciar Morel e a atitude da Patroa, tomava a atitude da ninfa presa de terror pânico, o sr. e a sra. Verdurin tinham se retirado para o primeiro salão, como sinal de ruptura diplomática, deixando o sr. de Charlus sozinho, enquanto no estrado Morel guardava o seu violino: "Vem contar-nos agora como a coisa se passou", disse avidamente a sra. Verdurin ao marido. "Não sei o que a senhora lhe disse, ele parecia perturbadíssimo", disse Ski, "está com os olhos cheios de lágrimas." Fingindo não ter compreendido: "Acho que o que eu lhe disse foi de todo indiferente", respondeu a sra. Verdurin por uma dessas manobras que não enganam aliás a toda gente e para forçar o escultor a repetir que Charlie estava chorando, choro este que lisonjeava por demais a vaidade da Patroa para que ela quisesse arriscar que este ou aquele fiel, que podia ter ouvido mal, as ignorasse. "Indiferente? Não creia, pois vi grossas lágrimas brilharem nos olhos dele", disse o escultor num tom baixo e sorridente de confidência maldosa, olhando de lado para certificar-se de que Morel estava ainda no estrado e não podia ouvir a conversa. Mas havia uma pessoa que a ouviu e cuja presença, logo que fosse notada, ia restituir a Morel uma das esperanças que ele tinha perdido. Era a rainha de Nápoles, que, dando pela falta do leque, achara mais amável, saindo de outra reunião onde estivera, vir buscá-lo pessoalmente. Entrara de manso, como que confusa, preparando-se para se desculpar e fazer uma curta visita, agora que não havia mais ninguém. Mas não a tinham visto entrar, no calor do incidente, que ela compreendera imediatamente e que a encheu de indignação.

"Diz Ski que ele chorou, reparaste? Não vi lágrimas. Ah!, é verdade, agora me lembro", corrigiu ela, receando que a sua contestação fosse acreditada. "Quanto a Charlus, esse está completamente sucumbido, devia sentar-se, está de pernas bambas, é capaz de cair", disse com um risinho sem dó. Nesse momento Morel acorreu para ela: "Esta senhora não é a rainha de Nápoles?", perguntou (embora soubesse que era ela), mostrando a soberana, que se dirigia para onde estava Charlus. "Depois do que se passou, não posso mais, infelizmente, pedir ao barão que me apresente a ela." "Não faz mal, eu mesma vou apresentá-lo", disse a sra. Verdurin e, acompanhada de alguns fiéis, menos eu e Brichot, que nos apressamos em ir buscar os nossos agasalhos e sair, aproximou-se da rainha, que estava conversando com o sr. de Charlus. Julgara este que a realização de seu grande desejo de que Morel fosse apresentado à rainha de Nápoles só podia ser impedido pela morte improvável da soberana. Mas nós imaginamos o futuro como um reflexo do presente projetado num espaço vazio, quando ele é frequentemente o resultado muito próximo de causas que o mais das vezes nos escapam. Uma hora não havia decorrido e já agora o sr. de Charlus daria tudo para que Morel não fosse apresentado à rainha. A sra. Verdurin fez uma reverência à soberana. Vendo que esta parecia não reconhecê-la: "Eu sou a sra. Verdurin. Vossa Majestade não está me reconhecendo?". "Estou, muito bem", disse a rainha continuando a conversa com o sr. de Charlus tão naturalmente, com um ar tão perfeitamente distraído, que a sra. Verdurin teve dúvidas se era a ela que se dirigia aquele "Estou muito bem" pronunciado numa entonação prodigiosamente desatenta, que arrancou ao sr. de Charlus, em meio à sua dor de amante, um sorriso de gratidão, sorriso experiente e guloso em matéria de insolência. Morel, ao ver de longe os preparativos da apresentação, tinha-se aproximado. A rainha ofereceu o braço ao sr. de Charlus. Com ele também estava desgostosa, mas só porque ele não respondia mais energicamente aos miseráveis que o insultavam. Estava rubra de vergonha por ele, vendo que os Verdurin ousavam tratá-lo daquela maneira. A simpatia cheia de simplicidade que lhes testemunhara havia poucas horas, e a insolente altivez com que agora se apresentava diante deles, tinham origem no mesmo ponto de seu coração. A rainha, como mulher cheia de bondade, concebia a bondade antes de tudo sob a forma de inabalável dedicação às pessoas a quem queria bem, aos seus, a todos os príncipes de sua família, entre os quais estava o sr. de Charlus, em seguida a todas as pessoas da burguesia ou do povo mais humilde que sabiam respeitar aqueles que ela amava e ter por eles bons sentimentos. Era como a uma mulher dotada desses bons instintos que ela manifestara simpatia pela sra. Verdurin. É sem dúvida uma concepção estreita, um pouco *tory* e cada vez mais antiquada da bondade. O que não significa, porém, que a bondade nela fosse menos sincera e menos ardente. Os antigos não amavam menos intensamente o agrupamento humano a que se devotavam porque este não excedia os limites da cidade, nem os homens de hoje amam menos a sua pátria do que aqueles que amarão os Estados Unidos de toda a terra. Tive, bem perto de mim, o exemplo de minha mãe, que a sra. de Cambremer e a sra. de Guermantes nunca puderam convencer de tomar parte em nenhuma obra filantrópica, em nenhuma instituição patriótica de beneficência, de ser vendedora ou patrocinadora em festas de caridade. Longe de mim dizer que ela tivesse razão de só agir depois que o seu coração falasse e de reservar para a sua família, para os seus criados, para os desgraçados que o acaso lhe punha no caminho os seus tesouros de amor e de generosidade, mas eu sei que estes, como os de minha avó, foram inesgotáveis e excederam de muito tudo o que puderam e fizeram as sras. de Guermantes ou de Cambremer. O caso da rainha de Nápoles era inteiramente diverso, mas enfim cumpre reconhecer que as criaturas simpáticas não eram de todo concebidas por ela como o são naqueles romances de Dostoievski que Albertine tirara da minha biblioteca e açambarcara, isto é, sob as feições de parasitas, bajuladores, ladrões, bêbados, ora humildes e ora insolentes, devassos e até assassinos. Aliás os extremos se tocam, pois o homem nobre, o parente ultrajado que a rainha queria defender, era o sr. de Charlus, isto é, apesar de nascimento e de todos os parentescos que tinha com a rainha, alguém cuja virtude se cercava de muitos vícios. "Você parece que não está se sentindo bem, apoie-se no meu braço. Fique certo de que ele o há de amparar sempre. É bastante firme para isso." Depois, erguendo sobranceiramente os olhos (diante dela, contou-me Ski, estavam então a sra. Verdurin e Morel): "Você sabe que já uma vez, em Gaeta, ele soube impor-se à canalha. Poderá servir-lhe agora de defesa". E assim, levando pelo braço o barão e sem ter deixado que lhe apresentassem Morel, se retirou a gloriosa irmã da imperatriz Elizabeth.

Era de imaginar, dado o gênio terrível do sr. de Charlus e as perseguições com que mantinha sob um regime de terror até os próprios parentes, que ele fosse, depois do que se passara, desencadear sua fúria e exercer represálias contra os Verdurin. Já vimos por que isso não aconteceu logo. Mais tarde o barão, tendo se resfriado pouco tempo depois e contraído uma dessas pneumonias infecciosas que foram frequentes naquela época, estava, como os médicos e ele próprio julgaram, a dois passos da morte, e ficou durante meses entre a vida e a morte. Ter-se-ia dado apenas uma metástase física, e a substituição de um mal diferente à nevrose que até então o fazia descomedir-se em orgias de cólera? Pois seria demasiado simples acreditar que, nunca tendo levado a sério, do ponto de vista social, os Verdurin, mas acabando por compreender o papel que estes haviam representado, não pudesse guardar ressentimento deles como guardaria dos de sua igualha; simples demais também lembrar que os nervosos, irritados por qualquer coisa contra inimigos imaginários e inofensivos, se tornam ao contrário inofensivos quando alguém toma a ofensiva contra eles, e que é mais fácil acalmá-los jogando-lhes água fria à cara do que tentando demonstrar-lhes a inanidade de suas queixas. Não é provavelmente em nenhuma metástase que se deve procurar a explicação dessa ausência de rancor, mas sim na própria doença. Esta produzia no barão fadigas tão grandes que pouco lazer lhe restava para pensar nos Verdurin. Estava meio agonizante. Falávamos acima de ofensiva; mas até aquelas que só terão efeitos póstumos requerem, se as queremos preparar, "montar" convenientemente, o sacrifício de parte de nossas forças. Muito poucas restavam ao sr. de Charlus para semelhante atividade. Ouve-se a miúdo citar o caso de inimigos mortais que abrem os olhos para se reconciliarem na hora da morte e tornam a fechá-los felizes. Deve ser muito raro, salvo quando a morte nos surpreende em plena vida. E, ao contrário, no momento em que não temos mais o que perder, que não queremos arcar com os riscos que, quando cheios de vida, teríamos assumido levianamente. O espírito de vingança faz parte da vida, e nos abandona quase sempre — malgrado exceções que, no seio de um mesmo caráter, como se verá, são humanas contradições — à beira da morte. Se pensava por alguns instantes nos Verdurin, sentia-se o sr. de Charlus extremamente cansado, virava-se para a parede e não pensava mais em nada. Se se calava assim muitas vezes, não é porque tivesse perdido a eloquência. Esta continuava fluindo com a mesma facilidade, mas havia mudado. Desinteressada das violências que tantas vezes exornara, era agora uma eloquência quase mística, embelecida por palavras de doçura, palavras do Evangelho, uma aparente resignação à morte. Falava sobretudo nos dias em que se julgava salvo. Uma recaída fazia-o emudecer. Essa doçura cristã em que se lhe havia transmudado a magnífica violência (como em *Esther* o gênio tão diferente de *Andrômaca*[132]) suscitava a admiração dos que o cercavam. Teria suscitado até a dos Verdurin, que então não poderiam deixar de amar um homem cujos defeitos lhes haviam provocado tanto ódio. Certo, sobrenadavam-lhe pensamentos que de cristão não tinham senão a aparência. Implorava ao Arcanjo Gabriel que viesse anunciar-lhe, como ao profeta, quanto tempo ainda tarda-

132 Mais de vinte anos separam a criação das peças *Esther* (1689) e *Andrômaca* (1667), de Racine. (N. do R. T.)

ria o Messias. E interrompendo-se com um meigo sorriso dolorido, acrescentava: "Será preciso que o arcanjo não me peça, como a Daniel, que tenha paciência por mais 'sete semanas e sessenta e duas semanas', pois eu morreria antes". Quem ele esperava assim era Morel. Por isso pedia ao Arcanjo Rafael que lho restituísse como o jovem Tobias. E misturando expedientes mais humanos (como os papas doentes que, não obstante mandarem dizer missas, não se descuidam de chamar o médico), insinuava aos visitantes que se Brichot trouxesse logo o querido Tobias, talvez o Arcanjo Rafael consentisse em restituir-lhe a vista como ao Pai de Tobias ou como na piscina probática de Betsaida. Mas, apesar dessas reincidências humanas, não era menos deliciosa a pureza moral das palavras do sr. de Charlus. Vaidade, maledicência, frenesi de maldade e de orgulho, tudo isso desaparecera. Moralmente o sr. de Charlus se tinha elevado muito acima do nível em que vivia até ultimamente. Mas esse aperfeiçoamento moral, sobre cuja realidade sua arte oratória era de resto capaz de enganar um pouco os seus ouvintes enternecidos, esse aperfeiçoamento desapareceu com a doença que trabalhara para ele. O sr. de Charlus voltou a descair com uma velocidade que veremos acelerar-se progressivamente. Mas a atitude dos Verdurin para com ele já não era senão uma lembrança um pouco remota que outras cóleras mais imediatas impediram de se reavivar.

Voltando, porém, à *soirée* Verdurin: quando os donos da casa ficaram a sós, o sr. Verdurin disse à mulher: "Sabes aonde foi Cottard? Está com Saniette, que tornou a jogar na Bolsa para recuperar os prejuízos anteriores e perdeu. De volta a casa, depois de deixar-nos, ao saber que não lhe restava um franco sequer e tinha perto de um milhão de dívidas, Saniette teve um derrame". "Mas também, para que foi jogar? É uma idiotice. Não sei de criatura menos feita para isso. Outros mais espertos do que ele saem depenados, quanto mais ele, que nasceu para ser embrulhado por toda gente." "Bem entendido, há muito tempo que sabemos que Saniette é um idiota", disse o sr. Verdurin. "Mas enfim o resultado aí está. Um homem que amanhã será despejado pelo proprietário e ficará na mais negra miséria; os parentes não gostam dele, Forcheville nada fará para ajudá-lo. Então pensei, não quero fazer nada contra a tua vontade, mas poderíamos talvez arranjar-lhe uma pequena renda para que ele não sofra demais com a ruína, e possa tratar-se em casa." "Estou inteiramente de acordo contigo, fizeste bem de ter pensado nisso. Mas dizes 'em casa'; esse pateta mora num apartamento caro demais, não é possível, será preciso arranjar-lhe coisa mais modesta, com duas peças. Creio que ele paga pelo atual de seis a sete mil francos." "Seis mil e quinhentos. Mas ele tem muito apego ao apartamento onde está. Em suma ele teve um primeiro insulto, não poderá viver mais que dois ou três anos. Ponhamos que gastaremos dez mil francos com ele durante três anos. Creio que poderemos fazê-lo. Poderíamos por exemplo este ano, em vez de tornar a alugar a Raspelière, tomar uma casa mais barata. Com a renda que temos, parece-me que sacrificar anualmente dez mil francos durante três anos não é coisa impraticável." "Seja, mas a questão é que vão saber do fato e ficaremos obrigados a fazer o mesmo por outros." "Já pensei nisso. Só o farei com a condição expressa de que ninguém o saiba. Ah, não, era o que faltava sermos obrigados a virar benfeitores do gênero humano. Nada de filantropias! O que se poderia fazer era dizer-lhe que se trata de um legado da princesa Sherbatoff." "Mas será que ele acredita? Ela consultou Cottard quando fez testamento." "Em último caso pode-se contar a Cottard, ele tem o hábito do segredo profissional, ganha muitíssimo, não será nunca um desses obsequiadores que nos obrigam a cair com os cobres. Talvez mesmo queira se encarregar de dizer que foi designado como intermediário pela princesa. Assim nós nem apareceríamos, o que evitaria a amolação das cenas de agradecimentos, das manifestações, das frases." O sr. Verdurin acrescentou uma palavra que significava evidentemente o gênero de cenas comoventes e de frases que eles desejavam evitar. Mas ela não me pôde ser repetida exatamente, pois não era palavra francesa; era um desses termos como os há em certas famílias para designar certas coisas, sobretudo coisas desagradáveis, provavelmente porque se deseja poder assiná-las diante dos interessados sem ser compreendido! Esse gênero de expressões é geralmente resíduo contemporâneo de um estado anterior da família. Numa família judia, por exemplo, será um termo ritual desviado de seu sentido, e talvez a única palavra do hebreu que a família, agora afrancesada, ainda conheça. Numa família muito pronunciadamente provinciana, será um termo do patoá da província, embora a família já não fale, nem mesmo compreenda o patoá. Numa família vinda da América do Sul e que não fale mais senão o francês, será uma palavra espanhola. E na geração seguinte a palavra não existirá mais senão como uma recordação de infância. Lembrar-se-ão distintamente de que os pais à mesa faziam alusão aos criados que serviam, sem serem compreendidos por eles, dizendo uma certa palavra, mas os filhos ignoram o que queria dizer precisamente a tal palavra, se era do espanhol, do hebreu, do alemão, do patoá, se mesmo jamais pertencera a uma língua qualquer e não era um nome próprio, ou uma palavra inteiramente forjada. A dúvida só pode ser esclarecida se tem um tio-avô, um primo velho ainda vivo e que deve ter empregado o mesmo termo. Como não conheci nenhum parente dos Verdurin, não pude reconstituir exatamente a palavra. Como quer que fosse, ela fez sorrir a sra. Verdurin, pois o emprego dessa língua menos geral, mais pessoal, mais secreta do que a língua habitual, dá aos que dela se servem entre si um sentimento egoísta a que se mistura sempre uma certa satisfação. Passado esse instante de prazer: "Mas se Cottard der com a língua nos dentes?", objetou a sra. Verdurin. "Não dará." Deu, pelo menos comigo, pois foi por ele que eu soube do fato alguns anos mais tarde no enterro mesmo de Saniette. Lamentei não ter sabido antes. Em primeiro lugar, isso me teria encaminhado mais rapidamente à ideia de que nunca devemos guardar ressentimento dos homens, nem julgá-los, levados pela recordação de uma maldade, pois não sabemos tudo o que de bom, em outros momentos, pôde a alma deles querer sinceramente e realizar; sem dúvida a forma ruim que constatamos uma vez por todas, voltará, mas a alma é bem mais rica, tem muitas outras formas que voltarão, elas também, nesses homens, e cuja doçura negamos por causa do mau procedimento que eles já tiveram. Em segundo lugar, de um ponto de vista mais pessoal a revelação de Cottard não teria sido sem efeito sobre mim, porque mudando o juízo que eu formava do sr. Verdurin, essa revelação, se tivesse sido feita antes, teria dissipado as minhas suspeitas relativamente ao papel que os Verdurin podiam desempenhar entre mim e Albertine, tê-las-ia dissipado, talvez infundadamente aliás, pois se o sr. Verdurin — que eu julgava cada vez mais o pior dos homens — tinha algumas virtudes, era, por outro lado, implicante até a mais feroz perseguição e cioso de domínio no pequeno clã a ponto de não recuar diante das piores mentiras, diante da fomentação dos ódios mais injustificados, para romper entre os fiéis os laços que não tinham por fim exclusivo o fortalecimento do pequeno grupo. Era homem capaz de desinteresse, de generosidades sem ostentação, o que não quer dizer forçosamente um homem sensível, nem um homem simpático, nem escrupuloso, nem verídico, nem bom sempre. Uma bondade parcial, em que subsistia talvez um pouco da família amiga de minha tia-avó, existia provavelmente nele por esse fato, antes que eu a conhecesse, como a América ou o polo Norte antes de Colombo ou Peary.[133] Contudo, no momento de minha descoberta, a natureza do sr. Verdurin apresentou-me uma face nova insuspeitada; e inferi daí a dificuldade de apresentar uma imagem fixa tanto de um caráter como das sociedades e das paixões. Pois aquele muda menos do que estas, e se queremos fazer um clichê do que é nele relativamente imutável, vemo-lo apresentar sucessivamente aspectos diferentes (implicando que ele não sabe ficar imóvel e se mexe) à objetiva desconcertada.

133 Alusão ao explorador norte-americano Robert Peary (1856-1920), que esteve no polo Norte em abril de 1909. (N. do R. T.)

desaparecimento de albertine

Vendo que era tarde e receando que Albertine se aborrecesse de estar só, pedi a Brichot, ao sairmos da *soirée* Verdurin, que primeiro me fizesse o favor de deixar-me em casa. Meu carro o levaria depois à dele. Felicitou-me então por eu voltar assim diretamente para casa (ele não sabia que uma moça me esperava lá), e de acabar tão cedo e tão ajuizadamente uma noite, cujo verdadeiro começo, muito pelo contrário, eu não havia, na realidade, senão retardado. Depois me falou do sr. de Charlus. Este ficaria sem dúvida estupefato se ouvisse o professor, tão amável com ele, o professor que lhe dizia sempre "Eu nunca repito o que ouço", falar dele, Charlus, sem a menor reticência. E não seria talvez menos sincero o espanto indignado de Brichot se o sr. de Charlus lhe dissesse: "Afiançaram-me que você falava mal de mim". Brichot tinha com efeito certa afeição pelo sr. de Charlus e, se tivesse que se reportar a alguma conversa a respeito dele, teria se lembrado mais dos sentimentos de simpatia que lhe inspirara o barão quando ele Brichot dizia do amigo as mesmas coisas que todo mundo dizia, do que dessas coisas. Julgaria não mentir dizendo: "Eu, que falo do senhor com tanta amizade", pois de fato sentia alguma amizade no momento em que falava do sr. de Charlus. Este tinha sobretudo para Brichot o encanto que o universitário buscava antes de tudo na vida mundana e era oferecer-lhe os espécimes reais do que ele julgara durante muito tempo invenção dos poetas. Brichot, que explicara muitas vezes a segunda égloga de Virgílio sem saber bem se havia naquela ficção algum fundo de realidade,[134] encontrava, já entrado na velhice, em conversar com Charlus um pouco do prazer que sabia terem tido os seus mestres, o sr. Mérimée e o sr. Renan, e o seu colega, o sr. Maspéro, ao viajar pela Espanha, pela Palestina, pelo Egito, em reconhecer nas paisagens e populações atuais da Espanha, da Palestina e do Egito o ambiente e os invariáveis atores das cenas antigas que eles ha-

134 Na companhia do barão, Brichot aprende a ler a égloga de Virgílio que traz a confissão do amor do pastor Coridon pelo "belo Alexis". (N. do R. T.)

viam estudado nos livros.[135] "Seja dito sem ofender esse bravo de alta estirpe", declarou-me Brichot no carro, "ele é simplesmente prodigioso quando comenta o seu catecismo satânico com uma verve o seu tantinho amalucada e uma obstinação, ia quase dizer uma candura, de gesso e de emigrado.[137] Afianço-lhe, se ouso exprimir-me como monsenhor d'Hulst, que não me caceteio nos dias em que recebo a visita desse feudal que, querendo defender Adônis contra a nossa época de incréus, seguiu os instintos de sua raça e, com toda a inocência sodomita, se cruzou."[138] Eu ouvia Brichot, mas na companhia dele não estava só. Como aliás desde que saíra de casa, sentia-me, por mais obscuramente que fosse,

135 Prosper Mérimée (1803-1870), escritor de muito sucesso com *Colomba* (1840) e *Carmen* (1845), era inspetor geral dos monumentos históricos e, junto a Viollet-le--Duc, instituiu uma comissão para catalogar metodicamente tais monumentos. Ernest Renan (1823-1892) era filólogo das línguas semitas e estudioso das origens do cristianismo, também autor de livros como *A vida de Jesus* (1863) e *História das origens do cristianismo* (sete volumes de 1863 a 1881). Gastón Maspéro (1846-1916) foi grande egiptólogo francês, professor do Collège de France e editor de manuscritos de Champollion. (N. do R. T.)

136 No original *émigré*, no sentido de nobre emigrado durante a Revolução Francesa. (N. dos T.)

137 Ao avaliar a companhia do barão de Charlus, Brichot utiliza o adjetivo "charentonesque", que foi aqui traduzido por "amalucada" — trata-se de uma alusão ao hospital de alienados Charenton, fundado no século XVII; Brichot associa o lado "pinel" de Charlus a uma postura religiosa, quando menciona Maurice d'Hulst (1841-1896), organizador e reitor do Instituto Católico; a essas duas alusões ele acrescenta a alusão a uma divindade fenícia, Adônis, jovem morto por um animal, que retorna à Terra por intervenção de sua amante que o recupera nos Infernos — princípio macho de fecundidade, Adônis era celebrado na primavera e no início das colheitas. A passagem ainda reforça o orgulho nobiliárquico do barão: ao falar da "obstinação de gesso e de emigrado" do barão, Brichot na verdade emprega a expressão "obstination de blanc d'Espagne et d'émigré", em uma alusão aos nobres que haviam emigrado para a Espanha com a eclosão da Revolução Francesa e também ao conde de Chambord (1820--1883), possível restaurador da monarquia, enquanto último representante homem da família dos Bourbon. Segundo Brichot, o comportamento do barão envolve loucura e defesa aristocrático-"religiosa" da homossexualidade. (N. do R. T.)

ligado à moça que naquele momento estava lá no seu quarto. Mesmo ao conversar nessa noite com um ou com outro em casa dos Verdurin, sentia-a confusamente ao meu lado, tinha dela aquela noção vaga que se tem dos próprios membros, e se me acontecia pensar nela, era como se pensa, com o tédio de estar preso por uma completa escravidão, no próprio corpo. "E que fábrica de mexericos", continuou Brichot, "capaz de alimentar todos os apêndices das *Causeries du lundi*, é a palestra desse apóstolo![139] Imagine que soube por ele que o tratado de ética em que sempre venerei a mais faustosa construção moral de nossa época tinha sido inspirado ao nosso venerando colega X por um jovem estafeta. Não hesitamos em reconhecer que meu eminente amigo descurou revelar-nos o nome desse efebo no decurso de suas demonstrações. Testemunhou com isso mais respeito humano ou, se prefere, menos gratidão do que Fídias, que inscreveu o nome do atleta a quem amava no anel do seu *Júpiter olímpico*. O barão ignorava isto. Escusado é dizer que o caso lhe deleitou sobremodo a ortodoxia. Você bem pode imaginar que, toda vez que eu argumentar com o meu colega sobre uma tese de doutorado, achar-lhe-ei na dialética, aliás muito sutil, aquele sabor a mais que umas revelações picantes acrescentaram para Sainte-Beuve à obra insuficientemente confidencial de Chateaubriand. Do nosso colega, cuja sabedoria é de ouro, mas que possuía pouco dinheiro, o entregador de telegramas passou às mãos do barão *en tout bien tout honneur* (é preciso ouvir o tom com que ele diz isto). E como esse Satã é o mais prestativo dos homens, obteve para o seu protegido um emprego nas Colônias, de onde este, cuja alma cultiva a gratidão, lhe manda de vez em quando excelentes frutas. O barão presenteia-as a suas altas relações; ananases do rapaz

138 Brichot associa a conversação do barão ao método do crítico Sainte-Beuve, que se servia em alguns de seus textos de elementos biográficos na análise da obra de um autor. Proust se insurgira violentamente contra tal método em seu projeto de crítica *Contra Sainte-Beuve*. (N. do R. T.)

figuraram ultimamente na mesa do Cais Conti, provocando da sra. Verdurin, que nesse momento falou sem malícia, o seguinte comentário: 'O senhor tem então algum tio ou sobrinho na América, senhor de Charlus, para receber ananases como estes!'. Confesso que se naquele tempo soubesse da verdade, os teria comido com um prazer especial, recitando *in petto* o começo de uma ode de Horácio que Diderot gostava de lembrar.[139] Em suma, como o meu colega Boissier, deambulando do Palatino a Tíbur, adquiro na conversação do barão uma ideia singularmente mais viva e mais saborosa dos escritores do século de Augusto.[140] Nem falemos dos da Decadência, e não remontemos até os gregos, se bem que eu tenha dito a esse excelente senhor de Charlus que junto dele eu me sentia como Platão em casa de Aspásia. Na verdade, eu aumentara singularmente a escala das duas personagens e, como diz La Fontaine, meu exemplo era tirado 'de bichos mais pequenos'.[141] Como quer que seja, não vá imaginar que o barão

139 A alusão de Brichot não é muito precisa quanto a que ode de Horácio (ou se é mesmo uma ode) de que Diderot se lembrava em seus escritos. (N. do R. T.)

140 Membro da Academia Francesa e da Academia des Inscriptions et Belles Lettres, Gaston Boissier (1823-1908) é autor dos *Passeios arqueológicos* (*Promenades archéologiques*) em Roma e Pompeia. Sobre o Palatino, Boissier diz: "Esta colina, outrora ocupada por casas de campo de grandes senhores e por jardins de monastérios onde não se podia entrar, tornou-se uma das caminhadas mais interessantes de Roma. Não acredito que haja um lugar onde as lembranças do passado mais se apresentam à memória e onde mais se vive em plena Antiguidade". O Palatino é a colina ligada à fundação da cidade, em seguida, sede dos palácios imperiais. Boissier faz a ressalva de que, para se entender Roma, "uma espécie de iniciação é indispensável", e o Palatino é o lugar em que "o viajante apressado demais corre o risco de não compreender nada". Sobre Tibur, ele escreve ainda: "Quando os imperadores queriam degustar dos prazeres do campo, eles saíam de Roma. Perto da cidade, no lago Alba, em Tibur, eles possuíam casas de campo charmosas que lhes era fácil visitar quando lhes aprouvia" (cf. *Promenades archéologiques. Rome et Pompéi.* Paris : Hachette e Cie., 1880.) Em *Nouvelles promenades archéologiques (Horace et Virgile)*, Boissier volta a mencionar Tibur como lugar frequentado pelos "grandes senhores de Roma", quando eles "queriam descansar um momento das fadigas da vida política". (N. do R. T.)

141 A frase tirada de uma das *Fábulas* de La Fontaine (Livro II , XII) serve de transi-

tenha ficado melindrado. Nunca o vi tão ingenuamente feliz. Um entusiasmo de criança o fez pôr de lado por um instante a sua fleuma aristocrática: 'Que lisonjeadores são todos esses sorbonistas!', exclamou encantado. 'E dizer que tive que chegar à minha idade para ser comparado a Aspásia! Um velho traste como eu! Ó minha mocidade!' Eu gostaria que você visse a figura dele dizendo isso, escandalosamente empoado, como de costume, e, na sua idade, perfumado como um peralvilho. No mais, sob as suas obsessões de genealogia, o melhor homem do mundo. Por todas essas razões eu ficaria desolado se a ruptura desta noite fosse definitiva. O que me admirou foi o modo com que o rapaz se insurgiu. No entanto de algum tempo para cá ele tinha para com o barão uns modos de seíde, umas atitudes de leude, que não deixavam prever esta insurreição. Espero que, em todo caso, mesmo se *Dii omen avertant* o barão não voltar mais ao Cais Conti, este cisma não se estenda até a minha pessoa. Tiramos ambos enorme proveito da troca que fazemos do meu fraco saber pela experiência dele."[142] (Veremos que se o sr. de Charlus, depois de ter em vão manifestado o desejo de que ele lhe trouxesse Morel, não mostrou rancor violento contra Brichot, pelo menos a sua simpatia pelo universitário baixou o bastante para lhe permitir julgá-lo sem

---

ção do exemplo do leão com o rato para o da pomba com a formiga. (N. do R. T.)

142 A citação latina foi extraída das *Philippiques*, de Cícero. A frase aparece no discurso no momento em que senadores romanos estão reunidos, deliberando sobre a situação criada pelo assassinato de César. Cícero, acreditando estar ameaçado, deixara Roma; em seu discurso de volta à cidade, ele critica Marco Antônio pelo abuso de poder e conclama o respeito à autoridade do Senado e aos "Atos de César", leis gravadas em bronze e não as que foram retomadas por Marco Antônio. Os votos de Cícero, citados por Brichot ("que os deuses desviem esse presságio") aplicam-se à ameaça da tirania por sobre o poder do Estado; o universitário, todavia, não se dá conta da recrudência do "governo" despótico da sra. Verdurin. A frase de Cícero faz parte de uma condição: "Se, desde hoje, (que os deuses desviem tal presságio!) o termo fatal chegou para o Estado, o que fazem nobres gladiatores caindo com honra, façamo-lo, nós que somos os chefes do universo inteiro e de todas as nações, caindo com dignidade, em vez de servir com ignomínia". (N. do R. T.)

nenhuma indulgência.) "E lhe juro que a troca é tão desigual que, quando o barão me confia o que me ensinou a sua existência, eu não posso concordar com Sylvestre Bonnard, para quem ainda é numa biblioteca que melhor realizamos o sonho da vida."[143]

Tínhamos chegado à porta de minha casa. Desci do carro e fui dar ao cocheiro o endereço de Brichot. Da calçada eu via a janela do quarto de Albertine, aquela janela, antes sempre escura à noite, quando ela não morava ali, e que a luz elétrica do interior, segmentada pelas reixas das venezianas, estriava agora de alto a baixo de barras de ouro paralelas. Esse signo mágico, desenhando no meu espírito calmo imagens precisas, próximas, na posse das quais eu ia entrar dentro em pouco, era tão claro para mim quanto era invisível para Brichot, que ficara quase cego, no carro, e quanto aliás seria incompreensível para ele mesmo se pudesse ver porquanto, como os amigos que me vinham visitar antes do jantar quando Albertine já estava em casa de volta do seu passeio, o professor ignorava que uma moça inteiramente minha me estivesse esperando num quarto pegado ao meu. O carro partiu. Fiquei um momento sozinho na calçada. Certo aquelas riscas luminosas que eu avistava de baixo e que a outro haviam de parecer de todo superficiais, dava-lhes eu uma consistência, uma plenitude, uma solidez extremas, por causa de toda a significação que eu punha atrás delas, num tesouro insuspeitado pelos outros, escondido ali por mim, e de onde emanavam aqueles raios horizontais, te-

143 Brichot cita de maneira imprecisa uma frase do início do romance *Le crime de Sylvestre Bonnard* (1881), de Anatole France (escritor que é um dos modelos prováveis de Bergotte). No livro, a expressão "sonho da vida" aparece quando Bonnard, grande erudito colecionador de manuscritos raros, pergunta ironicamente a um vendedor de livros muito ruins se o livro *A chave dos sonhos*, que esse pretende lhe vender, oferece a chave para o sonho da vida. Embora se veja muito diferente da personagem de France, Brichot oferece muitas semelhançcas com a figura de Bonnard, erudito que se desencanta progressivamente com o próprio conhecimento e busca excitação fora de sua profissão. (N. do R. T.)

souro se quiserem, mas tesouro em troca do qual eu alienara a liberdade, a solidão, o pensamento. Se Albertine não estivesse lá em cima, e mesmo se eu procurasse apenas o prazer, teria ido pedi-lo a mulheres desconhecidas, cuja vida tentaria penetrar, em Veneza talvez, ou pelo menos em qualquer canto de Paris noturno. Mas agora o que eu tinha de fazer quando chegava para mim a hora das carícias não era partir em viagem, não era nem mesmo sair, era voltar para casa. E voltar não para ficar só, e, depois de ter deixado a companhia dos outros, que forneciam de fora o alimento do espírito, ver-me pelo menos forçado a procurá-lo em mim mesmo, mas, ao contrário, menos só do que quando estava em casa dos Verdurin, recebido que ia ser pela pessoa em quem eu abdicava o mais completamente possível a minha, sem que eu tivesse um instante o lazer de pensar em mim, nem mesmo o trabalho, pois ela estaria a meu lado, de pensar nela. De maneira que, levantando mais uma vez os olhos para a janela do quarto onde eu estaria dentro de poucos instantes, pareceu-me ver as grades luminosas que iam fechar-se atrás de mim e cujas hásteas de ouro eu mesmo forjara para uma eterna servidão.

Albertine nunca me dissera ter suspeitado dos meus ciúmes, da minha preocupação com tudo o que ela fazia. As únicas palavras, bastante antigas, é verdade, que trocáramos a respeito de ciúme pareciam provar o contrário. Eu me recordava de lhe ter dito uma bela noite de luar, no começo de nossas relações, numa das primeiras vezes em que eu a acompanhara a casa e em que teria preferido não fazê-lo e deixá-la para correr atrás de outras: "Olhe, se me ofereço para acompanhá-la, não é por ciúme; se você tem alguma combinação, eu me afasto discretamente". E ela me respondera: "Não, sei muito bem que você não é ciumento e que isso lhe é indiferente, mas não tenho nada que fazer senão ficar na sua companhia". De outra feita foi na Raspelière, onde o sr. de Charlus, ao mesmo tempo que lançava de esguelha um olhar a Morel, fizera ostentação de galante amabilidade para com

Albertine; dissera eu a ela: "Então, ele lhe fez uma corte cerrada!". E como eu acrescentasse meio ironicamente: "Sofri todas as torturas do ciúme", Albertine, servindo-se da linguagem própria do meio vulgar de onde saíra, ou do mais vulgar ainda que frequentava: "Você quer é me gozar! Sei muito bem que você não é ciumento. Primeiro, porque você me disse, depois, está se vendo, ora!". Depois nunca me disse ter mudado de opinião; é provável, porém, que se tivessem formado nela, a tal respeito, muitas ideias novas que ela me ocultava mas que um acaso podia, mau grado seu, trair, pois naquela noite, em casa, quando, depois de ir buscá-la a seu quarto e de trazê-la para o meu, eu lhe disse (com certo embaraço que eu mesmo não compreendi, pois tinha avisado a Albertine que sairia e não sabia para onde, talvez fosse à casa da sra. de Villeparisis, talvez à casa da sra. de Guermantes, talvez à casa da sra. de Cambremer; é verdade que só não falei dos Verdurin): "Adivinhe de onde venho: da casa dos Verdurin"; mal eu tivera tempo de pronunciar essas palavras, Albertine, com a fisionomia alterada, respondera-me com estas, que pareceram explodir por si mesmas com uma força que ela não pôde conter: "Eu bem desconfiava". "Não sabia que você ia ficar aborrecida por eu ir à casa dos Verdurin." (É verdade que ela não me tinha dito que estava aborrecida, mas era visível; é verdade também que eu não imaginara que isso iria aborrecê-la. E no entanto, diante da explosão da sua cólera, como diante daqueles acontecimentos que uma espécie de dupla visão retrospectiva faz afigurar-se-nos como já conhecidos no passado, pareceu-me que eu não podia ter esperado outra coisa.) "Me aborrecer? Que bem me importa isso! A senhora Vinteuil não ia lá hoje?" Fora de mim ao ouvir essas palavras: "Você não me disse que tinha estado com ela outro dia", respondi para mostrar-lhe estar mais informado do que ela pensava. Pensando que a pessoa que eu lhe censurava ter visto e não me ter contato era a sra. Verdurin, e não, como eu queria dizer, a srta. Vinteuil: "Eu estive com ela?", perguntou com um ar vago, falando ao mesmo tempo para si mesma, como procurando lembrar-se, e para mim, como se fosse eu que tivesse de informá-la; e sem dúvida, na realidade, a fim de eu dizer o que sabia, talvez também para ganhar tempo antes de dar uma resposta difícil. Mas se eu estava preocupado com a srta. Vinteuil, mais ainda estava com um receio que já me passara pela cabeça, mas que agora se apoderava de mim com violência, o receio de que Albertine desejasse a sua liberdade. Ao voltar para casa eu julgava que a sra. Verdurin tinha pura e simplesmente inventado por gloríola a vinda da sra. Vinteuil com a amiga, de sorte que me sentia tranquilo. Só quando Albertine me disse: "A senhorita Vinteuil não ia lá hoje?" é que percebi que não me enganara na minha primeira suspeita; mas enfim estava tranquilizado quanto a isso para o futuro, pois renunciando à reunião em casa dos Verdurin e indo ao Trocadéro, Albertine sacrificara a srta. Vinteuil.

"Aliás", disse-lhe com raiva, "há muitas outras coisas que você me esconde, mesmo as mais insignificantes, como, por exemplo, sua excursão de três dias a Balbec, digo-o de passagem." Acrescentei essas palavras: "Digo-o de passagem" como complemento de: "mesmo as coisas mais insignificantes", de modo que, se Albertine me dissesse: "Que é que houve de incorreto em minha excursão a Balbec?", eu pudesse responder-lhe: "Nem me lembro mais. O que me contam se baralha na minha cabeça, ligo tão pouca importância a isso". E com efeito, se lhe falava daquele passeio de três dias que ela fizera com o chofer até Balbec, de onde os seus cartões-postais me tinham chegado tão atrasados, fazia-o inteiramente ao acaso e lamentava ter escolhido tão mal o meu exemplo, pois, na verdade, tendo ela tido apenas o tempo necessário para ir e voltar, era certamente de todos os seus passeios aquele em que não teria havido mesmo ocasião para um encontro mais prolongado com quem quer que fosse. Albertine pensou, porém, pelo que eu acabara de dizer, que eu conhecesse a verdade verdadeira, mas lhe tivesse ocultado que a conhecia; ficara, pois, persuadida de que, de um modo ou de outro, eu mandava segui-la, ou enfim que de uma maneira qualquer eu estava, como ela dissera na semana anterior a Andrée, "mais bem informado do que ela mesma sobre a sua própria vida". Por isto me interrompeu com uma confissão bastante inútil, pois naturalmente eu não suspeitava nada do que ela me disse e fiquei em compensação acabrunhado, tão grande pode ser a distância entre a verdade desfigurada por uma mentirosa e a ideia que, de acordo com as mentiras dela, fez dessa verdade aquele que gosta da mentirosa. Mal pronunciara eu aquela frase: "Sua excursão de três dias a Balbec, digo-o de passagem", Albertine, cortando-me a palavra, declarou-me como coisa perfeitamente natural: "Você quer dizer que não houve excursão a Balbec? Mas claro que não! E sempre me perguntei a mim mesma por que você tinha fingido acreditar nela. Foi no entanto uma coisa bem inofensiva. O chofer precisava de uma folga de três dias. Não se animava a pedir-lhe. Então, por bondade para com ele (porque eu sou assim, e é sempre sobre mim que recaem as consequências), simulei aquela viagem. Ele me levou simplesmente a Auteuil, para a casa de minha amiga da rua da Assunção, onde passei os três dias me aborrecendo à grande. Como vê, nada de grave, não se perdeu nada com isso. Bem desconfiei que você talvez soubesse de tudo, quando via você rir ao chegarem os cartões-postais com oito dias de atraso. Reconheço que foi uma bobagem e que teria sido melhor não mandar cartões. Mas não é culpa minha. Comprei-os com antecedência e dei-os ao chofer antes de ele me levar para Auteuil, mas o burro esqueceu-os no bolso, em vez de mandá-los num envelope a um amigo que ele tem perto de Balbec e que devia reexpedi-los a você. Eu estava sempre contando que eles iam chegar. Só cinco dias depois é que ele se lembrou dos cartões e em vez de me dizer, remeteu-os, o bobo, para Balbec. Quando soube do fato, disse-lhe as últimas! Ficar preocupada inutilmente por culpa desse imbecil, como recompensa de passar três dias enclausurada, para que ele pudesse tratar dos negócios da família. Eu não ousava sair nem dentro do bairro, com medo de ser vista. A única vez que saí foi vestida de homem, mais para me divertir. E quis a minha sorte, que me acompanha em toda parte, que a primeira pessoa com quem esbarrei fosse um amigo seu, o judeuzinho Bloch. Mas não creio que fosse por ele que você tenha sabido que a viagem a Balbec nunca existiu senão na minha imaginação, pois ele pareceu não me reconhecer".

Eu não sabia o que dizer, não querendo parecer espantado nem esmagado por tantas mentiras. A um sentimento de horror, que não me dava o desejo de expulsar Albertine, pelo contrário, se juntava uma vontade extrema de chorar. Esta era causada não pela mentira mesma e pelo aniquilamento de tudo o que eu acreditara tanto ser verdade que me sentia como numa cidade arrasada, onde nem uma só casa subsiste, onde no solo nu não restam senão ruínas — mas pela melancolia de pensar que durante aqueles três dias passados a entediar-se em casa da amiga de Auteuil, Albertine não tivesse tido uma só vez o desejo, a ideia talvez sequer de vir passar às escondidas um dia em minha casa, ou por um *petit bleu* pedir-me que fosse vê-la em Auteuil. Mas eu não tinha tempo de me entregar a tais pensamentos. Não queria sobretudo parecer admirado. Sorri com o ar de quem sabe muito mais do que diz: "Mas isso é uma entre mil outras. Por exemplo, você sabia que a senhorita Vinteuil viria à casa da senhora Verdurin hoje à tarde quando você foi ao Trocadéro". Ela corou: "Sabia, de fato". "Você pode jurar que não era para reatar relações com ela que você queria ir à casa dos Verdurin?" "Mas claro que posso jurar. Reatar relações como, se nunca as tive, juro." Eu me sentia aniquilado de ouvir Albertine mentir-me dessa maneira, negar-me a evidência que o seu rubor me confessara exaustivamente. Sua falsidade me acabrunhava. E no entanto, como ela implicasse um protesto de inocência em que eu, sem o perceber, estava pronto a acreditar, fez-me menos mal do que a sinceridade com que, quando perguntei: "Você pode ao menos me jurar que o prazer de tornar a avistar-se com a senhorita Vinteuil nada tinha a ver com o seu desejo de ir esta tarde à casa dos Verdurin?", ela me respondeu: "Não, isso eu não posso jurar. Seria um grande prazer para mim rever a senhorita Vinteuil". Um segundo antes me queixava eu de que ela dissimulasse as suas relações com a srta. Vinteuil e agora a confissão do prazer que ela teria tido em vê-la me deixava de braços e pernas quebrados. Aliás seu modo misterioso de querer ir à casa dos Verdurin deveria ter sido para mim uma prova suficiente. Mas eu não tinha mais pensado bastante nisso. Embora me dizendo agora a verdade, por que não confessava senão pela metade? Era ainda mais estúpido do que mau e do que triste. Eu me sentia de tal modo achatado que não tive coragem de insistir no caso, no qual o meu papel não era simpático, visto que eu não possuía nenhum documento revelador a apresentar, e para recobrar a minha ascendência apressei-me em passar a um assunto que ia permitir-me desmascarar Albertine: "Olhe, ainda esta noite, em casa dos Verdurin, soube que o que você me tinha dito a respeito da senhorita Vinteuil...". Albertine me olhava fixamente com ar inquieto, tentando ler nos meus olhos o que eu sabia. Ora, o que eu sabia e ia dizer-lhe sobre o que era a srta. Vinteuil, é verdade que não fora em casa dos Verdurin que eu o descobrira, mas em Montjouvain, em outros tempos. Mas, como eu, de propósito, nunca falara disso a Albertine, podia fingir só tê-lo sabido naquela noite. E tive quase alegria — depois de ter tido tanto sofrimento no trenzinho por causa disso — de possuir essa reminiscência de Montjouvain que eu pós-dataria, o que não lhe diminuiria a força de prova esmagadora, de golpe imprevisto contra Albertine. Desta vez pelo menos eu não precisava "fingir saber" e fazê-la confessar: eu sabia, tinha visto pela janela iluminada de Montjouvain. Por mais que Albertine me tivesse afirmado que suas relações com a srta. Vinteuil e a amiga haviam sido muito puras, como poderia ela, quando eu lhe jurasse (e juraria sem mentir) que conhecia os hábitos das duas moças, como poderia ela sustentar que, tendo vivido em cotidiana intimidade com elas, chamando-as "minhas irmãs mais velhas", não tivesse sido objeto de propostas que a teriam feito romper com a amizade, se, ao contrário, não as tivesse aceito? Mas eu não tive tempo de dizer o que sabia. Albertine, julgando, como no caso da simulada viagem a Balbec, que eu soubera da verdade, ou pela srta. Vinteuil, se ela tivesse estado em casa dos Verdurin, ou, muito simplesmente, pela sra. Verdurin, que podia ter falado nela à srta. Vinteuil, não me deixou tomar a palavra e me fez uma confissão que era exatamente o oposto da que eu esperava, mas que, demonstrando-me que ela nunca cessara de me mentir, doeu-me talvez tanto quanto doeria a outra (sobretudo porque, como disse há pouco, eu não tinha mais ciúme da srta. Vinteuil); assim pois, antecipando-se, Albertine falou desta maneira: "Você quer dizer que soube esta noite que eu lhe menti quando afirmei ter sido meio educada pela amiga da senhorita Vinteuil. É verdade que menti um pouco. Mas eu me sentia tão desdenhada por você, via-o tão entusiasmado pela música desse Vinteuil que, como uma das minhas camaradas — isto é verdade, juro — tinha sido amiga da senhorita Vinteuil, pensei tolamente me tornar interessante aos seus olhos inventando que eu tinha conhecido muito essas moças. Eu sentia que você se aborrecia na minha companhia, que você me achava uma boba, e pensei que, dizendo-lhe conhecer aquela gente e poder muito bem dar-lhe detalhes sobre as obras de Vinteuil, adquiriria um pouco de prestígio aos seus olhos, que isto nos aproximaria. Quando minto é sempre por amizade a você. E foi preciso essa maldita *soirée* Verdurin para que você viesse a saber da verdade, que talvez tenham aliás exagerado. Aposto que a amiga da senhorita Vinteuil lhe disse que não me conhecia. Ela me viu pelo menos duas vezes em casa da minha camarada. Mas naturalmente não sou bastante *chic* para gente que ficou tão célebre. Preferem dizer que nunca me viram". Pobre Albertine, quando ela julgara que dizendo-me ter sido tão relacionada com a amiga da srta. Vinteuil adiaria o nosso rompimento e me aproximaria de si, tinha, como acontece tantas vezes, alcançado a verdade por um caminho diferente do que havia querido tomar. O fato de se mostrar mais bem informada sobre a música do que eu imaginara não me teria de modo algum impedido de romper com ela naquela noite no trenzinho; e no entanto foi essa frase, dita por ela com aquele fito, que motivara imediatamente muito mais do que a impossibilidade de romper. Somente, ela cometia um erro de interpretação, não sobre o efeito que devia produzir a frase, mas sobre a causa em virtude da qual ela devia produzir esse efeito, causa que era não o conhecer a sua cultura musical, mas o conhecedor as suas más relações. O que me tinha subitamente aproximado dela, e, muito mais do que isso, dissolvido nela, não era a expectativa de um prazer — e dizer um prazer é exagerar, um simples passatempo —, mas a pressão de uma dor.

Desta vez, ainda, eu não tinha tempo de guardar um silêncio prolongado que teria podido deixá-la supor espanto de minha parte. Por isso, fingindo-me comovido com a sua modéstia, com o fato de se julgar desdenhada no meio Verdurin, disse-lhe carinhosamente: "Mas meu bem, eu teria muito gosto em lhe dar algumas centenas de francos para que você fosse fazer de senhora *chic* onde quisesse e convidasse para um bonito jantar o senhor e a senhora Verdurin". Ai de mim! Albertine era várias pessoas numa só. A mais misteriosa, a mais simples, a mais atroz mostrou-se na resposta que ela me deu com um ar de nojo e cujas palavras, para dizer a verdade, não distingui bem (mesmo as palavras do começo, pois ela não terminou a frase). Só as restabeleci um pouco mais tarde quando lhe adivinhei o pensamento. Ouve-se retrospectivamente quando se compreendeu. "Muito obrigada!, gastar dinheiro com aqueles velhos, prefiro mil vezes que você me dê liberdade um dia para eu ir..." Aqui Albertine empregou uma expressão do *argot: "me faire casser...".* Não pude ouvir o resto. Ela corou, arrependidíssima, e levou a mão à boca como se quisesse recolher a frase que acabava de dizer e que eu não compreendera de todo. "Que foi que você disse, Albertine?" "Nada, estava meio tonta de sono." "Não é verdade, você está bem acordada." "Estava pensando no jantar aos Verdurin, é muito amável de sua parte." "Que nada!, eu estou me referindo ao que você disse." Deu-me ela mil versões que não calhavam absolutamente, já não digo com as suas palavras que, interrompidas, permaneciam vagas, mas com a interrupção mesma e o rubor súbito que a tinha acompanhado. "Ora, meu bem, não foi nada disso que você quis dizer, senão por que não terminaria a frase?" "Porque achei que o meu pedido era indiscreto." "Que pedido?" "De dar um jantar." "Não acredito, não há discrições a guardar entre nós." "Há, sim, ao contrário, não devemos abusar daqueles a quem queremos bem. Em todo caso lhe juro que foi isso." Por um lado me era sempre impossível duvidar de um juramento dela, por outro lado as suas explicações não satisfaziam a minha razão. Não cessei de insistir. "Acabe com isso, tenha ao menos a coragem de terminar a frase, você parou em '*casser*'." "Oh!, por favor, deixe-me!" "Mas por quê?" "Porque é uma expressão de uma vulgaridade horrorosa, eu teria vergonha de repeti-la na sua frente. Não sei em que estava pensando, essas palavras, cujo sentido nem sei e que ouvi um dia na rua ditas por gente muito desbocada, vieram-me à boca sem quê nem para quê. Não têm relação nem comigo nem com ninguém, eu estava sonhando alto." Senti que não tiraria mais nada de Albertine. Ela me mentira quando jurara segundos atrás que se interrompera por um receio mundano de ser indiscreta, transformado agora na vergonha de repetir diante de mim uma frase demasiado vulgar. Ora, isto era certamente uma segunda mentira. Pois quando estávamos juntos, eu e Albertine, não havia expressões que não pronunciássemos quando nos acariciávamos, por mais depravadas, por mais grosseiras que fossem. Em todo caso, era inútil insistir no momento. Mas aquela palavra, "*casser*", permanecia na minha memória como uma obsessão. Albertine dizia muitas vezes "*casser du bois*", "*casser du sucre sur quelq'un*", ou simplesmente: "*Ah! ce que je lui en ai cassé!*", querendo dizer "como o insultei!". Mas dizia-o correntemente diante de mim e se era isso o que ela tinha querido dizer, por que se calara de repente, por que havia ficado tão vermelha, posto as mãos na boca, modificado inteiramente a frase e, quando viu que eu tinha ouvido bem "*casser*", dado uma falsa explicação? Mas uma vez que eu desistia de prosseguir num interrogatório em que não recebia resposta, o melhor era fingir não pensar mais naquilo, e, voltando pelo pensamento às censuras que Albertine me fizera de ter ido à casa da sra. Verdurin, disse-lhe muito desajeitadamente, o que era como que uma espécie de desculpa estúpida: "Eu tinha justamente querido convidá-la para vir comigo esta noite à *soirée* dos Verdurin", frase duplamente desastrada, pois se o desejava, e a vira todo o tempo, por que não lhe propusera isso? Furiosa com a minha mentira e encorajada pela minha timidez: "Você podia ficar mil anos me convidando, que eu não aceitaria. São pessoas que sempre foram contra mim, sempre fizeram tudo para me contrariar. Não há gentileza que eu não tenha feito à sra. Verdurin em Balbec, e bonita recompensa tive! Também ela pode mandar me chamar na hora da morte, que eu não vou. Há coisas que não se perdoam. Quanto a você, é a primeira indelicadeza que você me faz. Quando Françoise me disse que você tinha saído (ela estava contentíssima de me dar a notícia), eu teria preferido que me abrissem a cabeça pelo meio. Procurei disfarçar para que não notassem, mas nunca na minha vida sofri uma afronta igual".

Enquanto ela falava, prosseguia em mim, no sono extraordinariamente vivo e criador do inconsciente (sono em que acabam de se gravar as coisas que mal nos roçam, em que as mãos adormecidas se apoderam da chave que abre, inutilmente procurada até então), a rebusca do que ela tinha querido dizer com a frase interrompida cujo fim eu gostaria de saber qual fosse. E de repente duas palavras atrozes, em que eu não tinha de todo pensado, acudiram-me à memória: *le pot.*[144] Não posso dizer que vieram de uma vez, como quando, numa longa submissão passiva a uma reminiscência incompleta, ao mesmo tempo que se procura devagarinho, prudentemente, ampliá-la, fica dobrado, colado a ela. Não, contrariamente à minha maneira habitual de me recordar, houve, creio, dois caminhos paralelos de busca: um levava em conta não somente a frase de Albertine, mas também o seu olhar maçado

144 O herói conclui pela expressão "faire casser le pot", literalmente "quebrar meu pote", um sinônimo de "sodomizar". (N. do R. T.)

quando eu lhe propusera dar-lhe dinheiro para que ela oferecesse um bonito jantar, um olhar que parecia dizer: "Muito obrigada, gastar dinheiro em coisas que me caceteiam, quando sem dinheiro poderia fazer outras que me divertem!". E foi talvez a lembrança desse seu olhar que me fez mudar de método para encontrar o fim do que ela tinha querido dizer. Até então eu me deixara ficar hipnotizado pela última palavra: "*casser*", ela tinha querido dizer partir o quê? *Casser du bois?* Não. *Du sucre?* Não. *Casser, casser, casser.* E de repente aquele seu olhar no momento de eu propor que desse um jantar me fez retrogradar nas palavras da sua frase. E vi logo que ela não tinha dito "*casser*", mas "*me faire casser*". Horrível!, era isso que ela teria preferido. Duas vezes horrível, pois nem a última das rameiras, que consente nisso, ou o deseja, não emprega com o homem que se presta a tal aquela expressão horrorosa: sentir-se-ia por demais envilecida. Só a outra mulher, se gosta dele, é que diz isso, para se desculpar de se entregar daí a pouco a um homem. Albertine não mentira ao dizer que estava meio sonhando. Distraída, impulsiva, não se lembrando de que estava comigo, dera de ombros, começara a falar como o teria feito com uma daquelas mulheres, com talvez uma das minhas raparigas em flor. E subitamente chamada à realidade, chorando de vergonha, recalcando o que ia dizer, desesperada, não quisera pronunciar nem mais uma palavra. Eu não tinha um segundo a perder se queria evitar que ela percebesse o desespero em que eu estava. Mas já, depois do sobressalto da raiva, as lágrimas me subiam aos olhos. Como em Balbec, na noite que se seguira à revelação da sua amizade com os Vinteuil, era preciso que eu inventasse imediatamente para a minha tristeza uma causa plausível, capaz ao mesmo tempo de produzir um efeito tão profundo em Albertine que isso me desse uma trégua de alguns dias antes de eu tomar uma decisão. Por isso, no momento em que ela me dizia nunca ter experimentado afronta igual àquela que eu lhe infligira saindo, que teria preferido morrer a ouvir aquilo de Françoise; como, irritado pela suscetibilidade, eu ia dizer-lhe que o que eu tinha feito era bem insignificante, que não havia o menor agravo para ela no fato de eu ter saído; e como, no decurso desses minutos, paralelamente, minha busca inconsciente do que ela tinha querido dizer depois da palavra *"casser"* dera resultado e não me era possível esconder completamente o desespero em que me lançara a minha descoberta, eu, em vez de me defender, acusei-me. "Albertine, meu bem", disse-lhe num tom meigo a que se misturavam as minhas primeiras lágrimas, "eu poderia dizer-lhe que você não tem razão, que o que eu fiz não é nada, mas seria uma mentira; você é que está certa, você compreendeu a verdade, minha pequena, pois há seis meses, há três meses, quando eu ainda tinha tanta amizade por você, nunca teria feito isso. É um nada e é enorme, porque significa a imensa mudança que houve em meu coração. E já que você adivinhou essa mudança que eu esperava esconder-lhe, sou levado a dizer-lhe o seguinte: Minha querida Albertine (e digo-o com um carinho e uma tristeza profundas), a vida que você leva aqui é muito enfadonha para você, mais vale nos separarmos, e como as melhores separações são as que se efetuam o mais rapidamente possível peço-lhe que me abrevie o grande desgosto que vou ter, que me diga adeus esta noite e parta amanhã de manhã, sem que eu torne a vê-la, parta quando eu estiver ainda dormindo." Ela pareceu estupefata, ainda incrédula e já sucumbida: "Como amanhã? Você quer mesmo isso?". E apesar do sofrimento que eu experimentava ao falar da nossa separação como de coisa já pertencente ao passado — talvez em parte por causa desse sofrimento mesmo — pus-me a dirigir a Albertine os conselhos mais precisos relativamente a certas coisas que ela teria que fazer depois de me deixar. E de recomendação em recomendação, cheguei daí a pouco a entrar em minuciosos detalhes. "Devolva-me, por favor", disse-lhe com infinita tristeza, "o livro de Bergotte que está em casa de sua tia. Não há pressa, pode ser daqui a três, oito dias, quando você quiser, mas não se esqueça, para que eu não tenha que mandar pedir-lhe, isso me doeria demais. Fomos felizes, sentimos agora que seríamos infelizes", disse-

-me Albertine interrompendo-me. "Não diga 'sentimos', é você só que acha isso." "Enfim, você ou eu, como quiser, por esta ou aquela razão. Mas já é muito tarde, vá se deitar, pois decidimos nos separar esta noite." "Perdão, *você* decidiu e eu lhe obedeço porque não lhe quero dar aborrecimento." "Seja, fui eu quem decidi, mas nem por isso é menos doloroso para mim. Não digo que vá ser doloroso por muito tempo, você sabe que eu não tenho a faculdade de me lembrar por muito tempo, mas nos primeiros dias como terei saudades suas! Por isso acho inútil reavivar com cartas, é preciso acabar de uma vez." "Você tem razão", disse-me ela, com ar tristíssimo, para o qual contribuía a fisionomia abatida pelo cansaço da hora tardia, "em vez de deixar cortar um dedo depois outro, prefiro que me cortem logo a cabeça." "Meu Deus, estou aterrado de pensar a que horas você vai dormir por minha causa, é uma loucura. Enfim, como é a última noite! Você terá tempo depois para dormir o resto da vida." E assim, dizendo-lhe que era preciso que nos despedíssemos, eu procurava retardar o momento em que ela o faria. "Você quer, para se distrair nos primeiros dias, que eu peça a Bloch para lhe mandar Esther, a prima dele, onde você estiver? Ele faria isso para mim." "Não sei por que você diz isso" (eu dizia-o para tentar arrancar-lhe alguma demonstração de afeto), "só uma pessoa me interessa, é você", disse-me Albertine, cujas palavras me encheram de felicidade. Mas logo em seguida, que mal me fez ela: "Recordo-me muito bem de ter dado a minha fotografia a Esther porque ela insistiu muito e eu via que isso lhe daria prazer, mas quanto a ter tido amizade por ela ou ter vontade de vê-la algum dia...". E no entanto Albertine era de temperamento tão leviano que acrescentou: "Se ela quiser vir me ver, está bem, ela é muito boazinha, não faço nenhuma questão". Assim, quando eu lhe falara da fotografia de Esther que Bloch me enviara (e que eu nem tinha ainda recebido quando falei dela a Albertine), minha amiga compreendera que Bloch me mostrara uma fotografia dela, dada por ela a Esther. Nas minhas piores suposições, nunca eu imaginara que tal intimidade tivesse podido existir entre Albertine e Esther. Albertine não achara o que me responder quando eu falara da fotografia. E agora, supondo erroneamente que eu estivesse a par do fato, julgava mais hábil confessar. Eu estava acabrunhado. "E olhe, Albertine, uma coisa lhe peço, é nunca procurar tornar a ver-me. Se algum dia, o que poderá acontecer dentro de um, de dois, de três anos, nós nos acharmos na mesma cidade, me evite!" E, vendo que ela não respondia afirmativamente ao meu pedido: "Minha Albertine, não me torne a ver nunca mais nesta vida. Seria um grande desgosto para mim. Pois eu tinha por você verdadeira amizade, você sabe. Sei que quando lhe contei outro dia que queria rever a amiga de quem tínhamos falado em Balbec, você pensou que fosse coisa já combinada. Longe disso, lhe afianço que aquilo me era inteiramente indiferente. Você está persuadida de que eu tinha resolvido há muito tempo abandoná-la, de que minha ternura era uma comédia." "Absolutamente, você está louco, nunca pensei semelhante coisa", disse ela tristemente. "Você tem razão, pois de fato eu lhe queria bem de verdade, talvez não fosse amor, mas era uma grande, muito grande amizade, mais do que você possa acreditar." "Acredito, sim, E se você imagina que eu não gosto de você!" "É com grande tristeza que a deixo." "E a minha é mil vezes maior", respondeu-me Albertine. E já eu vinha sentindo que não podia mais conter as lágrimas que me subiam aos olhos. E essas lágrimas não nasciam absolutamente do mesmo gênero de tristeza que eu experimentava em outros tempos ao dizer a Gilberte: "É melhor não nos vermos mais, a vida nos separa". Sem dúvida quando eu escrevia isso a Gilberte, dizia comigo que quando eu amasse não mais a ela mas outra, o excesso do meu amor diminuiria o que eu talvez pudesse inspirar, como se houvesse fatalmente entre duas criaturas uma certa quantidade de amor disponível, em que o tomado a mais por uma é subtraído à outra, e que, da outra também, como de Gilberte, eu seria condenado a me separar. Mas a situação era completamente diversa por muitas razões, a primeira das quais, causa por sua vez das outras, era que aquela minha fraqueza de vontade, que tanta apreensão produzia em minha avó e em minha mãe em Combray e diante da qual uma e outra haviam sucessivamente capitulado, tal é a energia de um doente para impor a sua fraqueza, aquela fraqueza de vontade se viera agravando de maneira cada vez mais rápida. Quando eu sentira que minha presença fatigava Gilberte, ainda tinha bastante forças para renunciar a ela; não as tinha mais quando fiz a mesma constatação relativamente a Albertine e não cuidava senão em retê-la de qualquer maneira. De sorte que se escrevia a Gilberte dizendo-lhe que não a veria mais, e com a intenção de não vê-la mais de fato, só o dizia a Albertine por pura mentira e para provocar uma reconciliação. Assim apresentávamos um ao outro uma aparência que era bem diversa da realidade. E sem dúvida é sempre assim quando duas criaturas se acham frente a frente, pois cada uma delas ignora uma parte do que está na outra (mesmo o que ela sabe, não pode em parte compreendê-lo) e ambos manifestam o que lhes é menos pessoal, ou porque eles próprios não tenham discernido e julguem somenos o que o é mais, ou porque lhes pareçam mais importantes e mais desvanecedoras certas vantagens insignificantes e que não dependem deles. No amor esse mal-entendido é levado ao mais alto grau porque, salvo talvez quando se é criança, tratamos de fazer com que a aparência que tomamos, seja não de refletir exatamente o nosso pensamento, mas o que este pensamento julga mais próprio para nos fazer obter o que desejamos, e que para mim, depois que eu voltara para casa, era poder conservar Albertine tão dócil quanto ela se mostrara no passado, era que ela não me pedisse na sua irritação uma liberdade maior, que eu desejava dar-lhe um dia, mas que neste momento, em que eu tinha medo de suas veleidades de independência, teria me causado demasiado ciúme. Depois de certa idade, por amor-próprio e por sagacidade, as coisas que mais cobiçamos são aquelas que fingimos desdenhar. Mas em amor, a simples sagacidade — que aliás não é provavelmente a verdadeira sabedoria —

nos obriga bem depressa a esse gênio de duplicidade.[145] Tudo o que eu tinha em criança imaginado de mais delicioso no amor e que me parecia ser a essência mesma dele era, diante daquela que eu amasse, expandir livremente a minha ternura, a minha gratidão pela sua bondade, o meu desejo de uma perpétua vida em comum. Mas eu verificara muito bem, pela minha própria experiência e pela dos meus amigos, que a expressão de tais sentimentos está longe de ser contagiosa. O caso de uma velha afetada como era o sr. de Charlus, que, de tanto ver em imaginação apenas um belo jovem, acredita tornar-se ele mesmo um belo jovem, e dá cada vez mais mostras de efeminação, em suas risíveis afetações de virilidade, tal caso entre numa regra que se aplica a outros casos que os de Charlus, uma lei de uma generalidade que o próprio amor não a esgota inteiramente; não vemos nosso corpo como os outros veem, e nós "perseguimos" nosso pensamento, objeto que está diante de nós, invisível aos outros (tornado visível às vezes pelo artista em uma obra, daí entre seus admiradores, tão frequentes desilusões quando são admitidos junto ao autor, em cujo rosto a beleza interior se refletiu tão imperfeitamente). Uma vez percebido isso, a gente não se "abre" mais; eu tivera a cautela de não dizer a Albertine de tarde toda a gratidão que senti por não ter ela ficado no Trocadéro. E esta noite, temendo que ela me deixasse, fingira desejar romper com ela, fingimento que aliás não me era ditado somente pelos ensinamentos que eu julgara ter colhido dos meus amores precedentes e dos quais tentava tirar proveito para o atual. O receio de que Albertine fosse talvez dizer-me: "Quero certas horas para sair só, quero poder ausentar-me vinte e quatro horas", enfim não sei que pedido desse gênero, que eu não tentava definir mas que me apavorava, esse receio me tinha passado um momento pela cabeça antes e durante a *soirée* Verdurin. Mas tinha se dissipado, rebatido aliás pela lembrança de tudo o que Albertine me dizia constantemente de sua felicidade em minha

145 "Génie", no original, em vez de "genre", "gênero". (N. dos T.)

casa. A intenção de me deixar se porventura existia em Albertine, não se manifestara senão de modo obscuro, por certos olhares tristes, certas impaciências, certas frases que absolutamente não queriam dizer isso, mas que, raciocinando-se (nem havia necessidade de raciocinar, pois adivinha-se imediatamente essa linguagem da paixão, até a gente do povo compreende essas frases que só se podem explicar pela vaidade, pelo ódio, pela inveja, aliás informulados, mas que despista logo no interlocutor uma faculdade intuitiva que, como aquele "bom-senso" de que fala Descartes, é a coisa mais distribuída do mundo), revelavam nela a presença de um sentimento que ela escondia e que podia conduzi-la a fazer planos de uma vida diferente sem mim. Assim como essa intenção não se exprimia em suas palavras de uma maneira lógica, assim o pressentimento que tive dessa intenção permanecia em mim igualmente vago. Eu continuava a viver da hipótese que admitia como verdadeiro tudo o que me dizia Albertine. Mas pode ser que em mim, durante esse tempo, uma hipótese inteiramente contrária, e na qual eu não queria pensar, estivesse sempre presente; o que é tanto mais provável, quanto, se não fosse isso, eu não teria ficado nada contrafeito para dizer a Albertine que fora à casa dos Verdurin, nem, se não fosse isso, seria compreensível a pouca surpresa que me causou a sua indignação. De maneira que o que vivia provavelmente em mim era a ideia de uma Albertine inteiramente contrária àquela que a minha razão fazia dela, àquela que suas próprias palavras representavam, mas não uma Albertine, absolutamente inventada, pois era como um espelho anterior de certos movimentos que se produziram nela, como o seu mau humor por eu ter ido à casa dos Verdurin. Aliás havia muito tempo que minhas frequentes angústias, meu medo de dizer a Albertine que eu a amava, tudo isso correspondia a outra hipótese que explicava muito mais coisas e tinha também isto a seu favor, que, adotada a primeira, a segunda se tornava mais provável, pois entregando-lhe a efusões de ternura com Albertine, não obtinha dela senão uma irritação (a que aliás ela atribuía outra causa).

Devo dizer que o que me aparecera como mais grave e me havia chocado como sintoma de que ela se antecipava a minha acusação, era que ela me havia dito: "Creio que eles receberão a srta. Vinteuil hoje à noite", e a que eu havia respondido o mais cruelmente possível: "Você não havia me dito que tinha encontrado a sra. Verdurin". Quando não achava Albertine gentil, em vez de lhe dizer que estava triste, tornava-me malvado. Analisando as coisas de acordo com isso, de acordo com o sistema invariável de respostas que inculcavam exatamente o contrário do que eu sentia, posso estar certo de que se, nessa noite, eu lhe disse que ia deixá-la, era — mesmo antes de me tornar consciente de tal — porque eu tinha medo de que ela quisesse uma liberdade (não saberia eu precisar qual fosse essa liberdade que me fazia tremer, mas enfim uma liberdade que lhe permitisse enganar-me, ou pelo menos que me tirasse a possibilidade de saber ao certo que ela me enganava) e queria mostrar-lhe por orgulho, por habilidade, que estava bem longe de o apreender, como já em Balbec, quando eu desejava que ela fizesse grande ideia de mim e, mais tarde, quando desejava que ela não tivesse tempo de se aborrecer na minha companhia.

Enfim, quanto à objeção que se poderia opor a esta segunda hipótese — a informulada —, a saber, que tudo o que Albertine sempre me dizia significava, ao contrário, que sua vida preferida era a vida em minha casa, o repouso, a leitura, a solidão, o ódio dos amores sáficos etc., seria inútil demorar o pensamento nela. Pois se por seu lado Albertine tivesse querido ajuizar do que eu sentia pelo que eu lhe dizia, chegaria a exatamente o contrário da verdade, pois eu nunca manifestava o desejo de deixá-la senão quando não podia passar sem ela, e em Balbec lhe confessara amar outra mulher, de uma feita Andrée, de outra uma pessoa misteriosa, nas duas vezes em que o ciúme renovara o meu amor por Albertine. Minhas palavras não refletiam, pois, de modo algum os meus sentimentos. Se o leitor não tem disso senão uma ideia bastante fraca, é porque, sendo eu o narrador, lhe exponho os meus sentimentos ao mesmo tempo que lhe repito as minhas palavras. Mas se eu lhe escondesse aqueles e ele conhecesse apenas estas, os meus atos, tão pouco em relação com elas, lhe dariam a miúdo a impressão de uma tão estranha versatilidade que decerto ele me julgaria um doido. Procedimento que não seria, de resto, muito mais falso de que o que adotei, pois as imagens que me faziam agir, tão opostas às que se pintavam nas minhas palavras, eram naquele momento muito obscuras; eu não conhecia senão imperfeitamente a verdade subjetiva. Quanto à sua verdade objetiva, isto é, se os pendores desse instinto percebiam mais exatamente do que o meu raciocínio as verdadeiras intenções de Albertine, se eu tive razão de confiar nesse instinto ou se, pelo contrário, ele não alterou as intenções de Albertine em vez de as penetrar; eis o que me é difícil dizer.

Aquele receio vago, sentido por mim em casa dos Verdurin, de que Albertine me deixasse, tinha a princípio se dissipado. Quando eu chegara a casa, fora com o sentimento de ser um prisioneiro, não de ir ao encontro de uma prisioneira. Mas o receio dissipado se reapoderara de mim com mais intensidade, quando, no momento em que dissera a Albertine que tinha ido à casa dos Verdurin, vira superpor-se-lhe ao rosto uma aparência de enigmática irritação, que aliás não aflorava nele pela primeira vez. Eu bem sabia que ela não era senão a cristalização na carne de queixas fundadas em raciocínios, de ideias claras para a pessoa que as forma e as cala, síntese tornada visível, mas não mais racional, e que aquele que lhe recolhe o precioso resíduo na fisionomia do ser amado tenta por sua vez, para compreender o que se passa neste, reduzir pela análise aos seus elementos intelectuais. A equação aproximativa daquela incógnita que era para mim o pensamento de Albertine, tinha me dado pouco mais ou menos isto: "Eu sabia das suspeitas dele, estava certa de que ele procuraria verificá-las, e para que eu não pudesse estorvá-lo fez todo o seu trabalhinho às escondidas". Mas se era com tais ideias, e que ela nunca me havia comunicado, que vivia Albertine, não devia ela detestar, não ter mais a força de suportar, não podia de um dia para outro decidir acabar uma existência em que, se era ao menos em desejo culpada, se sentia adivinhada, acuada, impedida de se entregar aos seus pendores, sem que o meu ciúme fosse por isso desarmado, uma existência em que, se ela estava inocente de intenção e de fato, tinha o direito, havia algum tempo, de se sentir desanimada, vendo que desde Balbec, onde pusera tanta perseverança em evitar ficar só com Andrée, até o dia de hoje, em que renunciara a ir à casa dos Verdurin e a ficar no Trocadéro, não conseguira reconquistar minha confiança? Tanto mais que eu não podia dizer que o seu comportamento não fosse perfeito. Se em Balbec, quando se falava de moças que tinham *mauvais genre*, ela muitas vezes sorrira, espreguiçara o corpo, imitando-lhes os modos, o que me torturava por causa do que eu supunha que isto significava para as suas amigas; depois que ela teve conhecimento da minha opinião sobre o assunto, assim que faziam alusão a esse gênero de coisas cessava de tomar parte na conversa, não só com a palavra, mas até com a expressão da fisionomia. Fosse por não querer contribuir para as maledicências que diziam desta ou daquela moça, fosse por qualquer outro motivo, a única coisa que se lhe notava então nas feições tão móveis era que, a partir do instante em que se tocava no assunto, acusavam elas a sua distração, conservando exatamente a expressão que tinham um momento antes. E essa imobilidade de uma expressão mesmo leve pesava como um silêncio; teria sido impossível dizer se censurava, se aprovava, se conhecia ou não aquelas coisas. Cada feição sua não ficava mais em relação senão com outra de suas feições. O nariz, a boca, os olhos formavam uma harmonia perfeita, isolada do resto; ela tomava então a aparência de um desenho a pastel, dir-se-ia que falar daquilo diante dela ou diante de um retrato de Latour dava no mesmo.[146]

O meu cativeiro, ainda sentido por mim, quando, ao dar ao cocheiro o endereço de Brichot, enxergara a luz da janela, cessara de me pesar pouco depois, ao ver que Albertine parecia sentir tão cruelmente o dela. E para que ele lhe parecesse menos pesado, para que ela não tivesse a ideia de rompê-lo por iniciativa própria, parecera-me que o mais inteligente seria dar-lhe a impressão de que ele não era definitivo e que eu mesmo desejava que ele terminasse. Vendo que o meu artifício dera bom resultado, teria podido sentir-me feliz, primeiro porque o que eu tanto receara, a vontade que eu atribuía a Albertine de ir-se embora, se achava afastada, e em seguida, porque, fora mesmo do efeito visado, em si mesmo o sucesso do meu artifício, provando que eu não era absolutamente para Albertine um amante desprezado, um ciumento escarnecido, cujos ardis são todos de antemão descobertos, tornava a dar ao nosso amor uma espécie de virgindade, fazendo renascer para ele o tempo em que ela podia ainda, em Balbec, acreditar tão facilmente que eu gostasse de outra. Pois ela já não teria sem dúvida acreditado em tal, mas acreditava na minha intenção simulada de nos separar para sempre esta noite.

Parecia suspeitar que a causa dessa minha intenção fosse alguma coisa ouvida em casa dos Verdurin. Por uma necessidade de acalmar a perturbação em que me punha a minha simulação de ruptura, eu disse-lhe: "Albertine, você pode me jurar que nunca me mentiu?". Ela olhou fixamente um ponto no espaço e depois me respondeu: "Posso, isto é, não, não posso. Fiz mal em lhe dizer que Andrée tinha andado muito caída por Bloch, não é verdade". "Mas então por quê?" "Porque eu tinha medo que você pensasse outras coisas dela, foi só." Disse-lhe que tinha me en-

146 Alusão a Maurice Quentin de Latour (1704-1788), pintor oficial do rei Luís XV, grande especialista em desenhos em pastel. (N. do R. T.)

contrado com um autor dramático muito amigo de Léa, a quem ela dissera coisas muito estranhas (pensava com isso fazer-lhe crer que sabia mais do que dizia sobre a amiga da prima de Bloch). Ela tornou a olhar fixamente um ponto no espaço e disse-me: "Fiz mal, quando lhe falei ainda há pouco de Léa, em lhe esconder uma viagem de três semanas que fiz com ela. Mas eu o conhecia tão pouco naquela época!". "Foi antes de Balbec?" "Foi, antes da segunda vez." E ainda naquela manhã ela me dissera que não conhecia Léa, e poucos momentos antes que só estivera com ela no camarim! Era como se eu visse consumido instantaneamente pelo fogo um romance que eu levara milhões de minutos escrevendo. Para quê? Para quê? Certamente esses fatos, Albertine só os revelava a mim porque pensava que eu tivera conhecimento deles indiretamente por Léa, e não havia nenhuma razão para que não existisse uma centena de outros iguais. Compreendia eu assim que as palavras de Albertine, quando interrogada, não tinham nunca um átomo sequer de verdade, que a verdade, ela só a deixava escapar sem querer, como uma repentina mistura que se fazia nela entre os fatos que estava até então decidida a esconder e a ideia de que já fossem conhecidos. "Mas duas coisas é pouco", disse-lhe eu, "veja se se lembra de mais alguma, para que você me deixe umas recordações. Que é que você tem ainda para me contar?" Ela tornou a olhar fixamente um ponto no espaço. A que crenças numa vida futura adaptava ela a mentira, com que Deuses menos transigentes do que ela imaginara, tentava acomodar-se? Não deve ter sido fácil, pois seu silêncio e a fixidez de seu olhar duraram longo tempo. "Nada", acabou dizendo. E apesar de minha insistência, obstinou-se, facilmente agora, nesse "nada". E que mentira! Pois, uma vez que ela tinha aquele vício, quantas ocasiões, em quantos lugares, em quantos passeios, não tivera para satisfazê-lo até o dia em que se vira enclausurada em minha casa! As de Gomorra são ao mesmo tempo bastante raras e bastante numerosas para que, em qualquer multidão, uma não passe despercebida aos olhos de outra. E então o entendimento é fácil.Lembrei-me com horror de uma noite que, na época, parecera-me apenas ridícula. Um amigo meu convidara-me para jantar num restaurante com a amante e um amigo, que também trouxera a sua. Não tardaram elas a compreender-se, e tão impacientes ficaram de se possuir que, desde a sopa, os pés das duas se buscavam, encontrando muitas vezes o meu. Com pouco eram as pernas que se entrelaçavam. Meus amigos nada viam; eu estava em brasas. Uma das mulheres, não podendo mais conter-se, agachou-se embaixo da mesa, pretextando ter deixado cair qualquer coisa. Depois a outra disse que estava com enxaqueca e, desculpando-se, foi ao lavabo. A outra se lembrou de que era hora de ir encontrar-se com uma amiga no teatro. Finalmente fiquei só com meus dois amigos, que de nada desconfiavam. A da enxaqueca voltou, mas pediu licença para sair sozinha e ir esperar o amante em casa dele a fim de tomar um pouco de antipirina. Ficaram as duas muito amigas, passeavam juntas, uma, que andava vestida de homem, aliciava meninas, levava-as para a casa da outra e iniciava-as. A outra tinha um garoto, de quem fingia estar descontente, e fazia-o corrigir pela amiga, que batia nele a valer. Pode-se dizer que não há lugar, por mais público que seja, onde elas não fizessem o que há de mais secreto.

"Mas Léa procedeu sempre corretamente comigo durante todo o tempo da viagem", disse-me Albertine. "Portava-se mesmo com mais reserva do que muitas senhoras da boa sociedade." "Então houve senhoras que não tivessem compostura com você, Albertine?" "Nunca." "Então, que é que você quer dizer?" "Quero dizer que ela era menos livre nas suas expressões." "Por exemplo?" "Por exemplo, ela não teria, como tantas mulheres que são recebidas na sociedade, empregado a palavra 'paulificante', ou a expressão 'mandar às favas'." Parecia-me que uma parte do romance que ainda não tinha ardido estava afinal reduzindo-se a cinzas. Meu desânimo teria durado. As palavras de Albertine, quando eu refletia sobre elas, faziam suceder ao desânimo uma cólera insensata. Esta cedia a uma espécie de enternecimento. Eu também, desde que voltara e declarara querer romper, também mentia. E esta vontade de separação, que eu simulava com perseverança, infundia-me pouco a pouco alguma coisa da tristeza que eu experimentaria se tivesse verdadeiramente querido abandonar Albertine.

Aliás, mesmo repensando com intermitências, por acessos, como se diz das outras dores físicas, naquela vida orgíaca de Albertine antes de me conhecer, eu admirava ainda mais a docilidade da minha cativa e deixava de lhe querer mal por isso. Sem dúvida, nunca, durante a nossa vida em comum, cessara eu de dar a entender a Albertine que aquela vida não seria provavelmente senão provisória, de modo que Albertine continuasse a achar nela algum encanto. Mas nessa noite, eu tinha ido mais longe, receando não bastarem vagas ameaças de separação, refutadas que seriam certamente, no espírito de Albertine, pela sua ideia de um grande amor ciumento por ela, o qual, parecia ela dizer, teria me levado a fazer indagações em casa dos Verdurin. Nessa noite pensei que, entre as outras causas que podiam ter me decidido repentinamente, sem que eu mesmo percebesse senão aos poucos, a representar essa comédia de rompimento, havia sobretudo esta: quando eu, num daqueles impulsos como os tinha meu pai, ameaçava o sossego de alguém, como não tivesse, feito como ele, a coragem de realizar a ameaça, para não deixar crer que esta não passava de palavras no ar, ia bem longe nas aparências da realização e só recuava quando o adversário, convencido verdadeiramente da minha sinceridade, se amedrontava deveras.

Aliás, nessas mentiras, sentimos bem que existe alguma dose de verdade, sentimos que, se a vida não ocasiona mudanças em nossos amores, nós mesmos nos encarregamos de ocasioná-las ou de simulá-las e de falar em separação, de tal modo sentimos que todos os amores e todas as coisas evoluem rapidamente para o adeus. Queremos chorar as lágrimas que ele fará derramar muito antes de chegado o momento. Sem dúvida havia desta vez, na cena que eu representara, uma razão de utilidade. Eu experimentara de repente a necessidade de conservar Albertine porque a sentia esparsa em outras criaturas, às quais não podia impedir que ela se juntasse. Mas se ela renunciasse para sempre a todos por minha causa, talvez eu tivesse mais firmemente ainda resolvido não deixá-la nunca, pois, se o ciúme torna cruel a separação, a gratidão torna-a impossível. Eu sentia em todo caso que estava travando a grande batalha onde devia vencer ou sucumbir. Teria oferecido a Albertine em uma hora tudo o que possuísse, porque pensava comigo: tudo depende desta batalha, mas estas batalhas se parecem menos com as de antigamente, que duravam umas poucas horas, do que com uma batalha contemporânea, que não acaba nem no dia seguinte, nem no outro, nem na semana seguinte. Damos todas as nossas forças, porque pensamos sempre que são as últimas de que haverá necessidade. E mais de um ano se passa sem trazer a "decisão".

Talvez se tivesse acrescentado a isso uma inconsciente reminiscência de cenas mentirosas feitas pelo sr. de Charlus, junto de quem me achava quando o receio de ser abandonado por Albertine se apoderara de mim. Mais tarde, porém, ouvi minha mãe contar o seguinte, que eu ignorava então e que me leva a crer tivesse eu achado os elementos desta cena em mim mesmo, naquelas reservas obscuras da hereditariedade que certas emoções, atuando nisto como, na economia de nossas forças armazenadas, os medicamentos análogos ao álcool e ao café, põem à nossa disposição. Quando minha tia Léonie sabia por Eulalie que Françoise, certa de que a sua senhora nunca mais sairia de casa, tinha planejado em segredo alguma saída que minha tia devia ignorar, esta, na véspera, fingia decidir que tentaria no dia seguinte fazer um passeio. Ordenava ela a Françoise incrédula não somente preparar com antecedência as coisas, arejar as que estavam guardadas havia muito tempo, mas até encomendar o carro, determinar, com aproximações de quarto de hora, todos os pormenores do dia. Só quando Françoise, convencida ou pelo menos abalada, se via forçada a confessar a minha tia os projetos que havia feito era que esta renunciava publicamente aos seus para, dizia ela, não criar entrave aos de Françoise. Assim também, para que Albertine não pudesse pensar que eu estava exagerando e para fazê-la ir o mais longe possível na ideia de que íamos nos separar, tirando eu mesmo as deduções do que acabava de afirmar, pusera-me a antecipar o tempo que ia começar no dia seguinte e que deveria durar para sempre, o tempo em que haveríamos de estar separados, dirigindo a Albertine as mesmas recomendações como se não nos fôssemos reconciliar daí a pouco. Como os generais que acham que para que um estratagema possa enganar o inimigo, é preciso levá-lo muito adiante, tinha eu empenhado neste meu quase tanto das minhas forças de sensibilidade quanto o faria se não estivesse fingindo. Esta cena de separação fictícia estava me causando tanto pesar como se fosse real, talvez porque um dos dois atores, Albertine, julgando-a real, aumentava a ilusão do outro. A nossa vida de todos os dias, que embora penosa era suportável, preservada que estava no terra a terra pelo lastro do hábito e pela certeza de que o dia seguinte, ainda que fosse cruel, conteria a presença da criatura afeiçoada, eis que eu a destruía agora insensatamente. Não a destruía, é verdade, senão de um modo fictício, mas bastava isso para me acabrunhar, talvez porque as palavras tristes que pronunciamos, mesmo de mentira, trazem em si a sua tristeza e a injetam em nós profundamente; talvez porque sabemos que, ao simular um adeus, evocamos por antecipação uma hora que há de vir fatalmente mais tarde; depois não estamos bem certos de não termos acionado com isso o mecanismo que a fará soar. Em todo *bluff* há, por pequena que seja, uma parte de incerteza sobre o que vai fazer aquele que enganamos. Se esta comédia de separação fosse acabar mesmo numa separação! Não podemos encarar tal possibilidade, mesmo quando inverossímil, sem um aperto no coração. Sentimo-nos duplamente ansiosos, pois o rompimento se produziria então no momento em que seria insuportável, em que se sofreu por causa da mulher que nos vai deixar antes de nos ter curado, ou pelo menos consolado. Finalmente, não se tem mais o ponto de apoio do hábito, em que repousamos, mesmo no sofrimento. Voluntariamente nos privamos dele, demos ao dia presente uma importância excepcional, destacamo-lo dos dias contíguos e ele flutua sem raízes como um dia de partida: a nossa imaginação, não se sentindo mais paralisada pelo hábito, despertou, acrescentamos de repente ao nosso amor cotidiano devaneios sentimentais que o engrandecem enormemente, nos tornam indispensável uma presença com a qual, no entanto, não estamos mais absolutamente certos de poder contar. Sem dúvida, foi justamente para assegurar no futuro essa presença, que nos entregamos ao jogo de poder dispensá-la. Mas desse jogo nos tornamos vítimas, recomeçamos a sofrer porque fizemos algo de novo, de inusitado, que acontece assemelhar-se assim àqueles tratamentos que devem curar mais tarde a doença de que sofremos, mas cujos primeiros efeitos são de agravá-la.

Eu tinha os olhos úmidos de lágrimas, como aqueles que, na solidão do seu quarto, imaginam, à mercê dos desvios caprichosos das cismas, a morte de um ente amado, e figurando com as maiores minúcias a dor que teriam, acabam por senti-la. Assim, multiplicando as recomendações a Albertine sobre o procedimento que ela deveria ter para comigo depois que nos separássemos, parecia-me que eu tinha quase tanto pesar como se não nos fôssemos reconciliar daí a pouco. E depois, estava eu tão certo de o conseguir, de fazer Albertine voltar à ideia da vida em comum, e, se eu o conseguisse por esta noite, não havia o risco de renascer nela o estado de espírito que esta cena havia dissipado? Eu me sentia, mas não me julgava senhor do futuro, porque compreendia que essa sensação se originava somente da circunstância de ele não existir ainda e assim de eu não estar acabrunhado pela sua necessidade. Enfim, ao mentir, talvez pusesse em minhas palavras mais verdade do que imaginava. Acabava de ter um exemplo, quando dissera a Albertine que depressa a esqueceria; foi de fato o que me acontecera com Gilberte, que eu me abstinha agora de procurar para fugir não a um sofrimento, mas a uma maçada. E decerto me doera escrever a Gilberte que não a veria mais, e eu não ia senão de tempos em tempos à casa dela. Ora, todas as horas de Albertine me pertenciam, e no amor é mais fácil renunciar a um sentimento do que perder um hábito. Mas todas essas palavras dolorosas concernentes à nossa separação, se eu tinha a força de pronunciá-las porque as sabia mentirosas, eram, no entanto sinceras na boca de Albertine quando a ouvi gritar: "Pois bem!, prometo-lhe nunca mais procurá-lo. O que não quero é vê-lo chorar assim, meu querido. Tudo, menos dar-lhe um desgosto. Já que é preciso, não nos veremos mais". Eram sinceras, o que não poderiam ter sido da minha parte, porque por um lado, como Albertine não tinha por mim senão amizade, a renúncia que prometiam custava-lhe menos; porque, por outro lado, numa separação, é o que só tem amizade que diz coisas carinhosas, pois o amor não se exprime diretamente; porque, finalmente, as minhas lágrimas, que teriam sido tão pouca coisa num grande amor, lhe pareciam quase extraordinárias e a perturbavam grandemente, assim transpostas para o domínio daquela amizade em que ela se mantinha, daquela amizade maior que a minha, a julgar pelo que acabara de dizer, o que talvez não fosse inteiramente inexato, porquanto mil bondades do amor podem acabar despertando na criatura que o inspira sem o partilhar uma afeição, uma gratidão, menos egoístas do que o sentimento que as provocou, e que, talvez, passados anos de separação, quando nada mais restar dele no antigo amante, subsistirão sempre na amada.

Houve apenas um momento em que senti por ela uma espécie de raiva que só fez avivar minha necessidade de retê-la. Como, unicamente enciumado naquela noite da srta. Vinteuil, pensava com a maior indiferença no Trocadéro, não apenas enquanto a havia mandado a fim de evitar os Verdurin, mas mesmo vendo ali essa Léa por causa de quem havia mandado trazer de volta Albertine e para que ela não a conhecesse, disse sem pensar o nome de Léa, e ela, desconfiada, julgando que talvez me tivessem contado mais coisas, antecipou-se e exclamou com volubilidade, não sem esconder um pouco o rosto: "Conheço-a muito; no ano passado fui com algumas amigas vê-la representar; depois da representação fomos ao camarim dela e ela trocou de *toilette* diante de nós. Foi muito interessante". Viu-se então o meu pensamento obrigado a abandonar a srta. Vinteuil e num esforço desesperado, nessa corrida para o abismo das impossíveis reconstituições, agarrou-se à atriz naquela noite em que Albertine subira ao seu camarim. Por outro lado, depois de todos os juramentos que ela me fizera e em tom tão verídico, depois do sacrifício tão completo de sua liberdade, como acreditar que houvesse mal em tudo isso? E todavia não eram as minhas suspeitas umas como que antenas dirigidas para a verdade, pois se ela me sacrificara os Verdurin para ir ao Trocadéro, à casa dos Verdurin deveria vir a srta. Vinteuil e no Trocadéro estava Léa, que me parecia preocupar-me sem razão e que, no entanto, Albertine, naquela confissão que eu não lhe estava pedindo, declarava ter conhecido em maior escala do que a dos meus receios, e em circunstâncias bastante equívocas, pois quem poderia tê-la induzido a subir assim àquele camarim? Se eu cessava de sofrer por causa da srta. Vinteuil quando sofria por causa de Léa, esses dois carrascos do meu dia, era ou pela imperfeição de meu espírito, que não conseguia afigurar-se ao mesmo tempo tantas cenas, ou pela interferência das minhas emoções nervosas, de que o meu ciúme não era senão o eco. Eu podia inferir daí que ela não andara nem com Léa nem com a srta. Vinteuil, e que eu só acreditava nas suas relações com Léa porque ainda sofria com isso. Mas o fato de meus ciúmes se amortecerem — para tornarem a despertar às vezes, um depois do outro — não significava tampouco que eles não correspondessem, ao contrário, cada qual a alguma verdade pressentida, e que dessas mulheres eu não devesse suspeitar de nenhuma, mas sim de todas. Digo pressentida, porque eu não podia ocupar todos os pontos do espaço do tempo que seria preciso, e além disso que instinto me teria dado a concordância de uns e outros para me permitir surpreender Albertine aqui a tal hora com Léa, ou com as moças de Balbec, ou com a amiga da sra. Bontemps em quem ela havia roçado, ou com a moça do tênis que a tinha tocado com o cotovelo, ou com a srta. Vinteuil?

"Minha querida Albertine", respondi, "você é muito boazinha de me prometer isso. Aliás, pelo menos nos primeiros anos, evitarei os lugares onde você estiver. Você sabe se vai este verão a Balbec? Porque nesse caso tratarei de não ir." Agora, se eu continuava a avançar assim, antecipando os tempos na minha invenção mentirosa, não era menos para fazer medo a Albertine do que para me fazer mal a mim mesmo. Como um homem que não tivesse a princípio senão motivos pouco importantes para se zangar se exalta inteiramente com os efeitos da própria voz e se deixa arrebatar por uma fúria engendrada não pelas suas razões de queixa, mas pela própria cólera em via de crescimento, assim eu rolava cada vez mais depressa no declive da minha tristeza, a caminho de um desespero cada vez mais profundo e, com a inércia de um homem que sente o frio apoderar-se dele, não tenta reagir e acha mesmo uma espécie de prazer em tiritar. E enfim se eu tivesse daí a pouco, como contava, a força de me dominar, de reagir e de voltar atrás, o beijo de Albertine, no momento de me dar boa-noite, teria hoje que me consolar muito mais da tristeza que eu sentira ao imaginar, por fingir determiná-la, as formalidades de uma separação imaginária, ao lhe prever as consequências, do que da que Albertine me causara acolhendo tão mal o meu regresso. Em todo caso, esse boa-noite, era preciso que não fosse ela que tomasse a iniciativa de dar, o que me teria tornado mais difícil voltar atrás propondo-lhe renunciarmos à nossa separação. Por isso não cessava eu de lhe lembrar que a hora de nos dar esse boa-noite chegara havia muito tempo, o que, deixando-me a iniciativa, permitia-me retardá-lo por um momento ainda. E assim ia eu semeando de alusões à noite já tão avançada, ao nosso cansaço, as perguntas que fazia a Albertine. "Não sei para onde irei", respondeu ela à última, com ar preocupado, "talvez vá para casa de minha tia, na Touraine." E esse primeiro projeto esboçado assustou-me como se começasse a realizar efetivamente a nossa separação definitiva. Ela olhou o quarto, a pianola, as poltronas de cetim azul. "Não posso ainda me acostumar com a ideia de não ver mais tudo isto nem amanhã, nem depois de amanhã, nem nunca. Pobre quartinho. Parece-me impossível: não posso me conformar." "Era preciso, você não se sentia feliz aqui." "Sentia-me, sim, agora é que não me sentirei mais." "Qual o quê, afianço-lhe que é melhor para você." "Para mim, não. Para você talvez!" Pus-me a olhar fixamente no espaço, como se, presa de grande hesitação, eu me debatesse contra uma ideia que me tivesse acudido ao espírito. Enfim, de repente: "Escute, Albertine, você diz que se sente mais feliz aqui, que vai ser infeliz". "Naturalmente." "Isso me deixa muito inquieto; quer que experimentemos prolongar por algumas semanas? De semana em semana pode-se ir longe, não é verdade?, e você sabe que há coisas provisórias que ao cabo podem durar para sempre." "Oh, como você seria bonzinho!" "Mas então foi loucura nos termos torturado à toa durante horas, foi como uma viagem para que a gente se preparou e que não se fez. Estou que não me aguento de tristeza." Sentei-a nos meus joelhos, tomei do manuscrito de Bergotte que ela tanto desejava e escrevi na capa: *A minha Albertine, como lembrança de uma renovação de contrato.* "Agora", disse-lhe, "vá dormir até amanhã, minha querida, pois você deve estar exausta." "Estou sobretudo muito contente." "Você gosta um pouquinho de mim?" "Cem vezes mais do que antes."

Andaria eu mal se me regozijasse com essa pequena comédia, ainda que não tivesse chegado à forma de verdadeira encenação, a que a levei. Se tivéssemos apenas falado simplesmente de separação, já teria sido grave. Em conversas dessa natureza imaginamos falar não somente sem franqueza, o que é verdade, mas livremente. Ora, elas são de ordinário, sem que o percebamos, o primeiro murmúrio cochichado, mau grado nosso, de uma tempestade que não se suspeita. Em realidade o que exprimimos então é o contrário do nosso desejo (que é de viver sempre com aquela a quem amamos), mas é também aquela impossibilidade de vivermos os dois juntos, impossibilidade que causa o nosso sofrimento cotidiano, aliás preferido por nós ao da separação e que acabará, mau grado nosso, por nos separar. O mais das vezes acontece — não foi, como se verá, o meu caso com Albertine — que, algum tempo depois das palavras em que não acreditávamos, pomos em ação uma experiência informe de separação consentida, não dolorosa, temporária. Pede-se à mulher, para que depois ela se sinta melhor em nossa companhia, para, por outro lado, fugirmos momentaneamente a tristezas e fadigas contínuas, que ela faça sem nós, ou nos deixe fazer sem ela, uma viagem de alguns dias, os primeiros — desde muito tempo — passados sem ela, o que nos teria parecido impossível. Bem depressa volta ela a ocupar o seu lugar ao nosso lado. Somente essa separação, curta mas realizada, não é tão arbitrariamente decidida nem tão certamente a única como imaginamos. Recomeçam as mesmas tristezas, acentua-se a mesma dificuldade de viver um com o outro, só a separação não é mais coisa tão difícil; começou-se por falar nela, efetuamo-la depois sob uma forma amigável. Mas isso são apenas pródromos que não reconhecemos. Breve à separação momentânea e sorridente sucederá a separação atroz e definitiva que havíamos preparado sem o saber.

"Venha ao meu quarto daqui a cinco minutos para que eu possa vê-lo um pouco, meu querido. Você me fará muitos carinhos. Mas eu adormecerei logo depois, pois estou quase morta." Foi realmente uma morta que vi ao entrar no seu quarto. Adormecera logo que se deitara, e os lençóis, enrolados como um sudário em volta do corpo, tinham tomado com suas belas pregas uma rigidez de pedra. Dir-se-ia, como em certos Juízos Finais da Idade Média, que só a cabeça surgia fora do sepulcro, esperando em seu sono a trombeta do arcanjo. Essa cabeça fora surpreendida pelo sono quase caída, os cabelos hirsutos. E, vendo aquele corpo insignificante ali deitado, eu me perguntava que tábua de logaritmos constituía ele para que todas as ações de que ele pudesse ter participado, desde uma cotovelada até um roçar de vestido, fossem capazes de, estendidas ao infinito de todos os pontos que ele havia ocupado no espaço e no tempo, e de tempos em tempos subitamente revivificadas na minha lembrança, causar-me angústias tão dolorosas, e que eu sabia no entanto determinadas por movimentos, desejos dela que me teriam sido em outra mulher, nela mesma cinco anos antes ou cinco anos depois, tão indiferentes. Tudo isso era mentira, mas mentira para a qual eu não tinha coragem de procurar outra solução senão a minha morte. Assim permanecia eu, ainda com a peliça que não tinha tirado depois que chegara da casa dos Verdurin, diante daquele corpo torcido, daquela figura alegórica de quê? Da minha morte? Do meu amor? Daí a poucos instantes comecei a ouvir-lhe a respiração igual. Fui sentar-me à beira de sua cama para fazer uma cura calmante de brisa e de contemplação. Depois retirei-me devagarinho para não despertá-la.

Era tão tarde que, logo pela manhã, recomendei a Françoise andasse bem de manso ao passar diante do quarto de Albertine. Por isso Françoise, persuadida de que tínhamos passado a noite no que ela chamava orgias, recomendou ironicamente aos demais criados que não "acordassem a princesa". E era uma das coisas que eu receava, que Françoise, um dia não pudesse mais conter-se, fosse insolente com Albertine e que isso trouxesse complicações à nossa vida. Françoise, já não estava então, como na época em que sofria por ver Eulalie bem tratada por minha tia, em idade de suportar corajosamente o seu ciúme. Este alterava, paralisava a fisionomia de nossa criada a tal ponto que em certos momentos eu ficava a imaginar se ela não teria tido, em consequência de algum acesso de cólera, um ataquezinho cerebral que me tivesse passado despercebido. Tendo assim providenciado para que respeitassem o sono de Albertine, não pude conciliar o meu. Tentava compreender qual seria o verdadeiro estado de espírito de Albertine. Com a triste comédia que eu representara, teria eu aparado um perigo real, e, apesar de ela dizer que se sentia tão feliz em minha casa, tivera ela de fato por momentos a ideia de querer a liberdade, ou, pelo contrário, devia eu acreditar em suas palavras? Qual das duas hipóteses era a verdadeira?

Se me acontecia muitas vezes, se devia acontecer-me sobretudo estender um caso de minha vida passada até às dimensões da história, quando eu procurava compreender um acontecimento político; inversamente, nessa manhã, não cessei de identificar, malgrado tantas diferenças e para tentar compreender-lhe o alcance, a nossa cena da véspera com um incidente diplomático que se dera havia pouco tempo.

Tinha talvez o direito de raciocinar assim. Pois era muito provável que, sem consciência de minha parte, o exemplo do sr. de Charlus me tivesse guiado naquela cena mentirosa que eu o vira tantas vezes representar com tamanha autoridade; e, por outro lado, não seria ela nele senão uma inconsciente importação, para o domínio da vida privada, da tendência profunda de sua raça alemã, provocadora por astúcia e, por orgulho, guerreira quando preciso?

Várias pessoas, entre as quais o príncipe de Mônaco, tendo insinuado ao governo francês que, se ele não afastasse o sr. Delcassé, a Alemanha ameaçadora declararia efetivamente a guerra, o ministro dos Negócios Estrangeiros havia sido convidado a demitir-se. Portanto o governo francês admitira a hipótese de uma intenção de nos declararem guerra se não cedêssemos. Outras pessoas, porém, pensavam tratar-se de um simples *bluff* e que, se a França tivesse resistido, a Alemanha não teria desembainhado a espada.[147] Sem dúvida o caso era não só diferente, mas quase inverso, pois que a ameaça de romper comigo não fora proferida

147 O herói associa sua relação com Albertine ao incidente diplomático envolvendo Théophile Delcassé (1852-1923), Ministro das Relações Exteriores entre 1898 e 1905. O governo alemão via nas tentativas de Delcassé de reforçar o domínio francês no Marrocos e de buscar o apoio inglês, italiano e russo a tentativa de isolamento da Alemanha na Europa e possíveis sinais da eclosão de uma nova guerra franco-alemã. As ameaças de guerra da parte alemã acabam levando à demissão de Delcassé, em junho de 1905 (cf. livro do embaixador francês mencionado pelo sr. de Norpois no próximo volume: Maurice Paléologue. *Un grand tournant de la politique mondiale (1904-1906)*. Paris: Plon, 1931). (N. do R. T.)

por Albertine; mas um conjunto de impressões suscitara em mim o receio de que ela pensasse nisso, assim como o governo francês tivera igual receio em relação à Alemanha. Por outro lado, se a Alemanha desejava a paz, o fato de provocar no governo francês a ideia de que ela quisesse a guerra era uma habilidade contestável e perigosa. Decerto o meu procedimento havia sido bastante sagaz, se o que provocava em Albertine repentinos desejos de independência era a ideia de que eu nunca me decidira a romper com ela. E era difícil acreditar que ela não a tivesse, recusar-me a ver nela toda uma vida secreta, dirigida no sentido de satisfazer o seu vício, a julgar pela cólera mostrada ao saber que eu fora à casa dos Verdurin, exclamando: "Eu tinha certeza", e acabando por desvendar tudo ao dizer: "A senhorita Vinteuil não ia esta noite lá?". Tudo isto corroborado pelo encontro de Albertine e da sra. Verdurin, que Andrée me contara. Mas talvez esses súbitos desejos de independência, pensava eu comigo quando procurava ir contra o meu instinto, fossem causados — dado que existissem — ou viessem a sê-lo pela ideia contrária, a saber, que eu jamais tivera intenção de me casar com ela, que era quando eu fazia, como que involuntariamente, alusão à nossa separação próxima que eu dizia a verdade, que eu a abandonaria de qualquer maneira mais dia menos dia, crença que minha cena dessa noite só teria podido fortificar e que podia acabar engendrando nela esta resolução: "Se isso tem de acontecer fatalmente mais dia menos dia, melhor é acabar logo". Os preparativos de guerra, que o mais falso dos adágios preconiza para fazer triunfar a vontade de paz, criam, ao contrário, em cada um dos dois adversários a princípio a crença de que o outro quer o rompimento, crença que ocasiona o rompimento e, ocorrido este, esta outra crença em ambos de que foi o outro que a quis. Ainda que a ameaça não fosse sincera, o bom resultado induz a repeti-la. Mas o ponto exato até onde o *bluff* pode ser bem-sucedido é difícil de determinar; se um vai demasiado longe, o outro, que cedera até então, avança por sua vez; o primeiro, não sabendo mais mudar de método, habituado à ideia de que aparentar não temer o rompimento é a melhor maneira de evitá-lo (o que eu fizera nessa noite com Albertine), e levado aliás a preferir por altivez sucumbir a ceder, persevera em sua ameaça até o momento em que nenhum pode mais recuar. O *bluff* pode também misturar-se com a sinceridade, alternar com ela, e é possível que o que era um jogo ontem se torne uma realidade amanhã. Enfim pode acontecer também que um dos adversários esteja realmente resolvido à guerra, podia ser que Albertine, por exemplo, tivesse a intenção, mais cedo ou mais tarde, de não continuar mais naquela vida, ou, ao contrário, que tal ideia nunca lhe tivesse passado pela cabeça, e que a minha imaginação a tivesse inventado por inteiro. Tais foram as diferentes hipóteses que formulei enquanto ela dormia nessa manhã. No entanto, quanto à última, posso dizer que nos tempos que se seguiram, nunca ameacei Albertine de deixá-la senão para responder a uma ideia de má liberdade dela, ideia que ela não me exprimia, mas que me parecia implicada em certos descontentamentos misteriosos, em certas palavras, certos gestos, cuja única explicação possível era essa ideia e para os quais ela recusava dar-me qualquer explicação. E mais, frequentemente eu as constatava sem fazer nenhuma alusão a uma separação possível, supondo-as oriundas de um mau humor que acabaria naquele mesmo dia. Mas este durava às vezes sem remissão semanas inteiras, em que Albertine parecia querer provocar um conflito, como se houvesse naquele momento, em região mais ou menos afastada, prazeres de que ela tinha notícia, de que a privava a sua clausura em minha casa e que a influenciavam até que terminassem, como certas modificações atmosféricas que, mesmo ao pé da nossa lareira, atuam em nossos nervos, ainda que se produzam a tão grande distância quanto a das ilhas Baleares.

Nessa manhã, enquanto Albertine dormia e eu tentava adivinhar o que estava escondido nela, recebi uma carta de minha mãe, em que esta me exprimia a sua inquietação de não saber nada das nossas decisões por esta frase de Madame de Sévigné:

"Quanto a mim, estou persuadida de que ele não se casará: mas então por que tirar o sossego dessa moça que ele não desposará nunca? Por que expô-la a recusar partidos que ela não olhará senão com desprezo? Por que tirar o sossego de espírito de uma pessoa que seria tão fácil evitar?". Esta carta de minha mãe fez-me cair na realidade. Por que hei de procurar uma alma misteriosa, interpretar uma fisionomia e sentir-me cercado de pressentimentos que não me atrevo a aprofundar?, pensei comigo. Eu estava sonhando, a coisa é muito simples. Sou um rapaz indeciso e trata-se de um desses casamentos a propósito dos quais ficamos durante algum tempo sem saber se se realizarão ou não. Não há nisso nada de particular a Albertine. Este pensamento deu-me um alívio profundo mas curto. Bem depressa pensei comigo: a considerarmos o aspecto social dos fatos, tudo se pode reduzir, com efeito, à mais comum das ocorrências cotidianas. De fora seria talvez assim que eu encararia o caso. Mas bem sei que o que é verdade, que pelo menos o que também é verdade, foi tudo o que pensei, foi tudo o que li nos olhos de Albertine, são os temores que me torturam, é o problema que me proponho incessantemente a respeito de Albertine. A história do noivo hesitante e do noivado desmanchado pode corresponder a isso como a apreciação de um cronista teatral sensato pode dar ideia de uma peça de Ibsen. Mas há outra coisa além dos fatos que se contam. É verdade que essa outra coisa existe talvez, se soubéssemos vê-la, em todos os noivos hesitantes e em todos os casamentos adiados, porque há talvez mistério na vida de todos os dias. Era possível para mim desprezá-lo no que dizia respeito à vida dos outros, mas a de Albertine e a minha eu a vivia por dentro.

Albertine não me disse, a partir dessa noite, como aliás jamais me dissera antes: "Sei que você não tem confiança em mim, vou tentar dissipar as suas suspeitas". Mas esta ideia, que ela nunca exprimiu, podia ter servido de explicação aos seus mínimos atos. Não somente ela procurava não ficar só um momento sequer, de modo que eu não pudesse ignorar o que ela havia feito se eu não acreditasse nas suas declarações, mas até quando tinha que telefonar a Andrée, ou para a garagem, ou para o picadeiro, ou para qualquer outro lugar, pretextava que era muito cacete ficar sozinha à espera que as telefonistas fizessem a ligação, e dava um jeito para que eu estivesse junto dela naquele momento, ou quando não podia ser eu, Françoise, como que receando que eu pudesse imaginar comunicações telefônicas censuráveis e que servissem para marcar misteriosos encontros. Mas, ai de mim, nada disso me tranquilizava. Tive um dia de desânimo. Aimé devolvera-me a fotografia de Esther, dizendo-me que não era ela. Então Albertine tinha outras amigas íntimas além daquela a quem, pela interpretação errada que ela dera às minhas palavras, eu tinha, falando de coisa inteiramente diversa, descoberto que ela dera o seu retrato? Devolvi a fotografia a Bloch. A que eu desejaria ver era a que Albertine dera a Esther. Como estaria vestida nela? Talvez decotada, quem sabe? Mas eu não ousava falar nisso a Albertine (pois pareceria não ter visto a fotografia), nem a Bloch, aos olhos de quem eu não queria parecer que me interessava por Albertine. E essa vida, que deveria achar tão cruel para mim e para Albertine quem quer que soubesse das minhas suspeitas e do cativeiro dela, essa vida, vista de fora, para Françoise, passava por uma vida de prazeres imerecidos que sabia habilmente proporcionar-se aquela "engambeladora" e, como dizia Françoise, que empregava muito mais o feminino do que o masculino, sendo mais invejosa das mulheres, aquela *"charlatante"*. E até, como Françoise, na minha convivência, tinha enriquecido o seu vocabulário de termos novos, mas arranjando-os a seu modo, dizia ela de Albertine que nunca tinha conhecido uma criatura de tanta *"perfidité"*,[148] que sabia arrancar-me dinheiro representando tão bem a comédia, o que Françoise, que tomava tão facilmente o particular pelo geral como o geral pelo particular e não tinha senão ideias

148 *Perfidité* por *perfidie*, perfídia. (N. dos T.)

muito vagas sobre a distinção dos gêneros na arte dramática, chamava "saber representar a pantomima". Talvez por esse erro acerca da nossa verdadeira vida, a de Albertine e a minha, fosse eu próprio um pouco responsável por causa das vagas confirmações que, quando eu conversava com Françoise, deixava habilmente escapar, por desejo ou de implicar com ela, ou de parecer, senão amado, pelo menos feliz. E no entanto, do meu ciúme, da vigilância que eu exercia sobre Albertine, e dos quais teria desejado tanto que Françoise não desconfiasse, esta não tardou em adivinhar a realidade, guiada, como o espírita que, de olhos vendados, acha um objeto, por aquela intuição que ela tinha das coisas que me podiam ser penosas e que não se deixava desviar do seu fito pelas mentiras que eu lhe dissesse para despistá-la, guiada por aquele ódio clarividente que a levava — mais ainda do que a imaginar suas inimigas umas farsantes mais felizes, mais calejadas do que eram — a descobrir o que podia perdê-las e precipitar-lhes a queda. Françoise, certamente nunca teve cenas com Albertine. A mim mesmo me perguntei se Albertine, sentindo-se vigiada, não realizaria ela mesma essa separação de que eu a ameaçara, pois a vida, ao mudar, fabrica realidades com as nossas fábulas. Toda vez que eu ouvia abrir uma porta, tinha um estremeção como o que dava em minha avó agonizante toda vez que eu tocava a campainha. Eu não acreditava que Albertine saísse sem me dizer, mas era meu inconsciente que pensava isso, como era o inconsciente de minha avó que palpitava ao toque da campainha quando já estava privada de sentidos. Houve mesmo uma manhã, em que de repente tive medo de que ela tivesse não só saído, mas partido para sempre: eu ouvira o ruído de uma porta que me parecia ser a do seu quarto. Pé ante pé fui até lá, entrei, detive-me perto da porta. Na penumbra os lençóis estavam levantados em semicírculo; devia ser Albertine que, arqueado em corpo, dormia com os pés e a cabeça apoiados à parede. Só os cabelos daquela cabeça, caindo, abundantes e negros, para fora da cama é que me fizeram compreender que era ela, que ela não abrira a porta, nem se mexera, e senti que aquele semicírculo imóvel e vivo, onde se continha toda uma vida humana e que era a única coisa a que eu dava valor, senti que ele estava ali, em minha posse dominadora. Mas eu conhecia a arte de insinuação de Françoise, o partido que ela sabia tirar de uma encenação significativa, e não posso crer que ela tenha resistido à tentação de dar a entender cotidianamente a Albertine o papel humilhado que esta representava em casa, a infernizá-la com a pintura, sabiamente exagerada, da clausura a que minha amiga vivia sujeita. Uma vez encontrei Françoise, armada de grossos óculos, a remexer nos meus papéis e a repor entre eles um em que eu anotara certo caso relativo a Swann e à impossibilidade em que este se achava de passar sem Odette.[149] Teria ela deixado ficar aquele papel por descuido no quarto de Albertine? Aliás acima de todos os subentendidos de Françoise, que não tinham sido mais do que, em registro baixo, uma orquestração sussurrante e pérfida, é provável que devia ter se elevado mais alta, mais nítida, mais instante, a voz acusadora e caluniosa dos Verdurin, irritados de ver que Albertine me retinha involuntariamente, e eu a ela voluntariamente, longe do pequeno clã. Quanto ao dinheiro que eu gastava com Albertine, era-me quase impossível evitar que Françoise soubesse disso, pois eu não podia esconder dela nenhuma despesa. Françoise tinha poucos defeitos, mas esses defeitos haviam criado nela, para servi-los, verdadeiros dons, que muitas vezes lhe faltavam fora do exercício de tais defeitos. O principal era a curiosidade aplicada ao dinheiro gasto por nós com outras pessoas que não ela. Se eu tinha que pagar uma conta, dar uma gorjeta,

149 Tais notas sobre Swann e Odette assinalam o desenvolvimento da ideia do capítulo "Um amor de Swann" antes mesmo da revelação final de *O tempo redescoberto*. Lembre-se, nesse sentido, que uma das motivações da ida do herói ao salão dos Verdurin era a de conhecer o local em que Swann se encontrara tantas vezes com Odette. (N. do R. T.)

era inútil afastar-me, ela encontrava sempre um prato para guardar, um guardanapo para apanhar, qualquer coisa que lhe permitisse aproximar-se. E por menos tempo que eu lhe desse, mandando-a embora com fúria, essa mulher, que já enxergava com tanta dificuldade, que mal sabia contar, orientada por aquele mesmo instinto que leva um alfaiate, ao avistar-nos, a suputar imediatamente a fazenda de nossa roupa e chegar mesmo a apalpá-la, ou faz que um pintor seja sensível a um certo efeito de cores, Françoise olhava de esguelha, calculava instantaneamente o que eu dava. E para que ela não pudesse dizer a Albertine que eu subornava o chofer, eu mesmo explicava a Françoise, desculpando-me da gorjeta: "Quis ser amável com o chofer, dei-lhe dez francos". Françoise, inexorável e a quem bastara uma de suas olhadelas de águia velha quase cega, respondia: "Não senhor, o senhor deu-lhe quarenta e três francos de gorjeta. Ele disse ao senhor que eram quarenta e cinco francos, o senhor deu-lhe cem francos e ele só lhe devolveu doze francos". Ela achara tempo de ver e de contar a importância da gorjeta que eu mesmo ignorava.

Se o fito de Albertine era restituir-me a calma, conseguiu-o em parte; minha razão, aliás, não tinha outro desejo senão provar-me que eu me enganara acerca dos maus projetos de Albertine, como me enganara acerca dos seus instintos viciosos. Sem dúvida eu descontava, ao avaliar os argumentos que minha razão me fornecia, a parte do desejo que eu tinha de achá-los bons. Mas para ser justo e ter probabilidade de ver a verdade, a menos que se admita não ser esta jamais conhecida senão pelo pressentimento, por uma emanação telepática, não me cumpria ponderar que se minha razão, buscando a minha cura, se deixava guiar pelo meu desejo, em compensação, no que dizia respeito à srta. Vinteuil, aos vícios de Albertine, às suas intenções de levar outra vida, ao seu projeto de separação, que eram corolários de seus vícios, meu instinto tinha podido, para me pôr doente, deixar-se desencaminhar pelo ciúme? Aliás o sequestro de Albertine, que ela própria se encarregava tão engenhosamente de tornar absoluto, afastando de mim o sofrimento, afastou também pouco a pouco a desconfiança, e eu pude recomeçar, quando com a noite voltavam as minhas inquietações, a achar na presença de Albertine o alívio dos primeiros dias. Sentada ao pé de minha cama, falava ela comigo de um daqueles vestidos ou de um daqueles objetos que eu não cessava de lhe dar para tornar mais suave a sua vida e mais belo o seu cativeiro temendo por vezes que ela fosse da opinião daquela sra. de La Rochefoucauld, respondendo a alguém que lhe perguntava se não estava contente de viver na mansão tão bonita de Liancourt, que ela não conhecia prisão que fosse bonita.[150] Albertine a princípio não pensara senão nos vestidos e nos móveis. Agora andava interessada por objetos de prata.

Por isso eu consultara o sr. de Charlus sobre a antiga prataria francesa, e isto porque, quando formáramos o projeto de ter um iate — projeto julgado irrealizável por Albertine, e por mim mesmo, cada vez que, começando eu a crer na sua virtude, meu ciúme em declínio já não comprimia outros desejos em que ela não tinha nenhuma parte e que exigiam também dinheiro para serem satisfeitos —, tínhamos a todo risco e sem que ela acreditasse aliás que algum dia viéssemos a possuir um, pedido conselho a Elstir. Ora, tanto quanto para o traje feminino, o gosto do pintor era requintado e difícil para o mobiliário dos iates. Não admitia neles senão móveis ingleses e prata antiga. Isso levara Albertine, depois que voltáramos de Balbec, a ler obras sobre a arte da prataria, sobre os buris dos antigos cinzeladores. Mas a prata antiga, pelo fato de ter sido fundida em duas ocasiões, no momento dos tratados de Utrecht quando o próprio rei, imitado nisso pelos grandes fidalgos, deu a sua baixela, e em

150 Neste parágrafo, da palavra "temendo" até "bonita", trecho ausente da tradução de Manuel Bandeira e Lourdes Sousa de Alencar, mas presente na última edição em francês da Bibliothèque de la Pléiade. Repetição da citação extraída das Historiettes, de Tallemant des Réaux. (N. do R. T.)

1789, é raríssima. De outro lado, por mais que os ourives modernos se tenham esforçado em reproduzir toda essa prataria de acordo com os desenhos de Pont-aux-Choux, Elstir achava essa antiguidade nova indigna de entrar na morada de uma mulher de bom gosto, fosse embora uma morada flutuante. Eu sabia que Albertine lera a descrição das maravilhas que Roettiers lavrara para a sra. du Barry.[151] Ela andava com uma vontade louca de ver algumas dessas peças, se porventura ainda as houvesse, e eu de dar-lhas. Ela iniciara mesmo bonitas coleções que instalava com gosto encantador numa vitrina e que eu não podia olhar sem ternura e sem temor, pois a arte com que as dispunha era feita de paciência, de engenho, de nostalgia, de necessidade de esquecer, como aquela a que se entregam os cativos.

Quanto às *toilettes*, o que mais lhe agradava no momento era o que fazia Fortuny. Eram essas *robes de chambre*[152] de Fortuny, uma das quais vira eu na sra. de Guermantes, as que Elstir, quando nos falava das vestimentas magníficas das contemporâneas de Carpaccio e de Ticiano, nos anunciara para breve,

151 Já associada à personagem Esther, da peça de Racine, à infeliz sra. de la Rocheguyon e a Nérine, da peça de Banville, Albertine agora é associada à sra. du Barry (1743-1793), amante do rei Luís XV. A descrição dos tesouros confeccionados por Roettiers e Germain para a favorita do rei aparece na obra *La du Barry*, dos irmãos Goncourt. Ali, eles descrevem a ascenção da antiga vendedora ambulante e sua influência progressiva sobre o rei, a ponto de influir, segundo os biógrafos, em mudanças de ministério e destruição do parlamento. As peças de Roettiers são, nesse sentido, mais um exemplo do poder da amante sobre o rei. Os Goncourt dedicam um longo apêndice, ao final do livro, para "o prodigioso inventário de tanta prodigalidade" do rei com a amante, inventário que inclui compra de joias, encadernações de luxo, vestidos, porcelanas e todo o conjunto de peças confeccionados por "Roettiers Pai e Filho, Ourives Ordinários do Rei", entre os anos de 1769 e 1774. Com a Revolução, a sra. du Barry é condenada à guilhotina. Note-se que, assim como Albertine antes de viver com o herói, o único "dote" da sra. du Barry antes de conhecer o rei era um par de brincos. O paralelo entre as duas será retomado no próximo volume do livro. (N. do R. T.)

152 Proust nesta passagem chama a essas *toilettes* ora *peignoirs*, ora *robes de chambre*, ora simplesmente *robes*. (N. dos T.)

renascendo suntuosas de suas cinzas, pois tudo tem que voltar, como está escrito nas abóbadas de São Marcos, e como o proclamam, bebendo nas urnas de mármore e de jaspe dos capitéis bizantinos, os pássaros, que significam ao mesmo tempo a morte e a ressurreição. Logo que as mulheres começaram a usá-las, lembrara-se Albertine das promessas de Elstir, desejara ter uma e nós devíamos ir escolhê-la. Ora essas *toilettes*, se não eram daquelas antigas de verdade, dentro das quais as mulheres de hoje têm um pouco excessivamente o ar de estarem fantasiadas e que é mais bonito guardar como peças de coleção (aliás eu procurava dessas também para Albertine), não tinham tampouco a frieza do pastiche, do falso antigo. À maneira dos cenários de Sert, de Bakst e de Benoist, que nessa ocasião evocavam nos bailados russos as épocas de arte mais apreciadas — com o auxílio de obras de arte impregnadas de seu espírito e todavia originais —, esses *peignoirs* de Fortuny, fielmente antigos mas fortemente originais, faziam aparecer como um cenário, com maior força de evocação mesmo do que um cenário, pois o cenário ficava por imaginar, a Veneza toda atravancada de Oriente onde teriam sido usados, e da qual eram, mais do que uma relíquia no relicário de São Marcos evocadora do sol e dos turbantes de em torno, a cor fragmentada, misteriosa e complementar. Tudo desse tempo havia perecido, mas tudo renascia, evocado para ligá-los uns aos outros pelo esplendor da paisagem e o pulular da vida, pelo surto parcelar e sobrevivente dos tecidos das dogaresas.

Eu tinha querido uma ou duas vezes pedir conselho sobre isso à sra. de Guermantes. Mas a duquesa não gostava dos vestidos que parecem fantasia. Ela mesma, embora os possuísse, nunca ficava tão bem como quando trajava veludo preto com diamantes. E para *toilettes* como essas de Fortuny, o seu conselho não era de muita utilidade. Aliás, eu tinha escrúpulo, ao pedir-lhe, de parecer que só ia vê-la quando sucedia precisar dela, pois havia muito tempo vinha recusando vários convites seus por semana. De resto não era só dela que os recebia com profusão. Certo, ela e muitas outras senhoras tinham sido sempre muito amáveis comigo. Mas a minha clausura duplicara sem dúvida essa amabilidade. Parece que na vida mundana, reflexo insignificante do que se passa no amor, a melhor maneira de proceder para ser convidado é recusar-se. Um homem calcula tudo o que pode citar em matéria de feitos gloriosos para si a fim de agradar a uma mulher, varia constantemente as roupas, cuida de sua aparência fisionômica, e no entanto ela não lhe concede uma só das atenções que ele recebe de outra, a quem, enganando-a, e apesar de lhe aparecer desasseado e sem nenhum artifício para agradar, conquistou para sempre. Assim, se um homem se queixasse de não ser bastante convidado pelas suas relações, eu não lhe aconselharia fazer mais visitas, adquirir carruagem mais bonita, mas lhe diria que não aceitasse nenhum convite, vivesse fechado em seu quarto, não recebesse ninguém lá, e então lhe fariam fila à porta da casa. Ou melhor, não lhe diria. Pois é uma maneira segura de ser solicitado que só será bem-sucedida com a igual maneira de ser amado, isto é, se não fora adotada intencionalmente, se, por exemplo, não se sai do quarto porque se está gravemente doente, ou porque se pensa estar, ou porque se tenha fechada ali uma amante que se prefere à sociedade (ou pelos três motivos ao mesmo tempo), a sociedade para a qual será uma razão, sem que ela saiba da existência dessa mulher e simplesmente porque nos recusamos a frequentá-la, de preferir-nos a todos os que se lhe oferecem, e de afeiçoar-se-nos.

"É preciso que um destes dias nos ocupemos de seus *peignoirs* de Fortuny", disse eu uma noite a Albertine. E decerto, para ela, que por muito tempo os desejara, que os escolhia demoradamente comigo, que lhes tinha antecipadamente reservado um lugar não só em seus armários mas em sua imaginação, possuir esses *peignoirs*, cada detalhe dos quais, para se decidir entre tantos outros, examinava demoradamente, seria algo mais do que para uma mulher excessivamente rica que tem mais vestidos do que deseja e nem olha para eles. No entanto, apesar do sorriso com que Albertine me agradeceu dizendo-me: "Você é um amor", notei quanto tinha o ar fatigado e mesmo triste. Enquanto esperava que aprontassem esses *peignoirs*, pedi alguns emprestados, às vezes mesmo só as fazendas, e experimentava-os em Albertine, envolvia-a nelas; ela passeava no meu quarto com a majestade de uma dogaresa e a graça de um manequim. Apenas o meu cativeiro em Paris se me tornava mais pesado à vista daqueles *peignoirs* que me evocavam Veneza. Sem dúvida Albertine era muito mais prisioneira do que eu. E era curioso como, através das paredes da sua prisão, o destino, que transforma os seres, pudera passar, pudera modificá-la em sua essência mesma e fazer da moça de Balbec uma enfadonha e dócil cativa. Sim, as paredes da prisão não tinham impedido a entrada dessa influência, talvez a tivessem mesmo produzido. Já não era a mesma Albertine, porque não estava mais, como em Balbec, em incessante fuga na sua bicicleta, a Albertine impossível de encontrar por causa da quantidade de pequenas praias onde ela ia dormir em casa de amigas e onde, aliás, suas mentiras a tornavam mais difícil ainda de alcançar; porque, encerrada em minha casa, dócil e só, já não era nem mesmo o que em Balbec, quando eu conseguia encontrá-la, ela era na praia, aquela criatura esquiva, prudente e astuciosa, cuja presença se prolongava de tantos encontros que ela dissimulava habilmente, que a faziam amar porque faziam sofrer, em quem, debaixo de sua frieza com as outras e suas respostas triviais, se sentia o encontro da véspera e o do dia seguinte, e para comigo um pensamento de desdém e de artimanha; porque o vento do mar não lhe levantava mais os vestidos, porque, sobretudo, eu lhe cortara as asas e ela cessara de ser uma Vitória, era agora uma pesada escrava de que eu gostaria de me ver livre.

Então, para mudar o curso de meus pensamentos, em vez de começar com Albertine uma partida de cartas ou de damas, propunha-lhe que ouvíssemos um pouco de música. Eu ficava em minha cama e ela ia sentar-se, na outra extremidade do quarto, diante da pianola, colocada entre duas estantes da biblioteca. Albertine escolhia para mim ou peças inteiramente novas ou as que ainda não tinha tocado para mim senão uma vez ou duas, pois, principiando a me conhecer, sabia que eu só gostava de propor à minha atenção o que me parecia ainda obscuro, feliz de poder, no decurso daquelas audições sucessivas, unir umas às outras, graças à luz crescente mas, ai!, desnaturadora e estrangeira da minha inteligência, as linhas fragmentárias e interrompidas da construção, a princípio quase oculta na bruma. Ela sabia, creio que compreendia, a alegria que dava, as primeiras vezes, ao meu espírito esse trabalho de modelagem de uma nebulosa ainda informe. Enquanto ela tocava, eu só podia ver da sua abundante cabeleira uma mecha negra em forma de coração, disposta ao longo da orelha como o laço de uma infanta de Velázquez. Assim como o volume desse Anjo musicista era constituído pelos múltiplos trajetos entre os diferentes pontos do passado que sua lembrança ocupava em mim, e suas diferentes sedes, desde a vista, até as sensações mais interiores de meu ser, que me ajudavam a descer na intimidade do seu, a música que ela tocava tinha também um volume produzido pela visibilidade desigual das diferentes frases, conforme eu tivesse mais ou menos conseguido clareá-las e reunir umas às outras as linhas de uma construção que a princípio me parecera inteiramente afundada no nevoeiro. Adivinhava que, à terceira ou quarta audição, minha inteligência, tendo atingido, e por conseguinte posto a igual distância todas as partes, e já não havendo atividade que desenvolver em relação a elas, as tinha reciprocamente estendido e imobilizado num plano uniforme. No entanto não passava logo a uma peça nova, pois, sem talvez perceber bem o trabalho que se fazia em mim, sabia que no momento em que o trabalho da minha inteligência lograra dissipar o mistério de uma obra, era bem raro, em compensação, que no curso de sua tarefa nefasta não chegasse a esta ou aquela reflexão proveitosa. E no dia em que Albertine dizia: "Este rolo podemos dar a Françoise para que nos troque por outro", muitas vezes havia para mim, no mundo, uma peça de música a menos, mas uma verdade a mais. Compreendera eu tão bem que era absurdo ter ciúmes da srta. Vinteuil e da amiga, pois que Albertine desde a sua confissão não procurava de todo vê-las, e de quantos projetos de vilegiatura tínhamos formado afastara ela mesma Combray, tão próximo de Montjouvain, que, muitas vezes, o que eu pedia a Albertine que tocasse e sem que isso me fizesse sofrer era alguma música de Vinteuil. Só de uma feita a música de Vinteuil havia sido causa indireta de ciúme para mim. Com efeito Albertine, que sabia que eu ouvira obras dele, tocadas por Morel em casa da sra. Verdurin, falou-me uma noite do violinista manifestando vivo desejo de ouvi-lo, de conhecê-lo. Foi justamente pouco tempo depois de eu ter sabido da existência da carta, involuntariamente interceptada pelo sr. de Charlus, de Léa a Morel. Teria Léa falado nele a Albertine? As expressões "grande devassa, grande viciada" me voltavam à memória com horror. Mas precisamente por ter a música de Vinteuil ficado assim dolorosamente ligada a Léa — não mais à srta. Vinteuil e à amiga —, quando a dor causada por Léa se acalmou pude desde então ouvir sem sofrimento aquela música; um mal me havia curado da possibilidade dos outros. Dessa música de Vinteuil umas frases que me tinham passado despercebidas em casa da sra. Verdurin, larvas obscuras então indistintas, transformavam-se em deslumbrantes arquiteturas; e algumas ficavam sendo minhas amigas, algumas que eu mal notara a princípio, ou notara achando-as feias e das quais nunca eu teria pensado que fossem como aquelas pessoas antipáticas à primeira vista e que só se revelam realmente como são depois de as conhecermos bem. Entre os dois estados havia uma verdadeira transmutação. Por outro lado, frases claramente perceptíveis à primeira audição na música ouvida em casa da sra. Verdurin, mas que eu então não havia reconhecido, identificava-as eu agora com frases de outras obras, como aquela frase da variação religiosa para órgão, que em casa da sra. Verdurin me passara despercebida no septeto, onde no entanto, santa que descera os degraus do santuário, se achava na companhia das fadas familiares do músico. Por outro lado, a frase que me parecera tão pouco melódica, tão mecanicamente ritmada, da alegria titubeante dos sinos do meio-dia, era dessa que eu mais gostava agora, ou por me ter acostumado à sua feiura, ou por lhe haver descoberta a beleza. Essa reação contra a decepção que causam a princípio as obras-primas pode com efeito ser atribuída a um enfraquecimento da impressão inicial ou ao esforço necessário para discernir a verdade. Duas hipóteses que se representam para todas as questões importantes, as questões da realidade da Arte, da realidade da Eternidade da alma; é uma escolha que cumpre fazer entre as duas; no que diz respeito à música de Vinteuil, essa escolha se representava a todo momento sob muitas formas. Por exemplo, aquela música me parecia algo mais verdadeiro do que todos os livros conhecidos. Às vezes eu pensava que aquilo vinha de que o que é sentido por nós da vida, não o sendo sob a forma de ideias, a sua tradição literária, isto é, intelectual, ao expô-lo, explica-o, analisa-o, mas não o recompõe como a música, na qual os sons parecem tomar a inflexão da pessoa, nos dá esse inebriamento específico sentido de tempos em tempos e que, quando exclamamos: "Que dia lindo! Que bonito sol!", não se dá de todo a conhecer do próximo, em quem o mesmo sol e o mesmo dia despertam vibrações inteiramente diversas. Na música de Vinteuil, havia assim dessas visões que é impossível exprimir e quase proibido constatar, porquanto, quando no momento de adormecer recebemos a carícia do seu irreal encantamento, no momento mesmo em que a razão já nos abandonou, os olhos se fecham e antes de termos tido tempo de conhecer não só o inefável mas o invisível, adormecemos. Parecia-me mesmo, quando eu me entregava à hipótese de ser a arte real, que a música pode exprimir até mais do que a simples alegria nervosa de um dia bonito ou de uma noite de ópio: um inebriamento mais real, fecundo, pelo menos ao que eu pressentia. Não é possível que uma escultura, uma música que dá uma emoção que sentimos mais elevada, mais pura, mais verdadeira, não corresponda a uma certa realidade espiritual. Ou a vida não teria nenhum sentido. Certamente ela deve simbolizar alguma, para dar essa impressão de profundeza e de verdade.[153] Por isso nada se assemelhava mais do que certa frase de Vinteuil àquele prazer particular que eu sentira algumas vezes em minha vida, por exemplo, diante dos campanários de Martinville, de certas árvores de uma estrada de Balbec ou, mais simplesmente, no começo desta obra, ao beber certa xícara de chá. Sem levar mais longe esta comparação, eu sentia que os rumores claros, as vistosas cores que Vinteuil nos enviava do mundo em que compunha, faziam passar diante de minha imaginação com insistência, mas com demasiada rapidez para que ela pudesse apreendê-la, alguma coisa que eu poderia comparar à seda olorosa de um gerânio. Somente, ao passo que, na lembrança, esse vago pode ser senão aprofundado, ao menos tornado mais preciso graças a uma sinalização de circunstâncias que explicam por que um certo sabor pôde lembrar-nos sensações luminosas, como as sensações vagas dadas por Vinteuil viessem não de uma lembrança, mas de uma impressão (como a dos campanários de Martinville), seria necessário achar para a fragrância de gerânio da sua música não uma explicação material, mas o equivalente profundo, a festa desconhecida e colorida (de que suas obras pareciam os fragmentos desconjuntados, as lascas de escarlates fraturas), o modo segundo o qual ele "ouvia" e projetava fora de si o universo. "Essa qualidade desconhecida de um mundo único e que jamais nenhum outro músico nos fizera ver, é nis-

153 Frase que não consta da última edição do texto original pela Bibliothèque de la Pléiade. (N. do R. T.)

so talvez", dizia eu a Albertine, "que está a prova autêntica do gênio, muito mais que no conteúdo da obra mesma." "Mesmo em literatura?", perguntava-me Albertine. "Mesmo em literatura." E tornando a pensar na monotonia das obras de Vinteuil, eu explicava a Albertine que os grandes literatos jamais escreveram senão uma obra única, ou por outra, nunca fizeram senão refratar através de meios diversos uma mesma beleza que trazem ao mundo. "Se não fosse tão tarde, minha pequena", dizia-lhe, "eu lhe mostraria isso em todos os escritores que você lê enquanto eu durmo, eu lhe mostraria a mesma identidade que existe em Vinteuil. Essas frases-tipo, que você começa a reconhecer como eu, minha Albertine, e são as mesmas na sonata, no septeto, nas outras obras, seriam, por exemplo, em Barbey d'Aurevilly, uma realidade oculta que é revelada por um indício material, o rubor fisiológico da Enfeitiçada, de Aimée de Spens, da Clotte,[154] a mão de *Rideau cramoisi*,[155] os

154 Quanto ao "rubor fisiológico" em *A enfeitiçada*, lembre-se a reação da personagem Jeanne diante do rosto desfigurado do abade de la Crois-Juhan: "Sobre sua palidez apareciam em todos os lugares marcas vermelhas, todo um conjunto de placas ardentes"; a cada palavra dele "apareciam essas marcas assustadoras"; quando o abade a reconhece e se dá conta de que a menina de origem nobre se casou com um camponês, o rosto dela "não era mais do que um *écarlate* da garganta até os cabelos"; a jovem fica "enfeitiçada" pelo misterioso abade. Já Aimée de Spens é a personagem de *Le Chevalier des Touches* (1864), mais um romance ambientado em uma cidadezinha da Normandia. Empobrecida com a "espoliação revolucionária" ela costura as próprias roupas "com suas mãos feodais"; observada pela srta. de Percy, Aimée enrubesce diante de dois homens, seu noivo e o cavaleiro des Touches; a partir desses "rubores incompreensíveis" a srta. de Percy deduz que Aimée devia amar des Touches. Sub-repticiamente, Marcel parece assinalar a Albertine que também está bastante atento a esses sinais de um afeto que se procura esconder. (N. do R. T.)

155 Dentre os textos de Barbey d'Aurevilly aqui mencionados, talvez o mais importante seja essa alusão à "mão de Rideau Cramoisi": neste conto da série *Les diaboliques* (1874), diante de misteriosa janela em uma cidadezinha, o conde Brassard relembra uma história que ali vivera há trinta anos quando participava das campanhas napoleônicas — srta. Albertine, filha do casal que lhe aluga um quarto, se senta uma noite perto dele e lhe toma a mão sob a mesa; dissimulada, com a outra mão ela acende a

velhos usos, os velhos costumes, as velhas palavras, os ofícios antigos e singulares atrás dos quais está o Passado, a história oral feita pelos pastores do lugar, as nobres cidades normandas cheirando à Inglaterra e bonitas como uma aldeia da Escócia, a causa de maldições contra as quais não há recurso,[156] a Vellini, o Berger, uma mesma sensação de ansiedade numa passagem, quer seja a mulher que procura o marido em *Vieille maîtresse*, ou o marido em *L'Ensorcelée*, que percorre a charneca, e a própria Enfeitiçada ao sair da missa.[157] Equivalente também das frases-tipo de

---

luz, sem se alterar; srta. Albertine tem uma "assustadora precocidade no mal", dando mostras de uma "ausência de qualquer embaraço" e de uma "falta absoluta de pudor". Com muita segurança, ela toma um bilhete que ele lhe entrega e o deposita entre os seios; dissimulada, ela o deixa sem resposta um mês, tempo de espera durante o qual, como Marcel, o jovem permanece acordado à espreita de um encontro até que, uma madrugada, ela vem até o quarto dele e passa a visitá-lo a cada duas noites. O desenlace desse romance? A morte repentina de srta. Albertine... (N. do R. T.)

156 No início de *A enfeitiçada* (*L'Ensorcelée*), o narrador descreve em detalhes "la lande de Lessay", segundo ele, "uma das mais consideráveis dessa porção da Normandia que se chama presqu'île de Cotentin". Nessa "paisagem temível" há pastores nômades que, quando não recebem alimento nem um rebanho para cuidar, lançam pragas sobre os animais, que morrem, as plantas secam e a água das fontes se contamina. O narrador do romance ainda nos descreve em detalhes toda a indumentária dos camponeses da região. (N. do R. T.)

157 Neste trecho que fala de "uma mesma sensação de ansiedade numa passagem, quer seja a mulher que procura o marido em *Vieille maîtresse*" e contém a menção a "Vellinni", estão mencionados as três personagens principais do livro *Velha amante*: o sr. de Marigny mantém por dez anos um caso com Vellinni, com quem chega a ter um filho; depois ele se casa com Hermengarde e decide deixar Paris e passar seis meses na costa normanda. A amante segue o casal; após uma série de presságios e ameaças, a esposa faz uma longa caminhada pelas falésias da costa normanda à procura do marido, que ela suspeita ter encontrado a velha amante. Marigny passa então a levar duas vidas muito diferentes: uma junto dela, outra, fora de casa. No final do livro, lê-se o reflexo dessa história de amor nas conversas de tipos populares da região. Talvez essa "situação de ansiedade" tem paralelo na própria situação do herói com Albertine: assim como no livro de Barbey, paira sempre sobre essa história o pressentimento da extrema fragilidade da felicidade no amor e a tensão constante de um desastre que se anuncia a todo instante. (N. do R. T.)

Vinteuil é aquela geometria do operário canteiro nos romances de Thomas Hardy."

As frases de Vinteuil fizeram-me pensar na frasezinha da sonata e eu disse a Albertine que esta tinha sido como o hino nacional do amor de Swann e de Odette, "os pais de Gilberte, que você conhece. Você me disse que ela não tinha *mauvais genre*. Mas ela não tentou ter relações com você? Ela me falou de você." "Tentou, sim. Quando éramos colegas de curso, como os pais dela mandavam buscá-la de carro nos dias de mau tempo, creio que uma vez ela me levou até em casa e me beijou", disse ao cabo de um instante rindo e como se fosse uma confidência divertida. "De repente me perguntou se eu gostava de mulheres." (Mas se ela mal parecia lembrar-se de Gilberte tê-la levado em casa, como podia dizer com tanta precisão que Gilberte lhe fizera pergunta tão estranha?) "Por sinal que no momento me veio não sei que ideia estapafúrdia de mistificá-la, e respondi que gostava." (Dir-se-ia que Albertine receava que Gilberte me tivesse contado aquilo e não queria que eu verificasse que ela me mentia.) "Mas nunca fizemos nada." (Era estranho que, depois de trocar aquelas confidências, não tivessem feito nada, sobretudo se antes disso se tinham beijado no carro, como dissera Albertine.) "Ela me levou assim umas quatro ou cinco vezes, talvez um pouco mais, e foi só." Custou-me muito não lhe fazer nenhuma pergunta, mas dominando-me, para parecer não dar a tudo aquilo nenhuma importância, voltei aos entalhos de pedra de Thomas Hardy. "Lembre-se em *Judas, o obscuro*, em *A bem-amada*, dos blocos de pedra que o pai extrai da ilha e que, transportados em navios, vêm amontoar-se no ateliê do filho, onde viram estátuas; em *Olhos azuis*, do paralelismo dos túmulos, e também a linha paralela do navio, e os vagões contíguos onde estão os dois namorados, e a morta: o paralelismo entre *A bem-amada*, em que o homem gosta de três mulheres, e *Olhos azuis*, em que a mulher gosta de três homens etc., enfim todos esses romances superponíveis uns aos outros, como as casas verticalmente amontoadas no solo pedregoso da ilha.[158] Não lhe posso assim num minuto falar dos maiores, mas você veria em Stendhal um certo sentimento da altitude ligando-se à vida espiritual: o lugar elevado onde Julien Sorel fica prisioneiro, a torre no alto da qual está encarcerado Fabrice, o campanário onde o padre Barnes se ocupa de astrologia e de onde Fabrice lança uma vista de olhos tão bonita. Você me disse que tinha visto certos quadros de Vermeer: reparou que são fragmentos de um mesmo mundo; que é sempre, qualquer que seja o gênio com que foram recriados, a mesma mesa, o mesmo tapete, a mesma mulher, a mesma nova e única beleza, enigma, naquela época em que nada se lhe assemelha, nada o explica, se procuramos não aparentá-lo pelos assuntos mas discernir a impressão particular que a cor produz? Pois bem, essa beleza nova permanece idêntica em todas as obras de Dostoievski, a mulher de Dostoievski (tão particular quanto uma mulher de Rembrandt), com o seu semblante misterioso, cuja beleza afável se converte subitamente, como se tivesse representado a comédia da bondade, numa insolência terrível (embora na realidade antes pareça ser boa), não é sempre a mesma, quer seja Nastasia Philipovna escrevendo cartas de amor a Aglaia e confessando-lhe que a odeia, quer seja, numa visita inteiramente idêntica a essa — àquela também em que Nastasia Philipovna insulta os pais de Vanja —, Gruchenka, tão amável em casa de Katerina Ivanovna quanto esta a

158 As ideias básicas sobre os romances de Thomas Hardy e de Barbey d'Aurévilly já se encontram no *Carnet 1* de Proust, caderneta de rascunho e notas de leitura utilizada entre os anos iniciais do que viria a ser *Em busca do tempo perdido*. Estão ali anotadas as ideias de sobreposição nos romances ("Os romances de H[ard]y são construídos assim superpostamente, os túmulos, as superfícies uns sobre os outros"), de paralelismos geométricos, da importância da escultura e, sobretudo, "o papel (que) desempenha a pedra em seus livros". Como as observações que leremos na sequência sobre os romances de Dostoievski, o brilhante trabalho de crítica literária de Proust caracteriza-se pela percepção e formulação de invariantes artísticas de cada autor (cf. Marcel Proust. *Carnets*. Éd. établie et présentée par F. Callu et A. Compagnon. Paris: Gallimard, 2002). (N. do R. T.)

imaginara terrível, depois bruscamente revelando a sua maldade ao insultar Katerina Ivanovna (embora Gruchenka na realidade seja boa)? Gruchenka, Nastasia, figuras tão originais, tão misteriosas não só quanto as cortesãs de Carpaccio mas quanto a Betsabé de Rembrandt. Assim como em Vermeer há criação de uma certa alma, de uma certa cor dos estofos e dos lugares, em Dostoievski não há somente criação de seres humanos mas de moradias, e também a casa do Assassinato em *Crime e castigo* com o seu *dvornik*, não é quase tão maravilhosa quanto a obra-prima das casas de assassinato em Dostoievski, aquela sombria, e tão comprida, e tão alta, e tão vasta casa de Rogojin, onde este mata Nastasia Philipovna? Essa beleza nova e terrível de uma casa, essa beleza nova e mista de um rosto de mulher, eis o que Dostoievski nos deu de único no mundo, e as aproximações que críticos literários possam fazer entre ele e Gogol, ou entre ele e Paul de Kock,[159] não têm nenhum interesse, visto que são exteriores a essa secreta beleza. Aliás se eu lhe disse que é de romance a romance a mesma cena, dentro de um mesmo romance as mesmas cenas, as mesmas personagens são reproduzidas, se o romance é muito longo. Poderia mostrar-te isso facilmente em *Guerra e paz* e certa cena num carro..." "Eu não tinha querido interrompê-lo, mas como vejo que você não está mais falando de Dostoievski, tenho medo de esquecer. Meu bem, o que é que você quis dizer outro dia quando me disse: 'É como o lado de Dostoievski de Madame de Sévigné'. Confesso-lhe que não compreendi. Parece-me tão diferente." "Venha cá, menina, deixe-me dar-lhe um beijo por se lembrar tão bem do que lhe digo, depois voltará à pianola. Confesso que o que eu disse naquela ocasião era uma sandice. Mas disse-o por duas razões. A primeira é uma razão particular. Acontece que a senhora de Sévigné, como Elstir, como Dostoievski, em vez de apresentar as coisas na ordem lógica, isto é, começando pela causa, nos mostra primeiro o efeito, a ilusão que nos impressiona. É assim que Dostoievski apresenta as suas personagens. As ações deles se nos mostram

159 Paul de Kock (1794-1871) é autor de 64 romances e várias peças de teatro. (N. do R. T.)

tão enganadoras quanto aqueles efeitos de Elstir onde o mar parece estar no céu. Ficamos admirados de saber que um certo sonso é no fundo excelente, ou ao contrário." "Sim, mas cite um exemplo de Madame de Sévigné." "Confesso", respondi-lhe, "que a coisa é muito forçada, mas enfim eu poderia encontrar exemplos." "Mas Dostoievski algum dia assassinou alguém? Os romances dele que conheço poderiam todos se chamar a História de um Crime. É uma obsessão nele, não é natural que fale sempre disso." "Não creio, minha Albertine, conheço mal a vida dele. É certo que, como todo mundo, conheceu o pecado, sob este ou aquele aspecto, e provavelmente sob um aspecto que as leis interdizem. Neste sentido devia ser um tanto criminoso, como os seus heróis, que não o são aliás totalmente, ou o são com circunstâncias atenuantes. E talvez não valesse mesmo a pena que fosse criminoso. Eu não sou romancista; é possível que os criadores sejam tentados por certas formas de vida que não experimentaram pessoalmente. Se formos juntos a Versalhes, conforme combinamos, mostrar-lhe-ei o retrato do homem de bem por excelência, do melhor dos maridos, Choderlos de Laclos, que escreveu o mais horrorosamente depravado dos livros, e bem defronte dele o da senhora de Genlis, que escreveu contos morais e não se contentou de enganar a duquesa de Orléans, mas supliciou-a, privando-a dos filhos.[160] Reconheço, em todo caso, que em Dostoievski essa preocupa-

160 O herói menciona Choderlos de Laclos, autor do romance epistolar *Ligações perigosas* (1782): o mesmo autor do livro em que a marquesa de Merteuil e o visconde de Valmont tramam a ruína das outras personagens é o marido atencioso que aparece, por exemplo, nas cartas que enviou para a mulher quando preso, depois da Revolução Francesa, cartas com trechos assim: "Estou contrariado que a dor de ouvido de Étienne pareça aumentar, em vez de diminuir, com a idade, como eu o esperava. Provavelmente seria bom mostrar para algum cirurgião hábil". E ainda, sobre uma empregada doméstica do casal: "Embora ela te ajude muito pouco, é uma tranquilidade para mim quando sei estar junto de ti alguém que, em caso de doença, poderia, pelo menos, avisar alguém" (cf. Choderlos de Laclos, "Lettres de la prison de Picpus, 1794", in *Oeuvres complètes*. Paris: Gallimard, s.d., pp. 800-801. Pléiade — essas cartas foram publicadas primeiramente em 1904 no *Mercure de France*). A sra. de Genlis educou os filhos de seu amante, o duque de Orléans, que se apegaram mais à governanta do que à mãe. Ela

ção do assassinato tem qualquer coisa de extraordinário e que o torna muito estranho a mim. Já eu fico bastante estupefato quando ouço Baudelaire dizer:

Si le viol, le poignard, l'incendie
N'ont pas encor brodé de leurs plaisants dessins
Le canevas banal de nos piteux destins,
C'est que notre âme, hélas! n'est pas assez hardie.[161]

Mas eu posso pelo menos acreditar que Baudelaire não foi sincero. Enquanto Dostoievski… Tudo isso me parece tão longe de mim, a menos que haja em mim partes que eu ignore, pois a gente não se realiza senão sucessivamente. Em Dostoievski encontro poços demasiado profundos, mas em alguns pontos isolados da alma humana. Mas é um grande criador. Em primeiro lugar o mundo que ele pinta parece verdadeiramente criado por ele. Todos aqueles bufões que reaparecem incessantemente, todos aqueles Lebedev, Karamazov, Ivolguine, Segrev, incrível cortejo, são uma humanidade mais fantástica do que a da *Ronda noturna* de Rembrandt. E como esta, talvez só pareça fantástica por causa da iluminação e das vestimentas, e seja na realidade corrente. Em todo caso está ao mesmo tempo cheia de verdades profundas e únicas, pertencentes exclusivamente a Dostoievski. Aqueles bufões dão quase a impressão de um emprego que não existe mais, como certas personagens da comédia antiga, e no entanto como

---

torna-se autora de tratados de educação para os pais e, mais especificamente, de um livro dedicado aos filhos do duque seu amante: *A religião considerada como única base da felicidade e da verdadeira filosofia. Obra para servir à educação dos filhos de S. A. S. Monsenhor o Duc de Orléans* (1787). Choderlos de Laclos e a sra. de Genlis são exemplos de opostos complementares: a amante que mantém a relação aos olhos de todos e educadora severa é o oposto da imagem do autor de livro obsceno e pai impecável. (N. do R. T.)

161 "Se o estupro, o punhal assassino/ Já não bordaram seus desenhos na esgarçada/ Tela banal deste meu mísero destino,/ É que, ai de mim, não tenho a alma bastante ousada." (N. dos T.)

revelam aspectos verdadeiros da alma humana! O que me irrita é a maneira solene com que se fala e se escreve sobre Dostoievski. Você já notou a parte que o amor-próprio e o orgulho têm nas personagens dele? Dir-se-ia que para ele o amor e o ódio mais desvairado, a bondade e a perfídia, a timidez e a insolência, são apenas dois estados de uma mesma natureza, o amor-próprio, o orgulho impedindo Aglaia, Nastasia, o capitão a quem Mitja puxa a barba, Krassotkine, o inimigo-amigo de Aliocha, de se mostrarem tais como são na realidade. Mas há ainda muitas outras grandezas. Conheço muito pouco da obra dele. Mas não é um motivo escultural e simples, digno da arte mais antiga, um friso interrompido e retomado onde se desenrolasse a vingança e a expiação, aquele crime do velho Karamazov emprenhando a pobre louca, o movimento misterioso, animal, inexplicado, pelo qual a mãe, sendo, sem o saber, o instrumento das vinganças do destino, obedecendo tão obscuramente ao seu instinto de mãe, talvez a uma mistura de ressentimento e de gratidão física pelo violador, vai dar à luz em casa do velho Karamazov? Esse é o primeiro episódio, misterioso, grande, augusto como uma criação da Mulher nas esculturas de Orvieto. E como réplica, o segundo episódio, mais de vinte anos depois, o assassínio do velho Karamazov, a infâmia lançada sobre a família Karamazov por esse filho da louca, Smerdjakov, seguido pouco depois de um mesmo ato tão misteriosamente escultural e inexplicado, de uma beleza tão obscura e natural, quanto o parto no jardim do velho Karamazov: Smerdjakov enforcando-se depois de praticar o crime. Quanto a Dostoievski, eu não tinha cessado de me referir a ele tanto quanto você imagina, quando falei em Tolstoi, que o imitou muito. Em Dostoievski há, concentrado e resmungão, muito do que se expandira em Tolstoi. Há em Dostoievski aquela rudeza antecipada dos primitivos que os discípulos clarificarão." "Que pena, meu bem, que você seja tão preguiçoso! Como você vê a literatura de um modo tão mais interessante do que nos era ensinada; os deveres que nos mandavam escrever sobre *Esther:* 'Senhor', lembra-se?", disse ela rindo, menos para caçoar dos seus mestres e de si mesma do que pelo prazer de tornar a encontrar em sua memória, em nossa memória comum, uma lembrança já um pouco antiga.

Mas enquanto ela me falava e como eu pensasse em Vinteuil, era a outra hipótese, a seu turno, a hipótese materialista, a do nada, que se apresentava ao meu espírito. Punha-me então a duvidar, refletia que afinal bem podia ser que, se as frases de Vinteuil pareciam a expressão de certos estados de alma análogos àquele que eu experimentara ao saborear a madalena molhada na xícara de chá, nada me assegurava que o vago de tais estados fosse uma marca de sua profundidade, mas tão somente do fato de ainda não termos sabido analisá-los; que não haveria portanto neles nada de mais real do que em outros. Todavia aquela felicidade, aquele sentimento de certeza na felicidade quando eu bebia a xícara de chá, quando eu respirava nos Campos Elísios um cheiro de madeira velha, não era nenhuma ilusão. Em todo caso, dizia-me o espírito da dúvida, ainda que esses estados sejam na vida mais profundos do que outros e, em virtude disso mesmo, inanalisáveis, porque põem em jogo forças excessivamente numerosas, de que ainda não fazemos ideia, o encanto de certas frases de Vinteuil faz pensar neles por ser também inanalisável, mas isto não prova que tenha a mesma profundidade; a beleza de uma frase de música pura parece facilmente a imagem ou pelo menos a parente de uma impressão intelectual que tivemos, mas simplesmente porque é inintelectual. E por que então julgamos particularmente profundas essas frases misteriosas que se encontram com tanta frequência em certas obras e nesse septeto de Vinteuil? De resto, não era só música dele que me tocava Albertine; a pianola constituía às vezes para nós como que uma lanterna mágica científica (histórica e geográfica) e nas paredes desse quarto de Paris, provido de invenções mais modernas que o de Combray, eu via, caso fosse Rameau ou Borodine que Albertine tocasse, estender-se ora uma tapeçaria do século XVIII semeada de Cupidos sobre um fundo de rosas, ora a estepe oriental onde as sonoridades se amortecem no ilimitado das distâncias e na feltragem da neve. E essas decorações fugitivas eram aliás as únicas do meu quarto, pois se, na ocasião em que herdara de minha tia Léonie, eu planejara ter coleções como Swann, adquirir quadros, estátuas, todo o meu dinheiro se ia em comprar cavalos, um automóvel, vestidos para Albertine. Mas não continha o meu quarto uma obra de arte mais preciosa do que todas aquelas? Era a própria Albertine. Olhava-a e me parecia estranho que fosse ela, ela que durante tanto tempo eu julgara impossível até de conhecer, e que hoje, animal selvagem domesticado, roseira a quem eu fornecera o tutor, a moldura, a latada da sua vida, estava assim sentada, todos os dias, como em sua casa, perto de mim, diante da pianola, encostada à minha estante. Seus ombros, que eu vira curvados e dissimulados quando ela voltava carregando os tacos de golfe, apoiavam-se aos meus livros. Suas pernas, tão bonitas, que no primeiro dia eu imaginara com razão terem manobrado durante toda a adolescência os pedais de uma bicicleta, subiam e desciam alternativamente sobre os da pianola, nos quais Albertine, agora de uma elegância que me fazia senti-la mais minha, porque era eu quem a proporcionava a ela, pousava os seus sapatos de tecido dourado. Seus dedos, antes familiarizados com o guidom, pousavam agora sobre as teclas como os de uma Santa Cecília. Seu pescoço, cujo contorno, visto de minha cama, era cheio e forte, àquela distância e sob a luz da lâmpada parecia mais rosado, menos rosado porém do que o rosto inclinado de perfil, a que os meus olhares, vindos das profundezas de mim mesmo, carregados de reminiscências e ardentes de desejos, acrescentavam um tal brilho, uma tal intensidade de vida que o seu relevo parecia desprender-se e girar com força quase mágica, como naquele dia, no Grande Hotel de Balbec, em que se me turvou a vista pelo excessivo desejo que tive de beijá-la; prolongava-lhe eu cada superfície além do que podia ver dele e por baixo do que me ocultava e não me fazia senão sentir melhor — pálpebras que semicerravam os olhos, cabeleira que escondia o alto das faces — o relevo daqueles planos superpostos. Seus olhos luziam como, num minério onde a opala ainda está encravada, as duas únicas facetas polidas, que, mais brilhantes do que o metal, fazem aparecer, no meio da matéria cega, uma como asas de seda *malva* de uma borboleta que tivessem posto debaixo de vidro. Seus cabelos negros e crespos, mostrando conjuntos diferentes cada vez que ela se virava para mim perguntando o que devia tocar, ora uma asa magnífica, larga na base, aguda na ponta, negra, empenada e triangular, ora entrançando o relevo de seus cachos numa cadeia pujante e variada, cheia de cristas, de linhas divisórias, de precipícios, com o seu ondeado tão rico e tão múltiplo, pareciam ultrapassar a variedade realizada habitualmente pela natureza, e corresponder mais ao desejo de um escultor que acumula as dificuldades para fazer sobressair a flexibilidade, o ímpeto, o modelado, a vida de sua execução, e faziam realçar mais, interrompendo-as para recobri-las, a curva animada e a como que rotação do rosto liso e rosado, do fosco envernizado de uma madeira pintada. E por contraste com tanto relevo, pela harmonia também que a ligava aos objetos, que adaptara a sua atitude à forma e à utilização deles — a pianola que a escondia pela metade como uma caixa de órgão, a estante —, todo aquele canto do quarto parecia reduzido a não ser mais do que o santuário iluminado, o presépio daquele anjo musicista, obra de arte que, dentro em pouco, por uma doce magia, iria sair de seu nicho e oferecer aos meus beijos a sua substância preciosa e rosada. Mas não, Albertine não era absolutamente para mim uma obra de arte. Eu sabia o que era admirar, artisticamente, uma mulher, eu conhecera Swann. Aliás, de qualquer mulher que se tratasse, eu seria incapaz de o fazer, porquanto não possuía nenhum espírito de observação exterior, nunca sabia o que era que estava vendo, e ficava maravilhado quando Swann, em conversa comigo, acrescentava retrospectivamente uma dignidade artística — comparando-a, como se comprazia em fazê-lo galantemente diante dela a algum retrato de Luini, assinalando-lhe na *toilette* o vestido ou as joias de um quadro de Giorgione — a uma mulher que me parecera insignificante. Nada disso em mim. O prazer e a mágoa que me vinham de Albertine nunca tomavam, para me atingir, o rodeio do gosto e da inteligência; mesmo para falar a verdade, quando eu principiava a ver em Albertine um anjo musicista maravilhosamente patinado e me felicitava de possuí-lo, não tardava que ela se me tornasse indiferente; logo me aborrecia junto dela, mas esses instantes duravam pouco: só se ama aquilo em que se requesta alguma coisa de inacessível, só se ama o que se não possui, e bem depressa eu voltava a sentir que não possuía Albertine. Em seus olhos via passar ora a esperança, ora a recordação, talvez a saudade, de alegrias que eu não adivinhava, às quais neste caso ela preferia renunciar a contar-me, e que eu, não lhes apreendendo senão certos lampejos nas pupilas, não enxergava mais do que o espectador a quem não deixaram entrar na sala e que, colado à vidraça da porta, não pode ver nada do que se passa no palco. Não sei se era o caso dela, mas é uma coisa estranha, como nos mais incrédulos um testemunho de crença no bem, essa perseverança na mentira que têm todos os que nos enganam. Inútil seria dizer-lhe que a sua mentira causa mais tristeza do que a confissão, inútil que eles mesmos o verificassem, pois tornariam a mentir um instante depois, para ficarem conformes com o que nos disseram primeiro que éramos para eles. É assim que um ateu apegado à vida se deixa matar para não dar um desmentido à ideia que fazem de sua bravura. Durante essas horas eu via às vezes flutuar sobre ela, nos seus olhares, no seu rosto, no seu sorriso, o reflexo daqueles espetáculos interiores cuja contemplação a tornava em tais noites diferente, distante de mim, a quem eram recusados. "Em que está pensando a minha querida?" "Em nada." Às vezes, para responder à censura que eu lhe fazia de não me contar nada, ora me dizia coisas que não ignorava que eu sabia tão bem quanto da gente (como esses homens de Estado que não nos revelam a menor notícia, mas em compensação nos contam a que saiu nos jornais da véspera), ora me referia de um modo vago, numa espécie de falsa confidência, os passeios de bicicleta que fazia em Balbec, um ano antes de me conhecer. E como se eu tivesse adivinhado certo outrora, inferindo dele que ela devia ser uma moça muito livre, realizando longas excursões de prazer, a evocação que ela fazia desses passeios insinuava nos lábios de Albertine aquele mesmo misterioso sorriso que me seduzira nos primeiros dias na praia de Balbec. Falava-me também de passeios que fizera com amigas nos campos da Holanda, do regresso a Amsterdã, em horas tardias, quando uma multidão compacta e ruidosa de pessoas que ela conhecia quase todas enchia as ruas, as margens dos canais, cujas luzes inumeráveis e fugidiças eu via refletirem-se nos olhos brilhantes de Albertine, como nas vidraças incertas de um carro que passa rápido. Como a pseudocuriosidade estética mereceria antes o nome de indiferença ao lado da curiosidade dolorosa, infatigável, que eu tinha dos lugares onde Albertine vivera, do que ela teria feito em tal noite, dos seus sorrisos e dos seus olhares nessa ocasião, das palavras que pronunciara, dos beijos que recebera! Não, nunca o ciúme que eu tivera um dia de Saint-Loup, se houvesse persistido, teria me dado esta imensa inquietação. Esse amor entre mulheres era algo demasiado desconhecido, cujos prazeres, cuja qualidade nada permitia imaginar com segurança, com exatidão. Quantas pessoas, quantos lugares (mesmo os que não lhe concerniam diretamente, vagos lugares de prazer onde ela o tivesse podido gozar), quantos meios (onde há muita gente, onde somos acotovelados) Albertine — como uma pessoa que chega com um grupo de amigos, toda uma comitiva, à porta de um teatro, e falando ao porteiro obtém que eles entrem — fizera passar do limiar de minha imaginação ou de minha memória, onde não me despertavam nenhum interesse, para dentro do meu coração! Agora o conhecimento que eu tinha deles era interno, imediato, espasmódico, doloroso. O amor é o espaço e o tempo tornados sensíveis ao coração.

E no entanto, se eu fosse inteiramente fiel, talvez não tivesse sofrido de infidelidades que eu teria sido incapaz de conceber, pois o que me torturava imaginar em Albertine era o meu próprio perpétuo desejo de agradar a novas mulheres, de iniciar novos romances, era de supor nela aquele olhar que eu não pudera outro dia mesmo a seu lado, deixar de lançar às jovens ciclistas sentadas às mesas do Bois de Boulogne. Assim como não se tem conhecimento senão de si mesmo, pode-se quase dizer que não se tem ciúme senão de si mesmo. A observação vale pouco. Só do prazer sentido por nós mesmos é que podemos tirar sabedoria e dor.

Por vezes, nos olhos de Albertine, no súbito afogueamento das suas faces, eu sentia como um relâmpago de calor passar furtivamente em regiões mais inacessíveis para mim do que o céu, e onde evoluíam as recordações, desconhecidas para mim, de Albertine. Então aquela beleza que, ao pensar nos anos sucessivos em que eu conhecera Albertine, ou na praia de Balbec, ou em Paris, eu achara nela ainda há pouco, e que consistia no fato de minha amiga se desenvolver em tantos planos e conter em si tantos dias vividos, aquela beleza assumia para mim um não sei quê pungente. Então sob o seu rosto ruborizado eu sentia cavar-se, como um abismo, o inexaurível espaço das noites em que eu não conhecia ainda Albertine. Que adiantava sentá-la nos meus joelhos, afagá-la, segurar-lhe a cabeça, passar demoradamente as minhas mãos pelo seu corpo? Como se estivesse a manusear uma pedra que encerrasse a salina dos oceanos imemoriais, ou o raio de luz de uma estrela, eu sentia que tocava apenas o invólucro fechado de um ser que pelo interior comunicava com o infinito. Quanto eu sofria dessa posição a que nos reduziu o esquecimento da natureza que, instituindo a divisão dos corpos, não pensou em tornar possível a interpenetração das almas (pois se o corpo de Albertine estava em poder do meu, o seu pensamento escapava ao domínio do meu pensamento). E eu via que Albertine não era para mim nem mesmo a maravilhosa cativa com que pensara enriquecer a minha morada, embora escondendo-a tão completamente (até aos que me vinham visitar e que não lhe suspeitavam a presença ao fim do corredor, no quarto vizinho) como aquela personagem que mantinha encerrada numa garrafa, a princesa da China, sem que ninguém soubesse; convidando-me de maneira instante, cruel e delusória a explorar o passado, ela era para mim antes uma grande deusa do Tempo. E se foi preciso que eu perdesse com ela anos, a minha fortuna — e contanto que eu possa dizer, o que não é certo infelizmente, que ela nada perdeu —, não tenho de que me queixar. Sem dúvida a solidão teria sido melhor, mais fecunda, menos dolorosa. Mas se eu tivesse levado a vida de colecionador que Swann me aconselhava (que o sr. de Charlus me censurava não conhecer, quando, com um misto de espírito, de insolência e de bom gosto me dizia: "Como tudo é feito em sua casa!") que estátuas, que quadros longamente cobiçados, enfim possuídos, ou mesmo, na melhor das hipóteses, contemplados com desinteresse me teriam, como a pequena ferida que cicatrizava bem depressa, mas que o desazo inconsciente de Albertine, dos indiferentes, ou dos meus próprios pensamentos não tardava a reabrir, dado acesso fora de mim àquele caminho de comunicação privado, mas que leva à estrada real por onde passa o que só conhecemos a partir do dia em que sofremos por causa dela a vida dos outros?

Às vezes havia um luar tão lindo que uma hora depois de Albertine se ter deitado eu ia até a sua cama para lhe dizer que chegasse à janela. Estou certo de que era para isso que eu ia ao seu quarto e não para verificar que ela estivesse lá mesmo. Que probabilidade havia de ela poder e desejar fugir? Teria sido necessário uma colusão inverossímil com Françoise. Na obscuridade do quarto, eu nada via senão, na brancura do travesseiro, um fino diadema de cabelos negros. Mas ouvia a respiração de Albertine. Seu sono era tão profundo que a princípio eu hesitava em me aproximar. Depois me sentava à beira da cama. O sono continuava no mesmo murmúrio. O que é impossível dizer é a que ponto o seu despertar era alegre. Eu beijava-a, sacudia-a. Ela, cessando logo de dormir, sem o intervalo de um instante sequer, desatava a rir e, passando os braços em volta do meu pescoço, dizia-me: "Estava justamente pensando se você vinha", e ria cada vez mais, carinhosamente. Dir-se-ia que durante o sono a sua cabeça encantadora estivesse cheia só de alegria, de ternura e de riso. E acordando-a eu não tinha feito senão, como quando se abre uma fruta, espremer o sumo que escorre e que nos mata a sede.

Entretanto o inverno chegava ao fim; vinha chegando a primavera, e muitas vezes mal Albertine me dera boa-noite, estando ainda o meu quarto, as cortinas, a parede acima das cortinas completamente escuros, no jardim das religiosas vizinhas eu ouvia, rica e preciosa no silêncio como um harmônio de igreja, a modulação de um pássaro desconhecido que, no modo lídio, cantava já matinas e no meio das minhas trevas punha a rica nota luminosa do sol que ele via. Com pouco as noites foram ficando mais curtas, e antes das horas antigas da manhã já eu via atravessar as cortinas de minha janela a brancura cotidianamente acrescida do dia. Se eu me resignava a deixar Albertine continuando ainda aquela vida, em que, apesar de suas contestações, eu sentia que ela tinha a impressão de ser uma prisioneira, era só porque cada dia eu estava certo de no dia seguinte poder principiar a trabalhar, a me levantar, a sair, a preparar uma viagem a alguma propriedade que compraríamos e onde Albertine poderia levar mais livremente e sem inquietação de minha parte a vida de campo ou de mar, de navegação ou de caça, que lhe agradasse.

No dia seguinte, porém, aquele tempo passado que eu alternativamente amava e detestava em Albertine, acontecia que (como quando ele é o presente, e entre ele e nós, todos, ou por interesse, ou por polidez, ou na compaixão, trabalham em tecer uma cortina de mentiras que tomamos pela realidade), uma das horas que o compunham, e até daquelas que eu julgara conhecer, apresentava-me de súbito retrospectivamente um aspecto que não procuravam mais esconder-me e que era então inteiramente diverso daquele sob o qual já me aparecera. Atrás de certo olhar, em vez do bom pensamento que eu imaginara ver nele antigamente, era um desejo insuspeitado até então que se revelava, alienando-me uma nova parte desse coração de Albertine que eu pensara ter assimilado ao meu. Por exemplo, quando Andrée deixara Balbec no mês de julho, Albertine nunca me dissera que devia tornar a vê-la dentro de pouco tempo, e eu pensava que ela tornara a vê-la até mais cedo do que imaginara, pois, por causa da grande tristeza por que eu passara em Balbec naquela noite de 14 de setembro, ela me fizera o sacrifício de não ficar e de voltar logo para Paris. Quando ela chegara no dia 15, eu lhe pedira que fosse ver Andrée e dissera: "Ela ficou contente de ver você?". Ora, um dia a sra. Bontemps viera trazer qualquer coisa a Albertine; estive com ela um minuto e disse-lhe que Albertine saíra com Andrée: "Foram passear fora da cidade". Ao que ela me respondeu: "Albertine não é nada exigente nessa matéria. Assim há três anos todos os dias queria ir às Buttes-Chaumont". Àquele nome de Buttes-Chaumont, onde Albertine me dissera nunca ter ido, minha respiração parou um instante. A realidade é a mais hábil das inimigas. Desfecha os seus ataques nos pontos de nosso coração onde não os esperávamos, e onde não tínhamos preparado a defesa. Teria Albertine mentido então à tia, dizendo-lhe que ia todos os dias às Buttes-Chaumont, ou a mim, depois, dizendo-me não conhecer o lugar? "Felizmente", acrescentou a sra. Bontemps, "a pobre da Andrée vai partir muito breve para um clima saudável, para o campo de verdade, e bem precisa disso, está tão abatida. É certo que ela arejou bastante neste verão. Imagine que veio de Balbec no fim de julho, pensando voltar em setembro, mas como o irmão destroncou o joelho ela não pôde voltar." Então Albertine esperava-a em Balbec e escondera-o de mim. É verdade que era tanto mais amável ter me proposto voltar. A menos que... "É, lembro-me de Albertine me ter falado nisso (não era verdade). Quando foi mesmo esse acidente? Tudo isso está um pouco confuso em minha cabeça." "A meu ver, foi na hora justa, pois um dia mais e o aluguel da casa teria começado a correr e a avó de Andrée se veria obrigada a pagar um mês à toa. Ele quebrou a perna no dia 14 de setembro, ela teve tempo de telegrafar a Albertine no dia 15 de manhã dizendo que não vinha e Albertine de prevenir a agência. Um dia mais, e o aluguel corria até o dia 15 de outubro." Assim, sem dúvida, quando Albertine, mudando de ideia, dissera: "Partamos hoje à noite", o que ela via era um apartamento, o da avó de Andrée, onde, logo que voltássemos, ela ia poder encontrar-se com a amiga, que, sem ciência minha, ela pensara tornar a ver muito breve em Balbec. As palavras tão carinhosas que ela tivera para voltar comigo, em contraste com a sua recusa *obstinada* pouco antes, procurara eu atribuí-las a uma reviravolta do seu bom coração. Eram simplesmente o reflexo de uma mudança sobrevinda numa situação que não conhecemos, e que constitui todo o segredo da variação do comportamento nas mulheres que não nos amam. Recusam-nos obstinadamente um encontro para o dia seguinte, porque estão cansadas, porque o avô exige que jantem com ele: "Mas venha depois", insistimos. "Ele me prende até tarde. Pode querer me trazer." A verdade é que têm um encontro com alguém que lhes agrada. De repente esse alguém diz que não está mais livre. E elas fingindo-se arrependidas de nos terem decepcionado, vêm dizer-nos que se descartaram do avô e ficarão conosco, pouco se lhes dando de tudo o mais. Eu devia ter reconhecido essas frases na linguagem de Albertine no dia da minha partida de Balbec, mas para interpretar tal linguagem teria que me lembrar então de duas feições particulares do caráter de Albertine que me voltavam agora à mente, uma para me consolar, outra para me desolar, pois há de tudo em nossa memória; ela é uma espécie de farmácia de laboratório de química, onde ao acaso se põe a mão ora sobre um calmante, ora sobre um veneno perigoso.

A primeira feição, a consoladora, foi aquele hábito de fazer uma mesma ação de servir ao prazer de várias pessoas, aquela utilização múltipla do que ela fazia, muito característica em Albertine. Estava bem dentro do seu feitio, voltando a Paris (o fato de

Andrée não voltar a Balbec podia tornar-lhe incômodo ficar lá, sem que isso significasse que ela não pudesse prescindir de Andrée), tirar dessa viagem ocasião para sensibilizar duas pessoas de quem ela gostava sinceramente: a mim, fazendo-me acreditar que era para não me deixar só, para que eu não sofresse, por dedicação a mim; a Andrée, persuadindo-a de que, uma vez que esta não vinha a Balbec, ela não queria ficar lá nem um instante mais, só tinha prolongado sua estada para vê-la e acorria no mesmo instante para junto dela. Ora, a partida de Albertine comigo sucedia com efeito de modo tão imediato à tristeza por que eu passara, ao meu desejo de voltar para Paris, por um lado, e por outro ao telegrama de Andrée, que era perfeitamente natural que Andrée e eu, ignorando respectivamente ela a minha tristeza, eu o seu telegrama, tivéssemos podido acreditar que a partida de Albertine resultara da única razão que cada um de nós conhecia e à que ela com efeito se seguia com tão pequeno intervalo e tão inopinadamente. E nesse caso, eu podia ainda acreditar que acompanhar-me havia sido o fito real de Albertine, a qual no entanto não tinha querido perder uma oportunidade de granjear com isso um título à gratidão de Andrée. Infelizmente, porém, eu me lembrei quase imediatamente de outra feição do caráter de Albertine, e que era a vivacidade com que se deixava empolgar pela tentação irresistível de um prazer. Ora, eu me recordava, quando ela decidira partir, da impaciência que ela mostrava de chegar ao trem, como tinha encontrado o Diretor, que, procurando reter-nos, poderia fazer-nos perder a condução, o dar de ombros conivente que me fazia e com que eu ficara tão sensibilizado, quando, no *tortillard*, o sr. de Cambremer nos perguntara se não podíamos "adiar para a outra semana". Sim, o que ela tinha em mente naquele momento, o que lhe dava aquela febre de partir, o que ela estava impaciente de rever, era o apartamento inabitado que eu vira uma vez, pertencente à avó de Andrée, entregue à guarda de um velho criado, apartamento luxuoso, dando para o sul, mas tão vazio, tão silencioso, que o sol parecia pôr capas no canapé, nas poltronas do quarto onde Albertine e Andrée pediriam ao guarda respeitoso, talvez simplório, talvez cúmplice, que as deixasse repousar.

Agora eu o via a todo momento, vazio, com uma cama ou um canapé, esse quarto, aonde, cada vez que Albertine tinha o ar apressado a sério, ela se dirigia para encontrar a amiga, chegada sem dúvida antes dela porque era mais livre. Até então nunca eu pensara nesse apartamento, que agora tinha para mim uma beleza terrível. O desconhecido da vida das criaturas é como o da natureza, que a cada descoberta científica recua mas não se anula. Um ciumento exaspera aquela a quem ama privando-a de mil prazeres sem importância, mas aqueles que constituem o fundo da vida dela estão abrigados num lugar onde, nos momentos em que a inteligência dele julga mostrar mais perspicácia e em que os terceiros melhor o informam, ele não tem ideia de procurar.

Enfim, ao menos, Andrée ia partir. Mas eu não queria que Albertine pudesse fazer pouco de mim pelo fato de eu ter sido embaído por ela e por Andrée. Mais cedo ou mais tarde haveria de lhe dizer isso. E assim forçá-la-ia talvez a me falar mais francamente, mostrando-lhe que, não obstante todas as suas precauções, eu estava informado das coisas que ela me escondia. Mas não queria falar-lhe nisso já, primeiro porque, tão perto da visita da tia, ela teria compreendido de onde me vinha a informação, estancar-me-ia aquela fonte e não recearia outras desconhecidas. Em seguida porque eu não queria arriscar, enquanto não estivesse absolutamente certo de reter Albertine o tempo que eu quisesse, provocar-lhe cóleras demais o que poderia ter como efeito fazê-la desejar deixar-me. É verdade que quando eu raciocinava e buscava a verdade, e prognosticava o futuro, de acordo com as suas palavras, que aprovavam sempre todos os meus projetos, exprimindo quanto ela gostava daquela vida, quanto sua prisão a privava de pouco, eu não duvidava de que ela ficasse para sempre na minha companhia. Sentia-me até bem aborrecido com isso, vendo escapar-me a vida, o universo que nunca provara, trocados por uma mulher em quem já não podia encontrar nada de novo. Não podia sequer ir a Veneza, onde, enquanto eu estivesse na cama, eu me sentiria por demais torturado pelo receio das propostas que poderiam fazer-lhe o gondoleiro, as pessoas do hotel, as mulheres venezianas. Mas quando eu raciocinava, ao contrário, de acordo com a outra hipótese, a que se apoiava não nas palavras de Albertine, mas em silêncios, olhares, rubores, amuos, e até raivas, que me teria sido muito fácil mostrar-lhe serem sem razão e que eu preferia fingir não perceber, então eu concluía que aquela vida lhe era insuportável, que todo o tempo Albertine se sentia privada do que gostava, e que fatalmente ela me deixaria um dia. A única coisa que eu queria, se ela me abandonasse, era que eu pudesse escolher o momento em que isso não me fosse por demais penoso, e numa estação do ano em que ela não pudesse ir a nenhum dos lugares onde eu situava as suas devassidões, nem Amsterdã, nem a casa de Andrée, com quem havia de se encontrar, é verdade, alguns meses mais tarde. Mas até lá eu teria me acalmado e isso se me teria tornado indiferente. Em todo caso, era preciso esperar, para admitir a separação, que eu me curasse da pequena recaída causada pela descoberta das razões que haviam levado Albertine a poucas horas de distância, a não querer voltar, depois a querer voltar imediatamente de Balbec. Era preciso dar tempo a desaparecerem os sintomas, que não podiam deixar de se ir atenuando, caso eu não soubesse de nada novo, mas que ainda estavam por demais agudos para não tornarem mais dolorosa, mais difícil, uma operação de ruptura, reconhecida agora inevitável, mas não de toda a urgência e que era melhor fazer "a frio". Dessa escolha do momento era eu o árbitro, pois se ela quisesse partir antes que eu o tivesse decidido, no momento em que ela me comunicasse que estava farta dessa nossa vida, sempre seria tempo de tentar combater-lhe as razões, de dar-lhe mais liberdade, de prometer-lhe algum grande prazer próximo, que ela mesma desejaria esperar, e até, se nada mais me restasse senão apelar para a sua bondade, de confessar-lhe a minha aflição.

Estava, portanto, bem tranquilo desse ponto de vista, não sendo aliás nisso muito lógico comigo mesmo. Pois, nas hipóteses em que precisamente não levava em conta certas coisas que ela dizia e anunciava, supunha eu que, quando se tratasse de sua partida, ela me daria antecipadamente as suas razões, deixaria a mim combatê-las e derrotá-las.

Sentia que minha vida com Albertine não era, de minha parte, quando eu não tinha ciúmes, senão aborrecimento, e por outro lado, quando os tinha, senão sofrimento. Admitindo que houvesse felicidade, esta não poderia durar. Eu estava dentro do mesmo espírito de prudência que me inspirava em Balbec, quando, na noite em que tínhamos sido felizes depois da visita da sra. de Cambremer, o meu desejo era separarmo-nos, pois sabia que nada lucraria com a prolongação. Somente, mesmo agora, eu imaginava que a recordação que guardaria dela seria como uma espécie de vibração prolongada por um pedal do último minuto de nossa separação. Por isso fazia questão de escolher um minuto agradável, a fim de que fosse ele que continuasse a vibrar em mim. Convinha não ser exigente, não esperar demais, cumpria ter juízo. E no entanto, tendo já esperado tanto, seria loucura não esperar alguns dias mais, até que se apresentasse um minuto aceitável em vez de me expor a vê-la partir com aquela mesma revolta que eu tinha outrora quando mamãe se afastava de minha cama sem me dar boa-noite, ou quando ela me dizia adeus na estação. A todo risco eu multiplicava as gentilezas que lhe podia fazer. Quanto às *robes de chambre* de Fortuny, tínhamos enfim nos decidido por uma azul e ouro com forro cor-de-rosa, terminada havia pouco. E encomendara também as cinco de que ela desistira com pesar, por preferir aquela.

No entanto, ao chegar a primavera, passados dois meses depois do que me dissera a tia, uma noite deixei-me tomar por um acesso de cólera. Foi justamente na noite em que Albertine vestira pela primeira vez a *robe de chambre* azul e ouro de Fortuny, que, por me evocar Veneza, fazia-me sentir mais ainda o que eu sacrificava por ela, que não se me mostrava por isso nada agradecida. Embora eu nunca tivesse visto Veneza, sempre sonhava com ela, desde aquelas férias de Páscoa que deveria ter passado lá quando criança, e mais para trás ainda, desde as gravuras de Ticiano e as fotografias de Giotto que Swann me dera outrora em Combray. O *peignoir* de Fortuny que Albertine trajava nessa noite me parecia como que a sombra tentadora dessa invisível Veneza. Era cheio de ornamentação árabe, como os palácios de Veneza dissimulados, à maneira das sultanas, por trás de um véu de pedra com lavores abertos, como as encadernações da Biblioteca Ambrosiana, como nas colunas cujos pássaros orientais, significando alternativamente a morte e a vida, se repetiam na reverberação do tecido, de um azul profundo que, à medida que o meu olhar avançava nele, se mudava em ouro maleável, por aquelas mesmas transmutações que, diante das gôndolas que passam, mudam em metal coruscante o azul do Grande Canal. E as mangas eram forradas de um rosa-cereja, tão particularmente veneziano que o chamam rosa-Tiepolo.

Durante o dia, Françoise deixara escapar que Albertine vivia descontente com tudo; que quando eu mandava dizer-lhe que sairia com ela, ou que não sairia, que o automóvel viria buscá-la, ou que não viria, ela só faltava dar de ombros e mal respondia com polidez. Nessa noite, em que eu a sentia mal-humorada, e em que os primeiros grandes calores me haviam irritado os nervos, não pude conter minha cólera e censurei-lhe a sua ingratidão: "Pode perguntar a todo mundo", gritei-lhe com todas as minhas forças, fora de mim, "pode perguntar a Françoise, é voz geral". Mas logo me lembrei de que Albertine me dissera uma vez quanto ela me achava assustador nos momentos de cólera e me aplicara os versos de *Esther*:

Jugez combien ce front irrité contre moi
Dans mon âme troublée a jeté son émoi.
Hélas, sans frissonner quel coeur audacieux

Soutiendrait les éclairs qui partent de ses yeux.[162]

Tive vergonha da minha violência. E para voltar atrás do que fizera, sem no entanto me dar por vencido, de maneira que minha paz fosse uma paz armada e temível, ao mesmo tempo que me parecia útil mostrar de novo não recear um rompimento para que ela não pensasse em tal: "Perdão, Albertine, estou envergonhado da minha violência, estou mesmo desesperado. Se não podemos mais nos entender, se temos de nos separar, é preciso que não seja assim, não seria digno de nós. Separar-nos-emos, se for necessário, mas antes faço questão de lhe pedir desculpas muito humildemente de todo o meu coração". Cuidava eu que, para reparar esta cena e me certificar de seus projetos de não se ir embora ao menos até a partida de Andrée, marcada para três semanas depois, seria bom procurar logo no dia seguinte algum prazer maior do que os que ela já tivera e de realização bastante remota; por isso, já que eu ia desfazer a mágoa que lhe causara, talvez andasse bem aproveitando esse momento para lhe mostrar que eu conhecia a sua vida melhor do que ela imaginava. O mau humor que ela sentisse seria dissipado amanhã pelas minhas gentilezas, mas a advertênca ficar-lhe-ia no espírito. "Sim, minha Albertine, perdoe-me se fui violento. Não sou porém tão inteiramente culpado quanto você pensa. Há muita gente má que procura nos intrigar, nunca lhe quis falar nisso para não aborrecê-la. Mas às vezes acabo ficando desalinhado com certas denúncias. Olhe, agora, por exemplo, andam me atormentando, perseguindo-me a propósito de suas relações, mas desta vez com Andrée." "Com Andrée?", exclamou ela, afogueado o rosto pelo mau humor. E o espanto ou o desejo de

162 "Imaginai que medo essa fronte irritada/ Não fazia romper em minha alma turbada./ Quem sem tremer pudera acaso sustentar/ Os raios que despede então o seu olhar?" (N. dos T.). Sequência de versos extraídos de *Esther* (versos 647-648 e 651-652): decidida enfim a revelar suas origens e reivindicar clemência aos judeus junto do rei Assuero, Esther adentra a cena, carregada por "quatro israelitas", e, antes de fazer o pedido, fala do temor que Sua Majestade lhe inspira. (N. do R. T.)

parecer espantada esbugalhava-lhe os olhos. "É ótimo! E pode-se saber quem lhe disse essas belezas, posso falar com essas pessoas, saber em que baseiam tais infâmias?" "Não sei, minha Albertine, são cartas anônimas, mas de pessoas que você descobriria facilmente" (para mostrar-lhe que eu não acreditava que ela procurasse), "pois devem conhecer bem você. Mas a última, e cito-lhe esta justamente por se tratar de uma coisa à toa e não haver nela nada de desagradável a citar, confesso-lhe que me exasperou. Contava-me que se, no dia em que deixamos Balbec, você tinha querido a princípio ficar e depois partir, foi porque no intervalo recebera uma carta de Andrée dizendo-lhe que não voltaria." "Sei muito bem que Andrée me escreveu que não viria, telegrafou-me até, não lhe posso mostrar o telegrama porque não o guardei, mas não foi naquele dia, e que interesse você queria que me houvesse para mim na vinda de Andrée a Balbec?" "Que interesse você queria que houvesse" era uma prova de raiva e de que "havia interesse", mas não era forçosamente uma prova de que Albertine tivesse voltado unicamente por desejo de ver Andrée. Cada vez que Albertine via um dos motivos reais, ou alegados, de um ato seu, descoberto por uma pessoa a quem ela pretextara outro motivo, Albertine zangava-se, ainda que a pessoa fosse aquela por quem ela realmente praticara o ato. Que Albertine acreditasse que essas informações sobre a sua conduta não me vinham de anônimos, que as enviavam a mim espontaneamente, mas que eu é que as solicitava avidamente, não se poderia de modo algum deduzir das palavras que ela me disse em seguida, pelas quais parecia aceitar a minha versão das cartas anônimas, mas sim de seu ar de cólera contra mim, cólera que não parecia ser senão a explosão de seus maus humores precedentes, assim como a espionagem que ela teria, em tal hipótese, acreditado haver eu exercido, não teria sido senão a consequência de uma vigilância de todos os seus atos, vigilância de que ela não devia duvidar mais havia muito tempo. Sua cólera estendeu-se mesmo a Andrée, pensando talvez que já agora eu não ficaria tranquilo mesmo quando ela saísse com Andrée: "Aliás

Andrée me exaspera. É fatigante. Não quero mais sair com ela. Você pode participar isso às pessoas que lhe disseram que voltei a Paris por causa dela. Se eu lhe dissesse que há tantos anos que conheço Andrée, e não sei lhe dizer como é a cara dela, tão poucas vezes a tenho olhado!". Ora, em Balbec, no primeiro ano, ela me dissera: "Andrée é linda". É verdade que isso não queria dizer que tivesse relações amorosas com ela, e até nunca eu a vira naquele tempo falar senão com indignação de todas as relações desse gênero. Mas ela não podia ter mudado mesmo sem o perceber, não considerando os seus brincos com uma amiga a mesma coisa que as relações imorais, bem pouco precisas em seu espírito quanto a mesma mudança e a mesma inconsciência de mudança que se tinham produzido em suas relações comigo, cujos beijos ela repelira com tanta indignação em Balbec, beijos que ela me daria mais tarde espontaneamente todos os dias, e que, assim esperava eu, pelo menos, daria ainda por muito tempo, e iria dar-me dentro de alguns instantes? "Mas, minha querida, como é que você quer que eu lhes participe se não as conheço?" Esta resposta era tão forte que deveria dissipar as objeções e dúvidas que eu via cristalizadas nas pupilas de Albertine. Deixou-as, porém, intatas. Eu tinha me calado e no entanto ela continuava a olhar-me com aquela atenção persistente que se presta a alguém que não acabou de falar. Pedi-lhe novamente perdão. Ela me respondeu que não tinha nada que me perdoar. Voltara agora a uma atitude de grande meiguice. Mas sob seu rosto triste e abatido parecia-me ter-se formado um segredo. Eu sabia que ela não podia deixar-me sem me prevenir, aliás não podia nem desejá-lo (daí a oito dias iria experimentar os novos vestidos de Fortuny), nem decentemente fazê-lo, pois minha mãe devia voltar no fim da semana e a tia de Albertine também. Por que, já que era impossível que ela partisse, lhe repeti várias vezes que sairíamos juntos no dia seguinte para ver uns cristais de Veneza que eu queria dar-lhe e fiquei aliviado ouvindo-a dizer que sim, que estava combinado? Quando ela pôde dar-me boa-noite e eu beijei-a, não fez como de costume, virou o rosto — foi alguns instantes apenas depois de eu pensar naquela doçura de ela me dar todas as noites o que me recusara em Balbec —, não retribuiu o meu beijo. Dir-se-ia que, zangada comigo, não me queria dar uma demonstração de carinho que poderia mais tarde parecer-me como que uma falsidade desmentindo essa zanga. Dir-se-ia que ela ajustava os seus atos a essa zanga e todavia com prudência, ou para não manifestá-lo, ou porque, rompendo comigo relações carnais, quisesse ficar minha amiga. Beijei-a então pela segunda vez, estreitando de encontro ao meu coração o azul coriscante e dourado do Grande Canal e os pássaros acasalados, símbolos de morte e de ressurreição. Mas pela segunda vez ela virou o rosto e, em vez de retribuir o meu beijo afastou-se com a espécie de teimosia instintiva e fatídica dos animais que sentem a aproximação da morte. Esse pressentimento que ela parecia traduzir comunicou-se-me também e encheu-me de um temor tão ansioso que, quando ela chegou à porta, não tive coragem de deixá-la sair e chamei-a. "Albertine", disse-lhe, "estou sem sono nenhum. Se você também está sem sono, fique mais um pouco, querendo, mas não insisto, e sobretudo não quero fatigá-la." Parecia-me que se eu tivesse podido fazê-la despir-se e pôr a sua camisola branca, em que parecia mais rosada, mais quente, em que irritava mais os meus sentidos, a reconciliação teria sido mais completa. Mas eu hesitava um instante, pois a beirada azul da *robe de chambre* acrescentava-lhe ao rosto uma beleza, uma iluminação, um céu sem os quais ela me teria parecido mais dura. Albertine voltou lentamente e me disse com muita doçura e sempre com a mesma fisionomia abatida e triste: "Posso ficar o tempo que você quiser, não estou com sono". Sua resposta me acalmou, pois enquanto ela estivesse ali eu sentia que podia refletir sobre o futuro e havia nela também amizade, obediência, mas de uma certa natureza, e que me parecia ter como limite aquele segredo que eu sentia atrás do seu olhar triste, das suas maneiras mudadas, em parte sem ela querer, em parte sem dúvida para as pôr de antemão em harmonia com alguma coisa que eu não sabia. Pareceu-me, em todo caso, que só tendo-a toda de branco, com o colo nu, diante de mim, como a vira em Balbec na sua cama, eu me sentiria com bastante audácia para que ela fosse obrigada a ceder. "Já que você consente em ficar um pouco me consolando, devia tirar o vestido, ele é muito quente, muito teso, não ouso me aproximar de você para não amarrotar essa linda fazenda, e depois há entre nós esses pássaros simbólicos. Dispa-se, meu bem." "Não, não seria cômodo tirar este vestido aqui. Vou me despir em meu quarto daqui a pouco." "Então não quer nem ao menos sentar-se em minha cama?" "Como não?" Todavia ficou um pouco longe, perto de meus pés. Conversamos. Uma vez mesmo ouvimos de repente a cadência regular de um apelo queixoso. Eram os pombos que começavam a arrulhar. "Isto prova que já é dia", disse Albertine; e com as sobrancelhas quase franzidas, como se, vivendo em minha casa, estivesse perdendo os prazeres da estação: "A primavera deve ter começado, pois os pombos voltaram". A semelhança entre o arrulhar deles e o canto do galo era tão profunda e tão obscura quanto, no septeto de Vinteuil, a semelhança entre o tema do adágio e o do último movimento, que é construído sobre o mesmo tema-chave do primeiro, mas de tal modo transformado pelas diferenças de tonalidade, de compasso, que o público profano, ao abrir porventura uma obra de Vinteuil, fica admirado de ver que são todos os três construídos com as mesmas quatro notas, notas que se podem aliás tocar ao piano com um só dedo sem reconhecer nenhum dos três movimentos. Assim aquela melancólica melodia executada pelos pombos era uma espécie de canto do galo em menor, que não se elevava para o céu, não subia verticalmente, mas, regular como o zurro de um jumento, referto de doçura, ia de um pombo a outro numa mesma linha horizontal, e nunca se aprumava, nunca mudava a sua queixa lateral naquele jubiloso apelo que tinham lançado tantas vezes o *allegro* da introdução e o final.[163] Lembro-me que pronunciei então a palavra morte como se Albertine fosse mor-

163 A partir de "Uma vez mesmo ouvimos de repente a cadência [...]" até este trecho, não consta da última edição do texto original pela Bibliothèque de la Pléiade. (N. do R. T.)

rer. Parece que os acontecimentos são mais vastos do que o momento em que ocorrem e não podem caber neles por inteiro. Decerto transbordam para o futuro pela memória que deles guardamos, mas pedem também um lugar ao tempo que os precede. Pode-se dizer que não os vemos então como serão, precisamente, mas na lembrança não são eles também modificados?

Quando vi que de si mesma ela não me beijava, compreendendo que tudo isso era tempo perdido, que só depois do beijo é que começariam os minutos calmantes, e verdadeiros, disse-lhe: "Boa-noite, é tarde demais", porque assim ela me beijaria, e continuaríamos juntos em seguida. Mas depois de me dizer: "Boa-noite, trate de dormir bem", exatamente como das duas primeiras vezes, ela contentou-se com dar-me um beijo na face. Desta vez não ousei mais chamá-la, mas meu coração batia com tanta força que não pude tornar a deitar-me. Como um pássaro que vai de uma extremidade da gaiola à outra, sem parar, eu passava do medo que Albertine fosse embora a uma calma relativa. Essa calma era produzida pelo raciocínio que eu recomeçava várias vezes por minuto: "Ela não pode em todo caso ir-se embora sem me prevenir, ela não me disse de modo algum que iria embora" e ficava mais ou menos calmo. Mas logo tornava a dizer: "E se amanhã eu vir que ela foi embora? Minha inquietação deve ter sua causa em alguma coisa: por que não me beijou?" Então se me apertava o coração horrivelmente. Depois se acalmava um pouco com o raciocínio que eu repetia, mas doía-me a cabeça, de tal modo esse oscilar do meu pensamento era incessante e monótono. Há certos estados morais, e especialmente a inquietação, que, não nos apresentando senão duas alternativas, têm qualquer coisa de tão atrozmente limitado quanto uma simples dor física. Eu recomeçava perpetuamente o raciocínio que dava razão à minha inquietação e o que não lhe dava e me tranquilizava, como faz o doente que apalpa sem parar, num movimento interno, o órgão que o faz sofrer, se afasta um instante do ponto doloroso, para voltar a ele um instante depois. De repente, no silêncio da noite, fui surpreendido por um ruído aparentemente insignificante, mas que me encheu de terror, o ruído da janela de Albertine, que se abria violentamente. Quando não ouvi mais nada, quis saber por que aquele ruído me causara tanto medo. Em si mesmo nada tinha de tão extraordinário; mas eu lhe dava provavelmente duas significações que me aterravam igualmente. Primeiro era uma convenção de nossa vida comum, como eu temia as correntes de ar, que nunca se abrisse nenhuma janela à noite. Albertine tinha sido prevenida disso quando viera morar em nossa casa, e, embora persuadida de que aquilo era de minha parte uma mania e mania malsã, prometera-me nunca infringir a proibição. E era tão tímida quando se tratava dessas minhas vontades, embora não as aprovasse, que eu sabia ser mais fácil ela dormir com o cheiro da fumação da lareira do que abrir a janela, assim como não mandaria acordar-me de manhã por nada neste mundo. Era apenas uma das pequenas convenções de nossa vida, mas do momento que ela violava aquela sem me consultar, não queria isso dizer que já não se julgava obrigada a nenhuma consideração comigo e violaria do mesmo modo todas as outras? De mais a mais, o ruído tinha sido violento, quase malcriado, como se ela tivesse procedido com a maior cólera e dizendo: "Esta vida me abafa, tanto pior, preciso de ar!". Não disse comigo exatamente tudo isso, mas continuei a pensar, como num presságio mais misterioso e mais fúnebre do que um pio de coruja, nesse ruído da janela que Albertine tinha aberto. Cheio de uma agitação como talvez nunca mais sentira desde a noite de Combray em que Swann jantara em nossa casa, andei muito tempo no corredor, esperando, com o rumor que fazia, despertar a atenção de Albertine, fazer com que ela tivesse pena de mim e me chamasse, mas nenhum ruído vinha de seu quarto. Pouco a pouco senti que era tarde demais. Ela devia estar dormindo há muito tempo. Tornei a deitar-me. No dia seguinte, assim que acordei, como nunca vinham ao meu quarto, acontecesse o que acontecesse, sem que eu chamasse, toquei a campainha chamando Françoise. E ao mesmo tempo pensei: "Vou falar a Albertine de um iate que quero encomendar para ela". Apanhando minhas cartas, disse a Françoise, sem olhar para ela: "Daqui a pouco terei de dizer uma coisa à senhora Albertine; ela já se levantou?" "Já, levantou-se cedo." Senti agitarem-se em mim, como num tufão, mil aflições, que eu não conseguia conter no meu peito. O tumulto era nele tão grande que eu estava quase sem fôlego, como numa tempestade. "E onde está ela agora?" "Deve estar no quarto." "Ah!, está bem; vê-la-ei daqui a pouco." Respirei, minha agitação cessou, Albertine estava em casa, era-me quase indiferente que estivesse. Aliás não tinha sido absurdo supor que podia não estar? Adormeci, mas, apesar da minha certeza de que ela não me deixaria, de um sono leve e de uma leveza relativa a ela somente. Pois os ruídos que só podiam ter relação com trabalhos no pátio, embora eu os ouvisse vagamente durante o sono, deixavam-me tranquilo, ao passo que o mais ligeiro frêmito que viesse de seu quarto, ou quando ela saía à rua, ou quando voltava para casa sem ruído, apertando tão levemente o botão da campainha, fazia-me estremecer, corria-me da cabeça aos pés, deixava-me com o coração batendo, muito embora o ouvisse num torpor profundo, do mesmo modo que minha avó, nos últimos dias que lhe precederam a morte e durante os quais quedava numa imobilidade que nada perturbava e que os médicos chamavam o coma, se punha, disseram-me, a tremer um instante como uma folha ao ouvir os três toques de campainha com que eu costumava chamar Françoise, e que, mesmo fazendo-os mais de leve, naquela semana, para não perturbar o silêncio da câmara mortuária, ninguém, afirmava Françoise, podia confundir, por causa da maneira que eu tinha, e ignorava ter, de calcar o botão da campainha, com o toque de qualquer outra pessoa. Teria eu também entrado em agonia, seria isto a aproximação da morte?

Nesse dia e no seguinte saímos juntos, pois Albertine não queria mais sair com Andrée. Nem cheguei a lhe falar do iate. Aqueles passeios me tinham acalmado completamente. Mas ela continuara a beijar-me à noite da mesma maneira nova, de sorte que eu andava furioso. Só podia ver nisso um modo de me mostrar que estava amuada comigo, e que me parecia por demais ridículo depois das gentilezas que eu não cessava de fazer-lhe. Por isso, não tendo mais dela nem mesmo as satisfações carnais que me interessavam, e achando-a feia quando mal-humorada, senti ainda mais vivamente a privação de todas as mulheres e das viagens, cujo desejo despertavam em mim aqueles primeiros dias bonitos. Graças sem dúvida à lembrança esparsa dos encontros esquecidos que eu tivera colegial ainda com mulheres à sombra da folhagem já espessa, aquela região da primavera onde a viagem de nossa morada errante através das estações se interrompera havia três dias, sob um céu clemente, e cujas estradas fugiam todas para almoços no campo, passeios de bote, excursões de recreio, parecia-me o país das mulheres tanto quanto o das árvores, e o país onde o prazer oferecido por toda parte se tornava permitido às minhas forças convalescentes. A resignação à preguiça, a resignação à castidade, a não conhecer o prazer senão com uma mulher que eu não amava, a resignação a ficar em meu quarto, a não viajar, tudo isso era possível no Mundo Antigo onde estávamos ainda na véspera, no mundo vazio do inverno, mas não neste universo novo, folhudo, onde eu havia acordado como um jovem Adão a quem se apresenta pela primeira vez o problema da existência, da felicidade, e sobre quem não pesa a acumulação das soluções negativas anteriores. A presença de Albertine pesava-me, e era aborrecido que eu olhava, lastimando não termos rompido. Eu queria partir para Veneza, e enquanto não partia, ir ao Louvre ver quadros venezianos e ao Luxemburgo ver os dois Elstir, vendidos havia pouco, ao que me tinham dito, pela princesa de Guermantes àquele museu, os que eu havia admirado tanto, *Prazeres da dança* e o *Retrato da família* x. Mas tinha medo de que, no primeiro, certas atitudes lascivas dessem a Albertine um desejo, uma nostalgia de festas populares, fazendo-a dizer consigo que talvez uma certa vida que ela não levara, uma vida de fogos de artifício e de cabarés de arrabalde, tivesse o seu encanto. Já com antecedência receava eu que, no dia 14 de julho, não me pedisse ela que fôssemos a um baile popular e sonhava com um acontecimento impossível que desse motivo à supressão daquela festa. E depois havia também nos Elstir nudezas de mulheres em paisagens do sul, de vegetação cerrada, as quais podiam levar Albertine a pensar em certos prazeres, se bem que Elstir (mas não rebaixaria isto a obra?) não tivesse visto naqueles nus senão a beleza escultural, ou melhor, a beleza de brancos monumentos que tomam certos corpos de mulheres quando sentados na relva.

Por isso me resignei a desistir da ideia e me deu vontade de ir a Versalhes. Albertine ficara no quarto, lendo, metida no *peignoir* de Fortuny. Perguntei-lhe se queria vir comigo a Versalhes. Ela tinha isto de encantador: estava sempre disposta a tudo, talvez por aquele hábito de antigamente ter vivido a metade do tempo em casa dos outros, e como em dois minutos se resolvera a vir para Paris, disse-me: "Posso ir assim mesmo, se não desceremos do carro". Hesitou um segundo entre dois *manteaux* para pôr sobre o *peignoir* — como teria feito entre dois amigos diferentes que tivesse que levar —, decidiu-se por um azul-escuro, admirável, espetou um grampo num chapéu. Num minuto estava pronta, antes que eu tivesse tempo de apanhar o meu casaco, e partimos para Versalhes. Essa rapidez, mesmo essa docilidade absoluta me deixaram mais tranquilizado, como se com efeito eu tivesse tido, sem haver nenhum motivo preciso de inquietação, necessidade de o ser. "Afinal não tenho nada que recear, ela faz o que lhe peço, não obstante o ruído da janela naquela noite. Assim que falei em sair, pôs o *manteaux* azul sobre o *peignoir* e veio, não é o que teria feito uma revoltada, uma pessoa que não estivesse bem comigo", dizia de mim para mim a caminho de Versalhes. Ficamos lá muito tempo. O céu estava todo ele do azul radioso e um tanto pálido, como o vê às vezes o passeante deitado num campo, mas tão uniforme, tão profundo, que sentimos ter sido aquele o azul empregado sem nenhuma mistura e com tão inesgotável riqueza que se lhe poderia aprofundar cada vez mais a substância, sem encontrar um átomo de outra coisa que não fosse o mesmo igual azul. Eu pensava em minha avó que na arte humana, na natureza, gostava do sublime, e se deleitava em ver elevar-se nesse mesmo azul o campanário de Saint-Hilaire. Súbito senti de novo a nostalgia de minha liberdade perdida ao ouvir um ruído que não reconheci a princípio e que minha avó teria também apreciado tanto. Era como o zumbido de uma vespa. "Olhe", disse Albertine, "é um aeroplano, está muito alto, muito alto." Olhava eu para todos os lados em redor de mim e não via senão, sem nenhuma mancha negra, a palidez intata do azul sem mistura. Continuava no entanto a ouvir o zumbido das asas, que de repente entraram no meu campo de visão. Lá no alto duas minúsculas asas pardas e brilhantes franziam o azul uniforme do céu inalterável. Eu pudera enfim ligar o zumbido à sua causa, àquele insetozinho que trepidava lá em cima, sem dúvida a bem uns dois mil metros de altura; via-o zunzunar. Talvez quando ainda não havia muito tempo que as distâncias à superfície da terra estavam abreviadas pela velocidade como estão agora, o apito de um trem que passasse a dois quilômetros de distância tivesse a beleza que hoje, e por algum tempo ainda, nos comove no zumbido de um aeroplano que voa a dois mil metros de altura, à ideia de que as distâncias percorridas nessa viagem vertical ou sobre o solo são as mesmas e que nesta nova direção, onde as medidas se nos afiguram outras porque o acesso nos parecia impraticável, um aeroplano a dois mil metros de altura não está mais longe do que um trem a dois quilômetros de distância, está mais perto até, pois o trajeto idêntico se efetua em meio mais puro, sem separação entre o viajante e o seu ponto de partida, assim como no mar ou nas planícies, por um tempo calmo, a esteira de um navio já longe ou o sopro de um zéfiro único riscam o oceano das águas ou dos trigais.

Entramos numa grande confeitaria situada quase fora da cidade e que gozava naquela ocasião de certa fama. Uma senhora ia sair, e pediu suas coisas à moça da confeitaria. Assim que a senhora saiu, Albertine olhou por várias vezes para a moça da confeitaria, como se lhe quisesse chamar a atenção enquanto esta arrumava as xícaras, os pratos, os *petits fours*, pois já era tarde. A moça só vinha até a nossa mesa quando eu pedia alguma coisa. E acontecia então que, como ela era muito alta, cada vez que Albertine tentava atrair-lhe a atenção, levantava verticalmente para ela um olhar loiro que era forçado a elevar tanto mais alto a pupila quanto, estando a moça juntinho de nós, Albertine não tinha o recurso de atenuar o declive pela obliquidade do olhar. Era obrigada, sem alçar demais a cabeça, a erguer os seus olhares até a altura desmedida onde pairavam os olhos da moça. Por atenção comigo, Albertine baixava rapidamente os olhos, e não lhe tendo a moça prestado nenhuma atenção, recomeçava. Formava aquilo uma série de baldadas implorações a uma inacessível divindade. Por fim a moça não tinha mais que arrumar senão uma grande mesa vizinha. Então o olhar de Albertine podia ser natural. Mas nem uma só vez o da moça pousou em minha amiga, o que não estranhava, pois sabia que essa mulher, que eu conhecia um pouco, tinha os seus amantes, embora fosse casada, mas escondia muito bem os seus casos, do que eu me admirava enormemente por causa da sua prodigiosa estupidez. Observei a moça enquanto acabávamos a nossa refeição. Toda entregue às suas arrumações, era quase indelicada com Albertine à força de não ter um olhar para ela, em cuja atitude aliás nada havia de inconveniente. A outra arrumava, arrumava sem fim, sem uma distração. Se a colocação nos seus lugares das colherinhas, das facas de frutas, tivesse sido confiada não àquela mocetona mas, por economia de trabalho humano, a uma simples máquina, não se teria podido ver isolamento tão completo em relação à atenção de Albertine, e no entanto ela não baixava os olhos, não se absorvia, deixava brilhar os seus olhos, os seus encantos, numa atenção só para o seu trabalho. É verdade que se essa moça não fosse uma mulher tão particularmente pouco inteligente (não só era a reputação que tinha, mas eu sabia-o por experiência), aquele desprendimento poderia passar por um cúmulo de habilidade. E bem sei que a criatura menos inteligente, quando está em jogo o seu desejo ou o seu interesse, pode, nesse único caso, no meio da nulidade da sua vida estúpida, adaptar-se imediatamente às entrosas da engrenagem mais complicada; em todo caso, seria uma suposição demasiado sutil para mulher tão estúpida quanto a moça da confeitaria. Essa estupidez chegava mesmo a tomar uma feição incrível de grosseria! Nem uma só vez olhou para Albertine, que no entanto ela não podia deixar de ver. Era pouco amável para minha amiga, mas, na verdade, gostei muitíssimo que Albertine recebesse aquela liçãozinha e visse que muitas vezes as mulheres não lhe prestavam atenção. Saímos da confeitaria, tomamos o carro e já estávamos a caminho de casa, quando de repente vi com pesar que me esquecera chamar à parte a moça da confeitaria e aventurar pedir-lhe que não dissesse à senhora que ia saindo quando chegamos o meu nome e endereço, que a moça, por causa das encomendas que eu fizera várias vezes, devia saber perfeitamente. Era com efeito dispensável que a senhora pudesse por informação dela conhecer, indiretamente, o endereço de Albertine. Mas achei que seria demasiada demora voltar atrás por tão pouca coisa, e que pareceria dar importância demais ao caso aos olhos daquela imbecil e mentirosa. Planejei apenas voltar a lanchar ali, na semana seguinte, para fazer aquela recomendação e considerei como é aborrecido esquecermos sempre metade das coisas que temos que dizer, de não fazer de uma só vez as coisas mais simples.[164]

Voltamos muito tarde, dentro de uma noite em que, aqui e ali, à beira do caminho, uma calça vermelha junto de uma saia revelava casais de namorados. Nosso carro passou pela porta Maillot para entrar na cidade. Aos monumentos de Paris se

164 Dentre os ímpetos fugazes de Albertine está o de visitar Rochers, uma das propriedades particulares de Madame de Sévigné — um castelo do século XV com jardim desenhado por Le Nôtre. (N. do R. T.)

substituíra, puro, linear, sem espessura, o desenho dos monumentos de Paris, como o fariam para uma cidade destruída cuja planta quisessem levantar. Mas, ao redor dela, se elevava com tal suavidade, realçando-a, uma orla azul-pálida, que os olhos buscavam sequiosos por toda parte um pouco ainda daquele matiz delicioso que lhes era tão avaramente medido: havia luar. Albertine admirou-o. Não ousei dizer-lhe que eu o teria apreciado mais se estivesse só ou à procura de uma desconhecida. Recitei-lhe versos ou trechos de prosa sobre o luar, mostrando-lhe como, de prateado que era antigamente, passara a azul com Chateaubriand,[165] com o Victor Hugo de *Eviradnus*[166] e de *Fête chez Thérèse*,[167] para voltar a ser amarelo e metálico com Bau-

165 Alusão provável a uma passagem do livro *Génie du christianisme* em que, perto da catarata do Niágara, Chateaubriand goza, "em toda sua solidão, do belo espetáculo de uma noite nos desertos do Novo Mundo"; neste contexto em que contempla as marcas do poder que "o Deus dos cristãos" imprimiu sobre "quadros da natureza", a lua, "rainha das noites", "astro solitário", prossegue "pacificamente seu percurso azulado"; sobre a terra desce, por entre as árvores, "o dia azulado e aveludado da lua". (N. do R. T.)

166 O poema "Eviradnus" está na quinta parte de *Les legendes du siècle*, parte dedicada ao elogio da figura de justiceiros históricos, chamados "cavaleiros errantes"; Eviradnus, "Sansão cristão", é "o grande cavaleiro da Alsácea", que salva a marquesa de Lusace de uma emboscada planejada pelo imperador da Alemanha e o rei da Polônia. No poema, Hugo descreve a indiferença da natureza diante dos crimes cometidos por príncipes e vencedores, esses "bandidos supremos". Quando Eviradnus entra em cena "a lua está cheia/ de uma luz branca a clareira é banhada" e uma melodia "ainda por alguns instantes vagueia/ sob as árvores azuladas pela lua serena". (N. do R. T.)

167 Neste poema que integra a coletânea *Les contemplations* descreve-se uma festa em um jardim, no mês de abril. A imagem da lua aparece nos versos de conclusão do poema, em que os convidados, "alterados como se fica durante o sono, vagamente/ sentiam se misturar à sua alma,/ a suas falas secretas, a seus olhares incandescentes,/ a seu coração, a seus sentidos, à sua débil razão,/ o luar azul que banhava o horizonte". (N. do R. T.)

delaire[168] e Leconte de Lisle.[169] Depois, lembrando-lhe a imagem que representa o crescente da lua no fim de *Booz endormi*, recitei-lhe todo o poema.[171] A esse propósito, não sei dizer quanto a vida de Albertine era cheia de desejos alternados, fugitivos, frequentemente contraditórios. Sem dúvida complicava-a ainda mais a mentira, pois, não se lembrando mais ao certo das nossas conversas, quando ela me dizia: "Bonita pequena aquela, e como jogava bem golfe!", e eu lhe perguntava o nome da moça, ela respondia com aquele ar distraído, universal, su-

---

168 Alusão provável à imagem da lua no poema "La lune offensée", presente, em algumas edições, no ciclo de "Quadros parisienses", de *Les fleurs du mal*. Ali, a lua, "que adoravam discretamente nossos pais", aparece em traje de festa amarelo ("domino jaune") e é interpelada cinicamente pelo poeta sobre o que outrora ela tivera oportunidade de contemplar, e o que ela agora vê nesse "século empobrecido". (N. do R. T.)

169 Mais de um poema da coletânea de *Poèmes barbares*, de Leconte de Lisle, aludem à lua. Em "Les clairs de lune", há a descrição de uma Terra em ruínas, "tranquilas solidões" sobre as quais "plana um vago e profundo tédio"; "no céu cor de pérola" de um universo destruído "a lua sobe lentamente". A Terra, outrora "globo feliz de onde subia o rumor dos vivos" transformou-se agora em um "inferno petrificado", que, "distante dos cálidos sóis, distante das noturnas glórias", "olha sorrindo" "a lua, no ar puro, esticar seu grande arco de ouro". O poema "Les hurleurs" também fala de um mundo em que "nenhum astro reluz na imensidão nua"; nesse mundo "marcado por um signo de cólera" apenas a "lua pálida", "como uma morna lâmpada oscilava tristemente" e emitia um "reflexo sepulcral sobre o oceano polar". Também o poema "Le coeur de Hialmar" fala de uma "noite clara", com "vento glacial" em que a neve está vermelha do sangue de mil combatentes mortos; o único sobrevivente é Hialmar, que se levanta enquanto "a lua fria emite de longe sua pálida chama". (N. do R. T.)

170 O tema do encontro decisivo e inesperado de um casal faz com que o herói prefira comentar "todo o poema" de Hugo com Albertine a aprofundar as imagens da lua bastante negativas que vinham se esboçando em Baudelaire e Leconte de Lisle. Booz é personagem bíblica que, adormecido em um campo de trigo, sonha com um carvalho que nasce de seu ventre e pelo qual sobe até Deus toda uma raça de seres humanos; Booz se surpreende com o prodígio porque ele, viúvo, há tempos não se relaciona com nenhuma mulher e não poderia assim deixar descendentes. Enquanto isso Ruth, sua futura mulher, se deita por acaso a seu lado e, enquanto ele dorme, contempla a lua crescente e a compara a uma "foice de ouro", esquecida "no campo das estrelas" por "aquele que faz a colheita do eterno verão". (N. do R. T.)

perior, que tem sempre, sem dúvida, partes disponíveis, pois cada mentiroso dessa categoria o toma de empréstimo por um momento todas as vezes que não quer responder a uma pergunta, e ele nunca lhe falta: "Ah!, não sei" (com pena de não poder informar-me), "nunca soube o nome dela, via-a no golfe, mas não sabia como se chamava"; se, um mês depois, eu lhe dizia: "Albertine, aquela pequena bonita de quem você me falou, que jogava tão bem golfe". "Ah!, sei", respondia sem refletir, "Emilie Daltier, não sei que fim levou." E a mentira, como uma fortificação de campanha, passava da defesa do nome, vencida agora às possibilidades de encontrar essa Emilie Daltier. "Ah!, não sei, nunca soube o endereço dela. Nem sei de ninguém que lhe possa informar. Não era conhecida de Andrée, não. Não fazia parte do nosso grupinho, hoje tão dividido." Outras vezes a mentira era como uma feia confissão: "Ah!, se eu tivesse trezentos mil francos de renda..." E estacava, já arrependida. "Vamos, dize, que farias?" "Pediria", dizia beijando-me, "permissão para ficar em sua casa. Onde poderia ser mais feliz?" Mas, ainda levando em conta as mentiras, era incrível a que ponto a sua vida era sucessiva, e fugitivos os seus maiores desejos. Tomava-se de amores por uma pessoa e ao cabo de três dias não queria mais saber dela. Não podia esperar uma hora que eu mandasse comprar telas e tintas para ela recomeçar a pintar. Durante dois dias ficava toda impaciente, chegava às lágrimas, logo enxutas, de criança a quem se tirou a ama. E era tão instável nos seus sentimentos em relação às criaturas, às coisas, às ocupações, às artes, aos países, em relação a tudo, que se gostou de dinheiro, o que não acredito, não deve ter gostado mais tempo do que do resto. Quando dizia: "Ah!, se eu tivesse trezentos mil francos de renda!", se exprimia mesmo um pensamento mau bem pouco duradouro, não teria podido persistir nele mais tempo do que no desejo de ir aos Rochers, que ela conhecia de uma estampa da edição de Madame de Sévigné que pertencera a minha avó, de se encontrar com uma amiga de golfe, de andar de aeroplano, de passar o Natal com a tia, ou de recomeçar a pintar.

"Na verdade nenhum de nós está com fome, poderíamos passar em casa dos Verdurin", disse-me Albertine, "é a hora e o dia deles." "Mas você não está zangada com eles?" "Oh!, fazem muita intriga contra eles, mas no fundo não são tão maus assim. A senhora Verdurin sempre foi muito gentil comigo. E depois não se pode andar sempre brigado com todo mundo. Eles têm defeitos, mas quem não os têm?" "Você não está vestida para isso, seria preciso voltar lá em casa, ficaria muito tarde." Acrescentei que estava com vontade de comer alguma coisa. "É, você tem razão, vamos comer", respondeu Albertine com aquela admirável docilidade que me assombrava sempre.

Chegamos a casa. O bom tempo nessa noite deu um salto para a frente como sobe um termômetro com o calor. Nas manhãs, cedo raiadas, de primavera que se seguiram, eu ouvia os bondes correr, através dos perfumes, no ar a que o calor se misturava cada vez mais até atingir a solidificação e a densidade do meio-dia. Quando o ar untuoso havia acabado de nele envernizar e nele isolar o cheiro do lavatório, o cheiro do armário, o cheiro do canapé, à simples nitidez com que, verticais e perfilados, todos esses odores se mantinham em faixas justapostas e distintas, num claro-escuro nacarado que acrescentava um lustro mais delicado aos reflexos das cortinas e das poltronas de cetim azul, eu me via, não por mero capricho de minha imaginação, mas porque era efetivamente possível, seguindo em algum bairro novo do subúrbio, igual àquela onde em Balbec residia Bloch, as ruas batidas de sol e deparando nelas não os açougues insípidos e a branca pedra de cantaria, mas a sala de jantar campesina aonde eu poderia chegar dentro em pouco, e os odores que iria encontrar ali, o cheiro da compoteira de cerejas e de damascos, da cidra, do queijo *gruyère*, mantidos em suspensão na luminosa congelação da sombra que eles betam delicadamente como o interior de uma ágata, ao passo que os descanso de talheres de vidro prismático irisam nela arcos celestes ou põem aqui e ali no oleado da mesa oceluras de pavão.

Como um vento que engrossa em progressão regular, eu ouvia com júbilo um automóvel roncar perto da minha janela. Sentia o cheiro da gasolina. Este pode parecer deplorável aos delicados, que são sempre materialistas e para quem ele estraga o campo, e a certos pensadores (materialistas a seu modo também), que, acreditando na importância do fato, imaginam que o homem seria mais feliz, capaz de poesia mais alta, se os nossos olhos fossem capazes de ver mais cores, as nossas narinas, de conhecer mais perfumes, travesti filosófico da ideia ingênua dos que julgam que a vida era mais bela quando se usavam, em vez de casaca preta, trajes suntuosos. Mas para mim (assim como um aroma, talvez desagradável em si mesmo, de naftalina e de vetiver, poderia exaltar-me restituindo-me a pureza azul do mar no dia de minha chegada a Balbec), aquele cheiro de gasolina que, com a fumaça que escapava do motor, se havia tantas vezes dissipado no pálido azul, nos dias ardentes em que eu ia de Saint-Jean-de-la-Haise a Gourville, assim como me tinha acompanhado em meus passeios naquelas tardes de verão em que Albertine pintava, fazia florescer agora à minha direita e à minha esquerda, embora eu estivesse na penumbra do meu quarto, os *bleuets*, as papoulas e os trevos encarnados, inebriava-me como um cheiro de campo, cheiro não circunscrito e fixo, como o que sentimos junto dos pilriteiros e que, mantido pelos seus elementos untuosos e densos, flutua como uma certa estabilidade em frente da sebe, mas como um aroma em presença do qual fugiam as estradas, mudava o aspecto do solo, acorriam os castelos, o céu empalidecia, as forças se decuplicavam, um aroma que era como um símbolo de exultação e de vitalidade, e que renovava o desejo tido por mim em Balbec de subir à jaula de cristal e de aço, mas desta vez não para fazer visitas a moradas familiares com uma mulher que eu conhecia demais, mas para desfrutar os prazeres do amor em lugares novos com uma mulher desconhecida. Aroma que era acompanhado a todo momento pelo som das buzinas de automóveis que passavam, ao qual eu adaptava palavras como um toque militar: "Parisiense, levanta-te, levanta-te, vem almoçar no campo e passear de bote no rio, à sombra das árvores, com uma pequena bonita; levanta-te, levanta-te". E todos esses devaneios me eram tão agradáveis que eu me congratulava pela "severa lei", em virtude da qual, enquanto eu não apertasse o botão da campainha, nenhum "temeroso mortal", nem Françoise, nem Albertine, ousaria vir perturbar-me "no fundo desse palácio" onde uma "majestade terrível aos meus súditos faz que eu me torne invisível".[171]

De repente, porém, mudou o cenário; não foi mais a lembrança de antigas impressões, mas de um antigo desejo, ainda muito recentemente despertado pelo *peignoir* azul e ouro de Fortuny, que desdobrou diante de mim outra primavera, não uma primavera toda enfolhada mas, ao contrário, subitamente despida de suas árvores e de suas flores por aquele nome que eu acabara de pronunciar: Veneza, uma primavera decantada, reduzida à sua essência, traduzindo o alongamento, o aquecimento, o desdobramento gradual de seus dias pela fermentação progressiva, não mais de uma terra impura, mas de uma água virgem e azul, primaveril sem corolas, e que não poderia corresponder ao mês de maio senão pelos reflexos, trabalhada por ele, concordando exatamente com ele na nudez radiosa e fixa de seu sombrio azul-safira. Por isso, assim como as estações em nada lhe alteram os braços de mar infloresciveis, os modernos anos nenhuma mudança trazem à cidade gótica; sabia-o eu, não o podia imaginar, mas eis o que eu queria contemplar com aquele mesmo desejo que outrora, quando eu era menino, no ardor mesmo da partida, quebrara em mim a força de partir; queria deparar-me face a face com as minhas imaginações venezianas, ver como aquele mar dividido encerrava

171 Última citação de versos da peça *Esther*, de Racine (versos 193-194). Neles, é retomada a mesma fala já citada no início de *A prisioneira*, em que Esther explica a Mardoqueu a dificuldade de se aproximar de Aussero. Na sequência, as severas leis do "rei" Marcel-Assuero revelam-se desastrosas para ele. (N. do R. T.)

com os seus meandros, como as sinuosidades do rio Oceano, uma civilização urbana e requintada, mas que, isolada pela cinta azulada, se desenvolvera à parte, tivera à parte as suas escolas de pintura e de arquitetura; queria admirar aquele jardim fabuloso de frutos e pássaros de pedra de cor, florescido no meio do mar que vinha refrescá-lo, batia na maré enchente o fuste das colunas e, no robusto relevo dos capitéis, como um olhar de azul profundo que vela na sombra, pousava que nem manchas e fazia bolir perpetuamente a luz. Sim, era preciso partir, chegara a hora. Desde que Albertine não parecia mais estar zangada comigo, possuí-la já não se me afigurava um bem em troca do qual se está disposto a dar todos os outros. Pois não o faríamos senão para nos livrar de uma aflição, de uma ansiedade, que estavam agora acalmadas. Conseguimos passar através do arco de pano que em certo momento julgamos não poder romper. Clareamos a tempestade, reconquistamos a serenidade do sorriso. Dissipado está o mistério angustioso de um ódio sem causa conhecida. Desde então nos defrontamos com o problema, momentaneamente afastado, de uma felicidade que sabemos impossível. Agora que a vida com Albertine se tornava de novo possível, eu sentia que dali não me poderia vir senão contrariedades, visto que ela não me amava; melhor era separar-me dela na doçura de sua aquiescência, que eu prolongaria pela lembrança. Sim, era o momento; cumpria informar-me muito exatamente da data em que Andrée deixaria Paris, providenciar com energia junto à sra. Bontemps de modo que eu ficasse bem certo de que nessa ocasião Albertine não pudesse ir nem à Holanda, nem a Montjouvain. Se soubéssemos analisar melhor os nossos amores, haveríamos de ver que muitas vezes as mulheres só nos atraem por causa da concorrência de outros homens a que temos que disputá-las, embora soframos mil mortes por ter que disputar-lhas; suprimida a concorrência, desaparece o encanto da mulher. Exemplo doloroso e preventivo disso temos na predileção dos homens pelas mulheres que, antes de os conhecer, cometeram faltas, pelas mulheres que eles sentem à mercê do perigo e que lhes é necessário, enquanto lhes dura o amor, reconquistar; exemplo posterior, ao contrário, e este nada dramático, é o do homem que, sentindo diminuir a afeição pela mulher amada, aplica espontaneamente as regras que descobriu, e para ficar certo de não ter cessado de amar a mulher coloca-a num meio perigoso onde lhe é preciso protegê-la todos os dias. (O contrário dos homens que exigem de uma mulher que ela renuncie ao teatro, se bem que fosse por ela ter trabalhado no teatro que vieram a amá-la.)

Quando assim a partida de Albertine não tivesse mais inconvenientes, haveria que escolher um dia bonito como este; íamos ter muitos em que ela me seria indiferente, em que eu me sentiria tentado por mil desejos, haveria que deixá-la sair sem vê-la, depois, levantando-me, vestindo-me depressa, deixar-lhe um bilhete, aproveitando-me dá circunstância de, como ela não poderia nesta época ir a nenhum lugar que me preocupasse, eu poder conseguir, em viagem, não imaginar as más ações que ela poderia cometer — e que me pareciam neste momento bem indiferentes aliás — e, sem tornar a vê-la, partir para Veneza. Toquei a campainha chamando Françoise para lhe pedir que me comprasse um guia e um indicador, como fizera em menino, ao querer preparar-me para uma viagem a Veneza, realização de um desejo tão violento quanto o que me possuía neste momento; esquecia eu que, depois disso, houve um que eu efetuara sem nenhum prazer, o desejo de Balbec, e que Veneza, sendo também um fenômeno visível, não poderia provavelmente, como não o pudera Balbec, realizar um sonho inefável, o da idade gótica, atualizada por um mar primaveril, e que vinha de instante em instante roçar-me o espírito com uma imagem encantada, acariciadora, inatingível, misteriosa e confusa. Acudindo ao meu chamado, Françoise entrou, bastante inquieta de como eu lhe tomaria as palavras e o procedimento. "Estava muito preocupada", disse-me ela, "pelo fato de o senhor me chamar tão tarde hoje. Não sabia o que devia fazer. Esta manhã, às oito horas, a senhorita Albertine me pediu as malas, não tive coragem de recusar, fiquei com medo que o senhor se zangasse se eu viesse acordá-lo. Fiz tudo para catequizá-la, para que ela esperasse uma hora mais, porque eu estava sempre à espera que o senhor me chamasse; ela não quis, deixou-me esta carta para o senhor, e às nove horas foi-se embora." Então — a tal ponto podemos ignorar o que trazemos dentro de nós, pois eu estava persuadido da minha indiferença por Albertine — faltou-me a respiração, apertei o coração com as duas mãos subitamente umedecidas por um certo suor que jamais conhecera depois da revelação que minha amiga me fizera no trenzinho relativamente à amiga da srta. Vinteuil e não pude dizer outra coisa senão: "Ah!, está bem, foi bom você não me acordar, pode ir, chamarei daqui a pouco".

resumo
(os números entre parênteses indicam as páginas)

Os ruídos da rua chegam a meu quarto e indicam o tempo que está fazendo (14); ao voltarmos de Balbec, Albertine vem morar sob o mesmo teto que eu; evocação da noite em que mamãe dormiu em meu quarto em Combray (15); sabendo por Françoise que estou acordado, Albertine vem se lavar no seu banheiro; ouço-a assobiar no banho e conversamos através dos tabiques (17); sinto-me mais feliz de estar a sós com a personagenzinha saudadora do sol que trarei em mim, mesmo em meus últimos suspiros (18).

Chamo Françoise e abro o *Le Figaro* à procura do artigo sobre os campanários de Martinville que enviara ao jornal; leio a carta de mamãe que acha estranho que uma moça more só comigo (18); tendo de passar muitos meses em Combray, junto de minha tia-avó, mamãe recebe a ajuda dedicada de Legrandin (20); receio que mamãe descubra a amizade de Albertine pela srta. Vinteuil (20).

Albertine não tem hábitos de ordem e transmite o encanto incômodo de um animal doméstico, a quem Françoise acaba impondo regras (21); nossa velha criada voltara incomodada de Balbec por não ter se despedido da "governanta" do hotel (22).

As cartas diárias de mamãe, trazendo sempre uma citação qualquer de Madame de Sévigné, são motivadas pela lembrança de minha avó (22); embora não a deixe certa de nosso casamento, dou vida luxuosa a Albertine, procurando talvez levá-la a desejar se casar comigo; Albertine se desenvolvera enormemente (23); qualidades morais atribuídas à tez fresca (25); Andrée vem buscar a amiga para passear, o que me permite ficar em casa sozinho (26); Albertine está certa do interesse da amiga por mim (27); eu já não amo mais Albertine, pois não me resta mais nem sombra de sofrimento (27).

Certas maneiras de falar de Albertine me fazem supor que ela deve ter recebido muitos galanteios em sua vida tão curta (27); sem me sentir apaixonado por ela, continuo preocupado com o emprego de seu tempo em Paris e seus arredores (28); interrogo-a à queima-roupa sobre Gilberte Swann (30); minha faculdade investigativa enfraquece depois de ter encarregado o chofer e Andrée de vigiá-la (30); permanecendo em casa, evito alimentar meu ciúme com algum detalhe concreto da vida exterior; sinto-me vivificado pelas exaltantes virtudes da solidão (31).

O odor de uns raminhos da lareira, esquecido durante o verão, desperta lembranças de menino, de adolescente (33); considero se casar com Albertine não me estragará a vida, privando-me das alegrias da solidão e dos prazeres com outras mulheres que passam na rua (34); Albertine me parece menos bonita; ela é capaz de me causar sofrimento, não alegria; desejo saber alguma coisa horrorosa que ela tenha praticado para refazer a corrente que nos liga (35); consigo, pela imaginação, removê-la, afastá-la de mim sem sofrer (36); o ciúme é uma dessas doenças intermitentes (36); meu ciúme permitiria que ela desfrutasse prazeres sob minha vigilância (37).

O declínio do dia mergulha-me pela lembrança numa atmosfera antiga e fresca; a tarde acaba e sou invadido pela consternação da noite (37); antes de Albertine voltar, desço para pedir à sra. de Guermantes indicações sobre certas coisas bonitas de *toilette* que quero dar à minha amiga (37); a duquesa e seus gracejos sobre pobreza e simplicidade (38); grandes prazeres causados a Albertine pelas bagatelas do vestuário (39); o desdém republicano de Albertine pela duquesa cede lugar a um vivo interesse por sua elegância, tão elogiada por Elstir (39); os vestidos e *robes de chambre* da duquesa, que parecem obedecer a determinada intenção, ser providos de significação especial, são obra de Fortuny (40); esperando menos da duquesa do que no tempo em que ainda a amava, posso apreciar melhor a graça francesa de sua conversação (41); obtenho dela informações que me são úteis para mandar fazer *toilettes* do mesmo gênero para Albertine (46); pergunto-lhe sobre o vestido todo vermelho com o qual ela fora jantar com a sra. de Saint-Euverte, antes de ir à casa da princesa de Guermantes (46); os mundanos e o pouco valor que confiam à memória (47); a duquesa não se lembra da presença da sra. de Chaussepierre na *soirée* a que me refiro: o duque de Guermantes perdera a presidência do Jockey para o marido daquela (48); modificação do vocabulário do duque após essa derrota (48); o sr. de Bréauté tenta contar uma frase de espírito sobre a questão Dreyfus e irrita o duque e a duquesa (48); ponho-me precipitadamente a falar de vestidos (52).

Às vezes, ao deixar a casa da duquesa, encontro-me no pátio com o sr. de Charlus e Morel, que vão diariamente tomar chá em casa de Jupien (53); costume interrompido uma única vez pela irritação causada no sr. de Charlus por uma expressão empregada pela sobrinha de Jupien (54); a ternura fingida de Morel pelo barão e a ternura sincera de uma carta que esse recebe de um *chasseur* de um clube de jogo (55); encantado com a carta, o barão a mostra ao sr. de Vaugoubert; mas o comportamento indiscreto desse diplomata o exaspera (56); a expressão que irritara o sr. de Charlus desaparece da loja de Jupien; o barão vê nisso uma prova de sua ascendência sobre Morel (57); "futuro sogro", o sr. de Charlus acompanha Morel com prazer nas visitas à noiva costureira (58); a proteção do barão faz com que a jovem passe a frequentar a alta sociedade (58); querendo manter o domínio sobre a relação deles, o barão evita comentar com Morel uma "falta" da moça e mesmo suas qualidades (59); Morel e sua visão do casamento com a jovem costureira que desejara outrora violentar (62); seu comportamento diante de uma obrigação: dinheiro tomado emprestado a Bloch (64).

Um dia marcado por um pequeno incidente: as flores de seringa (66); um álbum de Elstir, um livro de Bergotte, a sonata de Vinteuil despertam sonhos apagados pela vida cotidiana com Albertine (67); receio de que algum amigo que vem me visitar se encontre com ela (67); mudança no comportamento de Albertine assim que percebe que a amo (68); para ela, voltar para casa significa voltar para minha casa (70); enquanto muda a roupa, deixa-me a sós com Andrée, minha informante, cujos defeitos se acentuaram e não é mais agradável (71); diz calúnias infundadas sobre aquele rapaz de Balbec, tão sabido em coisas de corridas, de jogos, de golfe (72); relevo sua suscetibilidade malévola em favor das informações que só ela me pode dar a respeito de minha amiga (72); aquele que é objeto do ciúme sente-se autorizado a enganar; aquele que quer saber alguma coisa toma a iniciativa de mentir, de iludir (73); o incognoscível que é para nós a vida real de outra pessoa (74); oscilações no humor de Andrée (74).

Andrée parte e Albertine volta para junto de mim usando roupas e sapatos recomendados pela sra. de Guermantes e pela sra. Swann (74); um anel de ouro, presente da tia (75); a pobreza de Albertine lhe faz experimentar um prazer mais vivo do que o da duquesa em possuir todas essas coisas bonitas (75); Albertine pouco a pouco vai se tornando uma mulher elegante e extremamente inteligente (76); estabilidade fictícia de uma pessoa (77); na Albertine de Paris vive ainda o desejo que o cortejo de raparigas em flor de Balbec me inspirara (79); vejo-a nos diferentes anos da minha vida ocupando posições diferentes em relação a mim (81); seu sono realiza, em certa medida, a possibilidade do amor (82); conhecendo várias Albertines numa só, parece-me ver muitas outras deitadas a meu lado (84); nesses momentos de inconsciência, tenho a impressão de possuí-la mais completamente (85); penso em ler as cartas que ela guarda no bolso interno do quimono (86); um prazer ultrapassa o de vê-la dormir: o prazer mesmo de ela morar comigo e de poder vê-la despertar em meu quarto (87); logo que recupera a palavra, ela diz: "Meu Marcel" (87).

O enriquecimento das diferentes imagens de Albertine advém da revelação de seu passado junto da amiga da srta. Vinteuil (88); procuro expulsar todo mistério, todo desconhecido de suas faces (88); às vezes, nos deitamos juntos, com a luz apagada (89); cumpro os deveres de uma devoção ardente e dolorosa à juventude e à beleza da mulher (89); meu prazer de ter Albertine em minha casa é o de ter retirado do mundo a menina em flor (90); beijos que parecem trazer alguma bondade leal; sua língua é como um dom do Espírito Santo (91); ao pedir-lhe que me deixe tirar seus sapatos, reconheço expressões de minha mãe e de minha avó — pouco a pouco vou me assemelhando a todos os meus parentes, como a meu pai e a tia Léonie (91); antes que deixe tirar-lhe os sapatos, lhe entreabro a camisa (92); quando ela está completamente de lado, vejo um aspecto de seu rosto que não posso suportar (93); às vezes, acabo por adormecer a seu lado, com a despreocupação dos que acreditam na duração da sua felicidade (93); doçura preliminar necessária para tornar o sofrimento suportável e evitar rompimentos (94); a fórmula um tanto rígida e monótona dos meus amores futuros havia sido traçada pela revelação no bondinho em Balbec (94).

*

A promessa de começar a trabalhar é adiada pela mudança de clima (95); um dia de calor desperta a lembrança dos concertos matinais em Balbec (97); nos primeiros dias, não tivera conhecimento da presença de Albertine na praia; Aimé depois me falara de seus "maus hábitos" (98); o ciumento absorve diariamente suspeitas atrozes, negando-se, porém, à evidência das provas (99); suspeitando da prima de Bloch, peço a ele que me mostre sua foto (99); talvez o hábito de adiar meus desejos se apoderava também de minhas suspeitas ciumentas (100); no entanto, apresso-me em enviar a Aimé a fotografia da prima de Bloch (100); insaciável, o ciúme pode ser provocado por reminiscências (100).

Quando ela tem algum projeto para o dia seguinte, seu beijo não me traz o alívio esperado (101); projetos como o de uma visita à sra. Verdurin (102); leitura de falas e gestos de uma pessoa e da verdade que neles se pressente (102); ar descuidado e hesitante com que me anuncia a intenção de visitar os Verdurin (105); à maneira arbitrária de meu pai, tomo providências para que essa visita não se realize (105); os olhos de Albertine, criatura de fuga (106); criaturas assim nos inspiram o amor (107); desde o primeiro dia em Balbec tinha adivinhado em Albertine muitas criaturas superpostas (108); amor provocado pela mentira e a necessidade de acalmar nossa inquietação (109); o que nos prende às criaturas são hábitos dos quais não podemos nos libertar (112).

Embora não esteja certo de meu amor por Albertine, procuro esclarecer a verdade de suas mentiras e confissões (112); dúvida sobre as palavras sibilinas de Françoise contra Albertine, talvez fruto do ressentimento e cansaço de nossa criada (113).

Ao telefonar a Andrée sobre o passeio das duas no dia seguinte, lembro-me de como Swann pronunciara certa vez o prenome "Odette" (114); as divindades irascíveis do telefone trazem até mim a atmosfera particular da própria vida da amiga de Albertine (115); peço a Andrée que evite ir à casa da sra. Verdurin (115); Françoise adentra meu quarto na tentativa de ouvir o telefonema (116); após essa interrupção, informo a Andrée que é possível que as acompanhe à casa dos Verdurin (116); a voz de Andrée ao telefone desperta lembranças de vozes de outras mulheres (116).

Albertine volta a meu quarto trazendo um vestido de cetim preto que faz dela a parisiense da atmosfera das multidões (117); revelo-lhe que acabo de falar com Andrée (117); afeição desta por Albertine (118); as vicissitudes do ciúme (119); informo a Albertine minha intenção de acompanhá-la na visita aos Verdurin; ela não está mais certa de sua ida à casa deles (120); Albertine já não é uma mulher, mas uma sequência de problemas insolúveis (120).

Passeios com Albertine em campos de aviação, nos arredores de Paris (121); já não volto mais calmo desses passeios, como acontecera em Balbec: ciúmes das horas que passa sem mim (122); sugiro-lhe que, em vez de ir à casa dos Verdurin, ela vá a um espetáculo beneficente no Trocadéro (123); uso com ela da linguagem severa que os adultos de minha família usavam comigo em criança (123).

Uma nova mentira de Albertine adia a decisão de romper com ela e partir para Veneza: amor, tortura recíproca (125); não querendo parecer bons, somos duros com quem amamos (127); antes que Albertine vá se deitar, detenho-a, mencionando a prima de Bloch (128); Albertine desperta nessas noites a angústia daquelas em que minha mãe mal me dava boa-noite, ou mesmo não subia a meu quarto em Combray (128); eu já não sei dizer "estou triste", limitando-me a falar de coisas indiferentes (128); Françoise, superior a Bergotte e a Elstir, previra os desgostos que me traria Albertine (129); como outrora, em Combray, sou tomado da necessidade de rever Albertine quando ela parte (129); sabendo o quanto seu sono é profundo, recorro, às vezes, ao estratagema de fazê-la estender-se em minha cama (130); seus silêncios e seus carinhos guardam no fundo mil recordações que me teriam dilacerado; mas habitualmente, quando dorme, ela parece ter readquirido a inocência (131).

No dia seguinte ao que falamos da visita aos Verdurin, acordo cedo, num dia de primavera interpolado no inverno — o ouvido, sentido delicioso que nos traz a companhia da rua (133); encanto de velhos bairros aristocráticos: o de serem ao mesmo tempo populares (133); pregão dos vendedores ambulantes (133); Françoise traz-me o *Le Figaro*, onde não encontro meu artigo, e informa-me que, seguindo meu conselho, Albertine pretende ir ao Trocadéro (137); peço a Albertine que não ande a cavalo, pensando, entretanto, como seria bom se ela partisse: verdade mais profunda que se expressa às vezes em palavras mentirosas (139); manhãs de sono profundo: o mundo dos sonhos (139); conversa sobre o pregão dos ambulantes: gosto exclusivo de Albertine pelos produtos anunciados (145); exceção a eles: os sorvetes com formas arquitetônicas (148); formas literárias empregadas por Albertine na descrição do prazer gustativo (149); menção de passeios em Montjouvain, em casa da srta. Vinteuil (150); a poesia das falas de Albertine e a poesia estranha e pessoal de Céleste Albaret (150).

Fadiga pela presença perpétua de Albertine (150); confidências da criada de quarto de Gilberte sobre uma relação dessa com um rapaz, quando eu ainda estava apaixonado por ela (154); evito que Albertine saia só com o chofer, convocando Andrée, que deve acompanhá-la àquela vesperal do Trocadéro (156).

Postado à janela, ouço os motivos entrecruzados dos ambulantes e acompanho a movimentação deste bairro aristocrático (156); pretextando um recado que desejo expedir, peço que Françoise me mande a empregada da leiteria que me desagradara (158); ponho-me a ler uma carta de mamãe, que desaprova a estada prolongada de Albertine em nossa casa (160); Françoise volta com a pequena da leiteria, que, revestida do encanto do desconhecido, tira-me logo a calma de contemplador (161); uma vez ao pé de mim, ela se acha reduzida a si mesma; tento reagir à realidade imóvel, pedindo que me traga o *Le Figaro* (164); tenho diante dos olhos as palavras que anunciam a presença da srta. Léa no Trocadéro (165); dispenso a pequena leiteira, com intuito de impedir a todo custo Albertine de encontrar as amigas de Léa no Trocadéro (169); envio Françoise com a recomendação de que me telefone assim que consiga tirar Albertine da sala (175); após tantos anos, Albertine desperta em Françoise o mesmo suplício de inveja causado outrora por Eulalie a propósito de minha tia, em Combray (175); alterações no vocabulário de Françoise por influência de sua filha (176); meia hora depois de sair, Françoise me telefona do Trocadéro e acompanha Albertine ao Trois Quartiers (177); impossibilidade de Françoise de dizer a hora exata (177); um bilhete de Albertine antecipa sua chegada (178); os deveres e os direitos de um senhor e seu escravo — vestidos, iate, *peignoirs* de Fortuny (178).

Certo do retorno de Albertine, aproveito estar só para tocar ao piano a sonata de Vinteuil (179); semelhanças entre Vinteuil e Wagner (180); a música ajuda-me a descer em mim mesmo e conhecer aquela essência qualitativa das sensações de outrem (181); caráter de todas as grandes obras do século XIX (182); meus devaneios tomam outro caminho e passo a pensar em certas singularidades do caráter de Morel (185); curso de álgebra que ele tenciona fazer (185); deixando o piano, desço ao pátio e presencio uma das explosões nervosas de Morel com a sobrinha de Jupien (187).

Calma, familiar e doméstica, gerada pelo retorno próximo de Albertine e o passeio que fazemos juntos (188); seu anel de rubi (188); visão de raparigas do povo que não posso abordar por estar com Albertine (190); o Trocadéro, monumento sem graça, e a arte impressionista de Elstir (191); invento prazeres de que me priva a companhia de Albertine, como o de ouvir Wagner no circo dos Campos Elísios (192); procuro abreviar nosso passeio, pois decidira ir à casa dos Verdurin para apurar que pessoas Albertine contava encontrar lá (192).

Albertine é apenas uma mulher de transição para outras, como as *midinettes* esparsas ao sol desse lindo domingo de fevereiro (193); os dois períodos da estada de Albertine em minha casa: a cintilante atriz da praia e a desbotada prisioneira (197); antes da penumbra, apeamos do carro e andamos muito tempo: fusão de nossas sombras diante do lago do Bois (198); próximos do Arco do Triunfo, avisto a lua, cheia e prematura, sobre Paris (199); calma inerte e doméstica da presença de Albertine junto a mim (200).

Infelizmente, mostra-se triste e fatigada durante o jantar; e eu, que poderia estar jantando em Veneza! (200); embora já comece a ter melhor gosto, Albertine admira muito um grande bronze de Barbedienne (200); a docilidade de minha prisioneira contrasta com momentos de impaciência; revelações de Gisèle (202); mentiras do grupinho de raparigas em flor (202); não podendo confiar-lhe o projeto mentiroso de ruptura, evito, porém, comunicar-lhe meus sonhos de perpétua vida em comum (206); morte de Bergotte, no mesmo dia em que Albertine afirma tê-lo encontrado (207); evidências e falsidade nas confissões de Albertine (214); o testemunho dos sentidos e a convicção prévia que cria a evidência: o universo é verdadeiro para todos nós e diferente para cada um (216); a engenhosa aptidão para a mentira de Albertine e de uma de suas amigas (217).

OS VERDURIN ROMPEM COM O SR. DE CHARLUS

Depois do jantar, ao se despedir de mim, um movimento de seu braço restitui uma Albertine que conhecera em Balbec (222); sente-se incomodada com o penteado de mau gosto, mais um sinal de clausura que me prende a ela (222).

Saio para o concerto em casa dos Verdurin e encontro Morel chorando, arrependido (223); seus planos de se ver livre da moça após violá-la e seu receio de perder o apoio financeiro do sr. de Charlus (224); seu comportamento, abominável dois meses antes, se lhe afigura natural (225); evita comentar o ocorrido com o barão para se preservar da rigidez de movimentos enquanto toca (226); infelizmente não é a primeira vez, nem será a única que procede assim com uma moça (226).

Dois produtos guardo eu deste meu dia: a resolução de romper com Albertine e a ideia de que a arte não é algo fora da vida que mereça um sacrifício (227).

Encontro Brichot próximo da casa dos Verdurin; piora de uma doença em seus olhos (228); menciona a morte de Swann (228); esta morte em misteriosas linhas de um jornal (229); elas me dão o desejo de conhecer melhor a casa antiga dos Verdurin onde Swann jantara tantas vezes com Odette (231); mil perguntas me vêm à mente que desejaria fazer a Swann (231); Brichot me informa não se tratar da mesma casa dos primeiros encontros de Swann com sua futura mulher (232); meu cocheiro vem ter conosco e convido Brichot a retornar comigo (232); Brichot elogia o magnífico salão da rua Montalivet, onde outrora moravam os Verdurin (232).

No momento em que chegamos à casa deles, avisto o sr. de Charlus escoltado por um desses apaches ou mendigos; contraste de seu aspecto atual com o do forasteiro arrogante do primeiro ano em Balbec (234); o segredo de Charlus assusta Brichot e a sra. de Surgis (235); a homossexualidade sobrevivente difere da homossexualidade de genealogia pagã, que desapareceu (236); o vício do barão sobrenada em todo seu corpo (239); de bom humor, ele nos dirige gracejos de duplo sentido, exemplos da revolução interna de um espírito (239); finge não saber nada sobre Morel, nem ter muito contato com ele (246); talvez seja sincero ao dizer isso; carta apaixonada da atriz Léa a Morel, que revela ao barão uma realidade insuspeitada (248); incidentes dessa natureza seriam úteis para um homem do valor de um Bergotte (249); mesmo espionando Morel, o sr. de Charlus não deixa de prestar atenção em outros rapazes, como Bloch (250); os sucessos femininos de Morel não inquietam o barão (251); ele conta com os talentos do violinista para atrair outros rapazes (252).

O barão me explica o "encadeamento de circunstâncias" que o levou a organizar duas festas em casa da sra. Verdurin: uma para as relações dele, outra para as relações dela (253); dentre as excluídas da festa dele está a condessa Molé, contra quem o barão leva Morel a publicar textos insolentes e caluniadores (254); o barão recorre a Bergotte como a alguém que pode colaborar com o talento de músico e escritor de Morel (254); fala da presença, na festa, de "duas pessoas de péssima reputação", a filha de Vinteuil e sua amiga (257); meu sofrimento é visível (257).

No momento em que vamos fazer soar a campainha, somos alcançados por Saniette, que nos informa da morte da princesa Sherbatoff (259); Saniette agora está constantemente ofegante e emprega termos literários na conversação (260); o sr. de Charlus quer saber se venho trabalhando; respondo que não, mas que estou interessado em velhas baixelas de prata e de porcelana; o barão me propõe mostrar as da sra. Verdurin (260); a fisionomia do sr. de Charlus continua a calar para quase toda gente o segredo que a mim parece gritar (260); ele já não consegue se controlar e dirige gracejos ao criado que recebe seu sobretudo tocando-lhe por fim a ponta do nariz com o dedo indicador (261); Brichot pergunta-me se voltarei a Incarville, pois a sra. Verdurin deve alugar novamente a Raspelière (263).

Enquanto isso, a sra. Verdurin está em conferência com alguns fiéis, pensando num meio de separar Morel do barão de Charlus — o desejo de malquistar, de desunir é um hábito do "pequeno clã" (265); a sra. Verdurin tem contra o barão a queixa do veto que este impôs às pessoas que ela pretendia convidar para a recepção (266); dentre elas, a condessa de Molé foi a que excitou as mais violentas cóleras do barão (269); a sra. Verdurin começa a achar que seu salão está em atraso, sobretudo pelo erro mundano da questão Dreyfus (271); em breve, ela será a velha fada todo-poderosa dos bailarinos russos (273); ela contava com a festa promovida pelo barão para juntar novas amigas que fizera na aristocracia (276).

Informada da morte da princesa Sherbatoff, a sra. Verdurin demonstra total indiferença (276); junto com o marido, chegam a caluniar a princesa falecida (277); prevendo a intensidade das experiências artísticas daquela noite, a sra. Verdurin já untara o nariz com remédio indicado por um discípulo do dr. Cottard (278); falo da srta. Vinteuil (279); interrogo Morel sobre ela (280); o barão pensa em adotar Morel como filho (280); sorriso das moças que decoram a reunião em casa dos Verdurin (280); frases furtivas que o sr. de Charlus troca com vários homens importantes nessa reunião sobre exemplares de beleza masculina (281).

A sra. Verdurin continua a discutir o que fará para separar Charlus de Morel; decide com o marido retardar a execução para depois dos números de música, talvez para uma outra vez (281); o sr. de Charlus esquece-se de apresentar seus convidados à dona da casa (284); a sra. Verdurin senta-se à parte, como uma divindade que preside às solenidades musicais (286).

Não reconheço inicialmente o que tocam, encontrando-me de chofre, em plena sonata de Vinteuil (287); trata-se de uma obra inédita do músico que, igualmente bela, é diferente (288); um motivo que lembra os sinos de Combray me distrai e olho para a sra. Verdurin, que, em sua imobilidade, proclama a compreensão da obra e a coragem de acompanhá-la até o fim; olho os músicos e procuro observar o que o sr. de Charlus estaria pensando de uma mecha solta dos cabelos de Morel (289); vejo apenas as mãos da sra. Verdurin escondendo seu rosto; o septeto de Vinteuil, obra-prima triunfal e completa que me é neste momento revelada (291); todas as outras obras de Vinteuil são pequenos e tímidos ensaios do septeto, como meu amor por Albertine e os meus outros amores anteriores a ele (291); uma frase do septeto, familiar e doméstica, me acalma: ela pode ter sido inspirada pelo sono da srta. Vinteuil (292); no entanto, algo mais misterioso do que o amor de Albertine parece prometido no começo daquela obra; o dom de Vinteuil na escolha de timbres e cores (292); morto há anos, o músico prossegue no septeto uma parte ao menos de sua vida (294); as frases de Vinteuil e suas analogias profundas fazem parte de uma entonação única, prova da existência irredutivelmente individual da alma (295); a pátria interior traduzida pela arte (296); a troca de impressões dos ouvintes me deixa indiferente (297); o barão de Charlus dirige amabilidades íntimas aos criados que servem refrescos (298); o septeto recomeça, trazendo repetidas vezes esta ou aquela frase da sonata (298); essa música traduz impressões como a que senti diante dos campanários de Martinville, diante de um renque de árvores perto de Balbec (300); a revelação de um tipo desconhecido de alegria foi extraída pela amiga da srta. Vinteuil das notas indecifráveis que o músico deixara ao morrer (301); ao lado desse septeto, certas frases da sonata parecem banais, mas talvez já contenham, em quantidades infinitesimais, algo da originalidade das obras-primas (303).

A união profunda entre o gênio (o talento e a virtude) e os vícios em uma reunião como a dos Verdurin (303); a vulgaridade de espírito do jornalista filósofo (304); os elementos impuros que se conjugam nessa festa me impressionam por evocar lugares e pessoas de meu passado (304).

Ao receber os cumprimentos de seus convidados, o sr. de Charlus recomeça o mesmo erro do início da festa, ignorando completamente a dona da casa (306); diálogo do barão com uma prima, a sra. de Mortemart (307); diálogo bruscamente interrompido pelo barão ao se dirigir ao próximo convidado na fila, o sr. d'Argencourt; mudanças no comportamento desse homem, outrora terrível com os homens da espécie do sr. de Charlus (313).

As convidadas do barão ignoram a "Patroa", confundindo-a com a sra. Cottard (314); o sr. de Charlus não percebe a raiva da dona da casa e a convida a participar de sua alegria (314); assim como se irritara outrora com Swann e Odette, a "Patroa" não aceita a felicidade de Charlus e Morel (320); o barão vai ao encontro do general Deltour, de quem espera uma condecoração para Morel (321); aproveitando a ocasião, a sra. Verdurin pede a Brichot que saia para fumar com o barão, enquanto o sr. Verdurin terá uma conversa com o violonista (322); com vistas a convencer Brichot, a sra. Verdurin lança mão de calúnias contra o barão e alude a fatos da própria vida pessoal do universitário (323); ponderações literário-filosóficas de Brichot sobre a situação em que se encontra (324).

Saímos com o sr. de Charlus, que volta a mencionar a prataria dos Verdurin (326); Brichot me indica o fundo de um salão, alusivo à antiga moradia dos Verdurin de vinte e cinco anos antes (327); procurando prolongar sua excitação mundana, o barão me retém junto de si (330); interrompo-o para perguntar sobre a filha de Vinteuil (331); enquanto isso, no salão, Ski desafia Morel a tocar Bizet, de quem o violinista não gosta (332); Brichot nos deixa para procurar meu agasalho (332); como Swann, quando este estava apaixonado por Odette e se comprazia no "pequeno clã", o barão tece elogios à conversação de Brichot (333); acrescenta que chega até mesmo a acompanhar as aulas do universitário na Sorbonne; a admiração do barão pela "adolescência estudiosa" de "rapazes burgueses" (333); volto a pedir-lhe informações sobre a srta. Vinteuil; o barão alude ao "imenso serviço" que lhe prestei não aceitando o que me propusera outrora; mudo de assunto, pedindo-lhe detalhes da situação mundana da sra. de Villeparisis (337); Brichot traz o casaco errado, que o barão assenta em meus ombros (339).

Prevendo a exclusão do barão do "pequeno clã", Brichot promete-me informações sobre a srta. Vinteuil (340); retém-nos, questionando o barão sobre seu "assunto predileto", a sodomia (339); Brichot surpreende-se ao ouvir o barão mencionar o nome de Swann: revelações do sr. de Charlus sobre o passado de Swann e Odette (344); desejando parecer perspicaz, o professor pergunta se Ski "não é dos tais"; na negativa do barão, pede que nos cite alguns nomes (347).

Eu só tenho uma ideia: sair dali antes que se realize a execução de Charlus, pois, enquanto conversamos, o sr. Verdurin se afastara com Morel (356); a sra. Verdurin complementa com "conselhos" as "revelações" do marido a Morel (356); o sr. de Charlus, carinhoso e triunfante, é recebido com desprezo pelo violinista; meu único consolo é pensar que vou ver Morel e os Verdurin pulverizados pelo barão; em vez disso, o barão emudece (364).

Nos dias seguintes, o barão ainda suspira por uma reconciliação (366); os Verdurin deixam Charlus sozinho; ele é resgatado pela rainha de Nápoles, que retorna ao salão à procura de seu avental (368); o barão fica muito doente e não exerce represálias contra os Verdurin (370); ele implora ao Arcanjo Gabriel (e a Brichot) a volta do "jovem Tobias", Morel (372); elevação moral de Charlus (372).

Os Verdurin decidem ajudar Saniette, arruinado na Bolsa de Valores (373).

DESAPARECIMENTO DE ALBERTINE

No carro que nos leva embora da festa, Brichot me fala do sr. de Charlus (378); desço à porta de minha casa e fico um momento sozinho na calçada, olhando as grades luminosas que escondem meu tesouro (383); Albertine tem a timidez de uma culpada e já não me faz as confissões de outrora (384); a nova Albertine suspeita de meus ciúmes e não contém sua cólera, quando lhe relato minha visita aos Verdurin (385); novas revelações sobre sua relação com a srta. Vinteuil e Léa (386); tomado por uma espécie de ódio, menciono, ao acaso, seu passeio de três dias a Balbec (387); ela me interrompe, com outra confissão de sua ida a Auteuil (388); dissimulo uma vontade extrema de chorar e pergunto-lhe sorrindo sobre sua visita aos Verdurin, como oportunidade de reatar relações com a amiga da srta. Vinteuil; ela nega esse desejo, mas não o prazer que teria em rever Léa (388); nova confissão de uma mentira que dissera (390); uma Albertine misteriosa, simples e atroz se mostra numa frase que ela não tem nem mesmo coragem de terminar (391); finjo não pensar na frase incompleta e lhe falo da visita aos Verdurin; enquanto isso, meu inconsciente completa a frase para mim (393); proponho a Albertine que parta na manhã seguinte (395); supondo-me a par do fato, confessa-me inesperadamente sua intimidade com Esther, a prima de Bloch (396); finjo desdenhá-la, para provocar uma reconciliação (397); a intenção de me deixar não se manifesta senão de modo obscuro (400); digo que vou deixá-la para mostrar-lhe que estou bem longe de o apreender — minhas palavras não refletem meus sentimentos (402).

Ideias de Albertine que ela nunca me havia comunicado (403); meu artifício de falar em separação traz a nosso amor uma espécie de virgindade (404); novas confissões inesperadas sobre uma viagem de três semanas com Léa (405); Albertine só deixa escapar a verdade sem querer (405); lembro-me do encontro das amantes de dois amigos (406); Albertine me assegura da reserva de Léa para com ela; suas palavras fazem suceder ao desânimo uma cólera insensata, sem que passe a lhe querer mal (406); minha comédia de rompimento lembra a maneira de agir de meu pai e de tia Léonie (408); mesmo que fictícia, a separação me deixa acabrunhado, por anunciar o rompimento de um hábito (409); vendo-me chorar, Albertine promete não mais me procurar (411); levo adiante a encenação, a caminho de um desespero cada vez mais profundo (413); procuro retardar seu beijo de boa-noite (413); proponho-lhe, enfim, um prolongamento de sua estada por algumas semanas (414); conversas como a que tivemos são o primeiro murmúrio de uma tempestade que não se suspeita (414); convida-me a visitar seu quarto antes de dormir: visão de uma morta, enrolada em um sudário (415).

Receio de que Françoise seja insolente com Albertine (416); desperto, tento compreender o verdadeiro estado de espírito de minha amiga (416); semelhanças entre nossa cena da véspera com um incidente diplomático que se dera há pouco (417); carta de minha mãe, inquieta com minha indecisão (419).

Os mínimos atos de Albertine podem ter como explicação a ideia de dissipar minhas suspeitas (420); a vida de suspeitas é vista por Françoise como uma vida de prazeres imerecidos (421); Françoise adivinha meu ciúme e a vigilância que exerço sobre Albertine (421); remexendo em meus papéis, ela descobre um em que anotara certo caso de Swann e Odette (423); impossível evitar que Françoise saiba o quanto gasto com Albertine (423); toda vez que ouço abrir uma porta, estremeço com a possível partida definitiva de minha amiga (424); sua presença traz o alívio dos primeiros dias (424); objetos que ela deseja adquirir, como os de antiga prataria francesa e um iate; conselho pedido a Elstir (425); quanto às *toilettes*, deseja as *robes de chambre* de Fortuny (426); amabilidade da duquesa de Guermantes e de outras senhoras comigo: reflexo na vida mundana do que se passa no amor (427); meu cativeiro em Paris se torna mais pesado à vista dos *peignoirs* de Fortuny, evocando Veneza (428).

Diviso aos poucos as linhas fragmentárias e interrompidas das peças que Albertine, anjo musicista, executa na pianola em meu quarto (429); menção da música de Vinteuil e de Morel desperta meu ciúme; deslumbrante arquitetura dessa música (431); ela me parece mais verdadeira do que todos os livros conhecidos (432); comparação do mundo único de Vinteuil ao de escritores como Barbey d'Aurevilly e Thomas Hardy (434); as frases de Vinteuil fazem-me pensar na sonata, hino nacional do amor de Swann e Odette; Albertine afirma que Gilberte Swann já tentara manter relação com ela (436); encenando indiferença, volto a falar de escritores — exemplos de Thomas Hardy, Stendhal e Dostoievski (436); o lado Dostoievski de Madame de Sévigné (438); exemplos de Choderlos de Laclos (439); Baudelaire e o poema "Ao leitor" (440); em Dostoievski há muito do que se expandira em Tolstoi (441); as frases de Vinteuil e a expressão de certos estados de alma, como o que eu experimentara com a madalena molhada no chá (442); a obra de arte que meu quarto contém: a própria Albertine (443); não, Albertine não é uma obra de arte:

erro de Swann ao admirar artisticamente uma mulher (444); Albertine, anjo musicista, logo se me torna indiferente (445); minha curiosidade dolorosa despertada pelo desejo de conhecer seu amor por outras mulheres; o que me tortura em Albertine é meu próprio desejo de agradar a novas mulheres (446).

Por vezes, sua beleza assume para mim um não sei quê pungente, convidando-me a explorar o passado — Albertine, grande deusa do Tempo (447); pretextando mostrar-lhe o luar, vou a seu quarto; seu despertar alegre (448).

O canto de um pássaro e o arrolho dos pombos anunciam o fim do inverno e a chegada da primavera (449); a passagem dos dias e os aspectos diversos do passado de Albertine (449); revelações da sra. Bontemps sobre a sobrinha: partindo abruptamente de Balbec, ela tinha esperanças de encontrar-se com Andrée em Paris (450); antes de admitir a separação, é preciso me curar da recaída causada pelas palavras da sra. Bontemps (454).

Dois meses depois, deixo-me tomar por um acesso de cólera, na noite em que Albertine veste pela primeira vez a *robe de chambre* azul e ouro de Fortuny (455); durante o dia, Françoise deixara escapar que Albertine vivia descontente com tudo (456); menciono o que me fora revelado sobre suas relações com Andrée (457); Albertine se zanga e renega essa amizade (458); sob seu rosto triste, parece-me ter-se formado um segredo; não retribui meu beijo de boa-noite (459); recusa-se a se despir da *robe de chambre* com desenhos de pássaros simbólicos da morte (461); despede-se novamente com um beijo em minha face (462).

No silêncio da noite, sou surpreendido pelo ruído de sua janela, que se abre violentamente (462); cheio de uma agitação que sentira em Combray, ando muito tempo no corredor (463); o mais ligeiro frêmito que vem de seu quarto me faz estremecer, como minha avó perto de sua morte (463); no entanto, o universo novo da primavera torna a presença de Albertine aborrecida e incômoda (466); proponho-lhe um passeio a Versalhes (465); zumbido das asas de um aeroplano (467); entramos numa grande confeitaria, onde Albertine olha por várias vezes uma empregada (467); mentiras de Albertine sobre seus desejos frequentemente contraditórios (469); voltamos tarde para Paris, sob luar (469).

Devaneios das manhãs de primavera (474); que desperta desejo de partir para Veneza (476); é preciso partir, num dia bonito e sem Albertine (477); toco a campainha com a intenção de pedir a Françoise que me compre um guia e um indicador (478); bastante inquieta, ela me informa que a srta. Albertine partiu (478).

posfácio

o eu e seus outros: ciúme, amor e obra-prima

Que a linguagem não existe para a comunicação, que ela esconde os pensamentos e "que ninguém jamais se comunica com ninguém", anota Emmanuel Berl, amigo e interlocutor de Proust no tempo em que o autor redigia a *Recherche*, "não era para ele uma hipótese provável, mas um artigo de fé". O autor refere-se a um encontro com o escritor, ao confiar-lhe, feliz, a reconciliação com a pessoa amada, apressado por transmiti-la àquele que, anos a fio, se dedicava cuidadosamente a um "romance de formação", à "educação sentimental". Proust não se rejubila; ao contrário, sente-se consternado pelo discípulo, pois amor correspondido e reciprocidade nas relações são miragem, mal-entendido ou remissão.[1] Desdobrando-se em Marcel,[2] o herói-narrador de *A prisioneira* anota: "minha decepção, consequência de um engano inicial sobre o que era Andrée, não teve, de fato, nenhuma importância para mim. Mas o engano era do gênero dos que, se permitem que nasça o amor, e não são conhecidos como enganos senão quando o amor já não tem remédio, se tornam uma causa de sofrimentos".[3]

Vendo, não sem tristeza, a amizade sacrificada ao dogmatismo amoroso, Berl concluía ser Proust "um filósofo oriental que vivia sua doutrina e doutrinava sua vida".[4] Isso porque, próxima ao pessimismo metafísico, a vida embaralha Ser e não Ser, infelicidade e indiferença, injustificáveis, do ponto de vista lógico, inexplicáveis do ponto de vista moral. Sem princípio de razão suficiente, o amor, ademais de ilusão é, na *Recherche*, contingência,[5] excesso, patologia. Porque o amor é domínio do acaso, esforços de

1 Berl, Emmanuel. *Sylvia.* Paris: Gallimard, 1972, p. 126. Coll. Follios.

2 O nome "Marcel", que remete diretamente à personagem e ao autor, é utilizado três vezes em *A prisioneira.*

3 *À sombra das raparigas em flor*, trad. Mario Quintana. São Paulo: Globo, 2006, p. 606.

4 Idem, op. cit., p. 111.

5 Acidente, contingência e acaso participam do campo do possível, a que faltam garantia, cálculo e previsão. Cf. Aristóteles, *Metafísica K*, 8, Paris: Belles-Lettres, s.d.

cura não compensam e restabelecer-se é tão acidental quanto é aleatório seu nascimento. Impossível preveni-lo, tampouco recuar; não permite estados de alma estáveis, continuidade ou rotina em que se amparar. É o que Visconti reconhece em seu roteiro da *Recherche*, quando faz o herói proferir: "não se pode começar a escrever imediatamente, assim que se aporta em um novo país. Primeiro é preciso adaptar-se. Com Albertine é como se desembarcasse cada dia em um novo país". Inconstância e impermanência são a doença que o ciúme explicita, delírio que integra o real à "mania persecutória", pois o herói acrescenta a tudo o que escuta e vê "valor" e "sentido", adequando a realidade à expectativa que ele tem, superpondo às coisas significações imaginárias, à deriva de elos causais entre o que o olhar apreende e o que se deduz: "às vezes até, sem que eu tivesse tornado a ver Albertine, sem que ninguém me tivesse falado nela, encontrava em minha memória uma atitude de Albertine junto de Gisèle e que não me parecia inocente; bastava agora para destruir a calma que eu pudesse ter encontrado, e já nem tinha necessidade de respirar no exterior os germes perigosos: eu, como diria Cottard, me havia intoxicado a mim mesmo".[6] Pertencendo à lógica do delírio, o ciúme questiona o critério tradicional da verdade como *adequatio intellectus rei*, a correspondência entre o intelecto e o mundo real. Tem lógica, mas infringe o princípio leibniziano do terceiro excluído, estruturando autonomamente seus "materiais" de elaboração — comportamentos, silêncios ou palavras — dificultando apreender onde termina a coerência e quando a "irrealidade" começa. Porque o delírio não seleciona acontecimentos, porque raciocina, mas por hiperinclusão, tudo ordenando para seus fins, cada acontecimento pode ser ele mesmo e seu contrário, de tal modo que a paixão por Albertine "é deflagrada pelo medo e desejo de perdê-la".[7] A paixão é insolúvel,

6 *Sodoma e Gomorra*, trad. Maria Quintana. São Paulo: Globo, 2008, p. 197.

7 Motta, Leda Tenório. "Palavra e superfície", prefácio a *Tratado das sensações* em A prisioneira *de Marcel Proust*. São Paulo: Opus, 2008.

e o herói é *inguérissable*. Se *incurable* é toda doença para a qual ainda não se encontrou remédio e tratamento, o *inguérissable*, diferentemente, é contaminado por um mal sem medicação eficaz ou cura vislumbrada, invulnerável, por causas desconhecidas e misteriosas, a tratamentos ou às luzes da razão: "o ciúme é dessas doenças intermitentes, cuja causa é caprichosa, imperativa, sempre idêntica no mesmo doente, às vezes inteiramente diversa em outro. Poucos ciumentos há cujo ciúme não admita certas derrogações. Este consente em ser enganado contanto que lhe digam, aquele contanto que lhe escondam, no que um não é menos absurdo que o outro, pois se o segundo é mais verdadeiramente enganado, visto que lhe dissimulam a verdade, o primeiro reclama, nessa verdade, o alimento, a extensão, o renovamento de suas penas".[8] Indetermináveis as causas, invencível é a paixão.[9]

Fator de sofrimento, a suspeita constrói decursos narrativos, o herói-narrador elabora minuciosas descrições de atos e cenas, conferindo valor indiciário a qualquer detalhe ou gesto, inviabilizando discernir a que rigorismo um sinal responde.[10] Como em *A prisioneira*, quando Albertine pede a Marcel que lhe encomende sorvetes, ou celebra aqueles que se fazia em forma de monumentos: "'quanto aos sorvetes (pois espero que você os encomende naquelas formas fora de moda que têm todas as formas de arquitetura imagináveis), toda vez que os tomo, templos, igrejas, obeliscos, rochedos, é como uma geografia pitoresca que olho a princípio e cujos monumentos de framboesa ou de baunilha converto depois em frescura na minha garganta [...]. [No Hotel Ritz] fazem também obeliscos de framboesa que se erguerão de praça em praça no deserto ardente de minha sede e cujo granito cor-de-

8 *A prisioneira*, trad. Manuel Bandeira: Globo, 201, p. 36. Em *O tempo redescoberto*, o ciúme é comparado à leucemia, à tuberculose: "as penas tornam-se mais pesadas se não se apaga por novas chagas as primeiras feridas".

9 Cf. Rosset, Clément. *Le réel: traité de l'idiotie*. Paris: Minuit, 2004, p. 60.

10 Cf. Bodei, Remo. *As lógicas do delírio: razão, afeto e loucura*, trad. Letizia Zini Antunes. São Paulo: Edusc, 2000.

-rosa farei fundir no fundo de minha garganta, que eles refrescam mais do que oásis'".[11] Incontinência discursiva e divagante, Albertine assimila sorvetes e águas minerais, em alusões licenciosas a lembranças de Gomorra: "Em Montjouvain, em casa da senhorita Vinteuil, não havia boa sorveteria na vizinhança, mas nós fazíamos no jardim a nossa excursão pela França bebendo cada dia uma água mineral diferente".[12] Volúpia da descrição, o desejo de degustar os doces armorizados conjuga-se ao metaforismo das cores, em dissipações eróticas e linguísticas. Jacques Dubois observa: "o escritor confere ao discurso da personagem uma elegância amaneirada que faz pensar na sua própria, todo um metaforismo digno do amador de heras de espinheiros e de pereiras em flor. Estamos em pleno autopastiche, um pastiche aliás confesso: 'estas palavras, do gênero das que ela achava devidas unicamente à minha influência, à constante coabitação comigo, [eram] palavras que no entanto eu nunca teria dito, como se uma proibição me fosse feita por algum desconhecido de empregar na conversação formas literárias'".[13] Desmedido e extravagante, o discurso de Albertine surpreende o herói, induzindo o leitor a reler a passagem como hieróglifo e desafio propostos ao ciumento. A paixão resulta em crises e reencontros, separações e esquecimentos, fazendo o amante viver no provisório. Intermitente, a paixão não cessa de recomeçar, basta uma única notícia do passado para reavivar o sofrimento antes tranquilizado, fazendo-o confessar: "eu me perguntei por um instante se meu amor de outrora estava tão morto quanto eu acreditava, pois [ouvir] esse relato me foi doloroso".[14] Acrescente-se o papel ativo das distâncias, ama-se melhor na ausência, e mais ainda depois da morte porque, então, não há mais o que esperar.

11 *A prisioneira*, op. cit., p. 149.

12 Ibidem, p. 150.

13 Dubois, Jacques. *Pour Albertine: Proust et les sens du social*. Paris: Seuil, 1997, pp. 82-83.

14 Vol. III, 641 — *La prisonnière*.

O jovem Berl pergunta, com espanto admirado, se melhor seria sua amada morrer, ao que Proust responde que "isso era óbvio, que se, em vez de receber a resposta [da carta enviada à namorada], tivesse sabido de sua morte, sem dúvida eu experimentaria uma dor cruel, mas [teria] evitado a inelutável degradação de meu próprio sentimento."[15] Talvez por isso Albertine desaparece na flor dos anos, paradoxalmente preservada do tempo (pois a lei do romance proustiano integra tudo ao tempo), incólume ao envelhecimento. Na linhagem de Dante e da *Vita Nuova* — que inaugura o "novo estilo" amoroso —, o amante proustiano é autárquico e o amor independe de trocas amorosas e, no limite, prescinde de a amada estar viva pois, assim, estará liberado para amar de maneira incondicional. O amor proustiano desconhece tanto separações quanto reencontro decisivo. Por isso, em *O tempo redescoberto*,[16] glosando La Rochefoucauld, Proust afirma ser a ruptura, no amor, uma impossibilidade. Se, para o frondista, "tem-se muita dificuldade em romper quando não se ama mais", para o autor da *Recherche* o afastamento não é de boa-fé, nunca é desejo de separação definitiva. Com a doença avançando e sentindo aproximar-se a morte, o narrador anota: "essa ideia da morte instalou-se definitivamente em mim como um amor".[17]

Esquecimento improvável, separação impossível, inquestionável fracasso, o amor — e o consubstancial desejo de ser feliz — conduz à descoberta de traições, a tudo o que leva a paixão a sua perda. Em um círculo de repetições, a infidelidade é inevitável, tudo é incerteza e angústia: "a maneira perquiridora, ansiosa, exigente que temos ao olhar a pessoa que amamos, a espera da palavra que nos dará ou retirará a esperança de um encontro no dia seguinte e, até o momento em que esta palavra seja dita, nos-

15 Cf. Berl, Emmanuel, op. cit., pp. 153-154.

16 Cf. tomo III Pléiade, pp. 341 ss.

17 *O tempo redescoberto*, trad. Lúcia Miguel Pereira. Porto Alegre-Rio de Janeiro: Globo, 1988, p. 287.

sa imaginação alternativa, se não simultânea, da alegria e do desespero, tudo isso torna nossa atenção diante do ser amado trêmula demais para que ela possa obter dele uma imagem muito nítida [...]. O modelo adorado [...] movimenta-se; só se tem dele fotografias malsucedidas".[18]

Neste sentido, são enganosos os títulos dos volumes dedicados à relação do herói com Albertine: *A prisioneira* é a narrativa da fuga constante, Albertine escapa, sem trégua, ao carcereiro; *A fugitiva* é o encarceramento que aprisiona o abandonado: "a prisioneira é evanescente; a fugitiva obsedante".[19] A própria maneira segundo a qual Proust redige *A prisoneira* — entre uma crise de asma e outra sai do leito para uma *soirée mondaine* no Ritz — expõe "a dialética do dentro/fora [...], onde o herói já é o sequestrador-sequestrado, pois é presa de sua própria imaginação".[20] Nunca idênticos a si mesmos, na paixão senhor e escravo estão sempre em fuga, tudo ultrapassa a Razão. Albertine transborda incoerências, e o herói, sob seus efeitos, se extravia em um universo sem constância ou previsão. Rompendo com a psicologia clássica e suas determinações causais, o autor-narrador indica não só que os devires das coisas, mas também que, fruto da imaginação, há descompasso entre a dimensão real de um ser desejado e a imensidão do drama que ele ocasiona. E assim como Proust não confere objetividade ao amor, tampouco lhe reconhece chances de êxito. Prodígio da imaginação e do desejo, Saint-Loup converte em dama inacessível a mulher venal, aquela que pela "soma de um luís" qualquer um poderia conquistar. Rachel, a profissional do consentimento, torna-se inatingível àquele que a ama: "Olhando-a, ambos, Robert e eu", escreve o narrador, "não a víamos do mesmo

18 *À l'ombre des jeunes filles en fleurs*. Pléiade, tomo I, pp. 489-490.

19 Finkielkraut, Alain. *La sagesse de l'amour*. Paris: Gallimard, 1984, p. 61. Coll. Follios.

20 Motta, Leda Tenório, op. cit.

lado do mistério".[21] Porque a imaginação se desconhece a si mesma, no amor passional trata-se muito menos do que cada um pode ver naquele a quem ama e mais tudo que a imaginação pode colocar "por detrás de um pedacinho de rosto", pois a imaginação o viu primeiro. Mas não ver Rachel "do mesmo lado do mistério" não salva o narrador do mesmo engano em que se encontra Saint-Loup, apenas radicaliza a impossibilidade do "verdadeiro", pois não se trata de devaneio a que se oporia a lucidez. O mesmo se passa com o mistério de Albertine: prisioneira, não anula a distância, apenas diminui sua causa acidental, pois a presença é uma das variações da ausência.

Aurático, o amor aproxima o distante e distancia o que é próximo, investindo no objeto tudo que está no sujeito, qualidades e propriedades que passam a lhe pertencer: "uma vez que só a imaginação compara associa, transpõe, suprime e cristaliza, só ela também transfigura seu objeto a ponto de torná-lo obra sua".[22] Mas o narrador vai além. Em *A prisioneira*, ele não dispõe a causa do amor no ser que ama, nem no ser amado. Tampouco é o amor a mescla de duas causas, mas a passagem incessante de uma hipótese a outra, estado de oscilação e dúvida com respeito ao que experimenta o narrador. Inconstância essencial, jamais se alcança a verdade acerca do Outro, a mentira é a base de todas as relações — o que se exprime de maneira eloquente no ciúme que Albertine desperta no narrador: "Outras coisas além de encontros como os de Gisèle concorriam para acentuar as minhas desconfianças. Por exemplo, eu apreciava muito as pinturas de Albertine. As pinturas de Albertine, distrações tocantes da cativa, comoveram-me tanto que a felicitei. 'Não, é tudo muito ruim, mas eu nunca tomei uma lição de desenho.' 'Mas uma noite em Balbec você me mandou dizer que tinha ficado por causa de uma lição de desenho.' Lembrei-

21 *Le Côté de Guermantes*. Pléiade, vol. II, 1954, p. 156.

22 Grimaldi, N. *O ciúme: estudo sobre o imaginário proustiano*. São Paulo: Paz e Terra, 1994, p. 11.

-lhe o dia e disse-lhe que tinha compreendido logo que não se davam lições de desenho àquela hora. Albertine corou. 'É verdade', respondeu, 'eu não tomava lições de desenho, a princípio menti muito para você, reconheço. Mas não minto mais.' Gostaria eu tanto de saber quais eram essas mentiras do começo, mas sabia de antemão que suas confissões seriam novas mentiras. Por isso me contentei em beijá-la. Pedi-lhe somente que me contasse uma de suas mentiras. A resposta foi: 'Por exemplo, que o ar do mar me fazia mal'. Deixei de insistir diante de tamanha má vontade".[23]

Rompendo o realismo monossêmico, Albertine é uma profusão de signos que inviabilizam qualquer identificação: *mobile* e incerta, tem vida dupla: heterossexual e lésbica, ou melhor, sua vida erótica será para sempre um segredo. "Anacoluto vivo", nas palavras de J. Dubois, é Albertine, pelas descontinuidades de sua vida e de suas frases, na passagem de um a outro regime gramatical ou sexual, social ou intelectual. Identidade variável, a pluralidade de eus manifesta, em uma única individualidade, diferentes *personae*: "para ser exato", observa o narrador, "devia dar um nome diferente a cada uma daquelas Albertines que apareciam diante de mim, jamais a mesma, como — chamados sempre por mim, para maior comodidade, o mar — esses mares que se sucediam e diante dos quais, outra ninfa, se destacava Albertine".[24] A apreensão da negatividade e da inconstância da alma não aproxima, no entanto, Proust de Freud, pois, em lugar de uma "psicologia do inconsciente", desenha-se em Proust uma filosofia do sujeito. Se tanto para Proust quanto para Freud, o Sujeito não coincide consigo mesmo e o Eu se desconhece como eu, as semelhanças se interrompem aqui, pois Freud, ao opor um consciente instável a um inconsciente constante, determinados ambos pela primeira infância, faz do consciente uma instância federativa que assegura coerência, dando consistência a fantasmas, assim como,

23 *A prisioneira*, op. cit., p. 205.

24 *À sombra das raparigas em flor*, op. cit., p. 611.

inconsciente ou recalcada, a memória implica continuidade psíquica do passado no presente. Quanto a Proust, a angústia torna-se radical na constatação de que não se é, nos diferentes momentos da vida, o mesmo: "somente depois de reconhecer, não sem tateios, erros de óptica do início, poder-se-ia chegar ao conhecimento preciso de um ser se um tal conhecimento fosse possível. Mas não é, pois, enquanto se retifica a visão que temos dele, ele mesmo, que não é um objeto certo, muda por si mesmo; pensamos alcançá-lo, ele se desloca e, acreditando vê-lo enfim mais claramente, são apenas imagens antigas que tivemos que chegamos a esclarecer, mas que não o representam mais".[25] Se, para Freud, a ameaça à identidade e à estabilidade do Eu provém de um Outro, mesmo inquietante ele confere unidade ao que sem ele seria disperso; já em Proust o Outro, ou o que dele se ausenta na presença, provoca cada vez mais dispersão. De onde incertezas e dúvidas, sobre Albertine, sobre a paixão. Quando em *Sodoma e Gomorra* o herói, tomado de ansiedade, interroga Albertine sobre suas relações com mulheres, ela responde: "se isso fosse verdade, eu teria confessado. Mas Andrée eu temos horror tanto uma quanto a outra dessas coisas. Não chegamos a essa idade sem termos visto mulheres de cabelos curtos, com modos de homem e do gênero de que você fala, e nada nos revolta mais".[26] Que se multipliquem perguntas e investigações, nada permitirá ter provas sobre um tempo em que Albertine encontrava ou não mulheres, nada fará aceder à verdade. Não se trata de uma dúvida à maneira dos céticos antigos e de sua *epoché*. Proust não adianta modos de duvidar, não postula a impossibilidade de se conhecer a verdadeira essência das coisas, mesmo que considere, como um cético, que uma afirmação, quando examinada, não tem por que convencer mais que a contrária. Pois se o cético é involuntariamente levado à dúvida, dela decorre sua integridade moral — a de não aderir a

25 Cf. vol. II, p. 229. Cf. ainda t. III, pp. 409-420, 573-575, 829-830.
26 Vol. III, p. 227.

opinião alguma — e, com isso, alcança a ataraxia: "somos mais livres", escreve Cícero, "porque mantemos a integridade de nosso intelecto".[27] Ceticismo mitigado, o do estoicismo, pois que às coisas de que duvidamos, corresponde a certeza de si, emancipação do pensamento e da razão, disponibilidade à sabedoria.

Em Proust nenhuma perspectiva tranquilizadora: a dúvida não é voluntária nem involuntária. Não prepara o conhecimento, como em Descartes, que diz: "não se encontra ainda [seja na moral, seja na ciência] uma só coisa sobre a qual não se dispute e, por conseguinte, que não seja duvidosa".[28] Com efeito, a constatação da *diaphonia* filosófica e cultural previne o filósofo de acolher ensinamentos de livros e mestres, bem como o predispõe a observar: "provar-me a mim mesmo nos encontros que a fortuna me propunha".[29] Descartes se afasta dos céticos, é verdade, quando diferencia sua dúvida e a deles: "não que imitasse, para tanto, os céticos, que duvidam apenas por duvidar e afetam ser sempre irresolutos; pois, ao contrário, todo meu intuito tendia tão somente a me certificar e remover a terra movediça e a areia, para encontrar a rocha e a argila".[30] Em Proust a dúvida não leva à certeza, como em Descartes, nem à sabedoria moral, como nos céticos.[31] Nada a afirmar sobre Albertine ser ou ter se tornado homossexual, o inapreensível supera variâncias e mutações. Por isso, para Marcel, um dia Albertine é tola, no outro, sutil, sucessivamente bonita e feia, estando, ele também, sujeito a mudanças e metamorfoses: "Certos dias, delgada, pálida, aborrecida, uma transparência violeta a descer-lhe obliquamente ao fundo dos olhos [...]; às vezes

27 Cícero, *Academia*, trad. H. Rcakham, Loeb Classic Library, Cambridge, Massachusetts, Harvard Press, 1979, II, 8.

28 Descartes, R., *Discurso sobre o método*, trad. J. Guinsburg e Bento Prado Jr. São Paulo: Abril Cultural, 1979, p. 32. Col. Os Pensadores.

29 Descartes, op. cit., p. 33.

30 Ibidem, p. 44.

31 Sobre *A prisioneira* e o " ceticismo voltairiano", cf. Adorno, "Pequeno comentário de Proust", in *Notas de literatura*, vol. II.

tinha as faces tão tersas que o olhar resvalava, como pelas de uma miniatura, sobre o seu rosado esmalte [...], e quando estava congestionada ou febril, tomava o púrpura sombrio de algumas rosas, de um vermelho quase negro, dando então a ideia de uma compleição mórbida que rebaixava meu desejo [...]; e cada uma dessas Albertines era diferente [...]. Talvez porque fossem tão diversas as criaturas que contemplava em Albertine naquela época é que mais tarde vim a tomar o hábito de tornar-me eu próprio outra personagem, de acordo com a Albertine em que pensava: um ciumento, um indiferente, um voluptuoso, um melancólico, um furioso".[32] Platônico à sua maneira, Proust considera as metamorfoses do sensível e a fragilidade de toda certeza; a beleza corpórea e a das obras de arte, inscritas no tempo e no devir, intermediárias entre o inalterável e o contingente, recaem no esquecimento. Que se pense no *eidos* e no aspecto permanente das coisas, a partir de que se ascende ao que não varia, à "realidade eterna", respondendo, esta, ao desejo de duração e estabilidade, fazendo o temporal aparentar-se ao imutável e ao transcendente.

Proust reúne, por assim dizer, Platão e Freud, o *eidos* e a *Fixierung*. Esta refere-se à fixação da pulsão desejante, é apego a protótipos que induzem a reproduzir, repetindo um modo de gratificação do passado — o que não compromete, no entanto, a "livre mobilidade da libido" — capaz de facilmente passar de um objeto a outro —, mas também suscetível de *fixar*-se em certos objetos ou tipos de objetos. Esta fidelidade a investimentos antigos revela uma "rigidez" que impede o desejo de voltar-se para um objeto diverso daquele do passado, disponível, então, no presente. Resistente à mudança, o "anacronismo" não é simples permanência no que foi um dia — tornado espectro ou fantasma —, mas um retorno do passado que contraria, conservando e transgredindo, a finitude e a morte. Antitélica, a experiência proustiana do tempo não é superação dialética nem a do progresso. Na

32 *À sombra das raparigas em flor*, op. cit., pp. 610-611.

coexistência de uma dupla lógica — o presente não supera o passado, e a "repetição" não é simples inércia ou simples duplicação, essa "plasticidade" constitui o desejo amoroso, abrange o que se transforma e o que é fixo, o desejo podendo transitar de um objeto a outro, mas mantendo-se fiel a "tipos", capaz de encontrar, em outras, a mesma Albertine.

Não há, na *Recherche*, um referencial na transcendência, pois, se assim fosse, obra de arte e objeto amoroso seriam liberados do tempo. Proust assimila amor e obra-prima, não apenas por manifestarem no sensível, incorporando-a, a beleza atemporal dos objetos estéticos, mas pela preservação de uma época em outra, por seu anacronismo. Neste sentido Sylviane Agacinski observa: "a dificuldade para a obra de arte [e para o objeto de amor em geral] é a de tomar consciência da transformação dos modos de representação, das formas e dos estilos, enquanto a fixação é um fator de estabilidade e de tradição, até mesmo de sobrevivência. Mesmo na fabricação dos objetos úteis, há tendência em se dar formas antigas a objetos novos — os primeiros automóveis assemelham-se a caleças ou carruagens".[33] Benjamin, em seu "A imagem de Proust", reconhece ser este o "idealismo" proustiano: "Sobrevivem em Proust alguns traços de idealismo [na concepção do tempo]. A eternidade que Proust nos faz vislumbrar não é a do tempo infinito, e sim a do tempo entrecruzado [...]. O desejo de felicidade habita [Proust]. Esse desejo brilhava em seus olhos. Não eram olhos felizes. Mas a felicidade estava presente neles, no sentido que a palavra tem no jogo ou no amor".[34] O jogador, sabe-se, absorvido pelo jogo, tem sempre um "peso no coração" e através de apostas cada vez mais arriscadas que deveriam devolver o que perdeu, ele se dirige para a ruína absoluta.[35]

33 *Le passeur du temps: modernité et nostalgie*. Paris : Seuil, 2000, p. 132.

34 Benjamin, Walter. "A imagem de Proust", in *Obras escolhidas I*. São Paulo: Brasiliense, 1994, p. 38.

35 Cf. Benjamin, Walter. "Jogo e prostituição", in *Baudelaire um lírico no auge do*

Este quase "destino das pulsões"[36] se reconhece nas promessas que não são mantidas: cada um só tem a si mesmo para oferecer, mas inspira o desejo de muito mais, frustrando a exigência que faz nascer — de onde a paixão ser um estado assemelhado à bulimia, quanto mais alimentada, mais faminta. De onde também a tristeza: a dor nasce do amor, pois nunca amável em si mesmo, o próprio amado provoca a deriva para outros amores e, nessa inquietação permanente, como a de Don Juan, fulgura o desejo de um Soberano Amor ou Bem, cujo objeto, no entanto, não existe.[37] De onde, ainda, Proust recorrer, gramaticalmente, ao "acessório" e à digressão, a indicar um déficit de causalidade — nos comportamentos amorosos, na estrutura narrativa —, começando pela maneira de o narrador transitar das descrições de Albertine aos sofrimentos que ela inflige ao narrador. Ao investigar, junto ao motorista da amada, se está sendo por ela enganado, o narrador, por acaso, encontra a camareira de Gilberte, que lhe faz revelações do tempo em que frequentara sua casa, quando Gilberte, com a cumplicidade da ama, encontrava-se às escondidas com alguém. Segue-se uma longa digressão que parece indicar uma coisa, mas trata-se de outra. Dissertando sobre o *quantum* de amor-próprio implícito em todo amor, o que se encontra é sua falta. Jean-François Revel observa, com efeito, sua ausência no narrador da *Recherche*, "que nem por um instante levanta a hipótese de que seus encantos pudessem por si só dissipar em suas parceiras o desejo de lhe serem infiéis [...]. Por princípio sempre se ama sem ser amado".[38] Eis por que interessa menos o movi-

capitalismo, trad. José Carlos Martins Barbosa e Hemerson Alves Batista. São Paulo: Brasiliense, 1991, p. 271.

36 Melhor seria falar aqui em "acaso". Com efeito, encontrar o eterno no passageiro e o transitório no eterno (na obra de arte, no ser amado) é obra do acaso (pois não se vincula necessariamente a "objetos estéticos"), no sentido em que Aristóteles escreveu ser ele "algo que escapa ao cálculo do homem".

37 De onde o adágio lacaniano: "amar é dar o que não se tem a quem não o pediu".

38 *Sur Proust,* Revel, Jean-François. Paris: Grasset, pp. 126-127.

mento da paixão que suscita a não paixão — e que varia entre amantes, cada um sendo, alternadamente, senhor ou escravo — e mais o sentido da fatalidade que em *A prisioneira* manifesta o desejo amoroso como preparação ao fracasso, segundo a ideia de ser este incontornável. Neste horizonte, a descoberta de infidelidades é apenas uma das figuras dessa confirmação.

O amor é o "estado de exceção" dentro da alma. Se no plano político e jurídico esta condição corresponde à ausência de um princípio de realidade detectável e da vigência de um limbo jurídico, o estado de exceção é "delirante": "o delírio é um sintoma de doença, mas também — e simultaneamente — uma tentativa paradoxal de reconstituição da integridade psíquica no interior de um mundo habitável. [Encará-lo] significa continuar o delírio com outros meios, ter a força de transformar a guerra civil da alma em política, em procedimentos de negociação consigo próprio, reivindicando, porém, as razões que o levaram a colidir com o mundo que não é como deveria ser e do qual se trazem as feridas".[39] Este mundo "que não é como deveria ser" diz respeito às decepções das promessas racionalistas, segundo as quais "nada é sem razão". Universo regido pelo acaso, o delírio é uma ordenação, com regras próprias, da desordem do mundo, ele reage ao imperativo de verdade que a ordem supõe, pois no afetivo acontecimentos verdadeiramente essenciais — aqueles que mais profundamente deixam dúvidas — jamais poderiam ser conhecidos com certeza e segurança, até porque se trata de histórias contadas, susceptíveis de serem contrariadas, diante das divergentes

39 Agamben, G. *Homo sacer.* Belo Horizonte: UFMG, 2006. Em política, o estado de exceção suspende as leis vigentes (o princípio de realidade), reduzindo o indivíduo à condição de *homo sacer* em sua ambígua duplicidade: sagrado é aquele, a um só tempo, santificado e consagrado. Não que não haja lei na exceção, mas desconhecem-se as razões de sua aplicabilidade ou inaplicabilidade, que partes da lei serão ou não mobilizadas em cada caso e sobre quem incidirá ou deixará de se exercer. Cf. Bodei, Remo, op. cit., p. 126. Cf. Goudsblom, Johan. *Nichilismo e cultura,* trad. Alberto Bertoni. Bolonha: Il Mulino, 1982.

informações de que o ciumento dispõe, com as quais deverá ser convencido: "quem mente", pergunta o narrador, "o ascensorista ou Aimé?" [...]. "Quem diz mensagem diz mentira." A maior parte do tempo, a indecidibilidade decorre de acreditar-se em falsas ideias com empenho proporcional à incerteza e inexatidão das informações. Como no *Protágoras*, do real e de suas aparências só se está autorizado a dizer que enganam, iludem e mentem. Mas também desacredita-se Platão, já que em Proust a aparência é sem essência. Vertigem e desorientação, mentir é especialidade de Albertine. No plano da linguagem, o amor se exprime por verossimilhanças, entretecendo o verdadeiro e o falso, e isso menos com a intenção de enganar e mais como um modo discursivo de dizer a própria existência: "ela era encantadora quando inventava um narrativa que não deixava lugar à dúvida [...]. Apenas a verossimilhança que inspirara Albertine, não o desejo de me fazer ciúmes".[40] Reconciliação entre o verdadeiro e o falso, na verossimilhança nada é o que aparenta ser: "entre os romenos", anota o narrador, "o nome de Ronsard é conhecido como o de um *grand seigneur*, enquanto sua obra poética é desconhecida. Ou melhor, a nobreza de Ronsard está baseada, na Romênia, em um erro".[41] Instabilidade da verdade, Albertine é mestre dos travestimentos, sua retórica é feita de parataxes e anagramas, transita insidiosamente de um tema a outro e, com asserções dubitativas, abala a certeza de uma afirmação. Suas formulações tranquilizam o narrador, aumentando seu tormento.

Recorrendo à digressão, Proust agrava a instabilidade da relação amorosa, alargando o espaço do aleatório e da deriva na narração e no amor. Em *Sodoma e Gomorra* lê-se: "interrompi-me para olhar e mostrar a Albertine um grande pássaro solitário e apressado que, longe na distância, à nossa frente, fustigando o ar com as batidas irregulares de suas asas, passava a toda velocidade

40 *A prisioneira*, op. cit., p. 218.
41 Vol. II, Pléiade.

acima da praia pintalgada aqui e ali de reflexos semelhantes a pedacinhos de papel vermelho rasgados, e atravessava-o sem desviar-se de seu caminho, como um emissário que vai levar muito longe uma mensagem urgente e capital. 'Esse pelo menos vai diretamente ao fim!', disse-me Albertine com um ar de censura'".[42] As digressões não desempenham, literariamente, a função de acompanhamento fiel e escrupuloso da investigação, mas justamente intensificam cada um dos quadros que compõem, em sinopse, o ânimo no amor. Síntese digressiva, estas derivações fragmentam, também, identidades e tudo o que pareça descender de algum determinismo — como a ideia de origem. A começar pelas classes sociais, por aquela casta que é, melhor dizendo, uma "raça" — a dos Guermantes. O narrador celebra a linhagem e seu caráter ancestral, exprimindo-se, ambos, no corpo, nas maneiras, na conduta e na voz, no mundo dos nobres e, também, dos serviçais.

Assim, desde o primeiro volume da *Recherche*, os empregados domésticos, procedentes do campo, trazem consigo seu torrão natal, a exemplo de Françoise que pela qualidade da língua que exercita e dos costumes que pratica é digna de uma alta tradição. Pessoas de estirpe, senhores ou servos têm o privilégio de evocar algo de sua "natureza original". Albertine Simonet, ao contrário, escapa da vocação hereditária; seu aparecimento na praia de Balbec e sua mobilidade impressionista fazem dela um puro ser da contingência, como se sobre ela não pesasse nenhum passado. A digressão aqui difere a origem, desfaz laços e pertencimentos, porque a classe média em que se inscreve é "bastarda", híbrida e sem filiação. Essa classe é uma *no man's land* social, uma terra de ninguém. Por isso, o narrador não lhe concede progenitura, Albertine é educada pela tia Bontemps, pouco afeita, de resto, a cuidar da afilhada. Moderna em sua ausência de origem e de vínculos, a contrapartida modernista de Albertine são os equipamentos téc-

42 *Sodoma e Gomorra*, op. cit., pp. 273-274.

nicos: locomotiva, automóvel, telefone, tudo o que diz respeito à aceleração do tempo e à dissolução de laços estáveis e vínculos duradouros — de onde uma Albertine sem família reconhecível, Albertine instável e imprevisível. Em uma sociologia-ficção, Proust analisa o palco *fin de siècle* em que se confrontam as elites, a competência cultural dos Guermantes passando aos Verdurin, quando inadvertidamente irrompe o "terceiro Estado", a classe média e o "republicanismo" de Albertine. Proust escreve no momento em que "códigos não pesam mais sobre os agentes como antes. Individual ou coletivo, um relaxamento ameaça a rigidez dos laços. As classes ascendentes e sua nova cultura propõem formas de relações menos convencionadas e finalmente mais desconcertantes [...]. A socialidade não é mais o que fora [...]. Tributário destes movimentos, o indivíduo proustiano torna-se, também ele, composto e compósito. Vai acumulando experiências e heranças sem muita coerência [...]. De onde o fascínio do escritor por todas as formas de hibridização pessoal: casamentos espúrios, jogos de inversão entre ser e parecer, dispersão de experiências e papéis e, mais que tudo, estes casos de bissexualidade tomados, no fim das contas, como produtivos. Trata-se sempre de obter, melhorar ou manter uma posição social e, por isso, de rivalizar com os vizinhos, próximos e concorrentes".[43] Estrangeira à demanda de origem, esse excedente de liberdade de classe é fonte de sedução.

Proust redige a *Recherche* praticamente ao mesmo tempo em que Freud elabora as análises do narcisismo feminino: "parece evidente que o narcisismo de um ser humano representa um grande atrativo para todos aqueles que renunciaram a parte de seu próprio narcisismo [...]. O charme de uma criança encontra-se, em larga medida, em sua autonomia, sua inacessibilidade, exatamente como o encanto de certos animais que parecem não

43 Daí os salões não serem espaços de convivência agradável, mas o lugar onde se desencadeiam todos os tipos de maledicência e crueldade. Cf. Dubois, J., op. cit., pp. 192-138.

se preocupar conosco [...]. A importância desse tipo de mulheres [que só amam em quem amam o amor que dispensam a seu próprio ego] deve ser reconhecida como muito grande para a humanidade. Exercem a maior fascinação sobre os homens, não apenas por razões estéticas — pois elas geralmente são muito bonitas —, mas também por causa de uma certa constelação psicológica interessante".[44] Neste sentido, quando o narrador pergunta a Albertine: "em que você está pensando, minha querida?" e ela responde "Em nada", isso não revela que o pensamento, por sua natureza, é insondável, mas sim que todos, e acima de tudo quem nos é mais caro, se ausenta de nós, sempre dissimulando parte do que fazem ou pretendem fazer. Em Proust, o mistério do narcisismo não é de ordem psicológica, mas moral: "a verdade, a verdade *biográfica*, a única que importa, dos seres que amamos — nós só o aprendemos parcial e tardiamente, pois no momento em que esta verdade nos seria capital, tudo conspira em nô-la dissimular, a começar por nossa própria avidez de conhecê-la [...]. Swann morrerá sem saber se 'naquela noite' Odette realmente teve uma aventura com Forcheville".[45] Porque se evadem, as amantes proustianas são incontroláveis, o que é fonte de ciúme e dor, lembrando que todas elas, e não apenas a do narrador, necessitam nada mais que alguns segundos, quando deixadas a sós, para darem uma escapadela; assim Rachel desaparece numa toalete com um gerente de hotel, nas barbas de Saint-Loup, embora pudesse fazê-lo em sua ausência, pois Rachel está a maior parte do tempo sozinha em Paris — o que reforça o pessimismo do narrador acerca da natureza feminina, que é a de fugir e escapar.

Volume que deveria revelar a alteridade de Albertine, *A prisioneira* termina por ser a objetivação de um sujeito e sua decisão de escrever: "Albertine colabora fisicamente com essa experiência vertiginosa do tornar-se outro do herói [...]. E é

44 "Sobre o narcisismo", de 1914.

45 *Sur Proust*, op. cit., 1987, pp. 182-183.

bem porque essa paixão literalmente toma corpo que, daqui por diante, já não será mais a arte — por exemplo, a música de Vinteuil — que reinsuflará sua imagem, quando ela escapar. Nesse grau de progressão para o sensível, já não se trata mais de fazer coincidir a realidade empírica com a arte — como acontecia com Swann quando equiparava Odette à Séfora de Botticelli [...], mas é a arte que é reencontrada na realidade empírica".[46] Mas este Eu e esta escrita, este Sujeito que se reúne à obra de arte é, por assim dizer, irreconhecível — com o que Proust desloca a questão bergsoniana de um eu superficial e de um eu profundo, rarefazendo o hermetismo que os separa, desfazendo a clivagem entre um eu íntimo criador e o eu superficial da vida comum. É nos salões que tudo começa, é do eu superficial que o eu profundo extrai o essencial. Assim como não há hierarquia dos Eus, não existe uma entre obra-prima aristocrática e outra popular, um conflito entre a "sonata de Vinteuil" e "El Sole Mio", conflito entre um eu lírico visionário, cercado de um halo irreal — à la Gerard de Nerval —, e um eu memorialista "realista" que seria um Saint-Simon, observador e intérprete da corte. Eu superficial e eu profundo, tempo perdido e tempo redescoberto, realidades e máscaras, tudo advém a uma nova presença e visibilidade: o tempo incorporado em um rosto que é também uma obra-prima. Estetas, Swann, Charlus e o narrador não deixam de associar uma personagem real ao de uma tela, transformada em *tableau vivant*, o cocheiro Remi no doge Loredan, onde o nariz do sr. de Palancy é um modelo de Guirlandaio — para não falar de Giotto ou Carpaccio —, Odette surpreendendo Swann por sua semelhança com a Séfora de Botticelli.

O narrador confere, ainda, dignidade da grande arte às mulheres, referindo-se, em Veneza, ao corpo "très Giorgione" da camareira da sra. Putbus.

Se o pessimismo se exerce sobre tudo que é mal, temporal,

46 Motta, Leda Tenório, "Palavra e superfície", op. cit.

mortal, o amor participa da "obra-prima", ele se prende à *morphé* e ao *eidos*, à forma corpórea, mas também à essência inalterável. Próximo às considerações kantianas sobre o sublime, a relação entre amor e obra-prima é uma "ideia inexponível da imaginação":[47] "apesar de seu evidente caráter ontológico, a sonata de Vinteuil foi criada na obra como símbolo da obra-prima indubitável que conduz à transcendência, à negação da morte; ela é necessária, plena e verdadeira e o único meio que permitiria vislumbrar, por ventura, o eterno [...]. A paixão pela música de Vinteuil revela-se paixão por Odette de Crécy".[48] A simbiose entre o amor e a obra-prima se expressa também nas duas Albertines, a de Paris, a de Balbec. À liberdade da jovem que se vestia esportivamente na praia, sucede a prisioneira fechada em um quarto; Albertine em Balbec, sempre de bicicleta, é vista de costas, flutuando na roupa que o vento do mar vai inflando como a vela de um veleiro. Ou é um pássaro, como a "Vitória de Samotrassa". Ela é uma "gaivota vinda de não se sabe onde". Enclausurada, vai perdendo suas cores, caminha com "passos arrastados de uma escrava", desloca-se em sua "gaiola de ouro". Se agora pode ser vestida por Fortuny, ela o deve ao narrador de quem é a prisioneira: "ela passeava no meu quarto com a majestade de uma dogaresa e a graça de um manequim. Apenas o meu cativeiro em Paris se me tornava mais pesado à vista daqueles *peignoirs* que me evocavam Veneza. Sem dúvida Albertine era mais prisioneira do que eu".[49] Porque em toda paixão amorosa há repetição inevitável de um passado sempre ativo, e porque sua incorporação no presente — ele mesmo variável — não permite inventar-lhe soluções inéditas, na paixão amorosa somos agidos e não agentes. Desprovido que é o herói

47 Kant, *Observações sobre o sentimento do belo e do sublime* e *Crítica do juízo*.

48 Marantes, Bernardette Oliveira. "Proust: sobre a obra e a música", dissertação de mestrado, Departamento de Filosofia, Universidade de São Paulo, 2007, p. 90. "Por ventura" é outra palavra para designar o "acaso". Com efeito, encontrar um amor é obra do acaso, que, como escreveu Aristóteles, "algo que escapa ao cálculo do homem".

49 *A prisioneira*, op. cit., p. 432.

proustiano de uma ação eficaz ou escolha certa, suas amantes só poderiam mesmo ser fugitivas ou prisioneiras.

Olgária Chain Féres Matos
Professora aposentada do Departamento de Filosofia da Universidade de São Paulo
Professora visitante do curso de filosofia da Universidade Federal de São Paulo

Este livro, composto na
fonte Walbaum e paginado
por warrakloureiro, foi impresso
em pólen soft 70g/m² na
gráfica BMF, São Paulo,
Brasil, setembro de 2019.